U0599885

宋代辭賦全編

（六）

四川大學出版社

主編 曾棗莊 吳洪澤

編委 張明義 李　靜 李耀偉 宋恩偉 張家鈞
文　琪 劉正國 文　瑜 文國泰 舒澤群
盧本莉 盛華武 龍福華 程在茂 文　敏

校勘 文　波 文　莉 吳思青 龔文英

宋代辭賦全編卷之九十六

賦　行旅

南征賦（贈張嘉甫）

張耒

予文窮而莫諱兮，顧四方其何適？毋寧征於江左兮[一]，毛上膏其可食。抱朝暮之勝氣兮，西山吾以爲宅。風余帆於晝日兮，余朝發於赤壁。摽玉壘之下流兮，逝蓬飛於一息。迅沮漳而横入兮，匯揚瀾於左蠡。嫭吾目而無恨兮[二]，濤猛獸以噬獰。霽光風於木末兮，俟餘波猶未肯平。迷失道而

〔一〕江左：四部叢刊本、四庫本、民國刻本均作「江右」。

〔二〕而：原脱，據四庫本、民國刻本補。

問津兮，口口口御於朱明〔一〕。就漁父而陳詞兮，余非湘纍之獨醒。父告予以不治兮，南樵舍而自成。破隴畝而溢流兮，石險很而當道。豈舟人之肅洽兮，艇觸撥而欲倒。繫余車於桑木兮，予猶可以徒行〔二〕；夷予竈使不得炊兮，余猶可以乞鄰。曰厚土之瀰漫兮，予騷騷無以爲家。雖斯懷之可人兮，鳥猶長鳴以歎嗟。

黄蒲田之所播植兮，歲有秋而登場。既狼戾而竭鄰兮，己獨賦乎廪倉。饌上方之玉盤兮，上曰飽斯人之德。歲協洽而蘄兮，味柔嘉余未得食。染予指於鼎兮，豈不同此臭味？

使持節於十郡兮，民樂得此父母〔三〕。顧余懷之倉卒兮，謂一寒之何故。雖解衣推食兮，曰此小惠汝弗德我。我九世之良醫兮〔四〕，藥神膏而可以破汝腸。賦九言而九頓首兮〔五〕，度百世而用足。閱一世之風波兮，曰餘皇吾以爲歸宿。明趙琦美鈔本《張右史文集》卷三。

〔一〕口口口：原脱缺字符，據四部叢刊本、四庫本、民國刻本補。
〔二〕予：原無，據四部叢刊本、四庫本、民國刻本補。
〔三〕樂：原脱，據四庫本、民國刻本補。
〔四〕九：原脱，據四部叢刊本、四庫本、民國刻本補。
〔五〕「賦」下原衍一「余」字，據四部叢刊本、四庫本、民國刻本删。

南征賦

唐庚

始攝提之孟冬，余負罪而南馳。雪盈尺而更繁，風三日而猶吹。體凍極而若無，心怖甚而忘悲。

凡再信而至許，覺驚魂之稍歸。訪景福之遺基，指空郊之荒濼。曾禾黍之無有，矧欒梁之丹雘。國已挹於三馬，臣不聞於一鶚。豈當世之無儒，抑此病之難藥。

道昆陽而流歎，澹悲風與愁雲。陷一夫之僭竊，紛萬鬼之煩寃。嗟世祖之論功，忘王章之曩言。既直鉤之不食，終曲突之無恩。

過叔子之舊邦，登峴山而痛哭。方關右之放賈，蓋眼中之拔鏃。獨何心而表留，卒養癰而潰肉。儻遺靈之猶在，當舉白而相沃。

盡荆門之犖确，瞰蜀江之湯湯。念故人之久別，覺良晤之甘香。

稍回翔於澧浦，忽凌亂於瀟湘。時廓舒而浩蕩，復收斂而淒涼。味《九歌》之餘哀，閔三閭之孤趣。豈公子之足怨，實舉國而無與。內不懌於女嬃，外見非於漁父。持此道以奚歸，亦各安於所處。

自是遠矣，行人漸稀。水愈激而愈清，山益削而益奇。造郴嶺之窮處，云湟關之故基。客至此兮返顧，鴈至此兮北飛。眷武溪之毒淫，弔文淵之矍鑠。射參狼於隴阪，觀跕鳶於浪泊。奮身出於萬死，謄口喧於百惡。信老子之足哀，覺少游之差樂。經韶陽而再宿，寫石上之遺聲。悟聖神之在宥，如天地之生成。彼禽魚固自有理，而日月未嘗不明。雖吹萬之不同，吾得一而皆正。捨真陽之短策，放清遠之孤舟。覩碧落之靈秘，嘲峽山之媚柔。承懸崖之滴乳，搴裊岸之垂樛。探羊城於浩茫，發蒲㵎於深幽。窮一時之詭觀，渺萬古之清愁。蓋明年之正月矣，始稅駕於羅浮。宋刻本《唐先生文集》卷一。

南征賦

邢居實

嗟予生之賤貧兮，常坎壈而多憂。汩東西與南北兮，無畎畝以歸休。皇六世之十祀兮，揭來賓夫京師。奉晨昏於庭闈兮，忽十年其於兹。哀衆人之夢夢兮，乘巇危以射利。騖精神於末流兮，固廉士之所耻。慕前哲之高蹈兮，臨川流而盥耳。懼離群之孤陋兮，將遠舉而復已。彼世論之糾纏兮，謂白圭爲多疵。何我公之潔清兮，亦見尤於盛時？

皇命之不可淹兮，方仲春而戒行。惟甲子之良晨，侍安輿而南征。昔仲尼之去魯，車遲遲以淹留。此雖非吾之舊邦兮，猶惨惨而懷憂。賓朋肅駕而來餞兮，班豆觴於水湄。執余手以踟躕兮，不覺涕下而霑衣。輈軋軋而不能前兮，馬蕭蕭而反顧。念長路之超遠兮，恐白日之去暮。敕僕夫使整駕兮，遂奮袂而辭去。將發軔而回首兮，望國門之穹崇。唯小人之眷戀兮，情鬱結乎余衷。

經土山之盤紆兮，入空谷之鴻豁。野曠蕩而無垠兮，榛林蕭條而來風。鹿呦呦以鳴羣兮，鳥嚶嚶而求友。悵遑遑於中野兮，徒悁悒其誰咎？晨脂車於諸阡兮，夕税駕於尉氏。登高丘以長嘯兮，聲慷慨而凌厲。想阮氏之風流兮，停予車於山椒。斯人不可得而見兮，寄陳迹於蓬蒿。時荏苒其不淹兮，春草生兮青青。群雉挾雌以高飛兮，倉鶊得意而和鳴。麥漸漸以被隴兮，遵微行而徂征。欲淹留以容與兮，心摇摇而靡寧。平原坱莽以陁靡兮，迴極目乎百里。獨煢煢以遠遊兮，曾不得而少止。

歷釣臺之故丘兮，涉潁水之溱溱。望周襄之蕪城兮，弔封人之圮墳。魂飛揚而不反兮，墓蕪穢而不治。曾不得其死所兮，豈純孝之可恃。蹇邅回於水濱兮，日掩掩其黄昏。問捷徑於野人兮，釋予馬於汝墳。申旦展轉而不能寐兮[一]，起視夜之何其。僕夫告予以肅裝兮，指明星而疾馳。群山崴嵬而造天兮，踐羊氏之北境。企余足以長望兮，南路眇其方永。

經昆陽之遺墟兮，聊裴回而逡巡。高城曲奧而特起兮，雉堞隱嶙而猶存。狐狢穴處於其下兮，鼪鼯吟嘯而成羣。蒿艾蓊薆以相依兮，枳棘鬱其榛榛。悼漢氏之絶滅兮，想世祖之中興。方巨滑之滔天兮，恣豺狼之噬吞。肆横行於天下兮，驅虎豹以爲羣。仗大義而奮討兮，實南土之裔孫。運欃槍而一掃兮，忽電滅而無存。彼百萬之貔貅兮，曾一旅之莫亢。信天道之輔順兮，豈人謀之不臧！迄於今幾千祀兮，魂魄遊乎何鄉？冀髣髴其神靈兮，步徙倚而彷徨。過宛葉而弭節兮，陟方城之峨峨。歎羈旅之無友兮，彈劍鋏而浩歌。覽陵阜之參差兮，實鬻熊之舊疆。不修德而恃險兮，曾幾何而不亡！

宿上唐之候館兮，聽晨雞之悲鳴。濯予纓於泌水兮，瞻桐栢之嶙嶔。飄風嫖怒以來東兮[二]，薄寒慘悽而中人。雲漫漫以承空兮，霰雪下而繽紛。念佳人之阻脩兮，嘆行役

[一] 申旦：原作「中且」，據《歷代賦彙》外集卷九改。

[二] 嫖：《宋文鑑》卷九、《歷代賦彙》外集卷九並作「熛」，是。

之多艱。車陷淖而不進兮，馬頓轡而盤跚。僕夫憔悴以懷歸兮，憩章陵而南邁。奠濁醪於漢祠兮，顧白水之如帶。真人一去而不返兮，佳氣葱鬱而如在。

歷崎嶇之九邑兮，涉川路之千里。心澹澹而忘食兮，筋骨疲乎鞭箠。唯君子之無累兮，雖九夷其可居。矧神農之所宅兮，土深厚而無虞。誦孔氏之法言兮，疾没世而無名。就寂寞以閑處兮，非予心之所憑。植木蘭以爲籬兮，塗申椒以爲堂。荃蕙披靡而盛茂兮，衆香郁其芬芳。優遊偃息静以索志兮，又何必歸夫故鄉！（《皇朝文鑑》卷九。）

蘇軾《**跋邢敦夫南征賦**》（《古今法書苑》卷四二）　邢敦夫自爲童子，所與遊皆諸公長者，其志豈獨蘄以文稱而已哉！一日不見，遂與草木俱盡，故魯直、無咎諸人哭之，皆過時而哀。今觀此文，亦足少慰。舊嘗見江南李泰伯自述其文曰：「天將壽我歟？所爲固未足也；不然，斯亦足以藉手見古人矣。」吾於敦夫亦云。元祐四年四月十六日。

黄庭堅《**書邢居實南征賦後**》（《山谷全書·正集》卷二五）　陽夏謝師復景回，年未二十，文章絶不類少年書生語。予嘗序其遺稿云：「方行萬里，出門而車軸折，可爲霣涕。」今觀邢惇夫詩賦，筆墨山立，自爲一家，甚似吾師復也。日者閲國馬，問諸圉人，曰：「千里駒往往不及奉輿，斃於皁櫪；駑蹇千百爲羣，未嘗求國醫也。」聞之喟然，曰：吾惇夫亦足以不朽矣。

晁説之《邢惇夫墓表》（《嵩山文集》卷一九）　余兄無咎題惇夫《南征賦》曰：「昔杜牧不敢序李賀，矧吾惇夫年未二十，文章追配古人，充其志非肯爲賀者。雖然，豈敢自負其將死之託耶？」魯直題之曰：「嘗序江夏謝景回師復遺稿云：『方行萬里車軸折，可爲隕涕。』邢惇夫詩賦筆墨山立，甚似吾師復也。」東坡題曰：「江南李太伯自述其文曰：『天將壽我與，所爲固未足也，不然，亦足以藉手見古人矣。』惇夫亦云。」……東坡貶英州，道符離，予見之，語及惇夫，曰：「自是國家失一文士，於邢氏何有？」……墓在大隈山前祖塋之旁。

《宋史》卷四七一《刑恕傳》附　刑恕字和叔，鄭州陽武人。……子居實、倞。居實有異材，八歲爲《明妃引》，黄庭堅、晁補之、張耒、秦觀、陳師道皆見而愛之。從恕守隨，作《南征賦》，蘇軾讀之，歎曰：「此足以藉手見古人矣。」卒時年十九。有遺文曰《呻吟集》。

《復小齋賦話》卷下　宋邢居實《南征賦》，有仲宣、安仁筆意，以其生趣之足動人也。

仲輔賦西郊見寄次韻作南征賦報之

李綱

承嘉惠以南征兮，動去國之離愁。遠故園而回首兮，驚歲華之再秋。覽廬阜之環秀兮，俯大江之東流。登黃鶴而遐矚兮，發孤照之寸眸[一]。吞雲夢於胸中兮，懷浙河於醉裏。悵離群而索居兮，寄相思於一水。佩蘭芷之芬芳兮，狎樵漁於汝爾。終繫羈而未釋兮，類蹩者之念起[二]。

荷天恩之寬大兮，猶坐靡於廪食。馳精爽於淮瀆兮，飛夢魂於漠北。悵曷日而歸休兮，遂東山之釣弋。老苒苒而將至兮，豈佳時之再得。

嘗承教於君子兮，竊希風於古人。慨撫卷而擊節兮，如意氣之相親。每終篇而自喜兮，覺詩成之有神。惟深藏而密寄兮，懼夫妬者之瞋。

顧戎馬之崩騰兮，方四郊之多事[三]。臨洞庭而傷懷兮，望九疑而增思[四]。亂湘流而適澧兮，靈均豈其前身？續《離騷》而賦《遠遊》兮，願承芳於後塵。與日月而争光兮，庶此道之彌新。四庫本《梁谿集》卷三。

[一]之：道光刻本作「於」。《歷代賦彙》外集卷九亦作「之」。
[二]念：道光刻本作「顧」。
[三]事：道光刻本作「争」。
[四]思：道光刻本作「恩」。

零雨被秋草賦

送刁繹從事宰青城

宋祁

撫萬化之揫斂兮，憑八極而延佇。既悲秋之變衰兮，復迨天之陰雨。溯閶闔之長道，攬沉漭之平楚。於時際海籠日，窮天寫霧。雲引暝以夕屯，風含悽而曉赴。乍滅岫以亡巒，或蔽林而失樹。陂漫漫以蒙紫，川汪汪而蕩素。然後散漫虚落，空濛阡陌。慘江蘺之馥銷，泣疎麻之寒滴。紛灌莽以蔽虧，邈亭皐而紆直。荆榛塞望，蘭茝無色。水寂寥以收潦，壤塗泥而反宅。坌百感之外至，注一情而中惻。爾乃客子被酒，投袂四顧。畏簡書之期會，問征夫以前路。雙鳧之舄兮有容，一鹿之車兮在御。結斗城之深戀，捐鉤梯以徑度。周道倭遲，我心西悲。種層陰以慘切，惜此會之騷離。踐靃霏之有藹，憫柯葉之相違。難莫難於遠道，樂莫樂於新知。寧念東山有歎婦之句，淮南有王孫之詞。四庫本《景文集》卷二。

送將歸賦

餞祕閣李還臺

宋祁

溯長波之瀰溍，面層巘之嶔崎。逗商飈之迅籟，上嵎日之浮暉。問駕言其焉往，餞我友兮川湄。閔征夫之云邁，值彫年之行晏。花戢芬以去條，葉扶槁而違幹。氛曀曀其既興，露溥溥而復泫。切寒蜩之暝唱，驚離鶤之晨囀。蹇祇役以偕歡，差感物而逢歎。

於是行子輟艫，居人停轡。瑶軫徐泛，金罍參泊。判一笑於聯坐，結兩慼於殊里。矧民生與代故，常回泬而交戾。譬持莛以偶楹，寧有望於如志。甫論咫以希泰，俄較尋而得否。老超境以逐壯，憂涉域而追喜。苟外物之迭攻，繇吾衰其焉避。執子袪以遷延，耿予懷之淹卹。越層瀅以斜趨，薄深林而戰慄。虎號羣以擇肉，蛟流涎以尸室。美哲人之蒙險，方愛主而委質。視吕梁其安流，蹈太行猶通術。亟之帝兮樂胥，保玉體而逢吉。四庫本《景文集》卷二。

送將歸賦

蔡確

昔人之言秋意也，曰：「若在遠行，登山臨水，送將歸。」此其平日遊子之所悲，怨慕悽愴，尚不能自支，而況於予乎！戀高堂之慈愛，積三歲之違離。余親屬子以侍我行，且復命於庭闈。其送子也，乃在粤嶺之南，溟海之西，洗亭之側，瀘水之湄。出門躑躅以將别，仰天涕泣之交頤。浮雲爲我變色，行路爲我齎咨，而況於予乎！

予方省愆念咎，藿食布衣。髮如秋霜，形如槁枝。子見吾親，勿以告之。明明二聖，仁如天也。雷霆雨露，固有明也。孤臣放逐，久當憐也。晨夕定省，歸可期也。子告吾親，其以斯也。

居乎天下之險，處乎人跡之稀。觸氛霧以罙入，仗忠信而不疑。以余之故而兩走乎萬里，嗟如子者其誰？周楚之郊，余親所棲。瞻彼白雲，予留子馳。安得借翰於鴻鵠，徑從子而奮飛也！《皇朝文鑑》卷九。

陸游《跋蔡忠懷送將歸賦》（《渭南文集》卷二九）予讀《送將歸》之賦，爲之流涕，不爲蔡氏也。宋興百餘年，累聖致治之美，庶幾三代。熙寧、元祐所任大臣，蓋有孟、楊之學，稷、卨之忠，而朋黨反因之以起，至不可復解。一家之禍福曲直，不足言也，爲之子孫者，能力學進德，不爲偏詖，則承家報國，皆在其中矣。嘉泰三年五月十五日，山陰陸某書於浙江亭。

《困學紀聞》卷一八　《文鑑》取蔡確《送將歸賦》，猶《楚辭後語》之取《息夫躬》也。

登山臨水送將歸賦 以題中四字爲韻

鄭獬

安定梁天機歸岢嵐，予同汪正夫作此賦以送之。

登秋山之翠微，瞻寒水兮晚煙。霏鬱予懷之不開，送遊子兮從此歸。馬躑躅以顧影，風蕭寥而滿衣。來已遲兮屢更約，去太速兮復相違。獨羣峯兮顧予留，不如滄波兮與歸塵而並飛。

嗟子之去兮何所止，鶩晉陽兮行故里。朝升大行兮短草埋雪，暮絶清汾兮白沙浸水[一]。堂有親兮髮如鷖，入門拜慶兮方宴喜。紫穗繁兮葡萄熟，玉乳肥兮酥酪美。人間之樂兮，無以樂於此。

方予之失朋兮，獨怊悵而傷心。又自痛夫艱棘兮，淚溢下而沾衣襟。駕羸驂兮出郭，傷落照兮登臨。俯游魚兮戲舊浦，仰啼鳥兮安故林。兹殊類之不相失撇，有慕乎飛沉。

[一] 汾：清乾隆翰林院鈔本、民國張氏刻本作「芬」。

山將暝兮望欲絶，水轉遠兮意踰深。惟車轍之印路，隱紅塵兮不可尋。倚蒼崖兮如待，遶寒汀兮獨吟。予願跨白鱗兮，俾子之乘丹鳳。頓汗漫之修翮兮，縱青冥之飛鞚。寤不聞於笑言兮，寐無求於見夢。奚有煩於賦言兮，酌別酒而相送。四庫本《鄖溪集》卷一五。

遠行送將歸賦 有序

陳普

余寓杭，友人楊孔璋告余以先歸，賦《採薇》以見贈。讀之，寖寖乎不滓矣。余因《九辨》首句適與吾今日之事合，遂聊以題吾送別之篇曰《遠行送將歸》，以爲《採薇》之答。

芙蓉江邊兮日凄凄，暮雲無燕兮南鴈飛飛。憭慄兮遠行，登山臨水兮送將歸。歸兮歸兮，何所載兮，束書凄凉以寂寥。屈原《騷》紫陽《易》兮，此何所有。嗟意足而氣驕，去家而泛江湖兮，日月半乎歲周。東探禹穴兮，登秦望而窺溆溆[一]。笑句踐宇宙狹

[一] 秦望：原作「泰望」，據《歷代賦彙》外集卷一〇改。

兮，弔蘭亭倉卒爲荒丘。西涉浙湍兮，出三吳而見淮山。盤龍踞虎石怒角而撐髯兮，顧甘困卧而摧頹。奔淙舂突乎足下兮[一]，茲流何日而安？安北渡烏江兮問項籍，何兒女獨夫而争天下兮，螻蟻而負萬石之鍾簴？千金萬户豈能得汝頭兮，上帝之孥戮汝！

兩淮一目千里兮，耒耜戢戢不知爲誰耕？坐城中者誰兮，得無耳塞而目盲？奈汝轍鮒何兮，遲我不知幾年。爲汝挽西江歷歷山川與古今兮，嗟心鬱結而莫舒。宇宙之大誠足以助吾浩然兮，其如煢獨鰥寡之爲魚。悠悠當世之人兮，坐厝火而望太虚。紛紛争食之徒兮，敝衣捉蟣與虱，飽車絞糾乎蟲蛆。欲於此而售吾説兮，若資珍髦，懷象揥[二]，南鬻斷髮而取贏餘；欲於此而容吾足兮，如衣縫掖，表絺綌，西之躶國而卜居。身既靡所措兮，匪采薇其焉往？

嗟予與子同兮，子獨歸而我猶海之上。歸理松竹兮收集猿鶴，朝誦《中庸》兮夜讀《大學》。余將奔若乎其後兮，期共老乎丘壑。明萬曆刻本《石堂先生遺集》卷一五。

[一] 舂：原作「眷」，據《歷代賦彙》外集卷一〇改。
[二] 揥：原作「摘」，據《歷代賦彙》外集卷一〇改。

惜别賦 並序

陳藻

漁溪諸友，丱角相從或相識，乍離乍合，今歲偶聚。向時未生或初生者長成，而丱角有逾壯齒矣。二月始集，講論未幾，槐花將黄，次第分散。余世事已嬾，筆耕亦倦，日嗜啜茶飲酒，逍遥行坐，綈玩溪山之勝耳，安能激厲諸君哉！閒撰數辭，强名之曰《惜别賦》。

場屋微名，舉世營營。有貴於己，在人者輕。人疑余兮未貢，余已官而改京。買臣行歌，咄哉小生！爾既朱輪，孰與原憲終貧兮自得之榮。況乎乘堅策肥，旌旗擁路，於青史兮無聲。

噫！天垂月兮山吐雲，青草死兮地懷根。一枯一茂，日代乎前，皆仁氣之絪緼。嘻哉諸君，世務紛綸。來歲之春，想無暇留醉翁兮談天地之醇。六經諸子百氏兮，槩妙道之所存。苟惟綴緝編類，以得失爲悲歡，雖同居而白首，亦奚由兮愈親。四庫本《樂軒集》卷四。

北遊賦 並序

蔣之奇

潮陽吳先生子野，有道之士也，自少好遊，凡四方幽遐瓌詭之觀，無不至也。過余於南海，留與語數日，復告予將北遊也，作《北遊賦》以送之。辭曰：

有美若人兮，寔生長乎南州。爰自少以説兹兮，好輕舉而遠遊。采丹砂於勾漏兮，問仙竈於羅浮。跨無著之三山兮，閲巨鰲之番休。搴菖蒲於曲澗兮，擷靈藥於芳洲。要安期分我以大棗兮，還挹袖乎浮丘。闖朱明之洞户兮，杳不測其深幽。過鮑靚於南海兮，曾不肯以少留。

復舍此而之他兮，曰吾何適而不逍遥。陋區中之狹隘兮，驂蒼螭而驷玉虬。欵重華於九疑兮，披崇山以謁堯。止南嶽而見魏夫人兮，巨石巃嵷而嶕嶢。泛武夷之清溪兮，升幔亭之飛橋。與洪崖以相肩兮，挹玉井之湍流。倩麻姑以爬背兮，薦擗麟之珍羞。控黄鶴以凌雲兮，追陵陽而友王喬。覿琴高於釣臺兮，睨遺藥之遊儵。窮鑄鼎於帝軒兮，訪首山於中條。陟半削之橋陵兮，想攀髯以飛超。躡太華之絶頂兮，覷玉女之洗頭。覿通玄於皂馱兮，粲駢齒於既燋。

問廣成於崆峒兮，畏搖精之可憂。翔陰山而睹西王母兮，嚣然穴處，吾不與夫卒化之孰優。頓吾轡於無何兮，回吾車於不周。登寒門而歷玄闕兮，忽焉忘其道路之阻脩。逢一士於沉墨兮，欲下接乎盧敖。麾無爲而驅象罔兮，合漠而參寥。低回眺聽，曾不得其仿佛兮，焉用師曠與離婁。卑海宇於勺撮兮，悉籠絡而并包。乘變化以獨往兮，莽不記乎春秋。後天地而不老兮，遑恤蟪蛄而哀蜉蝣。擘衆妙於希夷兮，謂無得而獻酬。上與造物者爲友，而下與外死生、遺哀樂者處，吾乃於是乎相求。《永樂大典》卷五三四五。

東坡遠遊賦 並序

翟汝文

龍眠居士畫東坡先生，黄冠野服，據磯石横策而坐。子由聞而賛之。始公在北門，某爲童子，欲見公而公出定武，復旋謫儋耳，竟不及見公之南也。其門人皆在坐，憮然流涕。某笑之，以謂儋瓊居絶，正如龍眠所見，置公於水間一石耳。安知造物者不故使之遺世絶俗，以全其天乎？仲尼乘桴浮於海，又欲居九夷。彼遭世不用，顧有不能忍以去父母之國，而終其身無意於斯世也。況公以君命，獨安適而非此者歟？必將俯萬物而磅礴一世，尻輿神馬，挾宇宙而隨其所如往。世之人自以爲愛者之悲，而惡者之善，果何足以病公哉！然士無賢不肖皆曰東坡之門人，唯某未之識。傷後生不復見其餘風遺烈，與之並世猶若此，况讀其書，追其人於千載之上。嗚呼！天孰能使余不遇哉？雖然，得其像而朝夕見之，亦足以爲之師矣。始之贊而子由已盡其略，復爲《東坡遠遊賦》云。

吁嗟先生，逝將去此兮，四方慨其何從。超虛無以上徑兮，襲一氣之鴻濛。乘飛霆而跨箕尾兮，與汗漫而相期。紛屬車之驂乘兮，駕六龍而逶迤。酌匏尊以自觴兮，罄天漢之流源。挾須彌而納芥子兮，恆遊戲於其間。形骸付於電泡兮，變詭幻之奇服。亂焦螟於蚊睫兮，騁蝸角之蠻觸。何鄉其無上下兮，樂容與而淡忘歸。回車獨來兮，忽何所見宛在水之中坻。乘雲輿與寶璐兮，儼黄冠而葛巾。狹一世邈無人兮，吾將自棄於魚鳥。窺遊鯈之闖萍兮，送飛鴻之西矯。湛揚揚其獨存兮，鬱山林之深渺。馳余神於霄夢兮，徑從公而往遊。摶扶摇之九萬兮，歷九疑而望崇丘。俯黄州之舊邦兮，雪堂岌乎臨皋。望東坡之美人兮，枕灘流而漱松醪。哀余癯以好脩兮，使哺啜其醨糟。覺遽然涕垂膺兮，像漠乎其無言。有無變化吾誰執兮，莽其乘風雲而上天。誦斯文以卒歲兮，猶足以續《遠遊》而賦超然者也。《永樂大典》卷八八四五。

續遠遊賦 並序

李綱

屈原作《遠遊》章句，文采瓌麗，於騷辭中最爲有理致者。予方以金仙氏之書灑濯其心[一]，慨然思往見之，作《續遠遊賦》以寓意焉。其辭曰：

悲塵寰之喧卑兮，願遠遊以自適。恍形止而心馳兮，託夢魂而有得。漠虛静以無爲兮，絶氛埃而奔逸。登泰山以小天下兮，望滄溟而笑河伯。走蒼梧於南荒兮，過崆峒於西極。忽神馬而尻輿兮，歷萬里而一息。曾不足以慊吾之志兮，將往遊於廣漠之國[二]。會萬期於須臾兮，步八紘於咫尺。觀天地之所以浮沈兮，究日月之所以出入。爰整吾御兮，駕言西之。左王良而右伯樂兮，服山子而驂盜驪。陟閬苑於崑崙兮，見王母於瑶池。聽白雲黄竹之歌兮，不勝其悲。迴車揭來兮，巡海之涯。聞海中之神山兮，有方丈與蓬萊。六鼇舉首以迭戴兮，仙聖飛騰而往來。泛陵波之巨航兮，操五種以自隨。風輒

[一] 心：道光刻本作「中」。《歷代賦彙》外集卷一〇亦作「心」。

[二] 往：道光刻本作「遠」。

引舟而不可到兮，怊惝怳而傷懷。乘風御氣兮，造夫天關。抵營室而歷閣道兮〔二〕，是爲紫微之垣。執招搖、步瑶光兮，瞻太一、肅鈎陳乎帝傍。玉女投壺而笑兮，雷電砉以騰奔。虎豹守關而不可入兮，雖欲自達而亡因。

悵吾將誰適從兮，其惟西方之聖人。嚴清浄之佛土兮，闢廣大之法門。目浄脩廣如青蓮兮，舌相廣長而無不聞。以一音而演説兮，普滋發於諸根。寶樹森以行列兮，天華散而繽紛。菩薩聲聞環以圍繞兮，天龍八部儼以威神。倏一念而往詣兮，稽首禮足而欽承。俾化人以導予兮，遊華藏於無垠。從一佛國至一佛國兮，若河沙與微塵。咸廣博而嚴浄兮，羌難得而備云。迴視五濁惡世之衆生兮，若一器之聚蚊。怳驚悟而永歎兮，何所夢之明明。覽六合而遊十方兮，曾弗離乎一身。惟兹方寸兮，廓然無際。含容大千兮，山河大地。用之以小兮，始有分齊。如以大海納於蹄涔兮，如以毒藥置於寶器。捨無價之寶珠兮，競錐刀之末利。棄瀛渤之全潮兮，認浮漚之微體。蠻觸國於蝸角兮，時相與戰而流血千里。南柯夢於蟻穴兮，黄粱未熟而榮華一世。彼區區之利害兮，亦與此而何異？惟返觀而照寂兮，廓靈府於無外。泯六鑿於天遊兮，其孰能以芥蔕？由發心

〔二〕而：原無，據道光刻本補。

以證道兮，可一超而已至。吾方從事於斯兮，等浮生於一戲。四庫本《梁谿集》卷二。

北客賦 有序

趙奭之

北客宦遊巴楚，歷三峽之險，而抵永安故區，地勢近瘴，兩見盛夏。官居民廬，皆在山麓，鑿地數百尺而不及泉，故市無井，里無醫。客患之，而勉同市人。飲諸瀼水，而苦滓穢；引之澗谷，而懼虺毒。俄有老叟謂客曰：「漕府、廉臺，有二井焉，泉洌而甘，盍往汲之？」客曰：「使者之庭，閽人嚴守，而應接有時，甚非羈旅所敢妄干。」叟莞爾而笑曰：「子胡不采之風謠，質之行事？善利濟衆，初不禁也。」客於是拜其言，感其意，而往汲焉。迨今逾年，暑無瘴暍之苦，而得以安居，是使者之惠也。輒賦其事而抒素云。其辭曰：

北客伶傳，陟彼崔嵬。南遊巴楚，實仕於夔。歷白帝之區域，睋赤甲之嶮巇。矙灩澦之出没，峙瞿唐之巍巍。觀楚國之絶塞，悼蜀宫之故基。客喟然歎曰：「昔窮兵百戰，用武之地也。仰而無覩，但見林莽蓊鬱，屺岵岩峉，巘雲獠煙，霾霿一色。三時豫和，炎夏爲厄。逢辰久安，用夏變貊。崴嵬連郛，龍勢蛇迹。官府民廬，棧阜構麓。八家無井，而不能革。客患之，而同市人，臨瀼津，雜滓穢，汲黄𩇕。洟汃之流，汩人精神。乃訪㕓㕓之下，臨嶙峋之曲。千人挈壺，百穴漱玉。清清泠泠，而冰敷雪沃。

未幾，有叟呼於列曰：「子曾不知不毛之瀘，自此塗出，葶藶叢滋，虺蝮潛匿。炎毒之厲，而是生百疾；溪流可酌，而中有沙蝨。實大梁之公子，胡不自衛而反蹈其失？」客謀於叟：「爲之奈何？貧如顏回，而有飲瓢之樂；曠如孺子，而有『濯纓』之歌。叟豈能溉我以甘露，濡其旱禾？」叟於是逡巡若避，赧然變色：「僕遊塵世，安有神術？徒知夫西有漕府，東有廉臺，方布天子之仁澤，救民之旱災。烏能秘一繘之清渫，坐視遊子之炎埃？」

客釋然解疑，僕僕駿馳。中涓斂袵下氣，以道使者之德音。自云：「汲之引之，周浹旁及，而闔無夜閉。雖負年以逝濯，類抱甕而爲隧。請觀夫《易》卦曰：『井養不窮兮，收而勿幕。』又稽之老氏曰：『幾於道兮，善利萬物。』散爲四海之惠，不止匹夫之恤。噫！鼴鼠飲河，而不過滿腹；鷦鷯巢林，而不過一枝。苟足各有其極，雖多亦奚以爲？故蘭臺之風不及於甕牖，而楚子作賦；西江之水罔濟於轍鮒，而波臣見譏。」

客於是慨然感慨，頹然下拜。明既能哲，佩以爲戒。信乎君子之淡以成交，久而不壞。《全蜀藝文志》卷二。

秋風吹汝水賦

時作襄城宰，汝州太守席上賦

范純仁

歲作噩之窮秋兮，策羸驂而獨征。嗟旅懷之羈憒兮，感時律之峥嶸。遵汝流之縈紆兮，背嵩峰之翠横。號霜風之憭慄兮，肅天地而淒清。獵葭葦於晚岸兮，雜紅翠之摇旌。脱林實於沙際兮，浮瑣碎之秀瑩。激回流之平迴兮，蹙綃文之細輕。涵夕照之演漾兮，蕩澄潭之空明。促東逝之滔滔兮，方感慨於余行。縻王事以去留兮，蹟未安而遽更。佩主人之眷勤兮，服友生之意誠。何會合之難久兮，特離憂之易并。儻丘園之可服兮，將就濯其塵纓。臻聖賢以相期兮，惟道義之是營。苟没身以無愧兮，亦奚事於成名。元刻明修本《范忠宣公文集》卷一。

李之儀《范忠宣公行狀》（《范忠宣公集》卷一九） 其在襄城，有貴公子挾進士第筮仕，方初歆豔一時，公頽然其後。政事之餘，從諸公勸講，賦詠爲樂。嘗賦《秋風吹汝水》，讀者已知爲公輔器也。

中秋賦

張㠇

陳王之客元瑜從軍吳會，季重出宰朝歌。寂寥觀臺，賓從頓寡。時當仲秋，積雨新霽，煙消廣廈。步蘭路而逶迤，美西園之清夜。悵別遠而會稀，感時遷而物化。乃設醴以命賓，躋凌風之累榭。

中置以後，酒酣耳熱，顧公幹而謂之曰：「今茲野有鳴鶴，天絶歸雲。丹楓微脱，白鴈初賓。望舒曜夜而迴徹，六合清朗而無塵。茲遊樂乎，盍爲寡人賦之？」

公幹乃執簡而言曰：「臣生居東國，少遭喪亂。幸值明時，簉跡賓館。臣聞豳籥迎寒，遠載於周典；乘查上泝，近傳於漢臣。臞仙則採露於柏杪，吳士則觀潮於水濱。信白藏之令月，蓋西陸之佳辰也。於時天宇正碧，涼夜方永。瞻東峰之曈曨，見素輝之初引。斜漢淡而茫茫，列宿踈而炯炯。白露泫而晶熒，回潭澄而遠鏡。翫老蚌之含胎，驚棲禽之不定。俄而隨珠委曜，趙璧舒光。群峰變縞，曠野凝霜。映林岫以玲瓏，射榱甍而焜煌。散珠樹之清樾，瑩美人之明璫。於是停妙舞，息繁吹。聆清籟於林表，聽胡笳於空外。望桂影而凝情，睇澄輝而佇思。悵冰輪之既滿，諒無遠而不燭。照思婦之高樓，鑑幽人於空谷。光出塞而漫漫，影流波而煜煜。乃有負羽少年，懷才滯史，對絶景而恨結，悲故鄉而心死。況乎操琴多雍門之意，琵琶有出塞之聲。征衣搗而未寄，戍卒去而將行。朋友散兮山海隔，音書絶兮鴈無憑。於斯夕也，望千里之素魄，緘萬恨於幽情，莫不言將發而氣塞，語未終而涕零者矣。」

於是德祖聞之，傷懷慷慨，泣下歔欷，含毫奮筆，而爲明月之詩曰：「秋氣高兮桂魄圓，風泠泠兮露團團。歲將暮兮蘭菊芳，思佳人兮天一方。照蘭殿兮映綺羅，呈激楚兮發陽阿。人生宴樂兮，孰知其他！」

公幹乃跪而言曰：「夫古人以宴安爲酖毒，沉湎爲至戒。今流連長夜，絲竹繁會。載號載呶，蜩螗羹沸。何吾子之賦，獨無盡規之義乎？」乃歌曰：「酒既酣兮夜既闌，管停吹兮絲罷彈。長袖拂面爲君歡，願公子兮保歲寒。輔明主兮寰宇安，翫清輝兮復年歡。」

陳王於是斂衽謝客，三復至言，永以爲則。四庫本《紫微集》卷一。

桂林中秋賦 並序

范成大

乾道癸巳中秋，湘南樓月色甚佳，病起不觴客，又祈雨，蔬食清坐。默數年來，九遇此夕，皆不常其處。乙酉值三館；丙戌與嚴子文遊松江，有來歲復會之約；丁亥又以薄遽走陽羡，與周子充遇於罨畫溪上；戊子守括蒼；己丑以經筵内宿；庚寅使虜[一]，次於睢陽；辛卯出西掖，泊舟吳興門外；壬辰始歸石湖，而今復踰嶺。歎此生之役役，次其事而賦之。

登湘南以獨夜兮，挹訾洲之横煙。絳霄黯其光景兮，湧冰鏡於蒼巔。悵旻宇之佳節兮，并四者其良難。

矧吾生之漂泊兮[二]，寄蘧廬於八埏。九得秋而九徙兮，靡一枝之能安。上瀛洲而瀑飲兮，當作噩之初元。旋水宿於垂虹兮，滉金碧之浮天。剋後期而竟爽兮，忽罨畫之滄灣。既戊子而守括兮，摘少微於樓欄。丑寓直於玉堂兮，聽宫漏之清圓。再西風而北征兮，胡笳咽於夜闌。迨返旆之期月兮，放苕霅之歸船。幸故歲之還吳兮，帶夕暉而灌園。甘土偶之遇雨兮，就一丘而考槃。

今又飄飄而桂海兮，賓望舒於南躔。訪農圃之昨夢兮，杳征路之三千。月亦隨予而

[一] 使虜：原作「北使」，據《歷代賦彙》外集卷一〇改。
[二] 漂泊：原作「飄泊」，據《歷代賦彙》外集卷一〇，《粤西文載》卷一改。

四方兮，不擇地而嬋娟。諒素娥之我哈兮，老色涴於朱顔。澄觀月之曩見兮[一]，炯不動而超然。適病餘而閉閤兮，屏危柱與哀絃。復訟風而閔雨兮，謝鼎食之芳鮮。閴清齋而晤歎兮，驚足迹之間關。誰職爲此驅逐兮，豈不坐夫微官！知明年之何處兮？莞一笑而無眠。四庫本《石湖居士詩集》卷三四附。

《黄氏日抄》卷六七　《桂林中秋賦》，感九得秋而九徙。

《復小齋賦話》卷下　范石湖《桂林中秋賦》，當玩其歸宿處，全在「澄觀月之曩見，炯不動而超然」二語，結亦妙。

〔一〕澄：原闕，據《歷代賦彙》外集卷一〇補。

宋代辭賦全編卷之九十七

賦　曠達

廣閑情賦

朱昂

維稟氣兮清濁，獨得意兮虛徐。耳何聰兮無瑱，衣何散兮無裾。務冥懷於得喪，寧勤體乎菑畬。將使同方姬、孔，抗跡孫、蘧。精騖廣漠，心遊太虛。傲朝曦兮南榮，遡夕颸兮北疏。非道之病，惟情之舒。

繇是含穎懷粹，凝和習懿。器奫淪兮幽夐，德芬馨兮周比。井無渫兮泉融，珠潛輝兮川媚。又何必陋雄之尚《玄》，笑奕之心醉，悲墨之素絲，歎展之下位？苟因時之明揚，乃斯文之不墜。

睇煙景兮飄飄，心懸旌兮搖搖。感朝榮而夕落，嗟蠁蛩而鳴蜩。姑藏器以有待，因寄物而長謡。願在首而爲弁，束玄髮而未衰。會名器之有得，與纓珥兮相宜。願在足而爲舄，何坎險之罹憂。欲效勤於豎亥，思追踵於浮丘。願在服而爲袂，傳繒素而飾躬。異化緇之色涅，寧拭面而道窮。願在目而爲鑑，分妍醜於崇朝。驚青陽之難久，庶白首以見招。願在地而爲簟，當暑溽而冰寒。伊膚革之尚疚，胡痞痳以求安？願在觴而爲醴，不亂德而溺真。體虚受之爲器，革譎性以歸淳。願在握而爲劍，每輔祗而保裾。殊鉛銛之効用，比硎刃而有餘。願在橐而爲矢，美笴羽之斯全。疇懋勳而錫晉，射窮壘而衄燕。願在體而爲裘，託針縷以成功。非珍華而取飾，將被服而有容。願在軒而爲篁，貫歲寒而不改。挺介節以自持，廓虚心而有待。

人之願兮寔繁，我之心兮若此。蓄爲志兮璞藏，發爲文兮霧委。既持瑾兮掌瑜，復擷蘭兮蓺芷。始無言兮植杖，終俛首兮嗟髀。振襟兮自適，覩物兮解頤。雲無心兮遐舉，蘿倚榦兮叢滋。想陵谷之變地，況玄黄之易絲。人可汰而可鍛，己不磷而不緇。苟一鳴而驚人，何五鼎而勿飴？

已而擁膝清嘯，傾懷自寬。樞桑户蓽兮差樂，鳩飛梭躍兮胡難。指夜蟾兮爲伍，仰疏籟兮邀歡。何孫牧而伊耕？何巢箕而吕磻？滌我慮兮緑綺，清我眠兮琅玕。周旋兮有則，徙倚兮可觀。終卷舒兮自得，契休哉於考槃。《宋史》卷四三九《朱昂傳》。

《宋史》卷四三九《朱昂傳》 宋初，爲衡州録事參軍，嘗讀陶潛《閑情賦》而慕之，因廣其辭曰……嘗作《隋河辭》，謂濬決之病民，遊觀之傷財，乃天意之所以亡隋也。使隋不興役費財，以害其民，則安得有今日之利哉！

貧居賦

釋智圓

荒徑草深兮衡門長扃，壞壁蟲響兮幽砌苔青。饘粥餬口兮吟詠適情，行披百氏兮坐擁六經。困窮而通兮盤桓居貞，嗟乎薄徒兮附勢尚聲。奔走要路兮騎肥衣輕，宴安華居兮狼心豕形。豈思止足兮安戒滿盈，名隨身没兮禍逐貪生。焉如忠士守仁義、簞食瓢飲、不改其樂兮，垂萬世之令名哉！ 續藏經第二編本《閑居編》卷三二。

幽窗賦

宋庠

暗室迷陽，開疏就方。匪結錢而效飾，將修隙以闚光。森豎櫺之寸漏，限横杙而尋長。逼南榮之愛日，蔽高廡之飛霜。隱几於下，陳篇在旁。含階筠之媚色，洩盤蕙之幽香。況復霽景初和，遊氛外滅。輕吹襲牖，頹陽溢穴。映故網而輕明，渺方紗而洞徹。但見野馬羣飛，纖蟲族悦。或蛾蠓之上擊，或醯雞而下頡。輕若毛舉，來踰電掣。隱見互舉，如翳如空。渺倦目以旁睇，監衆態之無窮。其來也，就煦以交舞；其處也，假照而相攻。瞥若浮埃之聚，恍如纖靄之蒙。馳騖乎蠅頭之域，遊揚乎蚊蜨之宫。形不任乎手搏，聲難爲乎耳聰。嗟大鈞之賦象，何至細而兼容？忽輕飆之一至兮，遂消散而無蹤。四庫本《元憲集》卷一。

睡鄉賦

翟汝文

翟先生息駕於吳，吳公子一日闖然奓户，弔而言曰：「嗟來先生，形影靡戾，撫厚地之方洋，貧無錐以自置。浮大匏之濩落，與木偶而安税。則夫子亦拙於用矣，其不可恥乎？」

先生作而笑曰：「有生不耘，爲世幸民，求田問舍，是役於貧。將營睡鄉，與化爲鄰。蓋遊四方者倦矣，而後乃知津焉。嘗試與公子共之，且公子其無以語人哉。嗟維睡鄉，彌厥疆土，疇荒度於厥初，創開闢於何許？羲和眇其跳丸，章亥失其攫步。先生樂哉斯遊也，據梧而瞑，隱几不應，磊砢霜松之披，照映玉山之頽。鏘冠佩之倒落，寄逆旅於形骸。肅余軫乎駕言，襄神馬而爲服。枕承蜩之曲肱，坦如鼓之枵腹。窈兮其蟄蟲藏陸也，冥兮其欲雨而雲族也。然後封畛屆焉，挈山澤於夜半，攬羣嬉之百怪。若舉棗葉，曾微蔕芥。一息千返，莫之留礙。若夫縱意馳騁，放乎山川，割壤奠乎南柯，從禽狩乎邯鄲。儷高唐之朝雲，聆帝都之鈞天。儇俄然而意適，化蝴蝶而飛翰。羣萬生之紛綸，孰與我乎控摶！方是時也，肘翳翳而生柳，鼻洶洶其鳴雷。湛清酒之猶設，儼黄粱之新炊。客書裙而滿幅，稚偷飲其方醉。隘有慟於塗窮，哂興哀於多岐。於是詠而言歸，返乎斯須，宛盱衡而瞬息，眺炯炯其清矑。翼體倦以欠伸，穆神閑而虛徐。蘧蘧形開，身如隕虛，釋然冰消，渙然霧除。恆若雨止雲無，處所猶故吾也。孰賓封疆，孰鄰方隅，維昔汗漫，據其上腴。軒轅極遊，是臻華胥，堯傳姑射，神人所都。穆王遐征，與化人俱。傲吏漆園，微躡其區。醉鄉附庸，厥壤不殊。彼多言以貽後世。已而方外之士，跂足首塗而趨也，故叔敖秉羽而甘心，簡子假道而朝服。或觸屏而爛漫，或頽然而枕麯。一涉其境而終焉，亦近世塗民耳目者也。吾聞狐死正而首丘，鳥倦飛而歸林。目晉城而燕涕，身楚病而越吟。今先生雖罥世故、眷睡鄉也，顧獨無心哉？哀艱梗之日蹷，孰云寐而無覺。蚊雷汩其道里，雞唱警其邊徼。亂牛鬭於牀蟻，壓鼠壤之鄰盜。匪蠅聲而蟲飛，明星曄其有曜。心搖旌而反側，悠哉役乎窈窕。事之殷也，而醉鄉膠擾矣。尼父亦云遑遑，周公莫予肯構。抑嘆鳳與泣麟，慨差池而塗繆。文悼懷於明發，予觸誅於正晝。隕厥性以自戕，羌刺股而懸首。悵焉佇而遐瞻，道脩阻其誰救也！於是睡鄉，荊棘生之，物魌釁作，卒投膏肓，不若用逢，釋萌四方。魂哀厲而散越，下招遺夫巫陽[一]，翦其堙爲虛厲也，不亦荒哉！且夫欲躁爲孽，志憯爲兵，陰陽食之，遂罹天刑，故畏塗而寤驚焉。今先生方且疲津梁而止息，復趨物之流動，惡變化之狡猾，神吾拙於無用。悟真是於得鹿，吾與若其同夢。」

於是公子茫然，有閒太息曰：「嗚呼噫嘻！吾儕自拘執。因與想，微先生遺緒言，終吾世而迷方也。」四庫本《忠惠集》卷五。

閒居賦

李之儀

嗚呼！閒居之爲樂也，樂其所可樂也，樂非其可樂，不爲閒居也。樂其居之閒，

[一] 原注：「巫陽謂掌夢，《周禮》釋萌，惡夢。」

然後知閒居之爲可樂也。跡雖是而心不在焉，與夫故爲其跡，而資以藉口者，乃閒居之戮民，非樂閒居者也。樂其樂者，君子之樂也；未始知其樂，而盜有其名者，小人之樂也。潘岳之賦，名則是矣，而心則不閒也。失志自寓，其無可奈何，而形容其不得已者也，戮民不足以言之也。陶淵明《歸去來》，似無頃刻休息，而超然自放於造物之外，陶然自得於言意之表，居不閒而得閒居之樂也。有一念不爲閒，有一境界不爲居。形如槁木，心如死灰，尸居而龍見，雷聲而淵默，得其一未知其二也。終日言而未嘗言，終日行而未嘗行，其庶幾乎！

孔子居鄉黨，似不能言者，其言曰：「毋意，毋必，毋固，毋我。」又曰：「予欲無言。」又曰：「吾與回言，終日不違，如愚。」申申如也，夭夭如也，儽儽然如喪家之犬也。魯人則曰：「此吾東家丘耳[一]。」夫是謂之閒居，而樂不足以言之也。

漢儒所記閒居燕居，是其日用之常，而非其所得之樂也。惟彼不類，造次必僞。於以行己，狼籍自棄。蒙不潔而反以衒鬻，蹈荆棘而不知所避。務淺陋之爲夸，而不識人間有羞耻事。方且忽婁豬艾豭之歌，而擁宋朝之弊帚；安燕婉籧篨之刺，而歸河水而

[一] 吾：原無，據《新刊國朝二百家名賢文粹》卷一八〇補。

高峙。杜門却掃，而閭里坐視其左右；動容變色，而肉食率懷其可畏。一顰一笑，惟我之從，則言發而利害隨之；一動一靜，立我之異，則頤指而百羅斯值。以是而日輪月賦如征焉，以是而山積海納如歸焉。乃曰：「我閒居者也。」是又潘岳之罪人，而謂聖人在上爲可免[一]，則予不知其所以也。四庫本《姑溪居士前集》卷一。

思隱賦

周紫芝

維人生之有志兮，咸自稟於不移。紛異趣之殊轍兮，違同驅而並馳。偉哲人之遐騖兮，車遄往而載脂。搏六翮於九天兮，時下睨而旁咍。何貪人之敗類兮，紛突梯其脂韋。傃林臯而不反兮，曰言邁以何之？念兒童之未涉兮，斥囂囂之群嬉。坐茂陰以終日兮，引清流而濯衣。怪推排而不去兮，懼並矚而歔欷。歲侵尋以彌長兮，迫世故之寒飢。儼余冠之峨峨兮，曳余裾之纚纚。發余軔於南山兮，漸余裙於天池。森九關之虎豹兮，夐杳隔乎雲霓。始藝蘭之百畹

[一] 人：原作「日」，據《新刊國朝二百家名賢文粹》卷一八〇改。

兮，植杜蘅於江蘺。同草木之零落兮，風雨穢而不治。塵冥冥而晝晦兮，石齒齒其輖摧。知薰蕕之卒不可以同處兮，疇鸞鷟之並栖。世聱牙而不吾與兮，吾亦惝怳而沈思。時奄苒其不再得兮，吁既逼於崦嵫。頹齡倏其幾何兮，竟迷塗之與偕。恫奮飛之不能兮，乖素心之幽期。藉隱默以自彊兮，終厚顔之忸怩。慨夫驥之逸足兮，猶未就而銜羈。豈縶維之不可脱兮，將生芻之不可以肥。幸鹽車之未駕兮，豈空谷之難追。卜余居於法淵兮，反余珮乎江湄。製芰荷以爲蓋兮，結薜荔以爲帷。雕桂樹以爲棟兮，採辛夷以爲楣。食雕胡之既實兮，飲墜露之未晞。信尚友於千古兮，樂天命以奚疑。矢余言之不妄兮，指玆山而誓詞。四庫本《太倉稊米集》卷四一。

客遊玄都賦

沈與求

南陽公數徵不腆之文，然街談巷語，陶寫性情，已即擲去，如棄唾漫，不復顧省，寧暇著稿刺人目耶？既數月，公更書下，餞客在門，恐遂泯默，則爲他日恨，輒賦《客遊玄都》，因公懸弧之旦，用以爲壽。其詞曰：

客有夢遊玄都之宫，覩一公子緇衣繡裳，下觀蠻觸之鬨，儼衷甲乎戰場。俄而免胄，四顧周章，少焉休矣，息閉影藏。粤有一老，長身臞然，深衣而黑緣。緩歌擊節，起舞偏僊。揖公子於下坐曰：「予方外之毳客，不知人間禮法之嚴、公子之貴也。抑嘗觀蜡，齒於列座，訪宴毛於廣筵，莫如予年長矣。公子其自言之。」

公子曰：「嘻！先生其眇予也耶！予生於三江，長於五湖。跨瑶光之象，負温洛之書。蓮房晨嬉，蓍室夜娱。嗟日月之幾何，戴神屋其如初。此猶未足以語壽也。蓬萊岱輿，員嶠方壺。以與夫瀛洲五山之根，出没乎歸墟。彼舉首以戴之，從禹疆而遞命者，實予之徒也。先生以爲何如？先生爵里奚居？譜諜奚自？豈周穆王之遺民，抑丁令威之嫡嗣也？不然，何得渠略視予，而以大老自恃耶？」先生曰：「有是哉！子壽可期，可以策計。若予壽者，蓋不知其紀也。一瞬目而千歲，一舉足而千里。鍊金氣於丹臺之爐，導玉腴於華池之水。引脰長嘯，聲聞帝庭。子夜沉沉，天門未扃。刷騏驥之捷步，輦鸞鳳之翽翎。縹緲碧落，徘徊紫清。群仙命予以九還之使，持絳節而擁霓旌。公子曾未免夫泥塗之累、網罟之患，豈足以族十五鼇而友四靈者哉？」

公子曰：「然則奈何？」先生曰：「公子中温文而外健武，能納新而吐故，其亦壽之類也。曷不捨奥渫，趨爽塏，以爲生之衛也？予聞南陽之墟，下有菊潭，公子其往遊焉，朝緩步而夕至也。酌餘波之清泠，擷遺芳之藿蘼。屬霞觴而自侑，渺天香之泛齒。插子翼乎崑丘，庶幾閲少廣之終始。」公子曰：「唯唯。」覺而賦之，以薦乎南陽公之壽几。四部叢刊本《沈忠敏公龜谿集》卷一一。

《復小齋賦話》卷下　古亦有壽賦，如宋沈與求《客遊玄都賦》爲南陽公是也。至明而夥矣。

閒居賦

崔敦禮

丁亥之秋，余既反闔待次，若不與世相聞者，作《閒居賦》云。

釋吏塵之鞅掌兮，望吾廬而載旋。野鶴脱於樊籠兮，解病馬於羈編。嗟余居何甚小兮，聊復有此池園。苟余意足有適兮，豈必金谷與平泉。余既浸以成趣兮，晝人事而與辨。曰悠悠其莫往來兮，壘柴門之蒼蘚。朝吟蘆花之白雪兮，暮數漁舟之青煙。時捫腹而徐行兮，俄曳杖乎池邊。龜魚識余之履聲兮，唼蘋藻而不喧。遲余步乎東疇兮，或嘉蔬之葱蒨。擷杞菊而將瓜芋兮，袖雨露之微泫。忽長風之吹來兮，鬨萬柳之喧駢。傾若相逾蹙若相鬪兮，各獻狀而争妍。余矯首而徜徉兮，欲飄飄而俱仙。穆室處之晏娱兮，樂圖書之舒卷。耿青燈而深語兮，下潛幽而窮玄。驚倦僕之僵屏兮，鼾夜床之對眠。感晨雞之呼覺兮，悵流光之易遷。於是慢然而起，起而歌曰：歲荏苒兮風露，手種木兮今檗檗。世我忘兮我寧忘世，去來去來兮吾居不可久閒。四庫本《宫教集》卷一。

中隱賦 並序

王炎

三衢留侯以中隱自處，范石湖爲書二大字以表章之，侯有《中隱對》，自敘甚詳。夫若隱若顯，内心泰然，不爲圭組所累，侯之志高矣。顧進爲於世，功大名白，民受其賜，侯未可辭此責也。乃賦之曰：

子留子道高而位下，豐蓄而嗇施。發揮所有，可以雷霆一世，而畏人之知。沈酣自得於理義之府，盤薄不騖於功名之塗，廼以「中隱」，扁其室廬。團蒲、曲几，詩編、酒壺，凡世間尤物一切無有，蓋淡乎如逋客之舍、幽子之居。吾見其鼻間栩栩，㒱鬖顔色。殆將貴吾身於隨侯之珠，眇外物於秋蟬之翼。此所謂與道逶迤，一龍一蛇，不露文彩，如玉如石者耶。夫孤竹二子，采薇西山，揭日月於百世之上，可望而不可攀。槁項黄馘，山澤下士，徒悦其風，未喻斯旨。友麋鹿於閒曠之墟，玩魚鳥於泬寥之涘。惟陸沈而無用，徒牢關而固拒。故荷蕢與耦耕，均聖門所不許。萬夫一賢，天地間氣。海涵岳負以育德，遊刃迎解以爲智。陽潛於泉則草木無色，雲出於山則膏澤千里。古之抱此道者屣脱富貴而無累，蟬蜕塵埃而不緇。然燕坐一室而經營四海，未嘗泊然與世而相遺。投耒耜而執玉，釋版築而乘車，萬物賓從，受其寵綏。蕭條陋巷之布衣，詰屈乘田之小吏，非爲我而不爲，蓋欲爲而不遂。

先生彈冠而出，曳履而趨，豈無意於斯人，而何以隱爲？漆園傲睨，達近乎詭；金馬玩世，和失之鄙。準繩以中，又安取此？有如樂天，可謂賢矣，不膏肓於邱壑之下，不柴栅於紳脩之間。招釋子於匡廬之阜，呼酒徒於香林之灘。得喪兩忘，去就俱閒。無乃欲眇今世而尚友，與斯人而比肩？雖然，進退有正，以義爲主，可否無固，因時爲度。元和之際，猶莫盡其所懷；長慶之後，可飄然而引去。時既異而轍殊，何必追其故步？曲阜之野，麟出而非；岐山之陽，鳳鳴而宜。可隱而見其中躁，可見而隱其德孤。吾欲與白傅異議，廼申以招隱之詩。其詩曰：

白銀雙闕高巍巍，佩印如斗生光輝。藥石之妙國可醫，縮手未試衆遲之。前旒側席九天上，青雲發軔端其驅。四庫本《雙溪集》卷九。

東山賦

楊簡

吾之日用何如哉？如東山之曉色，蒼茫無際，不可攬取。其間雲氣隱見，陽輝粲發。霞舒金錦，愈變而愈奇；雲拖玉龍，出没夭矯於萬峰羣翠之間，可觀可駭。而須臾忽化千態萬狀，莫繪莫畫。又如江上之秋光，清空爽明，若甚近也而不可執，若遠也而不可追而及。清露濡之，霜月炯之，而無所損、無所益。又如松間之溪聲，玲玲其鳴。其音甚清，的然可以聽而聞，而不得夫音之形。又如巖前之月明，其潔如玉，其流光凝止，若可以斂而掬。入松爲松，入竹爲竹，隨物賦形，而終不得其機軸。

此豈吾之所私有，獨妙獨化，他人不得而與哉？舉遐近，通萬古，夫孰者之不然？惟昏明之不齊，是非之迭出，所以有知有不知，有協於極、於不極。粒我烝民，莫非爾極，孰謂吾日用而非極乎？孰謂吾日用而可以知、可以識乎？孔子曰：「哀樂相生。」正明目而視之不可得而見也，傾耳而聽之不可得而聞也，孰謂吾日用而可以見、而可以聞乎？

偶書如右，他日名之曰《東山賦》。或疑當名《日用賦》，應之曰：「如此問，不惟不識東山，亦不識日用。」慶元丙辰仲秋，書於石魚竹房。四庫本《慈湖遺書》卷六。

幽情賦 和于君實

釋居簡

隱約兮窮，執德兮洪。菑畲在經，水旱在躬。揮毫落紙兮十吏敏供，滑稽怪奇兮解嘲送窮。思遠兮雲莫，掉鞅兮誰馭。貂裘兮塵侵，大笑兮出門去。付萬言於杯水，蜆豈虞於讀誤。勇一歸於半生，問征夫以前路。

駕言入郛，官舡載書。出無者車，長鬚者奴。委羽黎明，中津日晡。稚子牽裾，野人挽鬚。方寒温兮未既，倒囊錦兮畜儲。弔冰玉兮貞姿，撫莓苔兮槁膚。國香薦芳，不爲無人。淩波弗來，淡交竹君。俗駕可回，姑射可賓。結商鼎之佳實，待方山之怪民。擬奏賦於蓬萊，載擷英於典墳。補既往之缺遺，尊平生之所聞。攬萬象以冥搜，濯煩促於秋旻。哂富貴兮不義，毋憂貧而賀貧。四庫本《北磵集》卷一。

致遂賦

陳文蔚

余生多艱，勞筋苦志，顛頓萬狀。少不知學，意謂約可使豐，窮可使通，未免有出分之想。既登師門，日夕講貫，浸灌之久，始悟昨非，且得動心忍性之力。紬繹《大易》致命遂志之旨，謂命者一定而不可易，一以委之，而從吾所好，因作賦以自述。其辭曰：

猗惟皇之降衷，曾靡間於賢愚。既均賦於四端，又何別於錙銖。乃天命之流行，凡有生而與俱。苦稟氣之不齊，未免乎分量之拘。匪亨塞之爲異，則厚薄之有殊。亨匪出於人謀，塞亦根乎厥初。薄豈使人不足，厚豈欲其有餘。繇分定之故爾，人力詎能加損諸！

偉哲人之秉靈，合天人而爲一。順造物之自然，於吾心而罔窒。雖有通而有否，與或得而或失。蓋先定於冥默，豈變遷於此日。達則行於當世，窮則安於一室。知在天之靡常，恃修爲之可必。不以寬而舒徐，不以窘而迫怵。雖素乎貧賤患難，嘗日怵而心逸。不可倖者一以付之，所當盡者未嘗或失。苐從吾之所好，匪避勞而趨佚。既無入而不得，動每見於逢吉。彼昏庸之弗明，常隕穫於所疑。凡一定之天命，謂可勝以人爲。動欲任乎智力，謂禍福之可移。曷於理以弗察，根厥命之不知。既行險以僥倖，遂倒行而逆施。稽有命之前訓，豈聖賢之我欺！

羗醉生而夢死，奚止乎小點大癡。慨吾生之多艱，自青陽而已困。意利達之可營，冀鵬圖之一奮。何所向以背馳，既中途之顛頓。當利害之相形，尚胸中之交戰。幸天誘其懦衷，就師門而學問。承教戒以非一，希遯世而無悶。雖志苦以筋勞，敢人尤而天怨？中既有以自信，外雖榮而不願。誓將以此而終吾生，又何有乎遺恨。

辭曰：富貴浮雲，吾何求兮。從吾所好，聖門遊兮。瓶儲不繼，亦忘憂兮。處困而亨，樂林丘兮。彼窘室廬，山爲囚兮。此順天命，心休休兮。四庫本《克齋集》卷一三。

弟子清夜遊賦

陳普

弟子丘和中年少而畹，淡而腴，静而秀，同而不污，粹然孝悌之性，慢然學道之志也。瀟然出塵之姿，退然有下人之意也。父母不以爲愁，宗族不以爲幼。少者願以爲兄，長者願以爲友。懷春風，美秋月，喜豁館，愛澡雪。富貴欲爲伊尹、太公，貧賤欲作陶潛、康節。

乃者殘暑殺，秋風生，二氣正，兩儀平。煙霞霏霏而徐斂，明月高高而按行。清氣不知其從來，如混沌破而海岳呈；高風莫見其從來，如江虹起而海潮横。

於是乘發機，循應迹，以曾點爲主，以東坡爲客。據依洛春，遊觀赤壁，假酒借殺，抱道懷德。陪從師友，經歷親戚。過小橋而道東臯，訪平山而入南陌。或有思而少止，或立語而移刻；或遠聽而澄神，或静觀而正色。乃者歲朝明堂，熒惑潛慝；露華百室，柝静萬國。澗水有聲教吾言，青山不語教吾默；天地廣大示吾宏，萬象有體示吾則。天下三樂無愧於孟軻，人生百體不負於蔡澤。而况荷風蘭露沐我以芳馨，梧月菊霜粹我以潔白。

而今而後，束筋骸，脩禮容，奉家庭而唯諾，見齒德而彌恭，敬五事而迓百福，不負百年之身，以答塞此生之逢也。先生以爲如何？予曰可教矣，本領端正而枝葉條達矣。

交揖而歸，閉户擁衾。端起予之鼻息，隨轉午之庭陰。明萬曆刻本《石堂先生遺集》卷一五。

思歸賦

梅堯臣

禄有可慕，禄有可去。何則？移孝爲忠，曾無内顧，則禄可慕而可據。上有慈顔，以喜以懼，故禄可去而不可寓。噫！吾父八十，母髮亦素，尚爾爲吏，夐焉遐路。嗷嗷晨烏，其子反哺，我豈不如，鬱其誰訴！

惟秋之氣，至憀慄而感人，日興愁思，側睇江濱。憶爲童子，當此凛辰，百果始就，迭進其珍。時則有紫菱長腰，紅芡圓實。牛心緑蔕之柿，獨苞黄膚之栗。青芋連區，烏椑五出。鴨脚受彩乎微核，木瓜鏤丹而成質。素乳之梨，赬壺之橘，蜂蛹淹醢，榠樝漬蜜。膳羞則有鵁鶄野鴈，澤鳧鳴鶉。清江之膏蟹，寒水之鮮鱗。冒以紫薑，雜以菱首。觴浮萸菊，俎薦菁韭。坐溪上之松篁，掃門前之桐柳。

僕侍不譁，圖書左右。或静默以終日，或歡言以對友。信吾親之所樂，安閭里其兹久。切切余懷，欲辭印綬，固非效淵明之褊衷，恥折腰於五斗。蓋自成人以及今，未嘗一日侍傍而稱壽。豈得不決去於此時。將恐貽恨於厥後。明正統刻本《宛陵先生文集》卷六〇。

思歸賦

王安石

蹇吾南兮安之？莽吾北兮親之思[一]。朝吾舟兮水波，暮吾馬兮山阿。亡濟兮維夷，

[一] 北：原脱，據《皇朝文鑑》卷三、《歷代賦彙》外集卷八補。

夫孰驅兮亡𡟖[一]。風倏倏兮來去，日翳翳兮溟濛之雨。萬物紛披蕭索兮，歲逶迤其今暮。吾感不知夫塗兮，徘徊傍徨以反顧。盍歸兮，盍去兮，獨何爲乎此旅？宋紹興刻本《臨川先生文集》卷三八。

懷歸賦

沈括

歸休乎！嗟生亦勞兮，歲常九行而一息。四方已莫不異兮，欲終往而安即？披荆榛以孤鶩，涉大塗之梗塞。投孱顔以坌人，孰爲晏眠而朝食？瞀欻一山而百折兮，況千里之綿邈。高浪鱗卷而電劃兮，近不保乎咫尺。

嗟乎[二]！子乘此而安之兮，托扶摇以寸翮。吾一念子之往兮，意久兀硉而屹栗。彼夫人之聖哲，寧有欲乎顛踣？靡冥冥之無窮，抽萬世之潛默。雖皎中而自信，亦終壈

[一] 𡟖：《皇朝文鑑》卷三、《歷代賦彙》外集卷八作「𡟖」。

[二] 乎：原闕，據《宋文鑑》卷五、《歷代賦彙》外集卷八、《淵鑑類函》卷三、清光緒刻沈氏三先生文集本《長興集》卷一補。

坎而莫覿。來之不可與謀兮，果去亦庸何傷？既振轡而大驅兮，盍倡佯其所適[一]。期無羨於古人兮，苟亦善吾之令德。終曠蕩之可驤兮，信幽履之不惑。清光緒刻沈氏三先生文集本《長興集》卷一。

言歸賦三章

王令

歸乎歸乎，從茲世以奚爲？世不能以是而從吾，吾安能從世以適非！求吾志則不得，苟以食則從之。非大人之獨畏，吾且慚於臺豎之窺。彼皎皎之潔不受汙，嶢嶢之高不受瀦，吾盍由此以歸乎？

歸乎歸乎，人誰適從？盍求吾之志乎[二]！懼杲日而有逃[三]，何恤影之息乎！從夫人以適越，眷吾車之柅乎。不剗足以狥屨，合終跣而已乎。嗟匏瓜之不食，安知不得之

[一]盍：原作「蓋」，據《宋文鑑》卷五、《歷代賦彙》外集卷八改。

[二]求：原注：「一本作『守』。」

[三]有：原注：「一本作『以是』。」

濟乎[一]？

歸乎歸乎，吾何歸乎？吾食無田，吾寢無廬，吾爨無芻，吾餔無葅。四方不可遊，吾亦無馬以取道。眷魚鹽與工賈，吾豈從買賣子以爲撓？然則無以歸而奈何，安吾命以施夷，從吾志以委蛇。歸乎歸乎，歸何時乎，南山之阿。明鈔本《廣陵先生文集》卷一。

夢歸賦 並引

李處權

予洛人也，既更衰亂，奔竄潛伏，煙塵阻絶，身世相弔，遑遑乎羇旅之憂，忽忽乎歲月之久也。遲暮良苦，一夕夢歸故里，顧經於目而歷於耳者，憯不勝乎其悲也。作《夢歸賦》，雖文不足采，而援古知今，卒反乎正，庶不謬述作之旨云。其辭曰：

夢故國之圮城兮，陟曲隅之欹亭。俯伊洛之蜿蜒兮，仰嵩少之峥嶸。痛一炬之焦土兮，徹雲漢以宵赬。弔瓦礫之塞路兮，失廈屋之連甍。蓊草木之叢灌兮，駭鳥獸之悲

[一]之：原注：「一本作『自』。」

鳴。訪吾廬之無處兮，嘅遺址之已平。動心目之惋傷兮，慘神沮而骨驚。

究此都之宏達兮，匪郡國之可配也。挺龍門以迄其面兮，伏邙阜之峙其背也。亘飛梁於波上兮，矯雙闕於雲外也。鳴天雞之一聲兮，非煙擁乎冠蓋也。思當年之行樂兮，信承平之嘉會也。想澗瀍之始卜兮，宅取夫天地之中兮，氣得乎陰陽之正也。奉巍峨以再遷兮，轉岌業之連乘也。揭神行而百靈護兮，極方怒之萬牛併也。世三十而年七百兮，姬公導其慶也。諒輕重之在德兮，胡楚子之可問也。

皇哉我朝兮，遹德事之追前聖也。偉恢復之鴻業兮，眷上帝之所命也。陋玄肅而不算兮，抗宣光之與並也。席成基以永固兮，膺寶運之方競也。觀茲鼎之復出兮，奄舊宅而果盛也。四庫本《崧菴集》卷一。

歸歟賦

唐庚

歸歟先生，歸歟先生！坐講六籍，立談百氏。突姬、孔之堂奥，剞軻、雄之心髓。遊説天子，間關千里。射策萬言，捭闔亂理。葩吐奇，霞散綺。拔犀渠，擢象齒。曾不能八事爲律，片言寤旨。

傴僂一命，摧折委靡。窮騏驥於捕鼠，困干將於補履。血鵬而肉鯨兮，尚不能逞；刀機之殘濕兮，又何足舐？昔薛丞相置東閣以觀士，朱游拂衣而起。奚扁舟之不汎，豈洞庭之無水？

先生笑曰：「嗚呼噫嘻！子言小哉！病者嗜於土炭，餓者甘於糠粃。醉者安於遇虎，怒者恬於染指。萬法非實，皆由心起。狐尾見於疑目，牛鬬聞於病耳。宿瘤何惡，顰眉何美？狐裘何榮，牛衣何耻？吾謂戴安道破琴而不肯作，未若宋之遜秉笏而唱吟。閻立本沮氣於畫師，未若禰正平遺形於鼓史。抱關擊柝兮亦悠悠，彈冠結綬兮亦悠悠。吾忘情於彼此者也。」宋刻本《唐先生文集》卷一一。

歸去來賦

王十朋

歸去來兮，終日思歸今已歸。嗟連歲之行役兮，誤甘旨之屢違。身雖處於異鄉兮，念長在於庭闈。陟高崗而東望兮，悵白雲之孤飛。食虀鹽而無味兮，悟蝸角之真非。泛季卿之竹葉兮，詠晨光之熹微。

辰未浹而到家兮，指青燈而扣扉。粲慈顏之一笑兮〔一〕，紛稚子之牽衣。雖吾歸之不若人兮，不能衣錦而乘肥。吾將以此而易彼兮，學何蕃其庶幾。四部叢刊本《梅溪先生文集》卷一一。

歸歟賦

楊萬里

緊端月之涉七兮，諏其日則曰人。倦予遊於道路兮，念求以憩予神。豈不愛窗月之娟好兮，睡鄉檄予以卜鄰。曾不及於解衣兮，遑暇脱予之巾？恍栩栩以一適兮，忽乎還家而及門。忘予身之爲羈兮，驟喜覿予之親。烱鶴髮之予照兮，一哂以勞予勤。環兒女之挽袖兮，犬雞亦爲之載欣。予親呼酒以予酌兮，奚未舉而既失？驚客舍之已晨兮，窗不見月而見日。風挾寒以薄人兮，巧尋罅以入室。纔予親之膝下兮，夢覺而千其里。湛清盧之易溢兮，潸予面其如洗。推予枕其不能寐兮，捐衾裯而又不能起。

嗟予生之艱勤兮，墨兵納我於學林。慕黄口而輕予之明月兮，以耒耜而易搢紳。既

〔一〕粲慈顏之一笑兮：原作「粲慈顏一笑兮兮」，據四庫本刪補。《歷代賦彙》外集卷八作「粲慈顏於一笑兮」。

自山海之棄而粥於市兮，又何歎池活而籠馴？羌初心之豈其然兮，亦曰負米而爲貧。家焉釜吾親兮，公爾以芹吾君。惟是行之猖狂兮，隨薦書以叫閽。謁帝久而乃覲兮[一]，豈不就於一列？其如釜甑之空兮，履無當而衣有結。樂調飢而濟渴兮，猶幸有曾冰之與積雪。仰王都之造天兮，非都盧其奚躡？反而顧予之躄足兮，欲自雜於汗血[二]。夢歸而不歸兮，不念吾親之指嚙。歸歟歸歟，豈南溪之無泉兮，南山之無蕨！四部叢刊本《誠齋集》卷四三。

歸賦

張侃

此邦不可以遊兮，吾將安歸？道卷藏兮，曰時之宜。樂天知命，吾何憂也。飲水曲肱，又何尤也！彼其之子，好是謀也。三月無君，不如丘也！子豈好辯哉，予不得已也。隱几而卧，是有俟也。王庶幾改之，言之輔也。遲遲其

[一] 久：汲古閣本作「天」，《歷代賦彙》外集卷八作「室」。

[二] 雜：四庫本、《歷代賦彙》外集卷八作「乘」。

行，非濡滯也。三宿出晝，豈舍之去也。君不吾留，浩然有歸志也。歸乎歸乎，踽踽涼涼，巧言令色也。懷寶迷邦，國之賊也。我心傷悲兮，日月於邁兮。覬王之改兮，萬民永賴兮。一變而魯，再變而道。嗟乎不仁，蒼蒼穹昊。四庫本《張氏拙軒集》卷五。

端居賦

种放

予嘗闔扉而居，不樂他遊，未嘗以一詞輒干公侯〔一〕，以借浮譽。門外苔封草纖，非知己之深者，無一造其居。或罪予曰：「嗟乎明逸！上有明天子、賢執事，子獨貧且賤，恥也。又《易》稱『君子以貞、凶』，子其有是乎？」予退而作《端居賦》：

山鳥寂寂，梧陰晝碧。窮居退夫，耿然不懌。精神沮而徜徉，冠屨陋而踧踖。類沈酣而未醒，豈執迷而莫析。固貽譏於獨善，尚多言而自釋。鯨鵬雖大，無風波而何益；

〔一〕干：原作「于」，據《古今圖書集成·學行典》卷二七七、《歷代賦彙》外集卷一二改。

胡粤萬里，捨舟車而奚適。在聖賢雖有志於下民，孰能無位而立辟？況予才不逮於往哲，名器敢期於苟得？在得喪不忘於明聖，顛沛必思於正直。終皮弁以自守，惡鷸冠以假飾。進不妄而嘻嘻，退不怨而戚戚。故孟軻有言，雖有鎡基，不如逢乎有年；顏氏幾聖，樂在陋巷，亦將育乎令德。兹窮通之自信，匪古今之可尤。顧竊位而擇肉兮，予誠自羞；寧守道而食芹兮，中心日休。予將息萬競、消百憂，養浩氣於蓬茅之下，飲清源於淵默之流。侶鸞鵠兮雲霓之表，終焉泯衆議之啾啾。《皇朝文鑑》卷一。

空同賦

朱熹

何孟秋之玄夜兮，心憀戾而弗怡？偃予軀之既寧兮，神杳杳兮寒闈。雲屋掩而弗扃兮，壁帶耿而夜光。宕予魄而不得視兮，悵竚立其怔營。靈脩顧予而一笑兮，懽并坐之從容。寐將分而不忍兮，旦欲往而焉從？眷予衷之廓落兮，奄愁結而增忡。超吾升彼崑崙兮，路脩遠而焉窮？忽憑危以臨睨兮，蔑廣寒與閬（平）風。信真際之明融兮，又何必懷此夢也？矢予詞以自寫兮，盍將反予旆乎空同！四部叢刊本《晦庵先生朱文公文集》卷一。

世事悠悠，浮雲聚漚。昔日潛蟄，今爲崇丘。眇萬事於一瞬，孰能兼忘而獨遊？爰有達人，泛觀天地。不擇山林，而能避世。引壺觴以自娱，期隱身於一醉。且曰封侯萬里，賜璧一雙。從使秦帝，横令楚王。飛鳥已盡，彎弓不藏。至於血刃膏鼎，家夷族亡。與夫洗耳潁尾，食薇首陽。抱信秋溺，徇名立殭。臧穀之異，尚同歸於亡羊。於是笑躡糟丘，揖精立粕。酣羲皇之真味，反太初之至樂，烹混沌以調羹，竭滄溟而反爵。邀同歸而無徒，每躊躇而自酌。若乃池邊倒載，甕下高眠。背後持鍤，杖頭掛錢。遇故人而腐脅，逢麴車而流涎。暫託物以排意，豈胸中而洞然。使其推虛破夢[一]，則擾擾萬緒起矣，烏足以名世而稱賢者耶？明萬曆刻本《蘇文忠公全集》卷一。

志隱賦

蘇過

蘇子居島夷之二年，客有自許來唁，問其安否，而勉之進取。曰：「天之生物，類聚羣分。蠢動飛走，不相奪倫。魚宅於淵，獸伏於榛；鼉之於冰，鼠之於焚。失其所

[一] 虛：原作「墟」，據《東坡先生外集》卷一一、《歷代賦彙》外集卷一三改。

則病，因其性則存。且非獨蟲魚然也。楚之橘柚不植於燕代，晉之棗栗不繁於閩越。非天地之所私，繫物性之南北。況於人乎？余蜀人也，少遊三晉之間矣。秋冬之交，朔風蕭條。山童澤枯，墮指折膠。陰山之雪，三歲不消。故其生實瘠而不窳，畜駟强而不乾。人亦剛而多勇，壽而碩堅。膚拆面皴，足胝手胼。爲霜雪之所凝，凜其質之歲寒。而五嶺之南，夷獠雜居。天卑地溽，山盤水紆。惡溪肆流，毒霧蒸噓。晝避蝮虺，夜號鼪鼯。草木冬花，霖潦長濡。星隱於氣，日見於晡。故其民多重膇之病，寒熱中膚。非耋而傴，非躄而扶。而儋耳者，又在二廣之南，南溟之中。其民卉服鼻飲，語言不通。狀若禽獸，既嚚且聾。海氣鬱雺，瘴煙溟濛。而子安之，豈亦有道乎？且夫君子之修身也，病没世而無聞。故其躡屩而取卿相，脱輓輅而□封君。季子從成而得印，范叔計行而專秦。相如進缶而趙重，毛遂奉盤而楚親。或刀筆以自奮，或干戈以策勳。脱穎者富貴，陸沈者賤貧。希揄揚於鼎彝，耻湮没於埃塵。古人有言：『歲云暮矣，時不我與。』如子之年，鳴鍾鼎食者多矣，曷亦有意於世乎？」

蘇子曰：「噫！若客，殆未達者耶？大塊之間，有生同之。喜怒哀樂，鉅細不遺。蟻螽之君臣，蠻觸之雄雌。以我觀之，物何足疑？彭聃以寒暑爲朝暮，蟪蛄以春秋爲期頤。孰壽孰夭，孰欣孰悲？況吾與子，好惡性習，一致同歸。寓此世間，美惡幾希。乃欲夸三晉而陋百粵，棄遠俗而鄙島夷。竊爲子不取也。子知魚之安於水也，而魚何擇夫河漢之與江湖？知獸之安於藪也，而獸何擇於雲夢之與孟諸？松柏之後彫，萑葦之易枯。乃物性之自然，豈土地之能殊？子乃以晉楚之産疑之，過矣！雖然，瘴厲之地，子得其詳也。僕亦擇其可道者，以釋子之惑。天地之氣，冬夏一律。物不凋瘁，生意靡息。冬絺夏葛，稻歲再熟。富者寡求，貧者易足。績蕖爲衣，蓺根爲糧。鑄山煮海，國以富强。犀象珠玉，走於四方。士獨免於戰争，民獨勉於農桑。其山川則清遠而秀絶，陵谷則縹緲而岪鬱。雖龍蛇之委藏，亦神仙之所宅。吾蓋樂遊而忘返，豈特暖席之與黔突也哉！若夫紆朱懷金，肥馬輕車，固人情之所欲得也。而況金石之傳，不朽之榮，爲主上布德澤於斯民，拊四夷而賓不庭，固非獨善其身，老死丘壑者所得擬也。然功高則身危，名重則謗生。枉尋者見容，方枘者必憎。而自古豪傑之士，有不能閭閻之窮，慨然有澄清之志，探虎穴，索驪珠，而得全者，蓋無一二也。彼大人者，宵然觀之，顡蹷遠引，況以榮爲樂耶！世非不知得士者昌，失士者危。然患難或可以共處，安逸或可以長辭。子胥不免於屬鏤，范蠡得計於鴟夷。蕭何縲囚於患失，留侯脱屣於先知。敵國亡而信烹，劉氏安而勃疑。故介推避禄於綿田，魯連辭賞於燕師。接輿長歌於鳳鳥，莊叟感慨於郊犧。僕無過人之才，固不足以自媒也。然馬之羈靮，鷹之韝紲，寒心久矣。方長鳴於冀北，睹阜棧而知懼。擊鮮肥於秋風，又何臠割之足顧哉！蓋嘗聞養生之粗也。今置身於遐荒，如有物之初。余逃空谷之寂寥，眷此世而愈疏。追赤松於渺茫，想神仙於有無。此天下之至樂也。而子期我以世人，污我於泥涂。貪千仞之彀，輕隋侯之珠。子以爲巧，我知其愚。」客愧且歎曰：「吾淺之爲丈夫也！」知不足齋叢書本《斜川集》卷六。

蘇過《志隱賦跋》（《斜川集校註》卷九）　昔余侍先君子居儋耳，丁年而往，二毛而歸。蓋嘗築室，有終焉之志，遂賦《志隱》一篇，效昔人《解嘲》、《賓戲》之類。將以混得喪，忘羈旅，非特以自廣，且以爲老人之娱。先君子覽之，欣然嘉焉。逮今二十年矣。政和丙申來潁水，偶發書篋，得舊稿，悵然感嘆。小兒籥在總角時，逮事先君子者。惜此篇久亡而今存，請書其事而藏之，庶幾不忘在莒云耳。

松江蟹舍賦

高似孫

鴟夷子皮既相句踐，讎闔閭，殄夫差，弔子胥，無纖恨於越人，乃騁懷於西吾。乃昂然作，喟然吁曰：兔死犬烹，鴻罹於罦。古人所危，吳其亟圖。方將朝三江，夕五湖，一去不回，樂哉此桴。蒓其遺於人間，情嫋嫋於姑蘇。水統乎笠澤，天包乎具區。松陵互潮，太湖交瀦。川納壑府，波畫村墟。石鎛碕岸，崖鼇別嶇。波程杳渺，水路盤迂。洄渚棋布，聚落星敷。

採之於山，則綠膩女桑，黃苞橘奴，收菽貢梨，剥棗擷茶。取之於水，則絲被紫蓴，筍含青菰，採菱春芡，食蓮燒蘆。是皆舟子所鄉，魚郎所廬。葭菼兮爲域，莞葦兮爲郛，鴻鷺兮爲鄰，鵁鶄兮爲徒。

時則天澄月淨，風恬靄舒。或霧氣之濛沫，或煙雨之扶疏。棹歌亂發，漁榜疾徐。命儔嘯侶，靡一不魚。蔭柳邊之罺槮，注隔花之罶𦌾。兒奏輕笱，婦呼飛罛。水事濊濊，一發靡虛。乃有鱠殘之鯽，四鰓之鱸，瓌異叢毓，鱗甲紛挐。鯉皆會於漁市，羨足給於魚租。

至於露老霜來，日月其徂，萬螯生涼，含黃腯膚。其武郭索，其雄睢盱。其心易躁，其腸實枯。勇鼓而喧集，齊奔而並驅。鴟夷公顧而笑曰：「昔者吳之將微，民甚艱虞。厥有躁亂，害於菑畲。是固汝輩之所騁者歟？」

吳人趨而告者：「當是時也，善有鮮鑑，貞有罕孚。樂鴆乎毒，習甘乎諛。一蠱方妍，漂香沉珠。樂極危生，淪胥以鋪。是故非蟹罪也。維我吳人，以漁爲娛。每施勤於簄斷，皆得志於江塗。方洞庭兮始霜，熟萬稼兮豐腴。執一穗兮朝魁，目洪溟兮争趨。工緯蕭兮承流，截簺沸兮防逋。燎以乾葦，檻以青筊。喧動涼蕝，驚飛宿鳧。其多也如涿野之兵，其聚也如太原之俘。蟹事卓犖，八荒所無。今敢藉以涼荻，束之風蒲。願奉一醉，獻諸大夫。」

大夫嗒然笑曰：「嗟汝吳兮巨麗，樂太伯兮開初。括千粤兮自裕，跨蠻荆兮遠摹。于星紀兮經略，控軫野兮車書。至若藪澤幽靈，川瀆滮洿，灌注兮天下之半，欝拂兮瀛州之居。忘越矢之倏西，嘆麋臺之交蕪。余方超萬物兮如蜕，豈一蟹兮樂且。」

吳人再拜進曰：「大夫高矣！儂聞宅金湯之固者，莫崇乎德者也；建竹帛之功者，莫勇乎謀者也。目吳越之成敗，愾君臣之嗟戲。然儂者生長水國，子孫澤隅。朝莫一艇，暑寒一籧。老魚鼈而爲命，狎鷗鸕而不孤。久與世以相忘，亦傷今而欲痛。大夫方將謝軒冕，樂樵漁，儻玄機兮相高，庶嘉遁兮不渝。今儂有粳可炊，有酒可沽。幸江山兮如待，祈風月兮無辜。」

大夫爲之欣然曰：「若子者，是豈以蟹爲業者歟！非渭水之遺智，必山澤之脩癯。」深樂其言，藏道於愚。欲去兮徘徊，欲逝兮勤渠。舉酒酬酢，道古哀歟。與之釋縛，爲之拍浮。剳甲如山，齏橙如餔。意晤忘言，酒深相扶。指青天兮自誓，幸來世兮知予。眇煙水兮莫流，迅孤舟兮長呼。蟹翁者三嘆於邑，四顧躊躇。揖長江而如矢，聆浩歌而莫能俱。

其歌曰：「天高兮月寒，天風兮水急。鴻遠兮汲汲，人有慕兮何嘆及。老霜澤兮遺漁，斷有蟹兮罛有魚。酒答天兮天知予，子不得兮愁何如！」

又歌曰：「洞庭兮既波，松江兮未雪。一舸兮自決，知者樂兮樂者哲。蟹健兮魚肥，風吹觴兮酒淋衣。知有蟹兮不知時，若斯人兮其庶幾。」百川學海本《騷略》卷三。

食力賦

釋居簡

或訝余遊兮廣居大輿，隳兮豐饔華裾，殆不知吾不素食也，宏吾説而反諸。凡吾有兮四民樂輸，入吾籍兮縣官索租。不耕則荒，不植則蕪。不則蠶食，且獵且漁。屢空不顧，坐觀其逋踣而後已，不其晚乎？

今也反是，安知其餘。勞心治人，勞力自劬。墾闢田萊，罅漏補苴。先事者餔，怠則削除。僅支兮目前，旁搜兮古初。無愧兮自求，屬饜兮自愉。大人先生可扳援兮，奇字是咨；窮老惸獨相呴濡兮，閒情是娛。粟吾粟兮瓦盂，樂吾樂兮道腴，苟不吾以兮縱其所如。

亂曰：力可强而有也，智不可飾兮。既盡瘁也，我心適兮。雖百紛兮，我心匪石兮。四庫本《北礀集》卷一。

宋代辭賦全編卷之九十八

賦　頌美

頌德賦　東宮生日獻

徐鉉

惟先王之建國，體皇極而垂制。仰則觀於辰象，俯則察於地義。前星爲帝座之輔，蒼震乃少陽之位。非明德與茂親，不足膺兹主器。故萬邦以貞，而本枝百世。是必天錫嘉祉，神輸百祥，山河資其正氣，日月分其融光，膺期運以載誕，配乾坤而永昌者也。惟我儲后，昭明俊德，黄裳元吉，沉潛剛克。鉤深致遠，曾莫揖其津涯；問安視膳，每或形於顔色。在昔冲讓，高追太伯。乃剖麟符，保釐東宅。受道師傅，稽疑典冊。化自誠心，風行邦國。

乃擁干旌，南徐之城，左撫句吴，前對敬亭〔一〕。京師河潤，盛德日新。其畏如夏，其惠如春。謝傳圍棋，静一方之沴氣；條侯高卧，息萬里之驚塵。令問孔昭，元功莫二。人情不可以久鬱，皇統不可以終避，乃畏天命，允兹儲貳。鳴玉軟以徐來，與春郊而揔至。龍樓霧廓，雞戟風生。珍符疊委，和氣交迎。百度以之而式序，多壘以之而載清。史書有年，衢傳頌聲。豈人事之協贊，信宗祊之降靈。於是玄圃凝陰，瑶山密雪。宣猷之緹幕半下，濛汜之曾冰乍結。爰書慶誕之日，始過嘉平之節。麗正晨啟，重明夙設。

調護之客、娱侍之臣，峨冠煒爗，佩玉璘玢，咸稽首而再拜，獻多福於萬春。有宫坊之下吏，乃捧觴而進稱，曰：自古聖賢，率由輔導。伊徇名與課實，故成敗之異效。粤若成王，史佚周、召，左右前後，惟仁與孝，靡過不舉，無善不告。兹君臣之一體，故風聲之克劭。降及後代，亦慎厥初，實聘四老，復延二疏，咸由古道，以佑皇儲。若乃征和戾園，有思臺、博望之盛；貞觀承乾，有玄齡、魏徵之重。或有其禮而無人，或有其人而不用。何擇禍之忘輕，信非賢而罔共。

〔一〕對：原作「封」，據《全唐文》卷八七八、《歷代賦彙》卷四六改。

英英副君，鑑古知今。百揆在乎手，萬務經其心。朝廷之所寄者重，蒼生之所望者深。既賞興王之諫，亦訪百官之箴。故曰生民在勤，好問則裕。不躬不親，人將執信？一遊一豫，樂有常度。節八音以導其和平，調五味以適其喜怒。情義兼於家國，故知無不爲；愛敬極於君親，故惟道是諭。儉以足用，而施舍不可不行；仁以接物，而刑罰不可不具。冗官宜省，而才不可遺；疆事漸寧，而備不可去。居安思危，覩災而懼。上分一人之憂，以成天下之務。俾中外之禔福，與宗祧而永固。伊下臣之不佞，蒙國士之殊遇。實含和而吐頌，豈登高之能賦？願降鑑於芻蕘，庶効誠於塵露。影宋刻本《徐公文集》卷一。

河清賦

夏竦

有客謂臣曰：「朝廷將祀汾南，爲民祈穀，大河載清，於陝之服，子嘗聞其說而頌其異乎？」臣曰：「傳遽之吏，罕聆朝議。願客攄抱劇談，開我以嘉瑞。」

客曰：「唯唯。蓋聞滔滔靈源，發自崑崙，導於積石，出於龍門，懷砥柱而勢迴，播鉅鹿而派分。三王先之於祭，四瀆宗以爲尊。千里兮一曲，濁流兮渾渾。乘春則桃花競湧，赴夏則竹箭争奔[一]。若澄清而變色，實千祀而疇德。爲中夏之經瀆，故其應有常；通上天之絳河，故其靈不測。洎我國家秉皇圖，宣帝力，尊百神，朝萬國，光明乎遐絶，馨香乎霄極。禪云亭而廣厚，玉簡既封；祀汾脽而頌祈[二]，鑾旂未飭。西人清候而望幸，六官戒期而勵翼。爰薦祉而炳靈，灔澄波之湜湜。徒觀其祥風蕩漾，非煙蒙羃。浮休氣於川上，汎榮光於岸側。失洶湧之黄流，湛清泠之素液。銀潢之影横秋，帝臺之漿映日。江練初静，壺冰乍釋。鑑秋毫及纖塵，露金沙與銀礫。神魚龍馬，泳深淵而不隱；紫闕朱宫[三]，擴洪流而可覿。合濟瀆兮安辨，委滄溟兮競碧。吉蠲自等於明水，嘉號宜尊於清滌。可以頌於廟，式告元符；贊於史，以永大謨。豈比夫蘭葉朱文，湧黄靈之籙；芝泥玉柙，汎帝嬀之圖。登夏子之巍巍，掩漢唐之區區。子盍獻議外廷，上封公車，請以水而紀官，以瑞而建元？然後登歌而率舞，豈非士大夫之職乎？」

臣曰：「客知其一，未知其二。上之功不可以方策載，上之道不可以金石紀。感通

[一] 夏：原作「下」，據《新刊國朝二百家名賢文粹》卷一七六改。
[二] 祈：原作「祇」，據乾隆翰林院鈔本改。
[三] 朱：原作「珠」，據《新刊國朝二百家名賢文粹》卷一七六改。

靡間於洪纖，周流罔滯於形器。六合而萬區，肅穆而昌熾。元符而景命，紛綸而沸渭。天地清而陰陽既序，邊鄙清而干戈不試，政教清而無遠弗懷，刑罰清而有生咸遂。道德爲休而神靈幽贊，仁義爲祥而富壽攸暨，禮樂爲符而上下昭假，賢材爲瑞而中外允治。喬岳未分則三篇降，汾祀將禱則真文至。旁無垠而高無際，充乎天而溢乎地。蓋盛德之與大業也[一]，夫豈河清而已矣？」

客於是色沮魂悸，逡巡而退。四庫本《文莊集》卷二三。

夏竦《進河清賦引表》（《文莊集》卷九）　臣某言：竊覩祀汾陰經度制置司陳堯叟奏黃河清於保平軍者。伏以惟德是輔，三世其昌；俟河之清，一旦斯至。光昭宗社之慶，焕發天人之符。臣某中謝恭惟尊位皇帝陛下茂大中之功，隆太上之德。本支百世，磐石非堅；壽考萬年，南山未永。制禮作樂，類帝禋宗。六龍將幸於汾祠，九曲載清於陝服，儒宮獻頌，學館陳詩。臣雖典豆區，叨親簡諜。極言中選，曾叨多士之間；奏賦歌詩，敢繼大夫之後。仰干震耀，懼切冰淵。

[一]之：原無，據《新刊國朝二百家名賢文粹》卷一七六補。

放宫人賦

以「宫闕幽閉，曉然情愜」爲韻

夏竦

隋失民望，唐開帝功。降鳳詔於丹陛，出娥眉於六宫。夜雨未迴，儼鬟雲於簾户；秋風漸老，失釵鸗於房櫳。當其鳳歷頻移，重門久閉，蟻聚螓首，帷連彩袂，步金蓮而共嘆無偶，對鴛瓦而徒傷失儷。花冠不整，籠蠆髪以全疎；柳帶低垂，映蜂腰而更細。

太宗於是矜絶態，軫深情，舊苑而何傷幽閉，新恩而盡放輕盈。莫不喜極如夢，心摇若驚，踟躕而玉趾無力，盼眄而横波漸傾。鸞鑑重開，已有歸鴻之勢；鳳笙將罷，皆爲别鶴之聲。於時銀箭初殘，瓊宫乍曉，星眸争别於天仗，蓮臉競辭於庭沼。行分而掖路深沉，步緩而迴廊繚繞。

嫦娥偷藥，幾年而不出蟾宫；遼鶴辭家，一日而卻歸華表。苟非帝德從儉，皇情燭幽，又焉得離永巷，别長秋，指燕趙之歸路，望荆吴之故州？算迴程而靨帶新喜，思往事而眉含舊愁。羅衣而颭灎，輕雲競歸巫峽；寶髻而屈盤，嬌鳳争下秦樓。或繡輦香車，蘭舟桂楫，指故里以思動，涉長途而意愜。飛騰自適，既疑齊女之蟬；夢幻堪驚，且悮莊周之蝶。

已而别館淒爾，離宫寂然。動蘭燭於殘照，藹薰籠於夕煙。蕭條而竹換筠粉，零落而苔侵翠鈿。天上和風，送神仙之二八；人間麗日，迎桃李之三千。美夫入昏主之宫，出明君之闕。千門而綺焕裳錦，九禁而雲銷鬟髪，故宜其貝齒朱脣，歌太平之日月。四庫本《文莊集》卷二三。

《青箱雜記》卷五　夏文莊公竦幼負才藻，超邁不群。時年十二，有試公以《放宫人賦》者，公援筆立成，文不加點，其略曰：「降鳳詔於丹陛，出蛾眉於六宫。夜雨未回，儼鬟雲於簾户；秋風漸曉，失釵燕於房櫳。」又曰：「莫不喜極如夢，心摇若驚。踟躕而玉趾無力，眄睞而横波漸傾。鸞鑑重開，已有歸鴻之勢；鳳笙將罷，皆爲别鶴之聲。於時銀箭初殘，瓊宫乍曉。星眸争别於天仗，蓮臉競辭於庭沼。行分而掖路深沉，步緩而回廊繚繞。嫦娥偷藥，幾年而不出蟾宫；遼鶴思家，一旦而卻歸華表。」

海不揚波賦

阮昌齡

收碣石之宿霧，歛蒼梧之夕雲。八月靈槎，泛寒光而静去；三山神闕，湛清影以遥連。四庫本《錦繡萬花谷》前集卷五。

《四六話》卷下　阮思道子昌齡，醜陋吃訥，聰敏絶人。年十七八，海州試《海不揚波賦》，即席一筆而成，文不加點。其警句云：「收碣石之宿霧，斂蒼梧之夕雲。八月靈槎，泛寒光而静去；三山神闕，湛清影以遥連。」

《山堂肆考》卷二〇　周成王時，越裳氏重譯來朝，譯曰：「吾受命吾國之黄耇，天無烈風淫雨，海不揚波，三年矣。意者中國有聖人乎，盍往朝之？」按：越裳在交趾之南，阮昌齡作《海不揚波賦》，其畧云：「收碣石之宿霧，斂蒼梧之夕雲。八月靈槎，泛寒光而静去；三山神闕，湛清影以逍遥。」

坊情賦

薛季宣

彼美人兮婉且都，容閑閑兮豔春華。髮堆雲兮鬟蟬翼，瑳皓頸兮凝酥。瞬目兮秋波，步弓兮飛鳧。束素珮兮瓊琚，冠集翠兮芙蕖。獨立兮牆隈，顧景兮徘徊。笄丹葩兮柳緑，寄芳情兮青梅。睠予兮脈脈，欲往兮還來。矚星眸兮愁予，懼一逝兮長乖。按轡兮求漿，縶馬兮垂楊。蹇命坐兮少須，跪酌我兮金觴。欲言兮無語，斂羞蛾兮映朱户。剛撩鬢兮爲我容，罥遊絲兮若無主。啟貝齒兮流香，與我期兮溱之陽。驅輜車兮颸颸，情依依兮憑簾。稅駕兮同行，攜春笋兮摻摻。汎漣漪兮清波，航木蘭兮素舸。驚起兮雙鴉，共飲兮新荷。弄修景兮澄瀾，鼓桂檝兮長歌。歌春日之豔陽兮，景浩蕩而舒長。柳褭娜其蕤垂兮，百卉開而芬芳。燕呢喃以並語兮，梭對擲其鸝黄。嗟物之各有偶兮，怨隻鳳之無凰。泯予心之閔默兮，見良人以徊徨。羹肥羜之羞珍兮，可一臠之能嘗。

載賡曰：春景兮熙熙，春日兮遲遲。願交頸兮同遊，羨比翼兮於飛。悵形迹之礙夫人兮，内也誰欺！羌屋漏之足愧兮，逝將往而猶疑。歌竟兮沈吟，迭倡兮嘉音。遏行雲兮清徹，鼓朱絲兮鳴琴。思招摇兮不持，花微吐兮芳心。倚蘭玉兮明珠，款暉映兮坐隅。嘻自啟兮櫻脣，聊搔首兮躊躇。逝相親兮莫可，正良心兮叵我。復大禮兮自持，倏長揖兮分飛。惋悵望兮阻山岳，遠相思兮雲霓。

亂曰：色天下之通好兮，心放其收禮。正己以參天兮，莫見乎幽眎。十年猶臭兮，薰揉於蕕。彼鮑魚之肆兮，君子曾是之遊。紫奪朱兮改色，珠有纇兮焉修。寧有負於佳人兮[一]，予心不歉；顧不易於去水兮，言反其流。慨禮教之可樂兮，聊卒歲以優遊。粲秀色而好不吾移兮，夫復何求！四庫本《浪語集》卷二。

賦　諷喻

擬大言賦

蘇易簡

皇帝書白龍牋作《大言賦》，賜玉堂臣易簡。御筆煌煌，雄詞洋洋，瓌瑋博達，不可備詳。詔易簡陛殿，躬指其理，且歎宋玉之奇怪也。因伏而奏曰：「恨宋玉不與陛下同時。」帝曰：「噫！何代無人焉。卿爲朕言之。」易簡因擬宋玉，作《大言賦》以獻。其詞曰[二]：

[一]佳人：原作「家人」，據清初鈔本、永嘉叢書本及《歷代賦彙》外集卷一五改。

[二]「因擬」至「以獻」十二字：原無，據《古今事文類聚》別集卷一一補。

聖人興兮告成功，登崑崙兮展升中。芳席地兮饗祖宗，天籟起兮調笙鏞。日烏月兔，耀文明也；參旗井鉞，嚴武衛也。執北斗兮，奠玄酒也；削西華兮，爲石礎也。飛雲湧霞，騰膰膫也；刳鯨腊鵬，代鵝鰈也。迅雷三殿，山神呼也；流雹三激，爟火舉也。禮冊獻載兮淳風還，君百拜兮天神歡，四時一周兮萬八千年。太山融兮溟海乾，圓蓋穴兮方輿穿[一]，君王壽兮無疆焉。四庫本《職官分紀》卷一五。

《隆平集》卷六《蘇易簡傳》 易簡警悟。初屬文未工，及掌誥命，能自刻勵。在翰林多振舉故事，太宗爲飛白書院額「玉堂」，及以詩。賜以御書宋玉《大言賦》，易簡因撰賦以獻曰……太宗覽而嘉之。

孫逢吉《職官分紀》卷一五 《擬大言賦》。淳化四年，上草書宋玉《大言賦》賜蘇易簡，易簡因肖宋玉作《大言賦》以獻，其詞曰……時殿上皆呼萬歲，上覽之喜，賞賜手詔以褒之。

《復小齋賦話》卷下 詩有擬古，賦亦然。……李太白有《擬恨賦》，蘇易簡有《擬大言賦》。

[一]方：原作「弓」，據《翰苑羣書》卷下《次續翰林志》、《古今圖書集成·學行典》卷七四及《文學典》卷二五八、《歷代賦彙》卷一六改。

罪歲賦 並序

劉敞

《星傳》曰：「歲星所居，五穀逢昌。」又曰：「其國不可伐，伐之反受其殃。」所從來遠矣。自去年而歲旅於鳥帑，及今期焉。鳥帑曰翼軫。翼軫，楚也。自黔中至於長沙，自鄢郢至於鄂，皆楚也。於歲星至之日，郢大水，壞其兩邑。其後黔中、長沙之蠻皆叛，所殺掠編户不可勝紀，吏士死者數十人，厮役凥養死者數千人，今又大旱，安在其逢昌且不可伐也？予甚惑之，作《罪歲賦》云。

昔余受命於聖哲兮，謂天道其不吾欺。何重華之莫予諒兮，忽乎使予以交疑。歲涒灘之南征兮，旅鳥帑以徘徊。美瞽史之有言兮，曰允慶而無菑。皇天既付至仁兮，固下民以爲歸。忽不察予衷兮，紛多故而逢殆。民離散而震愆兮，洶擾擾兮晦在。何向者慕用之誠兮，今顧爲此敦害？水與旱以并爽兮，中與外而交悴。天蒼蒼其不言兮，吾誰與鑒夫賞罰？

吾初惡夫佞人兮，在邦家而必聞。羌名是而實非兮，苟以濟夫不仁。何重華之昭晰兮，猶有此之不情？棄終古之所守兮，喪厥初之令名。察重華其若兹兮，又況三苗與驩吺？寧世道之交喪兮，余壹不知其郵。入周章兮帝廷，出旁皇兮兩垣，哀蠢蠢兮下民，君胡悦而宴安。祛君蔽兮任忠，敷大德兮無窮。降福兮穰穰，憂民兮慺慺。往者不可及兮，來者猶可終也。四庫本《公是集》卷一。

哀伯牙賦

張耒

伯牙鼓琹，後世無如[一]。我哀伯牙，似智而愚。天地之間，四方萬里，知爾琹者，一人而已。鍾子既死，其一又亡，欲彈無聽，泣涕浪浪。己奏己聞，欲語不可，愊塞滿懷，無所傾寫。《折楊》、《黄華》，巷歌里曲，入邑娱邑，入國悦國。回視伯牙，面有矜色。夫操至伎者，必不和衆人之耳；而媚衆耳者，又善工之深恥。違衆者常孑孑其無與，而冒恥者乃身安而獲利。則亦安知夫至藝之非禍，而庸工之非祉也？嗟夫！將爲至巧者，必無顧於終身之無與，則至巧之於人，乃不祥之上器。操不祥之器終身而不知，則伯牙者，乃後世之深戒。明趙琦美鈔本《張右史文集》卷三。

[一] 如：原作「知」，據《皇朝文鑑》卷八改。

神女廟賦

晁公遡

漢武帝既封泰山之五年，臨朝而歎曰：「朕念元元之民，未蒙休德，周覽中土，以施惠澤。而南方以遠，故獨弗及也，朕甚憫焉。」是冬，詔發佽飛、羽林之士，簡車騎之衆，盛清道之儀，天子御雕玉之輿，服龍文而駕魚目，鱀蒲梢而驂躡雲。至於盛唐，望九疑，登天柱，薄樅陽而出，休於琅琊。天子大悦，作《盛唐》、《樅陽》之詩，命協律都尉延年歌之，以觴群臣。酒未半，天子戚然不懌。時東方朔、枚皐侍，因進曰：「陛下不懌，臣敢請罪。」帝曰：「朕適望琅琊之上，忽然雲興，其氣甚異。因感高唐之事，聞楚陽臺之山下有神女，旦爲朝雲，暮爲行雨，朕心慕之。異時諸方士嘗言仙者非求人主，人主求之乃可致。今巡遊天下，冀一覩列仙之屬而莫獲焉，殆朕之德不如楚王能有所遇也。是以不懌。」朔跪曰：「楚王諸侯耳，有臣宋玉善爲微詞，感動神女，見夢於王。臣嘗笑之，玉安知神女？若臣者乃知之。」上意乃解，命謁者給朔札，使爲之賦。朔即獻辭曰：

徑西那之綿邈兮，積閬風之崇基。繚玉墉以千里兮，右翠水而左瑶池。崑崙層峙以嵯峨兮，弱淵周流而逶迤。中龜臺之清都兮，塏洪敞而甚治。粲丹房與玄室兮，罨浮雲而上齊。諒豐隆列缺之矜工兮，斧雷霆而斲之。疏懸黎以代礎兮，瑩結緑而飾墀。虞淵倒景而下射兮，光反激以交馳。萃飛仙之遊遨兮，餌若英而咀瓊枝。戛叢霄之靈璈兮，歌白雲而忘歸。狀愉樂而不可殫兮，非羽輪其莫窺。

帝九靈之少女兮，其名曰瑶姬。受素書於紫清兮，含洞陰之華滋。習玉瑛而厭處兮，乘回飈以長辭。狂章大翳爲之奉轡兮，策蒼虬而駕白蜺。馭八景之玉轄兮，曳紛綸之雲旗。載靈氣而輕舉兮，揭鸞戾而鴻飛。涉巨溟之層波兮，予將躡乎南箕。聆夢澤之雄爽兮，滂天水之相圍。介青丘而澶漫兮，奄高唐以冥迷。忽意樂而延佇兮，弭絳節以徘徊。胠丹笈授夫神禹兮，靖九土而安柔祇。

下民懷斯遺烈兮，即石化而爲祠。象瓊光之華闕兮，騫辛夷以爲楣。矯藻棟以垂虹兮，列葯房而張薜帷。群峰連卷而十二兮，爛雲屏而揚輝。儼玉立而正中兮，貌渥飾而具宜。沐蘭澤而含若芳兮，被袿裳而繡衣。炯黼粧之豐麗兮，澹聯娟之脩眉。肅容華之拱侍兮，紛環珮之陸離。神武蹲而抱關兮，夕夾陛以文貍。玄猨悲吟以度曲兮，女媧倚歌而舞馮夷。三足烏往來爲之使兮，訊東華之靈妃。迹逍遥乎中區兮，亮素節之靡移。鼻祖祝融之裔子兮，竊息嬀以荆尸。蠱文夫人於前兮，後又奪鄖陽子之妻。豹舄斃掩而攘内兮，盞目暴芊而蒙眥[一]。黑要挾夏而與居兮，於菀盜邲而遂孳。世朋淫而上蒸兮，嘗見刺於湘纍。横下臣緊宋玉兮，揆暴戾之不可規。稱先王嘗與靈遊兮，薦枕席而嬖私。今胡爲而復遇兮，意託諷於微詞。啟後世之瞽惑兮，誑魄化而爲芝。曰媚而服焉兮，則與夢期宜。聖鑑之孔昭兮，獨超悟於昨非。厲皇荒德而慢神兮，禍源起乎龍漦。悼衛蒯之失國兮，艾豭實發其亂機。屏宓妃而却玉女兮，幸後王之三思。四庫本《嵩山集》卷一。

《居易録》卷一　宋刻晁公遡子西《嵩山集》五十四卷。公遡，公武子止弟也。古賦一卷，《神女廟賦》最奇麗。

日者賦　並序

李綱

世之術士，託五行以售其説。冒利貪進之徒，争往問焉。予疾之，作《日者

[一] 芊：《全蜀藝文志》卷二、《歷代賦彙補遺》卷二一作「竿」。

賦》以見意。其辭曰：

李子既抵沙陽，有日者踵門而告之曰：「人所稟命，不離五行。更相更王，相殺相生。一債一起，代廢代興。吾術以人之始生歲月日辰之支干，推步斟酌，而知其貴賤壽夭於未萌，百不失一，粲然著明。今子奮身寒微，早蒙識擢。徊翔省寺，緩步臺閣。載筆螭蚴，方得所託。朝遊於清都，鈞天帝居之所；夕貶於閩粵，磎山僻遠之郭。翩若雲鴻之鎩翮，脱若霜林之隕籜。捨彼寵榮，甘此落寞。豈人力之能致，蓋亦命有所縛而已。然而方泰而窮，已否則通。時有利鈍，各繫其逢。昔退之於潮陽，遇逆旅之毛翁，期以秩位，後悉符同。今我欲語子以未來，子豈有意於相從乎？」

李子笑而應之曰：「子來前！萬物林生，盈乎載燾。大化居中，猶輪是蹈。羽鱗毛介，灌莽叢草，一氣甄陶，衆形醜好。茫乎天運，窈爾神造。忽焉爲人，賦情肖貌。自少得壯，自壯得老。動静作止，飲啄夢覺。或當時而榮華，或失勢而枯槁。有制之者，幽深奥渺。今子乃欲以生辰之支干，區區寸計而銖較，摘抉杳微，期以執效。譬猶海以蠡測，鐘以莛考。雖或億中竈[一]，焉知夫天道？且夫人之所同者歲月，我之所獨者日辰。四海之廣，生齒之繁，一日一辰之間，其孕育者幾人！或孿生而吉凶異，或殊禀而禍福均。謂宜盛而更衰，謂方屈而還伸。瞀亂厖雜，顛倒紛綸。汪洋渺漫，千緒萬端。參錯重出，不可究陳。稽之於古，蓋所未聞。肇自隋唐，是爲貪位慕禄嗜進之本根。吾方闢此，何以語云？昔者聖賢馳騖，望道莫見。墨突不黔，孔席不暖。或版築而弼傅，或束縛而相管。吕八十而始遇，甘十二而已顯[二]。或奮身於奴僕，或拔跡於畝畎。或疏封而葅醢，或徒步而鼎鉉。禍福倚伏，吉凶展轉。消息盈虚，晦明舒卷。俄而可度，天道亦淺。且夫洛陽帝都多近臣，南陽帝鄉多近親，方襁褓而垂紫紱，雖葭莩而擁朱輪。冠蓋車馬，爛其盈門，蓋亦幸耳，豈咸值乎貴神？長平之戰，士卒疊跡而阬覆；甘露之事，卿相駢頸而勦戮。屠洗之冤不遺於噍類，誅夷之慘連逮於三族。或嬰黨錮之禍，或罹羅織之獄。亦云不幸，豈盡臨於殺局？幸與不幸，似夫偶然；偶然之

[一] 億：《歷代賦彙》外集卷一六作「意」。

[二] 十二：原作「十三」，據道光刻本改。甘十二指甘羅，「甘羅年十二，事秦相文信侯吕不韋」，見《史記》卷七一《樗里子甘茂列傳》。

中，有數存焉。斡流而遷，或推而還。震蕩迴薄，胡可勝言！主張翕闢，孰司其權？命實制之，必原於天。未形有分，且然無間，何有夫歲月日辰之支干？是以君子樂天而知，居易以俟，不戚戚於貧賤，不汲汲於富貴。静則安土而敦乎仁，動則見險而止乎智。不立巖牆以蹈危，不爲軒冕而肆志。一晦一顯，與道宛轉。一止一行，與道翱翔。或出或處，惟道是與。或語或默，惟道是適。安時處順，知其不可奈何，故無入而不自得也。且夫取舍在人，可否在時，時或未然，强進何爲？寧出入若無心之雲，將炫燿若干陽之霓乎？寧昂昂如野鶴，將逐逐如家雞乎？寧曳尾如塗中之龜，將捐生如太廟之犧乎？寧退而有考槃之樂，將進而有履虎之危乎[一]？寧汩汩守抱甕之拙，將俯仰隨桔槔之機乎？寧執志以固守，將逐物以轉移乎？昔者屈原放三湘而卜居，禹錫謫九年而何卜？予雖不才，自信甚篤。守此拙愚，忘彼寵禄。達非我榮，窮非我辱。從吾所好，何有吉凶之於禍福[二]！」

日者俯而慙，仰而歎，不得所對，逡巡而辭退。四庫本《梁谿集》卷一。

[一] 有履虎：道光刻本作「履虎尾」。《歷代賦彙》外集卷一六亦作「有履虎」。

[二] 於：道光刻本作「與」。

子奇賦 並序

程大昌[一]

武皇臨御久，商度天下利害，比舊較審。田千秋論事合意，超拜丞相，相例當得封，遂不本土壤，别制美名以佳之，號曰富民，示將究地利而補兵耗也。千秋知指，下公車，募能爲種植言者悉上相府，以待平奏，前後十百輩，獨子奇、公實可取。二子酬難，且有辭義，千秋總而奏之，武皇嘉納，益詔趙過爲搜粟都尉，期以究極富庶也。績既效用，民益痊復。

子奇曰：「麗土合滋，條枝葳蕤，何世何地，而獨無斯？有丹者桂，有白者榆。月窟星躔，扶疎陸離。本不根著，顧能倒垂？柳宿經秋而不零，扶桑偕日而升輝，赤松霏雨以自潤，瑞雲布葉以昭奇。夫能運大鈞而出此巧，乃可蓋一世而爲師。」公實曰：「神卉不土而生，仙裔不培而孳。子特人爾，力將安施？」

[一]《歷代賦彙》外集卷一六題作「程琳」，録以俟考。

子奇曰：「天載幽渺[一]，毋容明推，請援地産，以售吾學。珊瑚之枝，璠璵之璞，瑟其堅凝，明與物各。然而珊瑚緩收則榦爛，玉璞嫩采則力弱，既可分乎老少，理何殊乎種稑？芝有田而可鋤，蓂受月而應朔。石秀而筍身森聳，乳滴而鵝翎圓薄。是皆載碑説而有狀，著竹書而不削，其理甚神，子獨無覺？」公實曰：「黄金珠玉，以幣而貴，設遇饑凍，不可食衣。前齊相而後漢文，皆嘗悼敝而深喟。況一日再食，幾人幾喙？三年一葉，何由家至？雖驚大言，恐微實致。」

子奇曰：「凡道上形，凡藝下成，吾惟擇術之已卑，故欲抗辭而自宏。子既致詰，今當有明。虞伯益之所掌，郭橐駝之所營，皆嘗推極其妙，而遂奉之以行。或奉護於已茂，或發達乎初萌，與物爲春，與春爲青。上而明堂之浮空，小而茅舍之埋楹，非我族類，豈其能成？況又別創新機，追模聖能，合異類爲一類，符桑槐之寄生。故且可蒔梨，橘可稼橙，碧桃綻紅桃之頂，姚花仍魏花之莖，或時同本而騈末，遂能半白而半赬。是皆超陰陽之爐鞴，斡造化於刀硎，遂使有生無知之植物，能偕應肖祝之螟蛉。吾如有列於上林，罄司苑囿之工程，分名品之柯蘂，爲他木之孩嬰，則何用開西域而求蒟

[一] 幽渺：《歷代賦彙》外集卷一六作「悠藐」。

榴之種，責南海而貢蕉荔之名，豈無所云補而浪饕美稱？」公實曰：「物不貴異，以適用爲大。用之所及，以該衆爲夥。南箕哆口而不簸，雪花六出而不果，其觀固美，其用則那。緊吾生涯，始時甚脞，及其成功，良不微麽。麥則壠布，稻惟水播，黍苗芃芃於膏雨，粟穎蒼蒼於雷火。原阪則旆旆荏菽，疆場則綿綿瓜蓏。菰有米而香軟，芋如鴟而蹲坐。方其初布窠叢，未傅粒顆，與庶草以何別，無殊尤而可課。然而極宇宙之所抵，亘滄溟之所裹，此草有實，人頤乃朵，其積不豐，人腹不果。今且使子國多玉木而青葱，埒布水精之磊砢，珠簾可以燭夜，象牀可以華卧，而雲漢忽愆於解澤，田苗不堪乎馬莝，鼂茨已竭，木酪徒剉，糴已關而停炊，囷無粦而閣磨。則咽李僅收乎螬餘，被錦不充乎鵠餓。是故三登所指，九歌所賀，凡指民天，不兼貝貨。神農惟是，援農以識德；后稷因之，借稷以名我。此上古之先烈[一]，照來今而駊騀。謂他技之能參，雖童蒙而知叵。」

子奇於是理屈口呿，敞罔慘挫，顧而他言，不遑否可。《新安文獻志》卷四八。

[一] 先烈：原作「光烈」，據《歷代賦彙》外集卷六改。

後長門賦

高似孫

荷君門之嘉采兮，早服勤於下房。挹清暉以長新兮，知秉柔以自莊。拜姆師之攸初兮，輯圖訓以爲綱。曾儆戒之有詩兮，又窈窕之有章。友琴瑟以從容兮，叵勺斟於宫商。裁白玉以爲節兮，妙約珩而結璜。筆彤彤而垂史兮，日好修而靡皇。惟寅承於渥澤兮，蔚春榮之齊芳。每自懲於華敷兮，那與春而俱昌。信凋落之依時兮，一葉賈而欲黄。感天序之難一兮，悵人生之靡常。蹇兢兢於深薄兮，嗟寵綏之不可量。憶嘗參君珊輿兮遊君玉堂，又嘗奉君瓊巵兮侍君瑶廂。葦深怯於同登兮，爰下拜以傍徨。態不期而倏來兮，委微軀而輒當。君亦諒其微誠兮，謂雖柔而亦剛。妄自肩於夙夜兮，肯或負於蒼蒼者耶！宛掖扉之多娱兮，左蘭茝而右昭陽。方並進於采麗兮，仍翕趨於嘉良。綴明璣以如旒兮，烱截塊而飾瑠。信競媚以取榮兮，此凋謝其奚傷。懸明月以自照兮，感孤禽之嗈嗈。覽翠袂以深浥兮，耿餘悲於寸腸。悵玉户之如隔兮，夜寥寥乎未央。

勺千古以凝監兮，盛與衰其交相。女恃色以爲命兮，寧專美於施嬙。下蘭宫而周覽兮，企璧門之鸞翔。遡仙掌而如擢兮，渴露英之瀼瀼。雜珊瑚之叢碧兮，羅珍物之琳琅。群窈窕之華麗兮，嗟夙願之莫償。月在梧而如冰兮，風入槐而吹霜。鴈無憀而將寒兮，蟀似語而號涼。結幽蘅以藉枕兮，席荃蘭以敷床。攬翠被以展轉兮，味宿薰而猶香。愁與夢以難靈兮，不自達於君傍。誰以海而爲漏兮，滴秋聲而加長。夜漫漫其若歲兮，懷鬱鬱其誰揚？告女官以輸芹兮，願一陳於吾王。王乙夜而陳書兮，必有監於興亡。非宋玉之有聞兮，夫誰陳乎高唐。仰懋德之無逸兮，宜千萬年無疆。願毋輕於螻蟻兮，尚飭龜於淫荒。百川學海本《騷略》卷三。

高似孫《騷略序》（《騷略》卷首）《離騷》不可學，可學者章句也，不可學者志也。楚山川奇，草木奇，原更奇。原人高志高文又高，一發乎詞，與詩三百五文同志同。後之人沿規襲武，摹倣制作，言卑氣嫚，志郁弗舒，無復古人萬一。武帝詔漢文章士修楚辭，大山、小山，竟不一企，況《騷》乎！嗚呼！《詩》亡矣，《春秋》不作矣，《騷》亦不可再矣！獨不能忘情於《騷》者，非以原可悲也，猶恨夫《騷》不及一遇夫子耳。使《騷》在刪《詩》時，聖人能遺之乎？嗚呼！余固不能窺原作，猶或知原志者，輒抱微款，妄意抒辭，題曰《騷略》。越山川曾識舜禹，作《蒼梧帝》，作《思禹》。又經句踐君臣，作《越王臺》，作《鴟夷子皮》。吳爲越所滅，失於棄胥也，作《浙水府》。始皇東遊，以功被石，作《秦遊》。王、謝諸人殊鍾情於越，迄爲蒼生一起，作《東山》。其以德著於㮣祠者侑之歌，作《江夫人》，作《崿山雨》，命之曰《九懷》。嗚呼！後之視今，今之視昔也，知我者《騷》乎！

葽茗賦

俞德鄰

吾聞秦逢氏子有迷罔之疾，眂白爲黑，饗薌爲臭，擷穢葽以盈握，溷綠華而三觼。哆茗戰之收勛，擬襄羊於宇宙。

因澤余服，闖其廬而告之曰：「我稽《農經》，著茲仙茗，雖霜崖之孕秀，實天葩之發穎。木凍兮尚癡，蟲蟄兮未醒。於是北苑龍焙，西山鶴嶺。露茁碧芽，煙攢紫筍。紛采掇於晨朝，銜雲腴之絶品。效包茅之入貢，先驛騎而馳騁。幸天顔之一粲，表食芹之愨愨。遺珍滯壁，賁於丘園。幽人隱士，寶若璵璠。分地罏之宿火，汲瑶井於未渾。響松風於石鼎，滃漚瀞以雲翻。籠紗帽而一呷，庶肩吾之滌煩。回視薄耆之炙，與夫浮蟻之尊，曾土苴之不若，奚酪奴之敢言？故投以刀圭者拗，相和以胡麻者渴。羌金帶紫茸，匱藏於三品；鞠苗蘆菔，瓊報以二囊。豈荒畦之辛穢，亂官焙之餘香。而況味甘兮非薺，氣葷兮類韭。夜嗅兮目昏，朝餐兮胃嘔。俾汎雪華於兔毫，亦媵西施於嫫姆〔一〕。」

逢氏子勃然變乎色，曰：「人有好尚，物無孅惡。太牢之味，非劣於敗菹；絲竹之音，非慚於椎鑿。然不肯以此而易彼，蓋以性安而不怍。是故紉蘭緝蕙者以逐臭而爲非，嗜炭美痂者以饌珍而爲噱。其見雖殊，其適一也。且子亦嘗諏詢往事乎？叔季之世，賢聖逆曳，憸壬猖披。彼藍色而鬼貌，豈斷蓄與蒙魌？伊豺聲而蜂目，豈削爪與植鬐〔二〕？然時君旨其言而心悦，甘其佞而色怡。亦由嗜好之同異，是以忠邪之背馳。子不彼誚而獨我嗤，非滯礙而不化，或痴癖之未醫。」

余無以對，倚户而歌曰：「拾珠琲兮陽坡，分銀蟾兮澗阿。返柴門兮自樂，嗟世溷濁兮奈何？」逢氏子涊爾而羞，蹶然而起。雖痼疾之未瘳，亦忻忻而啟齒。四庫本《佩韋齋集》卷八。

〔一〕西施：原作「光施」，天禄琳琅叢書本作「先施」，此據《歷代賦彙》外集卷一六改。

〔二〕鬐：原作「耆」，據天禄琳琅叢書本改。

宋代辭賦全編卷之九十九

賦　情感

離憂賦

劉敞[一]

抱戚戚以長處兮，弔悖悖以自睎。魂離離以駿邁兮，精蒙蒙而就翳。氣貿亂以轇轕兮，形爽沕而荒瘁。信民生之多囏兮[二]，伊天命之方摯。知隕性之無續兮，畏忝經而遺義。日月騰以漂忽兮，春與秋其狎至。卒撫心以抑志兮，諒投艱以遺大。青帝堯之餘烈

[一]此賦《皇朝文鑑》卷三、《歷代賦彙》外集卷一七並署梅堯臣撰。按：此賦見載於劉敞《公是集》，而梅堯臣《宛陵先生集》無之，又賦中注云「自彭城以來，凡三徙，皆江南」，彭城（今江蘇徐州，漢高祖劉邦之故鄉）爲劉氏郡望，劉敞弟劉攽有集名曰《彭城集》，因之，此賦當爲劉敞所作。

[二]囏：《宋文鑑》卷三、《歷代賦彙》外集卷一七作「難」。

兮，歷三正而相仍。下天漢而逾熾兮，啟東藩於大彭。胡亂夏以泯棼兮[一]，賢辟世而迅征，遡江介以幽處兮，汔三徙而弗聲。求王明而受福兮，祖來儀於太平。自彭城以來，凡三徙，皆江南。友羣龍以登績兮，敕休命於遠夷。兆別子於都邑兮，更名教於京師[二]。繇清白以象賢兮，爰頹慶而歷兹。馭長策以遹駿兮，周窮荒而不疑。敵輸歡以馴教兮，欻變服而來嬉。

中心實使生外兮，諶大道之難推。惟保姓之蟬聯兮[三]，上參差以千歲。裕後葉之孔艱兮，憚情申而事廢。志激揚之未究兮，不克荷而爲罪。誨丁寧之在耳兮，洵僶俛而違殆。忽馳思於昊天兮，又痗擗而自懟。發與齡以交永兮，旦命訴而罔害[四]。涼不肖而遘愍兮，曾夫人之髣髴。原本始而罔豫兮，心沸湯以崩潰。覿履厚而戴高兮，顧久生其誰賴？願去人間以超舉兮，復供養以弭憂。苟一覩於顏色兮，豈餘生之足留。中恍惚而自失兮，恭聞命乎前修。天不可以忌兮，道不可與謀。毋苟襲匹婦以圖諒兮，固將徇鶩

[一] 胡亂夏：原作「國交訌」，據《皇朝文鑑》卷三、《歷代賦彙》外集卷一七改。

[二] 名教：《皇朝文鑑》卷三、《歷代賦彙》外集卷一七作「名數」。

[三] 姓：《宋文鑑》卷三、《歷代賦彙》外集卷一七作「性」。

[四] 訴：《皇朝文鑑》卷三作「訢」，義較長。《宋文鑑》卷三、《歷代賦彙》外集卷一七作「請」。

父以寡尤。四庫本《公是集》卷一。

不寐賦

劉攽

忳鬱悒其馮中兮，何鑒寐其弗夷。方永夜之未艾兮，廓静處而長思。悼既往之弗及兮，慨來今之曷知。緒將絶而復續兮，精發越而淫移。倏四海其再撫兮，泯萬期乎須臾。武勝殷而歸周兮，天保定其千億。

叔旦兼乎三王兮，仰勤思而有獲。孔潛精於好學兮，致憤懣於無益。樂好善而用魯兮，孟見喜乎顔色。仁弗遇於衛頃兮，願奮飛而不得。緊視氛而見祥兮[一]，獻肇謀乎虞號。彼遠慮之與近思兮，智與愚皆從其職。

嗟民生之多艱兮[二]，羌以心爲形役[三]。君子有不安其命兮，小民有不度其力。非蚊

[一] 緊視氛：《宋文鑑》卷五、《歷代賦彙》外集卷一八作「翟相氣」。

[二] 嗟：原作「良」，據《皇朝文鑑》卷五、《宋文鑑》卷五、《歷代賦彙》外集卷一八改。

[三] 羌：原作「嗟」，據《皇朝文鑑》卷五改。

虻之噆膚兮，曾内懷於大棘。惟昔夢之蘧蘧兮，既悵然而獨寤[一]。亮伐柯之不遠兮，何内蘉而罙固。睎聖人之大覺兮，綿萬世而不遇。幸曲肱而自怡兮，庶無迷於初度[二]。四庫本《彭城集》卷一。

述夢賦

歐陽修

夫君去我而何之乎？時節逝兮如波。昔共處兮堂上，忽獨棄兮山阿。嗚呼！人羡久生，生不可久，死其奈何！死不可復，惟可以哭。病予喉使不得哭兮，況欲施乎其他。憤既不得與聲而俱發兮，獨飲恨而悲歌。歌不成兮斷絶，淚疾下兮滂沱。行求兮不可過[三]，坐思兮不知處[四]。可見惟夢兮，奈寐少而寤多。或十寐而一見兮，又若有而若無，乍若去而若來，忽若親而若疏。杳兮倏兮，猶勝於不見兮，願此夢之須

[一] 寤：《宋文鑑》卷五、《歷代賦彙》外集卷一八作「寐」。

[二] 庶：原作「度」，據《皇朝文鑑》卷五、《宋文鑑》卷五、《歷代賦彙》外集卷一八改。

[三] 過：《隱居通議》卷五作「遇」。

[四] 知：原注：「一作『可』。」《隱居通議》卷五作「可」。

臾。尺蠖憐予兮爲之不動，飛蠅閔予兮爲之無聲。冀駐君兮可久，怳予夢之先驚。夢一斷兮魂立斷，空堂耿耿兮華燈。

世之言曰：死者澌也。今之來兮，是也非也？又曰：覺之所得者爲實，夢之所得者爲想。苟一慰乎予心，又何較乎真妄？緑髮兮思君而白，豐肌兮以君而瘠。君之意兮不可忘，何憔悴而云惜。

願日之疾兮，願月之遲，夜長於晝兮，無有四時。雖音容之遠矣，於恍惚以求之。

宋慶元刻本《歐陽文忠公集》卷五八。

周必大《山谷書六一先生古賦》（《文忠集》卷五一）《六一居士集》共五賦，山谷寫其三，《黄楊》疑少作，《憎蒼蠅》嫌譏刺耳。《外集》别有四賦，惟取《述夢》，蓋因悼亡，辭意俱妙，類李太白耶？嘉泰癸亥四月九日。

《隱居通議》卷五 《述夢賦》，其詞哀以思，似爲悼亡而作者。

夢覿賦

晁補之

歲閼逢之涒灘兮，前日至而匪思。夢啾耳之薨薨兮，蓊青蠅其狃楣。咸南徙而未逝兮，遺其矢如散絲。余俛避而不汙兮，一媪背之淋漓。脗不知其可穢兮，偶並趨於西帷。媪左目之穴枯兮，蓱四五其萃之。旁兩媪之無言兮，亦依帷而靡期。朝怛瘖而自診兮，謍謍發詩而可知。蹇俱翔而遺矢兮，技止此其奚爲？惟一盲而兩默兮，與目蓱爲何機？豈眇視不足與明兮？蓱非寄而終離。羌何爲而眣此兮？神無心而罔私。

拜受神祥兮，編之冊詞。文女三之爲姦兮，比匪人而惡之。微夫周公之爲見兮，迬若此其余衰。欲儌福則安敢兮，問故老其增疑。苟不污爲已免兮，謝三媪之難知。四部叢刊本《雞肋集》卷一。

神遊賦 記夢

程俱

恍余躡乎石嶺兮，羌人陟乎山巔[一]。揖崔嵳之重嶂兮，睇崖谷之陳前。曾草毛之無有兮，削蒼玉其鈎聯。望芝巖之中竅兮，錯幡幟之駢懸。與器御而皆迣兮，匪髹繒而

[一] 羌人：明寫本、四庫本並作「羌又」。

攻鐫。

廼回眄以下屬兮，蔽穹窈之洞天。萬山攢屹乎其中兮，倚怪玉之瓏欒。色零壁而翠澤兮，質壺口之鏤穿。發紺采以眩目兮，靄冲融乎紫煙。前子瞻乎峭壁兮，下欲墊乎重淵。既駭視而芒眢兮，神懺惚而連卷。

旁一人之山立兮，若骯髒之儒先。意飄飄而振衣兮，欬珠琲之微言。更矯眇以冥索兮，顧謂余而口傳。余方若觀伯昏之不射兮，已蘧然其默存。旁一人之山立，蓋夢中所見東坡蘇翰林也。後五年，遊宜興張公洞，巖洞境物，了如昨夢。時東坡去世累年矣。

四部叢刊本《北山小集》卷一二。

夢賦 並序

何桌

予夢遊闤闠間，睹箕踞北廡下者，長太息而憔悴[一]。詢之，則曰：「傳一物已數世，云斯寶也，當盡鬻之。待價於此有年矣，往來之人棄唾不顧，侮笑譏誚者有焉。欲毀而棄之，奈此舊物何？」出而示予，修廣幾尺，圭稜方直，温粹縝栗，無

[一]而：原作「有」，據文意改。

少瑕污，真美玉也。予嗟嘆之，復謂之曰：「子何患？韞匵而藏，必有識者。」語既而覺，應答在耳，疑其非夢也。有感而作，遂爲之賦云：

方就枕於書帷兮，悠悠於夢寐。歷西方與南北兮，足乍到乎城市。走通衢之四達兮，簇紛華而争麗。睹箕踞於北廡兮，長太息而憔悴。如抱恨而不克伸兮，每吞聲於飲氣。

予亦得而疑兮，將試問其所以。對予慷慨而言兮，遂抵掌揚眉而無愧：「家傳一物以爲瑞兮，數世寶玩而藏秘。懷冰淵之戒慎兮，常兢兢而如墜。求善價而沽諸兮，積有年於此地。彼憧憧之往來兮，悦紛華之柔媚。但望望而徑去兮，不一其奇異。閭巷之無知兮，皆侮笑而嘲戲。乃沉吟以自思兮，豈懷此以招累？既無益於吾身兮，欲毅然而毁棄。念畀付之九重兮，撫舊物而垂淚。」

慇懃出以相示兮，顔色縝栗而温粹。修廣幾尺而無瑕兮，形體方直而堪貴。信藍田之美璞兮，可以爲瑚璉之器。予謂「子何憾兮，宜珍藏於篋笥。精輝發而外見兮，識者不求而自至。庶塵埃之穎脱兮，作天庭之嘉瑞」。語將既而俄覺兮，應答在耳而可記。慷然命筆而成歌兮，顧予何異於斯類。《新刊國朝二百家名賢文粹》卷一八〇。

夢賦

釋居簡

曉世以夢，謂其頃刻變滅，了不足恃。邯鄲一炊，槐宮半世。栩栩齁齁，冀所妄冀。鳥跡空雲，既寤猶寐。然則至人曷常無夢與？其夢也舒舒，其覺也蘧蘧。得傅説，遊華胥，錫九齡，奠兩楹。所存者誠，所兆者神。惟道人銛夢尋幽，潛上東山，上瘞老龍象，出數百言，辯如湧泉。

覺而繹思，了無孑遺，致書於予曰：「吾夢爲東山瘞骨語，覺而眂之，宛然畫像讚。子盍爲我辯之？」使反命，曰：子真夢爲東山瘞骨語，覺而爲之讚？豈緣名失實，以夢爲覺與？語真是讚，而得之於瘞骨，豈責實於名，以覺爲夢與？抑兩忘夢覺而適意與，將一致名實而忘言與？詎知子之夢爲東山，而東山之夢爲子與？不然，説此夢者，不知爲誰，而原此夢者，亦復不知其爲誰與？

昔人夢鹿，鄭相輒疑曰：「無黃帝與孔仲尼，苟能辨之，果辨者誰？殆不足以語此。」理之所在，十日麗天。物無遯形，人自眊然。諭以日明，竟没没焉。彼有目者，不言而喻，蓋不待黃帝、孔子而能辨。作《夢賦》。四庫本《北磵集》卷一。

問景賦

釋居簡

謬我晝與衆作，夜獨短檠，顧景而問焉：「景乎，何闖闖於此其久也？止同廬，行同途，傴同俯，伸同舒。不戚吾戚，不愉吾愉，不巧吾拙，不智吾愚，不砭吾頑，不充吾虚。豈所謂危而不持，顛而不扶而累人者邪？」

景曰：「爾何見之晚也。我生之初，豈父母？且爾之未生，我何有乎？我非累人，爾誠累余。反以我爲累也，如之何而勿思？爾特立兮，示爾至正，俾爾正焉是守；爾不倚兮，示以大中，俾爾中焉是居。爾競爾躁，我固自若；爾静爾勝，我方澹如。將極玄窅兮，我必爾俱；抑臨崇臺兮，我亦爾俱。顛沛造次，未始不爾俱也，胡喋喋而問歟？」

言既而寐，夢游濮水，授我息陰，楚漆園吏。寤而反思，爰得其旨。極景所如，罔知攸止。四庫本《北磵集》卷一。

歲云秋賦

宋祁

予所悲兮，胡獨悲此凛秋。時荏苒以就頹兮，年峥嶸而行休。邈西顥之突遼兮，噫長風之颼颼。視天根之焞焞兮，湛寒潭之滮滮。露既肅其早淒兮，霜又申以凝冷。號陰蟲之夕韻兮，流腐燐之宵景。病晚馥於菊涯兮，委孤秀於蘭町。矧梧楸之脆根兮，與蒲柳之殘境。槭芸黄以一概兮，攪吾懷之耿耿。

懷耿耿其可奈兮，駭山西之日薄。無翻車之趫壯兮，氣黯黯而逾索。憑八垠以舒眺兮，嗟萬彙之摧斥。意忽忽爲慘端兮，襟浪浪爲愁宅。苟流節之不停兮，我安得美好之如昨。丹去顔以既易兮，縞尋領而胡亟。世無媒以求援兮，言愈勤而理隔。憚信誓之未同兮，不察吾之中誠。歡期變以遷次兮，涕泣焉其流纓。離鴻翽其高飛兮，羈獸駭而長鳴。視河漢之傾斡兮，突浮雲而繁興。觸羣媢以自持兮，恐容華之坐零。

雖坐零其胡卹兮，歲實爲之遲暮。秉直質以偶俗兮，如望朔而趨楚。挾蕙茝之神奇兮，固蒿菣之嗌沮。揭來兮守故居，姑彷徉而容與。四庫本《景文集》卷二。

窮愁賦

宋祁

粤余生之不造兮，獨遘命之險艱。竄衡閭而伏處兮，撫隆墀而永歎。哀靈根之早逝兮，駭危喘之將殘。收離散之餘魄兮，倏峥嶸之暮年。骨久病而支離兮，步數蹇而蹣跚。謝掩鼻而愈濁兮，蜀肺焦而益煩。紛種髮而弗理兮，蕞黄緘而鮮歡。據惠梧而夕暝兮，頷侯釜而朝飡。衣適館而既敝兮，屨履霜而又穿。欲正冠而巾析兮，乍僂腰而帶寬。身繫匏而待食兮，心溺灰而未燃。陋有子淵之巷，餬無考父之饘。乞墦間而不足兮，病河上而相憐。

魚躍躍以游釜兮，雀啾啾而在門。朋簪日以益衰兮，朞强邈而罕存。候羲馭以盆覆兮，俟江波而轍乾。出怊悵以自失兮，入齎咨以含酸。乏載車之饋饌兮，罄使鬼之蚨錢。啟勞府以深悼兮，知兹路之良艱。被珍髦以鬻戎兮，肅南轅而淒燕。揳膠柱以鳴瑟兮，逆上坂而走丸。安鑿枘於齟齬兮，屈杞柳於杯圈。株有兔而猶待兮，木無魚而必緣。揠宋苗以望歲兮，張越射而仰天。用干將而補履兮，采明珠而升山。求籋雲於絆驥兮，責重繭於紅蠶。顧物理之必殆兮，信余謀之所愆。胡掘屈而就直兮〔一〕，曷抱方而遯圓？譬秀木之必伐兮，若芳膏之自煎。道與藝而交喪兮，諒何往而弗捐？

慨周道之至廣兮，抱寘懷而靡釋。追《孤憤》於韓子兮〔二〕，嗣《七哀》於魏植。淪幽憂於莊篇兮，委牢愁於漢冊。笑一握而非樂兮，腸九回而皆極。甑既破而誰顧兮，井未繘而可惻。悞既往之遺諝兮，收方來之茂績。願荷戈而爲戍兮，抗戎索之遐封。値占雲之入貢兮，方鑄戟而務農。願貨殖而爲商兮，策鮮怒而流遁。嗟漢律之排賈兮，始抑末而返本。

願揉耒以歸耕兮，輸春税於民曹。吁四體之不勤兮，靡服昏而作勞。願執藝而爲工兮，備成器於元后。顧百工之皆良兮，懼代斲而傷手。願退處於巖穴兮，與賓客而高謝。屬君子之正位兮，方小人之在野。願沉浮於閭里兮，揚聲詩而達志。遭天下之有道兮，故庶人之不議。攷所願之皆違兮，豈背時而爲累。稟有餘之潘拙兮，抱不足之臧智。委炎隆而弗附兮，甘沉冥而自已。

〔一〕掘：湖北先正遺書本作「捨」。
〔二〕孤：原作「憤」，據湖北先正遺書本改。

羌倒行而艮背兮，宜深屏而遠棄。據疾藜之困處兮，羞侏儒之飽死。入坎窞以掀淖兮，辱泥塗而攘臂。逢子山而生悲兮，值楊朱而拉淚。憤懷玉以握瑜兮，嘉佩蘭而襲芷。懼衆狙之怒目兮，混羣騃而垂耳。豈李廣之數奇兮，將孟軻之迂事。發素藴以周咨兮，俟見伸於知己。苟户塞而不聞兮，信吾衰之久矣。

亂曰：一瓢之空，吾未知其窮兮；萬錢之豐，吾不謂之通兮。濯我之纓，既遭時之清兮；整我之冠，以待人之彈兮。四庫本《景文集》卷二。

卧廬悲秋賦

宋祁

澤國秋早，霄垠夜涼。孤雲度隴，流水周堂。榆兼柳以同晚，李與桃而代僵。初收白羽，尚展流黃。城上星殘，烏八九而生子；林間露滴，鵠十五以成行。有客伊何，於茲戾止。左思洛中之傖父，蕭育杜陵之男子，濫箠幕廷，寧磨楯鼻。昧狗曲之禮歌，陋雞棲之車柅。結課歲殿，勞形日悴。銜寠數以未容，給侏儒而幾死。

江淹本恨，宋玉多悲。撫彫年之易晚，嗟芳物之行衰。箕風槭以生宇，娥月皓而侵帷。寥寥鴈引，嘒嘒蟬嘶。壯士抱翻車之嘆，長年有落木之悲。況乃鞅掌孤官，棲遲下館。市門逞誚於刺繡，冰氏見排於挾炭。根同江北之移，病比漳濱之竄。愔愔臂肉，已先家令之銷；種種顛毛，弗翅齊人之短。感鵾鳩之妬芳，懟鶡雞之申旦。本無情於時遇，誤策名於王府。謝胥臣之多聞，有倪寬之懦武。感慨中發，驅馳自許。凝綷采於蔽翳，戛正聲於《韶濩》。均捶鉤之重輕，督絲繩之規矩。暴皜皜於秋陽，抗喈喈於風雨。顧有志於佐時，惜無津而事主。令伯之內轉難期，盛憲之多憂有素。翫瑶草之變衰，恐娥眉之遲暮。豈知孤臣弔影，客子迴腸，心隨波蕩，愁並斛量。數日惡生，感離情於太傅；二毛颯變，動歸興於中郎。織素非五丈之速，舒喙無三尺之長。願寫情而復獲，徒掩袂而浪浪。四庫本《景文集》卷二。

坐愁賦 有序〔一〕

晁補之

魯人閻子仲武，行年七十四，躬耕於鄙。歲旱不入，而色藜藋，促鼓其琴，作《坐愁》之聲。嘗所與遊晁子補之恐其傷也，爲作《坐愁賦》，假翁與過者語以解

〔一〕有序：原無，據《歷代賦彙》外集卷一七補。

之。其詞曰：

彼何人而處廓兮？匪三閭而獨醒。鬢毛毿其雪糅兮，眸子瞭其星明。塊獨守此中野兮，困無禾而爨清。拂素琴之浮埃，理《坐愁》之遺聲。忽推几而睨天，送飛鴻之杳冥。

或過其前曰：「有心哉！然何求？昔林類之行歌，云既老而無憂。翁年運而德加，翁何爲乎坐愁？」翁偶顧而若聞，猶援琴而不捨，曰：「子非魯之儒服者耶？何以不知漆室女者，晝輟紝而淫思，宵倚楹而悲咤〔一〕？彼淺哉其量人，匪魯憂而欲嫁，豈不誤耶？吾亦傷夫魯之君子，昔在厄而不糝。賜自殖而何誅，顧乘軒而中紺。羗同道而恥茲，廼長饑乎回、憲。彼林類其何人，雖信賢而獨善。」

或者曰：「未既也，請言翁之近者。昔蘇門之遯民，絙枯桐之一絃，匪無絃之寂默，異五絃之啾諠。對阮子惟長嘯，爲嵇生纔一言。人欲怒之，戲排諸淵。勃窣而出，則又粲然。彼何知夫坐愁，幾躚躚乎樂天矣！然聖人猶以謂樂天有憂之大者也，況憂

〔一〕倚楹：《歷代賦彙》外集卷一七作「倚檻」。

人之憂，豈有既哉？」於是翁泛然可，油然謝曰：「憂樂外矣，吾當虛之。」四部叢刊本《雞肋集》卷一。

江上愁心賦

李綱

我歸自南兮，涉千里之長江。蘭舟桂檝兮，泛煙水之湯湯。波平風軟兮，若枕席之徜徉。忽長飈之暴作兮，巨浪駭以騰驤。聲殷殷以雷動兮，濤渺渺以雲翔。天地駁以迴薄兮，峰巒岌以低昂。舟人惴慄而不敢進兮，依浦溆而深藏。紛雨雪之交集兮，知極陰之變陽。俄雲霧之廓清兮，升杲日於東方。望列岫之參差兮，辨遠樹之微茫。

橫中流而弔古兮，憑此江以爲阻。不修德而恃險兮，咸奔亡而係虜。彼六朝之三百年兮，竟江山之誰主。歷隋唐而混一兮，迄五季而割據。惟真人之龍翔兮，削僭亂而奠區宇。漠然但見山高而水清兮，垂二百年不復識旗幟而聞金鼓。

巨盜乘間以竊發兮，意欲窺東南而負固。煩王師之出征兮，戈甲照於江渚。舉太山以壓卵兮，何孤雛與腐鼠。顧生靈之不幸兮，一時困於豺虎。吾家亦避寇而遠適兮[一]，方旅泊於異土。念親年之已高兮，嗟幼稚之誰撫。幸歸程之不遠兮，悵風濤之齟齬。方弔往而傷今兮[二]，獨抑鬱其誰語。惟江上之愁心兮，結長悲於萬古。四庫本《梁谿集》卷二。

苦寒賦

崔敦禮

日在斗，歲將闌，陰風怒，愁雲繁。有廣寒先生問於清虛子曰：「吾觀子憂色，無乃畏此苦寒乎？」予曰：「然」。

先生曰：「吾以冰肌之質，遊姑射之山，飲吸乎風露之冷，綽約乎雪月之間。吾居於此，不知其年，而子獨以爲難。」於是清虛子對曰：「皇天平分爲四時兮，寒暑運而相推。春陽舒而花披兮，夏風漻而雲奇。秋漢迥以高潔兮，夜月清而流輝。惟窮冬之御冷兮，重陰積而慘凄。故傅玄寓興於雅賦，昌黎發詠於新詩，張生陳冰澗之句，阮子形

[一]適：傅增湘校本改作「遁」。

[二]往：《歷代賦彙外集》卷一七同。道光刻本作「古」。

凍海之辭，梁臣寓直廬而發嘆，陸雲當歲莫而興悲。斯皆苦寒之暴，畏寒之威。先生誇物外之高，忘人間之累，謂寒爲不足畏，兹非余之所敢知。」

先生聞之，避席而起，逡巡而言曰：「子之言是矣，請子爲我賦之。」清虚子曰：「可。嚴霜夜結，寒雲晝起。驚飈攪乎宇宙兮，蕭條亘乎萬里。烏蟾藏而寒輝兮，雨雪飄而不止。河漢沍而不流兮，天地結而凝閉。於是焦溪涸，温泉冰，火井滅，湯谷凝。沸潭無涌，炎風不興。死蛟螭於窟穴兮，僵虎豹於林坰。六龍冰而脱鬣兮，熒惑隱而喪精。莫不血凍兮指不拈，氣藏兮脣莫收。肌膚皴而生甲兮，衣被冷而如流。朱火青而光滅兮，蘭膏凝而煙浮。擁爐猶坐雪之冷兮，重襟有懷冰之愁。嗟顓冥之酷烈兮，夫與我其何讎。意燭龍吹於雁門兮，又疑白鶴語於南州。雖挾纊之言不足使楚人暖兮，縱賜袍之惠何以解范叔之憂！若乃孝子卧冰，書生映雪，意雖勤而不倦，覩此寒而爲輟。洛生方擁被以沉吟兮，宋人亦龜手而拆裂。裸壤變爲垂繒之俗兮，華清不知探湯之熱。峻肩添詩客之思，墮指凛三軍之節。我乃張重幄，處温室，衣狐裘，坐熊席。盛獸炭之春紅，酌羔羊之瓊液。擷粉萼於新梅，鱠銀絲於鮮鯽。侑以郢客陽春之曲，吹以鄒谷變寒之律。」

先生於是澌然而服，乃浩然而狂歌，歌曰：歲云暮兮風怒狂，雨雪飄兮雲滄浪。

烏蟾畏威兮爲韜光，地坼裂兮鱗甲張。蛟螭潛兮虎豹僵，温泉火井兮爲凄涼，江漢凝沍兮波不揚。又歌曰：燎薰爐兮陽和，擁獸炭兮春多。攜佳人兮鳴玉珂，酌桂酒兮朱顔酡。一杯相屬君當歌，有酒不飲兮奈寒何。四庫本《宫教集》卷一。

感沐賦

薛季宣

壬午中春十有九日，走沐，見二毛焉，因感而賦。

沐余髪兮中春，感余心兮泯紛。烏頭白兮道蒙若，不壯年兮兆衰落。元始昆侖，閲歲華之垓載兮，飈如宿昔。人生百齡，月過千之云積兮，羌虧盈之不可度。羲和叱馭而莫之挽兮，倏焉歸於窅漠。視權輿爲一欠呻兮，矧吾生之略約。彼顔子二十九而白頭兮，親聖師而忘悔。思文君於鼓琴兮，僨沈吟於本始。春歸園而秀木兮，果覿花而知實。人間世兮，苟託棲於兹室。多文飾兮，華髪班其可喜。一彼此之蹔然兮〔一〕，嘻其云

〔一〕彼：原脱，據清初鈔本、永嘉叢書本補。

異。視老彭爲非望兮，若殤子者吾其至愉。皇蒼之司壽夭兮，緊余何意。寄悲歌而寫志兮，曰生之忽也。庶彙由天，俱斯物也。春蕣榮華，幾其日也？班白顛兮，猶之一也。於乎樂兮，終歸没也。四庫本《浪語集》卷一。

感除賦

薛季宣

感寸陰之云暮，將歲華之就除。陽曦赫兮已入，天昏昏兮方夜。愴余生之沈室，年垂加兮有室。蹇無進於成德，而徒爲乎積日。

先考去台兮愈遠[一]，二紀閲兮痛音容之不可見。視兒曹之日長，慚慘怛而惘惘。思既往而沈吟，時不同兮實勞我心。官匏繫之更載，下下考兮書之云再。

悲盛年兮去不我留，知有期兮樂舍是而優遊。儺鼓鼙兮震渠屋，倡侲童兮逐逐。山臊神兮難知，爆竹庭除兮夫勞爾爲。

靜曰：嗟嗟兮若人，年暗易兮時新。不知駒之過隙，旦曰旦兮王春。四庫本《浪語集》

[一] 先考：清初鈔本、永嘉叢書本作「皇爹」。

幽思賦 並序

程公許

賦以「幽思」名，幽憂而慨所思也。所思維何？有宋華文閣學士、光禄大夫、陽安侯後溪劉先生也。先生之薨以嘉定十五年六月十四日，葬以明年三月十八日。門生程某幽思無涯，倣楚騷之《大招》，以聲其哀也。維先生言爲天下則，行爲天下法，人無知愚，皆知爲君子之中庸。正色立朝，難進易退，孔子所謂「大臣以道事君，不可則止」者，先生其人歟。太史編摩，奉常節惠，萬古傳信，國有彝章。承學鄙儒，敢犯不韙，摹繪日月。伏念攝齊升堂，歲一周星。先生不以爲愚，許其與於斯文，孜孜誨之曰：「資稟自天，充養以學，子其勉之。」某頓首書諸紳間。嘗執訊請益，顧謂小子知慕古文，削牘薦朝，可使備數，從搢紳諸儒以鉛槧於萬一，某懼不敢當也。辛巳春，晉拜全德里第。德容穆若，黄髮皤然，而憂天下若己之飢渴。迨安輿就養古涪，某職勸學從事，從容撰杖屨，又得聞所未聞。爾乃肖壽象於學官，率諸生北面再拜。簪弁雲集，衿佩肅趨，講經乞言，飲酒序齒，藹乎三代之餘風。居無幾，某捧行臺檄，北度劍外四閱月，得手書一，甫趣之，旋而凶問踵至矣。嗚呼哀哉！哲人萎，邦國瘁矣。人百其身，莫可贖矣。天降酷罰，陟岵痛鉅。苴絰銜恤，匍匐愧古。想素車千兩，會葬清溪之岡，形留神馳，傷父師之逝，而藐余小子之無依也，拊膺一慟而賦之。其詞曰：

閔吾之生離阨兮，天降割其孔殷。父我鞠、師我誨兮，逝將託焉而終身。粵龍蛇之歲度兮，梁壞悲乎哲人。颼颼風木重以哀兮，上下求索又莫覯於吾親。既縣封而反虞兮，感陽春以增悼。西余首悲無涯兮，俄遠日之余告。

嗚呼先生兮，一朝倏然其何之？其生有自來兮，其死必有歸。望寢門已疏兮，安所得而陳詞？鳳凰承詔而翼車兮，軼浮雲乃曾舉。周流四極、經營八荒兮，渺不知税駕之奚所。抑將狃絶炎、儔傅説以綴列耀兮，無乃嘘紫炁、謁柱史而扈西征。憑緒風以誰訊兮，九天不可梯而升。佇影響之不可得兮，杳茫茫之不可明。士一善斯可録兮，矧衆芳之能并。皇皇仁義之廣居兮，坦坦道德之九逵。苟肖形皆可與爲善兮，志皓首而不衰。春秋八十有一兮，士榘矱而國蓍龜。隘世路莫能久此淹兮，趨無爲、鄰泰始其奚疑。

竊悲夫五百年之間生兮，艱於遭遇而易失。德容玉瓚之黄流兮，斯文清廟之遺瑟。氣盈虚烏可常兮，道污隆又何能必？逝川不可挽而回兮，後將焉所考德！世坎窞日阽危兮，俗冥行而莫止。悵已往之莫追兮，惕來者之將躓。天蒼蒼莫可詰兮，胡一老之不憖遺！

震余衷而私有感兮，憶往日春糧而求仁。聞一言曰充養兮，書諸紳今十年。再跪履於里門兮，願卒業乎涪濱。北面拜手槐杏之陰兮，吾今而知師道之尊。紛户屨之三千兮，奚狂簡之下取。愕風雩之詠歸兮，變薤露之惻楚。哭匍匐以無因兮，塊獨茹哀於廬處。愧端木之事師兮，躑躅六年而不忍去。苟逝者而有知兮，尚觀過而我恕。

嗚呼哀哉！三石孱顔兮後溪之堂，萬松蓊薆兮清溪之岡。子孫兮孺慕，歲時兮烝嘗。化鶴歸兮何時，山嵳峩兮流水洋洋。睨故邦兮顰蹙，尚弭節兮相羊。千秋兮萬禩，先生兮不亡。四庫本《滄洲塵缶編》卷一。

感白髮賦

謝逸

謝子寓居於陳氏之館，晞髮於庭，童子見而笑曰：「先生老矣，髮有白者。」

取而視之，信如其言。深懼湮滅無聞而道不行於世也，乃自賦以自激。其詞曰：

余弱齡之多艱兮，蓋嘗苦其心志。矧思之刻深兮，祇益戕乎血氣。惟白髮之生兮，孰不驚夫老之將至！年幾有立兮，竟何補於斯世。道若塗若川兮，雖勤而不濟。茫茫無所歸宿兮，聖賢何簡予而遐棄。

蹈前修之軼軌，愛而不見兮，猶彷彿乎夢寐。事業不加進兮，宜聲名之晦晦。固欲顯其親兮，嗟立身而無地。朝夕藜藿之不充兮，妻子之裘葛不備。矧欲行其他兮，致當今之平治。曷以宣吾心之湮鬱兮，將轉喉而觸諱。聊寄懷於翰墨兮，茲亦不試而故藝。字漫滅而無誰語兮，不若緘縢於篋笥。抱耿耿之壯懷兮，無蒯緱而疾視。嗟秋菊之未掃兮，俄春蘭之可刈；悲床下之蟋蟀兮，又鳴蜩之嘒嘒。何羲和之不我留兮，馳日車而迅逝。吾固知浮沉於閭里兮，祇倀倀而卒歲。非不欲潔己而澡行兮，奈託身乎鮑肆。日三沐而三薰兮，常恐同於臭味。

人生一世之間兮，孰不求於適意？居悒悒而不聊兮，徒孤笑而永愾。君之閽深且遠兮，曷不上書而陳事？公侯之門高而峨峨兮，亦有長裾之可曳。胡不駕言而遠遊兮，四海豈乏乎兄弟？滄浪之水清兮，可以漱濯乎污人之膩。望鴻鵠之高舉兮，凌赤霄之逸翅。聊以快平生之孤憤兮，雖星星而不愧。蕲有所遇兮，又以謝童子之戲。四庫本《溪堂集》卷一。

白髮後賦

劉克莊

左太冲有《白髮賦》，甚佳，戲續之。

昔人有三十二而見二毛者，有四十而鬢如霜者。今余之年平頭八秩，顔貌黧老，皮肉枯腊。晨起盥沐，自鏡朽質，遂理短髮，星星滿櫛。昔青絲緑雲之狀，今柳絮蘆花之色。柱下史有守黑之言，《枕中方》無染白之術。不堪涅緇，姑以鑷摘，霜根朝拔，雪茁暮出，亟掩青銅，悵然不懌。

客有過我，美言寬釋，歷陳古初，尤重齒德。或祝鯁噎，或給扶掖，燕則設醴，召則加璧。爲黄石公而取履，訪廣成子而跪膝。臨雍則受北面之拜，鄉飲則居東向之席。或出而杖於朝，或耄而儆於國。卓哉彭、聃之論，異乎終、賈之匹。吾觀白公之自稱皤叟，賢於陸辰之求媚側室，乃施帽絮，改容謝客。清鈔本《後村先生大全集》卷四九。

樂郊賦 並引

李處權

春雨既霽，放步於野，見飛者、鳴者、哺於巢者、游泳於淵者、戲走於陸者，與夫行歌而醉於路者，凡生物之遂植者，蓋俯仰之間，無不欣欣而樂也。於是感焉，予亦忘其老之將至、身世之所遭也，而況不隕穫於貧賤。既行乎其素矣，則何往而不自得邪？作《樂郊賦》。其辭曰：

感餘生之幾何兮，冒霜雪以盈顛。邈吾廬之安在兮，寄幽夢於澗瀍。駛歲月之不留兮，梗行路之且邅。起臨風之浩歎兮，嗟欲往以無緣。徒搔首以延佇兮，復顧影而自憐。眷於越之上游兮，適寓止之所便。稅予駕於蕭寺兮，占南嚮之明軒。敞函丈之几席兮，納萬頃之風煙。屬幽人之晨興兮，暢晞髮而漱泉。徐拂塵而啟户兮，藹春物以相鮮。紛宿雲之解駁兮，散朝陽於一川。挺嘉木以敷陰兮，嚶其鳴而始遷。念人生之行樂兮，宜及時而勉旃。飫筍蕨於既飽兮，破月團而自煎。幅巾藜杖，適野在田。或狎鷗而藉草，或觀魚而臨淵。或流憩以騁望，或會心以忘言。於時遠山兮連連，近水兮濺濺，青秧兮芊芊，白露兮娟娟。麥初芒兮燕乳，桑已葚兮蠶眠。喜膏潤之及私兮，庶遂逢於有年。田父野老，醉著道邊，扶攜不去，墮幘頹然。蓋不減拾遺之杜曲，右丞之輞川也。

予亦興盡而返，欣此地偏。披襟脱帽，斷簡絶編。樽陶情而有酒兮，琴寓意以無絃。惟受性之拙疎兮，乏趨時之周旋。委窮達於造物兮，問行藏於彼天。凛歲寒之孤操兮，固久久而彌堅。擬登高之能賦兮，託餘思以終篇。方俯仰而自得兮，尚無媿於昔賢。四庫本《崧菴集》卷一。

志喜賦

五月十一日迓代者途中作

陳造

出城陰而轉首，緬散解之亭岧。躡疎影於康莊，翳纖雲於晴霄。揭石瀨之泓渟，隱鱗甲之摇摇。眄山凹之室廬，紛語笑之耕樵。山鳥哢兮嘲哳，野芳嫮兮妖韶。駢萬景之横前，壹詩題之見撩。

我肅客而暫來，胡意氣之囂囂。揆歸塗之此由，矧瓜期之匪遥。從官牒之百舍，寄十口於萍漂。寧簿領之憚煩，而供饋之寂寥。第松楸之繫懷，喈老鬢之日彫。鬱還家之夙願，中不火而每爍。幸歲律之再更，騖此心而飛超。忽合符之諗期，慰跂望之無聊。

秣吾馬兮脂輦，挹阿丁而聯鑣。亂清鏡於粉溪，排譬絮於山椒。屈吾指兮寢久，兹伊夕而匪朝。躍脱檻之鷙獸，快辭韝之皂鵰。儼此樂之想像，覺吟興之漂蕭。欻憑軾而坐寐，夢已馳於外朝。明萬曆刻本《江湖長翁文集》卷一。

喜賦 並序

喻良能

昔江文通爲《恨賦》，備盡古今之情致。予謂恨既有之，喜亦宜然，因擬之而作《喜賦》焉。

逖攬竹素，往躅具存，喜緒爰集，喜氣滋殷。予爲畸人，未嘗有喜，想像古者，喜而不寐。

粵若劉項争雄，太公留楚，視以必殺，置諸鼎俎。侯生壹説，脱之虓虎。徒馭既備，上馬徑去，革羈思爲歸心，變孤囚爲大父。

又若虢爲上公，震爲長子，沈痾既嬰，溘然以死。衆醫環視，袖手莫施。有扁斯鵲，曰猶可治。療以刀圭，起僵行尸，沈玄夜而復反，遊岱宗而還歸，四體和平，天地清夷。

子卿在外，十有九年，始末一節，嶮巇萬端。去草實而食鼠，仰雪花而餐氊。分爲死節，寧冀生還。忽虎節之來臨，知雁書之既達，狼心易慮，許歸漢闕。李陵置酒而高會，九人相隨而進發。行復行兮紫塞春，遠復遠兮邊地月。又如安石督軍，前臨大敵。重將帥之指授，懼人馬之辟易。俄北騎兮宵遁，致淮淝兮屍積。捷布聿至，圍碁方適，雖攝書而置床，亦過户而折屐。別有都尉風流，王姬嬋娟，人既離而復合，鏡已缺而重圓。恨昔鳳兮影隻，慶今枝兮理連。掖亭麗姝，京都俊雅，藉紅葉兮爲媒，鞭紫鸞兮同跨。恍魂夢之遊仙，説衾稠之蘭麝。若乃脱身輓輅，奮迹新豐，朝奏暮召，言聽計從。如巨魚兮縱壑，猶鴻毛兮遇風。暢積祀之湮鬱，豁平生之心胸。

嗟乎！喜雖一名，事有萬族。魯侯終燕於壽母，文公乍聞於子玉。陶朱縱棹兮五湖，季倫暢飲兮金谷。虞卿賜白璧兮一雙，吏部浮酒船兮百斛。莫不發莞粲於笑貌，見紅黄於眉目。故夫喜既首於七情，蓋亦先民之所欲。四庫本《香山集》卷一。

宋代辭賦全編卷之一百

賦　人事

壽賦　並序

張峴

竊以某官以仲冬初五日降誕。仲冬者，一陽復之時也；五者，大中之位也。至陽所以伏群陰，彼夷狄者，中國之陰也；大中所以距頗邪，頗邪者，小人之謂也。天將以公攘戎狄而退小人，其兆既存矣。謹按《洪範》：惟皇之極。斂時五福，用敷錫厥庶民。由是觀之，自天子至庶人，大中既建，則五福從之，其爲福莫大於此者。謹成古賦一首，以申其義，且致善祝之意云爾。

歲强圉赤奮若兮，仲冬皇極，實生偉人兮，以佐王國。禀正陽之貞性兮，資大中之妙質。宜博蹇而修姱兮，好是正直。挺濯濯之瑰姿兮，角犀豐盈。偉視瞻之英發兮，進退齊平。事紛至而畢應兮，刃新發硎。衷豁達而不忌兮，一毫莫攖。抗逸氣而無前兮，雲夢可吞。進群士而下之兮，言色惟温。視寇氛猶一決兮，抗志不群。暂一掃而平之兮，歸報天閽。宜公宜侯兮，夾輔大君。銘功鼎鐘兮，畫像麒麟。

原建子之令月兮，一陽來復。考皇極於元日兮，大中斯得。惟一陽復而中建兮，群陰伏而頽僻銷。中國强而君子進兮，可驗其由。願公攘戎狄兮勿速勿亟，去小人兮勿二勿惑。修德政而繕甲兵兮，戎醜自懷；進廉直而退貪佞兮，君子大來。戎狄攘而小人去，考休徵兮五福是具，膺公袞兮踐槐序，間兩社兮爲王室輔。原厥初之畀付兮，諒非偶然。雖公德之既懋兮，尚祈勉旃。秉德不忘兮，奉以周旋。繁祉優裕兮，安樂延年。下吏獻言，永矢弗諼。四庫本《紫微集》卷一。

仙露溢金盤賦

壽皇子　　程珌

日躔角宿，昏牛旦觜，適與月妃，合於壽星，此仲秋之候也。商精之君曰少皡，金官之臣爲蓐收，此素帝之所以次於炎皇者也。銀牓煇煇，銅樓隱隱，前星帝子之宫，太嶽天孫之宅。畫堂甲觀，拂丹桂以飄香；長坂猗蘭，散清香而結佩。

是以若木分暉，天津澄浪，太師吹銅而御户左，太宰持斗而當户右。光浮仙露於金盤，日映彤雲於寶帳。坤合太和，天嘘一笑，得非今日之令辰，而皇家之大慶歟？至若躬蘇融之忠孝，飫王褒之禮詩。寬仁秉德，未詑前芳；聰哲照人，有光往牒。千官熙愉，四海依瞻。若夫落雨銀鉤，東阿擅筆，摇山玉彩，龍翔飛章，又皆其抑末者耳。

丕休哉！昧膳五朝，問安三至，餐道沐德，崇師禮傅，侍含元之萬年，閲金蟬之千歲。猥以寒姿，寘之末綴。父天母地，幸逢震一索之祥；日光月輪，請獻樂四章之義。明嘉靖刻本《程端明公洺水集》卷二二。

金華仙伯賦 壽喬平章

程珌

八月九月之交，沆宕氣清，天宇澄穆。於是紫陽宣平駕輕風，銜薄霧，下子陵之瀨，入桐君之廬。膝行稽首，順下風而請於金華仙伯曰：「恭惟仙伯，真坡仙所謂『絳闕雲臺總有名，應須極貴又長生』者也。」

仙伯曰：「何哉？」宣平曰：「十年以來，有大勳勞於王室，四方以寧，六氣以平，建平章之隆名，冠輔弼之儀刑，得非超然獨出於雲臺之上者乎？駸駸期頤，帝又錫齡，還童神爽，躡雲步輕，肩可拍於洪崖，袂可接於廣成，又非隱然翺翔於絳闕之間者乎？」

仙伯囅然而笑曰：「子亦有聞乎？」宣平於是仰而栗，俯而慚，乃再拜又前，曰：「區區蒙昧，居歙之陽。餐霞飲泉，兀兀窮荒。至德要道，莫睹端芒。恭聞仙伯，起石爲羊，祈少賜於刀圭，或可脫乎塵滓之場。」明嘉靖刻本《程端明公洺水集》卷二二。

秋水賦 壽李尚書

程珌

森兩間之物萬，惟五物之莫京。上騰乾端，五緯粲呈；俯列坤維，五方奠名。金石播諸，五聲順成；黼黻昭其，五色有瑩。贊元功，參至化，利用群萌，於是則爲五行。考混沌之未鑿，惟二氣之堅凝，有氣則有水，故曰天一所生，則知水者，是爲五行之啟征也。

《震》下《坤》上，其卦爲《復》。日離南斗，泉發幽谷，體生於冬，用見春夏，正養於秋，至神不化。瞻彼銀潢，澮乎午夜，相彼兑金，接乎夏假。則知秋者，又爲水之靈舍也。

繄人之生五行，肖形英英。我公得水之精，由西江入彭蠡，徑湓浦，背震澤，又折而東。茫洋瀁漭，與沱潛河漢争先後、校疾徐。已乃搏扶桑，浴方壺，渾天形以中涵，噓雲氣而直上。夕月同光，太陰合象，與海爲一，莫知其狀。此蓋公之德業無涯而勛名鼎盛者也。鍾河漢之清以爲氣，貯滄溟之浸以爲量，齁不息之體以爲德，賦無方之形以爲智，蹙回瀾之勢以爲文，灑不澤之潤以爲仁。則得一而正，至精而神，安得不與此水也後天而不老，先天而固存哉！

雖然，人固非魚，魚亦忘水。縮之一勺，不見其膠杯；散之八紘，不見其滿涘。河伯不慊於無餘，海若無夸於多美。獨不見潮乎，澎濞沸渭，蟠吴捲越，汐平液息，萬里一色。變化翕忽，誰窺以臆？四海既澤，歛而東湖。初九潛陽，乃《坎》之精。此則公頃年對使者之辭，而潁濱亦謂四大海水，同一濕性者也。

厥有人焉，分井之泉，兑金資養，離日爲明。不爲任公子而釣於東海之濱，目不存乎鰍鱓，鱠有取於鯢鯨。公其賜之，若木露英，庶幾汎渤澥而浮滄溟，以問乎河漢之津。明嘉靖刻本《程端明公洺水集》卷二二。

四明洞天賦

代壽何中丞

程珌

八月之秋，璿穹浸高，幕府晝長，文書亦静，聊假寐以憑几，湛午日之在空。曶曶乎如醉露英，飄飄乎如乘赤螭而御剛風。歷十洲，過三島，海王戒嚴，雍觀不怒，舒徐般薄於二千七百里之遠，遂至於三神山之上。於是排雲障，叩丹門，前方壺，後赤城。貝闕龍蜚，玉除虎蹲。燦赤崖之木石，紛瑞壑之瑶琨。飲東方之清氣，視太陰之吐吞。仙官佩環，威容甚温。安期降謁，偓佺導前，問公安訊，官今孰尊？

起經綸於一念，去清都於許年。布武蓬山，搴裳謙垣，下瑶池之旌節，鎮四明之洞天。曾未及對，忽有頎僊，左持朱果，右酌金缸。鼓瑟鳴球，鸞鳳飛旋，白羽一揮，玉虬蜿蜒。「子其歸乎，爲吾一言。風雲千歲，上帝隤祉。人綿郟鄏之圖，外刷幽燕之耻。然後封泰山，禪梁父，舉萬年之玉巵，相太平之君子。還如傾年，領袖仙官，集真人於斗柄，朝北帝於天闕。」言于于而未畢，夢蕭蕭而亦起。夕陽掛山，明星浴水，望靈瑣以茫然，庶憑辭而致喜。明嘉靖刻本《程端明公洺水集》卷二二。

圓嶠賦

爲漳守顔頤仲侍郎壽

蔡渤

絪緼吐，崇庳敘，福地峙，洞天啟。上有嶠之圓兮中規，下有壺之方兮中矩。天地遊氣兮萃爲方壺之洞賓，天地正氣兮萃爲圓嶠之洞主。由宋遡唐，視顔從吕。蓋嘗問訊方壺之客，東遊圓嶠之鄉。始見夫地闢清漳，在天一方。危樓縹緲，偉觀騫翔。南山號揖仙兮，弄虎之跡；西山號得仙兮，化龍之堂。東望梁山兮，白鶴茶床之舊；西望□山兮，金雞丹竈之光。八柱中峙兮，上陵圓穹之蒼蒼；八窗玲瓏兮，旁臨圓暉之煌煌。則曰此圓嶠之境界也。

繼見夫桃和露種，杏倚雲栽。樹兩兩兮扶日起，花七七兮迎風開。雲旗晝翻，王母下也；玉笙夜響，帝子回也；鳧飛天外，子喬過也；鶴集雲端，令威來也。圓冠珠履兮環列紫府，圓顱素頸兮歌舞瑶臺。則曰此圓嶠之人物也。

有美一人，角巾羽衣，青眉紅頰。著具胸中，德圓而神；機旋性内，道圓而覺。尹日圓精，威壓輦下；卿月圓魄，光宣海角。侍玉皇之香案兮，佩泰華之圓符；守奎文之閣兮，仗環立之圓木。卓犖仙階，沾濡帝渥。則曰此圓嶠之洞主也。

須臾客退，舉似其主曰：「方壺下圓嶠一等，此去非特尋丈矣。」圓嶠群賓舉首而笑曰：「竭渤海之波，疏圓嶠之德雖盡；磨蒼崖之石，祝圓嶠之勳難窮。渤海之東，圓嶠在中。其生意之藏，有不知之潤；生意之發，有不言之功。蓋橐籥陰陽，胚胎元氣，鈞衡乎春夏秋冬。方其丹烏赤翅，如焱如焚，火帝始張，龍師不聞，我於此時，一噓生雲。蒼狗白衣，如峰如絮，風伯離之，波神不怒，我於此時，一噓爲雨。陰霾不開，四維方墨，風雨如晦，三光如蝕，我則談笑扶桑而浴日。波濤洶湧，山岳摧傾，鰲脚一動，鱗介其腥，我則雍容一柱以擎天。況其一毛一羽，可以爲一世之瑞；一草一木，可以爲文章之英。得其麟筋鳳髓，亦可以享富貴而長生。信夫圓嶠之豐功茂德，非騷人墨客之所可得而名也。」

於是集而歌之曰：「赤城丹臺兮，司馬子正之廬。石橋鐵柱兮，葛稚川之居。青天目兮，譙先生之都。此數公者，知入而不知出兮，蒼生之望其孤。」

又歌曰：「乖崖公欲分華山兮，鰐壁其蒼。六一公欲洞神清兮，猿鶴成行。東坡居士仇池之穴兮，訖奔走於四方。此數公者，又知出而不知入兮，江湖之志其荒。孰若圓嶠之仙翁，備出入之全德。君看圓嶠之居，扁以老圃之額。既等靈椿於春秋，何羨黄花之晚節。是圃也，東都以前，彼美一人兮晝錦於相；東都以後，彼美一人兮菊坡於五羊。念四夷未賓，陰陽未順兮，天其未許我公之閑。吾不願公爲端平之崔兮，願公爲慶曆之韓。」方壺之賓斂衽而和之曰：「太極圓其圖兮，動静乘其時。先天圓其象兮，進退適其宜。藏爲仙出爲相兮，是圓轉之機。」鰍生用其髣髴兮，遂援筆而賦之。《永樂大典》卷五三四五。

拙賦

周敦頤

或謂予曰：「人謂子拙。」予曰：「巧，竊所耻也。」且患世多巧也，喜而賦之。

巧者言，拙者默。巧者勞，拙者逸。巧者賊，拙者德。巧者凶，拙者吉。嗚呼！天下拙，刑政徹。上安下順，風清弊絶。宋刻本《元公周先生濂溪集》卷六。

朱熹《書濂溪先生拙賦後》（《晦庵先生朱文公文集》卷八一）　右濂溪先生所爲賦篇。聞之其曾孫直卿云，近歲耕者得之溪上之田間，已斷裂，然尚可讀也。熹惟此邦雖陋，然往歲先生嘗辱臨之，乃闢江東道院之東室，牓以「拙齋」而刻置焉。既以自警，且以告後之君子，俾無蹈先生之所耻者以病其民云。淳熙己亥秋八月辛丑，朱熹謹記。

《朱子語類》卷九四　《拙賦》「天下拙，刑政徹」，其言似莊、老。

《習學記言》卷四七　周氏《拙賦》，爲今世講學之要。按《書》稱「作僞心勞日拙」，古人不貴拙也。大巧若拙，巧者勞而智者憂，無能者無所求，老莊之學然爾。蓋削世俗纖浮靡薄之巧，而歸之於正，則不以拙言也。以拙易巧，而不能運道，則拙有時而僞矣。學者所當思也。

黄震《拙逸軒序》（《黄氏日抄》卷九〇）　濂溪先生作《拙賦》，慨然有使天下還淳返朴之意。金壇劉君直儒特摭其一語自名其軒，曰「拙逸」。

熊節《性理羣書句解》卷五　此篇言人之巧於用智，不如拙於守己者之有德也。

孫奇逢《四書近指》卷二〇　巧字便與耻字相反，耻則守正而有所不爲，巧則行險而無所不爲，無所用耻，是忘其羞惡之心，若不知人間有廉耻事也。病痛全在以巧爲得計。周濂溪《拙賦》，不可不讀。

又《中州人物考》卷一　月川倡理學於永、宣之際，以太極爲立本，而求至乎聖人之道。……嘗取濂溪作《拙賦》以見意，因以「拙巢」名其讀書之室，薛文清爲之記。

雍正《湖廣通志》卷七九　拙堂，宋零陵丞曾迪建，以周敦頤倅是邦，嘗作《拙賦》，故名。

病賦 並序

釋智圓

吾嘗患脾病，語久食飽，輒氣喘汗流，耳鳴目眩，不堪其苦也。且夫聖如仲尼，達若伯陽，累乎有形，亦未能逃斯患也。然雖凡聖賢愚之所共有，達與不達，中心高下如塗漢焉。是知悵然不樂，爲病所困者，下愚也；泰然無悶，以道自持者，上智也。矧吾禀金方之訓，學至真之法，豈可以小疾煎熬而忘於道乎！抑又嘗聞諸天台云：「夫治病有四焉，謂藥治，假想治，呪術治，第一義治。」吾不敏，庶幾上智之道，而以理觀爲專治，蓋第一義之謂也。因作賦以導其志云：

四大相攻，五藏不利。隱几揞杖，乖情惱意。性情以道，制心以義。庶乎斯旨，從何取類。

伊昔仲尼，亦有其疾。其道皎如，請禱惟失。伊昔伯陽，乃嗟大患。其道在焉，有身靡間。吾師寂默，不遠其則。

方丈寢床，其儀不忒，病從心作，惟病是色。色全是心，胡爲自賊。心體本無，病從何得？藥非芝茱，醫非扁和。病斯無病，誰涅誰磨？病乎病乎，其如予何！續藏經

第二編本《閑居編》卷三四。

癭賦

李新

王孫異疾兮，癭喉刺咽。强名宿瘤兮，吁嗟磊然。領如蝤蠐兮，乃增胝胼。繫若匏瓜兮，亦寄而懸。類禀中和兮，氣凝以偏。病在腠理兮，我尤山川。重將覆臆兮，墮將委肩；其大如缶兮，其小如埏。是物也，不分貧貴，不擇庸賢。汝潁之士兮，軫若爲之醜；江漢之女兮，憎爾敗其妍。非唯嚬笑之不適，抑亦喘噑之相牽。思操刀而一割，顧生理之難全。類駢拇與枝指，於幹軀而有緣。繫之以瓠，蓋已過矣；署之於木，則奚慊焉。胞抛既可資兒戲，枕枕尚可期妻憐。世詩有「妻憐爲枕枕，兒戲作胞抛」之句。王孫兮胡不自惟，而又何怨乎天者耶？四庫本《跨鼇集》卷一。

斥窮賦 並序

俞德鄰

柳下惠遺佚而不怨，阨窮而不憫。然而揚子《逐貧》，韓子《送窮》，何也？

三子者不同道，其趨一也。余感而作賦曰：

歲在執徐，月旅太簇，辛亥御日，陽風應候。俞子刈荆掃室，剪蕉截糗。委敝裘於道傍，揖窮鬼而三呪：「伊造化之亡私，匪奇偏於賦受。堯何疵兮殄世，瞽何飾兮裕後？桀何德兮瑶臺，憲何尤兮甕牖？何孱武而湯偏，何跖肥而夷瘦？何壤耄而由醢，何回殀而籛壽？何闔閭之死而金玉其穴，何黔婁之亡而手足不覆？非爾鬼之比周，孰主張而錯繆？爾或冇識，去勿躊躇。余非韓子，燒船與車，延爾上座，爲爾所謏。」

言訖，怵慄密率，嚐霰瞱捷。跳踉出户，宣辭詭答。謂「余朋儔，非六非四。匪今斯今，立名垂字。顯允韓子，實爲我仇。子何人斯，而亦我尤？鑽印沈研，聚螢刺股，子之孏惰，無與爲伍。鼫鼠竹書，孰眂堇睹？誰謂學窮，而闖子所。鬬釘爲工，汗瀾爲拙。子獨芚芚，固守前轍。棘林熠燿，頃刻冒没，焉有文窮，而子虚喝？子數之奇，地亡立錐，絣粟屢空，迺分所宜。飲河巢林，聊以自娱。賦命如此，何窮之爲？涕唾流沫，頷頤顣頞。刎頸論心，死生契闊。子獨索居，眗眗孑孑。豈有文窮，忍爲子孽？然子所以顛沛流離，若愚若癡，謗譽交集，閎然莫知，則彼智窮之爲也。吾試與子言之，可乎？」余曰：「唯唯。」

鬼曰：「惟人一心，函喜與怒。發而中節，繫性之故。一溺於偏，爲害爲蠹。故喜之偏者，爲屋烏之憐；怒之偏者，爲水蟹之惡。今子之矯矯昂昂，爲世所狂，懵然意行，坎窞康莊。非彼智窮，孰爲子殃？婷婀傴僂，突梯卷臠，滔滔皆是，子寧不然？非彼智窮，孰詒子僭？犂軒眩人，踶跂蹩躠，趨者瀾倒，子徒揭揭。非彼智窮，孰滋爾闕？篣格酷烈，斲人膏血，紆朱懷金，子顧不悅。非彼智窮，孰爲子賊？子不彼惡，惟我之斥。嚚昏黮黕，疑莫子匹。」

余於是再拜稽首，卑辭稱謝。俄而智窮喑噁叱咤，曰「爾衆鬼，我朋我儔。坐我交衽，行我聯鑣。泛泛漂泊，我惕我驚。歗歌娛樂，爾肆爾憑。鍖銋咇唧，我不爾能。雜還拔撥，人不爾懲。不我能畜，而反我憎。逝將去汝，避彼弋矰。翻雲覆雨，誰復爾矜？」

紛衆鬼之愧赧，皆倏爾而失色[一]。既吻吮以哂哃，復敞罔而皇惑。余方命玉友行成其間，而起眂四座，分恚耦俱，已笑言而啞啞。四庫本《佩韋齋集》卷八。

[一] 倏：原作「戉」，據《歷代賦彙》外集卷一九改。

傷賢賦 並序

宋祁

爲先友公孫子正作也。蓋子正官於太學八年，與予嘗僚者二歲。觀其爲人，事親孝，與士信，深中夷澹，毅然持正。陽休德煇，見於顔間。難進而易其禄，急病而後於己。親之無令色，遠之無裹言。都中士大夫走高門，趨下陳，無寒暑之避，與槐柳皆列者，蕩以成俗。而子正爲禮侯官長初無造詣。居常著書，尤邃《禮》學。默而好深沉之思，神期數千載間。屬文而辭邇雅，臨帖而書臻妙。

予嘗謂子正加於人一等矣。無鬼責，無人非，《大易》之懿文德，《洪範》之考終命，宜其享之。而禄不過上農，位不登宁定，禀焉早世，命也奈何！矧無兒應門，有女未傳，斯亦生民之大窮者歟！

予辱於締交，託在奔走。出均轡組，宴銜杯酒。信誓旦旦，要之白首，今又弱一箇焉。死生交情，俯仰陳迹，向之懽緒，今成悲端。嗚呼！天非禅竈之知，輔仁罔驗；命爲鬼伯之促，齎恨何窮。追爲助紼之詞，以代焚芝之感。

天生若人，好是懿德。左佩規而右矩，前陳繩而後墨。鑒玉水以論方，殫翠毛而取飾。席至珍之百汰，阻永味乎千蹠[一]。蒔固蔕於文林，犍洪樞於聖域。澡重氛之耳目，棲灝氣乎胸臆。遘帝華之顯時，與多士而來思。掩輝山以待價，頓宏羅而見羈。

士惟君養，爵乃吾縻。斂以越砥，御以新羈。入冑筵而鳴鼓，退私室而垂帷。或東觀以讎籍，或平臺而見師。或連蜷第賦，或競病論詩。包《左氏》之富艷，無枚皐之詆欺。有洌匪泉，有直伊始。蹇不撓於亮節，遂無言於膴仕。不諂笑以在畦，不處嫌而納履。年四十而介然，食九人而近止。彼君子之知命，方無愠而無喜。誤葉縣之好龍，歎山梁之拱雉。

天難諶斯，皇肯照微。如何不淑，邦哲其萎。竭靈濤於鷺壑，傾怒翼於鵬池。況復顔徒非壽，伯道無兒。未嫁兮左思之女，獨拜兮任咸之妻。使積善之無報，信至神之我欺。

悽悽草長[二]，寥寥露晞。熏蒿掩乎野土，神明濟乎天陲。對秣陵之舊簡，乏南楚之招辭。慟寢門而投賦，彼厚穸兮何知。四庫本《景文集》卷二。

[一] 阻：湖北先正遺書本作「咀」。

[二] 草長：原作「長草」，據湖北先正遺書本乙。

後招魂賦

晁補之

屈原作《大招魂》，宋玉作《招魂》。夫士以忠放濱於死，故招其魂而復之。予交之長者王安仁，賢且孝，適未仕，病以夭。予傷焉，不敢以非吾上也，借不知命之辭以愬於帝，作《後招魂》：

竊悲夫天何爲生此碩人兮，蹇幼清而宜脩。既服義以時可兮，又何爲委厥美而改求？天固復諸其初兮，則如勿俾此昭質。帝命巫陽曰：「有愬於下，汝往聽之，精神將離，筮而復之。」巫陽曰：「物死與生，司命有職。自廢自起，朕何能識？」

帝彊之，乃下招曰：魂兮歸來！去君七尺之軀，胡爲乎大陰些。舍君之靈龜，而糟莩沉些。人固懷慈而抱愛兮，一言欲訣而怦怦些。君胡樂誘於異物兮，從之踶跂而遠行些。魂兮歸來！上天不可以遊些。有神當關，其視畏人些。其下百鬼，伺人往來執而殺之些。倘徉無所倚，歎息不可些。幸而得還，無所求階些。歸來歸來，不可以久放些。魂兮歸來！地下不可伏些。土怪墳羊，狠戾突觸些。蛇身鬼首，蓬髮鬇鬡，當前搖毒些。九幽之府，惡厲牛首，得人以械獄些。歸來歸來，不可以久屈些。魂兮歸來！

無止乎山中些。山木蕭蕭，猨狖所居些。藜藋柱逕，梟祥鼯怪，杜鵑號呼些。夔魈罔兩，笑風涕雨，見人揶揄些。虤虎封狼，磨牙吮血，侁侁穴居些。魂往顛隮，狂惑失塗些。歸來歸來，久幽恐不得出些。魂兮歸來！君無下海些。大海盪潏，日月回周些。白波連天，五山狂浮些。巨神操蛇，唯魂是囚些。淫氛瀰霧，八方錯易，魂往安投些。百怪讙舞，羣出類没，更遨迭遊些。霹靂掣電，蛟龍直起，江潮逆流些。有鳥九首，載鬼盈車，擢筋以縻其輈些。歸來歸來，久淫恐不得還些。魂兮歸來！君無樂兮八蠻九夷些。遐方異類，其人似禽些。烈陽慘陰，韝裘裸裎，涼温不時些。蔽林夜祠，被髮徒跣，妖魅叢嬉些。魂往非族，抵冒凌欺些。歸來歸來，恐自遺羞些。魂兮歸來！君無以髑髏爲南面之樂些。毛枯骨化，精離識落些。螻蟻所寄，烏鳶所搏些。蚊蚋姑嘬，狐狸齧嚼些。髐然七孔，攓擲疇覺些。棘薪葛蔓，交錯綿絡些。鋤耰野火，侵凌甚虐些。歸來歸來，無自遺賊些。魂兮歸來！八紘六合無一可以翱翔些。魂孤迋迋，消耗淪亡些。歸來歸來，反故鄉些。工祝前君，無迷方些。崇城兩溝，夾高楊些。車軫馬駍，交康莊些。日中爲市，集工商些。高門懸箔，襲慶祥些。選閲甘旨，薦北堂些。金昆玉季，美雁行些。斑衣竹馬，兒嬉傍些。曲欄橫牖，窈洞房些。長蛾曼緑，含若芳些。齊紈阿錫，曳明璫些。戛瑟鼓簧，封豕羊些。食前方丈，釃椒漿些。嘉賓雜坐，紛賢良些。朱顏欣欣，君樂康些。魂兮歸來！反故鄉些。

亂曰：龍火頽坤兮虛正宵，萬物酋勑兮傷秋郊。汨君徂征兮默誰曹？天地爲鑪兮物流以銷。一受成形兮巧專莫逃，斯彌頤輅兮一體所交。鼠肝蟲臂兮忽何遭？魂知復吉兮改而超。與君除祓兮三下招，張君之衣兮升屋號。魂兮歸來，居匪遥。無哀我心，使予勞！四部叢刊本《雞肋集》卷一。

悼亡賦 並引

李處權

予幾七十而鰥，倡無和也，問無應也。視人世之苦，無甚於兹者。一日抑淚茹悲，作《悼亡賦》，雖不足以增伉儷之重，庶使覽者知予不敢於其厚者薄也。其辭曰：

噫！予雖老而鰥兮，坐成窘獨之叟。眷伊人之具美兮，視同列而未有。追維琴瑟之義兮，謂相從於白首。忽一日而不見兮，慘四顧而無偶。

始來嬪於我家兮，倏五十之改歲。惟内政之克修兮，躬蘋蘩於時祀。施慈惠於僕妾兮，靡失色於娣姒。既甘苦而食淡兮，實於君而有愧。

何沉疴之不解兮，豈厄會之偶值。楚切切而在牀兮，亘日夜以相繼。愀皮骨之僅存兮，情惻惻而不忍視。訖命盡而數絶兮，奄悠然而長逝。痛割裂於心膂兮，隕滂沱之涕泗。譬令孽婦之久生兮，曷若假夫君以永世。信尤物之易毁兮，審奇花之早落。抱雌如吴門之劍兮，返魂無齊人之藥。顧晨夕之傍偟兮，類失侶之孤鶴。攬明月之入牕兮，驚風動乎簾幙。淡星河之欲曉兮，清露零於叢薄。悄空閨之岑寂兮，想音容於冥漠。矧早衰之多難兮，決非久於世者。歎幽明之異路兮，復何時而見也。哀斷絃之莫續兮，悵貝書之不復把。懷平生之好合兮，竟繾綣而難舍。覬魂夢之可接兮，睇長松於廣野。雖涸流以濡翰兮，浩予悲之莫寫。四庫本《嵩菴集》卷一。

憫孤賦

晁公遡

有衛氏之君子兮，鼻祖肇緒於初度。靈根大於元莊兮，益植德而垂裕。后皇揆其中情兮，嘉耿介以作輔。綿蟬連而通籍兮，逮五葉之踵武。皇考生而謇直兮，雜若芳以爲佩。中既有此修能兮，罹氛濁而不得試。服銅墨於嵓邑兮，迫洿瀆而繚戾。鴟梟迭翔千仞兮，鸞畏嚇而增逝。甑窒薦於清府兮，倭傀紛其徑侍。惟謠諑之妬美兮，君猶天其何懟。犬戎忽其吠堯兮，肆齮齧猶未果。進鉛刀以禦銜兮，衆固知其不可。女嬃婉孌而來告兮，聖亂邦而不居。昔予棄而今辭兮，揆厥禮而弗渝。皇考申之怫鬱兮，曰食焉其可捨？倚東藩以出奔兮，日重趼而百舍。奮大義以委命兮，元戎感而就駕。前茅蹶於寧陵兮，胡天命之不假？獨立而彌厲兮，遂結纓於此野。夫差悼於勳闔兮，豈忘越之傷指？眕盱啜泣於卞隕兮，寧蹈敵以偕死？

余殺身其非難兮，實有慕於申子。眷欲留此故都兮，懷維桑之攸止。豹侁侁而眴闕兮，宇將顛而藩隊。心眐眐而横鶩兮，撰余轡於睢之陽。朝發軔而南邁兮，慘去故而畫傷。睨帝閽以增遐兮，日沈翳其無光。岑石摧其重輮兮，豺狼跱夫中路。夕惴慄而不寐兮，晝徙倚而環顧。察九土之洪曠兮，予何爲此窘步？

介淮海之具區兮，幸去危而即安。俄魏貍之涉泗兮，赤囊翩其若翰。幼遭世之阨艱兮，尚童羇而未冠。後猰貐之淫噬兮，前大江之奔湍。睇鯢淵之赫怒兮，柤將進而復止。委虎蹊以顛越兮，恐齎恨而永已。冒危途以徼福兮，寄性命於一葦。陽侯憫予而奔屬兮，濟中流之湯湯。登句吳之崇壤兮，聊弭節而彷徨。魂僋囊而稍寧兮，卜予適其何方？蓍龜告予以坤維兮，盍避世以違害？惟厥土之側陋兮，藜藿曼其不採。厥棼亂而願遊兮，問夫途之所在。歲作噩之杪冬兮，霜雪凛其漼澧。絶楚澤之泱瀼兮，天無風而揚波。陟三峽之峻阪兮，陸紆軫而嵯峨。曩予邑於浚都兮，安平原之曼衍。絶垠忽其迫隘兮，感失徑而悲惋。

念世遺予清白兮，特繾綣於賓戚。逮煢獨而於役兮，適曠野其焉覿。踵尼父之厄陳兮，七日慘其不食。搴木蘭以繼粻兮，腹雖潔而愈瘠。顔有田以給飦兮，陶環堵而濳伏。夫吾塊處無所兮，餬予口其不足。下鄉困而哀歌兮，微漂母吾其殆。曾千金之獲償兮，蘭委霜而先敗。歲月悅其遄逝兮，視金䥶已勝幘。豈不懷夫遺烈兮，莫盛於疇昔。三歲進而賓興兮，非吾宗其誰克？豈來者之弗勵兮，降及予而若絶？夜慷慨以雪涕兮，恨放迹乎窮髮。俗務相之是習兮，巫覡以爲師聖。闒茸其榛塞兮，意惝怳其何之。粵予世有舊聞兮，退紬繹而覃思。嘗俾予充賦兮，求雖獲而忸怩。女采薇而驚悸兮，終即鹿而有喜。念墜緒之僅續兮，撫初志其猶未。義捧檄以娛親兮，善干禄之及時。三千鍾而不洎兮，在子輿其益悲。矧下秩之代耕兮，蚤顛沛於百罹。昊蒼何其不仁兮，而畀予以弱質。衷坎毒而豈忘兮，懼鞭冢其難必。監伍尚之引決兮，曰無愧乎今之人。顧毀傷其髮膚兮，豈聖言之是程？百年倏其幾何兮，徒悒鬱而終身。四庫本《嵩山集》卷一。

問天醫賦 並序

范成大

余幼而氣弱，常慕同隊兒之强壯，生十四年，大病瀕死。至紹興壬申，又十三年矣，疾痛疴癢，無時不有。夏至前一日，得寒疾，夢謁天醫星，問答了然，獨未知天醫爲何神。案《晉書》卷舌六星，其一曰天讒，主巫醫；而孫氏《千金書》，以日辰推天醫所在，其是歟？皆未可必也。雖然，吾疾自是其有間哉！乃敘其夢爲《問天醫賦》。

吳山之臞，不達不聞。有門常關，日與病親。歲直壬申，亢中於昏。薄寒中之，不良睡眠。覺邪夢邪？陸離紛紜。神馬具裝，出於頂門。驅風鞭霆，莫知所從。紫城翠樓，千窗萬櫳。玉書垂芒，天醫之宫。中有一人，瑶冠紫衣。如帝如尊，衆真繞圍。我瞻而思，是其天醫者邪？

竊欒其名，幸已我疾。次且而前，再拜以出。仰而稱曰：「蟣蝨之臣，有鬱弗宣。

幸遭聖靈，利用乞憐。願賜清閒〔一〕，聽臣苦言。天生下人，如沙如塵。長養安樂，壽其天真。臣獨多疾，支離輪困。炎黄之經，厥病四百。去半取半，臣悉經歷。五日一曳杖，十日一卧簣。茁爲痤疿，潰爲瘇瘺。遊爲痺頑，尼爲否塞。疏爲洞盪，節爲關格。躁爲囂呼，静爲爽惑。榮衛挾寒而留行，溪谷流温而横溢。襲於皮毛，客於絡脈。次於焦府，盎於形色。攣拳惰其四支，黖黣淫乎大宅。百骸九竅，無一得適。十巫遞進，三醫更謁。探金匱之寶藏，紬玉函之秘策。方書堆於几案，藥物庤於牆壁。訪和扁以制度，招桐雷使炮炙。參以天泉左右之運，列以君臣佐使之職。配合者相須，畏惡者相敵。參朮芝桂，鉛汞乳礫。果菜之英，醪醴之液。萬歲之蓝，千年之珀。莫潤於養血之茸，莫濇於委蜕之骼。厭遠效於中和，要近功於武力。三建若燎，五毒若螫。入口如茶，下咽如戟。燥剛以發舒，酸苦以湧洩。杵臼無停鳴，鐺鼎不暇滌。瞑眩酷烈，疾戰縱擊。外邪未潰，中氣先踣。久立則蹐，久行則躄。語多則逆，卧多則愓。先寒而裘，未暑而絺。席避風而五遷，衣惡濕而再襞。旦欲興而三休，夜將誦而九息。聽蟻爲牛，視朱作碧。中憒憒其結轖，頭岑岑而戴石。人生世間，居處飲食。臣以病故，跬步榛

〔一〕清閒：原作「清德」，據《歷代賦彙》外集卷二〇改。

棘。春醅珠紅，暑醴玉白。翠瓤之瓜，青房之菂。泫梨液之流膚，淪橘泉之破隙。臣欲過門而大嚼，黃媪推臣以避席。清空穴寥，霧旦霜夕。駕牛西上，騎鯨東極。納寒月於半領，御罡風於兩腋。臣欲褰裳而往從，皓華挾臣以辟易。弱柳怪其早衰，癭木嗤其多瘠。怠侮出於家人，煩勞困於僕役。羣居之中，軋軋厭厭。狎者臣嘲，疏者臣嫌。獨疢臣身，不可任堪。人之多疾，自取自探。不一其凡，大略有三。其一者心根泄機，命門喪阻。明消精散，形弊神苦。擲温玉以畀火，奉甘餐而戲虎。陰惑陽而化蜮，風落山而成蠱。若是者得於晦淫，命曰伐性之斧。其二者愁莫愁於生離，痛莫痛於死別。哭不淚而神傷，歎無聲而怨結。魂欲升而中斷，腸將思而已絶。孤憤爲丹心之灰，隱憂爲青鬢之雪。若是者得於情鍾，命曰蠹心之孽。其三曰深居奥處，温燠窈窕。重帷複幄，風日不到。枵然如久縶之匏，蕭然如處陰之草。玉體軟脆，動輒感冒。若是者得之於貴遊，命曰煬和之竈。凡此三者，臣非有之。呻號弊尪，誰職爲之？孰祟孰厲，孰攻孰襲？何方而來，何門而入？抑嘗聞之，造化爲爐，人物爲象。洪鈞無心，大放厥帑。元陽之氣，可斤可兩。人受其中，有瘠有臞。故有稟生多艱，形枯德腴。委隨惰窳，命也如何。子房所以辟穀，長卿所以閒居。士安散髮，黽勉扶輿。希逸惙惙，疢與生俱。天實爲之，非人速辜。臣也不肖，殆類此乎？地産之藥，方家之書。媿寒配温，僻違怪迂。

欲持人以勝天，嗟慮密而功疏。竊聞大神，天醫之王。範圍堪輿，運平陰陽。起死回骸，斡旋天藏。揉太和以爲劑，酌沆瀣而爲漿。嘘碧落以發英，糜朝霞而薦芳。神火氣篴，日暾星芒。度人千億，奮飛仙鄉。賜臣刀圭，刮摩膏肓。濡枯充虚，豐羸植僵。解臣朽骨，濯臣腐腸。宅胎仙以葆真，凝虚白而發光。碎鼎槌罏，破瓢褫囊。脱免彭殤之囿，蜕蟬人鬼之場。不老不衰，來歸帝傍。臣之願也，非所敢望。」

語未竟，仰聞太息曰：「有是哉，汝之憂也！凡汝所苦，可以理測。凡汝所求，吾不汝啬。病自汝得，造化吾知。汝窮汝原，何藥之爲？今即汝身，示汝三機。隱几遐思，載撫四維。汝身塊然，汝方火馳。甘寐於牀，委骸陳尸。夢遊何方，悲啼笑嘻。溘焉以死，烏鳶狐狸。生汝安住，死汝安歸？形與化遷，汝豈變移。虚空無傍，奚所據依？厥狀維何，爲青爲黄。爲一爲多，爲短爲長。未病何形，已病何色？癢苛酸辛，誰覺誰識？吾將遠遊，汝速返去。試用我言，周徧求汝。脱焉得之，解痼釋痾。不然已矣，將奈汝何！」

叩稽玉階，退而下歸。形開神澂，汗濡寢衣。嗚呼異哉！爲信爲欺。是邪非邪？至今疑之。四庫本《石湖居士詩集》卷三四附。

《黄氏日抄》卷六七《問天醫賦》謂不敢以人勝天。

《復小齋賦話》卷下　古人句法有相似者，如山谷《悼往賦》云：「飲泣爲昏瞳之媒，幽憂爲白髮之母。」石湖《問天醫賦》云：「孤憤爲丹心之灰，隱憂爲青鬢之雪。」而山谷較勝，「媒」字「母」字猶詩中之有眼也。

殤幼賦 並序

李洪

余稚子直均未字而夭，余與妻盛哭之，哀而不成聲。嗚呼！吾兒踰朞而能行，聰悟而敏慧，甫三歲已能捉筆模字，效兄姊誦書不忘。生之歲月時幹全甲，戊庚皆居寅，合於日之亥。不幸遇疾，余有五林之役，歸自外，疾革，視之形神離矣。嗚呼痛哉！昔羊祜五歲探桑木中金環，白樂天七月能識「之無」，古皆謂再來[一]。嗟乎！人稟一真之性，幻滅幻生，汩於生死大苦海中，自非上根頓悟，通其夙命者，孰能超出輪迴，非幻不滅，而脱離生死，究竟真諦也哉？余視其母悲傷弗忍忘，

[一] 此句疑有脱誤。

作殤幼之詞，極於性命生死之説，塞余悲焉。

嗟人生於萬化兮，汩真識以嬗形。禀五緯之純粹兮，託二儀以毓靈。視幻滅於瞿曇兮，齊壽夭於殤彭。

哀穉子之韶美兮，甫弱歲之三齡。既穎異而翹秀兮，暨學語而和平。詫庭蘭之茁茂兮，齊玉雪之敷榮。余薄祜而鍾罰兮，痛夭閼於孺嬰。

訴九閽之窅窱兮，闖北辰之列星。彼穹穹與昊昊兮，臨下民而俯聽。杳不聞於哀籲兮，氣澌盡而冥冥。割衷腸之九回兮，僾菀薀而填膺。攬衣篝之故迹兮，時誤稱於遺名。慇號咷於慈母兮，傷憯怛於姊兄。惝怳而疑其死兮，杳不聞於履聲。惚然而謂之生兮，訝泯絶而無徵。沕神理之茫昧兮，戢精爽之依憑。風飄飄而振幃兮，雨淋淋而霣楹。草賁緣而依砌兮，雀躑躅而悲鳴。恍春暉之芳茝兮，忽霜霰而先零。視崦嵫之頹景兮，悵煢魂之遐征。竄黄壚而閟質兮，無彷彿於平生。

誶曰：泣既盡而繼血兮，髮變白以垂領。瞭濁昏而喪明兮，涕横集而委綆。哀稚子之無年兮，即厚夜而徂永。悲童烏而草《玄》兮，踵叔子之探環。懷東門之曠達兮，豈情鍾而愛捐！覺大夢以蘧然兮，銜永疢於終天。悟龜毛於真詮兮，將返初於泰始，又安得羽化而飛仙！四庫本《芸庵類藁》卷一。

懷臯賦

陳宗禮

次兄自號九臯，中壽而歿，作《懷臯賦》哀之。

有蹁躚兮羽族之僊，戛長鳴兮聞於九天。恍形景之莫覩兮其去無邊，杳雲氣之茫茫兮予衷怛然。憶追隨於林野兮，真意之纏綿。何倏忽以睽違兮，悄餘音之弗傳。眇眇兮遼海，戰魚龍兮駢百怪。想翺翔兮周觀乎遠大，顧山澗之泠泠兮，尚舊遊之如在。胡不歸來兮？使我心痗。

倚雲霄兮蓬萊之峰，躋環珮兮羣僊與同。顧瞻下土兮厭埃塵之溟濛，悵已忘兮前岡之松。胡不下遊兮，舊侶之與從。蕭颯兮飈鳴，乘秋清兮上青冥。中扃耿耿兮夢難成，安得反魂之香兮，挹氣貌之亭亭。皎中夜兮兔景，杳何方兮棲處泠。弱翎繞於枯柯兮，墜寒葉於金井。安得故人之與偕兮，使頑痾之蘇醒。

嗚呼噫嘻！頭戢戢兮皆兄弟，曷不旁交而遠契。數奇偶兮異短長，焉用泥遠而追亡。惻予懷兮軫厥初，形氣交值兮樂同涂。食息相待兮行止相需，二體之爾我兮，一氣之斂舒。倏風煙之滅没兮，遠野馬於中區。彼悠悠以忘反兮，此悄悄兮靡居。雖然，萬緣聚而必散，一氣運而無窮。往來離合，悲懽華頳，雖百千萬億變，罔可底止，未始離乎一域之中。走胡走越，何見而異；宜兄宜弟，匪私而同。嗟逝水之洋洋兮，遠莫可追；扁舟大海兮，豈曰無期。寂寂之與赫赫兮，共乘此化機。睆而視之若遠兮，焉不知朝莫之與隨。春與猿吟兮秋鶴與飛，無不在兮豈予違。滌靈襟兮寄聲詩，若疇昔兮光無涯。海山仙館叢書本《隱居通議》卷四。

《隱居通議》卷四　近世諸老多以文章名，而工古賦者絕少，惟千峯陳文定公與西園傅公友，故亦喜作古賦，有《懷皐賦》一篇，獨清峭可愛。

附録一　評論資料

吴淑《進注事類賦狀》（宋紹興刻本《事類賦》卷首）　右，臣先進所著一字題賦百首，退惟蕪累，方積兢憂，遽奉訓辭，俾加注釋。伏以類書之作，相沿頗多，蓋無綱條，率難記誦。今綜而成賦，則焕焉可觀。然而所徵既繁，必資箋注，仰聖謨之所及，在陋學以何稱。今并於逐句之下，以事解釋，隨所稱引，本於何書，庶令學者知其所自。又集類之體，要在易知，聊存解釋，不復備舉，必不可去，亦具存之。凡讖緯之書，及謝承《後漢書》、張璠《漢記》、《續漢書》、《帝系譜》、徐整《長曆》、《玄中記》、《物理論》之類，皆今所遺逸，而著述之家相承爲用，不忍棄去，亦復存之。前所進二十卷，加以注解，卷秩差大，今廣爲三十卷，目之曰《事類賦》。乏張華之博物，叨預升聞；謝陸賈之著書，敢期稱善。徒傾鄙思，曷副宸心。伏乞皇帝陛下俯録微能，特紆睿覽。苟乾坤之施，不遺芻狗之微；則鉛槧之勤，庶耀縑緗之末。冒黷斧扆，兢惶載深。

附**邊惇德《事類賦序》**（宋刻本《事類賦》卷首）　淳化中，博士吴淑進《事類賦》百篇於朝，太宗嘉其精贍，因命注釋之，擢爲水曹郎。今觀其書，駢四儷六，文約事備，經史百家、傳記方外之説，靡所不有，其視李嶠單題詩、丁晉公《青衿集》，用功蓋萬萬矣。歲月寖久，世罕其傳。提舉滎陽鄭公將命東浙，莅事未幾，百廢具舉。暇日裒集群書，曉析涵泳，以爲退食之娱。因以所藏《事類賦》善本俾鏤版，以備士夫章句檢討之益，且俾惇德著其述作之始於右。惇德切觀四聲之作起於齊、梁，而盛於隋、唐，今遂以爲取士之階。其協辭比事，法度纖密，足以抑天下豪傑之氣。至於源流派别，凡有補於對偶聲韻者，豈可靳而不傳。雖淑之書用意浩博，將以貽惠來今，然非鄭公則不能廣其説，使學者有所觀覽云。紹興丙寅仲夏廿三日，右迪功郎、特差監潭州南嶽廟邊惇德謹序。

楊億《楊文公談苑》卷三 省試《王射虎侯賦》云：「講君子必争之藝，飾大人所變之皮。」《貴老爲其近於親賦》云：「覩兹黄耈之狀，類我嚴君之容。」試官大噱。

王禹偁《律賦序》（《小畜集》卷二） 禹偁志學之年，秉筆爲賦，逮乎策名，不下數百首，鄙其小道，未嘗輒留。秋賦春闈，粗有警策，用能首冠多士，聲聞於時。然試罷即爲同人掠奪其草，於今莫有存者。淳化中，謫官上洛。明年，太宗試進士，其題曰《巵言日出》。有傳至商山者，駭其題之異且難也，因賦一篇。今求向所存者，得數十紙，焚棄之外，以十章列爲一卷，仍以《巵言》爲首，尊御題也。

又《送李巽序》（《小畜集》卷一九） 君建陽人，少以文章干禄江表。神德平吴之六年，皇上嗣統之三載，始隨計偕，求試於大宗伯。君尤善辭賦，得貞元、長慶時風格，如《土鼓》、《蜃樓》數篇，皆辭理精妙，出人意表，故秉筆者許之。僕時在場屋，與之遊者凡三年，同登乙科，交分益至，是以君之文行，可得而熟矣。宜乎立丹墀，奮鴻筆，作邦家之秀，爲搢紳之光，而適海隅、鼇冗務者，何哉？蓋建谿、婺女實鄰境也。君離邦去里，自閩之蜀，官歷再命，年將一紀，堂有親老，室有妻子。是行也，道未暢於國，孝可成於家也，士君子聞而榮之。……至止之日，爲我登八詠樓，賦新什以寄遠，即嘉惠也。

范仲淹《賦林衡鑑序》（《范文正公别集》卷四） 人之心也，發而爲聲；聲之出也，形而爲言。聲成文而音宣，言成文而詩作。聖人稽四始之正，筆而爲經；考五聲之和，鼓以爲樂。是故言依聲而成象，詩依樂以宣心，感於人神，穆乎風俗，昭昭六義，賦實在焉。及乎大醇既醨，旁流斯激，風雅條散，故態屢遷，律呂脈分，新聲間作。而士衡名之體物，聊舉於一端；子雲語以雕蟲，蓋尊其六籍。降及近世，尤尚斯文。律體之興，盛於唐室。貽於代者，雅有存焉。可歌可謠，以條以貫。或祖述王道，或褒贊國風，或研究物情，或規戒人事，焕然可警，鏘乎在聞。國家取士之科，緣於此道。九等斯辨，寸長必收。其如好高者鄙而弗攻，幾有餧而不食；務近者攻而弗至，若以莛而撞鍾。作者幾稀，有司大患。雖炎炎其火，玉石可分；而滔滔者流，涇渭難見。曷嘗求備，且務廣收。故進者豈盡其才，而退者愈惑於命。臨川者鮮克結網，入林者謂可無虞。士斯不勤，文何以至。撰述者既昧於向趣，題品者復異其好尚。繩墨不進，曲直終非。仲淹少遊文場，嘗稟詞律。惜其未獲，竊以成名。近因餘閑，載加研玩，頗見規格，敢告友朋。其於句讀聲病，有今禮部之式焉；别析二十門，以分其體勢。敘昔人之事者，謂之敘事。頌聖人之德者，謂之頌德。書聖賢之勳者，謂之紀功。陳邦國之體者，謂之贊序。緣古人之意者，謂之緣情。明虚無之理者，謂之明道。發揮源流者，謂之祖述。商搉指義者，謂之論理。指其物而詠者，謂之詠物。述其理而詠者，謂之述詠。類可以廣者，謂之引類。事非有隱者，謂之指事。究精微者，謂之析微。取比象者，謂之體物。强名之體者，謂之假象。兼舉其義者，謂之旁喻。敘其事而體者，謂之敘體。總其數而述者，謂之總數。兼明二物者，謂之雙關。詞有不羈者，謂之變態。區而辯之，律體大備。然古今之作，莫能盡見；復當旅次，無所檢索。聊取其可舉者，類之於門。門各有序，蓋詳其指。古不足者，以今人之作者附焉。略百餘首，以示一隅，使自求之，思過半矣。雖不能貽人之巧，亦庶幾辯惑之端，命之曰《賦林衡鑑》，謂可權人之輕重，辨己之妍媸也。所舉之賦，多在唐人，豈貴耳而賤目哉？庶乎文人之作，由有唐而復兩漢，由兩漢而復三代。斯文也，既格乎雅頌之致；斯樂也，亦達乎韶夏之和。臣子之心，豈徒然耳！若國家千載特見，取人易方，登孝廉，舉方正，聘以伊尹之道，策以仲舒之文，求制禮作樂之才，尚經天緯地之業，於斯述也，委而不論，亦吾道之志歟！時天聖五年正月日，高平范仲淹序。

又《與晏尚書書》（《范文正公尺牘》卷下）　蒙以新著《神御殿頌》、《遊渦賦》、《青社州學記》示於謏聞，俾閱大範。孰量童觀之明，得預宗廟之美。但當金口木舌，以駕説至道之萬一爾。如覘大禮，閱廣樂，豈能形容於造次哉！

江休復《嘉祐雜誌》　錢君倚云：《漢書·律曆志》「鈞著一月之象」，又云「輔弼執玉以翼天子」，科場舉人以爲賦題，著疑是者，玉疑是之字，監本之誤也。

又　吳春卿殿試《聖有謨訓賦》，用「答揚」二字，自謂頗工。考官張希顏不曉，云：「只有對揚休命，豈有答揚者耶？」旁一人云：「答即對也，乃及時文耳。」遂加一抹。宋宣獻公綬編排卷子，知其誤，不敢移易也。

又　宋相與高餗同發天府解，《日月爲常賦》象字韻之押狀者，以落韻先剥放近百人，一人投牒云：「某不落韻。」取卷視之，狀下有「可想」二字，然賦亦紕繆。其如落韻剥放舉人不伏，高與甲不記姓名。憂悶，或醉或睡。洎庠更點檢詩只五韻，急呼二人起視之，二君歡欣，舉子慙怍而已。

宋祁《回人獻賦編啟》（《景文集》卷五五）　伏蒙示及新賦一編，祗閱以還，歆羡偕極。竊惟善賦之作，本出古詩之流。參大夫之九能，判史家之五種。有唐取士，甲令垂文。揭爲試藝之程，用角陳篇之妙。昌辰沿制，作者寖工。足下孺篚興宗，雅才名世。蔚奇姿於豹鞹，文乃積中；徙怒翼於鵬池，風斯在下。暫綴修方之式，回光與計之求。尚講鳴謙，過詢懵學。列群章於繡帨，卜真賞於熬波。九變知言，但服春華之瞻；千篇奏御，行膺夜石之觀。虔祝王塗，進光賢運。今茲銜佩，詎及文陳。第其盛製，輒敢借留。

歐陽修《唐令狐楚登白樓賦跋》（《歐陽文忠公集》卷一四二）　右《登白樓賦》，令狐楚撰。白樓在河中，至楚子綯爲河中節度使，乃刻於石。綯父子爲唐顯人，仍世宰相，而楚尤以文章見稱。世傳綯爲文喜以語簡爲工，常飯僧，僧判齋，綯於佛前跪爐諦聽，而僧倡言曰：「令狐綯設齋，佛知。」蓋以此議其好簡。楚之此賦，文無他意，而至千有六百餘言，何其繁也！其父子之性相反如此，信乎堯、朱之善惡異也。

又《蔡文忠公齊行狀》（《歐陽文忠公集》卷三八）　祥符八年，真宗皇帝采賈誼置器之説，試禮部所奏士，讀至公賦，有安天下意，歎曰：「此宰相器也！」……亟以第一賜之。

又《諫議大夫楊公墓誌銘》（《歐陽文忠公集》卷六一）　咸平三年，交趾獻馴犀，府君以秘書丞監在京商税院，因奏《犀賦》，真宗嘉之，召試學士院，遷太常博士。賦，一時文士争相傳誦不及。……府君初名侃，後避真宗皇帝舊名，改曰大雅，字子正。

又《六一詩話》　自科場用賦取人，進士不復留意於詩，故絶無可稱者。惟天聖二年省試《采侯》詩，宋尚書祁最擅場，其句有「色映堋雲爛，聲迎羽月遲」，尤爲京師傳誦，當時舉子目公爲「宋采侯」。

張方平《貢院請誡勵天下舉人文章奏》（《樂全集》卷二〇）　爾來文格日失其舊，各出新意，相勝爲奇。至太學之建，直講石介課諸生，試所業，因其好尚，而遂成風。以怪誕詆訕爲高，以流蕩猥煩爲贍，逾越規矩，或誤後學。朝廷惡其然也，故下詔書丁寧誡勵，而學者樂於放逸，罕能自還。今貢院考試諸進士，太學新體，間復有之。其賦至八百字已上，而每句有十六、十八字者；論有一千二百字以上；策有置所問而妄肆胸臆，條陳他事者。以爲不合格，則辭理粗通；如是而取之，則上違詔書之意，輕亂舊章，重虧雅俗，驅扇浮薄，忽上所令，豈國家取賢斂材以備治具之意耶？

劉敞《雜律賦自序》（傅增湘校本《公是集》卷首）　當世貴進士，而進士尚詞賦，不爲詞賦，是不爲進士也；不爲進士，是不合當世也。君子何亟乎合當世？曰：不得已焉耳，得已，則君子必不賴也。農夫無終歲之業則愁，商賈無朝夕之益則憂，士無所委贄之道也。予始不願爲進士，其後遂勉爲進士，豈自謂能之哉？雖然，郡國進士過數萬，舉於尚書者乃數千，升於天子者數百耳。選之如此之精也，得之難也，此不宜有非其才而使余也居天下第一。虛言者以爲命，實事者以爲幸，二者皆知言。余自視缺然，吾猶欲著所不宜，以誠二者之言，故取嘗所爲律賦編之，以盡吾短，而題其首。是其中也，猶無有道乎？

龔鼎臣《東原録》 賦亦文章，雖號巧麗，苟適其理，則與傳注無異。如李巽《土鼓賦》：「土之靜靜，乃陰之實；土之動動，乃陽之精。陰以質而濁，陽以文而清。將以質勝文而其理永固，遂以土鼓而其義有成。」斯迨於無愧於理矣，當時謂之「李土鼓」。後有鮑當者，著《孤鴻詩》甚精，時亦號「鮑孤鴻」。

司馬光《涑水記聞》卷一〇 晏丞相殊留守南京，仲淹遭母憂，寓居城下，晏公請掌府學。仲淹嘗宿學中，訓督學者皆有法度，勤勞恭謹，以身先之。……出題使諸生作賦，必先自爲之，欲知其難易及所用意，使學者準以爲法。由是四方從學者輻輳，其後宋人以文學有聲名於場屋朝廷者，多其所教也。

曾鞏《隆平集》卷八《丁度傳》 嘗著《慎言賦》、《書紳銘》以戒諸子。又著《邇英聖覽》十卷，《龜鑑精義》十二卷，《慶曆兵録》五卷，《贍邊録》一卷，《編年總録》八卷，《管子略要》五篇。

吴處厚《青箱雜記》卷二　五代之際，天下剖裂，太祖啟運，雖則下西川，平嶺表，收江南，而吴越荆閩納籍歸覲，然猶有河東未殄。其後太宗再駕，乃始克之，海内自此一統。故因御試進士，乃以「六合爲家」爲賦題。時進士王世則遽進賦曰：「構盡乾坤，作我之龍樓鳳閣；開窮日月，爲君之玉户金關。」帝覽之，大悦，遂擢爲第一人。是年，李巽亦以《六合爲家賦》登第，賦云：「闢八荒而爲庭衢，并包有截；用四夷而作藩屏，善閉無關。」此亦善矣，然不若世則之雄壯。巽字仲權，邵武人，以《蜃樓》、《土鼓》、《周處斬蛟》三賦馳名。累舉不第，爲鄉人所侮曰：「李秀才應舉，空去空回，知席帽甚時得離身？」巽亦不較。至是乃遺鄉人詩曰：「當年蹤跡困泥塵，不意乘時亦化鱗。爲報鄉閭親戚道，如今席帽已離身。」蓋國初猶襲唐風，士子皆曳袍重戴，出則以席帽自隨。巽後仕至度支郎中、兩浙轉運使卒。與王禹偁相友善，今《小畜集》有《送李仲權赴官序》，即巽也。

又　余皇祐壬辰歲取國學解，試《律設大法賦》，得第一名。樞密邵公亢、翰林賈公黯、密直蔡公抗、修注江公休復爲考官。内江公尤見知，語余曰：「滿場程試皆使蕭何，惟足下使蕭規對漢約，足見其追琢細膩。又所問《春秋》策，對答詳備。及賦押秋荼之密，用唐宗赦受縑事，諸君皆不見。云只有秦法繁於秋荼，密於凝脂，然則君何出？」余避席斂衽，自陳遠方寒士，一旦程文，誤中甄采，因對曰：「《文選·策秀才文》有『解秋荼之密網』。唐宗赦受縑事，出杜佑《通典》、《唐書》即入載。」公大喜，又曰：「滿場使次骨，皆作刺骨對凝脂。惟足下用《杜周傳》作『次骨』，又對『吹毛』，只這亦堪作解元。」余再三遜謝。

又卷八 慶曆丙戌歲春牓省試，以「民功曰庸」爲賦題，題面生梗，難爲措詞。其時路授、饒瑄各場屋馳名，路則云「此賦須本賞」，饒則云「此賦須本農」，故當時無名子嘲曰：「路授則家住關西，打賞罵賞；饒瑄則生居浙右，你儂我儂。」

又卷一〇 内臣裴愈字益之，亦好吟詠，……有子曰湘字楚老，亦有詩名。明道中，仁宗御便殿試進士《房心爲明堂賦》、《和氣致祥》詩，亦命湘賦之。湘蹈舞再拜，數刻而成。仁宗嗟賞，左右中人爲之動色。

沈括《夢溪筆談》卷九 嘉祐中，士人劉幾累爲國學第一人，驟爲怪險之語，學者翕然效之，遂成風俗。歐陽公深惡之，會公主文，決意痛懲，凡爲新文者一切棄黜，時體爲之一變，歐陽之功也。有一舉人論曰：「天地軋，萬物茁，聖人發。」公曰：「此必劉幾也。」戲續之曰：「秀才刺，試官刷。」乃以大硃筆横抹之，自首至尾，謂之紅勒帛，判「大紕繆」字榜之，既而果幾也。復數年，公爲御試考官，而幾在庭。公曰：「除惡務力，今必痛斥輕薄子，以除文章之害。」有一士人論曰：「主上收精藏明於冕旒之下。」公曰：「吾已得劉幾矣。」既黜，乃吳人蕭稷也。是時試《堯舜性之賦》，有曰：「故得静而延年，獨高五帝之壽；動而有勇，形爲四罪之誅。」公大稱賞，擢爲第一人。及唱名，乃劉煇，人有識之者曰：「此劉幾也，易名矣。」公愕然久之。因欲成就其名，小賦有「内積安行之德，蓋稟於天」，公以謂「積」近於學，改爲「藴」，人莫不以公爲知言。

王得臣《麈史》卷中 宋景文應舉安陸，試《仲尼五十而學易賦》。次日試《周成漢昭孰優論》，景文質其是非於令狐子先，答以兩可之説。既出，各舉程文，令狐乃以孝昭覺上官桀謀爲優於成王不察四國之流言也。景文由是不懌。是年，景文首薦，令狐被黜。故景文謝啟有云：「言雖執於盈庭，文不同而如面。」蓋謂是也。

蘇軾《**書六賦後**》（《蘇文忠公全集》卷六六）　予中子迨，本相從英州，舟行已至姑熟，而予道貶建昌軍司馬，惠州安置，不可復以家行。獨與少子過往，而使迨以家歸陽羨，從長子邁居。迨好學知爲楚詞，有世外奇志，故書此六賦以贈其行。紹聖元年六月二十五日，東坡居士書。

又《**書柳文瓶賦後**》（《河東先生集》附録）　漢黄門郎揚雄作《酒箴》，以諷諫成帝。其文爲酒客難法度士，譬之於物，曰：「子猶瓶矣。觀瓶之居，居井之眉。處高臨深，動常近危。酒醪不入口，臧水滿懷。不得左右，牽於纆徽。一旦叀礙，爲甇所轠。身提黄泉，骨肉爲泥。自用如此，不如鴟夷。鴟夷滑稽，腹如大壺。盡日盛酒，人復借酤。常爲國器，託於屬車。出入兩宫，經營公家。由是言之，酒何過乎！」或曰，柳子厚《瓶賦》拾《酒箴》而作，非也。子雲本以諷諫設問以見意耳，當復有答酒客語，而陳孟公不取，故史略之，子厚蓋補亡耳。然子雲論屈原、伍子胥、晁錯之流，皆以不智譏之；而子厚以瓶爲智，幾於信道知命者，子雲不及也。子雲臨憂患，顛倒失據，而子厚尤不足觀，二人當有愧於斯文也耶！

又《**書相如長門賦後**》（《蘇文忠公全集》卷六五）　陳皇后廢處長門宫，聞司馬相如工爲文，奉百金爲相如、文君取酒。相如爲作《長門賦》，以悟主上。皇后復得幸。予觀漢武雄猜忍暴，而相如乃敢以微詞褻慢及宫闈間。太史公一説李陵事，以爲意沮貳師，遂下蠶室。陳皇后得罪，止坐衛子夫，子夫之愛，不減李夫人，豈區區貳師所能比乎？而於相如之賦，獨不疑其有間於子夫者，豈非幸與不幸，固自有命歟？世以禍福論工拙，而以太史公不能保身於明哲者，皆非通論也。

蘇轍《龍川别志》卷上 張公安道嘗爲予言：治道之要，罕有能知之者。老子曰：「道非明民，將以愚之。」國朝自真宗以前，朝廷尊嚴，天下私説不行，好奇喜事之人，不敢以事摇撼朝廷。故天下之士知爲詩賦以取科第，不知其它矣。諺曰：「水到魚行。」既已官之，不患其不知政也。昔之名宰相，皆以此術馭下。王文正公爲相，南省試《當仁不讓於師賦》，時賈邊、李迪皆有名場屋，及奏名，而邊、迪不與。試官取其文觀之，迪以落韻，邊以「師」爲「衆」，與注疏異，特奏令就御試。王文正議：「落韻失於不詳審耳，若舍注疏而立異論，不可輒許，恐從今士子放蕩，無所准的。」遂取迪而落邊。當時朝論大率如此。

楊傑《獻詩賦序》（《無爲集》卷八） 彭城，古之楚也；山陽，今之楚也。古楚之劇，其猶今楚之劇也；古舉其守，亦猶今之舉其守也。在東漢則袁邵公以能理劇爲三府之舉而守彭城，在本朝則中都公以能理劇爲牧伯之舉而守山陽。古今雖異，易地則同。而自下車之初，躬即庠序，振起風教，修衛桂陽之故事，是以庠序之士首形詠歌。傑幸爲諸生之師，而耳目盛美，故擇題於袁、衛二傳以理劇拜楚守，賦《下車修教詩》爲十八日之課，文在於彼而義在於此，將使編氓知良二千石有古君子之風云爾。伏蒙傳命見索所撰，謹與諸生之課上獻，浼瀆視聽，無任悚惕之至。

釋文瑩《湘山野録》卷上　陳郎中亞有滑稽雄聲。知潤州，治跡無狀，浙憲馬卿等欲按之。至則陳已先覺。廉按訖，憲車將起，因觴於甘露寺閣，至卒爵，憲目曰：「將注子來，郎中處滿着。」陳驚起遽拜，憲訝曰：「何謂，何謂？」陳曰：「不敢望滿，但得成資保全而去，舉族大幸也。」馬笑曰：「豈有此事！」既而竟不敢發。有陋儒者貢所業，舉止凡下，陳玩之曰：「試請口占盛業。」生曰：「某卷中有《方地爲輿賦》。」誦破題曰「粵有大德，其名曰坤」，陳應聲曰：「吾聞子此賦久矣，得非下句云『非講經之座主，乃傳法之沙門』乎？」滿座大笑。陳尤工藥名詩，有「棊爲臘寒呵子下，衫因春瘦縮紗裁」、「風月前湖近，軒窗半夏涼」之句，皆不失風雅。

又　宋鄭公庠省試《良玉不琢賦》，號爲擅場。時大宗胥内翰偃考之酷愛，必謂非二宋不能作之，奈何重疊押韻，一韻有「瑰奇擅名」及「而無刻畫之名」之句，深惜之，密與自改「擅名」爲「擅聲」。後埒之於第一。殆發試卷，果鄭公也。

又《玉壺清話》卷一　李南陽至嘗作《亢宮賦》，其序略曰：「予少多疾，羸不勝衣。庚寅歲冬夕，忽夢遊一道宮，金碧明焕，一巨殿，一寶牀，巋然於中。一金龍蟠踞於牀之上，碧髯金鬣，光射天地。旁有緑衣道士，轉眄若雷電，謂余曰：『此亢宿之宮也。大象無停輪，宜速拜之，汝將事此龍，積疾亦消。』予將拜，龍輒先拜至。」至道初，太宗立真宗爲皇太子，命公與李沆相竝爲賓客。太宗戒真皇曰：「二臣皆宿儒重德，不可輕待。吾選正人輔導於汝，宗基國本，吾無慮矣。」真宗恭稟皇訓，見必先拜，符亢宮之兆也。

又卷四　朱台符，眉州人。後邁敏博，少有賦名，與同輩課試，以尺度其晷，台符八寸而一賦已就。凡有所作文字，其雕篆皆類於賦，章疏、歌曲亦然。河西作梗，因上封事，其略曰：「且夫結之以恩者，彼必懷之；示之以威者，彼必畏之。若爾，則所謂繼遷者，自當革心而束手，款塞而旋庭矣。」又嘗爲數闋，其略曰：「歌遏雲兮慘容色，舞迴風兮腰一搦。」又曰：「顰多而翠黛難成，望極而烏雲易散。當本深心兮牡丹，期到如今兮賜冰頒扇。」鄉人田錫嘗曰：「朱拱正一闋乃《閨怨賦》一首，只少『原夫』。」

又卷七　錢熙，泉南才雅之士。進《四夷來王賦》萬餘言，太宗愛其才，擢館職，有司請試。上笑曰：「試官前進士趙某親自選中。」嘗撰《三釣酸文》，舉世稱精絕，略曰：「渭川凝碧，早抛釣月之流；商嶺排青，不逐眠雲之侶。」又曰：「年年落第，春風徒泣於遷鶯；處處羈遊，夜雨空傷於斷雁。」其文千言，率類於此。卒，鄉人李慶孫爲詩哭之曰：「《四夷》妙賦無人誦，《三釣酸文》舉世傳。」

吕南公《書賦編後》（《灌園集》卷一七）　十四五時，隨羣兒誦今體賦，日欣欣焉。比十七八，遂工倣之，亦不多厭。二十以後稍不喜尚，然益知賦之態狀華萌。自吾出江淮，行橐齎書，絕無賦集。或時同輩談及，往往收睫閉聽，等之惡畏。今年旅窮加憂，同居輒讓以理舊習，謂可由以求禄仕。吾貧窮甚，果不免此，因復借其文以讀。讀之久，擷其善者得四十餘題，手録聚之，資技癢云。噫！亦足以自笑矣。北人與南人會京師，相與置酒，獨設橄欖爲盤具。南人縱啖之甚美，核幾不免。

而北人初啞，齒未加深，顰蹙而投諸地，南人默笑焉。已而，酒數行，他無以食者，北人恡懆起，從地而復引嚙之，顧謂南賓：「天下味良於養人者，宜不止此。當今之時，我急無以慰喉牙爾。借吾有八珍五鼎之享，則今日之舉，未爲不知味也」。嗚呼！吾真類若人矣。古人有言，不遭者可無不爲，若我者非不遭者之爲耶？熙寧己酉上元日，桐城南窗題。

曾肇《題孫虔禮書景福殿賦》（《三希堂法帖》第九册）　書家評孫過庭章草，用筆雋拔，如丹崖絕壑，筆勢堅勁，予不能無疑。觀此帖，用筆稽古，有漢魏之風，終卷結字，無點畫差繆。《書賦》云：「千紙一類，一字萬同。」蓋知非虛談也。近見王內翰所藏《書譜》，真蹟與此賦極相類。又有墨本《千文》，差不逮矣。建中靖國元年春三月，曾肇題於玉堂之西軒。

晁補之《汴都賦序》（《雞肋集》卷三四）　宋興百年，仁宗時天下乂安，人務衣食。至熙寧、元豐間，積累滋久，於是天子方奮然有意修法度、齊庶官，正宗廟、宮室、井衢、城域，使各有體，以隆中興，示天下爲太平觀。而奉議郎、前知亳州譙縣事關景暉初奏《汴都賦》以諷，天子嘉其才，命對便殿。景暉言：「天子盛德，焦勞天下，蓋四方之政所以行，而其末歸之清浄。」以諫上愛民力、固基本，如所奏賦旨。天子以語宰相，使補中都官之缺。景暉貧，不能留京師，乃官河北。而先帝棄天下，景暉亦行去河北，抱其賦而泣，以屬北京國子監教授晁補之序其意。補之曰：聖人初無意於言，六經之辭皆不得已。夫不得已故言之，致必始於詳説，而後終之以説約。聽廉者語，不若聽夸者語，夸易好也。聽狡者語，不若聽婉者語，婉易從也。故賦之類常欲人博聞而微解，見人言九州山川、城郭道路、太行吕梁、舟車萬里之勤，則使人思投轄弭節。見人言州閭大會、賓主酬酢、匏竹啾咽、晡夕厭滿、酤酸肴胇，則使人思弛帶而卧。故《上林》、《羽獵》言卒徒之盛、終日馳騁，則必以節儉成之。揚雄以謂猶騁鄭衛之聲，曲終而奏雅，後世猥以雄悔之，因棄不務。然補之竊怪：比來進士舉有司者，説五經皆喜爲華葉波瀾，説一至百千語不能休，曰「不如是，旨不白」，然卒不白。至辭賦，獨曰是「侈麗閎衍」，何也？景暉爲人蓋澹泊寡嗜好，至飯脱粟茹藿，自枯槁。與補之處，或終日不道人一事，或終歲不見其喜愠。夫固安爲「侈麗閎衍」者非耶？故備論之。

又《跋廖明略能賦堂記後》（《雞肋集》卷三三）　常物之情，不知其所以然，而自相反者二：列禦寇曰：「今有偕生之疾，與體偕長：志彊而氣弱，故足於謀而寡於斷；志弱而氣彊，故少於慮而傷於專。」此志與氣之所禀者有餘不足，不能相易，而自相反者一也。王弼曰：「陵三軍者，或懼於朝廷之儀；暴威武者，或困於酒色之娱。」此志與氣皆有餘，而勇敢柔於禮文，悍鄙屈於嗜欲，物或移之，而自相反者二也。《語》曰：「望之儼然，即之也温，聽其言也厲。」夫儼然而能温，温而能厲，此豈常物之情自相反而然？將君子有以反之，能莊而能同者也？蓋余同年生廖明略，學問博古，志操如雪霜，然以方北郭順子則清而未容，故驚世患。嘗觀曾敬之會稽尉廨梅花，而以宋廣平事，名其堂曰「能賦」，是其久摧剛爲柔，意少貶而然者也。而余亦嘗論廣平嚴毅，所謂没向千載，凛凛猶有生氣者。至於人之所同爲，不害其異，而鹿門子庸何怪乎？張良、崔浩，皆昔之所謂豪傑。良宜魁梧奇偉，而貌狀乃如婦人女子；浩若不勝衣者，而胸中所懷，踰於兵甲。夫形容趣好之相反，何足以識君子之大體也！而敬之妙年，天材俊異，文章論議過人遠甚，借曰未識於事，其大者固已先立矣。以廣平之鐵心石腸，而當其平居，自喜不廢，爲清便豔發之語；則如敬之之疏通知方，雖平居富爲清便豔發之語，至於臨事感憤，余知其亦不害爲鐵心石腸也。而明略所以期敬之，不亦遠歟！然敬之不污以干時，乃若廣平之開府與！不若廣平之遇，則敬之固自曰「有命」。元符三年四月二十五日，南陽晁補之題。

又《跋第五永箴》（《雞肋集》卷三三）　高彪校書東觀，數奏賦頌奇文，因事諷諫，靈帝異之。時京兆第五永爲督軍御史，使督幽州。百官大會，祖餞於長樂觀。議郎蔡邕等皆賦詩，彪乃獨作箴，邕等甚美其文，以爲莫尚也。然予謂箴亦詩，若賦之流爾。昔賈誼《鵩賦》，句皆如詩四言，而但中加「兮」字屬之。至誼傳，乃皆去「兮」字，則與詩、箴何異？彪與崔琦二箴，亦四言之敷暢者，名箴而實賦也。

陳師道《後山詩話》　退之作記，記其事爾。今之記乃論也。少游謂《醉翁亭記》亦用賦體。

又　國初士大夫例能四六，然用散語與故事爾。楊文公刀筆豪贍，體亦多變，而不脱唐末與五代之氣。又喜用古語，以切對爲工，乃進士賦體爾。歐陽少師始以文體爲對屬，又善敘事，不用故事陳言而文益高，次退之云。世語云：「蘇明允不能詩，歐陽永叔不能賦。曾子固短於韻語，黄魯直短於散語。蘇子瞻詞如詩，秦少游詩如詞。」

邵伯温《邵氏聞見録》**卷七**　李文定公迪爲學子時，從种放明逸先生學。將試京師，從明逸求當塗公卿薦書，明逸曰：「有知滑州柳開仲塗者，奇才善士，當以書通君之姓名。」文定擕書見仲塗，以文卷爲贄，與謁俱入。久之，仲塗出曰：「讀君之文，須沐浴乃敢見。」因留之門下。一日，仲塗自出題，令文定與其諸子及門下客同賦。賦成，驚曰：「君必魁天下，爲宰相。」令門下客與諸子拜之曰：「異日無忘也。」文定以狀元及第，十年致位宰相。仲塗門下客有柳某者，後官至侍御史，文定公命長子柬之娶其女，不忘仲塗之言也。文定所擬賦題不傳。如王沂公曾初作《有物混成賦》，識者知其決爲宰相，蓋所養所學發爲言辭者，可以觀矣。程明道先生爲伯温云。

晁説之《晁氏客語》 劉煇《堯舜性仁賦》：「静以延年，獨高五帝之壽；動而有勇，形爲四罪之誅。」人往往疑仁者静，仁者壽，仁者必有勇，皆有出處，獨「動」字不工。深推動静二字，使「性」字故事，蓋人生而静，天之性也；感物而動，性之欲也。

李廌《師友談記》 秦少游論賦至悉，曲盡其妙。蓋少時用心於賦，甚勤而專，常記前人所作一二篇，至今不忘也。

又 少游言：「凡小賦，如人之元首，而破題二句乃其眉。惟貴氣貌，有以動人，故先擇事之至精至當者先用之，使觀之便知妙用。然後第二韻探原題意之所從來，須便用議論。第三韻方立議論，明其旨趣。第四韻結斷其説以明題，意思全備。第五韻或引事，或反説。第七韻反説，或要終立義。第八韻卒章，尤要好意思爾。」

又 少游言：「賦中工夫，不厭子細。先尋事以押官韻，及先作諸隔句。凡押官韻，須是穩熟瀏亮，使人讀之，不覺牽强。如和人詩，不似和詩也。」

又　少游云：「賦中用事，唯要處置，才見題便類聚事實，看緊慢分布在八韻中。如事多者，便須精擇其可用者用之，可以不用者棄之，不必惑於多愛，留之徒爲累耳。如事少者，須於合用先占下別處要用者，不可那掇。」

又　少游言：「賦中用事，如天然全具，對屬親確者固爲上。如長短不等，對屬不的者，須别自用其語而裁剪之，不可全務古語而有疵病也。譬如以金爲器，一則無縫而甚陋，一則有縫而甚佳，然則與其無縫而陋，不若有縫而佳也。有縫而佳且猶貴之，無縫而佳則可知矣。」

又　少游言：「賦中用事，直須主客分明，當取一君二民之義。借如六字句中，兩字最緊，即須用四字爲客，兩字爲主。其爲客者，必須協順賓從，成就其主，使於句中焕然明白，不可使主客紛然也。」

又　少游言：「賦中作用，與雜文不同。雜文則事詞在人主氣變化，若作賦則惟貴鍊句之功。鬬難鬬巧鬬新，借如一事，他人用之不過如此，吾之所用則雖與衆同，其語之巧迥與衆别，然後爲工也。」

又　少游言：「賦家句脉，自與雜文不同。雜文語句或長或短，一在於人。至於賦則一言一字必要聲律，凡所言語，須當用意，屈折斲磨，須令協於調格，然後用之。不協律，義理雖是，無益也。」

又　少游言：「凡賦句全藉牽合而成，其初兩事甚不相侔，以言貫穿之，便可爲吾所用，此鍊句之工也。」

又　少游言：「今賦乃江左文章彫敝之餘風，非漢賦之比也。國朝前輩多循唐格，文冗事迂。獨宋、范、滕、鄭數公，得名於世。至於嘉祐之末，治平之間，賦格始備。廢二十餘年而復用，當時之風未易得也已。」

又　少游言：「賦之説，雖工巧如此，要之，是何等文字？」廌曰：「觀少游之説，作賦正如填歌曲爾。」少游曰：「誠然。夫作曲，雖文章卓越，而不協於律，其聲不和。作賦何用好文章，只以智巧飣餖爲偶儷而已。若論爲文，非可同日語也。朝廷用此格以取人，而士欲合其格，不可奈何爾！」

魏泰《東軒筆録》卷七　苗振以第四人及第，既而召試舘職。一日，謁晏丞相，晏語之曰：「君久從吏事，必疏筆硯，今將就試，宜稍温習也。」振率然答曰：「豈有三十年爲老娘，而倒棚孩兒者乎！」晏公俛而哂之。既而試《澤宮選士賦》，韻押有「王」字，振押之曰「率土之濱莫非王」，由是不中選。晏公聞而笑曰：「苗君竟倒棚孩兒矣。」

又卷一一　〔劉〕攽嘗與王介同爲開封府試官，試《節以制度不傷財賦》，舉子多用畜積字，畜本音五六反，《廣韻》又「呼玉反」，聲近御名。介堅欲黜落，攽争之，遂至諠忿。監試陳襄聞其事，二人皆贖金，而中丞吕公著又言責之太輕，遂皆奪主判。

又卷一五　張亢滑稽敏捷，有門客因會話，亢問曰：「近日作賦乎？」門客曰：「近作《坤厚載物賦》。」因自舉其破題曰：「粵有大德，其名曰坤。」亢應聲答曰：「奉爲續兩句，可移贈和尚。續曰：『非講經之座主，是傳法之沙門。』」

又　胡旦作《長鯨吞舟賦》，其狀鯨之大曰：「魚不知舟在腹中，其樂也融融；人不知舟在腹内，其樂也洩洩。」又曰：「雙鬚竿直，兩目星溢。」楊孜覽而笑曰：「舟人魚腹，恨何小也！」

葛勝仲《書淵明集後》（《丹陽集》卷八）　《歸去來辭自序》云：「仲秋至冬，在官八十餘日，自免去職。」乙巳歲十一月也。乙巳乃義熙元年，而《晉史》云義熙三年解彭澤印綬去，淵明《自序》不應誤，當以乙巳爲正。《遊斜川》詩云：「辛丑正月五日，與二三鄰曲同遊斜川。」詩云「開歲欻五十」，以紀年考之，辛丑乃隆安五年，淵明始三十七；若癸丑則義熙九年，淵明四十九，正與詩合，當以癸丑爲正。五六月北窗下涼風，何處無之，何人不遇，至心與景會，遂能背僞合真，自致於羲皇上者，獨淵明而已。其詩云：「蕤賓五月中，清朝起南颸。不駛亦不遲，飄飄吹我衣。」《歸來引》亦云：「風飄飄而吹衣」，意淵明進禦寇乘風之理，因以睹道也。至若樹木交蔭，時鳥變聲，輒歡然有喜，豈在物耶？聲塵種種，皆道所寓，惟淵明領此。昭明太子指《閒情》一賦爲白璧微瑕，且謂「亡作可也」。審爾，則詩人之變風，楚人之《離騷》皆可删矣。晉孝武末途，沈湎酒色，何知非諷刺上耶？其《序》云：「張衡作《定情賦》，蔡邕作《静情賦》，皆有助於諷諫，綴文之士，奕代繼作。」予觀張衡《定情》有云：「想蹁里兮折杞檀，懼尨吠兮我所驚。」與《國風》何遠？蔡邕《静情》亦名《檢逸》，魏文帝愛之，因擬作《正情賦》，且命陳琳、徐幹、王粲、阮瑀、應瑒並作。其後如陸機之《閒懷》，袁淑之《整情》，皆佳筆也。謝惠連亦嘗作百許字，未就而卒，詞人深以爲恨。使淵明此賦果可無作，則《登徒》、《長門》、《高唐》、《神女》等賦，統何爲著之於《選》耶？

王暐《道山清話》 晏臨淄，臨川人。其未生時，有僊人曹八百見其父，固謂之曰：「上界有真人，當降汝家。」自是其家日貧。臨淄公既顯，其季弟穎自幼亦如臨淄公警悟，章聖聞其名，召入禁中，因令作《宫沼瑞蓮賦》，大見稱賞，賜出身，授奉禮郎。穎聞之，走入書室中，反關不出，其家人輩連呼不應，乃破壁而入，則已蜕去。

馬永卿《嬾真子》卷一 王禹玉年二十許，就揚州秋解，試《瑚璉賦》，官韻「端木賜爲宗廟之器」。滿場中多第二韻用「木」字，云：「彼聖人粤有端木。」而禹玉獨於第六韻用之：「上晞顔氏，願爲可鑄之金；下笑宰予，耻作不雕之木。」則其奇巧亦異矣。

又卷三 天聖中，鄧州秋舉，舊例主文到縣，鄉中長上率後進見主文。是年主文乃唐州一職官，年老鬚鬢皓然，説贄見，有輕薄後生前曰：「舉人所係甚大，願先生無渴睡。」既引試，賦《桐始華》，以「姑洗之月，桐始華矣」依次用韻。滿場閣筆不下，乃復至簾前啓曰：「前日無狀，後進輒以妄言仰瀆先生，果蒙以難韻見困，願易之。」主文曰：「老人渴睡，不能卒易，可來日再見訪。」諸生諾而退。是夜，主文遂遯去。

葉夢得《石林燕語》卷四 林文節連爲開封府南省第一，廷試皆屬以魁選。仁宗亦遣近璫伺其程文畢，先進呈。時試《民監賦》，破題云：「天監不遠，民心可知。」比至上前，一近侍傍觀，忽吐舌，蓋惡其語忌也。仁宗由是不樂，亟付考官，依格考校。考官之意，不敢置之上等，入第三甲。而得章子平卷子，破題云：「運啟元聖，天臨兆民。」上幸詳定幕次，即以進呈，上曰：「此祖宗之事，朕何足以當之？」遂擢爲第一。

又卷五　國初取進士，循唐故事，每歲多不過三十人。太宗初即位，天下已定，有意於修文，嘗語宰相薛文惠公治道長久之術，因曰：「莫若參用文武之士，吾欲於科場中廣求俊彥，但十得一二，亦可以致治。」居正曰善。是歲御試題以《訓練將》爲賦，《主聖臣賢》爲詩，蓋以示參用之意，特取一百九人，自唐以來未有也。遂得呂文穆公爲狀頭，李參政至第二人，張僕射齊賢、王參政化基等數人皆在其間。

又卷七　寇萊公初入相，王沂公時登第，後爲濟州通判。滿歲當召試館職，萊公猶未識之，以問楊文公曰：「王君何如人？」文公曰：「與之亦無素，但見其兩賦，志業實宏遠。」因爲萊公誦之，不遺一字。萊公大驚曰：「有此人乎？」即召之。故事，館職者皆試於學士院或舍人院，是歲沂公特試於中書。

又卷八　李文定公在場屋有盛名，景德二年預省試，主司皆欲得之，以置高第。已而乃不在選。主司意其失考，取所試卷覆視之，則以賦落韻而黜也，遂奏乞特取之。王魏公時爲相，從其請。既廷試，遂爲第一。

又　端拱初，宋白知舉，取二十八人。物論喧然，以爲多遺材。詔復取落下人試於崇政殿，於是再取九十九人，而葉齊猶擊登聞鼓自列。朝廷不得已，又爲覆試，頗惡齊囂訟，考官賦題特出「一葉落而天下秋」，凡放三十一人，而齊仍第一。

又 蘇子瞻自在塲屋，筆力豪騁，不能屈折於作賦。省試時，歐陽文忠公鋭意欲革文弊，初未之識。梅聖俞作考官，得其《刑賞忠厚之至論》，以爲似《孟子》。然中引「皋陶曰殺之三，堯曰宥之三」事，不見所據，亟以示文忠，大喜。往取其賦，則已爲他考官所落矣，即擢第二。及放牓，聖俞終以前所引爲疑，遂以問之。子瞻徐曰：「想當然耳！何必須要有出處。」聖俞大駭，然人已無不服其雄俊。

又《避暑録話》卷上 祖宗故事，進士廷試第一人及制科一任回，必入館，然須用人薦且試而後除。進士聲律固其習，而制科亦多由進士，故皆試詩賦一篇。唯富鄭公以茂材異等起布衣，未嘗歴進士，既召試，乃以不能爲詩賦懇辭。詔試策論各一，自是遂爲故事。制科不試詩賦，自富公始。至子瞻復不落策，而試論三篇。

又 前輩作四六，不肯多用全經語，惡其近賦也。然意有適會，亦有不得避者，但不得强用之爾。子瞻作《吕申公制》云：「既得天下之大老，彼將安歸；乃至國人皆曰賢，夫然後用。」氣象雄傑，格律超然，固不可及。

又 晏元獻、楊文公皆神童，元獻十四歲，文公十一歲，真宗皆親試以九經，不遺一字，此豈人力可至哉！神童不試文字，二公既警絶，乃復命試以詩賦。元獻題目適其素嘗習者，自陳請易。文公初試一賦立成，繼又請至五賦乃已，皆古所未聞也。

又　東方朔始作《答客難》，雖揚子雲亦因之作《解嘲》，此由是《太玄》、《法言》之意，正子雲所見也。故班固從而作《答賓戲》，東京以後，諸以釋譏應問，紛然迭起。枚乘始作《七發》，其後遂有《七啓》、《七攄》等，後世始集之爲《七林》。文章至此，安得不衰乎？唯韓退之、柳子厚始復傑然知古作者之意。古今文辭變態已極，雖源流不免有所從來，終不肯屋下架屋。《進學解》即《答客難》也，《送窮文》即《逐貧賦》也，小有出入，便成一家。子厚《天問》、《晉問》、《乞巧文》之類，高出魏晉無，後世因緣卑陋之氣。至於諸賦，更不蹈襲屈、宋一句，則二人皆在嚴忌、王褒上數等也。

又卷下　政和間，大臣有不能爲詩者，因建言詩爲元祐學術，不可行。……何丞相伯通適領修勑令。因爲科云：「諸士庶傳習詩賦者，杖一百。」是歲冬初雪，太上皇意喜，吳門下居厚首作詩三篇以獻，謂之口號，上和賜之。自是聖作時出，訖不能禁，詩遂盛行於宣和之末。伯通無恙時，或問初設刑名，將何所施？伯通無以對，曰：「非謂此詩，恐作律賦省題詩，害經術爾。」而當時實未有習之者也。

又　歐陽文忠公爲舉子時，客隨州，秋試試《左氏失之誣論》云：「石言於晉，神降於莘，內蛇鬬而外蛇傷，新鬼大而故鬼小。」主文以爲一塲警策，遂擢爲冠，蓋當時文體云然。胥翰林偃亦由是知之。文章之弊，非公一變，孰能遽革？詞賦以對的而用事切當爲難，張正素云：「慶曆末，有試

《天子之堂九尺賦》者，或云：『成湯當陛而立，不欠一分；孔子歷階而升，止餘六寸。』意用《孟子·曹交》言成湯九尺，《史記》孔子九尺六寸事。有二主司，一以爲善，一以爲不善，爭久之不決，至上章交訟，傳者以爲笑。」若論文體固可笑，若必言用賦取人，則與歐公之論何異？亦不可謂對偶不的而用事不切當也。

又 吕文穆公父龜圖與其母不相能，併文穆逐出之，羈旅於外，衣食殆不給。龍門山利涉院僧識其爲貴人，延致寺中，爲鑿山巖爲龕居之。文穆處其間九年，乃出從秋試，一舉爲廷試第一。是時太宗初與趙韓王議欲廣致天下士以興文治，而志在幽燕，試《訓練將賦》，文穆辭既雄麗，唱名，復見容貌偉然，帝曰：「吾得人矣！」

又 晏元獻爲參知政事，仁宗親政，與同列皆罷，知亳州。亳有摘其爲《章懿太后墓誌》不言帝所生以自結者，然亦不免俱去。一日游渦水，見蛙有躍而登木捕蟬者，既得之，口不能容，乃相與墜地，遂作《蜩蛙賦》，畧云：「匿蕞質以潛進，跳輕軀而猛噬，雖多口以連獲，終扼吭而弗制。」歐陽文忠滁州之貶，作《憎蠅賦》。晚以濮廟事，亦厭言者屢困不已，又作《憎蚊賦》。蘇子瞻揚州題詩之謗，作《黠鼠賦》。皆不能無芥蔕於中而發於言，欲茹之不可，故惟知道者爲能忘心。

又《石林詩話》卷中 汪輔之在場屋，能作賦，略與鄭毅夫、滕達道齊名，以意氣自負。既登第，久不得志，常鬱鬱不樂，語多譏刺。

吕本中《紫薇詩話》 未改科已前，有吳儔賢良爲廬州教授，嘗誨諸生作文須用倒語，如「名重燕然之勒」之類，則文勢自然有力。廬州士子遂作賦嘲之云：「教授於廬，名儔姓吳，大段意頭之没，全然巴鼻之無。」

朱弁《風月堂詩話》卷上 政和以後，花石綱寖盛，晁伯宇有詩云：「森森月裏栽丹桂，歷歷天邊種白榆。雖未乘槎上霄漢，會須沉網取珊瑚。」人多傳誦。伯宇字載之，少作《閔吾廬賦》，魯直以示東坡曰：「此晁家十郎所作，年未二十也。」東坡答云：「此賦甚奇麗，信是家多異材邪。凡文至足之餘，自溢爲奇怪。今晁傷奇太早，可作魯直意微諭之，而勿傷其邁往之氣。」伯宇自是文章大進。東坡之語委曲如此，可謂善成人物者也。

李彌遜《跋微上人徑山賦後》（四庫本《筠谿集》卷二一） 惠宗、參寥妙於琢句，至用儒生語，如士大夫説禪，便有敗闕處。微上人作《徑山賦》，瀏亮工體物，雜取衆言，苦不見瑕纇。更能以古爲師，遣辭嚴平，立意深切。置之才士述作中，孰知其爲僧語？

龔明之《中吳紀聞》卷四 孫實字若虚，早年英聲籍甚。性好滑稽，郡庠有同舍生牛其姓者，因作《牛秀才賦》嘲之云：「腰帶頭垂，尚有田單之火；幞頭角上，猶聞寧戚之歌。」又作《書》、《語》集句譏一老生云：「孜孜爲善雞鳴起，先王之道斯爲美。四十五十無聞焉，斯亦不足畏也已。」時樂圃先生爲教授，知之，命其父訓敕，孫由此發憤，游太學，不數歲登第而歸。嘗入朝爲寺丞，後守台州卒。

曾協《獻耤田賦表》（《雲莊集》卷三） 蒇事東郊，舉百王之墜典；貢詞北闕，張一代之閎休。

蹈地蹐天，間旒黷纊。敢恃好文之德，尚寬越職之誅。中謝。竊以奉上帝之粢盛，匪資人力；勸下民之稼穡，蓋自躬行。豈惟供祀以訓農，是廼敦本而致孝。周官分職，歲舉典常；漢詔垂文，事存儀注。詒謀甚遠，繼志多違。千畝荒蕪，徒記箴規之語；上林咫尺，僅存戲弄之名。蓋非特起之君，莫展殊常之禮。古無與擬，今也其逢。恭惟皇帝陛下奉三王損益之權，繼二帝勳華之業。九功敘而人所助，一德享而天弗違。大有爲之時，巍巍傑立；甚盛德之事，蕩蕩難名。澤暨幺微，鳥魚咸若；信孚幽渺，神鬼克寧。鳳麟號著於紀年，芝鼎聲流於樂府。田耕井飲，莫知洪覆之功；肉食帛衣，但識屢豐之樂。更下紫泥之詔，尚勤青輅之車。萬首顒顒，想履綦於阡陌；羣心亹亹，興耒耜於汙萊。固已書竹素於史臣，被絃歌於宗廟。笙鏞在列，何施靡靡之琴；金石充庭，自屏嗚嗚之缶。顧臣讜薄，逢主休明。世被國恩，家傳儒業。竊讀古人之糟粕，謬窺作者之藩籬。發言爲詩，蓋聖賢之能事；不歌而誦，亦《雅》《頌》之流音。泛濫虛辭，不減卿、雲之作；周流詭辨，尚因屈、宋之餘。仰惟至德之全，宜黜夸詞之累。約片言之或縱，關百世之不疑。甫終抱槧之工，敢後叫閽之請？第從臣之頌，絶妄意於末篇；相康衢之謡，或見收於俚韻。

彭口《墨客揮犀》卷六《張公吃酒李公醉》　郭貽字景初，泉州人。少有才學，而性甚輕脫。嘗夜出，爲醉人所誣，太守詰其情狀，貽笑曰：「諺所謂『張公喫酒李公醉』者，乃貽是也。」太守怪其言不屈，命取紙筆，使作《張公喫酒李公醉賦》一首。貽操紙立就，其略云：「事有不可測，人當防未然。何張公之飲也，乃李老之醉焉。清河丈人，方肆酒盤之樂；隴西公子，俄遭酩酊之愆。」太守見而大笑，乃釋之。

又《驛吏諫諭不聽》　嶺南僻遠之地，有驛名翠嵐，往來宿者多飼馬於堂上。驛吏諫諭，不聽，乃題小詩於壁以譏之曰：「犬馬本非堂上物，莫言驛舍暫經過。大都人畜須分别，不禁鶯聲可奈何？」鶯聲之喻，蓋昔人曾有爲《驢喫牡丹賦》云：「展似鐵之雙蹄，驚回蝶夢；聳如船之兩耳，不聽鶯聲。」驛吏之意出於此。

又《盗絹被執》　曾有秀才因盗絹被執，亦以試賦獲免。其警對云：「窺其户而闃其無人，心乎愛矣；見其利而忘其有義，卷而懷之。」

何薳《春渚紀聞》卷六《龍團稱屈賦》　先生一日與魯直、文潛諸人會飯，既食骨䭔兒血羹，客有須薄茶者，因就取所碾龍團遍啜坐人。或曰：「使龍茶能言，當須稱屈。」先生撫掌，久之曰：「是亦可爲一題。」因援筆戲作律賦一首，以「俾薦血羹，龍團稱屈」爲韻。山谷擊節稱詠不能已。已無藏本，聞關子開能誦，今亡矣，惜哉！

張表臣《珊瑚鉤詩話》卷一　近代歐公《醉翁亭記》，步驟類《阿房賦》；《晝錦堂記》，議論似《盤谷序》。東坡《黄樓賦》，氣力同乎《晉問》；《赤壁賦》，卓絶近於雄風，則知有自來矣；而《韓文公廟記》、《鍾子翼哀詞》，時出險怪，蓋遊戲三昧，間一作之也。善學者當先量力，然后措詞。未能祖述憲章，便欲超騰飛翥，多見其嚄唶而狼狽矣。

又卷二　靖康元年冬十一月，虜騎長驅薄王畿，無一障之阻。春，爲城下盟，歸渡大河，莫或邀擊。余竊料其知我無謀，審我無勇，必且再至。冬十月，作《將歸賦》，以書投胡少汲，欲求侍養。公以敵事見答曰：「伏承主簿秘書寵以華牋，副之佳什，屬詞近古，陳義甚高。橫槊賦詩，不廢軍中之樂；登高舒嘯，少賒社下之歸。祝頌之深，敷染奚既。」遂堅留在帥幕下。數日，淵聖手詔沓至，曰：「金人分兩道深入，必犯京師，卿可提所部兵，前來捍虜。」又曰：「金人分兩道深入，已渡大河，卿可將見在兵，速來赴援。」公即日出次於郊，不三四日，遇敵於杞，力戰敗績。余傷之以詩曰：「選將他年重，作師此日難。傷心閔東道，白首戴南冠。」公宿儒，戎事非長，庶幾以禮與人相終始者。

又　晁以道贈余詩曰：「春去欣搜粟，秋來謾護軍。」以余勸率鄉人，捐貲助國，及募河東兵赴援也。又曰：「《迷樓賦》就夢何處，《雙廟》詩成淚不孤。」以余嘗作是賦，陳古義以刺今。

葛立方《韻語陽秋》卷五　荆公以詩賦決科，而深不樂詩賦。試院中五絶，其一云：「少年操筆坐中庭，筆墨文章頗自輕。聖世選才終用賦，白頭來此試諸生。」後作詳定官，復有詩云：「童子常誇作賦工，暮年羞悔有揚雄。當年賜帛倡優等，今日論才將相中。細甚客卿因筆墨，卑於《爾雅》注魚蟲。漢家故事真當改，新詠知君勝弱翁。」熙寧四年既預政，遂罷詩賦，專以經義取士，蓋平日之志也。元祐五年，侍御史劉摯等謂治經者專守一人而略諸儒傳記之學，爲文者惟務訓釋而不知聲律體要之詞，遂復用詩賦。紹聖初，以詩賦爲元祐學術，復罷之。政和中，遂著於令：士庶傳習詩賦者，杖一百。畏謹者至不敢作詩。時張芸叟有詩云：「少年辛苦校蟲魚，晚歲彫蟲耻壯夫。自是諸生猶習氣，果然紫詔盡驅除。酒問李杜皆投筆，地下班揚亦引車。唯有少陵頑鈍叟，静中吟撚白髭鬚。」蓋芸叟自謂也。

又卷一八　鄭始留意星曆學，紹興癸酉取解，漕臺問《斗爲帝車賦》，省試復以「日景爲紀，三台色齊」爲詩賦題，其爲甘石之學甚詳。小孫女夜夢鄭登樓至十六級而止，筮之爲省闈第十六人之祥，已而果然。余作詩贈之曰，……時鄭弟郃，王佐榜甲科第七人。

施德操《北窗炙輠録》卷上　黄致一初看科場，方十三歲，時出《腐草爲螢賦》題，未審有何事跡。同場以其兒童易之，漫告之曰：「螢則有若，所謂聚螢讀書；草則若所謂『青青河畔』，又若所謂『君子之德風，小人之德草』，皆可用也。」其事皆牢落不羈，同場姑以此塞其問，元非事實也。致一乃用此爲一偶句云：「昔年河畔，常叨君子之風；今日囊中，復照聖人之典。」遂發解。

又卷下　章子平《民監賦》云：「運啟元聖，天臨兆民，監行事以爲戒，納斯民於至純。」方進卷子，讀「運啟元聖」，上動容嘆息曰：「此謂太祖。」讀「天臨兆民」，嘆息曰：「此謂太宗。」讀「監行事以爲戒」，嘆息曰：「此謂先帝。」至讀「納斯民於至純」，乃竦然拱手曰：「朕何敢當！」遂魁天下。此賦雖不切題，然規模甚偉，自應作狀元。當時破此四句，亦豈有此意，偶作如此看？由是知世間得失，往往皆類此耳。

曹勛《恭題今上皇帝賜御書阿房宫賦》（《松隱文集》卷三二）　臣聞有心法，有書法。心法見於所書之文，書法見於字畫之際。恭惟皇帝陛下挺生知之聖，躬天縱之能。萬機餘閒，不以聲色爲娱、珍玩爲好，惟留神翰墨，恬養天和。所書之文，必聖賢格言；所作之字，備古今衆體。宸奎藻麗，與雷霆風雲同變化之用。豈特以翔鸞翥鳳，下與鍾王輩較能於位置點畫間哉？今書杜牧賦，聖意所寓，尤邃於興寄。蓋欲敦舜禹之儉，監亡秦之侈，以安養斯民，混一區宇爲心，非止游戲筆墨三昧而已。

沈作喆《寓簡》卷五　本朝以詞賦取士，雖曰彫蟲篆刻，而賦有極工者，往往寓意深遠，遣詞超詣，其得人亦多矣。自廢詩賦以後，無復有高妙之作。昔中書舍人孫何漢公著論曰：「唐有天下，科試愈盛。自武德、貞觀之後，至貞元、元和已還，名儒鉅賢，比比而出。有宗經立言，如丘明、馬遷者；有傳道行教，如孟軻、揚雄者；有馳騁管、晏，上下班、范者；有凌轢顔、謝，詆訶徐、庾者。如陸宣公、裴晉公，皆負王佐之器，而猶以舉子事業，飛騰聲稱；韓退之、柳子厚、皇甫持正，皆好古者也，尚剋意彫琢，曲盡其妙。持文衡者，豈不知詩賦不如策問之近古也？蓋策問之目，不過禮樂、刑政、兵戎、賦輿、歲時、災祥、吏治得失，可以備擬，可以蔓衍，故汗漫而難校，澳涩而少工，詞多陳熟，理無適莫。惟詩賦之制，非學優才高，不能當也。破巨題期於百中，壓强韻示有餘地。驅駕典故，混然無跡；引用經籍，若己有之。詠輕近之物，則託意雅重，命詞峻整；述朴素之事，則立言遒麗，析理明白。其或氣焰飛動而語無孟浪，藻繪交錯而體不卑弱，頌國政則金石之奏間發，歌物瑞則雲日之華相照。觀其命句，可以見學植之深淺；即其搆思，可以見器業之小大。窮體物之妙，極緣情之旨，識《春秋》之富艷，洞詩人之麗則，能從事於斯者，始可以言賦家流也。」其論作賦之工如此，非過也。

又卷一〇　有儒生膚色黑如漆，嘗著白襴出謁，無名子戲之曰：「君便是白雲抱幽石也。」又作賦詠其黑，有隔句云：「行到暗碧㵎前，必言吾過矣，吾過矣；坐向退光閤内，則稱某在斯，某在斯。」

胡仔《苕溪漁隱叢話》前集卷一　山谷云：「凡作賦，要須以宋玉、賈誼、相如、子雲爲師，略依放其步驟，乃有古風。老杜《詠吳生畫》云：『畫手看前輩，吳生遠擅場。』蓋古人於能事不獨求跨時輩，要須前輩中擅場耳。」

又後集卷二七　《師友談苑》云：東坡令門人輩作《人不易物賦》，或戲作曰：「伏其几而襲其裳，豈惟孔子；學其書而戴其帽，未是蘇公。」蓋當時士大夫倣東坡桶高簷短帽，名曰子瞻樣焉，因言之。公笑曰：「近扈從燕醴泉，觀優人以相與自誇文章爲戲者，一優曰：『吾之文章，汝輩不可及也。』衆優曰：『何也？』『汝不見吾頭上子瞻乎？』」上爲解顔，顧公久之。

王十朋《跋蔣元肅夢仙賦》（《梅溪先生後集》卷二七）　朴卿子作《夢仙賦》，詞新意古，超出翰墨蹊徑外，蓋司馬長卿賦《大人》、李太白《大鵬》之類，可謂飄飄有凌雲氣，宜與神游於八極之表也。然予鄙陋之文，何足以當之？

其亂曰：「讀故書，期以十年，乃敢請所未見。」非朴卿自謂也，蓋勉予所未至，抑亦詞人勸百諷一之旨耶。乾道己丑八月二十二日。

林光朝《書餘慶集古賦後》（《艾軒先生文集》卷五） 郭孝子義重嘗游錢塘，有同里人欲以一牒索逋者，云「某留滯客食，爲一駔者所紿，欲借一二言於某處」。先生甚憐之，且敬諾。及得來牒，所訴爲郭姓也，先生急令持去，云「爾且直彼曲矣，吾安敢助子以攻吾同姓之人哉」！其人有愧色，退而以是語人。唐《宰相世系》所書劉氏曰彭城，曰尉氏，曰臨淮，曰南陽，曰廣平，曰丹陽，曰南華，宰相十二人，是若爲一門所出也。唯河南苗裔出於大漢，不得與。乃知孝子所見，不因排布，亦天性自爾。吾讀是賦也，於吾心有戚戚焉者。

李燾《續資治通鑑長編》卷二七五 上又論范仲淹欲修學校貢舉法，乃教人以唐人賦《體動靜交相養賦》爲法。假使作得《動靜交相養賦》，不知何用？且法既不善，即不獲施行，復何所憾？仲淹無學術，故措置止如此而已。

又卷四七二 〔元祐七年夏四月甲寅〕左正言姚勔言：「先帝表章聖學，用經術取士，誠欲以大道於變斯文。然議者以謂師用一家之説，習以成蔽，不能貫通，是以前日明詔復用詩賦，此固陛下開廣育材之路，求賢取士之深意也。然臣竊見學者自復詩賦以來，於今五六年，頗有未能工者。以臣衡論人材，其已學者復之難成，不至如此，就詢其由，良亦有説。蓋今貢舉之法，習詩賦者仍試經義，既學者期於必得，則務在兼通，至有司責其俱優，則兩難盡善。何則，業經者直求先王之道，斷聖人之心；至於辭賦雕鐫，離析破碎，主以聲病爲急。二者不可得全，猶責善視者必有聽也。若用意散漫，則兩俱不精。倘能偏長，則必有一短。又經義一科，行之稍久，壯齒以上，所業已成，一旦銷磨，亦甚可惜，而況通經辨道，不猶愈於雕蟲？又或聞將來經義舉人，所取分數不多，而詩賦兼經者，又皆滅裂，則是經義之名苟存而六藝之學寖廢也。臣欲望朝廷并立詩賦、經義各爲一科，隨所試人數多少，均爲取士之格，如此則永遠可行，而學者專精一藝，易見成就，惟陛下裁擇，天下幸甚。」七年四月二日勅：臣僚上言：「近覩科場限字條制不便，再具論列，乞今後賦論策經義並不限字數。今已得旨，策過二分更不降等，而賦論經義未蒙指揮。臣之愚慮，以謂聖朝以言取士，而禁其多言，未應古義，且非朝廷取士之良法。凡舉人稍以文學自負者，於廣場中不自騁其才力，夸示該博，使有以異於衆人，則不能嶄然見頭角。故能文者常患乎太多，此理之常也。往時開封舉人路授倡爲長賦幾千言，但爲浮辭，不求典要，當時能文者往往效之，得張方平擯斥，而其文遂正；嘉祐初，劉幾輩喜爲怪僻，得歐陽修革去，而其風復雅。此但繫主司之風化耳。今朝廷立法，不問其文之澆淳，而校其字之多寡，責其不及，猶有勸懲，禁其多文，殊無義理。經義之初，士人各務衒其師學，故争爲怪説以鼓動人聽。就使尚爾，亦在精擇考官，仍參定考校法式，使之力省而易考。如汎濫不經之語，自可黜去，使學者知朝廷意在於文之邪正，而不在於字之多寡，不亦善乎？伏望朝廷更賜詳酌。」詔賦論過二分並不降等，其經義文理優長者，準此。

袁口《楓窗小牘》卷上　楊億作《二京賦》既成，好事者多爲傳寫，有輕薄子書其門曰：「孟堅再生，平子出世。《文選》中間，恨無隙地。」楊亦書門答之曰：「賞惜違顔，事等隔世。雖書我門，不争此地。」余謂此齊東之言也。楊公長者，肯相較若爾耶？

杜大珪《名臣碑傳琬琰之集》下卷一六《吕汲公大防傳》 館伴北使，北使桀黠，語頗及朝廷政事不已。大防摘契丹隱密一事詢之曰：「北朝官嘗試進士《聖心獨悟賦》題無出處，何也？」北使愕然語塞。

阮閲《詩話總龜》卷二引《古今詩話》 李琪十歲通六經，父佐王鐸滑州幕，聞而異之。會府燕，鐸遣人以《三傑賦》試之，琪作賦，尾句云：「得士則昌，非賢罔共？龍頭之友斯貴，鼎足之臣可重。宜哉項氏之所以亡，有一范增而不能用。」鐸曰：「大器也！」

又卷四引《古今詩話》 何涓，襄陽人。少爲《瀟湘賦》，爲時所稱。潘緯以《古鑑》詩著名，或曰：「潘緯十年吟《古鑑》，何涓一夜賦《瀟湘》。」《零陵總記》載何涓《瀟湘賦》云：「鏡斂殘色，霞披曉光。」亦無全篇。

又卷一一引《雅言系述》 王操字正美，江左人，太平興國上《南郊賦》，授太子洗馬。

又卷三六引《古今詩話》 章郇公性簡静，嘗爲開封府試官，出《人爲天地心賦》，舉子白先朝曾試，遽别出一題曰《教猶寒暑》，既非致思，舉子又上請：「此題出《樂記》，教乃樂教也。上在諒陰，而用樂事，恐非便。」方紛紛不已，無名子作詩嘲曰：「武成廟裡沽良玉，夫子門前弄簸箕。唯有主司章得象，往來寒暑未曾知。」時南廟試《良玉不琢》，國學試《良弓之子必學爲箕賦》。

又卷三九 仁宗朝試《山海天地之藏賦》，長沙進士陳説同進士出身，謁鄉人胥偃内翰，因舉其賦。胥曰：「賦頗佳，但其間貼故事少耳。」説歸，作詩曰：「紫宸較藝集英聰，作賦方知尚欠功。

事内少他些子鉄，殿前贏得一堆銅。黄紬被下夫人煖，青瑣窗中學士空。寄語交朋須細認，主司頭惱太冬烘。」

又後集卷五引《閩川名士傳》 林傑幼而聰慧，言發成文，質瑩凝脂，音清扣玉。……後業詞賦，頗振聲光，有《仙客入壺中賦》云：「仙客以變化，隨逍遥放情。處於外則一壺斯在，入其中則萬象皆呈。飛閣重樓，不是人間之狀；奇花異木，無非物外之名。」至九歲，謁大夫盧員、常侍黎埴，無不嘉獎。

王銍《四六話序》（四庫本《四六話》卷首） 先君子少居汝陰鄉里，而游學四方，學文於歐陽文忠公，而授經於王荆公、王深父、常夷父；既仕，從滕元發、鄭毅夫論作賦與四六，其學皆極先民之淵藴。銍每侍教誨，常語以爲文、爲詩賦之法，且言賦之興遠矣。唐天寶十二載，始詔舉人策問外試詩賦各一首，自此八韻律賦始盛。其後作者如陸宣公、裴晉公、吕温、李程猶未能極工。逮至晚唐，薛逢、宋言及吴融出於場屋，然後曲盡其妙。然但山川草木、雪風花月，或以古之故實爲景題賦，於人物情態爲無餘地；若夫禮樂、刑政、典章、文物之體，略未備也。國朝名輩猶雜五代衰陋之氣，似未能革。至二宋兄弟，始以雄才奥學，一變山川草木、人情物態，歸於禮樂刑政、典章文物，發爲朝廷氣象，其規模閎達深遠矣。繼以滕、鄭、吴處厚、劉輝，工緻纖悉備具，發露天地之藏，造化殆無餘巧。其隳栝聲律，至此可謂詩賦之集大成者。亦繇仁宗之世太平閒暇，天下安静之久，故文章與時高下。蓋自唐天寶遠訖於天聖，盛於景祐、皇祐，溢於嘉祐、治平之間，師友淵源，講貫磨礲，口傳心授，至是始克大成就者，蓋四百年於斯矣，豈易得哉！豈一人一日之力哉！豈徒此也，凡學道學文淵源，從來皆然也。世所謂箋題表啟號爲四六者，皆詩賦之苗裔也，故詩賦盛則刀筆盛，而其衰亦然。銍類次先子所謂詩賦法度與前輩話言，附家集之末。又以銍所聞於交游間四六話事實，私自記焉。其詩話、文話、賦話各别見云。老成雖遠，典刑尚存，此學者所當憑心而致力也。且以昔聞於先子者爲之序，欲自知爲文之難，不敢苟且於學問而已，匪欲誇諸人也。宣和四年七月庚申日，汝陰王銍序。

又《默記》卷中　晏元獻以前兩府作御史中丞，知貢舉，出《司空掌輿地之圖賦》。既而舉人上請者，皆不契元獻之意。最後，一目眊瘦弱少年獨至簾前，上請云：「據賦題，出《周禮·司空》，鄭康成注云：『如今之司空，掌輿地圖也』；若周司空，不止掌輿地之圖而已。」若如鄭説『今司空掌輿地之圖也』，漢司空也。不知做周司空與漢司空也？」元獻微應曰：「今一場中，惟賢一人識題，正謂漢司空也。」蓋意欲舉人自理會得寓意於此。少年舉人，乃歐陽公也，是榜爲省元。

又卷下　楊宣懿察之母甚賢，能文而教之以義，小不中程，輒扑之。察省試《房心爲明堂賦》，榜登科第二人，報者至，其母睡未起，聞之大怒，轉而向壁曰：「此兒辱我如此，乃爲人所壓！若二郎及第，殆不教人壓却。」及察歸，亦久不與語，寘果魁天下。

江少虞《宋朝事實類苑》卷三八　龐醇之相爲舉人時，趙文定作試官，見其《惟幾成天下務賦》云：「當群形未兆，已爲造物之權；洎大象賦形，遂握生民之柄。」曰：「此必爲宰相。」及爲黃州司理，夏英公見之，亦以公輔稱焉。後果爲首相數年。

洪邁《容齋隨筆》卷三《進士試題》　國朝淳化三年，太宗試進士，出《巵言日出賦》題，孫何等不知所出，相率扣殿檻乞上指示之，上爲陳大義。景德二年，御試《天道猶張弓賦》。後禮部貢院言，近年進士惟鈔略古今文賦，懷挾入試。昨者御試以正經命題，多懵所出，則知題目不示以出處也。大中祥符元年試禮部進士，内出《清明象天賦》等題。仍録題解，摹印以示之。至景祐元年，始詔御藥院：御試日，進士題目具經史所出，摹印給之，更不許上請。

又《容齋續筆》卷一三《試賦用韻》　唐以賦取士，而韻數多寡，平側次敘，元無定格。……自大和以後，始以八韻爲常。唐莊宗時嘗覆試進士，翰林學士承旨盧質以《后從諫則聖爲賦》題，以「堯舜禹湯傾心求過」爲韻。舊例，賦韻四平四側，質所出韻乃五平三側，大爲識者所誚，豈非是時已有定格乎？國朝太平興國三年九月，始詔自今廣文館及諸州府、禮部試進士律賦，並以平側次用韻。其後又有不依次者，至今循之。

又《容齋五筆》卷六《鄱陽七談》　鄱陽素無圖經地志，元祐六年，餘干進士都頡始作《七談》一篇，敘土風人物云：「張仁有篇，徐濯有説，顧雍有論，王德璉有記，而未有形於詩賦之流者，因作《七談》。」其起事則命以建端先生，其止語則以畢意子。其一章言瀘浦、彭蠡山川之險，勝番君之靈傑；其二章言濱湖蒲魚之利，膏腴七萬頃，柔桑蠶繭之盛；其三章言林麓木植之饒，水草蔬果之衍，魚鼈禽畜之富；其四章言銅冶鑄錢，陶埴爲器；其五章言宫寺游觀，王遥仙壇，吴氏潤泉，叔倫戴隄；其六章言鄱江之水；其七章言堯山之民，有陶唐之遺風。凡三千餘字，自謂八日而成，比之太冲十稔、平子十年爲無慊。予偶於故篋中得之，惜其不傳於世，故表著於此。其所引張、徐、王、顧所著，今不復存，更爲可恨也。

李流謙《書馬偦蟠舟賦後》（《澹齋集》卷一八）　右馬偦德駿《蟠舟賦》，其文要眇幽奇，如藏山隱海之靈物，沉沙棲陸之瑋寶。卒然見者，神眩精揺而不能名，然心識其非世俗之常玩。予始得而讀之，如墜洞穴，冥行深入，逶迤翳晦，不見徑蹊。欲前而若阻之，欲旋而若挽之，逮窮其力而徹焉，則豁然琳琅之都，而璇玉之館也。噫！斯可謂天下之奇文。因之以窺其胸懷本趣，則德駿固亦天下之奇士。余嘗告之：文至於蜕其骨畢矣，然蜕而不留，孑立孤峙，矯乎而莫與鄰，則人有自崖之嘆。或者卻轡反轅，紓光遺采，使人得彷彿君於羅縠之間而可乎？德駿曰：予猶未免遇靈物瑋寶而不能名，墮洞穴而不得出者。遂相與一笑。

曾季貍《讀許右丞哀辭》（《陳修撰文集》卷八）　建炎初，裔夷亂華，兩宫蒙塵，天下義士切齒扼腕。於時陳公衣褐在下，越俎代庖，肉食者憾之，卒以忠死。未幾，天子感悟，越等加卹，於是陳公之忠始暴白。然肉食者誑上誤國之罪未盡顯著，識者恨之。右丞許公時在政府，與同列者異議而去，嘗著《陳公哀辭》一篇，備言死事專出肉食者之意，及觀責尹之辭，則返若己無與焉，甚非人臣過則稱己之義。微許公之辭，世未有知之者。許公雖著是辭，未敢誦言於世。其後弟尚書郎忻手録以藏之，蓋有待而後出也。許公既薨，其弟尋亦下世，故其辭寂無傳焉。後四十年，尚書郎猶子進之得所録遺藁於篋中，磨滅殆不存矣。一日，出示季貍曰：「進之將以是鑱諸石，子盍爲我識之？」季貍瞿然驚曰：「是辭之不亡，殆天意乎，安可使之無傳也！昔張巡、許遠之事，史官得以詳著者，由李翰傳之於前，韓退之序之於後。今此辭上以昭仁聖之本心，下以正肉食者之罪，異時司殺青者得之，不爲無助，是亦李翰、韓退之文之比，詎可秘而不傳乎？」進之曰：「唯。」季貍乃述其所以然，以告來者云。乾道六年九月甲子。

王敦詩《言舉人程文詩賦用韻劄子》（四部叢刊續編本《韻略條式》）　昨准宣撫使司劄子，差充四川類省試院點檢試卷官。點檢得舉人程文賦内有押「岐」字韻者，檢照《禮部韻略》五支六脂七之韻内止收「岐」字，係從山從支，注云「山名」，即無從止「歧」字。緣從來相承，以從山「岐」字爲「文王治岐」之岐，以從止「歧」字爲歧路之歧。據國子監刊行《集韻》内「岐」字下注云：「或從山，因岐山以爲名，一曰旁通道。」即係兩意許行通用。又元祐間太學試《博習不與師説賦》，第一人沈回小賦押「懼惑多岐」，已曾經取放合格。又准建炎二年五月四日敕節文：「但係國子監刊行經書内，所有音義并許通用。」看詳上件指揮，其《集韻》音義自合通用，似無可疑。卻緣《玉篇》山字部内收「岐」字，又於止字部内别收「歧」字，并張孟押韻所引經語如「導岍及岐」及「麥秀兩岐」亦作兩字收入。致得考官疑惑，將押「岐」字韻賦不敢取放，暗行黜落。緣其間頗有文理優長之人，一例被黜，恐未副朝廷搜廣人才之意。欲乞備申朝廷，乞下國子監詳定，若許通用，即於「岐」字注「山名」之下，添入「一曰旁通道」五字。或文意偏旁各别，即乞添收從止「歧」字，庶使承學之士得以遵用。

陳巖肖《庚溪詩話》卷下　吳中每暑月則東南風數日，甚者至逾旬而止，吳人名之曰舶趠風，云海外舶船禱於神而得之，乘此風到江浙間也。東坡《吳中》詩曰：「三旬已過黄梅雨，萬里初來舶趠風。」余官吳門，庚午歲夏六月既望之三日，風作，踰旬而止，暑氣頓減。余因作賦以廣之，其畧曰：「度華夏而既爽，人窮閻而亦清。無雌雄之或異，信造物之均平。」蓋彌旬而後止，失六月之炎蒸。」又曰：「彼蠻檣與海檝，得乘時伺便而至耳。」謂區區專意於此曹，則亦豈天壤之至理。蓋欲脱吾民於焦灼，竊意造物其專在」是也。即其後往來吳中不常，至丙子歲，余罷尚書郎，寓居無錫。

吳聿《觀林詩話》　李光祖元亮，兄弟數人皆儁才。元亮作《弔項羽賦》，追古作者。世稱其詩有「可憐三萬六千日，長作東西南北人」之句，特中鼎之一臠耳。

姜特立《跋陳宰梅花賦》（《梅山續稿》附録）　夫梅花者，根回造化，氣欲冰霜。稟天地之勁質，壓紅紫而孤芳。方之於人，伯夷首陽之下，屈子湘水之傍，斯爲稱矣。自説者謂宋廣平鐵石心腸，乃爲梅花作賦。嗚呼梅乎！其將置汝於桃李之間乎？余謂唯鐵心石腸，乃能賦梅花。今靖侯不比之佳人女子，乃取類於奇男偉士，可謂知梅花者矣。非靖侯莫能續之賦，非梅花無以見靖侯之心。予亦以梅山自號，故樂其意而書其末。

陸游《老學庵筆記》卷二　乾道末，夔路有部使者作《中興頌》，刻之瞿唐峽峭壁上。明年峽漲，有龍起硤中，適碎石壁，亦可異也。方刻石時，有夔州司理參軍以恩牓入官，權教授，出賦題曰「歌頌大業刻金石」，或惡其佞，謂之曰：「韻脚當云『老於文學，乃克爲之』。」聞者爲快。

又卷七　仁宗皇帝慶曆中嘗賜遼使劉六符飛白書八字，曰「南北兩朝永通和好」。會六符知貢舉，乃以「兩朝永通和好」爲賦題，而以「南北兩朝永通和好」爲韻，云「出南朝皇帝御飛白書」。六符蓋爲虜畫策增歲賂者，然其尊戴中國尚如此，則盟好中絶，誠可惜也。

周必大《求齋遺稿序》（《周文忠公集》卷五四）　傳之資質早成，積學勤焉，十三作《祭叔祖文》，十五作《登山賦》，語多老蒼。十六七時從儒先曾丰幼度、邑宰黄景説巖老講習詩文。

周煇《清波雜志》卷二　東坡在海外，語其子過曰：「我决不爲海外人，近日頗覺有還中州氣象。」乃滌硯焚香，寫平生所作八賦，當不脱誤一字以卜之。寫畢，大喜曰：「吾歸無疑矣！」後數日，廉州之命至。八賦墨蹟，初歸梁師成，後入禁中。煇在建康，於老尼處得東坡元祐間綾帕子，上所書《薄命佳人》詩末兩句，全用草聖，筆勢尤超逸。尼時年八十餘矣。又於吕公經甫少卿家見所書《傷春詞》。

又卷八　知和嘗尉吳江，作《垂虹詩話》，語煇未有序，煇言：「若以所得東萊帖冠於首，何用他求？」從之。復著《垂虹賦》，爲人稱賞。

楊萬里《誠齋詩話》　常州人諱打爺，蓋常有子爲卒伍，而其父坐罪當杖者，其子恐他人杖其父之重，而身請行刑，故有此譏。士人有戲作此賦者云：「當年祖逖見而知，聞而知；後日孫權出乎爾，反乎爾。」

朱熹《題吴和中感秋賦後》（《晦庵先生朱文公文集》卷八四）　和中感秋作賦，既發深省，乃欲逃之麴糵之間，叔通以碩果不食者厲之，可謂得朋友之職矣。顧予姦僞排擯之餘，何足知此？二君子其相與切磋之時，有以見警焉，則區區之望也。慶元己未八月既望，雲谷老人書。

又《楚辭辯證後序》（四庫本《楚辭辯證》卷首）　余既集王、洪《騷注》，顧其訓詁文義之外猶有不可不知者。然慮文字之太繁，覽者或没溺而失其要也，别記於後，以備參考。慶元己未三月戊辰。

又《楚辭辯證》卷下《晁録》　王逸所傳《楚辭》，篇次本出劉向。其《七諫》以下，無足觀者，而王褒爲最下。余已論於前矣。近世晁無咎以其所載不盡古今詞賦之美，因别録《續楚辭》、《變離騷》爲兩書，則凡詞之如騷者，已畧備矣。自原之後，作者繼起，而宋玉、賈生、相如、揚雄爲之冠。然較其實，則宋、馬辭有餘而理不足，長於頌美而短於規過。雄乃專爲偷生苟免之計，既與原異趣矣，其文又以摹擬掇拾之故，斧鑿呈露，脈理斷續，其視宋、馬猶不逮也。獨賈太傅以卓然命世英傑之材，俯就騷律，所出三篇，皆非一時諸人所及。而《惜誓》所謂「黄鵠之一舉兮見山川之紆曲，再舉兮睹天地之員方」者，又於其間超然拔出言意之表，未易以筆墨蹊徑論其高下淺深也。此外晁氏所取如荀卿子諸賦，皆高古，而《成相》之篇，本擬《惜誦》箴諫之詞，其言姦臣蔽主擅權，馴致移國之禍，千古一轍，可爲流涕！其他如《易水》、《越人》、《大風》、《秋風》、《天馬》，下及烏孫公主、諸王妃妾、息夫躬，晉陶潛，唐韓、柳，本朝王介甫之《山石》、《建業》，黄魯直之《毁璧》、

《隕珠》，邢端夫之《秋風三疊》，其古今大小雅俗之變，雖或不同，而晁氏亦或不能無所遺脱。然考其近楚語者，其次則如班姬、蔡琰、王粲及唐元結、王維、顧況，亦差有味。又此之外，則晁氏所謂過騷之言者，非余之所敢知矣。晁書新序多爲義例，辨説紛挐，而無所發於義理，殊不足以爲此書之輕重。且復自謂嘗爲史官，古文國書，職當損益，不惟其學，而論其官，固已可笑。况其所謂筆削者，又徒能移易其篇次，而於其文字之同異得失，猶不能有所正也。浮華之習，徇名飾外，其弊乃至於此，可不戒哉！

又《楚詞後語跋》（《楚詞後語》卷首）　右《楚辭後語·目録》，以晁氏所集録《續》、《變》二書刊補定著，凡五十二篇。晁氏之爲此書，固主於辭，而亦不得不兼於義。今因其舊，則其考於辭也宜益精，而擇於義也當益嚴矣。此余之所以兢兢而不得不致其謹也。蓋屈子者窮而呼天，疾痛而呼父母之詞也，故今所欲取而使繼之者必其出於幽憂窮蹙、怨慕悽涼之意，乃爲得其餘韻。而宏衍鉅麗之觀，懽愉快適之語，宜不得而與焉。至論其等，則又必以無心而冥會者爲貴。其或有是，則雖遠且賤，猶將汲而進之。一有意於求似，則雖或真如楊、柳，亦不得已而取之耳。若其義，則首篇所著荀卿子之言，指意深切，詞調鏗鏘，君人者誠能使人朝夕諷誦，不離於其側，如衛武公之抑戒，則所以入耳而著心者，豈但廣厦細旃，明師勸誦之益而已哉！此固余之所爲惓惓而不能忘者。若《高唐》、《神女》、《李姬》、《洛神》之屬，其詞若不可廢，而皆棄不録，則以義裁之，而斷其爲禮法之罪人也。《高唐》卒章雖有「思萬方，憂國害，開聖賢，輔不逮」之云，亦屠人之禮佛，倡家之讀《禮》耳，幾何其不爲獻笑之資，而何諷益之有哉！其息夫躬、柳宗元之所棄，則晁氏已言之矣。至於揚雄，則未有議者，而余獨以爲是其失節，亦蔡琰之儔耳。然琰猶知愧而自訟，若雄則反訕前哲以自文，宜又不得與琰比矣。今皆取之，豈不以夫琰之母子無絶道，而於雄則欲因《反騷》而著蘇氏、洪氏之貶詞，以明天下之大戒也。陶翁之詞，晁氏以爲中和之發，於此不類，特以其爲古賦之流而取之是也。抑以其自謂晉臣恥事二姓而言，則其意亦不爲不悲矣。序列於此，又何疑焉。至於終篇特著張夫子、吕與叔之言，蓋又以告夫游藝之及此者，使知學之有本，而反求之，則文章有不足爲者矣。其餘微文碎義，又各附見於本篇，此不暇悉著云。

附**朱在《楚辭辨證後語跋》**（《善本書室藏書志》卷二三） 先君晚歲草定此編，蓋本諸晁氏《續》、《變》二書，其去取之義精矣。每章之首皆略敘其述作之由，而因以著其是非得失之跡。獨《思元》、《悲憤》及《復志賦》以下至於《幽懷》，則僅存其目而未及有所論述。故今於此十九章之敘，皆因晁氏之舊而書之。若夫《鞠歌》《擬招》二章，則非歸來子之書所及者，讀者又當有以識夫旨意於言詞之外也。

薛季宣《書大象賦》（《浪語集》卷二七） 《大象賦》，舊題漢張衡撰，唐李淳風注。所記星文贏於晉、隋書《天文志》，然昧漢之《靈憲》，遺落多矣。賦中自序，明其用事，及於殷馗之知，在魏武帝後也。注於「淵」文、「民」文多爲唐諱，而昏旦中星全寫《月令》秦文，淳風星官斷可知矣。文賦之作，於記事爲難工。《大象》妙於鋪陳，巧依準實，該而質，簡而文，馳騁其辭，不失次舍，貫穿經緯，端如貫珠，雖不得其姓名，其人可想而見。惜也專本《巫咸星贊》，旁覽不及《隋書》。時君即能致諸芸閣蘭臺，坐卧渾圖之下，其所論著，何秖此邪！廢隱刑徒，可爲愾歎。愛其仰括天象，而文可習誦，故取《天官書》、歷代《天文志》、《武經總要》、《天占》補注，手筆藏之，隨見輒書，悔不倫序。

樓鑰《代宰臣謝宣示太上皇御書宋玉高唐賦傅毅舞賦陸機文賦嵇康琴賦曹植洛神賦王粲登樓賦史節故事段陳羽古意詩蘇軾養生論周興嗣千字文御跋表》（《攻媿集》卷一八）乾道辛卯春，被賜真行草書總十卷。臣下拜瞻玩，心目開明。……恭惟光堯壽聖憲天體道太上皇帝高蹈羲皇之上，遊戲翰墨之間，初若無意，而筆力所到，自得之妙，集乎大成。

又《鄭屯田賦集序》（《攻媿集》卷五三）先生姓鄭氏，唐之名族後，累世居福州。少時以孝文集書囊，爲《殿帷賦》，魁其鄉。繼以《玉路建太常賦》入太學，人多傳誦。尋寓四明，開門受徒，來者雲委。躬孝友之行，該貫羣經，多有講解，旁通子史百家。年至四十五，紹興三十年始登科。文備衆體，尤工於賦，源流李唐諸名公，出入三元元祐二李之間。集古人所長，而藻思絶人，興寄高邁，聞見層出；講明題意，立詞用韻精切平妥，古語隨用，奔湊筆端，而一語不出程度之外。元祐有「域中有四大」，先生作「域中四大王居一」，有「輿議稱太平」，人猶議其率，先生有「太平無象」，皆突過前人，不可企及。讀之熟、知之深者方服其理明而辭順，蓋古文之有韻者也。鑰年及弱冠，侍親遊宦而歸，始得登門，時亦粗成賦篇。及見先生機杼，望洋向若而嘆，一意摹倣。先生時猶未第，間作一篇，俟諸生既畢，始出之，迥出人上，視瞠乎若後者，又引進之。嘗曰：「前四韻固當加工，然皆有規矩。前輩以妙意英詞震耀人耳目者多在後四韻，而學者忽之，致讀者無味。」雖《舜琴歌南風》可謂傑作，先生猶曰：「後三韻皆空矣。」其嚴如此。閲諸生所作，語雖工，或引經史全句，屬對可觀而意不貫者，皆所不取。每令人讀《堯舜不能化朱象》、《大舜五十而慕》、《富歲子弟多賴》等賦，以爲韻韻有意，終篇尚有餘味，可以爲法。或有一字切題，既不可對，而又與題字相犯者，謂不若實之送聯。如「以禮爲翼」之「以翼星而配禮」之類。先生作《詔諸儒講五經》則曰：「厥後孝章開白虎之名，蓋亦遵於此詔。魯秉周禮，云不然，何以韓宣子見《易》象與《春秋》，知周禮之盡在魯？」鑰服膺有素，既沾殘膏以竊名第，老猶不敢忘，命兒輩收纂先生舊作，僅得三十篇，兒輩又以鑰少作八篇綴於後。此編不惟筌蹄而已，亦不求傳於世。區區辭費如許，不惟人笑之，亦竊自笑。姑使子孫知師承之自爾。先生諱鍔，字剛中，官至屯田郎。嘗爲主上小學教授，近録其後，又特加贈官云。

又《跋朱巖壑鶴賦及送閭丘使君詩》（《攻媿集》卷七一） 承平時，洛中有八俊：陳簡齋詩俊，巖壑詞俊，富季申文俊，皆一時奇才也。南渡以來，詩俊、文俊皆爲執政大臣相與力引。巖壑之名，始以隱逸召用於朝，而骯髒不偶，終以退休。《鶴賦》之作，其有感於斯耶？使其羽翮一成，豈不能翱翔寥廓，往而不返？猶思以靈藥仙經求報主人，愛君之意，又見於此。余生晚，不及見，猶識蘄州史君淳，誠篤實似古君子，宜巖壑相與之厚也。

又《跋陳昌年梅花賦》（《攻媿集》卷七一）　皮日休賦桃花，欲狀其夭冶，專取古之美女以爲況。此賦形容清致，故又多取名勝高人以極其變。梅固非桃可比，體物之工，亦又過之。

楊冠卿《霧隱賦則序》（四庫本《客亭類稿》卷七）　詞賦之作，從古難工。繇漢以來，賈誼、相如而下，能擅聲稱者指未易多屈。國家兩科取士，詞賦得人爲最盛。然編帙所載，充棟汗牛，璞玉與瓦礫俱，騏驥與駑駘混，或者猶病其多且雜焉。予束髮從師友遊，凡文會課程、詞場得雋，其賦麗以則，其旨粹而明者，必手自編録，授諸生爲課試准式。每一篇出，人争傳誦，視書肆所集誠萬萬不相侔。猶慮夫傳之不廣，而學者或未多見也，鋟木寓室，與同志共之，且名曰《賦則》云。紹熙壬子五月既望，書於霧隱之東窗。

葉適《習學記言》卷四七　賦雖詩人以來有之，而司馬相如始爲廣體，撼動一世。司馬遷至爲備録其文，駭所無也。揚雄喜而效焉，晚則悔之矣。然自班固以後，不惟文浸不及，而義味亦俱盡。然後世猶繼作不已，其虚夸妄説，蓋可鄙厭。故韓愈、歐、王、蘇氏皆絶不爲。今所謂《皇畿》、《汴都》、《感山》、《南都》之類，非於其文有所取，直以一代之制，一方之事，不可不知而已。《皇畿》以事實勝，而《汴都》惟盛稱熙豐興作，遂特被賞識。昔梁孝王、漢武宣每有所爲，輒令臣下述賦，戲弄文墨，直俳優之雄。而歷代文士相與沿襲不恥，是可歎也。自與虜通和，太行皆爲禁山，坐失地利，故此賦感之。然謂以元祐之版書較景德之圖籙，雖增田三十四萬餘頃，反減賦七十一萬餘斛，以爲不用先王之法致然則非也。夫墾闢衆則利在下，蠲放多則恩在上，何害爲王政，而必欲如宇文融乎？蓋近世之論，無不然矣。

又《五鳳樓賦》，是時大梁宫室始與西京比，而梁周翰歷陳前代亡國之君溺於土木者爲戒，何止諷也。蓋顯刺必出於明時，「無若丹朱傲」，信其爲舜、禹之盛矣。世多言太祖嘗議都洛陽以省冗兵，恨後世不能用本。據王禹偁《遺事》，其載李符、李懷忠之諫，或當有之。至謂太祖答晉王欲循周漢故事以安天下，又謂「不及百年，民力必殫」，則其家子孫以當時所見聞增益之，非本語也。冗兵自在真宗、仁宗世，太祖時兵何嘗冗，而頓憂其後乎？自唐裂藩鎮養兵，民力固已殫，而士大夫不能知。就有能知者，亦不能改，安得謂「本朝百年後民力始殫」爲太祖語？且五代時，鹽酒末利皆輒殺，人民命尚不可保，何止殫民力乎！秦漢及唐雖都關中，何嘗不以兵强天下？隋唐府衛，民半爲兵，而人主歲猶就食東都，何止冗兵爲費哉！歷代帝王不常厥居，汴無不可都之理。蓋自得太原，即乘勢伐幽州，筭畫無素，一時倉猝，幾不自保。國勢由此而弱，契丹侵陵，河北破壞，始堅守和好，而兵因以日增。乃謀國者之謬，非謂必恃兵以爲固也。使太祖臨御久，其所以處此，要自有道。《遺事》所記，失其實矣。

又《籍田》、《大蒐》、《大酺》不常有賦頌，所以記也。《明堂》未之有，所以兆也。凡此類以事觀可也。張詠《聲賦》，詞近指遠，宏達朗暢，異乎《鳴蟬》、《秋聲》之爲，蓋古今奇作，文人不能進也。晏殊《中園》、葉清臣《松江秋汎》，自謂得窮達奢儉之中，今亦以此録之。然上無補衮拯溺之公義，下無隱居放言之逸想，則所謂「中」者，特居處飲食之泰而已，不足道也。狄遵度《石室》、

《鑿二江賦》，發明文翁、李冰有功於蜀，其言民未得所欲事，或有不利，先世所未暇除去，聖人所未及裁制，皆吾人之所事，有感於斯言也。

又　聞之吕氏，讀王深父文字，使人長一格。《事君》、《責難》、《愛人》、《抱關》諸賦，可以熟玩。自王安石、王回始有幽遠遺俗之思，異於他文人。而回不志於利，能充其言，殆非安石所能及。然若少假不死，及安石之用，未知與曾鞏、常秩何如？士之出處，固難言也。

又　周氏《拙賦》，爲今世講學之要。按《書》稱「作僞心勞日拙」，古人不貴拙也。大巧若拙，巧者勞而智者憂，無能者無所求，老莊之學然爾。蓋削世俗纖浮靡薄之巧，而歸之於正，則不以拙言也。以拙易巧，而不能運道，則拙有時而僞矣。學者所當思也。

又　初，歐陽氏以文起，從之者雖衆，而尹洙、李覯、王令諸人各自名家。其後王氏尤衆，而文學大壞矣。獨黄庭堅、秦觀、張耒、晁補之始終蘇氏，陳師道出於曾而客於蘇，蘇氏極力援此數人者，以爲可及古人，世或未能盡信。然聚群作而驗之，自歐、曾、王、蘇外，非無文人，而其卓然可以名家者，不過此數人而已。邢居實蚤夭，沈括、劉跂之流，終不近也。黄庭堅言「屈、宋之後，自鑄偉辭」，此語當考。

又　《天下爲一家賦》，吕大鈞作。大鈞兄弟從張氏學，而大防爲相，程氏與司馬氏善，當時在要地者多程氏之門，故元祐之政亦有自來。此賦與《西銘》相出入，然其言「昔既有離，則今必有合；彼既可廢，則我亦可舉」，謂井田封建當復也。若存古道，自可如此論；若實欲爲治，當更審詳。

又 漢以經義造士，唐以詞賦取人，方其假物喻理，聲諧字協，巧者趨之，經義之樸，閣筆而不能措。王安石深惡之，以爲市井小人皆可以得之也。然及其廢賦而用經，流弊至今，斷題折字，破碎大道，反甚於賦。故今日之經義，即昔日之賦。而今日之賦，皆遲鈍拙澁，不能爲經義者然後爲之，蓋不以德而以言，無往而能獲也。諸律賦皆場屋之伎，於理道材品非有所關。惟王曾、范仲淹有以自見，故當時相傳，有「得我之小者，散而爲草木；得我之大者，聚而爲山川」，「如云區別妍媸，願爲軒鑑；儻使削平禍亂，請就干將」之句。而歐、蘇二賦，非舉場所作，蓋欲知昔時格律寬假，人各以意爲之，不拘礙也。《有物混成》「先天地生」，老氏之言道如此。按：自古聖人中天地而立，因天地而教道可言，未有於天地之先而言道者。有司不考詳，以邪説取士，士亦以邪説應之。既以此得，遂以爲是。豈惟不以德而以言，又併其言失之矣。

王楙《野客叢書》卷二四 《論語》「在人賢者識其大者」，又曰「多見而識之」，識字無音，今人多讀如正字。如近時上庠出《賢者識文武之大賦》題，其與選者皆作入聲押，不知乃志字。僕觀《劉歆傳》、蔡邕《石經》皆曰「在人賢者志其大者」，《溝洫志》「多見而志之」，是讀「識」爲「志」也。

韓淲《澗泉日記》卷下 余少時見揚子雲麗文，欲繼之，嘗作小賦，用思太劇，立致疾病。子雲亦言：「成帝詔作《甘泉賦》，畢，遂倦卧，夢五藏出地，以手納之。及覺，氣病一年。」可知盡思慮傷精神也。

俞成《螢雪叢説》卷二　往年上庠湯黄中試《秋燕已如客》詩，破題：「近人方賀夏，如客已驚秋。」以夏對秋，權借用字也。陳傅良作《仲秋教治兵賦》，破題：「雖諸夏之偃武，必仲秋而治兵。」張永《防秋》詩云：「逆胡方猾夏，中國重防秋。」以夏對秋，正借用字也。原其所作，皆有自來，豈非得張喬《月中桂》之遺意耶？所謂「根非生下土，葉不墜秋風」是也。六吟八韻，能於借對上得一二警聯，便自高人一著，作者不可不知。

《説郛》卷一五上引《螢雪叢説》卷上《賦假人名體狀題意》　往年俞文緯監試預薦赴省相過，因話賦假人名，善體狀題意者，莫若《武爲救世砭劑》云：「唐室中興，賴藥師而克濟；漢家外患，藉去病以皆除。」余嘗賦《化下猶甄》者，欲以陶唐堯舜爲一聯，使「於變時雍，猶埏已埴，風動四方，器不苦窳」事也。曾與舍弟碩夫邁昆仲儕輩較量，莫不領略此説。

又《賦善使事》　昔有士人在塲屋間賦《帝王之道出萬全》，絶無故實，遂問一老先生，答云：「只有一舉空朔庭，三箭定天山好使，要在人斡旋爾。」或謂此事乃人臣，非帝王也，不可用，疑誑之。後於程文中見一舉人使得最妙，其説題目甚透，有曰：「一舉朔庭空，竇憲受成於漢室；三箭天山定，薛侯禀命於唐宗。」眞所謂九轉丹砂，點鐵成金者也。

又《文章活法》　文章一技，要自有活法，若膠古人之陳迹，而不能點化其句語，此乃謂之死法。死法專相蹈襲，則不能生於吾言之外；活法奪胎換骨，則不能斃於吾言之内。斃吾言者，生吾言也，故爲活法。伊川先生嘗説：《中庸》「鳶飛戾天」，須知天上者更有天；「魚躍於淵」，須知淵中更有地。會得這個道理，便活潑潑地。吴處厚嘗作《剪刀賦》，第五聯對「去爪爲犧，救湯王之旱歲；斷鬚燒藥，活唐帝之功臣」。當時屢竄易「唐帝」上一字，不妥帖，因看游鱗，頓悟活字，不覺手舞足蹈。

又引《螢雪叢説》卷下《賦以一字見工拙》 曩者吴叔經郛在湖南漕試，以本經詩義取解魁，次名陳尹賦《文帝前席賈生》，破題云：「文帝好問，賈生力陳，忘其勢之前席，重所言之過人。」叔經先生改「勢」字作「分」，陳大欽服。內有打花格云：「金蓮燭焕，煌煌漢天子之儀；玉漏聲沉，纚纚洛陽人之語。」試官已喜此一聯。又陳季陸在福州考較，出《皇極統三德五事賦》，魁者破題云：「極有所會，理無或遺，統三德與五事，貫一中於百爲。」季陸先生極喜闢初兩句，只嫌第四句不是「貫百爲於一中」，似乎倒置，改「貫」字作「寓」，較有意思。

陳振孫《直齋書録解題》卷三《禮部韻略》五卷《條式》一卷 雍熙殿中丞邱雍、景德龍圖閣待制戚綸所定，景祐知制誥丁度重修，元祐太學博士增補。其曰「略」者，舉子詩賦所常用，蓋字書聲韻之略也。

又卷一四《打馬賦》一卷 易安李氏撰。用二十馬。以上三者，各不同。今世打馬，大約與古之樗蒱相類。

又《事類賦》三十卷 校理丹陽吴淑正儀撰進并注。

又卷一五《楚辭》十七卷　漢護都水使者、光禄大夫劉向集，後漢校書郎、南郡王逸叔師注，知饒州曲阿洪興祖慶善補注。逸之注雖未能盡善，而自淮南王安以下爲訓傳者今不復存，其目僅見於隋唐《志》。獨逸注幸而尚傳，興祖從而補之，於是訓詁名物詳矣。

又《離騷釋文》一卷　古本，無名氏。洪氏得之吴郡林虙德祖。其篇次不與今本同。……余按《楚辭》，劉向所集，王逸所注，而《九歎》、《九思》亦列其中，蓋後人所益也歟？

又《楚辭考異》一卷　洪興祖撰。興祖少時從柳展如得東坡手校《楚辭》十卷，凡諸本異同，皆兩出之。後又得洪玉父而下本十四五家參校，遂爲定本。始補王逸《章句》之未備者，書成，又得姚廷輝本，作《考異》，附古本《釋文》之後。其末，又得歐陽永叔、孫莘老、蘇子容本於關子東、葉少協，校正以補《考異》之遺。洪於是書，用力亦以勤矣。

又《重定楚辭》十六卷《續楚辭》二十卷《變離騷》二十卷　禮部郎中濟北晁補之無咎撰。去《九思》一篇入《續楚辭》，定著十六卷，篇次亦頗改易，又不與陳説之本同。《續》、《變》二篇，皆《楚辭》流派，其曰「變」者，又以其類《離騷》而少變也。新序三篇述其意甚詳，然其去取之際，或有不可盡曉者。

又《楚辭集註》八卷《辨證》二卷　侍講建安朱熹元晦撰。以王氏、洪氏注或迂滯而遠於事情，或迫切而害於義理，遂别爲之注。其訓詁文義之外，有當考訂者，則見於《辨証》，所以袪前注之蔽陋而明屈子微意於千載之下，忠魂義魄，頓有生氣。其於《九歌》、《九章》，尤爲明白痛快。至謂

《山海經》、《淮南子》殆因《天問》而著書，説者反取二書以證《天問》，可謂高世絶識，毫髮無遺恨者矣。公爲此注在慶元退歸之時，序文所謂「放臣棄子，怨妻去婦」，蓋有感而託者也。其生平於六經皆有訓傳，而其殫見洽聞、發露不盡者，萃見於此書。嗚呼偉矣！其篇第視舊本益賈誼二賦而去《諫》、《歎》、《懷》、《思》。屈子所著二十五篇爲《離騷》，而宋玉以下則曰《續離騷》。其言「《七諫》以下辭意平緩，意不深切，如無所疾痛而强爲呻吟者」，尤名言也。

又《楚辭後語》六卷　朱熹撰。凡五十二篇。以晁氏《續》、《變》二書刊定，而去取則嚴而有意矣。

又《龍岡楚辭説》五卷　永嘉林應辰渭起撰。以《離騷》章分段釋爲二十段，《九歌》、《九章》諸篇亦隨長短分之。其推屈子不死於汨羅，比諸浮海居夷之意，其説甚新而有理。以爲《離騷》一篇辭雖哀痛而意則宏放，與夫直情徑行、勇於蹈河者不可同日語。且其興寄高遠，登昆侖，歷閬風，指西海，陟陞皇，皆寓言也。世儒不以爲實，顧獨信其從彭咸葬魚腹以爲實者，何哉？然沈湘之事，傳自司馬遷，賈誼、揚雄皆未嘗有異説。漢去戰國未遠，決非虚語也。

又《校定楚辭》十卷《翼騷》一卷《洛陽九詠》一卷　祕書郎昭武黄伯思長睿撰。其序言：「屈、宋諸騷，皆書楚語，作楚聲，紀楚地，名楚物，故可謂之楚辭。若些、只、羌、誶、蹇、紛、侘、傺者，楚語也；悲壯頓挫，或韻或否者，楚聲也；沅湘江澧，修門夏首者，楚地也；蘭茝荃葯，蕙若芷蘅者，楚物也。既以諸家本校定，又以太史公《屈原傳》至陳説之序附以今序，别爲一卷，目以《翼騷》。《洛陽九詠》者，伯思所作也。

又《後典麗賦》四十卷 金華唐仲友與政編。仲友以辭賦稱於時，此集自唐末以及本朝盛時，名公所作皆在焉，止於紹興間。先有王戊集《典麗賦》九十三卷，故此名《後典麗賦》。王氏集未見。

又《指南賦箋》五十五卷《指南賦經》八卷 皆書坊編集時文，止於紹熙以前。

卷一七《武夷集》二十卷《别集》十二卷 翰林學士文公浦城楊億大年撰。……《别集》者，祥符五年避讒佯狂歸陽翟時所作也，《君可思賦》居其首。

又《吕文靖試卷》一卷 丞相許國文靖公壽春吕夷簡坦夫撰，咸平二年壽州應舉，此其程文也。真本藏范太史氏，前有家狀，大略與今同。其所習曰《春秋何論》、《大義何論》者，當是何晏《論語》也。其所問各十條，皆非深義，逐條所答，纔數句，或止一言，或直稱未審。考官二人花書其上，并批通不。又《禮行於郊賦》、《建侯置守孰優論》。其所習又稱《雜文時務策》，則不復存。此可以見國初塲屋事體，文法簡寬，士習純茂，得人之盛，後世反不能及。

又《六一居士集》一百五十二卷附録四卷年譜一卷 參政文忠公廬陵歐陽修永叔撰。本朝初爲古文者柳開、穆修，其後有二尹、二蘇兄弟。歐公本以辭賦擅名塲屋，既得韓文，刻意爲之，雖皆在諸公後，而獨出其上，遂爲一代文宗。

又《劉狀元東歸集》十卷 大理評事鉛山劉煇之道撰。煇嘉祐四年進士第一人，《堯舜性之賦》至今人所傳誦。始在塲屋有聲，文體奇澁，歐公惡之，下第。及是在殿廬得其賦，大喜，既唱名，乃煇也。公爲之愕然，蓋與前所試文如出二人手，可謂速化矣。

又《玉池集》十二卷　考功郎湘陰鄧忠臣慎思撰。……平生著述至多，嘗和杜詩全帙，又嘗獻《郊祀慶成賦》及原廟詩百韻，裕陵喜之，擢爲館職，今皆軼弗傳，所存一二而已。玉池，其所居山峯名。

又《箕潁集》二十卷　組本與兄緯有聲太學，亦能詩文而以滑稽下俚之詞行於世得名，良可惜也。謝克家任伯爲集序，其子勛跋其後，略見其出處。蓋宣和三年始登第，郊禮進《祥光賦》，有旨換武階，兼閤職，詔中書召試，仍給事殿中，未幾而卒。

又卷一八《育德堂外制集》八卷《内制集》三卷　兵部尚書永嘉蔡幼學行之撰。成童穎異，從同郡陳傅良君舉學，治《春秋》。年十七試補上庠首選，陳反出其下。明年，陳改用賦，冠監舉，而幼學爲經魁。又明年省闈，先多士，而傅良亦爲賦魁。一時師弟子雄視場屋，莫不歆艷。

又卷二〇《浯溪集》二十一卷　僧顯萬撰，洪景盧作序。前二卷爲賦，餘皆詩也。

又卷二二《賦門魚鑰》十五卷　進士馬偁撰。編集唐蔣防而下至本朝宋祁諸家律賦格訣。

又《賓朋宴話》三卷　太子中舍致仕貴溪邱昶孟陽撰。南唐進士，歸朝，宰數邑。著此書十五篇，敘唐以來詩賦源流。天禧辛酉，鄧賀爲序。

趙希弁《郡齋讀書志·後志》卷一《歷代紀元賦》一卷　右，皇朝楊備撰次漢至五代正統年號，爲賦一首，又别爲《宋頌》四章。

杜范《跋陳兄春臺賦》（《清獻集》卷一七）　身履者其詞稱，志羨者其詞侈。夫自成、康政熄，雅頌音微，春臺不作久矣，君殆有志成、康其君民者耶？余讀是賦，疑其侈而未稱也，爲之慨然太息。嘉定癸未二月二十五日。

岳珂《高宗皇帝御書賜先臣舞劍賦後跋》（《鄂國金佗續編》卷一）　右，高宗武文皇帝御書賜先臣飛唐喬潭《裴將軍舞劍賦》。按《文粹》，賦在第四卷中。臣珂家藏天筆盈笈，大概皆兵事節度，臣固嘗具之甲子奏篇。惟是書以游戲翰墨，涣錫光寵，故弗及載，有御書璽及己未小璽，以殿於篇。臣既系寶章，復伸蠡測，輒陳蕪贊，式著宸心。贊曰：維中興，焯人文，燀皇靈。即清燕，垂翰墨，光日星。揖蛙怒，市駿骨，期混并。寫古作，示休寵，作豪英。臣有劍，淬三河，芭兩京。舞絶世，決浮雲，開太清。帝有訓，誓臣節，式欽承。誰掣肘，起奮哀，憤裂纓。鬱干將，在寶匣，長悲鳴。後百年，血郅支，鍔尚腥。刻斯石，表帝心，傳龍庭。

又《桯史》卷一〇《萬春伶語》　胡給事既新貢院，嗣歲庚子適大比，乃侈其事，命供帳考校者悉倍前規。鵠袍入試，茗卒饋漿，公庖繼肉，坐案寬潔，執事恪敬，闠闠于于，以鬯於文，士論大愜。會初場賦題出《孟子》「舜聞善若決江河」，而以「聞善而行，沛然莫禦」爲韻。士既就案矣，蜀俗敬長而尚先達，每在廣場，不廢請益焉。晡後，忽一老儒擿禮部韻示諸生，謂沛字惟十四泰有之，一爲顛沛，一爲沛邑，注無沛決之義，惟它有霈字，乃從雨爲可疑。衆曰是，鬨然扣簾請。出題者偶假寐，有少年出酬之，漫不經意，亶云：「禮部韻注義既非，增一雨頭無害也。」揖而退，如言以登於卷，坐遠於簾者或不聞知，乃仍用前字，於是試者用霈、沛各半。明日將試《論語》，籍籍傳，凡用沛字者皆窘。復扣簾，出題者初不知昨夕之對，應曰：「如字。」廷中大諠，浸不可制，譟而入，曰：「試官誤我三年利害不細。」簾前闐木如拱，皆折，或入於房，執考校者一人毆之。考校者惶遽，急曰：「有雨頭也得，無雨頭也得。」

又卷一三《武夷先生》 建中靖國初有宿儒曰徐常，……嘗有教子詩曰：「詞賦切宜師二宋，文章須是學三蘇。」

張侃《跋睡賦》（四庫本《張氏拙軒集》卷五） 朱公戲成《睡賦》，用潁水白戰故事。雖然，黑甜之餘，一枕清風，當不減羲皇上人，其視吳子華賦悶，又高一著耳。

又《跋韶石圖》（四庫本《張氏拙軒集》卷五） 曲江石備八音六律，陳君曄繪成圖，且作《短歌行》貽好事者。按圖經云，舜嘗到是邦，奏《韶》樂於石，後人因以名石，復以名州。夫子曰：「《韶》盡美矣，又盡善也。」至齊聞樂，三月不知肉味。宜乎在千百世而下，聞者猶爲之興起也。

劉克莊《跋楊浩禋祀賦》（四部叢刊本《後村先生大全集》卷一〇六） 長溪楊君浩示余《淳祐禋祀賦》，余曰：昔杜子美嘗爲此賦矣，於時有韋見素、房琯一二公主盟於上，李邕、王翰諸人推挽於下，然猶潦倒流落，袖中賦草飢無可炊。君賦未知比子美何如，世豈無韋見素、房琯、李邕、王翰者，坐廟朝，立臺閣，未知君所厚者幾人。若皆無焉，余恐不特賦誤君，而君亦誤賦矣。乃書其後而歸之。

林希逸《李君瑞奇正賦格序》（四庫本《竹溪鬳齋十一藁續集》卷一二）　自退之爲詩，正易奇之論，文章家遂有以此互品題者。抑嘗思之，張説、徐堅之論文也，其曰「良金美玉，無施不可」，非正乎？其曰「孤峰絶岸，壁立萬仞，濃雲鬱興，震雷俱發」，非奇乎？不妨爲俱美也。前輩乃曰好奇自是文章一病，退之亦自謂怪怪奇奇[一]，不施於時，祇以自嬉，然則奇固不若正矣。雖然，李長吉辭尚奇詭，而當時皆以絶去翰墨畦逕稱之。李義山受偶儷之學於令狐，及其自作，乃過於楚，非以其爲文素瑰奇歟？長吉之奇見於歌行，義山之奇見於偶儷。偶儷云者，即今時賦體也。使今人之賦有若玉溪之奇，又何愧於古哉？莆陽同舍李君瑞以賦得名，屢薦於鄉，優升於學，每以奇取勝，自謂之伏兵。蓋前後見賞有司，皆以鋪敘體得之。今集賦家大小諸試，自蘭省三舍、諸郡鹿鳴，以至堂補巍綴者皆在焉。每題先之以正，繼之以奇。鋪敘之外，或以韻奇，或以意奇，或以句簡古而奇，或以原頭末三韻兩韻混成構結。而謂之正者，人固知之；時出之奇，多有流輩思索所未及。譬猶孫臏之減竈削木，淮陰之背水囊沙，初不在堂堂之陣、正正之旗，自可扼敵吭而破敵膽也。以君瑞肘後方之已效之劑，不自秘而傳之人，得之者當萬選萬中矣。然唐人論詩，有「六迷」云者，有「七至」云者。其説則曰：以詭差爲新奇，一迷也；至奇而不差，一至也。是必知其至而去其迷。以詩之病而驗之賦，庶乎得君瑞所以傳之法，而又盡其所以至之妙。余少學賦，苦不能奇，今老矣，喜聞其説，

[一] 亦：原無，據清鈔本補。

故不辭君瑞之請，而爲之序云爾。

徐元杰《回鉛山趙宰寄梅花賦爲餞啟》（《楳埜集》卷八） 巡簷冷蘂，方思造和靖之居；寄驛一枝，過匳作廣平之賦。胸中勘破其魂骨，筆下描盡其精神。壯吾啟行，爲渠言謝。恭惟某官制行兩龔之潔，爲政伯夷之清。月落參横，雅奏已成於玉軫；影疏香暗，微吟不假於金樽。悟無極至太極之始形，謂此花非他花之可比。窮探根本，侈見形容。欲使野邊之臞翁，頓入隴頭之清夢。某丐兹馥郁，感甚慇懃。看君桃李場中，賸傳滿縣春風之信；着我松竹林下，願堅三友歲寒之盟。

吴子良《荆溪林下偶談》卷四《李悦齋和登樓》 悦齋李季允和王仲宣《登樓賦》，不特語言工，其愛君戀國，感事憂時，忠操過仲宣矣。

又《蔡行之省試》 蔡行之本從止齋學，既以《春秋》爲補魁，止齋遂改爲賦以避之。東萊爲省試官，得一《春秋》卷，甚工，東萊曰：「此必小蔡也。且令讀書，養望三年。」以其艸冊投之帳頂上。未幾，東萊以病先出院，衆試官入其室，見帳頂上有一艸卷甚工，謂此必東萊所甚喜而欲置前列者，遂定爲首選。此事水心先生云。

孫奕《履齋示兒編》卷八 艮齋先生謝尚書嘗云：未第時，試《仁義天下之表制賦》。當時從游場屋者，衆皆閣筆，無以體表制者。自作第四韻散句有曰：「民多拱極之星，世絕駭輿之馬」，爲表制設也。有學生曾其姓者，巧於移掇，上添兩句云：「如天其大，民皆拱極之星；若路以由，世絕駭輿之馬。」非特喚醒得題目意透，又以星襯仁，天馬襯義路，表制在其中矣。較有功夫。乃占第一，予次之。

又 東坡有曰：「詩賦以一字見工拙。」誠哉是言。嘗記前輩説歐公柄文衡，出《堯舜性仁賦》，取劉煇天下第一，首聯句曰：「世陶極治之風，雖稽於古；内積安行之德，蓋稟於天。」劉來謁謝，頗自矜，公雖喜之，而嫌其「積」字不是性，爲改作「藴」，劉頓駭服。紹興己卯盧陵秋試《大衍天地之樞賦》，劉明老破題八字云：「法著大衍，理關萬殊。」主司喜其「關」字包盡題意，取爲冠場，有用「該」字者皆末綴。其後太學復出，魁者亦不過用此八字。郭昌明首冠《宜春賦》曰「重明麗正化天下」，第三隔云：「德增日日之新，斯能凝命；世被風風之教，孰不胥然。」以「風風」對「日日」，真不經人道語也。

羅大經《鶴林玉露》甲編卷六《容南遷客》 吳元美者，三山文士，作《夏二子賦》，譏切秦檜。其家立潛光亭、商隱堂，其怨家摘以告檜曰：「亭號潛光，蓋有心於黨李；堂名商隱，本無意於事秦。」李，謂泰發也。亦削籍流容州，死焉。

又乙編卷六《中興賦聯》 紹興間，黄公度榜第三人陳修，福州人，解試《四海想中興之美賦》，第五韻隔對云：「蔥嶺金堤，不日復廣輪之土；泰山玉牒，何時清封禪之塵。」時諸郡試卷多經御覽，高宗親書此聯於幅紙，黏之殿壁。及唱名，玉音云：「卿便是陳修？」吟誦此聯，凄然出涕。問：「卿年幾何？」對曰：「臣年七十三。」問：「卿有幾子？」對曰：「臣尚未娶。」乃詔出内人施氏嫁之，年三十，貲奩甚厚。時人戲爲之語曰：「新人若問郎年幾，五十年前二十三。」其年第五人方壽，興化人。解試《中興日月可冀賦》，一聯云：「佇觀僚屬，復光司隸之儀；忍死須臾，咸泣山東之淚。」亦經御覽，親筆録記。唱名日，特命加一資。

鄭起潛《乞印造聲律關鍵劄子》（《聲律關鍵》卷首）　起潛屢嘗備數考校，獲觀場屋之文，賦體多失其正。起潛初仕吉州教官，嘗刊《賦格》，自《三元衡鑑》二李及乾淳以來諸老之作，參以近體，古今奇正，稡爲一編，總以五訣，分爲八韻，至於一句，亦各有法，名曰《聲律關鍵》。建寧書肆亦自板行。欲望朝廷劄下吉州，就學取上《聲律關鍵》印板，付國子監印造，分授諸齋誦習，庶還前輩典刑之舊，其於文治，不爲無補。

歐陽守道《李氏賦編序》（《巽齋文集》卷八）　國家以科舉取士，士不爲舉業者吾見罕矣。苟爲士，則學所當學，日孳孳以終其身，今移孳孳於舉業，於身心則無得，於天下國家則無用，然而士不敢不爲者，勢驅之也。予昔時從事於此，未嘗不自笑也。以予之心度他人之心，知凡爲此者通病之也。況詞賦之爲技，視他文尤難精，曠旬月而不習，則他日抽思良苦，他人之已中選者不時取而讀之，則無以熟有司之程度，常讀常習，以俟一日之試，幸爲有司所中，則緣一句一字可以取時名，享禄利。今之甄拔人才，固在一句一字之間也。古者人生八歲入小學，十五則入大學，士以此自進於聖功，而國家以此得王佐。今八歲則習聲律對偶，十五則問場屋得失矣。嗚呼！科舉之害，千百年未易議其革也。士不能由科舉，則所謂讀而習之者亦安能自已哉？李君編所謂《集賢賦》，實以資同業者讀習之助也。其編始於今歲，推而上至端平甲午，繼此皆以日月相次，凡省監郡邑學之所取皆在焉。魁文録其全篇，餘則各韻各對，擇其善者，其用工斯已勤矣。同業之士得之，足以省節録之勞，而他有以用其暇也。歐陽文忠公嘗言，士學聖人之學，遠且大而用工多，則聲律之精嘗有所不暇，必有用心精者，若櫛之於髮，續之於絲，雖細且多，而條理不亂，使學之者有以取焉，而得暇以事其所事。善哉言乎！公所言者聲律也，李君所編聲律之文也，故予竊取其説以序李之編。

陳著《**跋史景正南有嘉魚樂與賢賦并書事詩**》（《本堂集》卷四七）　嗚呼，彼何人哉！並緣宮艶，玩弄威權，箝天下口，不遺餘力，猶懼三雍之中有獨立者爲異於是，掃破定法，捷出濫恩，以嘗試之。而靡然瀾倒，二十年間，糜爛其肝腸，顛倒其夢想，六士以前之正光，化而爲光範門下舐鼎之物。卓乎史景正，獨於公堂所課《嘉魚賦》與其書事詩，明斥而專攻之，其鋒鍔嚴於刀鋸斧鉞，直以殺身成仁爲己任。偃月機深，間不容髮。是豈於其生也吞聲，斃而後欲戮其屍以爲快者比！漢之名節有黨焉，故有《黨錮傳》。國家三百餘年帝學之涵養，成就至矣，逮其末造，乃無一人爲景正黨。他日有爲《獨行傳》者，非景正誰歟？歲柔兆涒灘陽月庚子，嵩溪遺耄陳某書。

姚勉《**詞賦義約序**》壬子代劉簿作（《雪坡舍人集》卷三八）　國初殿廷惟用賦取狀元，有至宰相者，賦功用如此也。吾瑞先達竹溪雷公，亦以賦魁南宫，位樞府。由是以聲律鳴者愈衆，摇鋒詞場，賦爲盛，貢於鄉、第於太常相繼也。預計偕者須續食，己酉輒倡義爲約以奉之。是年賦四人，皆在約。明年，予僥倖偕約中人擢第，掌籍而試别頭者亦第，賦四而第者三焉，亦可爲盛矣。舊約曰：「得雋者陸續之。」兹弗敢渝，謹捐金佐約，相與充此義而大之。石橋横波，讖合連河。掄魁之應，必在是科。當有以賦取狀元至宰相者，豈止魁南宫、位樞府哉！榜中得人，一時最盛。敢以囑之同志，願皆曰如約。

又《乙卯詞賦義約序》（《雪坡舍人集》卷三八） 魁躔麗天，次舍不即遷，秀靈發地，氣脈必久萃，此數也，亦理也。福之蕭、鄭，蘇之黄、衛，近時盱之陳、張，嚴之黄、方，所以相踵而魁天下歟。吾鄉每詔歲詞賦，人必自爲義約，作勝氣。壬子，友人郴主簿劉君董約某代爲之序。首謂國初惟以賦取狀元，第以張賦之軍，非敢自許也。癸丑，誤忝親擢，幸不辱斯序，有如神發此語。然則相踵而魁天下，斯語當復驗矣。某不敢數，特爲鄉曲作先驅耳。吕聖功既以《訓練將賦》魁天下，胡周父謂之曰：「待我明年作第二人，却輸君一籌。」明年亦以《不陣而成功賦》魁天下。吾鄉英傑如林，豈無自許如周父者乎？雖然，爲周父之科名可也。里後學姚某書。

又《新昌義約序》（《雪坡舍人集》卷三八） 新昌，瑞望邑也。郡未以瑞芝易號時，新昌邑有芝瑞於亭。文子記故邑爲三之最，非近也，古矣。梅子真，漢人，所居今尉山是；陶淵明，晉人，所居今故里是。皆人物之最也，而尤最於我朝：士出就選，必爲天下最。竹溪雷文簡公以南省魁天下，某不肖，癸丑亦濫恩焉，士今愈最矣。歲戊午，相率以爲約，取五百名中第一之義。人五百金，取「玉殿傳金榜，君恩賜狀頭」詩爲十籍，分斂而專聚，蚤計而預儲，如京師者，可無桂玉慮。是約義矣，願申有約焉。吾里英才如林，冠首書氈，書首臚句，必跬相接，竹溪之地步，尤可拾級上。某不足道也，願相與如古人。其能義不阿權門，上書詆王氏，義必扶正統，願立孔子後，如吾里子真者乎？其能義不事小人，即賦《歸去來》，義不負晉朝，惟書甲子號，如吾里淵明者乎？是所謂義也。如是而後，足爲天下最。願皆曰不背約。

又《高安義約序》（《雪坡舍人集》卷三八） 試有約，作勝氣也。請以戰喻。庚有糧則將勇，軍有賞則士往。矧提文陣之五兵，鏖詞場之大敵者乎。此義約之所以立也。高安舊有《南宮義約》，今年鄧君仲翊主之，且於約外捐金，捷者人致其助，意嘉矣。是周瑜之兵，魯肅又濟之也，士氣其百倍乎。拔幟而先登，吾知必皆吾高安之士矣。

又《瑞州經賦義約序》（《雪坡舍人集》卷三八） 詞賦明經，今世皆進士。士詣春官，合爲約，義也。分而二之，有計多寡牟利心，非義矣。今復合名約曰「又新龍門客」。又新之義也，亦分者又合之義也。雷之賦，閔之經，必又偕見於今矣。某餘勇不足賈也。景定辛酉詔歲，里生前敕賜進士第姚某書。

又《古洪三洲義約序》（《雪坡舍人集》卷三八） 「三洲連，出狀元」，豫章古讖也。歲大比，豫章之屬邑曰南昌，曰新建，曰豐城，三邑合約，萃費以給東上，名《三洲義約》，意亦弘矣。豫章之士，每詔歲必於江之三洲視連否，此非是。是三邑皆濱江，江皆有洲。三邑合，此之謂三洲連矣。義氣所發，文光燭天，狀元之應，不在兹乎？抑三邑英俊之林也，合而爲義，上可尊主，下可庇民，無適而不可，狀元及第，未足道也。願相與充此義而廣之。

又《助約序》（《雪坡舍人集》卷三八） 神龍之襄首會，奮翼乎九霄，必得水而後可。嘘而成雲，噀而成雨，龍固自能也。雖然，能輦萬斛之清波而助之，豈不尤速神龍之變化哉。於是乎有《助約》。

又《陳氏同宗義約序》（《雪坡舍人集》卷三八） 舉子裒入京之助而爲約，義也。同宗相率而爲約，尤義也。雖然，姓之奇，族之希，助之微，亦不可約。姓著族鉅，約斯盛矣。吾瑞多名門，然著姓巨族，陳氏爲盛。其始由九江之義門，派而衍之。派盛故儒盛，儒盛故覓官應舉者盛。每貢士，科不乏陳姓，俗有「開榜必見陳」之諺。父子世其科，兄弟家其貢，趾相接也。予嘗取唐、宋登科記觀之，陳每盛於他姓。端拱之堯叟，咸平之堯咨，紹興之同父，繼自今復見之瑞矣。雖然，陳之所以盛，有由也。陳後舜也，盛德必百世。祀族之盛，德之盛也。斯約義矣，願相與廣之。在漢如仲舉，如太丘，如二方。在本朝如後山，如了翁，如復齋。相約而爲是，盛益盛矣。姚亦舜後也，敢援何毛朝同盟爲族姓之義，以附盟於宗，可乎？薄言助之，而旁爲之鼓以厲。

又《鄒氏同宗義約序》（《雪坡舍人集》卷三八） 瑞陽年來爲義者盛，歲大比，自三邑共爲約、各邑自爲約外，又有所謂同氣義約者。昉於陳，繼於蔡，今復有鄒，非相爲習也，爲義者不厭夫多也。鄒爲瑞儒，應舉者眾。有以《春秋》連爲貢首者，有以《詩》學取薦名者，又有以詞賦擢第者。氣類之盛，皆彬彬乎王門；曳裾之英，卓卓乎王國。道鄉之彥也，其爲約也則宜。余又聞之，六十年甲子一周，周則氣數未必如舊。其慶元丙辰魁天下者，昭武大參鄒公也。今茲又丙辰矣，甲子周而氣數復矣，其必有鄒之姓魁天下者乎。鄒陽之言曰：「交龍襄首奮翼，則浮雲出流，霧雨咸集，辰龍也。」大參之襄龍首，蓋以龍之歲，與是約者，再襄是龍。敢以鄒陽之説，告鄒氏之同約。

方逢辰《林上舍體物賦料序》（《蛟峰文集》卷四）　賦難於體物，而體物者莫難於工，尤莫難於化無而爲有。一日之長驅千奇萬態於筆下，其模繪造化也，大而包乎天地，其形狀禽魚草木也，細而不遺乎纖介，非工焉能。若觸而長，演而伸，杼軸發於隻字之微，比興出乎一題之表，惟工而化者能之。前輩賦鑄鼎象物曰：「足惟下正，詎聞公餗之欹傾；鉉既上居，足想王臣之威重。」因足鉉二象而發出經綸天下之器業。賦金在鎔曰：「如令分別妍媸，願爲藻鑑；若使削平僭叛，請就干將。」因「藻鑑」、「干將」四字架出擎空樓閣，「願爲」、「請就」，又隱然有金方在冶之義，識者固知其爲將相手。噫，化矣！上庠林君采長於賦，月書季考，每先諸子鳴。一日出示一編曰《體物賦料》，自天文地理至草木禽魚合二十門，凡涉體物字面收拾幾盡。閣筆寸晷者得是編，觸起春雲秋濤之思，或可以化無而爲有矣。

馬廷鸞《題李崧叟寤軒賦後》（《碧梧玩芳集》卷一四）　崧叟舉進士有名，暇日作《寤軒賦》，以示余。寤之時義大矣哉！《柏舟》之寤辟，憤世之言也；《考槃》之寤歌，樂身之言也。莊周云：「其寐也神交，其覺也形開。」造理者之言也。叟之所到，深矣！抑兹賦也，會得時讀之，飄飄然有凌雲氣；會不得時讀之，癡人面前説夢。

又《題外祖看青堂賦手藁後》（《碧梧玩芳集》卷一四）　某哭母三年，重班二府，表兄以外大父《看青堂藁》相示，爲之掩卷流涕。外大父，官薄不顯於時，名聲不昭於人，而經芳傳馨，金渾玉璞。

諸子、諸孫皆以經學專門，試太常，輒不第。斯文雨露，自葉流根，獨能沾溉其外孫，超取顯仕，材薄時艱，於國無補。誦賦中「邦家柱石」之語，面熱而汗下也。士生斯世，豈能自爲材哉？楊惲讀太史書，范賦典依庾氏，學問淵源則遠矣。陶淵明作《孟嘉傳》，蘇文忠書《程公遺事》，感慨當如何？乃裝褫以歸之，而告之曰：嗚呼！斯文其永保之，是兄家之氈笏，而吾母之杯圈也。寒泉在浚，白雲孤飛。千里相望，百感交集。

傅自得《四詩類苑序》（道光《南城縣志》卷三一） 發於性情之真，本乎王道之正，古之詩也。自《風》、《雅》變而騷，騷而賦。賦在西京爲盛，而詩蓋鮮，故當時文士咸以賦名，罕以詩著。然賦亦古詩之流，六義之一也。司馬相如賦《上林》，雄深博大，典麗雋偉，若萬間齊建，非不廣袤，而上堂下廡，其有次序，信矣詞賦之祖乎！揚子雲學貫天人，《太玄》、《法言》與六經相表裏。若《甘泉》諸賦，雖步趨長卿，而雄渾之氣溢出翰墨外，則子雲無之。他日自悔少心，或出於是。至若王荆公謂賦擬相如爲未工，朱文公又謂雄賦只能填上腔子，其以其文之不工、記之不傳哉，正以追遵模擬，其氣索爾。自後作者繼出，各有所長，然於組織錯綜之中，不礙縱横奇逸之氣，則左太史之賦《三都》，視相如庶幾焉。時文士皇甫士安則爲之序，劉淵林、張孟陽則爲之注。夫文人相輕，從古而然，而一時巨擘，皆左袒斂衽，精金良玉，自有定價，豈得時改世易而後有顧君與譚不及見之恨哉！建安以來，詩復盛行，歷宋、齊、梁、陳，其流之末，束字數十，逞艷詩妍，體狀於風月雲露之間，求工於浮聲切響之末，而詩弊矣。逮至少陵，博極書史，歷覽山川，以其閎材絶識，籠九有，獵衆智，挫萬物而發之毫端，凌厲馳驟，與長卿相上下。宋朝之詩，金陵、坡、谷三大家，或以其精，或以其博，體雖不同，而氣壯語渾，同出於杜，此則詩之正派也。昔元微之於子美詩，欲條析其文體別相附而未暇。僕安竊此意，擷萃英華，以門分類，合爲《四詩》，一名之曰《四詩類苑》。或曰，予嘗辨春秋制度疆理以明君臣之大義，亦既上徹乙覽，今瑣碎編類之書，似非用力於通經學古者之所務也哉。僕曰不然。少陵愛君憂國，食息不忘；金陵清德實行，不徇流俗；東坡高風峻節，窮達不移；山谷孝友清修，行己有耻。珠璣咳唾，隨處發見，皆可爲世模範，豈可以推敲字句、描貌淺易者比哉！矧其紀時世之盛衰，述政治之媺惡，評人物之高下，商古今之得失，制度興廢於焉而究，風俗汙隆於焉而考，隨其門目，粲然可觀，吟哦諷咏，浸潤優悠，自四詩之泒以溯三百篇之正，孰謂其無益於世道也哉！景定壬戌，盱江傅自得序。

王應麟《困學紀聞》卷一七　澹庵云：韓安國不能作賦，罰酒三升。王子敬詩不成，亦飲三觥。一詩一賦，豈足以盡豪傑之士？

又　班孟堅《兩都賦·序》，迂齋謂唐説齋《中興賦·序》得此意。按《中興賦·序》云：「雖詞有工拙，學有博陋，氣有强弱，思有淺深，要皆變化馳騖，不失古人之法度。」蓋用「道有夷隆，學有麤密」之意，然所取乃律賦，非《兩都》比也。

又卷一八　吳吉甫以晚科試漕闈《搗藥兔長生》詩云：「真水黄芽長，香風玉杵鳴。不爲三窟計，永伴一輪明。」省試《聖人之道猶日中賦》用「闕搏之月，見沬之星」，第七聯云：「桑榆已晚，尚期一戰之收。」

又卷一九 紹興中省試《高祖能用三傑賦》第四韻用「運籌帷帳」，考官謂《漢書》乃「帷幄」，非「帳」字，不敢取。徹棘，以語周益公。益公曰：「《史記》云『運籌帷帳之中』，非誤也。」淳熙中省試《人主之勢重萬鈞賦》第一聯有用「洪鐘」二字者，考官哂之。洪文敏典舉，聞之曰：「張平子《西京賦》『洪鐘萬鈞』，此必該洽之士。」遂預選。紹熙中四明試《航琛越水》詩，有用東坡「舶趠」二字而黜者。決得失於一夫之目，其幸不幸若此。

又 「東都之季，清議扶之而有餘；强秦之末，壯士守之而不足」，前輩作《風俗萬世之基》末韻。「亶聰明而有作，無作聰明；由仁義以安行，非行仁義」，《舜由仁義行》。「非刀匕是共膳，宰舉席間之觶；釋椎鑿而上輪，人議堂上之書」，此工執藝事，以諫賦聯也。

牟巘《跋歸去來辭》（《陵陽先生集》卷一六） 淵明平生，志在田園，雖嘗薄宦，未始一日不念歸也。始爲鎮威參軍，經曲阿，詩曰「聊且憑化遷，終返班生廬」，已有歸意。及爲建威將軍幕使都，詩曰「田園日夢想，安得久離析」，歸意愈切矣。俛就彭澤，爲三徑資，八十餘日，即賦《歸去來》，翩然而去，自此不復出矣。此其意豈在區區一督郵耶？松雪齋爲虚谷翁書此詞，蓋深知其心事，故虚谷賦詩題其後，因以自見。老筆雅健，讀之敬歎。若子昂字畫之妙，中固已言之。

又《跋梅花賦》（嘉業堂叢書本） 梁昭明稱陶淵明貞志不休，安道苦節，白璧微瑕，惟在《閑情》一賦；皮襲美稱宋廣平鐵心石腸，而《梅花賦》新清婉媚，不類其爲人，兩事正同。然《閑情》

卒章，尤蔓草而誦邵南，坦然存其誠，與廣平所謂「貴不移於本性，儼君子之高節」者，異詞而同旨，襲美蓋未足以知之。趙子昂爲虚谷翁書《梅花賦》真本，虚谷既取廣平叔父永保貞固之語以明之，予因發淵明之意，以補其説焉。

車若水《脚氣集》　吳明輔爲國録，予偶在京，相見便説其《齋居賦》：「此是尊兄少年之文，可以删去。」明輔頗矜持，以此言爲駭。予告之云：「『突梯者之無耻兮，踰垣者之爲隘，要折衷於兩可兮，庶吾道其無悔。』如此則是處此身於突梯踰垣之間，突梯是何等人？」明輔謂予不看上文，予云：「只四句連續分曉，何用看上文。上文云：『顔陋巷以掃軌兮，軻走死乎車輪。』如此則必有一個是踰垣，一個是突梯。」明輔無説。予意其後來改之，有傳其後來所印《荆溪集》，則儼然在第一篇，不易一字，不知其意如何，他不是全曉不得。

潛説友《咸淳臨安志》卷六七　趙蛩字子固，錢塘人。登乾道八年進士第。嘗使金國，金主問：「《皇帝清問下民賦》非所作乎？」嘆服其文。學子從游者甚衆，號西林先生。慶元禁僞學，以秘閣修撰知揚州，入黨籍云。

俞文豹《吹劍録》　趙蛩監昇陽宫酒庫，北使至，問：「趙夫子今何官？」館伴問何人，曰：「趙蛩。其《皇帝清問下民賦》，吾州後生以爲矜式，呼趙夫子。」館伴曰：「今爲郎官。」即日除司封郎中。

周密《癸辛雜識》别集卷上《彭晉叟》　彭晉叟，福州侯官人，亦有學，文亦奇，肄業京庠，每試多居首選。……古心下京府名捕，時政放堂試，賦題出「王言如絲」，彭爲首冠。破云：「王妙心緯，言關化機，於未布以先謹，如有絲之至微。」揭曉之際，彭已寘理，乃以次名代之。

又《蒙古江西政》 蒙古及之在江西省也，每下學，則命士人坐講而立聽，又出鈔、帛、酒、米，命士人群試。劉會孟命題出《周南賦》，韻脚云：「言化之自北而南也，聞《韶》賦，不圖爲樂至於斯也！」蒙之死，會孟作祭文十六字云：「公來何暮，公逝何速，嗚呼哀哉，江西無福。」

又《齊東野語》卷五《方蠹》 馮京知舉，張芸叟賦《公生明》，重疊用韻，已而爲第四名，竊怪主司鹵莽。及元祐中使虜過北門，馮爲留守，始修門生敬酒籩。馮因言：「昔忝知舉，秘監賦重疊用韻，以論策佳，輒爲改之，擢置高等，頗記憶否？」芸叟方飲，不覺酒盃覆懷，再三愧謝。

又卷八《以賦罷相》 阜陵在位，上庠月書前列試卷，時經御覽。辛丑大旱七月，私試《閔雨有志乎民賦》，魁劉大譽第六韻云：「雨暘固自於天，感召豈無所主。儻燮調得人，則斯可有節；而聚斂無度，則亦能不雨。此或未明，閔之何補？不見商霖未作，相傳説於高宗；漢旱欲蘇，烹弘羊於孝武。」未幾，趙温叔罷相。

又《二李省詩》 蜀中類試，相傳主司多私意與士人相約爲暗號，中朝亦或有之，而蜀以爲常。李壁季章、𡌴季永，同登庚戌科。己酉赴類省試。二公皆以文名一時，而律賦非所長，鄉人侯某者以能賦稱，因資之以潤色。既書卷，不以詩示侯，侯疑其必有謂。將出門，侯故少留，李遂先出，而侯踵其後。至納卷所，扣吏以二李卷子，欲借一觀，以小金牌與之。吏取以示，則詩之景聯皆曰：「日射紅鸞扇，風清白獸樽。」侯即於己卷改用之。既而皆中選。二李謝主司，主司問：「此二句，惟以授於昆仲，何爲又以與人？」李悅然不知所以。他日，微有所聞，終身與侯不協。

卷一三《張乂林叔弓》 張乂，延平人。少負才入太學，有聲，爲節性齋長，既又爲時中齋長。其人眇小而好作爲，動以苛禮律諸生，同舍多不平之。莆田林叔弓亦輕浮之士也，於是以其名字作詩賦各一首嘲之。其警聯云：「身材短小，欠曹交六尺之長；腹内空虛，乏劉乂一點之墨。」詩警句云：「中分爻兩段，風使十橫斜。文上元無分，人前强出些。」曲盡形容之妙，聞者絶倒。又私試《闢四門賦》云：「想帝女下嬪，大展親家之禮；諒商均不肖，幾成太子之遊。」《天子之堂九尺》云：「假令晏子來朝，莫窺其面；縱使曹交入見，僅露其頭。」《顔淵具體而微賦》云：「博我以文，約我以禮，望之儼然；道與之貌，天與之形，眇乎小爾。」亦皆叔弓之所爲也。

文天祥《五色賦記》（《文山先生文集》卷九） 孟春之二十五日，發舟石鼓。越三日，過衡山，宰趙孟傣送《縣志》、《遺逸門》一段云：「寇豹與謝觀同在唐崔裔孫門下，以文藻知名。豹謂觀曰：『君《白賦》有何佳語？』對曰：『曉入梁王之苑，雪滿群山；夜登庚亮之樓，月明千里。』觀謂豹曰：『君胡不作《赤賦》？』豹曰：『田單破燕之日，火燎於原；武王伐紂之年，血流漂杵。』前輩游戲文字，足以解人頤如此。」客曰：「更倣之作《黑賦》，如何？」予應聲曰：「孫臏銜枚之際，半夜失蹤；達磨面壁以來，九年閉目。」客絶倒。予曰：「君盍賦黄賦青，如何？」一客云：「杜甫柴門之外，雨漲春流；衛青塞馬之前，沙含夕照。」又一客云：「帝子之望巫陽，遠山過雨；王孫之別南浦，芳草連天。」曰黄曰青，不於其蹟，而於其神，亦一時興致所到。因反覷寇、謝前作，惟「月明千里」得白之神，曰雪曰火曰血，皆不免着迹。且「漂杵」是武王一處事，「燎原」與田單不相干。一客改之曰：「堯時十日並出，爍石流金；秦宫三月延燒，照天燭地。」一客又曰：「『夜登庾亮之樓，月明千里』如何對？」或對曰：「秋泊袁宏之渚，水浸一天。」予謂前作已是劣劇，後來者又進乎滑稽矣。因次第其高下：赤豪雄第一，黑深妙第二，黄神俊第三，白脱灑第四，青風韻第五。或以黑爲冠，予亦莫知其定，因記之，以諗觀者。

《宋史》卷一五六《選舉志》　翰林學士洪邁言：「貢舉令賦限三百六十字，論限五百字。今經義論策一道有至三千言，賦一篇幾六百言，寸晷之下，唯務貪多，累牘連篇，何由精妙？宜俾各遵體格，以返渾淳。」時朱熹嘗欲罷詩賦，而分諸經子史時務之年。

又〔紹定〕四年，臣僚甚言科場之弊，乞戒飭漕臣，嚴選考官，地多經學則博選通經者，地多賦學則廣致能賦者，主文必兼經賦，乃可充其職。

又卷二五〇《王審琦傳》附　師約字君授，少習進士業。英宗欲求儒生爲主壻，命宰相召克臣諭旨，令師約持所爲文至第。明日，獻賦一編，即坐中賦《大人繼明》詩，遂賜對，選爲駙馬都尉。

又卷二六二《劉載傳》　載尤好學，博通史傳，善屬文，嘗受詔撰《明憲皇后謚册文》，又作《弔戰國賦》萬餘言，行於世。

又卷二六三《竇儀傳》附　偁字日章……開寶六年，拜右補闕，知宋州，嘗作《遂命賦》以自悼。

又《劉熙古傳》附 蒙叟字道民，乾德中進士甲科……車駕北廵，令知中宮名表。獻《宋都賦》，述國家受命建號之地，宜建都，立宗廟。時雖未遑，後卒從之。

又《李穆傳》附 肅字季雍，七歲讀書知大義，十歲爲詩，往往有警語。……嘗作《大宋樂章九首》，取九成九夏之義，以頌國家盛德，其文甚工。又作《代周顒答北山移文》、《弔幽憂子文》、《病鵶賦》，意皆有所規焉。

又卷二六五《李昉傳》附 昭遘字逢吉，宗諤從子也。以蔭爲將作監主簿。幼時楊億嘗過其家，出拜，億命爲賦，既成，億曰：「桂林之下無雜木，非虛言也。」其後薦之，召試授館閣校勘。

又卷二八二《王旦傳》 李廸、賀邊有時名，舉進士，廸以賦落韻，邊以《當仁不讓於師論》以師爲衆，與注疏異，皆不預。主文奏乞收試，旦曰：「廸雖犯不考，然出於不意，其過可略；邊特立異說，將令後生務爲穿鑿，漸不可長。」遂收廸而黜邊。

又卷二八三《王欽若傳》 太宗伐太原，時欽若纔十八，作《平晉賦論》獻行在。

又《王欽若傳》附 林特字士奇……十歲謁江南李景，獻所爲文。景奇之，命作賦，有頃而成，授蘭臺校書郎。

又卷二八五《馮拯傳》 咸平初，坐試開封進士賦涉譏訕，下拯御史臺，未幾釋之。

又卷二八七《陳彭年傳》 彭年師事徐鉉爲文。太平興國中舉進士，在塲屋間頗有儁名。嘗因京城大酺，跨驢出遊，搆賦，自東華門至闕前，已口占數千言。然佻薄好嘲咏，頻爲宋白所黜。

又卷二九六《吕文仲傳》 太平興國中，上每御便殿觀古碑刻，輒召文仲與舒雅、杜鎬、吴淑讀之。嘗令文仲讀《文選》，繼又令讀《江海賦》，皆有賜賚。

又卷二九九《張洞傳》 命攷試開封進士，既罷，進賦題曰「孝慈則忠」。時方議濮安懿王稱皇事，英宗曰：「張洞意諷朕。」宰相韓琦進曰：「言之者無罪，聞之者足以戒。」英宗意解。

又卷三〇一《郭稹傳》 稹性和易，文思敏贍，尤刻意於賦，好用經語對，頗近於諧。

又卷三〇二《李絢傳》 絢疏明樂易，少周遊四方，頗練世務，數上書言便宜。仁宗春秋高，未有繼嗣，絢因祀高禖還，獻賦，大旨言宜遠嬖寵，近賢良，則神降之福，子孫繁衍。帝嘉納之。

又卷三〇四《范正辭傳》附 諷字補之，以蔭補將作監主簿，獻《東封賦》，遷太常寺奉禮郎。又獻所爲文，召試入等，出知平陰縣。

又卷三〇六《朱台符傳》 朱台符字拱正，眉州眉山人。父賦舉拔萃，歷度支判官，卒於殿中丞。台符少聰潁，十歲能屬辭，嘗作黄山樓記，士友稱之。及長，善詞賦。時太宗廷試貢士，多擢敏速者。台符與同輩課試，以尺晷成一賦，淳化三年進士登甲科。

又卷三〇六《張去華傳》 去華幼勵學，敏於屬辭，以蔭補太廟齋郎，周世宗平淮南，去華時年十八，慨然歎曰：「兵戰未息，民事不恤，非馭國持久之術。」因著《南征賦》、《治民論》獻於行在，召試，授御史臺主簿。

又卷三一七《錢惟演傳》附 易字希白。……年十七舉進士，試崇政殿，三篇，日未中而就。言者惡其輕俊，特罷之。然自此以才藻知名。太宗嘗與蘇易簡論唐世文人，歎時無李白。易簡曰：「今進士錢易，爲歌詩殆不下白。」太宗驚喜曰：「誠然，吾當自布衣召置翰林。」值盜起劍南，遂寢。真宗在東宫，圖山水扇，會易作歌，賞愛之。易再舉進士，就開封府試第二。自謂當第一，爲有司所屈，乃上書言試《朽索之馭六馬賦》，意涉譏諷。真宗惡其無行，降第三。

又卷三四三《許將傳》 許將字沖元，福州閩人。舉進士第一，歐陽修讀其賦，謂曰：「君辭氣似沂公，未可量也。」

又卷三八九《袁樞傳》 袁樞字機仲，建之建安人。幼力學，嘗以《修身爲弓賦》試國子監，周必大、劉珙皆期以遠器。試禮部，詞賦第一人，調温州判官，教授興化軍。

又卷四三一《孔宜傳》 孔宜字不疑，兖州曲阜人，孔子四十四世孫。……宜舉進士不第，乾德中，詣闕上書述其家世，詔以爲曲阜主簿。歷黄州軍事推官，遷司農寺丞，掌星子鎮市征。宜上言星子當江湖之會，商賈所集，請建爲軍，詔以爲縣，就命宜知縣事，後以爲南康軍。宜代還，獻文賦數十篇，太宗覽而嘉之。

又卷四四〇《錢熙傳》 錢熙字太雅，泉州南安人。父居讓，陳洪進署清溪令。熙幼穎悟，及長，博貫羣籍，善屬文，洪進嘉其才，以弟之子妻之。將署熙府職，辭不就，著《楚鴈賦》以見志。尋復辟爲巡官，專掌牋奏。洪進歸朝，熙不敘舊職，舉進士。雍熙初，攜文謁宰相李昉，昉深加賞重，爲延譽於朝，令子宗諤與之游。明年，登甲科，補度州觀察推官。代還，寇准掌吏部選，上封薦錢若水、陳充、王扶洎熙皆有文，得試中書，遷殿中丞，賜緋魚。著《四夷來王賦》以獻，凡萬餘言，太宗嘉之，即以本官直史館。

又卷四三九《趙鄰幾傳》 趙鄰幾字亞之，鄆州須城人，家世爲農。鄰幾少好學，能屬文，嘗作《禹别九州賦》，凡萬餘言，人多傳誦。

又《和峴傳》附 㠓字顯仁，凝第四子也。生五六歲，凝教之誦古詩賦，一歷輒不忘。試令詠物，爲四句詩，頗有思致。凝嘆賞而奇之，語峴曰：「此兒他日必以文章顯！吾老矣不見，汝曹善保護之。」太平興國八年擢進士第……獻所著文賦五十軸，召試中書，擢爲太子中允……〔淳化〕三年春，獻《觀燈賦》，詔付史館，遷右正言。是歲太宗親試貢士，㠓預考校，作歌以獻，上對宰相稱賞之。

又卷四四〇《鞠常傳》 常（「常」乃避「恆」之諱改，下同）少好學，善屬文。漢乾祐二年，擢進士第，裁二十一，釋褐祕書省校書郎……。常應舉時，著《四時成歲賦》萬餘言，又爲《春蘭賦》，頗存興託。

又卷四四一《許洞傳》 許洞字洞天，……大中祥符四年，祀汾陰，獻《三盛禮賦》，召試中書，改烏江縣主簿。

又《葛勝仲傳》 葛勝仲字魯卿，……爲太學正，上幸學，多獻頌者，勝仲獨獻賦，上命中書第其優劣，勝仲爲首。

又卷四四三《黄伯思傳》 黄伯思字長睿……體弱如不勝衣，風韻洒落，飄飄有凌雲意。自幼警敏不好弄，日誦書千餘言。每聽履講經史，退與他兒言，無遺誤者，嘗夢孔雀於庭，覺而賦之，詞采甚麗。……伯思學問慕揚雄，詩慕李白，文慕柳宗元，有文集五十卷，《翼騷》一卷。

又卷四五〇《尹穀傳》 尹穀字耕叟，潭州長沙人。性剛直莊厲，初處郡學，士友皆嚴憚之。宋以詞賦取士，季年惟閩浙賦擅四方。穀與同郡邢天榮、董景舒、歐陽逢泰諸人爲賦體裁，務爲典雅，每一篇出，士爭學之，由是湘賦與閩浙頡頏。

又卷四五七《楊璞傳》 楊璞字契玄，鄭州新鄭人。善歌詩，士大夫多傳誦。與畢士安尤相善，每乘牛往來郭店，自稱東里遺民。嘗杖策入嵩山窮絶處，構思爲歌詩，凡數年得百餘篇。璞既被召還，作《歸耕賦》以見志。真宗朝諸陵，道出鄭州，遣使以茶帛賜之。卒，年七十八。

又 何羣字通夫，果州西充人。嗜古學，喜激揚論議。雖業進士，非其好也。……上書言：「三代取士，皆舉於鄉里而先行義，後世專以文辭就。文辭中害道者，莫甚於賦，請罷去。」……聞其説不行，乃慟哭，取平生所爲賦八百餘篇焚之。講官視羣賦既多且工，以爲不情，絀出太學。羣徑歸，遂不復舉進士。

又卷四七三《姦臣傳》 〔紹興十七年〕十二月，進士施鍔上《中興頌》、《行都賦》及《紹興雅》十篇，永免文解。自此頌詠導諛愈多。

又卷四七五《叛臣傳》 〔劉〕豫之僭逆也，馬定國進《君臣名分論》，祝簡獻《遷都國馬賦》，語多指斥。

又卷四八二《北漢劉氏世家》 衞融字明遠，青州博興人。……乾德初郊祀，融獻《郊禋大禮賦》，改司農卿，出知陳、舒、黄三州。

祝堯《古賦辯體》卷三《子虛賦》 賦之問答體，其原自《卜居》、《漁父》篇來，厥後宋玉輩述之。至漢此體遂盛，此兩賦及《兩都》、《二京》、《三都》等作皆然。蓋又别爲一體，首尾是文，中間乃賦，世傳既久，變而又變，其中間之賦，以鋪張爲靡，而專於辭者則流爲齊梁唐初之俳體；其首尾之文，以議論爲駛，而專於理者則流爲唐末及宋之文體。性情益遠，六義澌盡，賦體遂失。然此等鋪叙之賦，固將進士大夫於臺閣，發其藴而驗其用，非徒使之賦詠景物而已，須將此兩賦及揚子雲《甘泉》、《河東》、《羽獵》、《長楊》，班孟堅《兩都》，潘安仁《藉田》，李太白《明堂》、《大獵》，宋子京《圜丘》，張文潛《大禮慶成》等賦並看，又將《離騷》、《遠遊》諸篇瞻麗奇偉處參看，一埽山林草野之氣習，全倣冠冕佩玉之步驟。

又卷八《宋體》 王荆公評文章，嘗先體製，觀蘇子瞻《醉白堂記》，曰：「韓白優劣論爾。」后山云：「退之作記，記其事爾，今之記乃論也。」少游謂《醉翁亭記》亦用賦體，范文正公《岳陽樓記》用對句説景。尹師魯曰：「傳奇體爾。」宋時名公於文章必辯體，此誠古今的論。然宋之古賦，往往以文爲體，則未見其有辯其失者。晦翁云：「東漢文章漸趍對偶，漢末以後只做屬對文字。韓文公盡掃去，方成古文。當時信他者少，亦變不盡。及歐公一向變了，亦有欲變而不能者。所以做古文自是古文，四六自是四六，却不衮雜。」後山又云，宋初士大夫例能四六，楊文公筆力豪贍，體亦多變，而不脱唐末五代之氣，喜用方語，以切對爲工，乃進士賦體爾。歐陽少師始以文體爲對屬。愚攷唐宋間文章，其弊有二：曰俳體，曰文體。爲方語而切對者，此俳體也。自漢至隋，文人率用之，中間變而爲雙關體，爲四六體，爲聲律體，至唐而變深，至宋而變極，進士賦體又其甚焉。源遠根深，塞之非易。晦翁又謂「文章到歐陽、曾、蘇，方是暢」，然所謂欲變不能者，豈特四六也哉？後山謂歐公以文體爲四六，但四六對屬之文也，可以文體爲之。至於賦，若以文體爲之，則專尚於理而遂畧於辭，昧於情矣。俳律卑淺固可去，議論俊發亦可尚，而風之優柔，比興之假託，雅頌之形容，皆不復兼矣。非特此也，賦之本義，當直述其事，何嘗專以論理爲體邪？以論理爲體，則是一片之文，但押幾個韻爾，賦於何有！今觀《秋聲》、《赤壁》等賦，以文視之，誠非古今所及；若以賦論之，恐坊雷大使舞劍，終非本色。學者當以荆公、尹公、少游等語爲法。其曰論體、賦體、傳奇體，既皆非記之體，則文體又果可爲賦體乎？本以惡俳，終以成文，舍高就下，俳固可惡，矯枉過正，文亦非宜。俳以方爲體，專求於辭之工；文以圓爲體，專求於理之當。殊不知專求辭之工而不求於情，工則工矣，若求夫言之不足與咏歌嗟嘆等義，有乎否也？專求理之當而不求於辭，當則當矣，若求夫情動於中與手舞足蹈等義，有乎否也？故欲求賦體於古者，必先求之於情，則不刋之言，自然於胸中流出，辭不求工而自工，又何假於俳！無邪之思，自然於筆下發之，理不求當而自當，又何假於文！胸中有成思，筆下無費辭。以樂而賦，則讀者躍然而喜；以怨而賦，則讀者愀然以吁；以怒而賦，則令人欲按劍而起；以哀而賦，則令人欲掩袂以泣。動盪乎天機，感發乎人心，而兼出於風比興雅頌之義焉，然後得賦之正體，而合賦之本義。苟爲不然，雖能脱於對語之俳，而不自知又入於散語之文。渡江前後，人能龍斷聲律，盛行賦格、賦範、賦選粹，辯論體格，其書甚衆。至於古賦之學，既非上所好，又非下所習，人鮮爲之。就使或爲，多出於閒居暇日以翰墨娛戲者。或惡近律之俳，則遂趍於文；或惡有韻之文，則又雜於俳。二體衮雜，迄無定向，人亦不復致辨。近年選場以古賦取士，昔者無用，今則有用矣。嘗攷春秋之時，覘國盛衰，别人賢否，每於公卿大夫士所賦知之。愚不知今之賦者，其將承累代之積弊，嘐啾咿嚶而使天醜其行邪？抑將侈太平之極觀，和其聲而鳴國家之盛邪？則是賦也，非特足以見能者之材知，而亦有關吾國之輕重，學者可不自勉？嗟夫！「誰謂華高，企其齊而」，古體高乎哉！「誰謂河廣，一葦航之」，古體遠乎哉！慎勿以「無田甫田，維莠驕驕」之心以自阻。

盛如梓《庶齋老學叢談》卷下　李慶孫，有文名，所謂「洛陽才子安鴻漸，天下文章李慶孫」。時翰林學士宋白亦以文名，慶孫嘗謁，白弗爲禮。曰：「翰長所以得名者，《仙掌賦》耳，以某觀之，殊未爲佳。」白愕然，問其故。曰：「公《賦》云：『旅鴈宵征，訝控弦於碧漢；行人早起，疑指路於雲間。』此乃《拳頭賦》也。」白曰：「君欲何云？」「某一聯云：『賴是孤標，欲摩挲於霄漢；如其對峙，應撫笑於人寰。』」白遂重之。

陳繹曾《文説》　古賦有楚賦，當熟讀朱子《楚辭》中《九章》、《離騷》、《遠遊》、《九歌》等篇，宋玉以下未可輕讀。有漢賦，當讀《文選》諸賦，觀此足矣。唐、宋諸賦，未可輕讀。有唐古賦，當讀《文粹》諸賦，《文苑英華》中亦有絶佳者。有唐律賦，備見《文苑英華》。

唐順之《稗編》卷七三　祝氏曰：「宋人作賦，其體有二，曰俳體，曰文體。后山謂歐公以文體爲四六，夫四六者屬對之文也，可以文體爲之。至於賦，若以文體爲之，則是一片之文，押幾箇韻爾，而於風之優游，比興之假託，雅頌之形容，皆不兼之矣。」晦翁云：「宋朝文明之盛，前世莫及。自歐陽文忠公、南豐曾公與眉山蘇公相繼迭起，各以其文擅名一世，傑然自爲一代之文。獨於楚人之賦，有未數數然者。」觀於此言，則宋賦可知矣。

朱希召《宋歷科狀元録》卷四　〔沈〕晦赴省，至天長道中，夢身騎大鵬摶風而上，因作《大鵬賦》以記其事，已而果魁天下。

楊慎《楊慈湖罍蚊》（《升菴集》卷八一）　江山黄借菴戲作《驅蚊賦》一篇，謂「虎可德化，鱷可文驅。蚊最不靈，爲血肉喪軀」，其借以垂戒，亦正論也。楊慈湖簡作《夜蚊》詩，反其意而譽蚊，謂其「傍耳皆雅奏，觸面皆深機」，勝於人之耳提面命而頑錮莫曉，蓋以蚊爲靈於人也。……慈湖主張象山之禪學，一時從其説者猶少，故憤而發此言耳。

吴景旭《歷代詩話》卷二〇《試賦》　吴旦生曰：限字爲韻，自唐以律賦取士，已有此體，如崔損《北斗賦》以「成象在天，維北有斗」爲韻，皇甫湜《履薄冰賦》以「戒慎之心，如履冰上」爲韻是也。然其韻數多寡，平側次敘，初無定格。至宋太平興國三年九月，始詔禮部試進士，律賦並以平側次用韻，其後亦有不依次者。

又 宋時試賦，最重破題警切，塲屋間每於此定魁選。如《天之曆數在舜躬賦》，暨陶破題云：「神聖相授，天人會同，何謳歌不之堯子，蓋曆數在於舜躬。」又《君人成天地之化賦》，熊節破題云：「物産於地，形鍾自天，賴君人之有作，成化功之未全。」又《大椿八千歲爲春秋賦》，滿塲破題皆閣筆。時陳元裕主文衡，遂自作云：「物數有極，椿齡獨長，以歲曆八千之久，成春秋二序之常。」故有破題中一字未安，輒爲改易者，如《文帝前席賈生賦》，陳尹破題云：「文帝好問，賈生力陳，忘其勢之前席，重所言之過人。」吴郛改「勢」作「分」，陳大服。又《皇極統三德五事賦》，魁者破題云：「極有所會，理無或遺，統三德與五事，貫一中於百爲。」陳季陸考較，嫌第四句貫百爲於一中，似乎倒置，改「貫」作「寓」，較有意思。又《圜丘象天賦》，滕甫破題云：「大禮必簡，圜丘自然。」鄭獬云：「禮大必簡，丘圜自然。」滕曰：「公在我先矣。」鄭果第一。按：唐時亦重破題，如李程試《日五色賦》，楊於陵詢其破題，曰：「德動天鑒，祥開日華。」於陵謂須作狀元。翌日無名，於陵擕此賦詣主文，於是擢爲狀元。後浩虚舟應宏詞，復試此題，程慮浩愈於己，馳介取至，覩浩破題曰：「麗日焜煌，中含瑞光。」程喜曰：「李程在裏。」

厲鶚《宋詩紀事》卷四六引《朝野遺記》 程子山爲中舍時，秦檜善之。一日呼入内閣，坐候終日。獨案上有紫陵縹一冊，書《聖人以日星爲紀賦》，末有類貢進士學生秦塤呈，文采艷麗。子山兀坐静觀，幾成誦。及晚竟不出，子山叵測也。又數日，差知貢舉，乃大悟，以此命題，乃孫果首選。

張泰來《江西詩社宗派圖録·王直方》　直方字立之，南州人，舍人元才棫之子也。補承奉郎，力學汲古，家藏圖史書畫甚富。山谷極愛其文，嘗云：「立之如璚枝瑶樹，常欲在人目前。所寄《楚詞》二章，《寂齋賦》一首，並爲佳作，因名其書室曰定志齋，蓋取『我徂維求定』之意也。」

李調元《賦話》卷五　宋初人之律賦，最夥者田、王、文、范、歐陽五公。黄州一往清泚，而諫議較琢鍊，文正游行自得，而潞公尤謹嚴，歐公佳處乃似箋表中語，難免於陳無己以古爲俳之誚。故論宋朝律賦，當以表聖、寬夫爲正則，元之、希文次之，永叔而降，皆横騖别趨，而偭唐人之規矩者矣。

又　制誥表啓咸以四六爲之，清便流轉，直達己見。更以古藻錯綜其間，便是作家。律賦雅近於四六，而麗則之旨，不可不知，則而不麗，仍無取也。宋人四六上掩前哲，賦學則不逮唐人，良由清切有餘而藻績不足。宋歐陽修《畏天者保其國賦》，雖前人推許，然終是制誥體，未敢爲法。

又　宋蘇頌《曆者天地之大紀賦》云：「制自清臺，得舉正履端之要；職由太史，盡觀文察理之宜。」又云：「亦何異魯經比事，舉一中以歲成；羲《易》窮神，合五位而象布。」融會兩漢《律曆志》，而出以疏宕，似平易而實精微。按：唐人篇幅謹嚴，字有定限。宋初作者步武前賢，猶不敢失尺寸。田司諫、文潞公，其尤雅者也。嗣後好爲恢廓，争事冗長，剽而不留，轉覺一覽易盡矣。揆厥正宗，終當以唐賦爲則。

又《秋聲》、《赤壁》，宋賦之最擅名者，其原出於《阿房》、《華山》諸篇，而奇變遠弗之逮，殊覺剽而不留。陳後山所謂一片之文押幾個韻者耳。朱子亦云，宋朝文章之盛，前世莫不推歐陽文忠公、南豐曾公與眉山蘇公，相繼迭起，各以文擅名一世，獨於楚人之賦，有未數數然者。蓋以文爲賦，則去風雅日遠也。惟六一《黄楊樹子賦》，詞戲質直，雖是宋派，其格律則猶唐人之遺。

又　宋蘇軾《通其變使民不倦賦》云：「制器者皆出於先聖，泥古者蓋生於俗儒。昔之然今或以否，昔之有今或以無。將何以鼓舞民志，周流化區？王莽之復井田，世滋以惑；房琯之用車戰，眾病其拘。」《三法求民情賦》云：「刑德濟而陰陽合，生殺當而天地參。後世不此務，百姓無以堪。有苗之暴以虐民者五，叔世之亂以酷民者三。因嗟秦氏之峻刑，喪邦甚速；倘踵周家之故事，永世何慚。」《六事廉爲本賦》云：「此蓋周公差次之，小宰分掌者，考課則以是黜陟，大比則以爲用舍。彼六條四曰潔，晉法有所虧焉；四善二爲清，唐制未之得也。」以策論手段施之帖括，縱横排奡，仍以議論勝人，然才氣豪上，而率易處亦多，鮮有通篇完善者。朱長文《樂在人和不在音賦》云：「興替關時，盛衰在政。桑濮非能致亂也，亂先起於淫辟；英莖非能致治也，治必逢於叡聖。未有功盛而樂乃不作，未有民困而音能協正。荀公嘗定於新律，終貽晉室之憂；鄭譯雖改於舊音，曷救隋人之病？」寓議論於排偶之中，亦是坡公一派。

又　宋人律賦，篇什最富者王元之、田表聖及文、范、歐陽三公。他如宋景文、陳述古、孔常父、毅父、蘇子容之流，集中不過一二首，蘇文忠較多於諸公，山谷、太虚僅有存者。靖康、建炎之際，則李忠定一人而已。南遷江表，不改舊章，賦中佳句，尚有一二聯散見别籍者，而試帖皆湮没無聞矣。大略國初諸子，短矱猶存。天聖、明道以來，專尚理趣，文采不贍，衷諸麗則之旨，固當俯讓唐賢，而氣盛於辭，汪洋恣肆，亦能上掩前哲。

又 宋人律賦起手亦極重制題。宋祁《王畿千里賦》云：「測圭於地，考極於天。風雨之所交者，道里之必均焉。」陳元裕《大椿八千歲爲春秋賦》云：「物數有極，椿齡獨長。以歲歷八千之久，成春秋二序之常。」熊元《君人成天地之化賦》云：「物產於地，形锺自天。賴君人之有作，成化工之未全。」率皆流播藝林，奉爲楷式。又省試賦題出「天子聽朔於南門之外」，滿場皆曰諳南門而聽焉，惟魁多士者以諳爲出，纔易一字，獨探驪珠，便見得在外意也。

又 唐人雅善言情，宋人則極講使事。無名氏《帝王之道出萬全賦》云：「一舉朔庭空，竇憲受成於漢室；三箭天山定，薛侯稟命於唐宗。」此兩事乃人臣，非帝王也。斡旋靈妙，便能點鐵成金。陳偁《四海想中興之美賦》云：「蔥嶺金隄，不日復廣輪之土；泰山玉牒，何時清封禪之塵。」運用既切，情致亦深，宜其見賞阜陵，讀之流涕也。

又卷九 《五代史傳》曰：扈蒙善屬文，嘗次歷代廢興治亂之迹，爲《運源賦》甚詳。又遊相國寺，見庭竹可愛，爲《碧鮮賦》，題其壁。世宗聞之，遣小黄門就録，覽而稱善。

林聯桂《見星廬賦話》卷一 宋人駢賦，體格又一變矣。是時崇尚理學，試賦率多理致之題。如王曾之《有物混成賦》，楊傑《五六天地之中合賦》、《荀楊大醇而小疵賦》，蘇軾《延和殿奏新樂賦》

之類是也。至若葉清臣之《松江秋泛賦》，晏殊之《中園賦》，歐陽修之《黄楊樹子賦》之類，有唐人小賦風致焉。

浦銑《續歷代賦話》卷一〇　未改科已前，有吴濤賢良爲廬州教授，嘗誨諸生作文須用倒語，如「名重燕然之勒」之類，則文勢自然有力。廬州士子遂作賦嘲之云：「教授於廬，名濤姓吴，大段意頭之没，全然巴鼻之無。」《東萊吕紫薇詩話》。銑按：「有甚意頭，没些巴鼻」，皆俗語也，見《後山詩話》。

又《復小齋賦話》卷上　詩有屬和，有次韻，惟賦亦然。《南史》齊豫章王嶷子子恪，年十二，和兄司徒竟陵王《高松賦》，謝朓、王儉、沈約皆有和作。自是而後，唐則徐充容有和太宗《小山賦》，張説、韓休、徐安貞、賈登、李宙有和玄宗《喜雨賦》，高常侍適有和李北海《鶻賦》。宋則歐陽文忠有《和劉原父病暑賦》，范文正有《和梅聖俞靈烏賦》，蘇子由有《和子瞻沈香山子賦》，田諫議錫有《依韻和吕杭早秋賦》，李忠定綱有《次韻東坡濁醪有妙理賦》。有次韻而不必對題者，李忠定《南征賦序》云：「仲輔賦《西郊》見寄，次韻作《南征賦》報之。」有以後人而次韻前人者，朱子《白鹿洞賦》，六十餘年，里中學子方岳及明代林俊、祁順、舒芬、唐龍皆有《次晦翁韻賦》是也。有以今人而和古人者，如《林下偶談》載李季允《和王仲宣登樓賦》是也。有和而不必對題者，張燕公作《虚室賦》，魏歸仁爲《宴居賦》以和之是也。有以賦和詩者，湘東王作《琵琶賦》以和世子範《舊琵琶》詩，南唐徐常侍鉉《木蘭賦》和其宗兄擬古詩見寄是也。梁簡文賦體八句，用化夜舍駕四韻，任昉、王僧孺、陸倕、柳惔作皆同，此即後來依韻之所本也。

又　宋真宗讀蔡齊《置器賦》有安天下意，曰：「此宰相器也。」王沂公曾作《有物混成賦》，識者知其決爲宰相。范文正公《金在鎔賦》「軒鑑」「干將」一聯，將相器業，文武全才，具見於此。乃知遺山「文章寧復見爲人」，而以潘黄門《閒居賦》實之，猶一偏之見也。

又卷下　唐宋小賦，多爲律所拘束，唯元微之體格博大，蘇子瞻氣局雄健，李忠定詞旨激昂，可爲鼎足。

附録二　引用書目

以書名首字筆畫爲序

二畫

二老堂詩話　（宋）周必大　歷代詩話本
十駕齋養新録　（清）錢大昕　商務印書館一九五七年標點本
七頌堂詞繹　（清）劉體仁　詞話叢編本
八瓊室金石補正　（清）陆增祥　民國十四年劉氏希古樓刻本
九朝編年備要　（宋）陳均　文淵閣四庫全書本
九靈山房集　（元）戴良　文淵閣四庫全書本

三畫

三朝北盟會編　（宋）徐夢莘　上海古籍出版社一九八七年影印本
三朝名臣言行録　（宋）朱熹　四部叢刊初編本
三餘集　（宋）黄次山　宜秋館刻本
于湖居士文集　（宋）張孝祥　四部叢刊本

大藏經　臺灣新文豐出版公司影印高麗本
上清集　（宋）葛長庚　正统道藏本《修真十書》
上虞縣志　（清）唐煦春修　朱士黻纂　光緒十七年刻本
山西通志　（清）覺羅石麟修　儲大文纂　雍正十二年刻本
山谷年譜　（宋）黄罃　文淵閣四庫全書本《山谷集》附録
山房集　（宋）周南　文淵閣四庫全書本　清鈔本
山房隨筆、補遺　（明）蔣子正　藕香零拾叢書本
小畜集　（宋）王禹偁　四部叢刊本

四畫

王氏談録　（宋）王欽臣　寶顔堂秘笈本
王直方詩話　（宋）王直方　宋詩話輯佚本
王荆公詩注　（宋）李壽注　文淵閣四庫全書本
王黄州小畜集　（宋）王禹偁　宋紹興刻本
元公周先生濂溪集　（宋）周敦頤　宋刻本
元城語録　（宋）劉安世　畿輔叢書本
元憲集　（宋）宋庠　文淵閣四庫全書本

元豐類稿　（宋）曾鞏　四部叢刊本

五百家播芳大全文粹　（宋）魏齊賢、葉棻　文淵閣四庫全書本

太平縣志　（清）慶霖修　戚學標等纂　光緒二十二年刻本

太倉稊米集　（宋）周紫芝　文淵閣四庫全書本

止堂集　（宋）彭龜年　文淵閣四庫全書本

止齋先生文集　（宋）陳傅良　四部叢刊本

中吳紀聞　（宋）龔明之　文淵閣四庫全書本

升菴詩話　（明）楊慎　歷代詩話續編本

仁山文集　（宋）金履祥　文淵閣四庫全書本

仇池筆記　（宋）蘇軾　華東師範大學出版社一九八三年校注本

介存齋論詞雜著　（清）周濟　人民文學出版社一九八四年校點本

公是集　（宋）劉敞　文淵閣四庫全書本　傅增湘校本

丹陽集　（宋）葛勝仲　文淵閣四庫全書本

丹淵集　（宋）文同　四部叢刊本

六一詩話　（宋）歐陽修　人民文學出版社一九八三年校點本

六研齋筆記　（明）李日華　文淵閣四庫全書本

文山先生全集　（宋）文天祥　四部叢刊本

文史通義　（清）章學誠　影印嘉業堂章氏遺書本
文忠集　（宋）周必大　文淵閣四庫全書本
文恭集　（宋）胡宿　文淵閣四庫全書本
文莊集　（宋）夏竦　文淵閣四庫全書本
文敏集　（明）楊榮　文淵閣四庫全書本
文章軌範　（宋）謝枋得　文淵閣四庫全書本
文章精義　（宋）李耆卿　文淵閣四庫全書本
文溪集　（宋）李昴英　文淵閣四庫全書本
文説　（元）陳繹曾　文淵閣四庫全書本
文潞公文集　（宋）文彦博　明嘉靖刻本
文獻通考　（元）馬端臨　中華書局一九八六年影印本
文獻集　（元）黄溍　文淵閣四庫全書本
方舟集　（宋）李石　清乾隆翰林院鈔本
方是閒居士小稿　（宋）劉學箕　文淵閣四庫全書本
方泉詩集　（宋）周文璞　文淵閣四庫全書本
方壺先生集　（宋）汪莘　清雍正刻本
方輿勝覽　（宋）祝穆　影印宋刻本

心史　（宋）鄭思肖　明崇禎十三年刊本
心泉學詩稿　（宋）蒲壽宬　文淵閣四庫全書本
水心先生文集　（宋）葉適　四部叢刊本
水東日記　（明）葉盛　文淵閣四庫全書本

五　畫

玉山縣志　（清）武次韶　道光三年刻本
玉山縣志　（清）黄壽祺修　吴華辰纂　同治十二年刻本
玉斗山人集　（宋）王奕　文淵閣四庫全書本
玉林詩話　（宋）黄昇　宋詩話輯佚本
玉海　（宋）王應麟　文淵閣四庫全書本
玉壺清話　（宋）釋文瑩　中華書局唐宋史料筆記叢刊本
玉照新志　（宋）王明清　上海古籍出版社一九九一年校點本
玉澗雜書　（宋）葉夢得　石林遺書本
古今事文類聚　（宋）祝穆　文淵閣四庫全書本
古今圖書集成　（清）陳夢雷　中華書局影印清雍正銅字版
古文一隅　（清）朱宗洛　清光緒刊本

古文眉詮　（清）浦起龍　清乾隆九年刻本
古文集成　（宋）王霆震　文淵閣四庫全書本
古文辭類纂　（清）姚鼐　上海古籍出版社一九九八年版
古文釋義　（清）余誠　嶽麓書社二〇〇三年
古梅遺稿　（宋）吳龍翰　文淵閣四庫全書本
古賦辯體　（元）祝堯　文淵閣四庫全書本
古歡堂集　（清）田雯　文淵閣四庫全書本
古靈先生文集　（宋）陳襄　宋刻本
本堂集　（宋）陳著　文淵閣四庫全書本
可齋雜藁　（宋）李曾伯　文淵閣四庫全書本
可齋續藁後　（宋）李曾伯　文淵閣四庫全書本
左庵詞話　（清）李佳　詞話叢編本
石林詩話　（宋）葉夢得　歷代詩話本
石林燕語　（宋）葉夢得　中華書局唐宋史料筆記叢刊本
石門文字禪　（宋）釋惠洪　四部叢刊本
石洲詩話　（清）翁方綱　人民文學出版社一九八二年校點本
石堂先生遺集　（宋）陳普　明万曆刻本

石渠寶笈　文淵閣四庫全書本
石湖居士詩集　（宋）范成大　文淵閣四庫全書本
平齋文集　（宋）洪咨夔　四部叢刊本
平齋集　（宋）洪咨夔　文淵閣四庫全書本
北山小集　（宋）程俱　袁氏貞節堂鈔本　四部叢刊本
北山集　（宋）鄭剛中　文淵閣四庫全書本
北窗炙輠録　（宋）施德操　讀畫齋叢書本
北溪大全集　（宋）陳淳　文淵閣四庫全書本
北磵集　（宋）釋居簡　文淵閣四庫全書本
甲申雜記　（宋）王鞏　知不足齋叢書本
四友齋叢説　（明）何良俊　中華書局元明史料筆記叢刊本
四六法海　（明）王志堅　文淵閣四庫全書本
四六話　（宋）王銍　學津討源本
四庫全書總目　（清）紀昀等　中華書局一九六二版
四庫全書總目提要辨证　余嘉錫　中華書局一九八〇年標點本
四朝聞見録　（宋）葉紹翁　中華書局唐宋史料筆記叢刊本
白雨齋詞話　陳廷焯　人民文學出版社一九八三年校點本

永泰縣志　金章等修　王紹沂等纂　民國十一年鉛印本
永康縣志　（清）李汝爲、郭文翹修　潘樹棠等纂　民國二十一年石印本
永樂大典　（明）姚廣孝等　中華書局一九六〇年影印本

六畫

刑統賦　（宋）傅霖　四庫存目叢書影印元刻本
老學庵筆記　（宋）陸游　中華書局唐宋史料筆記叢刊本
西山先生真文忠公文集　（宋）真德秀　四部叢刊本
西湖遊覽志、志餘　（明）田汝成　上海古籍出版社一九五八年校點本
西塘集耆舊續聞　（宋）陳鵠　中華書局唐宋史料筆記叢刊本
西溪叢語　（宋）姚寬　中華書局唐宋史料筆記叢刊本
西臺集　（宋）畢仲游　文淵閣四庫全書本
西巖集　（元）張之翰　文淵閣四庫全書本
百正集　（宋）連文鳳　文淵閣四庫全書本
成都文類　（宋）扈仲榮等　文淵閣四庫全書本
夷堅志　（宋）洪邁　中華書局一九八一年校點本
至正集　（元）許有壬　文淵閣四庫全書本

曲阜集　（宋）曾肇　文淵閣四庫全書本
曲洧舊聞　（宋）朱弁　中華書局唐宋史料筆記叢刊本
朱子語類　（宋）黎靖德　中華書局一九八六年校點本
竹坡詩話　（宋）周紫芝　歷代詩話本
竹洲集　（宋）吳儆　文淵閣四庫全書本
竹莊詩話　（宋）何汶　中華書局一九八四年校點本
竹溪鬳齋十一藁續集　（宋）林希逸　文淵閣四庫全書本
竹隱畸士集　（宋）趙鼎臣　文淵閣四庫全書本
自堂存藁　（宋）陳杰　文淵閣四庫全書本
伊洛淵源録　（宋）朱熹　臺灣文海出版社宋史資料萃編本
伊濱集（元）王沂　文淵閣四庫全書本
全芳備祖　（宋）陳景沂　文淵閣四庫全書本
全蜀藝文志　（明）楊慎　綫裝書局二〇〇三年劉琳、王曉波校點本
合州志　（清）周澄修　張乃孚等纂　乾隆五十四年刻本
名臣言行録續集、别集　（宋）李幼武　臺灣文海出版社宋史資料萃編本
名臣碑傳琬琰集（宋）杜大珪　臺灣文海出版社宋史資料萃編本
名賢氏族言行類稿　（宋）章定　文淵閣四庫全書本

江西詩社宗派圖録（清）張泰來　清詩話本
江湖小集（宋）陳造　文淵閣四庫全書本
江湖長翁文集（宋）陳造　明萬曆刻本
江鄰幾雜志（宋）江休復　稗海本
池北偶談（清）王士禎　中華書局清代史料筆記叢刊本
安晚堂詩集（宋）鄭清之　文淵閣四庫全書本
字溪集（宋）陽枋　文淵閣四庫全書本

七畫

攻媿集（宋）樓鑰　武英殿聚珍版
志雅堂雜鈔（宋）周密　學海類編本
却掃編（宋）徐度　榕園叢書本
芸庵類藁（宋）李洪　文淵閣四庫全書本
花艸蒙拾（清）王士禎　昭代叢書本、詞話叢編本
芥隱筆記（宋）龔頤正　百川學海本
克齋集（宋）陳文蔚　文淵閣四庫全書本

抑菴文集　（明）王直　文淵閣四庫全書本
步里客談　（宋）陳長方　文淵閣四庫全書本
困學紀聞　（宋）王應麟　四部叢刊本
見星廬賦話　（清）林聯桂　《賦話廣聚》影印高凉耆舊遺集本
吹劍録、續録、外集　（宋）俞文豹　説郛本、知不足齋叢書本
吳文正集　（元）吳澄　文淵閣四庫全書本
吳都文粹　（宋）鄭虎臣　文淵閣四庫全書本
吳都文粹續集　（明）錢穀　文淵閣四庫全書本
吳郡志　（宋）范成大　文淵閣四庫全書本
吳禮部詩話　（元）吳師道　知不足齋叢書本
伯牙琴　（宋）鄧牧　知不足齋叢書本
谷響集　（元）釋善住　文淵閣四庫全書本
汴京遺蹟志　（明）李濂　文淵閣四庫全書本
沈忠敏公龜谿集　（宋）沈與求　四部叢刊本
宋大詔令集　（宋）宋□　中華書局一九六二年排印本
宋元學案　（清）黄宗羲　中華書局一九八六年標點本
宋元學案補遺　（清）王梓材、馮雲濠　四明叢書本

宋史 （元）脱脱等 中華書局一九七七年校點本
宋史翼 （清）陸心源 中華書局一九九一年影印本
宋代蜀文輯存 （清）傅增湘 江安傅氏刊本
宋忠惠鐵庵方公文集 （宋）方大琮 明正德刻本
宋貞士羅滄洲先生集 （宋）羅公升 清鈔本
宋黄文節公文集 （宋）黄庭堅 清乾隆三十四年緝香堂刻《山谷全書》本
宋朝事實 （宋）李攸 文淵閣四庫全書本
宋朝事實類苑 （宋）江少虞 上海古籍出版社一九八一年校點本
宋景文公筆記 （宋）宋祁 學津討源本
宋會要輯稿 （清）徐松 中華書局影印北京圖書館藏本
宋詩紀事 （清）厲鶚 上海古籍出版社一九八三年校點本
宋詩精華録 （清）陳衍 江西人民出版社一九八四年校點本
宋端明殿學士蔡忠惠公文集 （宋）蔡襄 清雍正刻本
宋歷科狀元録 （明）朱希召 嘉靖四十年刻本
初白庵詩評 （清）查慎行 掃葉山房石印本
邵氏聞見録 （宋）邵伯温 中華書局唐宋史料筆記叢刊本
邵氏聞見後録 （宋）邵博 中華書局唐宋史料筆記叢刊本

八畫

青山集　（宋）郭祥正　宋刻本

青箱雜記　（宋）吴處厚　中華書局唐宋史料筆記叢刊本

長安志圖　（元）李好文　文淵閣四庫全書本

長興集　（宋）沈括　清光緒刻沈氏三先生文集本

范太史集　（宋）范祖禹　文淵閣四庫全書本

范文正公文集　（宋）范仲淹　北宋刊本

范文正公別集　（宋）范仲淹　清康熙刻本

范文正公集　（宋）范仲淹　清康熙刻本

范香溪先生文集　（宋）范浚　四部叢刊本

直講李先生文集　（宋）李覯　四部叢刊本

直齋書録解題　（宋）陳振孫　上海古籍出社一九八七年校點本

苕溪漁隱叢話前集、後集　（宋）胡仔　人民文學出版社一九六二年校點本

茅亭客話　（宋）黄休復　津逮秘書本

林泉隨筆　（明）張綸　明萬曆刻本

松垣文集　（宋）幸元龍　清鈔本

松雪齋集 （元）趙孟頫 文淵閣四庫全書本
松隱集 （宋）曹勛 文淵閣四庫全書本
東坡文談録 （元）陳秀明 學海類編本
東坡志林 （宋）蘇軾 中華書局唐宋史料筆記叢刊本
東坡後集 （宋）蘇軾 宋刻本
東坡集 （宋）蘇軾 宋刻本
東坡詩話録 （元）陳秀明 學海類編本
東坡續集 （宋）蘇軾 明成化刻七集本
東都事略 （宋）王偁 臺灣文海出版社宋史資料萃編本
東軒筆録 （宋）魏泰 中華書局唐宋史料筆記叢刊本
東原録 （宋）龔鼎臣 中華書局一九八五年校點本
東萊吕太史文集 （宋）吕祖謙 宋刻本
東萊集注類編觀瀾文集 （宋）林之奇編 吕祖謙注 宛委别藏本
東堂集 （宋）毛滂 文淵閣四庫全書本
東塘集 （宋）袁説友 文淵閣四庫全書本
東塾讀書記 （清）陳澧 光緒二十四年紉蘭書館刻本
東齋記事 （宋）范鎮 中華書局唐宋史料筆記叢刊本

東觀餘論　（宋）黄伯思　邵武徐氏叢書初刻本
事類賦　（宋）吴淑　宋紹興刻本
雨村詞話　（清）李調元　詞話叢編本
雨村詩話　（清）李調元　清詩話續編本
明道雜誌　（宋）張耒　學海類編本
忠惠集　（宋）翟汝文　文淵閣四庫全書本
忠簡公集　（宋）宗澤　金華叢書本
牧萊脞語　（宋）陳仁子　影印清初影元鈔本
牧堂公集　（宋）蔡發　蔡氏九儒書本
乖崖先生文集　（宋）張詠　影宋刻本
侍郎葛公歸愚集　（宋）葛立方　宋刻本
佩韋齋集　（宋）俞德鄰　文淵閣四庫全書本
佩韋齋輯聞　（宋）俞德鄰　文淵閣四庫全書本
徂徠集　（宋）石介　文淵閣四庫全書本
金氏文集　（宋）金君卿　文淵閣四庫全書本
金石萃編　（清）王昶　清嘉慶十年刻同治錢寶傳等補修本
庚子銷夏記　（清）孫承澤　乾隆二十六年刻本

庚溪詩話（宋）陳巖肖　歷代詩話續編本
放翁逸稿（宋）陸游　文淵閣四庫全書本
性理羣書句解（宋）熊節　文淵閣四庫全書本
性善堂稿（宋）度正　文淵閣四庫全書本
法藏碎金録（宋）晁迥　文淵閣四庫全書本
河東集（宋）柳開　文淵閣四庫全書本
河南程氏文集（宋）程顥　清同治刻本
泊宅編（宋）方勺　中華書局唐宋史料筆記叢刊本
定庵類稿（宋）衛博　文淵閣四庫全書本
宜春縣志（清）程國觀　道光三年刻本
宛陵先生集（宋）梅堯臣　明正統刻本
建炎以來朝野雜記（宋）李心傳　文物出版社一九九一年影印本
建炎以來繫年要録（宋）李心傳　中華書局一九八八年影印本
居易録（清）王士禎　文淵閣四庫全書本

九　畫

春在堂隨筆（清）俞樾　上海進步書局春在堂全集本

春明退朝録　（宋）宋敏求　中華書局唐宋史料筆記叢刊本
春秋類對賦　（宋）徐晉卿　通志堂經解本
春渚紀聞　（宋）何薳　中華書局唐宋史料筆記叢刊本
珊瑚鈎詩話　（宋）張表臣　歷代詩話本
荆溪林下偶談　（宋）吳子良　寶顔堂祕笈本
南田山志　吕耀鈐等修　吕芝延等纂　民國十九年鉛印本
南村輟耕録　（元）陶宗儀　中華書局一九八〇年校點本
南宋文範　（清）莊仲方　清道光刻本
南宋館閣録　（宋）陳騤　武林掌故叢書本
南陽集　（宋）趙湘　文淵閣四庫全書本
南澗甲乙稿　（宋）韓元吉　文淵閣四庫全書本
南燼紀聞録　（宋）辛疾疾　學海類編本
柯山集　（宋）張耒　文淵閣四庫全書本、民國刻本
相山集　（宋）王之道　文淵閣四庫全書本
柳南隨筆、續筆　（清）王應奎　中華書局清代史料筆記叢刊本
咸平集　（宋）田錫　傅增湘校訂淡生堂鈔本
咸淳重修毗陵志　（宋）史能之　中華書局影印宋元方志叢刊本

咸淳臨安志　（宋）潛説友　中華書局影印宋元方志叢刊本
研北雜誌　（元）陸友　説郛本、四庫全書本
省齋集　（宋）廖行之　文淵閣四庫全書本
則堂集　（宋）家鉉翁　文淵閣四庫全書本
香山集　（宋）喻良能　文淵閣四庫全書本
香祖筆記　（清）王士禎　上海古籍出版社一九八二年標點本
秋崖先生小藁　（宋）方岳　明嘉靖刻本
秋崖集　（宋）方岳　文淵閣四庫全書本
秋澗集　（元）王惲　文淵閣四庫全書本
秋聲集　（宋）衛宗武　文淵閣四庫全書本
重修儀徵縣志　（清）王檢心修　劉文淇等纂　光緒十六年刻本
修真十書　正統道藏本
皇朝文鑑　（宋）吕祖謙　四部叢刊本
侯鯖録　（宋）趙令畤　中華書局唐宋史料筆記叢刊本
後山詩話　（宋）陳師道　歷代詩話本
後山談叢　（宋）陳師道　學海類編本
後村先生大全集　（宋）劉克莊　清鈔本

後村集　（宋）劉克莊　宋刻本

後村詩話前集、後集、續集、新集　（宋）劉克莊　中華書局一九八三年校點本

後樂集　（宋）衛涇　文淵閣四庫全書本

勉齋先生黄文肅公文集　（宋）黄榦　元刊本

勉齋集　（宋）黄榦　文淵閣四庫全書本

風月堂詩話　（宋）朱弁　中華書局一九八八年校點本

風雅遺音　（宋）林正大　四庫存目叢書影印本

施註蘇詩　（宋）施宿　文淵閣四庫全書本

彦周詩話　（宋）許顗　歷代詩話本

洺水集　（宋）程珌　文淵閣四庫全書本

宣平縣志　（清）皮樹棠等纂修　光緒四年刻本

宫教集　（宋）崔敦禮　文淵閣四庫全書本

客亭類稿　（宋）楊冠卿　文淵閣四庫全書本

祖英集　（宋）釋重顯　文淵閣四庫全書本

郡齋讀書志　（宋）晁公武　上海古籍出版社一九九〇年校點本

郡齋讀書志·後志　（宋）趙希弁　文淵閣四庫全書本

屏山集　（宋）劉子翬　明刻本

陝西通志　（清）劉於義修　沈青崖纂　雍正十三年刻本
癸辛雜識　（宋）周密　中華書局唐宋史料筆記叢刊本

十畫

珞琭子賦註　（宋）釋曇瑩　文淵閣四庫全書本
都官集　（宋）陳舜俞　文淵閣四庫全書本
華陽集　（宋）張綱　四部叢刊本
莆陽知稼翁文集　（宋）黄公度　宋人集乙編本
莆陽居士蔡公文集　（宋）蔡襄　宋刻本
莊簡集　（宋）李光　文淵閣四庫全書本
桂故　（明）張鳴鳳　文淵閣四庫全書本
桐江集　（宋）方回　宛委别藏本
桐江續集　（宋）方回　文淵閣四庫全書本
桐譜　（宋）陳翥　適園叢書本
柴氏四隱集　（宋）柴元彪　文淵閣四庫全書本
晁氏客語　（宋）晁説之　百川學海本
倦遊雜録　（宋）張師正　上海古籍出版社一九九三年標點本

師友談記　（宋）李廌　中華書局唐宋史料筆記叢刊本
徐公文集　（宋）徐鉉　影宋刻本
徐氏筆精　（明）徐𤅢　文淵閣四庫全書本
高東溪集　（宋）高登　正誼堂全書本
高峰文集　（宋）廖剛　明鈔本
唐子西文録　（宋）唐庚　歷代詩話本
唐先生文集　（宋）唐庚　宋刻本
唐宋十大家全集録　（清）儲欣　齊魯書社一九九七年
唐宋八大家文鈔　（明）茅坤　三秦出版社一九九八年校注集評本
唐宋文醇　（清）愛新覺羅弘曆　文淵閣四庫全書本
涑水記聞　（宋）司馬光　中華書局唐宋史料筆記叢刊本
涇縣志　（清）李德淦等修　洪亮吉纂　民國三年石印本
浩然齋雅談　（宋）周密　文淵閣四庫全書本
海陵集　（宋）周麟之　文淵閣四庫全書本
海涵萬象録　（明）黄潤玉　明正德十六年刻本
海瓊玉蟾先生文集　（宋）葛長庚　明正統臞仙重編本
海瓊白真人文集　（宋）葛長庚　明鈔本

海瓊問道集　（宋）葛長庚　正统道藏本
浮沚集　（宋）周行己　文淵閣四庫全書本
浪語集　（宋）薛季宣　文淵閣四庫全書本
家世舊聞　（宋）陸游　中華書局唐宋史料筆記叢刊本
容齋隨筆　（宋）洪邁　上海古籍出版社一九七八年校點本
書齋夜話　（宋）俞琰　文淵閣四庫全書本
陵陽先生集　（宋）牟巘　嘉業堂叢書本
陳學士吟窗雜録　（宋）陳應行　中華書局影印明嘉靖二十七年崇文書堂刻本
通志　（宋）鄭樵　中華書局一九九〇年影印本
能改齋漫録　（宋）吳曾　上海古籍出版社一九八四年校點本
孫公談圃　（宋）孫升　百川學海本

十一畫

黃氏日抄　（宋）黃震　文淵閣四庫全書本
萍洲可談　（宋）朱彧　守山閣叢書本
桯史　（宋）岳珂　中華書局唐宋史料筆記叢刊本
梅溪先生文集　（宋）王十朋　四部叢刊本

梅巖文集　（宋）胡次焱　文淵閣四庫全書本
瓠翁家藏集　（明）吳寬　文淵閣四庫全書本
雪山集　（宋）王質　文淵閣四庫全書本
雪坡舍人集　（宋）姚勉　傅增湘校訂豫章叢書本
雪坡集　（宋）姚勉　文淵閣四庫全書本
雪磯叢稿　（宋）樂雷發　文淵閣四庫全書本
野客叢書　（宋）王楙　一九八七年中華書局校點本
晦庵先生朱文公文集　（宋）朱熹　四部叢刊本
晞髮集　（宋）謝翱　文淵閣四庫全書本
鄂國金陀粹編　（宋）岳珂　中華書局一九八七年校點本
唯室集　（宋）陳長方　文淵閣四庫全書本
崧菴集　（宋）李處權　文淵閣四庫全書本
崑新兩縣志　（清）金吳瀾等修　汪堃等纂　光緒六年刻本
崇古文訣　（宋）樓昉　文淵閣四庫全書本
過庭録　（宋）范公偁　稗海本
釣磯詩集　（宋）丘葵　清道光刻本
脚氣集　（宋）車若水　寶顔堂祕笈本

象山集　（宋）陸九淵　文淵閣四庫全書本
猗覺寮雜記　（宋）朱翌　知不足齋叢書本
庶齋老學叢談　（元）盛如梓　文淵閣四庫全書本
庸齋集　（宋）趙汝騰　文淵閣四庫全書本
清江三孔集　（宋）孔文仲、孔武仲、孔平仲　文淵閣四庫全書本
清波雜誌　（宋）周煇　中華書局唐宋史料筆記叢刊本
清容居士集　（元）袁桷　文淵閣四庫全書本
清雋集　（宋）鄭起　知不足齋叢書本
淮海集　（宋）秦觀　宋高郵軍學刻本
淳祐臨安志　（宋）施諤　中華書局影印宋元方志叢刊本
淳熙三山志　（宋）梁克家　中華書局影印宋元方志叢刊本
深雪偶談　（宋）方岳　學海類編本
梁谿集　（宋）李綱　文淵閣四庫全書本
梁谿漫志　（宋）費衮　上海古籍出版社一九八五年校點本
密齋筆記　（宋）謝采伯　文淵閣四庫全書本
張子全書　（宋）張載　文淵閣四庫全書本
張氏拙軒集　（宋）張侃　文淵閣四庫全書本

張右史文集　（宋）張耒　明趙琦美鈔本
隆平集　（宋）曾鞏　臺灣文海出版社宋史資料萃編本
習學記言　（宋）葉適　文淵閣四庫全書本
參寥子詩集　（宋）釋道潛　文淵閣四庫全書本
紹定吳郡志　（宋）范成大　中華書局影印宋元方志叢刊本

十二畫

絜齋集　（宋）袁燮　文淵閣四庫全書本
彭城集　（宋）劉攽　文淵閣四庫全書本
敬鄉録　（元）吳思道　續金華叢書本、文淵閣四庫全書本
敬齋古今黈　（元）李冶　文淵閣四庫全書本
雲谷雜記　（宋）張淏　文淵閣四庫全書本
雲莊集　（宋）曾協　文淵閣四庫全書本
雲溪居士集　（宋）華鎮　文淵閣四庫全書本
雲谿稿　（宋）呂皓　金華叢書本
雲麓漫鈔　（宋）趙彥衛　中華書局唐宋史料筆記叢刊本
援鶉堂筆記　（清）姚範　道光十六年刊本

揮麈録　（宋）王明清　叢書集成初編本
斐然集　（宋）胡寅　文淵閣四庫全書本
紫山大全集　（元）胡祗遹　文淵閣四庫全書本
紫微集　（宋）張嵲　文淵閣四庫全書本
紫微詩話　（宋）吕本中　歷代詩話本
紫巖詩選　（宋）于石　文淵閣四庫全書本
閑居編　（宋）釋智圓　續藏經第二編本
景文集　（宋）宋祁　文淵閣四庫全書本
景定建康志　（宋）馬光祖　中華書局影印宋元方志叢刊本
景定嚴州續志　（宋）錢可則　中華書局影印宋元方志叢刊本
貴耳集　（宋）張端義　學津討原本
貴溪縣志　（清）胡宗簡修　張金鎔等纂　道光四年刻本
蛟峰集　（宋）方逢振　明天順刻本
鄖溪集　（宋）鄭獬　文淵閣四庫全書本
無文印　（宋）釋道璨　影印舊鈔本
無爲集　（宋）楊傑　宋紹興刻本
程端明公洺水集　（宋）程珌　明嘉靖刻本

傅忠肅公文集　（宋）傅察　清光緒刻本
傅與礪詩文集　（元）傅若金　嘉業堂叢書本
焦氏筆乘　（明）焦竑　粤雅堂叢書本
遁齋閒覽　（宋）陳正敏　説郛本
復小齋賦話　（清）浦銑　清乾隆刻本
復齋先生龍圖陳公文集　（宋）陳宓　續修四庫全書影印本
遊宦紀聞　（宋）張世南　中華書局唐宋史料筆記叢刊本
童蒙詩訓　（宋）吕本中　宋詩話輯佚本
道山清話　（宋）王暐　學津討原本
道鄉集　（宋）鄒浩　清道光刻本
道園學古録　（元）虞集　文淵閣四庫全書本
遂昌雜録　（宋）鄭元祐　文淵閣四庫全書本
湘山野録、續録　（宋）釋文瑩　中華書局唐宋史料筆記叢刊本
温國文正司馬公文集　（宋）司馬光　宋紹興刻本
渭南文集　（宋）陸游　宋嘉定刻本
淵鑑類函　（清）张英等　文淵閣四庫全書本
寓簡　（宋）沈作喆　文淵閣四庫全書本

畫墁集 （宋）張舜民 知不足齋叢書本

疎寮小集 （宋）高似孫 文淵閣四庫全書本

十三畫

聖宋文海 （宋）江鈿 宋刻本

蓮峰集 （宋）史堯弼 文淵閣四庫全書本

夢溪筆談、補筆談 （宋）沈括 中華書局一九五七年校點本

夢曉樓隨筆 （清）宋顧樂 小石山房叢書本

蒙川遺稿 （宋）劉黻 文淵閣四庫全書本

蒙泉詩稿 （宋）李濤 汲古閣影鈔南宋六十家小集本

蒙隱集 （宋）陳棣 文淵閣四庫全書本

蒙齋集 （宋）袁甫 文淵閣四庫全書本

楚辭後語 （宋）朱熹注 文淵閣四庫全書本

楊文公談苑 （宋）楊億 上海古籍出版社一九九三年輯校本

槎翁詩集 （明）劉嵩 文淵閣四庫全書本

楓窗小牘 （宋）袁口 文淵閣四庫全書本

漢溪詩話 （宋）黄徹 歷代詩話續編本

感通賦　（宋）釋延壽　嘉靖刻本
摛文堂集　（宋）慕容彦逢　文淵閣四庫全書本
跨鼇集　（宋）李新　文淵閣四庫全書本
蜀阜小志　（明）徐楚　清刻本
蜀藻幽勝録　（明）傅振高　巴蜀書社一九八五年影印本
嵊縣志　牛蔭麐等修　丁謙等纂　民國二十四年鉛印本
嵩山文集　（宋）晁説之　四部叢刊本
嵩山集　（宋）晁公遡　文淵閣四庫全書本
嵩陽石刻集記　（清）葉封　叢書集成續編本
稗編　（明）唐順之　文淵閣四庫全書本
筠軒集　（元）唐元　文淵閣四庫全書本
筠谿集　（宋）李彌遜　文淵閣四庫全書本
節孝先生文集　（宋）徐積　清康熙刻本　文淵閣四庫全書本
會稽三賦　（宋）王十朋　湖海樓刻本
會稽掇英總集　（宋）孔延之　文淵閣四庫全書本
愛日齋叢鈔　（宋）葉寘　文淵閣四庫全書本
詩人玉屑　（宋）魏慶之　上海古籍出版社一九七八年校點本

詩林廣記 （宋）蔡正孫 中華書局一九八二年校點本
詩話總龜 （宋）阮閱 人民文學出版社一九八七年校點本
詩源辯體 （明）許學夷 人民文學出版社一九八七年校點本
詩藪 （明）胡應麟 上海古籍出版社一九七九年校點本
誠齋集 （宋）楊萬里 四部叢刊本 文淵閣四庫全書本
誠齋詩話 （宋）楊萬里 歷代詩話續編本
靖康緗素雜記 （宋）黄朝英 上海古籍出版社一九八六年標點本
新五代史 （宋）歐陽修 中華書局一九七四年校點本
新刊南軒先生文集 （宋）張栻 明嘉靖刻本
新刊國朝二百家名賢文粹 （宋）無名氏 宋刻本
新安文獻志 （明）程敏政 文淵閣四庫全書本
新編事文類聚翰墨大全 （元）劉應李 元刊本
義門讀書記 （清）何焯 中華書局一九八七年校點本
慈湖遺書 （宋）楊簡 文淵閣四庫全書本
準齋雜説 （宋）吴如愚 文淵閣四庫全書本
溪堂集 （宋）謝逸 文淵閣四庫全書本
滄洲塵缶編 （宋）程公許 文淵閣四庫全書本

滄浪集　（宋）嚴羽　文淵閣四庫全書本
滄浪詩話　（宋）嚴羽　人民文學出版社一九八三年校點本
滏水集　（元）趙秉文　文淵閣四庫全書本
遜志齋集　（明）方孝孺　文淵閣四庫全書本
經鉏堂雜誌　（宋）倪思　明萬曆二十八年刻本
經進東坡文集事略　（宋）郎曄　四部叢刊本
經義考　（清）朱彝尊　文淵閣四庫全書本

十四畫

碧湖雜志　（宋）謝枋得　文淵閣四庫全書本《説郛》卷一九下引
嘉定赤城志　（宋）陳耆卿　中華書局影印宋元方志叢刊本
嘉定鎮江志　（宋）盧憲　中華書局影印宋元方志叢刊本
嘉祐雜誌　（宋）江休復　文淵閣四庫全書本
嘉泰吴興志　（宋）談鑰　中華書局影印宋元方志叢刊本
嘉泰會稽志　（宋）沈作賓　中華書局影印宋元方志叢刊本
聞見近録　（宋）王鞏　知不足齋叢書本
僊遊縣志　（清）胡啟植等修　葉和侃等纂　民國十九年鉛印本

鄱阳五家集　（宋）黎廷瑞　文淵閣四庫全書本
鄱阳集　（宋）彭汝礪　文淵閣四庫全書本
鄱陽縣志　（清）陳驤修　張瓊英等纂　道光四年刻本
鄮峰真隱漫録　（宋）史浩　文淵閣四庫全書本
廣西通志　（清）金鉷修　錢元昌等纂　文淵閣四庫全書本
廣陵先生文集　（宋）王令　明鈔本
齊東野語　（宋）周密　中華書局唐宋史料筆記叢刊本
漢濱集　（宋）王之望　文淵閣四庫全書本
滹南集　（金）王若虚　文淵閣四庫全書本
滹南詩話　（金）王若虚　人民文學出版社一九八三年校點本
漫塘文集　（宋）劉宰　明萬曆刻本
漁洋詩話　（清）王士禎　清詩話本
賓退録　（宋）趙與時　上海古籍出版社一九八二年校點本
寧極齋稿　（宋）陳深　文淵閣四庫全書本
隨園詩話　（清）袁枚　人民文學出版社一九六〇年標點本
隨隱漫録　（宋）陳世崇　文淵閣四庫全書本

十五畫

歐陽文忠公集　（宋）歐陽修　宋慶元刻本
醉翁談録　（宋）金盈之　影印宛委别藏本
賦則　（清）鮑桂星　《賦話廣聚》影印清道光刻本
賦話　（清）李調元　《賦話廣聚》影印函海本
賦話廣聚　王冠　北京圖書館出版社二〇〇六年版
閬風集　（宋）舒岳祥　文淵閣四庫全書本
墨客揮犀　（宋）彭乘　中華書局唐宋史料筆記叢刊本
墨莊漫録　（宋）張邦基　稗海本
盤洲文集　（宋）洪适　四部叢刊本
魯齋集　（宋）王柏　文淵閣四庫全書本
劉氏傳忠録　（清）刘学裘　民國二十二年鉛印本
論詞隨筆　（清）沈祥龍　詞話叢編本
談藪　（宋）龐元英　説郛本
慶湖遺老詩集　（宋）賀鑄　文淵閣四庫全書本
毅齋詩集别録　（宋）徐僑　宛委别藏本

養吾齋集　（元）劉將孫　文淵閣四庫全書本
潛山集（宋）釋文珦　文淵閣四庫全書本
潛齋集（宋）何夢桂　文淵閣四庫全書本
澗谷遺集　（宋）羅椅　清罗嘉瑞刻本
澗泉日記　（宋）韓淲　文淵閣四庫全書本
澗泉集　（宋）韓淲　文淵閣四庫全書本
潏水集　（宋）李復　文淵閣四庫全書本
履齋示兒編　（宋）孫奕　知不足齋叢書本
豫章黄先生文集　（宋）黄庭堅　四部叢刊影宋乾道本
樂邦文類　（宋）釋宗曉　大正新修大藏經第四十七冊
樂全集　（宋）張方平　文淵閣四庫全書本
樂府指迷　（宋）沈義父　人民文學出版社一九八一年校點本
樂軒集　（宋）陳藻　文淵閣四庫全書本
緯略　（宋）高似孫　文淵閣四庫全書本
緣督集　（宋）曾丰　文淵閣四庫全書本

十六畫

墻東類稿　（元）陸文圭　文淵閣四庫全書本
頤堂先生文集　（宋）王灼　四部叢刊本
橘洲文集　（宋）釋寶曇　禪門逸書本
歷代詩話　（清）吴景旭　民國嘉業堂刻本
歷代賦話　（清）浦銑　清乾隆刻本
默記　（宋）王銍　中華書局唐宋史料筆記叢刊本
默堂先生文集　（宋）陳淵　四部叢刊本
默齋遺稿　（宋）游九言　文淵閣四庫全書本
學古緒言　（明）婁堅　文淵閣四庫全書本
學易集　（宋）劉跂　文淵閣四庫全書本
學齋佔畢　（宋）史繩祖　文淵閣四庫全書本
儒林公議　（宋）田況　文淵閣四庫全書本
錢塘先賢傳贊　（宋）袁韶　知不足齋叢書本
獨醒雜志　（宋）曾敏行　知不足齋叢書本
麈史　（宋）王得臣　上海古籍出版社一九八六年校點本

龍川別志　（宋）蘇轍　中華書局唐宋史料筆記叢刊本
龍川略志　（宋）蘇轍　中華書局唐宋史料筆記叢刊本
龍雲集　（宋）劉弇　文淵閣四庫全書本
螢雪叢説　（宋）俞成　百川學海本
澠水燕談録　（宋）王闢之　中華書局唐宋史料筆記叢刊本
澹庵文集　（宋）胡銓　文淵閣四庫全書本
避暑録話　（宋）葉夢得　津逮秘書本
隱居通議　（元）刘壎　海山仙館叢書本

十七畫

聲律關鍵　（宋）鄭起潛　《賦話廣聚》影印宛委別藏鈔本
藏一話腴　（宋）陳郁　文淵閣四庫全書本
檆溪居士集　（宋）劉才邵　文淵閣四庫全書本
臨川先生文集　（宋）王安石　宋紹興刻本
臨川縣志　（清）童範儼修　陳慶齡等纂　同治九年刻本
霞外詩集　（元）馬臻　文淵閣四庫全書本
霞浦縣志　劉以臧修　徐友梧等纂　民國十八年鉛印本

龜山集　（宋）楊時　文淵閣四庫全書本
謝幼槃文集　（宋）謝薖　周叔弢校跋古香樓汪氏鈔本
應齋雜著　（宋）趙善括　文淵閣四庫全書本
甕牖閑評　（宋）袁文　文淵閣四庫全書本
燭湖集　（宋）孫應時　文淵閣四庫全書本
鴻慶居士集　（宋）孫覿　文淵閣四庫全書本
濟南集　（宋）李廌　文淵閣四庫全書本
禮部集　（宋）吳師道　文淵閣四庫全書本

十八畫以上

職官分紀　（宋）孫逢吉　文淵閣四庫全書本
藝苑巵言　（明）王世貞　歷代詩話續編本
藝概　（清）劉熙載　上海古籍出版社一九八四年校點本
豐城縣志　（清）王家傑修　周文鳳等纂　同治十二年刻本
簡齋集　（宋）陳與義　文淵閣四庫全書本
雙峰猥稿　（宋）舒邦佐　清道光刻本
雙溪集　（宋）王炎　文淵閣四庫全書本

雙溪集（宋）蘇籀　文淵閣四庫全書本
歸田詩話（明）瞿佑　歷代詩話續編本
歸田録（宋）歐陽修　中華書局唐宋史料筆記叢刊本
歸潛志（元）劉祁　中華書局元明史料叢刊本
雞肋集（宋）晁補之　四部叢刊本
彝齋文編（宋）趙孟堅　嘉業堂叢書本
騷略（宋）高似孫　百川學海本
蘆川歸來集（宋）張元幹　文淵閣四庫全書本
蘆浦筆記（宋）劉昌詩　中華書局唐宋史料筆記叢刊本
蘇文忠公全集（宋）蘇軾　明萬曆刻本
蘇文忠公詩編注集成（清）王文誥　清嘉庆刻本
蘇長公外紀（明）王世貞　明燕石齋刻本
蘇魏公文集（宋）蘇頌　文淵閣四庫全書本
曝書亭集（清）朱彝尊　文淵閣四庫全書本
嚴陵集（宋）董棻　文淵閣四庫全書本
羅浮山志會編（清）宋廣業　康熙五十六年刻本
羅鄂州小集（宋）羅願　明万曆刻本

識遺　（宋）羅璧　文淵閣四庫全書本
廬陵周益國文忠公集　（宋）周必大　清道光、光緒刻本
韻語陽秋　（宋）葛立方　上海古籍出版社影印宋刻本
懷古録　（宋）陳模　中華書局一九九三年校點本
懷麓堂集　（明）李東陽　文淵閣四庫全書本
瀘溪縣志　（清）顧奎光修　李湧纂　乾隆二十年刻本
嬾真子　（宋）馬永卿　稗海本
寶祐重修琴川志　（宋）孫應時　中華書局影印宋元方志叢刊本
寶真齋法書贊　（宋）岳珂　文淵閣四庫全書本
寶晉山林集拾遺　（宋）米芾　宋嘉泰刻本
寶慶四明志　（宋）胡榘　中華書局影印宋元方志叢刊本
寶慶會稽續志　（宋）张淏　中華書局影印宋元方志叢刊本
鷄肋編　（宋）莊綽　中華書局唐宋史料筆記叢刊本
灊山集補遺　（宋）朱翌　知不足齋叢書本
鶴山先生大全文集　（宋）魏了翁　四部叢刊本
鶴山集　（宋）魏了翁　文淵閣四庫全書本
鶴林玉露　（宋）羅大經　中華書局唐宋史料筆記叢刊本

鶴林集 （宋）吳泳 文淵閣四庫全書本
續文獻通考 （清）嵇璜 浙江古籍出版社一九八八年影印本
續清涼傳 （宋）張商英 宛委别藏本
續資治通鑑長編 （宋）李燾 清光緒七年浙江書局刻本
續歷代賦話 （清）浦銑 清乾隆刻本
霽山文集 （宋）林景熙 文淵閣四庫全書本
巖下放言 （宋）葉夢得 文淵閣四庫全書本
臞軒集 （宋）王邁 文淵閣四庫全書本
欒城先生遺言 （宋）蘇籀 百川學海本
欒城集 （宋）蘇轍 明清夢軒刻本
蠹齋鉛刀編 （宋）周孚 文淵閣四庫全書本
靈巖集 （宋）唐士耻 文淵閣四庫全書本
觀林詩話 （宋）吳聿 文淵閣四庫全書本

作家小傳及作品筆畫索引

按作家姓名首字筆畫順序排列，首列作家小傳，後附作品索引。

二畫

丁椿（生卒年里不詳）

號滌江老圃，寶慶間在世，見所撰《尊經閣賦》。

丁謂（九六六—一〇三七）

字謂之，更字公言，蘇州長洲（今江蘇蘇州）人。少與孫何齊名，時號「孫丁」。淳化三年，登進士甲科，通判饒州。歷福建路、峽路轉運使，入權三司鹽鐵副使，擢知制誥，判吏部流内銓。景德元年，知鄆州兼齊、濮等州安撫使。二年五月，拜三司使，參知政事。大中祥符九年，知昇州。天禧三年，以吏部尚書復參知政事，除樞密使，拜同中書門下平章事。罷知河南府。乾興元年，封晉國公。真宗朝，營造宫觀，奏祥異之事，多爲謂與王欽若發之。仁宗立，進司徒兼侍中。尋以潛結内侍、女道士，貶崖州司户參軍。明道中，授秘書監致仕。景祐四年卒於光州，年七十二。丁謂爲人機敏有智謀，博聞强記，善於文章，尤工歌詩，王禹偁以爲「其詩效杜子美，深入其間；其文數章，皆意不常而語不俗，若雜於韓、柳集中，使能文之士讀之，不之辨也」（《送丁謂序》）。工四六文，言辭婉約，用典貼切。參與西崑唱酬，而其詩文風格實屬王禹偁古文一派。著有《丁謂集》八卷、《虎丘録》五十卷、《刀筆集》二卷、

《青衿集》三卷、《知命集》一卷(《宋史·藝文志七》),已佚,今僅存《丁晉公談録》一卷,而《詩淵》所收丁謂一字題詠物詩很可能即爲其《青衿集》中詩。事迹見《宋史》卷二八三本傳。今人鄭再時編《西崑唱和詩人年譜》、曾棗莊編《西崑酬唱集詩人年譜簡編》含丁謂年譜,巴蜀書社一九九八年出版日本池澤滋子著《丁謂研究》,附有年譜。

大蒐賦……一五七六

三畫

于石(一二四七—?)

字介翁,因居鄉自號紫巖,晚號兩溪,蘭谿(今屬浙江)人。貌古氣剛,喜談諧。早慕杜氏五高,後從王定庵業詞賦,自負甚高。年三十而宋亡,隱居不仕,專意於詩。生前刊有詩集七卷,金履祥序稱其「清麗温雅」。其古詩感時傷事者,多哀厲之音,而或失之太盡;遊覽閒適者,有清迥之致,而或失之稍薄。欲擬襄陽,而不免入於錢、郎。皆取法乎上,僅得其中,然成就已在江湖詩人之上。律詩不及古詩,尚爲清整(《四庫全書總目》卷一六五)。其集後散佚,門人吳師道摘爲《紫巖詩選》三卷,今傳舊鈔本、四庫全書本、續金華叢書本。事迹見萬曆《金華府志》卷一六、《元詩選》二集丙集、《宋季忠義録》卷一三。

琴寥歌……八一七

四畫

王十朋(一一一二—一一七一)

字龜齡,號梅溪,温州樂清(今浙江樂清)人。少穎悟,强記誦,爲文頃刻數千言。紹興二十七年爲進士第一,授左承事郎、簽書建康軍節度判官廳公事,添差紹興府簽判。秩滿,除秘書省校書郎,兼建王府小學教授。除著作佐郎，遷大宗正丞，得請主管台州崇道觀。孝宗即位，召對，除司封員外郎，兼國史院編修官、崇政殿説書，除國子司業。隆興元年，爲起居舍人，改兼侍講，越月擢侍御史。上疏論宰相史浩八罪，史浩罷職，十朋亦出知饒州。乾道元年，移知夔州，歷知湖、泉、台三州，奉祠。七年，除太子詹事，詔赴朝，復以龍圖閣學士致仕。七月卒，年六十，賜謚忠文。十朋爲人剛直，勤敏力學，博究經史，旁通傳記百家，故其爲文專尚理致，不爲浮虚靡麗之詞。其論事奏疏，往往切中事機，意之所至，展發傾盡，無所規避，尤爲條暢明白（汪應辰《墓誌銘》）。其《會稽三賦》則記述會稽歷史演變、風物民俗，鋪張揚厲，詞語豐贍，旨趣明暢，規模宏大，爲南宋大賦之傑作（史鑄《會稽三賦序》）。其詩亦渾厚直質，懇惻暢達（劉珙《王梅溪文集序》）。現存詞皆爲詠物之作，語言清麗，富有情致。如《二郎神》詠海棠，有「子美當年遊蜀苑，又豈是，無心眷戀？都只爲天然體態，難把詩工裁剪」句，清人以爲「寓意微婉，不當僅作詠物詞讀」（《聽秋聲館詞話》卷一）。著有《梅溪集》、《後集》、《奏議》，共五十四卷，由其子王聞禮、聞詩編集刊行傳世。事迹見汪應辰《龍圖閣學士王公墓誌銘》（《文定集》卷二三）、《宋史》卷三八七本傳。清徐炯文編有《梅溪王忠文公年譜》一卷。

王之望（一一〇三—一一七〇）

字瞻叔，襄陽谷城（今湖北谷城）人，後寓居台州。紹興八年進士，調處州教授。入爲太學録，遷博士。十八年，出知荆門軍（《建炎以來繫年要録》卷一五八）。提舉湖南茶鹽，改潼川府路轉運判官，尋改成都府路計度轉運副使、提舉四川茶馬。三十年，召赴行在，除太府卿，總管四川財賦。孝宗即位，除户部侍郎，充川陝宣諭使。隆興初，以棄德順之過，爲言官所論，罷爲提舉江州太平興國宫。未幾，權户部侍郎、江淮都督府參贊軍事，兼直學士院。二年，擢右諫議大夫，拜參知政事，兼同知樞密院事。以附湯思退倡爲和議，爲言者所論，復提舉江州太平興國宫，居天台。乾道元年，起知福州，爲福建安撫使，移知温州，尋復罷。六年卒，年六十八，謚敏肅（《宋會要輯稿》禮五八之八九）。王之望有幹略，歷官頗著政績，又學有淵源，其奏疏能斟酌時勢以立言。其詩「疏暢明達，猶有北宋遺矩」（《四庫全書總目》卷一五八）著有《漢濱集》六十卷，南宋慶元間由其子王鉛編校刊行（周必大《王參政文集序》），原集已佚，四庫館臣自《永樂大典》輯其詩文，重編爲十六卷。事迹見本集卷八《候邊事少寧乞差宫祠朝劄》，《宋會要輯稿》禮五八之八九、儀制一一之六，《宋宰輔編年録》卷一七，《宋史》卷三七二本傳。

王之道（一〇九三—一一六九）

字彦猷，廬州（今安徽合肥）人。宣和六年，與兄弟三人同登進士第，時人榮之，榜其堂曰「三桂」。

靖康初，調和州歷陽丞，攝烏江令。丁母憂居家，差充鎮撫司參謀官。通判滁州，以上疏言和議之非忤秦檜，責監南雄州溪唐鎮鹽稅，會赦不行。遂卜居於相山，自號相山居士，隱居凡二十年。秦檜死，起知信陽軍，除湖南轉運判官。後以朝奉大夫致仕，乾道五年卒，年七十七。王之道立身質直，崇尚風節，多次上書論國事利害。詩詞雖非所長，而抒寫性情，亦頗真樸。著有《相山集》三十卷（《直齋書録解題》卷一八作二十六卷、《宋史·藝文志七》作二十五卷），已佚，四庫館臣自《永樂大典》重輯爲三十卷。其詞在宋時即有《相山居士詞》一卷行世（《直齋書録解題》卷二一）。事迹見尤袤《贈故太師王公神道碑》（《相山集》卷三〇）、《宋史翼》卷一〇。

譴瘧鬼文……三五二

王子韶（生卒年不詳）

字聖美，太原（今屬山西）人。年未冠中進士第，復遊太學，久之方任官。王安石引入三司條例司，擢監察御史裏行。出知上元縣，遷湖南轉運判官。熙寧五年，御史劾其不孝，貶知高郵縣，提舉兩浙常平。宋神宗與論字學，留爲資善堂修定《説文》官。元豐初，爲集賢校理（《宋會要輯稿》選舉三三之一六），改禮部員外郎。元祐中，歷吏部郎中、衛尉少卿，改衛尉卿，出知滄州。五年，召爲秘書少監（《續資治通鑑長編》卷四五三）。出知濟州，再爲秘書監，拜集賢殿修撰，知明州，卒於任。王子韶精通字學，爲「右文説」（見沈括《夢溪筆談·藝文》），對後世文字學影響較大。事迹見《宋史》卷三二九本傳。

六聖原廟賦……一六五〇

王令（一〇三二—一〇五九）

初字鍾美，改字逢原。原籍魏郡元城（今河北大名），後隨叔祖王乙徙廣陵（今江蘇揚州），遂爲廣陵人。幼孤力學，年稍長，倜儻不羈，絶意仕進，以教授生徒爲業，往來於瓜州、天長、高郵、潤州等地。至和元年，王安石奉詔入京，途經高郵，王令以《南山之田》詩投贄，深受安石賞識，以妻妹嫁之。後主高郵州學，未幾辭去，遷居潤州。地卑下潮濕致疾，卒於嘉祐四年，年二十八。王令雖英年早逝，却極負盛名。其《過唐論》等史論文，借古喻今，文筆恣肆，王安石以爲「方賈誼《過秦論》不及，而馳騁過之」（《墨莊漫録》卷三）。詩歌主要受韓愈影響，兼有李賀、盧仝詩之雄奇豪放，《四庫全書總目》卷一五三説：「（王）令才思奇軼，所爲詩磅礴奥衍，大率以韓愈爲宗，而出入於盧仝、李賀、孟郊之間，雖得年不永，未能鍛煉以老其材，或不免縱横太過，而視局促剽竊者流，則固倜倜乎遠矣。」著有《廣陵集》二十卷（《直齋書録解題》卷一七，《宋史·藝文志七》著録有《王令集》二十卷、《廣陵文集》六卷）。事迹見王安石《王逢原墓誌銘》，劉發《廣陵先生傳》、《廣陵先生行實》（均見《廣陵集》附録），《東都事略》卷一一五。沈文倬編有《王令年譜》。

王回（一〇二三—一〇六五）

字深父，其先福州侯官（今福建福州）人，後徙潁州汝陰（今安徽阜陽）。嘉祐二年進士（《淳熙三山志》卷二六），補亳州衛真縣主簿，歲餘自免去。治平二年卒，年四十三。歐陽修稱王回「學行純固，論議精明，尤通史傳姓氏之書」（《舉王回充館閣狀》）。曾鞏謂其文章「反復辨達，有所開闡，其卒蓋將歸於簡也」（《王深父文集序》）。著有文集二十卷，又有《清河崔氏譜》一卷，均已佚。其賦有幽遠遺俗之思，多爲呂祖謙《皇朝文鑑》所收。事迹見王安石《王深父墓誌銘》（《臨川先生文集》卷九三），《宋史》卷四三二《儒林傳》。

王休（生卒年不詳）

字叔賓，一字蓀渚，慶元府慈谿（今浙江寧波北）

人。慶元二年進士，教授湖州，改徽州。紹定六年，以奉議郎差充秘閣校勘。端平元年，與在外合入差遣。累官判樞密院事，立朝侃直，無所附麗。後與權臣不合，謝事歸。以文學著稱，晚歲益進，當世金石文多出其手。事迹見《南宋館閣續録》卷九、《宋元學案補遺》卷七四。

清清堂賦……一九九八

王仲旉（生卒年不詳）

洛陽（今河南洛陽）人，嘗侍親於南都（今河南商丘）十餘年。事見《南都賦》自序。

南都賦……一三〇三

王安中（一〇七六—一一三四）

字履道，號初寮，中山曲陽（今河北曲陽）人。元符三年進士，調瀛州司理參軍、大名縣主簿，歷秘書省著作佐郎。政和間，以獻表賀祥瑞得徽宗賞識，

自秘書少監擢爲中書舍人，除御史中丞。以上疏彈劾蔡京，遷翰林學士，又遷翰林學士承旨。宣和元年，拜尚書右丞，徙左丞，以諂事宦官獲進。金人歸還宋燕地，授慶遠軍節度使、河北河東燕山府路宣撫使、知燕山府。遼國降將郭藥師同知府事，專擅行事，安中不能制。召還，除大名府尹兼北京留守司公事。言者劾其詒誤國事，貶爲單州團練副使，象州安置。高宗繼位，徙道州，任便居住。紹興初，復左中大夫。紹興四年卒（《建炎以來繫年要録》卷七五），年五十九。安中以文詞擅名，少年時代嘗從蘇軾學，故其詩文有英特之氣，李邴稱他：「天才英邁，筆力有餘，於文於詩，皆瑰奇高妙，無所不能」（《初寮集序略》）。其文豐潤華贍，尤長於詔誥、四六之體。前期詩多爲應製唱酬之作，後來遷謫嶺南，閱歷時勢變故，意隨境變，詩風亦近於蘇軾晚年之作。擅長作詞，王灼謂其「善作一種俊語，其失在輕浮」（《碧鷄漫志》卷二）。著有《初寮集》四十卷、《後

集》十卷，《内外制》二十六卷（《讀書附志》卷下），明代以來原本已佚，四庫館臣自《永樂大典》輯爲《初寮集》八卷。其詞在宋代即有單刻本《初寮詞》一卷行世（《直齋書録解題》卷二一）。事迹見周必大《初寮集序》（《初寮集》卷首）、《宋史》卷三五二本傳。

竹林泉賦……一二二六

王安石（一〇二一—一〇八六）

字介甫，號半山，撫州臨川（今屬江西撫州）人。少年時隨父王益轉徙於州縣。慶曆二年進士及第，授簽書淮南判官。七年，知鄞縣，通判舒州。嘉祐初，召爲群牧判官，提點府界諸縣鎮公事。出知常州，提點江南東路刑獄。三年，入爲三司度支判官，奏獻《萬言書》，極陳當世急務，除直集賢院。五年四月，除同修起居注，固辭不拜，遂除知制誥，糾察在京刑獄。移判三班院，同知嘉祐八年貢舉。丁母憂，服除，英宗朝累召不起。熙寧二年拜參知政事，主持變法，陸續頒行農田水利、青苗、均輸、保甲、免役、市易、保馬、方田等新法。次年拜同中書門下平章事。新法遭保守勢力强烈反對，七年，罷相，以觀文殿大學士出知江寧府。八年，復相。九年，再罷相，出判江寧府，退居江寧半山園。次年封舒國公，元豐三年改封荆國公。元祐元年四月卒，年六十六。紹聖中謚文公。崇寧三年，追封舒王。安石爲文重道崇經，特别强調文章的社會功能。散文成就最爲突出，以議論説理見長，見解獨特，結構謹嚴，析理精微，爲唐宋古文八大家之一。其詩亦自成一家，葉夢得《石林詩話》卷上稱其「晚年詩律尤精嚴，造語用字，間不容髮，然意與言會，言隨意遣，渾然天成，殆不見有牽率排比處」。亦能詞，如《桂枝香》詠金陵形勝，清雋飄逸，極富情韻，堪稱絶唱。著述甚豐，學術著述有《新經周禮義》二十卷、《王氏日録》八十卷、《字説》二十卷、《老子注》二卷、《洪範傳》一卷、《論語解》十卷，與子雱合著《詩經新義》三十卷；編有《唐百家詩選》二十卷。多已亡佚，後人輯有《周官新義》、《詩義鈎沉》、《字説》等。另有《臨川集》一百卷。事迹見《王荆公安石傳》（《名臣碑傳琬琰集》下卷一四）、《宋史》卷三二七本傳。宋人詹大和編有《王荆公年譜》一卷，清人顧棟高編有《王荆公年譜》三卷、蔡上翔編有《王荆公年譜考略》二十五卷。

王阮（？—一二〇八）

字南卿，德安（今屬江西）人。少好學，尚氣節。從朱熹遊，朱熹稱其才氣術略過人。隆興元年進士。試禮部，對策，知貢舉范成大讀之，譽爲「人傑」。調南康都昌主簿，移永州教授。淳熙六年，知新昌縣。十五年，知昌國縣，嘗主修《昌國志》。紹熙中，知濠州，講武略，金兵不敢南侵。改知撫州。慶元初，以不應韓侂胄召，奉祠，歸隱廬山，從容觴詠。嘉定元年卒。著有《義豐文集》，劉克莊跋稱五卷。其文不主一體，變態無窮，代表作有《館娃宮賦》、《雙溪集序》等。集首吳愈序稱「其文無一字無來處，論邊事則晁、賈其倫，爲記銘則韓、柳其亞」。惜文多散佚，今《義豐集》尚存宋淳祐三年王旦刻本，僅詩一卷。其詩學張孝祥（岳珂《桯史》卷一），於蘇軾、黄庭堅「兩派之間各得一體」（《四庫全書總目》

卷一五九）。事迹見《宋史》卷三九五本傳、《至正四明續志》卷九。

館娃宮賦……………………二四四九

王孝友（生卒年不詳）

字順伯，豐城人。學有淵源，通陰陽性命之奥，與魏了翁號稱修士。著《性理彝訓造化六合論》、《海潮論》，撮古今名臣事迹爲《正監》，裒風土人物爲《豐水志》。卒，徐鹿卿志其墓。事迹見雍正《江西通志》卷六七。《歷代賦彙》載其《豐水賦》，而《江西通志》題作徐鹿卿撰。鹿卿亦豐城人，現存《清正存稿》六卷中無此賦。未詳孰是，姑存疑俟考。

豐水賦……………………一二〇七

王　灼（生卒年不詳）

字晦叔，號頤堂，遂寧（今屬四川）人。紹興中嘗爲幕僚。博學多聞，嫻於音律。紹興十五年冬，居成都碧鷄坊妙勝院，常與友人飲宴聽歌，歸家則録所聞見，並考歷代習俗，追思平時論説，撰成《碧鷄漫志》。是書探究詞曲源流名義，記述宋代詞人故實，品評宋人詞作，對蘇軾、賀鑄、周邦彦之作大加稱賞，對北宋單調纖弱的詞風頗爲不滿，是宋代重要的詞論專著。能詞，多爲贈別、唱酬之作，詞風艷麗明快。著有《頤堂先生文集》五十九卷、《碧鷄漫志》五卷、長短句一卷、祭文一卷（《讀書附志》卷下）。今存《頤堂先生文集》五卷，《碧鷄漫志》五卷，《頤堂詞》一卷，及《糖霜譜》一卷。事迹見王灼《碧鷄漫志序》、《畫繼》卷八、《郡齋讀書附志》卷下、《直齋書録解題》卷一〇及《宋詩紀事》卷四四。

弔屈原賦……………………二五三五

荆玉後賦……………………二二六四

荆玉賦……………………二二六二

朝日蓮賦……………………二六七九

醉竹賦……………………二六〇五

王炎（一一三七—一二一八）

字晦叔，一字晦仲，號雙溪，婺源（今屬江西）人。乾道五年進士，調明州司法參軍。再調鄂州崇陽簿，江陵帥張栻檄入幕府。秩滿，授潭州教授，以薦知臨湘縣。通判臨江軍，召除太學博士。慶元三年，遷秘書郎。四年，除著作佐郎，兼實録院檢討官。五年，遷著作郎兼考功郎，兼禮部員外郎。六年，除軍器少監，遷軍器監，主管武夷山冲佑觀。起知饒州，改湖州，不畏豪强，有「爲天子臣，正天子法」之語，人多傳誦。然終以謗罷，再奉祠。所居有雙溪，築亭寄興，以白樂天自比。嘉定十一年卒，年八十二。生平與朱熹交厚，往還之作頗多，又與張栻講論，故其學爲後人所重。所作詩文博雅精深，具有根柢，議論醇正，引據典確（《四庫全書總目》卷一六〇）。其詩尤爲世人稱許。一生著述甚富，著有《讀易筆記》、《尚書傳》、《禮記》、《論語》、《孝經》、《老子解》、《春秋衍義》、《象數稽疑》、《禹貢辨》、《考工記》、《鄉飲酒儀》、《諸經考疑》、《編年通紀》、《紀年提要》、《天對解》、《韓柳辨證》、《傷寒論》及詩文集，總題爲《雙溪類稿》。早已失傳，僅存詩文二十七卷，亦題爲《雙溪類稿》，或稱《雙溪集》。又有《雙溪詩餘》一卷。事迹見胡昇《王大監傳》（《新安文獻志》卷六九），《宋史翼》卷二四，《南宋館閣續録》卷八、九。

王柏（一一九七—一二七四）

字會之，一字伯會，少慕諸葛亮爲人，自號長嘯，金華（今屬浙江）人。其父及大父皆從學於朱熹、呂祖謙。柏初爲科舉之學，轉而爲文章偶儷之文，又改從古文詩律之學。工力所到，隨習輒精，著《長嘯醉語》（金履祥《魯齋先生文集目後題》）。年三十三，棄去俗學，勇於求道，與其友汪開之著《論語通旨》。端平元年，謂長嘯非聖門持敬之道，改號魯齋。二年，改從黃榦門人何基學，於《四書》、《通鑑綱目》標注點校尤爲精審。以教授爲業，曾受聘主麗澤、上蔡等書院，從學者衆。咸淳十年卒，年七十八，謚文憲。其人天資卓絶，桀驁不馴，後雖折節學問，仍有好高務異之意，敢攻孔子手定之書。詩文雖刻意收斂，然亦時露豪邁雄肆之氣（《四庫全書總目》卷一六四）。著述甚富，今存《書疑》、《詩辨説》、《研幾圖》、《天地萬物造化論》等。已佚者有《文章復古》、《文章續古》、《濂洛文統》、《擬道學志》、《朱子指要》、《詩可言》、《天文考》、《地理考》、《墨林考》、《正始之音》、《江左淵源》、《伊洛精義雜誌》、《周子》、《發遣三昧》、《文章指南》、《朝華集》、《紫陽詩類》等。其詩文集《甲寅稿》亦已佚，六世孫王迪哀集爲《魯齋王文憲公文集》二十卷。事迹見《宋史》卷四三八本傳、方回《可言集考》（《桐江集》卷七）。

王禹偁（九五四—一〇〇一）

字元之，濟州鉅野（今山東鉅野）人。世爲農家子，九歲能文，畢士安見而器重之。太宗太平興國八年進士，授成武縣主簿。次年，徙知長洲縣，改大理評事。端拱初召試，擢右拾遺，直史館。獻《端拱箴》，又獻《御戎十策》，太宗大加稱賞。淳化二年，太宗親試貢士，禹偁賦詩立就，拜左司諫、知制誥，判大理寺。以廬州尼道安訴訟徐鉉案受牽連，坐貶商州團練副使，移解州。四年，召拜左正言，直昭文館，出知單州。召爲禮部員外郎，再知制誥。至道元年，爲翰林學士，知審官院兼通進銀臺封駁司。以上疏言孝章皇后禮儀事，坐謗訕罷職，出知滁州。次年，移知揚州。真宗即位，禹偁上疏言五事，召還，復知制誥。時宰相張齊賢、李沆不協，以禹偁議論輕重其間，落知制誥，出知黄州。作《三黜賦》以見志，有「屈於身兮不屈其道，任百謫而何虧」之語。四年，徙蘄州，病卒，年四十八。禹偁喜獎掖後學，爲之延譽稱揚，當時名士多出其門，實爲一代文學宗師。又以變革文風爲己任，所著詩文既變唐末五代雕繪纖弱之習，亦不爲柳開等宋初作家奇僻艱澀之言，實爲北宋詩文革新運動之先驅。平生撰著極富，著有《小畜集》三十卷、《别集》二十卷、《奏議》三卷、《承明集》十卷、《制誥集》十二卷、《四六》一卷(《通志·藝文略八》)，又著有《後集詩》三卷(《直齋書録解題》卷一七)。今所存者爲《小畜集》三十卷，《五代史闕文》一卷。事迹見《宋史》卷二九三本傳。今人黄啓方撰有《王禹偁年譜簡編》(《幼獅學志》十五卷一期)，徐規有《王禹偁著作事迹編年》。

王奕（生卒年不詳）

字伯敬，一字亦大，玉山（今屬江西）人。淳祐四年，入太學，官玉山教諭。德祐元年元兵破臨安，棄

官入玉斗山，結屋授徒，因號玉斗山人，學者稱斗山先生。與文天祥、謝枋得爲友，枋得被執北行，贈詩云：「兩生無補秦興廢，一出仍關魯重輕。白骨青山如得所，何須兒女哭清明！」詞旨激烈。宋亡，建斗山書院，杜門不出。著有《斗山文集》十二卷、《梅巖雜詠》七卷，已佚。今存《東行斐稿》（《玉斗山人集》）三卷，《四庫全書總目》卷一六六謂其詩「稍失之粗，然磊落有氣，勝宋季江湖一派」。事迹見《宋季忠義録》卷一六，《宋史翼》卷三五，《宋元學案補遺》卷八四。

王洋（一〇八七—一一五三）

字元渤，原籍東牟（今山東蓬萊），徙居山陽（今江蘇淮安）。宣和六年進士。紹興元年，以修職郎召試館職。二年，除校書郎，爲吏部員外郎（《南宋館閣

録》卷八），守起居舍人。是年十月，以言事被斥，復坐撰方閣、張綱改官制詞溢美，罷爲直徽猷閣，主管台州崇道觀（《建炎以來繫年要録》卷五八）。十一年，起知邵武軍，移知吉、饒二州。以與洪皓交遊，罷職奉祠，寓居信州。居所有荷花水木之勝，因號王南池，辟室曰半僧寮，與吕本中、曾幾相唱和（《澗泉日記》卷中）。二十三年卒，年六十七（《建炎以來繫年要録》卷一六五）。洋善詩文，周必大《東牟集序》云：「東牟王公之文吾能言之，以六經爲美材，以子史爲英華，旁取騷人墨客之辭潤澤之，猶以爲未也，挾之以剛大之氣，行之乎忠信之塗，仕可屈身不可屈，食可餒道不可餒。如是者積有年，浩浩乎胸中，滔滔乎筆端矣。賦大禮則麗而法，傳死節則贍而勁，銘記則高古粹美，奏議則切直忠厚。至於感今懷昔，登高望遠，憂思愉佚，摹寫戲笑，一皆寓之於詩。大篇短章，充溢箱篋。」著有《東牟集》三十卷，原集已佚，四庫館臣自《永樂大典》採掇遺文，重編爲十四卷。事迹見周必大《東牟集序》（《周文忠公集》卷二〇）、《宋史翼》卷二七、《宋詩紀事》卷四〇。

擬進南郊大禮慶成賦 ……… 一六七二

王　逢（生卒年里不詳）

吴人，受業於秦觀後裔秦玉。玉卒，撰《孝友先生祠迎享送神詞》（《吴都文粹續集》卷一六）。

孝友先生祠迎享送神詞 ……… 八一一

王象祖（生卒年不詳）

字德甫，號大田，臨海（今屬浙江）人。從學於葉適，學邃行高，爲文簡古老健，和厚凝重，非有所見不下筆，真德秀極重之。有故人作相，時已寢疾，猶草數千言規正之。事迹見《宋元學案》卷五五，雍正《浙江通志》卷四六。

壽台樓賦 ……………………… 二〇四〇

王遇（一一四二—一二一一）

字子合，號東湖，漳州龍溪（今福建漳州）人。乾道五年中進士甲科，調臨江軍教授，移處州教授。受業於朱熹、張栻、吕祖謙之門。歷官長樂縣丞、贛州通判，提舉常平使者。入朝爲大宗正丞、右司郎中。嘉定初出知常州，四年六月卒，年七十。著《論孟講義》、《兩漢博議》及文集若干卷。事見黄榦《王公行狀》（《勉齋集》卷三七）、《宋元學案》卷六九。

王曾（九七八—一〇三八）

字孝先，青州益都（今屬山東）人。咸平五年，由鄉貢試禮部、廷對皆爲第一，所試《有教無類》、《有物混成》二賦警句盛傳於時。以將作監丞通判濟州。召試學士院，授秘書省著作郎、直史館、三司户部判官。景德初，遷右正言、知制誥，兼史館修撰，擢翰林學士。大中祥符九年，爲參知政事（《宋宰輔編年録》卷三）。仁宗即位，遷禮部尚書，拜中書侍郎、同中書門下平章事、集賢殿大學士。王欽若卒，以門下侍郎爲昭文館大學士，監修國史。天聖七年，出知青州，改知天雄軍，判河南府。景祐元年，爲樞密使，二年再相。四年罷，出判鄆州。寶元元年卒，年六十一，贈侍中，謚文正。王曾善文辭，喜筆札，著有《兩制雜著》五十卷、《大任後集》七卷、《筆録遺逸》一卷（富弼《王文正公曾行狀》），又有《王文正公集》五十卷（《通志》卷七〇）。現存者僅《王文正公筆録》一卷。事迹見富弼《王文正公曾行狀》（《名臣碑傳琬琰集》中卷五）、宋祁《王文正公墓誌銘》（《景文集》卷五八）、《宋史》卷三一〇本傳。

王廉清（一一二五—？）

字仲信，順昌府（治今安徽阜陽）人，南渡後居紹興府剡縣（今浙江嵊縣）。王銍長子。紹興十二年，年方十八，進《慈寧殿賦》。不附權貴，銍生前藏書數百篋，銍卒，秦熺欲收其藏書，誘之以禍福，俱不爲所動。累試不第，潦倒一生。著有《京都歲時記》、《廣古今同姓名録》、《補定水陸章句》、《新乾曜真形圖》。事迹見《揮麈餘話》卷二，《宋史翼》卷二七。

王銍（生卒年不詳）

字性之，汝陰（今安徽阜陽）人，王昭素之後。自稱汝陰遺老，人稱雪溪先生。南渡後，寓居剡中。紹興初，累官右承事郎，守太府丞、權樞密院編修官，纂集太宗以來兵制。書成，四年三月賜名《樞庭備檢》。以七朝國史帝紀志傳，益以宰執、宗室世系表，編爲《宗室公卿百官年表》。九年，上《元祐八年補録》及《七朝史》，進右宣議郎、右宣教郎，充湖南安撫使參議官。晚年避居剡溪山中，以吟詠自娱。銍擅長屬文，詩格近温、李。喜論文章，著有《四六話》，序署宣和四年作，是最早的四六話論著。其内容以評宋代表啓爲主，間及唐。著述甚富，有《神宗兵制》、《七朝國史》、《哲宗皇帝元祐八年補録》、《太玄經義解》、《國老談苑》等，均已佚。今存《四六話》、《雪溪集》、《默記》、《補侍兒小名録》、《兩漢紀》。事迹見《宋會要輯稿》崇儒五之三三、崇儒五之三四，《建炎以來繫年要録》卷三五、七四、一二五、一四九、一五一，《直齋書録解題》卷一八，《宋史》卷二〇六、四六五，《宋史翼》卷二七，《宋詩紀事》卷四三，《宋元學案補遺》卷四。

王邁（一一八四—一二四八）

字實之，號臞軒，興化軍仙遊（今屬福建）人。少有場屋聲，嘉泰四年、嘉定九年兩貢於鄉，嘉定十年第進士，調潭州觀察推官，改浙西安撫司幹官。紹定三年爲考試官，以指責詳定官被誣罷官。調南外睦宗院教授。端平元年，召試館職，次年，除秘書省正字。輪對直言，被劾，通判漳州。又因雷雨上封事，削秩免官。久之，復通判漳州。淳祐元年，通判吉州，遷知邵武軍，奉祠。八年卒，年六十五，贈司農少卿。邁以學問詞章發身，尤練世務，直言敢諫，劉克莊稱「其文字膾炙萬口，其論諫雷霆一世」。其奏疏多區別邪正、剖析時弊之言，屢因言貶官而終不改。寧宗視爲狂生，遂自稱「敕賜狂生」（《四庫全書總目》卷一六三）。文亦多憤世嫉俗之言，如《愛方亭賦》、《蚊賦》等篇。古風近體，清拔鉅麗。詞風粗獷，均多憂時之作。著有《臞軒集》二十卷，已佚。四庫館臣據《永樂大典》等輯爲十六卷。事迹見劉克莊《臞軒王少卿墓誌銘》（《後村先生大全集》卷一五二）、《宋史》卷四二三本傳。

王質（一一三五—一一八九）

字景文，號雪山，其先鄆州（治今山東鄆城）人，後徙興國軍（今湖北陽新）。博通經史，才氣縱横。年十六舉鄉貢，二十三入太學，與王阮齊名。又與張孝祥父子交遊，深受器重。著《樸論》言歷代君臣治亂。紹興三十年進士，召試館職，爲言者論罷。次年，入汪澈荆襄幕府。又次年，入張浚江淮幕府。乾道二年，入爲太學正，被讒罷官。三年，虞允文爲四川宣撫使，辟置幕府，命草檄契丹文，援筆立就，辭氣激壯。入爲敕令所删定官，遷樞密院編修官。七年，出通判荆南府，改吉州，皆不行，奉祠居里。淳熙二年，復爲郡守搆陷，以孝宗稱「佳士不應有此」而獲免。十六年卒，年五十五。質以詩文享盛名，周必大稱其「詞源如翻三峽之浪，快讀殆不能去手」(《與王景文質書》)。王阮亦稱：「聽其論古，如讀酈道元《水經》，名山支川，貫穿周匝，無有間斷」，「咳唾隨風，皆成珠璣，使讀之者如嚼蜜雪，齒頰有味。」其著述今存《詩總聞》二十卷、《紹陶録》二卷、《雪山集》十六卷、《雪山詞》一卷。事迹見王阮《雪山集序》、《宋史》卷三九五本傳。

王橚（生卒年不詳）

字茂悦，號會溪。景定三年知郴州。時朝廷議開銀場於州之葛藤坪，奸民射利者衆，聚衆煽亂，橚上疏力陳利害，請禁之。就除福建市舶。歸，尋卒。事迹見《癸辛雜識别集》卷下「鈿屏十事」條，萬曆《郴州志》卷二，光緒《湖南通志》卷九六、一一二。

王應麟（一二二三——一二九六）

字伯厚，號厚齋，又號深寧居士。慶元府鄞縣（今屬浙江寧波）人。淳祐元年進士，調西安主簿，差監平江百萬東倉，調浙西提舉常平茶鹽主管帳司。丁父憂，服除，調揚州教授。寶祐四年中博學宏詞科，遷主管三省、樞密院架閣文字，除國子録，進武學博士，遷太常寺主簿，以言邊事忤丁大全罷。丁敗，起通判台州。景定元年，召爲太常博士。五年，除秘書郎，遷著作佐郎。度宗即位，攝禮部郎官，兼直學士院。咸淳元年，除著作郎兼翰林權直，除軍器少監。三年，擢兼侍立修注官，陞權直學士院，遷秘書少監兼侍講。遷起居舍人，兼權中書舍人。以進奏忤賈似道，奉祠。六年，起知徽州。七年，召爲秘書監，遷起居郎。八年，權吏部侍郎，以母憂去。德祐元年，似道兵敗蕪湖，授中書舍人兼直學士院，遷禮部侍郎兼中書舍人，禮部尚書兼給事中，因封駁留夢炎薦章不報，遂東歸，自號深寧老人。元元貞二年卒，年七十四。應麟嘗從王埜學，學問該博。所存文多爲制詔，《四庫全書總目》卷一六五謂其「以詞科起家，其《玉海》、《詞學指南》諸書，剩馥殘膏，尚多所霑溉，故所自作，無不典雅温麗，有承平館閣之遺」。童槐謂其學承吕祖謙，兼紹朱、陸，旁逮永嘉，所作文章，研極原本，「經史理學隱現其中」（《深寧先生文鈔後序》）。著述多達六百八十九卷，今存三十餘種，其中《困學紀聞》二十卷、《玉海》二百卷、《詩地理考》六卷、《小學紺珠》十卷、《詞學指南》四卷影響最大。詩文集有《深寧集》一百卷、《玉堂類稿》二十三卷、《掖垣類稿》二十二卷，已佚。明鄞縣鄭真、陳朝輔輯其遺作爲《四明文獻集》五卷，清葉熊復輯三卷，彙爲《深寧先生文鈔》八卷。事迹見《宋史》卷四三八本傳、錢大昕《王深寧先生年譜》。

王巖（生卒年不詳）

元祐間人。爲府學教授，嘗撰《重修周公廟賦》，餘不詳。

王騰（生卒年不詳）

字天長（一云字慶長），號東溪先生，眉山（今屬四川）人。因左思賦薄蜀陋吳，諂魏詆晉，而崇寧年間蜀人趙諗謀反伏誅，好事者類指以疵蜀人，故作《辨蜀都賦》，以申蜀人之憤。魏了翁《跋眉人王慶長辯蜀都賦》（《鶴山先生大全文集》卷五九）云：「東溪《辯蜀都賦》，蓋不專爲蜀辯，將以發左思抑蜀黜吳、借魏誚晉之罪，真有功於名教也。」

王觀（生卒年不詳）

字通叟，泰州如皋（今江蘇如皋）人，或云海陵、高郵人。胡瑗門人。嘉祐二年進士，授單州推官，試秘書省校書郎（《東皋詩存》卷一）。元豐間遷大理寺丞，知江都縣（《續資治通鑑長編》卷三〇一、三〇二）。累官翰林學士，因賦應製詞《清平樂》，宣仁太后謂其詞近褻狎，罷職貶謫，故又號王逐客。其詞當時負盛名，王灼稱：「王逐客才豪，其新麗處與輕狂處，皆足驚人。」（《碧鷄漫志》卷二）但内容狹窄，「詞格不高，以『冠柳』自名，則可見矣」（《直齋書録解題》卷二一）。在搆思造語上頗具特色，如《慶清朝慢》，極爲黄昇所稱賞，以爲遠過柳永之作（《唐宋諸賢絶妙詞選》卷五）。亦能詩，其《遊俠曲》、《莫惱翁》二詩，時人謂有唐人樂府風韻（何汶《竹莊詩話》卷一八）。著有《揚州賦》一卷，《芍藥譜》一卷，詞集《冠柳集》久佚，近人趙萬里有輯本。事迹散見《宋會要輯稿》職官六六之一一，《續資治通鑑長編》卷三〇一、三〇二，《宋詩紀事》卷二二。

毛滂（一〇六〇—一一二五）

字澤民，號東堂，衢州江山（今浙江江山）人，維瞻子。元豐中，維瞻知筠州，蘇轍貶監筠州鹽酒税，滂得以受知於蘇轍兄弟。元豐七年，以蔭入官，爲郢州縣尉。元祐中，爲杭州司法參軍，移饒州。紹聖四年，知武康縣。崇寧初，除删定官，爲言者所論罷。二年進《恢復河湟賦》，屢次上書蔡京，多干謁之詞。大觀中居杭州。政和四年，以祠部員外郎知秀州。宣和末年卒。毛滂長於詩詞，在杭州嘗賦《惜分飛》詞贈歌妓，蘇軾時爲杭州守，大爲稱賞，向朝廷舉薦，稱其「文詞雅健，有超世之韻；氣節端麗，無徇人之意」（蘇軾《薦毛滂狀》）。《四庫全書總目》卷一五五謂「其詩有風發泉湧之致，頗爲豪放不羈，文亦大氣盤礴，汪洋恣肆，與李廌足以對壘，在北宋之末，要足以自成一家」。毛滂的文學成就主要在於詞的創作，其詞涉及面較廣，包括慶壽、探梅、泛舟、冶遊、都市風光、贈妓等内容，大多饒於情韻，婉麗可誦，清人陳廷焯《白雨齋詞話》卷一謂其詞「意境不深，間有雅調」。著有《東堂集》，原集已佚，四庫館臣自《永樂大典》輯其詩文，重編爲《東堂集》十卷。毛滂詞在宋代已有單刻本《東堂詞》一卷行世（《直齋書録解題》卷二一）。事迹見《江湖長翁集》卷三一《題東堂集》、《宋史翼》卷二七、《宋詩紀事》卷二九。

文天祥（一二三六—一二八二）

初名雲孫，字天祥，以字貢於鄉，改字履善，又字宋瑞，號文山，又號浮丘道人，吉州吉水（今江西吉水）人。童子時，見學宫所祠鄉賢，欣然慕之。寶祐四年，舉進士，理宗親擢爲第一。歷寧海軍節度判官，上書乞斬董宋臣，遷刑部郎中。歷知瑞州、江西提刑、尚左郎官，權直學士院。忤賈似道，遂乞致仕。起爲湖南提刑、知贛州。德祐初元兵入侵，募兵勤王，除知平江府、臨安府。拜右丞相兼樞密使，入元軍請和，被拘，夜亡入真州，輾轉至温州。聞益王未立，上表勸進，拜右丞相，同都督諸路軍馬，舉兵抗元，兵敗空坑。衛王立，加少保、信國公，進屯潮陽。元軍掩至，被俘。囚燕三年，於至元十九年臘月從容就義，年四十七，後謚忠烈。天祥生當南宋滅亡之際，竭謀殫力，以圖興復，歷盡艱險，百折不撓。文如其人，所作詩文，論理敘事，寫志抒懷，弔古傷今，皆嚴峻剴切，充滿愛國之誠，恢復之志，盡忠死節之言不絶於口，讀之可增仁人志士之氣。《四庫全書總目》卷一六四云：「天祥平生大節，照耀今古，而著作亦極雄贍，如長江大河，浩瀚無際。其廷試對策及上理宗諸書，持論剴直，尤不愧肝膽如鐵石之目。」著有《文山先生全集》二十卷，《指南録》四卷，《指南後録》四卷，《文山樂府》一卷。事迹見《宋史》卷四一八本傳，劉岳申《文丞相傳》，《文山紀年録》，李安《宋文丞相天祥年譜》。

文同（一〇一八—一〇七九）

字與可，自號笑笑先生，梓州永泰（今四川鹽亭東北）人。漢文翁之後，世稱石室先生。皇祐元年進士，爲邛州軍事判官，更攝蒲江、大邑二令。至和二年，調静難軍節度判官。嘉祐四年，召試館職，編校史館書籍。出通判邛州。治平二年，通判漢州，遷太常博士，知普州。熙寧三年，知太常禮院，兼編修大宗正司條貫。出知陵州，徙興元府。歷度支、司封員外郎，徙知洋州。代還，判登聞鼓院。元豐元年，除知湖州。赴任道中卒於陳州，年六十二。文同博學多才藝，擅長書法、繪畫。尤以善畫竹著稱，開創了傳統中國畫之湖州竹派。工詩文，司馬光稱其詩「高遠瀟灑，如晴雲秋月，塵埃所不能到」（《與文同小簡》）。著有《丹淵集》四十卷。事迹見范百禄《文公墓誌銘》（《丹淵集》附録）、《宋史》卷四四三本傳。南宋家誠之編有《石室先生年譜》。

文彥博（一〇〇六—一〇九七）

字寬夫，汾州介休（今屬山西）人。天聖五年進士。歷殿中侍御史、河東轉運副使、都轉運使，知秦州、益州，召拜樞密副使、參知政事。慶曆八年拜同平章事。皇祐三年罷，出知許、青、永興等州軍。至和二年復相。嘉祐三年出判河南、大名、太原等府，封潞國公。英宗朝入爲樞密使。熙寧中因極論新法之害，力引去。拜司空，河東節度使，尋以太師致仕。元祐初平章軍國重事，居五年，復致仕。紹聖四年卒，年九十二。崇寧間入元祐黨籍，後追復太師，謚忠烈。逮事仁、英、神、哲四朝，出將入相五十年。退居洛陽後，與富弼、司馬光等置酒賦詩相樂，謂之洛陽耆英會。喜爲文辭，詩學西崑體，有晚唐風韻。爲文不事雕琢，通達曉暢，切於時用，葉夢得以爲「未嘗有意於爲文，而因事輒見，操筆立成，簡質重厚，經緯錯出」（《文潞公略集序》）。其賦用典精當，不露痕迹（《賦話》卷五），多爲時人傳誦。著有《文潞公集》四十卷、《補遺》一卷。事迹見《文忠烈公彦博傳》（《名臣碑傳琬琰集》下卷一三）、《宋史》卷三一三本傳。

方大琮（一一八三—一二四七）

字德潤，號鐵庵，又號壺山，興化軍莆田（今屬福建）人。開禧元年進士，補南劍州教授，改江西轉運司參議，知將樂、永福二縣。端平元年，擢監六部門。三年，遷著作佐郎，除右正言。遷起居舍人，兼國史院編修官、實録院檢討官。嘉熙元年，兼權直舍人院。爲蔣峴所劾，主管紹興府千秋鴻禧觀，俄起知建寧府。淳祐元年，知廣州。四年，兼廣東經略安撫使。六年，改知隆興府。七年卒，年六十五，謚忠惠。其奏議疏通暢達，切中時弊，論經諸文多持平之論（《四庫全書總目》卷一六三）。尤長於四六，善於剪裁，屬對工穩。劉克莊至以「典嚴精麗」、「語妙天下」評其文（《鐵庵遺稿序》）。詩多應酬之作。著有《鐵庵遺稿》，已佚。明正德八年族孫方良節等輯成《鐵庵方公文集》四十五卷。又有《壺山四六》一卷。事迹見劉克莊《鐵庵方閣學墓誌銘》（《後村先生大全集》卷一五一）。

方回（一二二七—一三〇七）

字萬里，一字淵甫，號虛谷，別號紫陽山人，歙縣（今屬安徽）人。幼孤，從叔父方瑑學，以詩見知於知州魏克愚，隨魏至永嘉，復與制帥吕文德相厚。景定三年進士，調隨州教授。吕師夔提舉江東，辟充幹辦公事，歷江淮都大司幹官、沿江制幹，屢爲賈似道抑劾，至德祐元年始通判安吉州。似道魯港兵敗，首上書劾賈，數其罪有十可斬。召爲太常寺簿。以劾王爚、陳合，論福王不當入輔，出知建德府。德祐二年，舉城降元，改授建德路總管兼府尹。元至元十六年，赴燕覲見，遷通議大夫，依舊任。前後在郡七年，爲婿及門生所訐，罷歸，不復仕。晚年寓居錢塘，既與宋遺民往還，也奔走於元朝新貴之門。元大德十一年卒，年八十一。平生於詩無所不學，初學張耒，次學蘇舜欽、梅堯臣、楊萬里，晚慕黄庭堅、陳師道、陳與義，而以陸游自比（戴表元《桐江詩集序》、方回《桐江續集自序》）。論詩力主江西派，推尊黄、陳，鄙薄晚唐、四靈、江湖諸派，其論多見於集中序跋及《瀛奎律髓》（《鐵琴銅劍樓藏書目録》卷二二）。著有《璧流集》、《讀易釋疑》、《易中正考》、《皇極經世考》、《名僧詩話》等，已佚。又有《桐江集》六十五卷，已佚，今殘存八卷。入元罷官後所作，收入《桐江續集》，原書五十卷，今殘存三十六卷。事迹見洪焱祖《方總管回傳》（《新安文獻志》卷九五）、《元詩紀事》卷五。

方岳（一一九九—一二六二）

字巨山，號秋崖，徽州祁門（今屬安徽）人。七歲能賦詩。紹定五年進士，調滁州教授，除淮東安撫司幹官，進禮、兵部架閣，添差淮東制司幹官。端平間，代淮帥趙葵書稿責史嵩之主和議。嘉熙三年，差充刑工部架閣，爲言者論罷，閒居四年。淳祐四年，以禮工部架閣召，除太學正兼景獻府教授。六年，遷宗學博士，通講榮王邸。七年，除秘書郎，以宗正丞權工部郎官。出知南康軍，九年，因綱運事爲湖廣總領賈似道按劾，移知邵武軍，改知饒州、寧國府，未上而罷。寶祐四年，程元鳳當國，起知袁州。六年，丁大全當國，除尚左郎官，以不爲造宅被劾罷。景定初，起知撫州，復元官，因舊嫌而寢新命。三年卒，年六十四。岳才鋒凌厲，其奏議流暢平易，多深切之論。其駢文用典精切，紆徐平易，流暢通達。「名言雋句，絡繹奔赴，以駢體爲尤工，可與劉克莊相爲伯仲」（《四庫全書總目》卷一六四）。其詩不用古律，率意而爲，語或天出，詩名與劉克莊比肩（吳龍翰《古梅吟稿》卷六《聯句辨》）。其詞近蘇、辛一派，慷慨悲壯，豪氣過人，情辭俱不在葉夢得、劉克莊之下（王鵬運《四印齋所刻詞》）。著有《重修南北史》一百七十卷、《宗維訓録》十卷，已佚。今存《秋崖先生小稿》四十卷。事迹見《秋崖先生小稿》卷首元洪焱祖《秋崖先生傳》。

方逢振（生卒年不詳）

字君玉，嚴州淳安（今屬浙江）人，逢辰弟。景定三年進士，歷國史實録院檢閲文字，累官太府寺主簿。宋亡，歸隱鳳潭，講學於石峡書院，學者稱山房先生。元至元二十四年徵召入朝，不赴，終於家。逢振兄弟均以道學知名，其詩雖有道學氣，亦見其抗節不屈之志。著有《山房集》，已佚。裔孫方淵等輯有《山房先生遺文》一卷，明天順七年方中附刻於《蛟峰集》後。事迹見嘉靖《淳安縣志》卷一一、《宋史翼》卷三四、《宋季忠義録》卷一三。

孔平仲（一〇四四—一一〇二）

字義甫，一作毅父，臨江軍新淦（今屬江西峡江）人，文仲、武仲弟。治平二年進士。元豐二年，爲都水監勾當公事（《續資治通鑑長編》卷二九八）。元祐初應制科試，爲秘書丞、集賢校理。文仲卒，歸葬南康，詔以爲江東轉運判官護葬事。提點江浙鑄錢、京西刑獄。紹聖中，言者劾其元祐時附會當路，詆毁先朝，奪校理，出知衡州。提舉董必劾其不推行常平法，徙韶州，責爲惠州别駕、英州安置。徽宗即位，復朝散大夫，召爲户部、金部郎中，出提舉永興路刑獄，帥鄜延、環慶。崇寧元年，入元祐黨籍，罷職，主管兖州景靈宫，卒。平仲長於史學，工文辭，與其二兄並稱「清江三孔」。吳之振謂其詩「妖矯流麗，奄有二仲」（《宋詩鈔・平仲清江詩鈔序》）。著有文集、《續世説》、《孔子雜説》、《釋裨》及《珩璜新論》、《良史事證》、《詩戲》等，今存《珩璜新論》一卷、《續世説》十二卷、《談苑》五卷、《清江三孔集》四十卷中含其詩文，其餘已佚。事迹見《東都事略》卷九四、《宋史》卷三四四《孔文仲傳》附傳。

孔武仲（一〇四二—一〇九八）

字常父，臨江軍新淦（今屬江西峡江）人，文仲弟、平仲兄。幼力學，嘉祐八年中進士甲科，調穀城主簿，選爲齊州教授，爲國子直講。元祐初，歷秘書省正字、集賢校理、著作郎、國子司業。嘗論科舉之弊，排詆王安石經義，請復詩賦取士。進起居郎兼侍講，除起居舍人，拜中書舍人、直學士院。擢給事中，遷禮部侍郎，出知洪州，徙宣州。紹聖四年，坐元祐黨奪職，管勾洪州玉隆觀，池州居住。元符元年卒（孔平仲《祭三兄侍郎文》），年五十七。元符末，追復原官。武仲與其兄、弟並稱「清江三孔」，黄庭堅有「二蘇聯璧，三孔分鼎」（周必大《清江三孔集原序》引）之譽。爲文宗「歐蘇」古文，尤長於論説。詩歌兼備古體、近體，格律嚴整，文辭平易。著有《詩説》、《書説》、《論語説》、《金華講義》、《内外制》，自編有文集《丙寅赴闕詩稿》、《南齋集稿》、《渡江集》，均佚。南宋慶元時所編《清江三孔集》四十卷，含孔武仲《宗伯集》十七卷。事迹見《東都事略》卷一一七、《宋史》卷三四四《孔文仲傳》附傳。

五畫

甘應龍（生卒年不詳）

嘉泰中人，餘不詳。

石介（一〇〇五—一〇四五）

字守道，一字公操，兗州奉符（今山東泰安東南）人。天聖八年進士，釋褐鄆州觀察推官。景祐初，爲南京留守推官，遷嘉州軍事判官。丁母憂歸，開館講學於家鄉徂徠山下，學者稱徂徠先生。慶曆二年，召爲國子監直講。拜太子中允，直集賢院。著《慶曆聖德頌》，謳歌范仲淹慶曆新政。變法旋告失敗，介不自安，求放外。五年，除濮州通判，未赴任，卒於家，年四十一。石介嘗從學孫復，博通經術，爲文章切責當世，無所顧忌，倡導古文，尊崇韓愈，在《原道》、《尊韓》以及《與士建中秀才書》等文中，闡述道統。又著《怪説》、《中國論》諸文，抨擊佛、老，指斥楊億爲首的西崑體詩「淫巧侈麗，浮華纂組」。言辭往往過激，歐陽修曾委婉地批評他「自許太高、詆時太過」（歐陽修《與石推官第一書》）；張方平則嚴厲指斥他「以怪誕詆訕爲高，以流蕩猥瑣爲贍，逾越規矩，惑誤後學」（《貢院請誡勵天下舉人文章》）。著有《徂徠集》、《唐鑑》、《三朝聖政録》、《易解》等。事跡見歐陽修《徂徠石先生墓誌銘》（《歐陽文忠公文集》卷三四）、《宋史》卷四三二本傳。

田晝（生卒年不詳）

字承君，陽翟（今河南禹縣）人。樞密使田況從子（王安石《田公墓誌銘》），以蔭爲校書郎。調磁州録事參軍，知西河縣。元符間，監汴京廣利門，以病歸許。建中靖國初，召爲大宗正丞。後提舉江西常平，改知淮陽軍，卒於治所，年四十五。田晝嘗與鄒浩、賀鑄等交遊，詩歌清麗，其《築長堤》、《杜牧》、《墨子》諸詩，吕祖謙收入《宋文鑑》。著有《田晝集》二卷（《宋史·藝文志七》），今已佚。事迹見鄒浩《送田承君敘》（《道鄉集》卷二七）、《宋史》卷三四五《鄒浩傳》、《宋詩紀事》卷三五。

田錫（九四〇—一〇〇三）

字表聖，祖籍京兆（今陝西西安）人，遷居嘉州洪雅（今屬四川）。太平興國三年進士，除將作監丞、通判宣州。召還，改著作郎，拜右拾遺、直史館。出爲河北轉運使，改知相、睦州，遷起居舍人。還朝，判登聞院，又以本官知制誥，進兵部員外郎。端拱二年，因忤宰相，出知陳州。以獄案留滯，責授海州團練副使。起爲工部員外郎，直集賢院，復户部郎中。真宗即位，遷吏部郎中，判審官院兼通進銀臺封駁司。出知泰州。咸平五年再掌銀臺，兼御史知雜事，擢右諫議大夫、史館修撰。六年十二月卒，年六十四。田錫以直言敢諫著稱，前後所上奏疏凡五十一篇，蘇軾稱爲「古之遺直」，比於西漢賈誼（《田表聖奏議敘》）。田錫論文主張以意爲主，認爲意明則氣盛，氣盛則文彩從之而生。詩歌清麗秀雋，律賦「興會淋漓，音節嘹亮，妍辭膩旨，不讓唐人」（李調元《賦話》卷五）。著有《奏議》二卷、《咸平集》五十卷、《別集》三卷、《唐明皇制誥後集》一百卷，今存《咸平集》三十卷、《麴本草》一卷。事迹見范仲淹《田公墓誌銘》（《范文正公集》卷一二）、《宋史》卷二九三本傳。

史子玉（生卒年里不詳）

開禧中任隆慶府（劍州）學官。事見《全蜀藝文志》卷二《枸杞賦》謝艮跋。

史浩（一一〇六—一一九四）

字直翁，自號真隱居士，鄞縣（今屬浙江寧波）人。紹興十五年進士，調餘姚尉，歷温州教授。秩滿，除太學正，陞國子博士，除秘書省校書郎兼二王府教授。三十一年，遷宗正少卿。次年，除起居舍人兼太子右庶子。孝宗繼位，知制誥，除參知政事。隆興元年，拜尚書右僕射，首言趙鼎、李光無罪，岳飛久寃，宜復其官爵。乾道四年，因反對張浚出師北伐，出知紹興府。八年，判福州。淳熙四年，召爲侍讀學士。五年，復爲右丞相。復求去，拜少傅，充醴泉觀使。十年，致仕，封魏國公。紹熙五年卒，年八十九，封會稽郡王。寧宗即位，賜謚文惠。嘉定十四年，追封越王，改謚忠定，配享孝宗廟庭。史浩習成忠厚，學貫經史，所作奏議，持論穩重，極言朝廷當量力而行，北伐不可輕易妄舉，均爲「老成謀國之見」（《四庫全書總目》卷一五九）。詩詞文辭暢達，内容却多爲唱酬、贈別、祝壽之什，往往表現一種富貴雍容、安樂閒逸之趣。著有《鄮峰真隱漫録》五十卷。事迹見樓鑰《純誠厚德元老之碑》（《攻媿集》卷九三）、《寶慶四明志》卷九、《宋史》卷三九六本傳。

史堯弼（一一一九—?）

字唐英，世稱蓮峰先生，眉州（治今四川眉山）人。紹興二年年十四，居眉州解試第二。赴科舉試不第，束書東遊。張浚在潭州，乃以古樂府、《洪範》等論贊之，謂其大類東坡，命其子張栻與遊。十九年返蜀。二十七年，與弟堯夫同科登第。三十一年，金兵渡淮至長江，張浚復起，堯弼謂浚用兵必敗績，已而果然，人以爲知言。大約卒於紹興末、乾道初（省齋於乾道二年爲其文集撰序，時已卒），年僅四十餘歲。堯弼天才早慧，《四庫全書總目》卷一六一稱其詩文有蘇軾遺風，詩歌縱橫排宕，擺脱恒蹊；論策諸篇，明白曉暢，瀾翻不窮，亦有不可羈勒之氣，雖享壽不永，亦不失爲才士。所著詩文於其歿後編次爲《蓮峰集》三十卷，後又於嘉定間重刻，任清全爲作序。原集已佚，四庫館臣自《永樂大典》輯其詩文，重編爲十卷。事迹見《兄伯振墓誌銘》（《蓮峰集》

卷一〇）、《蓮峰集》卷首原序。

丘葵（一二四四—一三三三）

字吉甫，泉州同安（今屬福建）人。居海嶼中，因自號釣磯。早慕朱熹之學，親炙於吕大圭、洪天錫之門。及見國事日非，絶意進取，以耕釣養親。景炎元年，蒲壽庚以泉州降元，幼主南航，吕大圭遇害，痛憤不欲生，所爲詩歌憂悲惻切，讀之令人感泣沾襟。宋亡，杜門著書，與謝翱、鄭思肖號閩中三君子。元泰定間御史馬祖常徵聘，力辭不出，所著書悉爲取去。卒年九十。著述有《周禮補亡》等。《釣磯詩集》五卷，有道光二十六年刻本、同治十三年刻本。陸心源序稱其詩「蒼老激楚，道古以刺時，緣情而類物，寫其感憤不平者必於詩，蓋古所謂鏤肝擢腎，結爲章句者也」。羅以智跋稱其詩「不染元人纖靡習氣」。所賦梅花，亦見其抗節不屈之氣節。事迹見本集附《邱吉甫先生傳》、《宋季忠義録》卷一五、《閩中理學淵源考》卷三三。

司馬光（一〇一九—一〇八六）

字君實，號迂夫，晚年號迂叟，陝州夏縣（今山西夏縣）涑水鄉人，世稱涑水先生。景祐五年進士，爲蘇州簽判，簽書武成軍判官事，改大理評事，補國子監直講。慶曆六年，爲館閣校勘，同知禮院。龐籍辟爲并州通判。召還，直秘閣，爲開封府推官，修起居注，判禮部，同知諫院。進知制誥，改天章閣待制兼侍講，知諫院。治平三年，進龍圖閣直學士。神宗即位，擢翰林侍讀學士。熙寧三年，因與王安石政見不合，數持異議，出知永興軍。改判西京留司御史臺，居洛陽，編修《資治通鑑》。哲宗即位，皇太后臨朝，起光執掌國政，盡廢新法。元祐元年，拜尚書左僕射，兼門下侍郎。是年九月卒於位，年六十八，贈太師、温國公，謚文正。司馬光爲宋代著名政治家、史學家。自言不喜科舉時文而傾慕古文，尤好史學（《上始平公述不受知制誥啓》）。現存文章以奏議、議論文爲多。王安石論其文章似西漢文風（《邵氏聞見後録》）；晁公武也以爲「其文如金玉谷帛藥石也，必有適於用」（《郡齋讀書志》卷一九）。其史學巨著《資治通鑑》一書體例謹嚴，結構完備，文字質樸，敘事清簡，而不乏文彩。其散文則深切著明，情真意切。所著《涑水紀聞》，簡要真實，可藉以攷見一時史事；《續詩話》則可見其作詩理論。著述甚豐，多達二十餘種（蘇軾《司馬温公行狀》），有《温國文正司馬公文集》八十卷，《資治通鑑》三百二十四卷，《考異》三十卷，《通歷》八十卷，《稽古録》二十卷，《涑水紀聞》十卷等，並注釋《易》、《孝經》、《老子》、《法言》、《太玄》等。事迹見蘇軾《司馬温公行狀》、范鎮《司馬文正公墓誌銘》（《傳家集》附）、《宋史》卷三三六本傳。明馬巒、司馬露及清人顧棟高分别編有司馬光年譜。

六畫

邢居實（一〇六八—一〇八七）

字惇夫（一作「敦夫」），鄭州原武（今河南原陽西）人，恕子。少時以奇童稱，年十四賦《明妃引》詩，爲蘇軾所稱賞，由是知名。年十六、七時，已擅長各體文章，論議凛然，自成一家，黄庭堅、晁補之、張耒、秦觀、陳師道皆見而愛之。從父赴任隨州，作《南征賦》，蘇軾讀之，歎曰：「此足以藉手見古人矣！」元祐二年，卒於漢東，年甫二十。居實少年豪邁，詩文俱佳，黄庭堅稱贊其「才性高妙，超出後生千百輩」（《書邢居實文卷》），葉適亦謂「少而雄邁，有古人筋骨」，對其早逝甚爲惋惜（《習學記言序目》卷四七）。清人浦銑極賞其《南征賦》，以爲有「仲宣（王粲）、安仁（潘岳）筆意，生趣足以動人」（《復小齋賦話》卷下）。朱熹對其《秋風三叠寄秦少游》評價甚高，以爲「神會天出，如不經意，而無一字作今人語」（《詩人玉屑》卷一三引）。其詩文由王直方匯集遺稿編爲《呻吟集》一卷，今已佚。事迹見晁説之《邢惇夫墓表》（《嵩山文集》卷一九），《宋史》卷四七一《邢恕傳》附傳。

吕人龍（生卒年不詳）

字首之，淳安（今浙江淳安西北）人。爲錢時高弟，胸次灑落，有文詞。學者因其所居，稱爲鳳山先生。景定三年特奏名，仕終承務郎。著有《鳳山集》，已佚。吕人龍以道學知名，其《光風霽月亭》詩云「月從康節詩邊吐，風向包羲易裏生」，蓋其自況。事迹見嘉靖《淳安縣志》卷一一、萬曆《續修嚴州府志》卷一五，《宋元學案》卷七四，《宋詩紀事》卷六八。

吕大鈞（一〇三一—一〇八二）

字和叔，學者稱京兆先生，大防弟。其先汲郡人，後徙京兆藍田（今陝西藍田）。嘉祐二年中進士乙科，調秦州右司理參軍，監延州折博務。改光禄寺丞、知耀州三原縣，移知綿州巴西縣。韓絳宣撫陝西、河東，辟爲書寫機宜文字（《續資治通鑑長編》卷二一六)。丁父憂，家居講道數年。元豐五年討伐西夏，鄜延路轉運司檄爲從事，爲管勾文字。未幾，感疾，卒於延州，年五十二。大鈞師從張載，贍學博文，爲文非義理不發，務求有用(《郡齋讀書志》卷一九)。嘗編撰《井田》、《兵制》爲圖籍。其奏疏《選小臣宿衛議》，論事切當，清康熙皇帝以爲「交互發意，滔滔如泉源之湧溢」(《御製文第三集》卷四二)。著有《誠德集》三十卷(《郡齋讀書志》卷一九)，又有《呂氏鄉約》一卷(《宋史·藝文志四》)，均已佚。事迹見范育《呂和叔墓誌銘》(《皇朝文鑑》卷一四五)、《宋史》卷三四〇《呂大防傳》附傳。

天下爲一家賦……………一四二八

呂大臨(一〇四六—一〇九二)

字與叔，世稱芸閣先生，京兆藍田(今屬陝西)人，大防弟。初學於張載，後學於程頤，與謝良佐、游酢、楊時號稱「程門四先生」。通六經，尤精《禮》學。元祐中，爲太學博士，遷秘書省正字。七年，范祖禹舉薦其好學修身，行如古人，可備勸學(《續資治通鑑長編》卷四七二)，未及用而卒，年四十七。其詩好發議論，然無理學家氣。著有《禮記傳》十六卷(存)、《考古圖》十卷(存)及《玉溪先生集》二十八卷(《宋史·藝文志七》)，已佚。事迹見《宋史》卷三四〇《呂大防傳》附傳。

擬招……………六七

呂本中(一〇八四—一一四五)

初名大中，字居仁，號紫微，學者又稱東萊先生，壽州(治今安徽壽縣)人，公著曾孫，希哲孫，好問子。以公著遺表恩補承務郎。元符中，主濟陰簿、秦州士曹掾，辟大名府帥司幹官。宣和六年，除樞密院編修官。靖康初，遷職方員外郎，主管崇道觀。紹興六年，特賜進士出身，擢起居舍人兼權中書舍人。七年，主管太平觀，召爲太常少卿。八年，遷中書舍人，兼侍講，兼權直學士院。屢上疏論恢復大計，後因事忤秦檜，又與趙鼎相知，秦檜風御史蕭振劾罷之，提舉太平觀，紹興十五年卒，年六十二，賜謚文清。本中上承家學，復從楊時、尹焞等遊，爲時名儒，又爲江西詩派重要作家，所作《江西詩社宗派圖》列陳師道以下二十五人，以黄庭堅爲詩派之祖，對北宋詩歌作出了總結與概括。作詩倡導「活法」之説：「所謂活法者，規矩備具，而能出於規矩之外，變化不測，而亦不背於規矩」，並具體指出「好詩流轉圓美如彈丸，此真活法也」（《夏均父集序》）。認爲「作詩須熟看老杜、蘇、黄，亦先見體式，然後遍考他詩，自然功夫度越過人」（《童蒙訓》）。所作詩則鍛字煉句，刻意苦吟，甚至「嘗嘔血，自此得羸疾終其身」（《艇齋詩話》）。陸游稱吕本中詩文「汪洋閎肆，兼備衆體，間出新意，愈奇而愈渾厚，震耀耳目，而不失高古，一時學士宗焉」（《東萊詩集序》）。擅長作詞，曾季貍《艇齋詩話》謂其晚年詞「尤渾然天成，不減唐《花間》之作」。著有《春秋集解》、《師友雜志》、《官箴》、《童蒙訓》、《紫微雜説》及《東萊先生詩集》等傳世。事迹見《宋史》卷三七六本傳。

吕昌明（一作吕昌朝，生卒年不詳）

字潛叔。元祐中守嘉州（蘇軾有《送吕昌朝知嘉州》詩），著有《嘉州志》。事迹見《金石苑》嘉州卷末跋語，嘉慶《四川通志》卷一一四。

吕祖謙（一一三七—一一八一）

字伯恭，婺州金華（今浙江金華）人。家有中原文獻之傳，復從林之奇、汪應辰、胡憲、張栻、朱熹遊，其學益精。以蔭補官，隆興元年進士，復中博學宏詞科，調南外宗學教授。乾道五年，添差嚴州教授。六年,召爲太學博士,兼國史院編修官、實録院檢討官。七年,除秘書省正字。淳熙元年,主管台州崇道觀。二年,與朱熹、陸九淵會於鵝湖。三年,召除秘省郎,修《徽宗皇帝實録》,奉旨校正《聖宋文海》。五年,遷著作佐郎,兼史職,兼禮部郎官,遷著作郎。六年,繳進《文海》,以「采摭精詳,有益治道」,賜名《皇朝文鑑》,除直秘閣。淳熙八年卒,年四十五。謚曰成。在理學上,與朱熹、張栻齊名,時稱東南三賢。主張「明理躬行」,反對空談性理,開浙東學派先聲,學者稱東萊先生。在文學上與重道輕文的理學家不同,力求融合道學與辭章之學。「祖謙於《詩》、《書》、《春秋》皆多究古義,於十七史皆有詳節,故詞多根柢,不涉遊談」(《四庫全書總目》卷一五九)。所著《吕氏家塾讀詩記》,是宋人研究《詩經》的力作,可與朱熹《詩集傳》媲美。奉命編纂的《皇朝文鑑》一百五十卷,收北宋詩文作者二百餘人,作品二千一百餘篇,選文兼重實用與文彩,不因人廢言。又編有《古文關鍵》,圈點評注,對古文的體格、源流、命意、結構、句法、字法,多有闡釋。所作詩文豪邁駿發,無語録體之習。議論閎肆雄辯,筆鋒犀利,敘事之文條理井然,語言清麗。存詩不多,而頗有情致。一生著述甚富,除上述外還有《周易本義》、《東萊書説》、《左氏傳説》、《春秋集解》、《東萊左氏博議》、《歷代制度詳説》、《周儀外傳》等十多種,並與朱熹合撰《近思録》。其詩文集通稱《東萊吕太史文集》四十卷。事迹見《宋史》卷四三四本傳和《東萊集》所附《年譜》。

吕 皓(一一五二—一二二八)

字子陽,號雲谿,婺州永康(今屬浙江)人。師愈子。初以賑粟補官。淳熙八年貢於禮部,不中,遂絶意科舉。九年,以父兄爲人誣構入獄,上書孝宗,願納所得官贖其罪,情辭慷慨,朝奏夕報,由是孝義之聲聞天下。日夜礪志於學，以孝悌薦，以遺逸召，皆辭不就。晚年，士子多逾鄉越里以就學。葉適《跋吕子陽老子支離説》稱其「詩歌文字，多自得意，高處往往不減古人」。著有《窮士本末》、《三徙録》、《西征唱酬》、《老子通儒説》、《事監韻語》、《遁思遺稿》等，已佚。今存《雲溪稿》一卷。事迹見《雲溪稿》之《雲溪遺叟自傳》、《關書序》、《上孝宗皇帝書》、《畏天懼法碑》及《敬鄉録》卷一〇、《金華賢達傳》卷二、《金華先民傳》卷五等。

水心葉先生哀辭……六三五

朱中有（生卒年不詳）

寧宗時泉州同安（今福建同安）人。撰《潮賾》，自稱「生長海濱，往來錢塘五十年」，因唐盧肇所作《海潮賦》不免疎漏，故爲重作，博採群書，「設爲問答，凡十七條，輯而賦之」，以「盡潮之情，極潮之變」。

潮　賾……六八一

朱長文（一〇三九—一〇九八）

字伯原，蘇州吴縣（今江蘇蘇州）人。少時嘗從孫復聽講《春秋》之學。嘉祐四年進士，以病足不肯試吏，築室樂圃坊，讀書爲學，自得其樂，與徐積、陳烈號稱「三先生」。元祐中，除秘書省校書郎、許州司户參軍，充蘇州教授。召爲太學博士，遷秘書省正字，兼樞密院編修。元符元年二月卒，年六十。長文博學强識，論文先經術後辭藻，於六經皆有辨説，《四庫全書總目》卷一五五稱其「在南北宋間，與徐積齊名，然積之學問主精研事理，長文之學問主博考古今；積之文章多怪偉駭俗，長文之文章多平易近人，其所造則各有不同」。著有《春秋通志》二十卷、《吴郡圖經續記》三卷（存）、《易經解》（存）、《墨池編》六卷（存）、《琴史》六卷（存）。另有《樂圃文集》一百卷，建炎兵火後散失，朱思於南宋紹熙間搜訪遺佚，編爲十卷，名曰《樂圃餘稿》（朱思《樂圃餘稿序》)。事迹見張景修《朱公墓誌銘》(《樂圃餘稿》附)、《宋史》卷四四四本傳。

樂在人和不在音賦……………………二一二五

朱昂(九二五—一〇〇七)

字舉之,先世京兆渼陂(今陝西户縣)人,唐末徙南陽,其父葆光又僑寓潭州(今湖南長沙)。昂少年力學,時人稱朱遵度爲「大萬卷」,稱昂爲「小萬卷」。周世宗時,爲揚州永真縣令。宋初,李昉出使湖外,訪求異人,奏爲衡州録事參軍。秩滿,調宜城令,歷知蓬州、廣安軍,遷殿中丞、知泗州。太平興國二年,知鄂州,加殿中侍御史,爲峽路轉運副使,遷轉運使。端拱二年直秘閣,出知復州。至道元年,遷水部郎中,命再直秘閣。又二年,兼越王記室。咸平元年,遷司封郎中,知制誥,兼判史館,奉詔編次三館秘閣書籍,上秘閣書目,加吏部郎中。二年,爲翰林學士。四年,以工部郎中致仕。昂仰慕陶潛爲人,仿《閒情賦》而作《廣閒情賦》,李昉大稱賞;又作《隋河辭》,謂煬帝遊觀傷財,乃天意所以亡隋,而隋不興役費財以害民,則無今日運河之利。嘗著《資理論》三卷進御,論時政賞罰得失及天下須賢才以爲治,真宗降詔褒獎,詔付史館收藏。景德四年預撰墓誌,六月卒,年八十三。門人謚爲正裕先生(《行狀》作靖裕先生)。著有文集三十卷(《宋史·藝文志七》),今已佚。事迹見夏竦《朱公行狀》(《文莊集》卷二八)、《宋史》卷四三九本傳。

廣閒情賦……………………三〇一七

朱翌(一〇九七—一一六七)

字新仲,自號灊山居士、省事老人,舒州懷寧(今安徽潛山)人,載上子。政和八年賜同上舍出身,爲溧水主簿。紹興六年,爲敕令所删定官。八年,除秘書省正字。九年,遷校書郎。十年,守祠部員外郎,歷秘書少監、起居舍人、中書舍人兼實録院修撰。十一年，以言事忤秦檜，責授左承事郎、將作少監，分司西京，韶州安置（《建炎以來繫年要録》卷一四二）。二十五年，秦檜死，起復左承議郎，充秘閣修撰，後歷知宣州、平江府。三十年，復敷文閣待制，知宣州，移平江府。乾道三年卒，年七十一。其父嘗從蘇軾、黄庭堅遊，朱翌承其家學，才力又頗富健，故所著詩文有元祐遺風。周必大稱其「苦心爲詩，自其所長，至於議論切當世之務，制誥得王言之體，賦序碑記未嘗苟作」，比之於晚唐杜牧（《朱新仲舍人文集序》）；《四庫全書總目》卷一五七亦謂其集「五七言古體皆極跌宕縱横，近體亦偉麗伉健，喜以成語屬對，率妥帖自然」。詞雖不多，但也興象清麗，不事雕琢而精巧大雅，所賦梅詞，冠絕一時（《歷代詞話》卷七）。著有《灊山集》四十四卷（周必大《朱新仲舍人文集序》，《宋史·藝文志七》署作《朱翌集》四十五卷、詩三卷），原集已佚，四庫館臣自《永樂大典》輯出重編爲三卷。又著有筆記《猗覺寮雜記》二卷。事迹見《寶慶四明志》卷八、《宋史翼》卷二七。

朱熹（一一三〇—一二〇〇）

字元晦，後改仲晦，號晦庵、晦翁、雲谷老人。祖籍婺源（今屬江西），生於尤溪（今屬福建），徙居崇安（今福建武夷山），晚年居考亭，學者稱考亭先生，朱松子。紹興十八年進士，授泉州同安主簿，歷四考罷歸。二十八年，監潭州南岳廟。孝宗即位，上封事反對議和。隆興元年召見，力主講學與恢復，除武學博士。乾道初，以時相主和，請祠以歸。淳熙元年，主管台州崇道觀。二年，偕吕祖謙至信州，與陸九淵兄弟會於鵝湖寺。五年，史浩薦知南康軍，屢辭不許，次年赴任。修復白鹿洞書院，立學規，教諸生。除江西提舉待次，以荒政修舉除直秘閣。八年，以浙東大饑，改浙東提舉，單車就道，救荒革弊，興置社倉。九年，累章按劾台州守唐仲友，獄已具而仲友得釋，熹憤而請祠。十年，差主管台州崇道觀。十四年，起爲江西提刑。次年，王淮罷相，陞兵部郎官，以足疾請祠。光宗即位，除江東轉運副使，改知漳州。紹熙二年，奉祠歸建陽。五年，起爲湖南安撫使兼知潭州，修復嶽麓書院，四方學者畢至。寧宗即位，召爲焕章閣待制、侍講，以忤韓侂胄提舉南京鴻慶宫。慶元元年，趙汝愚罷相，侂胄專權，草諫稿不進，自號遁翁。二年，監察御史史繼祖劾其僞學欺人，落職罷祠而歸。六年卒，年七十一。嘉定二年，追謚文。朱熹早年師從劉子翬、李侗等，遠紹孔、孟思想，繼承和發展了程顥、程頤、周敦頤等人的學説，融通佛、道，集宋代理學之大成，構建了龐大的哲學體系，歷宋元明清，長期被奉爲正統思想，影響波及朝鮮、日本，成爲中國封建社會後期影響最大的思想家。他生平任地方官九年，在朝任職僅四十天，主要精力傾注於講學與著述，從學者達五百餘人，著述數十種，在文獻整理、校讎、訓詁、音韻以及史學方面都有巨大貢獻。在文學觀念上，他以理學爲本，文爲末，認爲「今人不去講義理，只去學詩文，已落第二義」，提出「這文皆是從道中流出」的文學本體論（《朱子語類》卷一三九）。他又從「理一分殊」的觀點出發，肯定文學藝術的特殊性，認爲：「文字到歐、蘇，道理到二程，方是暢。荆公文暗，東坡文字明快，老蘇文雄渾，盡有好處。」詩文創作也有較高成就，王應麟稱其詩「爲中興冠冕」（《題蘭皋集後》），清朱彝尊稱「南宋之文，惟朱元晦以窮理盡性之學出之，故其文在諸家中最醇」（《與李武曾論文書》），因此被奉爲南宋大家（洪亮吉《北江詩話》卷三）。其文師法曾鞏（《隱居通議》卷一四），結構嚴密，説理透徹。存詞十九首，多「道學氣」（《草堂詩餘》別集卷一沈際飛評）。著述甚富，計有文集一百卷、續集十一卷、別集十卷，《上蔡先生語録》三卷，《河南程氏遺書》二十五卷，《河南程氏外書》十二卷，《名臣言行録》前集十卷，後集十四卷，《近思録》十四卷，《四書章句集注》十九卷，《太極圖解》注一卷，《通書解》一卷，《伊洛淵源録》十四卷，《詩集傳》八卷，《資治通鑑綱目》五十九卷，《楚辭集注》八卷，《朱子語類》一百四十卷等，俱存世。事迹見黄榦《朱先生行狀》（《勉齋集》卷三六）、《宋史》卷四二九本傳。宋李方子、清王懋竑等編有《朱子年譜》。

米芾（一〇五一—一一〇七）

一作米黼，字元章，自號無礙居士，又號海岳外史、家居道士、鹿門居士、襄陽漫士，世稱米南宫、米襄陽，祖籍太原（今屬山西），後徙襄陽（今屬湖北），晚年移居潤州（今江蘇鎮江）。以其母侍奉宣仁後舊邸恩補秘書省校書郎、含光尉。入淮南幕府，歷知雍丘縣、漣水軍，以太常博士知無爲軍。宣和時，爲書畫學博士，召對便殿，進獻其子米友仁所作《楚山清曉圖》，擢禮部員外郎。以言事罷知淮陽軍。大觀元年卒，年五十七（《東都事略》本傳云大觀二年卒，年四十九）。米芾工詩文，書畫精妙，蘇軾稱其有「邁往凌雲之氣，清雄絶俗之文，超妙入神之字」（《與米元章》）。其書法遒勁，得王獻之筆意，爲北宋四大書法家之一；擅長畫山水人物，自成一家。蔡肇評論其詩文「議論斷以己意，其説踔厲，世儒不能屈也。刻意文詞，不剿襲前人語，經奇蹈險，要必己出，以崖絶魁壘爲工」(《故南宫舍人米公墓誌》)。亦能詞，詞風婉約清麗。著有《硯史》、《書史》、《畫史》、《海岳名言》。文集有《山林集》一百卷，靖康之變後已佚。南宋時岳珂輯有《寶晉英光集》八卷；嗣後其孫米憲復輯有《寶晉山林集拾遺》。事迹見蔡肇《故南宫舍人米公墓誌》(《寶晉山林集拾遺》附録)、《宋史》卷四四四本傳。明祝允明編有《米顛小史》八卷、范明泰編有《米襄陽外紀》十二卷、清翁方綱編有《米海岳年譜》一卷。

江　衍(生卒年不詳)

字巨源，蘭谿(今屬浙江)人。受業於陳襄，嘉祐六年第進士，官鄞縣主簿，遷廬州觀察推官。熙寧六年，爲司農寺勾當公事。元豐中，爲奉議郎，權發遣提舉梓州路常平等事，改京西轉運判官、四川提舉。元祐間尚詞賦，朝廷嘗以林希《佚道使民》、沈初《周以宗强》、劉煇《堯舜性仁》、陳之方《恤民深者向其樂》及江衍《王道正則百川理賦》五篇，頒天下爲格(四庫本《無錫縣志》卷三上)。事迹見《續資治通鑑長編》卷三一六、三三三、《宋會要輯稿》選舉一之一一、《宋詩紀事補遺》卷一五。

宇文虚中(一〇七九—一一四五)

初名黄中，字叔通，别號龍溪老人，華陽(今四川成都)人。大觀三年進士，歷官州縣。政和五年，除起居舍人、國史院編修官。六年，爲中書舍人。宣和間，出爲河北河東陝西宣撫使司參謀事。宋朝廷欲連金攻遼，虚中上疏極諫，降集英殿修撰，後又建十一策，上二十議，皆不用。靖康初，金軍圍汴京，爲資政殿大學士、軍前宣諭使，檄各路將帥率兵勤王，又多次出使金營，除簽書樞密院事。金軍北撤，言者劾其議和之罪，罷知青州，落職奉祠。建炎元年，韶州安置。二年，應募使金，復職。被留於金國，累官翰林學士、知制誥兼太常少卿，進禮部尚書。紹興十五年，因以蠟書與宋通消息，並謀挾金主南歸，事敗被捕，全家近一百人遇害，年六十七。淳熙時追贈開府儀同三司，謚肅愍。虚中有文才，擅長詩文，現存詩多爲出使或留金時所作，抒發羈囚於異域的感憤之情，詞風近蘇軾，清沈雄《古今詞話·詞話》卷下謂其詞「大旨不出蘇、黄之外」，「直於宋而傷淺，質於元而少情」。著有《綸言集》三十一卷（《直齋書録解題》卷五）、《春秋紀詠》三十卷（《宋史·藝文志一》），又有《宇文肅愍公文集》（《蜀中廣記》卷九九），均已佚。《中州集》録其詩一卷。事迹見《中州集》卷一、《宋史》卷三七一、《金史》卷七九本傳。

阮昌齡（生卒年不詳）

字大年，建州建陽（今福建建陽）人。年十七試《海不揚波賦》，即席而成，文不加點，楊億稱其奇才。咸平元年登進士甲科。景德中仕於蜀，有異政，爲張詠所知。得代，徒行北歸，詠貽以所乘，仍薦於朝，除殿中丞。大中祥符三年八月知明州鄞縣。四年六月遷太常博士，致仕。事迹見《寶慶四明志》卷一八，《萬姓統譜》卷八一，雍正《福建通志》卷三三、四七。

牟巘（一二二七—一三一一）

字獻之，一字獻甫，學者稱陵陽先生，隆州井研

（今屬四川）人，徙居湖州（今屬浙江），子才子。以父蔭入仕，曾爲浙東提刑。理宗朝，累官大理少卿，以忤賈似道去官。德祐二年，元兵陷臨安，即杜門隱居，凡三十六年。與子應龍自相師友，切磨經義，爲學者所尊。晚歲筆力愈勁，求文者相屬於門。至大四年卒，年八十五。巘學有所宗，爲文典實詳雅，學者稱陵陽先生。著有《陵陽集》二十四卷，元程端學《陵陽集序》云：「陵陽先生牟公巘，博學實德，爲時名卿。天下之書無所不讀，古今典禮無所不考。其源出於伊洛，其出處有元亮大節。故其發於文章，淵源雅淡，從容造理。其法度之妙，蓋有與歐、曾並馳，而其實則吾道之言也。天下後世當有慕其人而愛其文，誦其文而想見其人者矣。」其集傳世有四庫全書本、清鈔本、嘉業堂叢書本等。事迹見《宋元學案》卷八〇、《宋史翼》卷三四。

放鶴圖……七八二

祭梓潼文……七八二

七　畫

李山甫（生卒年不詳）

字明叟，以字行，更字公晦，號龍溪釣叟，建昌軍南城（今屬江西）人。覯族子。皇祐元年進士。嘉祐中知建寧縣。熙寧間官太常博士、通判河州。元豐初王韶薦其才，授西京作坊副使、權發遣澧州。召對，論邊務，神宗勉慰。累官樞密副使。事見《李直講集》附録卷二《直講李先生門人録》、《續資治通鑑長編》卷二四七、二九八、《楚紀》卷五二、雍正《江西通志》卷八三。

三夏享元侯賦……一六五六

李之儀（一〇四八—一一二八？）

字端叔，滄州無棣（今屬山東）人。頎子，之純從弟。治平四年進士及第，曾任河中府萬全縣令、權知開封府開封縣。元豐中辟入鄜延幕府，爲折可適所知。六年，楊景略奏辟出使高麗（《續資治通鑑長編》卷三四一）。元祐中，爲樞密院編修官，與蘇軾、蘇轍交遊。元祐八年從蘇軾辟，主管定州安撫司機宜文字。紹聖四年，爲原州通判。元符二年，監内香藥庫，坐蘇軾薦辟，放罷。崇寧元年，提舉河東常平，又坐爲范純仁草《遺表》，並作行狀，編管太平州，居於姑熟。久之，徙唐州。政和三年，又除名勒停。重和元年以後卒，年八十餘。之儀工詩善文，文風深受蘇軾影響，詩名雖不及黄庭堅、陳師道，却「軒豁磊落」（《四庫全書總目》卷一五五），平淡流暢，而無「用意太過」之弊。「其詞亦工，小令尤清婉峭蒨，殆不減秦觀」（《四庫全書總目》卷一九八）。工於文章，與張耒相上下，爲范純仁所草《遺表》爲時人稱誦。尤長於尺牘，蘇軾稱其「入刀筆三昧」。著有《姑溪居士文集》五十卷、《後集》二十卷。事迹見《東都事略》卷一一六、《宋史》卷三四四本傳。

李正民（？—一一五一）

字方叔，自號大隱居士，揚州江都（今江蘇揚州）人，李定之孫。政和二年進士（嘉靖《惟揚志》卷一九）。七年，以迪功郎試詞學兼茂科，除秘書省正字。建炎二年知湖州，入爲尚書吏部左司員外郎，尋兼權中書舍人。四年，差充兩浙江西湖南撫諭使，詣虔州問安隆祐太后。還，擢右諫議大夫，除給事中。試吏部侍郎，移禮部。紹興元年出知吉州，改江西安撫使兼知洪州，以濫賞罷爲祠官。六年，起知筠州，不赴，改婺州、温州。九年，知淮寧府，尋爲金人所獲。和議成，南還，其《南歸》詩中有「淪身絶域久睽孤，投老歸東鬢髮疏」，即指此事。以左朝奉大夫、充徽猷閣待制、提舉江州太平觀，寓居秀州海鹽。紹興二十一年卒。長於詩文，《四庫全書總目》卷一五六謂其「制誥之作，温潤流麗，頗近浮溪（汪藻），其詩亦妍秀可誦，在南渡初，猶不失爲雅音焉」。著有《大隱文集》三十卷（《宋史·藝文志七》），已佚，四庫館臣自《永樂大典》輯其詩文，重編爲十卷。又有《己酉航海記》一卷（存）。事迹見《大隱集》卷四所載諸文，《宋詩紀事》卷三八，《四庫全書總目》卷一五六，《南宋文範作者考》卷上。

李石（一一〇八—一一八一）

字知幾，號方舟子，資州磐石（今四川資中）人。好學能屬文，九歲舉童子，紹興二十一年進士乙科，爲成都户曹掾。二十七年，召爲太學録，遷太學博士。二十九年，出爲成都府學官（《建炎以來繫年要録》卷一三），從學者遠自閩越而來。通判彭州，知黎州。乾道中召除都官員外郎，復出知合、眉二州。淳熙二年，除成都路轉運判官，尋放罷（《宋會要輯稿》職官七二之一二）。八年卒（《建炎以來朝野雜記》乙集卷一三）。於經長於《易》和《春秋》，議論剴切，不阿權貴。其文淵源於蘇氏，故所作以閎肆見長，雖間失之險僻，而大致自爲古雅。諸體詩縱横跌宕，也與眉山門徑爲近（《四庫全書總目》卷一五九）。紹興二十九年，武成廟殿庭生芝草，人皆謂可賀，石獨以爲兵災之兆，作《次韻張益州芝草十二韻》，有「頃年喋血岷峨下，啓此厲階端自誰」句。其詞纏綿婉轉，有北宋婉約詞風韻。著有《方舟集》五十卷、《後集》二十卷（《直齋書録解題》卷一八），原集已佚，四庫館臣自《永樂大典》輯爲二十四卷。事迹見李石《自敘》（《方舟集》卷一〇）、《宋史翼》卷二八。近人姜亮夫撰有《李石疑年考》。

李光（一〇七八—一一五九）

字泰發，一字泰定，號博物居士，越州上虞（今浙江上虞）人。登崇寧五年進士第。宣和中，累遷司封、司勳員外郎。欽宗立，擢右司諫，遷侍御史，反對割地乞和。建炎三年，知宣州，守備有方。移知臨安府。紹興初，知婺州，擢吏部尚書。尋充端明殿學士、江東安撫大使、知建康府。爲吕頤浩所擠，落職提舉宫觀。五年，復知湖州、平江府。除禮部尚書，出知台州、温州。七年，爲江西安撫制置大使、兼知洪州。八年，自吏部尚書拜參知政事。以爲和不可恃、備不可撤，並於高宗前面斥秦檜「盜弄國權，懷姦誤國」，爲檜所惡，執政一年而罷。十一年，復謫於藤州安置。居三年，移瓊州。居六年，又移昌化軍。二十五年檜卒，始得内移郴州。二十八年，復官聽自便。二十九年卒，年八十二。孝宗立，追復資政殿學士，謚莊簡。李光爲南宋初名臣，忠義激發，英偉剛毅，不畏權幸，其奏疏論議往往剴切詳明，義正辭嚴，如其爲人。貶居海南，與同貶海南的趙鼎、胡銓等詩詞唱和，詩詞多描寫嶺南風光以及抒寫遭受貶斥的情緒，也表現得節概凛然。《四庫全書總目》卷一五六謂其詩「志諧音雅，婉麗多姿，大抵皆托興深長」。其詞步武蘇軾，「雖處厄窮患難，而浩然自得，無一怨尤不平之語，則非東坡所及焉」（李慈銘《南宋四名臣詞序》）。著有文集前、後集三十卷（《宋史·藝文志七》），已佚，四庫館臣自《永樂大典》輯出佚詩文，重編爲《莊簡集》十八卷。清人王鵬運刻《南宋四名臣詞》收有李光詞。事迹見《宋史》卷三六三本傳、《會稽志》卷一五、《會稽續志》卷五。今人姜亮夫撰有《李泰發疑年考》。

李長民（生卒年不詳）

字元叔，揚州（治屬江蘇）人，李定孫、正民弟。宣和元年，舉博學宏詞科。因不滿周邦彥《汴都賦》，謂其記述不備，遂作《廣汴都賦》獻於徽宗，由此進用。建炎二年，官秘書省正字（《南宋館閣録》卷七）。紹興間通判漳州，歷知泗州、建昌軍（《建炎以來繫年要録》卷一五〇），遷兩浙撫諭使。二十年，爲郢州刺史。官終江西提刑。綦崇禮嘗舉薦爲御史，謂其「有文采學問，嘗中詞科，議論疏通，清介有守」（《薦察官札子》）。事迹見《南宋館閣録》卷七、《玉照新志》卷二、《宋詩紀事小傳補正》卷二。

李昴英（一二〇一—一二五七）

字俊明，號文溪，番禺（今廣東廣州）人。弱冠以《春秋》首計偕，爲崔與之器重。寶慶二年進士，調汀州推官，以退賊功遷太學正。端平二年，除大理司直、主管經撫司機宜文字。三年，召爲太學博士，除校書郎。嘉熙元年，除秘書郎，遷宗正丞。二年，除著作郎。三年，兼史館校勘，擢權兵部郎中，出爲福建提舉。淳祐六年赴闕，奏請正史嵩之之罪，以伸杜範、劉漢弼、徐元杰三賢之冤，擢右正言兼侍講，與在外差遣。十二年，起爲江西提刑，兼知贛州。寶祐二年，召爲大宗正卿，兼國史院編修官、實録院檢討官，兼侍講，除右史，遷左史，擢吏部侍郎。三年，因論救御史洪天錫，與俱貶，歸隱五羊文溪。五年卒，年五十七。謚忠簡。昴英天性勁直，議論高邁。其文簡而有法，婉而成章，江萬里、文天祥皆推服之。《四庫全書總目》卷一六四稱「其文質實簡勁，如其爲人。詩間有粗俗之語，不離宋格，而骨力遒健，亦非靡靡之音」。以詞知名，慢詞最工，喜以高人野語，壯士豪語發之，微近辛棄疾風格；其婉約詞則凄婉纏綿，「絶妙可並秦、周」（明楊慎《詞品》卷五）。著有《文溪存稿》二十卷，又有《文溪詞》一卷。事迹見《廣州人物傳》卷九《宋吏部右侍郎李忠簡公昴英》，清康熙李際明刊本卷首裔孫李殿苞《忠簡先公行狀》，《宋史翼》卷一六《李昴英傳》。

路祭方右史文 ……………… 七五〇

李知微（生卒年不詳）

字中甫，李光長孫，吕祖謙門人。曾爲婺州録曹，慶元間知寧海縣，累官知信州。事迹見王柏《跋信州使君李公帖》（《魯齋集》卷一二），光緒《寧海縣志》卷一七。

松竹林賦 ……………… 二六一〇

李南仲（生卒年不詳）

英州真陽（今廣東英德）人。十歲舉神童，中童子科，授從事郎。大觀初知康州，以制行聞。嘗遊羅浮二山，撰有《羅浮賦》。事見雍正《廣東通志》卷四四。

羅浮賦 ……………… 一〇二四

李洪（一一二九—？）

字可大，號芸庵，揚州（今江蘇揚州）人，正民子。寓居海鹽，又寓湖州，卜居歸安飛英坊。紹興二十五年，監鹽官縣税。隆興元年，爲永嘉監倉。乾道初，入朝爲官。淳熙初入莆陽幕府。嘗知溫州、藤州。著有《芸庵類稿》二十卷，均佚。宋陳貴謙序稱其「該括衆體，每於草木鳥獸之微，有可寄興以爲忠邪賢否之辨者，未始不反覆致意」。四庫館臣據《永樂大典》輯爲六卷，其中詩五卷，稱其詩「雖骨幹未堅，而神思清超，時露警秀，七言律詩尤爲工穩」，足繼其父（《四庫全書總目》卷一六〇）。詞僅存十一首，大抵詠物及期歸之作，偶有佳句。事迹見所撰《福嚴禪院記》等文及陳貴謙《芸庵類稿序》。

迎送神辭 ……………… 四四一

李流謙（一一二三—一一七六）

字無雙，號澹齋，綿竹（今四川省綿竹）人，良臣子。幼讀書好學，敏悟絶人，爲時輩所稱。屢試不第，以蔭補將仕郎，調成都府靈泉縣尉，徙雅州教授。虞允文宣撫蜀中，辟爲幕屬。赴臨安，除諸王宮大小學教授。乞補外，除通判潼川府。淳熙三年卒，年五十四。流謙以文學知名，所作詩文筆力峭勁，不以雕鑿爲工，喻汝礪謂其詩近晚唐之作，雖然内容稍嫌狹窄，時或傷淺俚，但不失爲宋之一家（《四庫全書總目》卷一五七）。嘗採唐以來詩歌佳句，分類編集爲《詩林集奇》。著有《澹齋集》八十九卷，由其子李廉渠編纂成集，原集已佚，四庫館臣自《永樂大典》輯其詩文，重編爲十八卷。事迹見李益謙《李流謙行狀》（《澹齋集》附録）。

李處權（？—一一五五）

字巽伯，自號崧庵惰夫，祖籍徐州豐縣（今屬江蘇），遷居溧陽（今屬江蘇），李淑曾孫。宣和間，與陳恬、朱敦儒同以詩名。南渡後，曾知衢州。紹興二十五年卒，年七十餘。處權少年學詩，後雖羈旅鞍馬間，仍不輟吟詠，平生精力，盡於詩文之中。《四庫全書總目》卷一五七謂其「標新領異，別出以清雋之思，於詩道頗爲深造」。詩歌老而彌工，「五言清脱瀏亮，略似張耒；七言爽健伉浪，可擬陳與義」。著有《崧庵集》，包括古賦五、古詩三百、律詩一千二趙明誠，相對展玩金石碑刻，情好甚篤。崇寧元年，以父入元祐黨籍，明誠父挺之爲宰相，清照獻詩有「炙手可熱心可寒」之語。大觀元年，挺之卒，追奪官職，明誠屏居鄉里十年。宣和三年，明誠起知萊州，任滿，改淄州。政簡事少，夫妻仍以考證校勘金石碑銘爲樂，共撰《金石録》。靖康二年春，明誠往金陵奔母喪。建炎二年，起復知江寧府，遂攜大部分文物赴任。三年，改知湖州，没於途中。李清照既葬明誠，流寓於浙東，輾轉於洪、台、越諸州間。紹興二年，至臨安，時年已五十一，嘗再適張汝舟，不久即離異(《雲麓漫抄》卷一四、《建炎以來繫年要録》卷五八)。四年，寓居金華。卒年七十餘。李清照工詩能文，擅長作詞。《萍洲可談》卷中云：「本朝婦女之有文者，李易安爲首稱。……詩之典贍，無愧於古之作者。詞尤婉麗，往往出人意表，近未見其比。」現存詩不多，却幾乎篇篇均爲佳作。文章筆力勁健，其《打馬賦》雖爲遊戲之作，卻意氣豪邁，措詞典雅(《賦話》卷五)。《金石録後序》敘述她與亡夫共同生活時的快樂，哀痛其英年早逝，敘事與抒情兼融，悲痛憤懣之情溢於言表。清李慈銘《越縵堂讀書記》卷九稱「宋以後閨閣之文，此爲觀止」。所作《詞論》，歷評北宋詞人，多中肯綮，力主詞「別是一家」，要求詞須保持其音樂特性，在詞學批評史上頗具影響。南渡前所作詞，多寫自然風光和離愁別恨，真實地反映了她少女時代的生活與思想情感。北宋滅亡後，其詞主要抒發傷時懷舊悼亡之情，風格也變得低沉凄凉，形成了獨特的「易安體」，在詞史上别樹一幟。著有《易安居士集》七卷、《易安詞》六卷(《宋史·藝文志七》)，均已失傳。現存詩文詞集皆爲後人所輯，今人整理本有王仲聞《李清照集校注》，黄墨谷《重輯李清照集》。事迹見俞正燮《癸巳類稿·易安居士事輯》、王仲聞《李清照事迹編年》(《李清照集校注》附録)。

李　開（一一三一—一一七六）

更名方，字去非，號小舟，資州資陽（今四川資陽）人，石子。幼敏悟篤學，爲文嚴正，應鄉舉輒居第一。尤長《易》、《春秋》，甚爲時賢所重。淳熙三年感疾卒，年四十六。著有《愚言》六十九篇。事迹見李石《方舟集》卷一〇《自敘》，卷一七《小舟墓誌銘》。

李　復（一〇五二—？）

字履中，學者稱潏水先生。本貫開封（今屬河南），後徙家京兆，遂爲長安（今陝西西安）人。元豐二年進士，五年攝夏陽令，嘗爲耀州教授。元祐、紹聖間，官潞州。元符二年，以朝散郎管勾熙河路經略安撫司機宜文字。崇寧初，累遷直秘閣、熙河路轉運使。三年，改知鄭州，徙陳、冀二州，除河東路轉運副使。以抗論言事迕童貫輩，罷職奉祠。後起知夔州，再任提點雲臺觀，累加集賢殿修撰。高宗即位，强起爲秦鳳路經略使，守秦州空城，時年已七十餘。建炎二年初，金人陷秦州，復降，死於金國。李復嘗從張載遊，與張舜民、李昭玘爲文字友，於書無所不讀，工詩文。錢象祖稱「其文章爾雅，其議論淳正」（《書潏水集後》）。《四庫全書總目》卷一五五亦謂其奏疏能「侃侃建白，深中時弊」，議論「確然中理」，非空談者所及。詩歌慷慨，多感時事之作。著有《潏水集》四十卷，原集已佚，四庫館臣自《永樂大典》輯録爲十六卷。事迹見錢端禮《書潏水集後》（《潏水集》附録）、《容齋四筆》卷六、《宋史翼》卷八、余嘉錫《四庫提要辨證》卷二二《潏水集》條。

李曾伯（一一九八—一二六八）

字長孺，懷州（今河南沁陽）人，後徙居嘉興（今屬浙江）。邦彦曾孫。紹定三年，知襄陽縣。歷濠州通判、軍器監主簿、鄂州通判。嘉熙元年，爲沿江制置司參議官。三年，遷江東轉運判官、淮西總領兼督視行府參議官。四年，除右司郎官（《景定建康志》卷二六），太府少卿兼敕令所删修官。淳祐二年，爲兩淮制置使兼知揚州，進權兵部尚書。六年，以言落職予祠。九年，知静江府兼廣西經略安撫使、轉運使。十年，除京湖安撫制置使、知江陵府。寶祐二年，爲四川宣撫使兼京湖制置大使，進司夔路策應大使，賜同進士出身。以事奉祠。四年，爲福建安撫使。五年，除荆湖南路安撫使兼知潭州，兼廣南制置使，移司静江府。六年，再知静江府。景定元年，以嶺南敗績落職解官。五年，起知慶元府兼沿海制置使。咸淳元年，以長於邊事爲賈似道所忌，以論褫職。咸淳四年卒，年七十一。曾伯天才卓越，儒而知兵，屢以疏陳軍政獲遷，所至得將士心。集中多奏、疏、表、狀之文，大抵深明時勢，究悉物情，多可見諸施用。「詩、詞才氣縱横，頗不入格，要亦戛戛異人，不屑拾慧牙後」（《四庫全書總目》卷一六三）。其文學成就主要在詞，雖多賀壽應酬之作，境界開闊，風貌似稼軒，而議論過多，不免流於粗豪。著有《可齋雜稿》三十四卷、《可齋續稿》八卷、《續稿後》十二卷。詞集别行，有《可齋詞》六卷。事迹見《可齋雜藁》卷首李杓序，《可齋續藁後》卷一〇《庚申病中作》，《宋史》卷四二〇本傳，《至元嘉禾志》卷一三，《楚紀》卷五二。

李廌（一○五九—一一○九）

字方叔，號濟南先生，自號太華逸民，華州（治今陝西華縣）人。早年以學問爲鄉里所稱，嘗攜文謁蘇軾於黄州，軾稱其「筆墨瀾翻，有飛沙走石之勢」，並稱其才爲「萬人敵」。益閉户讀書，再見軾，軾閲其所著，歎爲「張耒、秦觀之流」。元祐三年試禮部，蘇軾典貢舉，不意落第，賦詩自責。後再應試失利，遂絶意功名，歸耕潁川，定居於長社（今河南長葛）。元祐中詔求直言，進獻《忠諫書》、《忠厚論》及《兵鑒》。蘇軾與范祖禹欲共舉薦於朝，後相繼去國，未果。建中靖國初蘇軾卒，李廌走赴許汝間，相地卜兆，作文以祭之。蘇過居於許，多與遊。大觀三年卒，年五十一。李廌爲「蘇門六君子」之一，詩詞文俱工。其文章條暢曲折，以氣勢勝，蘇軾評論其文「如大川東注，晝夜不息，不至於海不止」，周紫芝亦云「自非豪邁英傑之氣過人十倍，則其發爲文詞，何以若是其痛快」（《書月巖集後》）。其《答趙士舞德茂宣義論宏詞書》提出文章須具德、志、氣、韻「四要」，是宋代文論之重要篇章。所作《弔東坡文》言辭悲慟，文氣奇壯，一時爲人傳誦（《曲洧舊聞》卷五）。詩歌多以山水、行旅、寄贈、題畫爲内容，大多「詞氣卓越，意趣不凡」（蘇軾《答李方叔書》）。詞作不多，然亦工緻，清劉毓盤謂其「言情之作，初不讓黄九、秦七之專美」（《輯校月巖集跋》）。李廌的文集，在宋代有刊本《濟南集》，又名《月巖集》，凡二十卷（《直齋書録解題》卷一七）。至清初已佚，四庫館臣自《永樂大典》輯其詩文編爲八卷，含詩賦五卷、文三卷。另有《德隅齋畫品》一卷，品評唐宋名畫，闡發繪畫理論，多有精到之見；《師友談紀》一卷，記録蘇軾、范祖禹、秦觀、黄庭堅等人治學論文之説，爲宋代文論之重要論著。事迹見陳恬《李方叔遺稿序》（《新刊國朝二百家名賢文粹》卷一五九），李之儀《月巖集序》（《永樂大典》卷二二五三七），《宋史》卷四四四本傳。

李新（一〇六二—？）

字元應，自稱跨鼇居士，仙井監（今四川仁壽）人。元豐七年，入太學，時年二十三。元祐三年進士。元符末，爲南鄭縣丞，應詔上萬言書。崇寧元年，坐元符上書奪官，謫置遂州。大觀元年，遇赦，爲普州司法參軍。宣和間，爲資州司録。卒年不詳，紹興五年，追贈朝奉郎。李新爲北宋末年重要作家，其散文多論及時事，依違新舊黨之間，嘗作《三瑞堂記》以諛頌蔡京，議論也往往趨附時局，以求遷除。爲文俳散相間，妙於變化，俊邁可誦。詩歌氣格開朗，無南渡後詩人細碎哀傷之音（《四庫全書總目》卷一五五）。著有《跨鼇集》五十卷（《郡齋讀書志》卷一九），原本已佚，四庫館臣自《永樂大典》輯出其詩文，編爲三十卷。事迹見李新《世系略》、《宋史翼》卷六、《宋詩紀事》卷二六。

李綱（一〇八三—一一四〇）

字伯紀，號梁谿病叟，邵武（今屬福建）人，自其祖徙居無錫。政和二年進士，授鎮江教授。四年，召赴闕，除國子正，遷考功員外郎。五年，除監察御史，兼權殿中侍御史，以言事罷職。宣和初，降監南劍州沙縣稅。七年，爲太常少卿，上禦戎五策，又刺臂血上疏論内禪，其議乃決。欽宗即位，召對，除兵部侍郎。靖康元年，爲行營參謀官，除尚書右丞，力主抗金，反對遷都避敵，除親征行營使。以姚平仲兵敗罷職，太學生伏闕上書，復尚書右丞、提舉京城四壁守御，除知樞密院事，出爲河北東路宣撫使。徙知揚州。言者劾其專主戰議，喪師廢財，責授保静軍節度副使，建昌軍安置，再謫寧江。建炎元年，復原官，除資政殿大學士，領開封府事，率兵勤王。高宗即位，拜尚書右僕射，兼中書侍郎。爲相七十五日，因反對避地東南，復落職居鄂州，移澧州。紹興二年，起爲觀文殿學士，荆湖廣南路宣撫使，兼知潭州。五年，除江南西路安撫制置大使，知洪州，再奉祠。九年，復除荆湖南路安撫大使，兼知潭州，上章力辭。十年卒，年五十八，贈少師，謚忠定。李綱於國家危難之際，能以社稷生民爲意，人品經濟，彪炳史册。其奏疏表章與政治軍事論著皆天下大計，往往深中事機，氣概凛然。朱熹稱李綱奏議「其言正大明白而纖微曲折，究極事情，絶去雕飾而變化開闔，卓犖奇偉」（《丞相李公奏議後序》）。其賦如《梅花賦》、《濁醪有妙理賦》、《折檻旌直臣賦》等篇，往往次前人韻，而又借題發揮，膾炙人口（《賦話》卷五）。李綱的詩多按其行旅踪迹分卷，集中表現了他的仕宦生涯與情感世界，冲淡高遠，感時托興，使人有慷慨涕滂之意（黄登《刊梁溪文集跋》）。擅長作詞，風格慷慨豪放，王鵬運《南宋四名臣詞跋》稱「其詞深微渾雄而情獨多」。李綱著述宏富，有《易傳》内、外篇二十二卷，《論語詳説》十卷等，久佚。今存

《梁谿先生文集》一百八十卷,《忠定公奏議》八十卷。事迹見《李公行狀》(《梁溪集》附録)、《宋史》卷三五八、三五九本傳。宋人李綸、清楊希閔均編有《李忠定公年譜》。

李質（生卒年不詳）

字文伯，南京楚丘（今山東曹縣東南）人，昌齡曾孫。有才思，工於應製詩文。宣和間，宋徽宗建艮岳，進獻《艮岳賦》，又作《艮岳百詠》詩。遂得徽宗愛幸，授右列睿思殿應製。又以質曾文身，賜號「錦體謫仙」。靖康之難，隨徽宗被擄入北。事迹見《揮麈後録》卷一二。

艮嶽賦……一九五八

李覯（一〇〇九—一〇五九）

字泰伯，世稱盱江先生，又稱直講先生，建昌軍南城（今江西南城）人。慶曆二年舉茂才異等不中，退主郡學，以教授自資，學者常數百人。皇祐初，以范仲淹等舉薦，授將仕郎、試太學助教，爲直講。嘉祐中，除通州海門主簿、太學説書。四年，權同管勾太學，因葬祖母乞假歸，是年八月，病卒於家，年五十一。李覯一生研精儒學，對當時學者不通經術而專以文辭爲務，深表不滿（《答黄著作書》）。其所著文章多從儒家經邦濟世觀念出發，評論時政得失，提出救正之術。李覯曾自述有《退居類稿》十二卷、《皇祐續稿》八卷、《周禮致太平論》十卷（見《退居類稿序》、《皇祐續稿序》）。又著有《常語》三卷、《後集》六卷（《直齋書録解題》卷一七）。明正德年間孫甫編爲《直講李先生文集》（又稱《盱江集》）三十七卷、《外集》三卷。事迹見陳次公《李先生墓誌銘》（《盱江外集》卷三）、《宋史》卷四三二本傳。宋人魏峙編有《李直講年譜》。

弔揚子……二六

長江賦……一一八二

麻姑山賦……一〇二二

疑仙賦……二三九五

李　濤（生卒年不詳）

字養源，號蒙泉，臨川（今江西撫州）人。與康應弼同時，嘗選其詩三十一首爲《景定稿》。又與范應鈴子在輿有交，有《寄范稅院倚衡》詩。其《處事》詩云：「處事無心萬象春，任渠逆境自橫陳。籠中無療家貧藥，門外有催詩債人。酒盞闊疏瓶久卧，文書散亂案多塵。生前富貴非吾願，肯學癡人問大鈞。」《詩社中有赴補者》云：「有詩千首可成名，萬户侯封亦可輕。自是高標凌富貴，肯隨餘子逐恩榮。」於中可略見其爲人。著有《蒙泉詩稿》一卷（《汲古閣景鈔南宋六十家小集》）。事迹見《兩宋名賢小集》卷二八一、《宋詩紀事》卷七〇。

南　山……………………五九九

李彌遜（一〇八九—一一五三）

字似之，號筠谿，福州連江（今屬福建）人，居於吳縣（今江蘇蘇州）。彌大弟。大觀三年上舍登第，調單州司户，再調陽穀簿。政和四年，除國朝會要所檢閲文字，遷秘書省校書郎，充編修六典檢閲文字。六年，授禮部員外郎，移司封。八年，擢起居郎，以上封事坐貶知雅州盧山縣。奉祠，隱居八年。宣和七年，知冀州。靖康元年，召對，知瑞州。二年，除江東路轉運判官，領郡事。建炎初，改淮南轉運副使。紹興間，歷知饒、吉二州。七年，除起居郎。八年，試中書舍人，爲户部侍郎。反對秦檜與金議和，出知筠州。九年，改漳州。十年，請祠歸隱連江西山。十二年，落職，處之裕如，十餘年間不與時相通書啓，不請磨勘。二十三年卒，年六十五。彌遜學問純，持論正，樓鑰《筠溪集序》謂「其文雄深，黼藻王度，四方傳誦之。論事封駁，皆人所難」。其現存奏疏能切中時弊，剖辨分明。晚年以詩自娱，筆力宏偉，趣深理到，追軼風騷，意寄高遠（李珏《筠溪集跋》）。也長於詞，「其長調多學蘇軾，與柳、周纖穠別爲一派，而力稍不足以舉之，不及軾之操縱自如，短調則不乏秀韻」(《四庫全書總目》卷一九八)。著有《筠溪集》二十四卷。事迹見《筠溪李公家傳》(《筠溪集》附)、《宋史》卷三八二本傳。

李燾 (一一一五—一一八四)

字仁甫，一字子真，號巽巖，丹稜(今四川丹稜)人。年甫冠，著《反正議》十四篇，皆救時之大務。紹興八年進士，調華陽主簿，再調雅州推官，改秩知雙流縣。知榮州，除潼川府路轉運判官。乾道三年，召對，除兵部員外郎兼禮部郎中。五年，遷秘書少監兼權起居舍人，尋兼實録院檢討官。請外任，除湖北轉運副使。八年，帥潼川府路兼知瀘州。淳熙元年，召還朝，除江西轉運副使。進秘閣修撰，權同修國史、實録院同修撰。四年，拜禮部侍郎，兼工部，改知常德府。乞祠，提舉太平興國宫。起知遂寧府。七年，《續資治通鑑長編》書成，進敷文閣直學士，提舉佑神觀，兼侍講、同修國史。十一年卒，年七十，謚文簡。燾性剛正，長於吏治，歷仕州縣，所至皆有惠愛及民。尤以學識見稱海内，博通百家，研精史學，慨然以史自任，取經傳史籍以至宋朝典故，究極始末，用力四十年，編撰成《續資治通鑑長編》一書。其詩文也頗爲時人所重，葉適稱其長篇詳而正，短語簡而法，未嘗刻意琢鏤以媚俗，獨於古文墜學加意焉(《巽巖文集序》)。李燾著述甚富，除《續資治通鑑長編》存世外，存世者尚有《六朝通鑑博議》、《説文解字五音韻譜》，另有《易學》、《春秋學》、文集五十卷(《宋史·藝文志七》署作《李燾文集》一百二十卷)，已佚，宋人陳起編《兩宋名賢小集》收有《李文簡詩集》。事迹見周必大《李文簡公神道碑》(《周文忠公集》卷六六)、《宋史》卷三八八本傳。

南定樓賦……………………二〇二八

李龏（一一九四—一二七三？）

字和父，號雪林，菏澤（今屬山東）人，僑居烏程（今浙江湖州）。與周弼同庚同里，往來論詩三十餘年。效元白詩歌，不樂仕進。寶慶三年，寓句曲，以集句《梅花衲》寄劉宰，劉宰《書李君梅花衲後》（《漫塘集》卷二四）云：「閩人李君寄示《梅花衲》，余讀之，如讀《桃源記》，遐想武陵漁人誤入桃源，但見深紅淺紅，後先相映，雖有奇花異卉間厠其間，莫能辨其孰彼孰此也。」年登八十，自作墓誌，未幾死，葬於河道兩山間，趙德符爲之題碣。著有《吳湖藥邊吟》、《雪林採蘋吟》、《雪林撚髭吟》、《雪林漱石吟》、《雪林擁蓑吟》等，均佚，四庫館臣據《永樂大典》所輯《江湖後集》中存詩一卷。今存其集句詩集《梅花衲》一卷、《剪綃集》二卷。事迹見所作《端平詩雋序》，《江湖後集》卷二〇《李龏》，戚輔之《佩楚軒客談》，《宋史翼》卷三六。

祠神詞……………………七四九

誚暑賦……………………九五一

吴如愚（一一六七—一二四四）

字子發，號準齋，杭州錢塘（今浙江餘杭）人。少穎悟好學，及長，通曉百家。以父任補承信郎，調福州連江縣監税，再調監平江常熟縣酒庫。爾後退居鄉里，研究理學，不求仕進。當時名公卿交薦，終執意不出。嘉熙二年，以丞相喬行簡奏薦，改授承信郎，差充秘閣校勘。三疏辭免，特轉秉義郎，與祠，任便居住。淳祐四年卒，年七十八。如愚孝友忠恕，安貧樂道，理明行修，凡所著述，於學問自得甚深。著有《準齋集》及《準齋雜説》。事迹見徐元杰《梅埜集》卷一一《準齋先生吴公行狀》，《四庫全書總目》卷九三《準齋雜説》提要。

勉學賦……………………一八八九

吳　泳（一一八〇—?）

字叔永（一作永叔），號鶴林，潼川府中江（今屬四川）人。少孤，與弟昌裔共學。嘉定元年進士。紹定二年，召爲太府丞。四年，除秘書郎。五年，遷秘書丞。六年，除著作郎。端平元年，爲軍器少監。二年四月，除秘書少監，十二月，爲起居舍人，兼權吏部侍郎，直學士院。權刑部尚書兼修玉牒。在朝近十年，嘉熙二年，以讒毀罷，出知寧國府，提舉太平興國宫。三年，起知温州。淳祐元年，退居湖州霅川，時年六十二（《鶴林集》卷三一《與李微之書》）。五年，起知隆興府（萬曆《重修南昌府志》卷一二），改泉州，以言罷職。泳生當南宋後期，國勢日蹙，而能正色直言，無所迴避，慷慨敷陳，頗中肯綮（《四庫全書總目》卷一六二），充滿憂國憂時之情。執掌内外制多年，理宗稱其制詞最爲得體。其他文章亦明辨駿發，頗有蘇軾遺風。論詩力主以《詩經》爲標本，認爲《詩》備衆體（《鶴林集》卷三六《東皋唱和集後序》），反對「從晚唐諸人做起生活」（《鶴林集》卷三二《答劉藏道書》），所論顯然是爲當時江湖、永嘉詩派而發。論詞主張詩詞各有體，批評魏了翁以《易》、《玄》之妙譜人歌曲，非詞人之體。著有《鶴林集》，已佚，四庫館臣自《永樂大典》輯爲四十卷。事迹見《宋史》四二三本傳、《南宋館閣續録》卷八。

公主剃胎髮祝壽文 ………… 六四七

吳　淑（九四七—一〇〇二）

字正儀，潤州丹陽（今屬江蘇）人。幼俊爽敏捷，爲韓熙載、潘佑所器重。仕南唐，以校書郎直内史。入宋，試學士院，授大理評事，預修《太平御覽》、《太平廣記》、《文苑英華》等書。歷官太府寺丞、著作佐郎、秘閣校理。獻《九弦琴五弦阮頌》，太宗稱賞其學問淵博。又作《事類賦》，分注爲三十卷進上。至道二年，兼起居舍人，預修《太宗實録》，遷職方員外郎。咸平五年卒，年五十六。淑學有淵源，文章典雅，善筆札，喜好篆籀。著有文集十卷、《説文五義》三卷、《祕閣閒談》五卷，均佚；現存《諱名録》一卷、《江淮異人録》二卷、《事類賦》三十卷。事迹見《宋史》卷四四一本傳。

鸎賦……二八〇七

麟賦……二八二一

鷹賦……二七六九

吳淵（一一九〇—一二五七）

字道父，號退庵，寧國（今屬安徽）人，潛兄。嘉定七年進士，調建德縣主簿。改差浙東制置使司幹辦公事。歷知武陵縣，改揚子縣，兼淮東轉運司幹辦公事，添差通判真州。入爲將作監丞，遷樞密院編修官兼刑部郎官。紹定三年，遷秘書丞，出知平江府。四年，提點浙西刑獄。五年，召爲樞密院檢詳兼左司，進樞密副都承旨兼右司兼檢正，出知江州。端平元年，爲江淮、荆襄諸路都大提點坑冶，以論罷。三年，起爲户部侍郎、淮東總領財賦兼知鎮江府。嘉熙二年，知太平州兼江東轉運使，改知隆興、鎮江府，被劾奉祠。三年，權工部尚書、沿江制置副使、知江州。旋除兵部尚書、浙西制置使，知鎮江府，兼都督行府參贊軍事。知平江府兼浙西、兩淮發運使，兼浙西提點刑獄、知太平州兼提領兩淮茶鹽所。進端明殿學士、沿江制置使、江東安撫使兼知建康府。十年，拜資政殿大學士，知福州，改知平江府，提舉洞霄宫。寶祐元年，復起知太平兼提領江淮茶鹽所，轉京湖制置使、知江陵府。四年，兼夔路策應使。五年，拜參知政事，尋卒，年六十八，謚莊敏。能詩詞，著有《易解》、《退庵文集》、奏議等，已佚。今存《退庵先生遺集》二卷。事迹見《宋史》卷四一六本傳。

江東道院賦……二一三一

吳勢卿（生卒年不詳）

字安道，號雨巖，建安（今福建建甌）人。淳祐元年進士。寶祐中，知處州，救荒有法。景定二年，除軍器監、淮東總領，以糴足五十萬石特轉朝散大夫（《後村先生大全集》卷六九）。三年，以浙西轉運副使致仕。所存詩大半爲壽詞致語。事迹見《宋史》卷四二五《趙景緯傳》、《咸淳臨安志》卷五〇、道光《福建通志》卷一八二。

吴儆（一一二五—一一八三）

初名偁，字益恭，又字恭父，徽州休寧（今屬安徽）人。紹興二十七年進士，調鄞縣尉。乾道二年，知安仁縣。淳熙初，通判邕州，秩滿入對，擢知州事，兼廣南西路安撫都監。與朱熹、張栻、吕祖謙等道學家相友善，張栻稱其「忠義果斷，緩急可仗」。以親老乞祠，得主管台州崇道觀。七年，起知泰州，轉朝散郎致仕。十年卒，年五十九，宋理宗寶祐中，追謚文肅。工詩文，程珌《竹洲集序》謂其詞章「峭直而紆餘，嚴潔而平淡，質而不俚，華而非雕」。《四庫全書總目》卷一五九亦稱其詩文「意境劖削，於陳師道爲近，雖深厚不逮而模範略同，蓋以元祐諸人爲法者」。其詩清新喜人，而豪邁之氣自不可遏，與東坡詩風相近（吕午《蘭皋詩集跋》）。詞作不多，以抒寫宦情澹薄、歸隱情趣、湖光山水最爲真切，詞風類蘇軾，而較爲平實簡淡。著有《竹洲文集》二十卷。事迹見程卓《竹洲先生吴公行狀》（明萬曆刊本《吴文肅公文集》附録）、《宋史翼》卷一四。

吴龍翰（一二三三—一二九三）

字式賢，號古梅，徽州歙縣（今屬安徽）人。初應里選，爲有司所抑。景定五年，領鄉薦，以薦授編校國史院實録文字。元至元十三年，鄉校諸生請充教授，尋棄去。築樓三層，吟嘯其中。至元三十年卒，年六十一。龍翰嗜奇學博，遍讀釋老之書，爲王應麟、程鳴鳳、劉克莊等稱賞。以詩名，程元鳳《古梅遺稿序》稱其「老而意新，咀之雋永，殊非苟作」。《四庫全書總目》卷一六五亦謂其詩清新有致，足耐咀吟，在宋末諸家，尚爲近雅。著有《古梅吟稿》六卷。事迹見方回《埸圃處士吴公墓誌銘》、弘治《徽州府志》卷七、《宋季忠義録》卷一五。

古梅賦……………………二七〇七

吴　鎰（一一四〇—一一九七）

字仲權，自號敬齋，撫州崇仁（今屬江西）人。吴曾從弟。隆興元年進士。乾道中，爲郴州教授，赴廣西從張孝祥遊（張孝祥《送吴教授序》）。淳熙十二年，以薦知宜章（陸九淵《宜章縣學記》）。移知郴縣（萬曆《郴州志》卷一五）。十六年，召爲秘書省正字（《南宋館閣録》卷九）。紹熙三年，知郴州。四年，除湖南提舉（萬曆《郴州志》卷二），改浙西，召爲司封郎官（陳傅良《新改除浙西提舉吴鎰除司封郎官制》）。慶元二年，爲湖南轉運判官。三年，徙廣西，卒年五十八。吴鎰以文章名，趙蕃《贈别吴仲權》云：「搜羅既奇勝，落筆爲寫真。文章復何似，高處殆先秦。」又《次韻吴仲權鎰見簡》云：「今代風騷將，先生合冠軍。」著有《敬齋集》、《雲巖集》、《敬齋詞》，均已佚。事迹見《南宋館閣續録》卷九、《楚紀》卷五二。

義陵弔古賦……………………二五三八

何　耕（一一二七—一一八三）

字道夫，號恬庵，漢州綿竹（今屬四川）人，後徙德陽（今屬四川）。早從外祖史彬學詞賦，紹興十七年四川類試奏名第一，次年賜進士出身，充彭州教授，遷成都府學教授。孝宗即位，移成都府路轉運司幹辦，通判成都府。乾道間，知雅州，歷知果、嘉二州，除潼川府路提點刑獄。淳熙四年，差監四川類試。五年入對，論恢復四事，除倉部員外郎。六年，改户部郎中兼國史編修官。未幾，遷國子司業，陞祭酒，改太子侍讀。八年，除秘書監，出知潼川府。十年卒，年五十七。有集一百卷，《勸戒詩》一卷，均佚。《兩宋名賢小集》卷二二七録其《蕙庵詩稿》一卷。事迹見周必大《朝請大夫知潼川府何君墓誌銘》(《文忠集》卷三五)、《南宋館閣續録》卷七。

何夢桂 (一二二九—?)

幼名應祈，字申甫，後改名，更字巖叟，號潛齋，嚴州淳安(今屬浙江)人。咸淳元年進士，授台州軍事判官，改太學録，遷博士，通判吉州。召爲太常博士。德祐元年，除監察御史，抗疏言守避之計，遷軍器監。帝昺即位，遷太府卿，又遷大理寺卿，引疾去。元至元初，陳大海薦授江西儒學提舉，不赴，累徵不起。築室小西源，著書自娱，不與世接。爲文典雅，援證百家，灑然快意。詩學白居易體。入元以後，其詞多傷時感概。著有《易衍》、《中庸》、《大學說》、《致用書》，均已佚。今存《潛齋集》十一卷，有明成化刊刻、四庫全書本。事迹見何淳《家傳》(《潛齋集》附録)

○ ○

何㮚 (一〇八九—一一二七)

字文縝，仙井監(今四川仁壽)人。政和五年進士第一，擢秘書省校書郎。逾年，提舉京畿學事。召爲主客員外郎、起居舍人，遷中書舍人兼侍講。徽宗數從咨訪。或論其爲蘇軾鄉黨，宗其學，出知遂寧府，留爲御史中丞。連上八疏論王黼專横，出知泰州。欽宗即位，以中丞召，旋遷翰林學士，進尚書右丞、中書侍郎。反對割地與金，力主建四道總管，使統兵入援，以資政殿學士領開封府。金兵臨城下，拜尚書右丞兼中書侍郎。京城失守，從幸金營，遂留不遣。靖康二年，隨徽、欽二宗北去，不食而死，年三十九。何㮚少時嘗學詩於韓駒，詩詞文皆佳，在金營題詩有「人生會有死，遺恨滿乾坤」之句，充滿悲壯之氣（《三朝北盟會編》卷八七）。四六文亦知名，如《罷職謝上表》、《謝召還表》多爲人稱誦（《四六談麈》）。事迹見《東都事略》卷一〇八、《宋史》卷三五三本傳。

夢賦……三〇八七

何澹（一一四六—？）

字自然，龍泉（今屬浙江）人。乾道二年進士第一，淳熙二年，召爲秘書省正字，歷校書郎、秘書郎。九年，除秘書丞。十年，爲著作郎。十二年，爲將作少監。十三年，爲將作監。十五年，爲國子司業，遷祭酒，除兵部侍郎。十六年，光宗内禪，拜右諫議大夫兼侍講，劾罷周必大。紹熙元年，除御史中丞，以繼母喪去。起知泉州，移明州。寧宗即位，召爲中丞。二年，除同知樞密院事、參知政事。六年，還知樞密院事兼參知政事。嘉泰元年，以忤韓侂胄罷，提舉洞霄宫。起知福州，移知隆興府。嘉定元年，除江淮制置大使兼知建康府，移江陵。奉祠，賦閒幾二十年，卒，贈少師。何澹少負軼才，落筆不凡，以能文稱，所謂篇章曠而清，銘碣典而潤，記序婉而富，箋翰妥而熟（陳耆卿《何淡小山雜著序》）。然阿附求進，斥逐善類，立僞黨之禁，賢士爲之一空。著有《小山雜著》八卷（《直齋書録解題》卷一八）、《歷代備覽》二卷、《笑林》三卷（《宋史·藝文志五》），均佚。事迹見《宋史》卷三九四本傳、《南宋館閣録》卷八。

遶花臺賦……二四六九

何麒 （生卒年不詳）

字子應，青城（今四川都江堰市東）人，張商英外孫。建炎元年爲宣教郎。紹興十一年，賜同進士出身，爲夔州路提點刑獄。十二年，入試爲太常少卿，出知嘉州。十三年，移知邵州，未幾落職奉崇道祠，道州居住。紹興末，稍起爲四川安撫制置司參議官。事迹見《建炎以來繫年要録》卷六、一四一、一四九、一五〇，《宋詩紀事小傳補正》卷三。

狄遵度 （生卒年不詳）

字元規，潭州長沙（今屬湖南）人，裴子。少穎悟，篤志於學。每讀書，意有所得，即仰屋瞪視，人呼之弗聞。少舉進士不第，耻不復爲。以父蔭爲襄縣主簿，趙德麟《侯鯖録》卷二云：「不幸年二十爲襄城簿而卒。」曾慥《類説》卷四七謂「遵度卒時年二十六」，未知孰是。遵度好爲古文，尤嗜杜甫詩。著有《春秋雜説》，又擬作《皇太子册文》、《除侍御史制》、《裴晉公傳》等，人多稱誦之。著有文集十卷（《宋史·藝文志七》，《宋史》本傳稱十二卷），今已佚。事迹見《宋史》二九九《狄裴傳》附傳。

汪大猷 （一一二〇—一二〇〇）

字仲嘉，慶元府鄞縣（今屬浙江寧波）人。紹興七年，以父蔭奏補將仕郎，授衢州江山尉。十五年，登進士乙科，歷婺州金華、嚴州建德縣丞，遷知崑山縣。二十九年，爲淮西江東軍馬錢糧所幹辦公事。三十二年，轉承務郎，幹辦行在諸司糧料院。隆興二年，錢端禮辟爲江淮宣諭司幹辦公事，遷大宗正丞。乾道元年，兼侍右郎官，又兼户部右曹，擢禮部員外郎。二年，遷秘書少監，續編《國朝會要》、《高宗聖政》諸書。三年，假吏部尚書，接伴金國賀正旦使。四年，權刑部侍郎，兼崇政殿説書。五年，兼侍講，選充金國賀正旦使。六年，進《續會要》，轉左朝議大夫，改權吏部侍郎，兼尚書。七年，提舉江州太平興國宫，起知泉州。淳熙元年，再奉祠，復起知隆興府。以事落職，責南康軍居住。紹熙二年致仕。慶元六年卒，年八十一，謚文忠。大猷篤學，至老不倦，歌詩平淡造理。著有《適齋存稿》二十卷、《備忘》十七篇、《唐宋名公詩韻》四十編、《漫録》、《訓鑑》等書，今已佚。事迹見樓鑰《汪公行狀》（《攻媿集》卷八八）、周必大《汪大猷神道碑》（《平園續稿》卷二七）、《宋史》卷四〇〇本傳。

汪若海（一一〇一——一一六一）

字東叟，歙州歙縣（今屬安徽）人。年十八入太學，與陳東、胡閎休義氣相許（《新安文獻志》卷七八《胡制機閎休傳》）。靖康元年，以金人侵擾，應詔上書，擢優等。京城失守，述麟爲書以獻，謂兩宫蒙塵，義不苟生。高宗即位，推恩改奉承郎，遷江南經制使，轉承事郎，監登聞檢院。歷通判沅州、辰州，紹興九年通判順昌府，除淮北宣撫司機幕。丁内艱，起復通判信州。遷湖北帥司參議，除知道州，授直秘閣、知江州。三十一年十一月卒，年六十一。事迹見汪若容《朝請大夫直秘閣汪公若海行狀》（《新安文獻志》卷八一）、《宋史》卷四〇四本傳。

汪革（生卒年不詳）

字信民，臨川（今屬江西撫州）人。紹聖四年進士，執教於長沙、宿州、楚州。蔡京當國，欲得名士附己，以周王宫教授召，辭不就。年四十卒。革爲吕希哲所知，與其孫吕本爲莫逆之交，一時名士如張耒、陳瓘皆愛敬之。傍溪築室，名青溪堂，學者因稱青溪先生。著有《青溪類稿》、《論語直解》行世。事迹見《新安文獻志》卷七七《青溪汪先生革傳》。

汪　莘（一一五五——一二二七）

字叔耕，號柳塘，徽州休寧（今安徽休寧）人，後隱居黄山。自幼不羈，有大志，不事科舉，退安丘園，讀《易》自廣，博覽群書。嘉定間，三次上疏，論天變人事、民窮吏污之弊，行師布陣之法，不報。楊簡稱其「真愛君憂國之言也」（李以中《汪居士傳》引）。徐誼帥江東，以遺逸舉薦，不果。築室柳溪之上，囿以方渠，自號方壺居士。醉酒浩歌，賦詩言志。雖爲隱士，仍不忘國事，故詩文中時有指斥時事與懷才不遇之嘆，孫嶸叟序稱其「古賦似宋玉，詩歌似太白，長短句似坡翁」。集中諸文，皆排宕有奇氣。詩學李白，但天姿高秀不及，往往落盧仝蹊徑。也能詞，詞集前有序，稱所愛者蘇軾、朱希真、辛棄疾三人，謂之「詞家三變」，所作詞稍近粗豪（《四庫全書總目》卷一六三）。著有《方壺存稿》九卷，《壺山先生四六》一卷。事迹見李以中《汪居士莘傳》（《新安文獻志》卷八七），《宋史翼》卷三六。

沈　初（生卒年不詳）

字子深，常州無錫（今屬江蘇）人。熙寧六年進士。初始入國學，試《周以宗强賦》爲第一，文詞典麗，時争傚之。元祐中尚詞賦，朝廷以此賦頒爲天下格，傳至西夏，夏人織爲文錦。官象山尉，入爲國子直講以終。事見洪武《無錫縣志》卷三上。

周以宗彊賦……………………一四八三

沈括（一〇三一—一〇九五）

字存中，杭州錢塘（今浙江餘杭）人。嘉祐八年進士。英宗治平三年，爲館閣校勘。熙寧中參與王安石變法。歷檢正中書刑房公事、提舉司天監，遷集賢校理、同修起居注，擢知制誥兼知通進銀臺司。熙寧七年爲河北西路察訪使。次年出使遼國，力斥其奪地之謀。遷翰林學士、權三司使。熙寧末，因事降知宣州。元豐三年，除鄜延路經略使、知延州。五年，坐首議築永樂城，責授均州團練副使，隨州安置。元祐初徙秀州，晚年居潤州夢溪園。紹聖二年卒，年六十五。沈括博學多才，於天文、地理、律曆、音樂、醫藥、術數，以至朝廷典章、錢糧貿易，無所不通，其所著《夢溪筆談》被英國著名學者李約瑟譽爲「中國科技史上的坐標」。擅長爲文，《四庫全書總目》謂其「學有根柢，所作亦宏贍淹雅，具有典則。其四六表啓，尤凝重不佻，有古作者之遺範」（卷一五四）。著有文集《長興集》四十一卷（《直齋書録解題》卷一七），南宋時收入《沈氏三先生集》，今已有闕佚，現存十九卷（或爲十六卷）。事迹見《宋史》卷三三一本傳。今人胡道静編有《沈括事迹年表》，張家駒有《沈括事迹編年》。

幽　命……………………七九

懷歸賦……………………三〇三六

沈遘（一〇二五—一〇六七）

字文通，杭州錢塘（今浙江餘杭）人。皇祐元年進士，通判江寧府。歸奏《本治論》十篇，仁宗稱賞，遷秘書省著作佐郎，召爲集賢校理，判登聞鼓院，擢三司度支判官。遷同修起居注，召試知制誥，出知越州。嘉祐七年爲尚書禮部郎中，徙知杭州。英宗即位，召還，勾當三班院，兼提舉兵部司封官告院，兼判集賢院，權知開封府。拜翰林學士、知制誥，兼判吏部流内銓。丁母憂，廬墓下，服未竟而卒，年四十三（《宋史》本傳作年四十）。沈遘家藏書數萬卷，博覽强記，文辭敏贍，長於議論。《四庫全書總目》卷一五三謂其所撰誥詞詔命，「大都莊重温厚，有古人典質之風」，詩歌「清俊流逸，不染俗韻」。著有《西溪集》十卷（《直齋書録解題》卷一七），南宋人將他與沈括、沈遼三人詩文合刊爲一集，稱《沈氏三先生文集》。事迹見王安石《内翰沈公墓誌銘》（《臨川先生文集》卷九三）、《宋史》卷三三一本傳。

奉祠西太乙宫賦 ……………… 一六四一

沈與求（一〇八六—一一三八）

字必先，號龜谿，湖州德清（今屬浙江）人。政和五年進士，授常州州學教授，改秀州兵曹掾兼推勘公事，除太學録。靖康元年，遷儒林郎，除太學博士。建炎初，通判明州。高宗召對，除監察御史，遷兵部員外郎、殿中侍御史。以議遷都事不合，出知台州。召還，再除侍御史，遷御史中丞。時軍儲窘乏，編撰《古今集議》二卷奏進。改除吏部尚書，權翰林學士，兼侍讀，出爲荆湖南路安撫使，兼知潭州。以疾乞祠，提舉江州太平觀。紹興四年，起知鎮江府，兼兩浙西路安撫使。復召爲吏部尚書，除參知政事。五年，兼權知樞密院事。六年，與張浚議事不合，出知明州。七年，除知樞密院事。八年六月卒，年五十三，謚忠敏。與求早年以翰墨知名，又久在御史之職，知無不言，其文章以奏疏文字見長，「其言切直，類多深中時弊」，制誥也「典雅春容，具有唐人軌度」（《四庫全書總目》卷一五七）。亦能詩，與葉夢得、葛勝仲、張元幹等唱和之作尤多，作詩「喜論體制格律源流所自，不貴苟作」（《宋詩鈔·龜溪集抄》），詩風以清新平淡爲宗。著有《龜溪集》十二卷。事迹見劉一止《知樞密院事沈公行狀》（《苕溪集》卷三〇）、《宋史》卷三七二本傳。

宋太宗（九三九—九九七）

太祖弟。初名匡義，後改光義，即位後改名炅。洛陽（今屬河南）人，後晉天福四年生於浚儀（今河南開封）官舍。自幼好文，仕後周爲供奉官都知。宋初，領睦州防禦使、泰寧軍節度使。次年，加同平章事，爲開封府尹，再加兼中書令。開寶六年，封晉王。九年，即帝位，建元太平興國。統宋兵削平藩國，太平興國三年，平陳洪進，吳越王錢俶納土。四年，親征太原，降北漢主劉繼元，作《平晉詩》，命從臣屬和。又以行宫爲平晉寺，著《平晉記》，刻石於寺中。是年六月，率宋兵伐幽薊，與契丹軍戰於高梁河，大敗而歸。雍熙三年，又命將三路伐遼，戰於岐溝關，宋師又敗績。其後，宋遼不再有大戰事。在位二十二年，至道三年病逝，年五十九，廟號太

宗。太宗重文治，留意儒學，興建崇文院，太平興國二年，詔儒學近臣編纂《太平御覽》一千卷，七年又詔編纂《文苑英華》一千卷。於政事之暇，不廢觀書，善弈棋、飛白書。著有《太宗御集》一百二十卷（《宋史·藝文志七》）。現存《御製秘藏詮》三十卷、《御製緣識》五卷、《御製蓮花心輪迴文偈頌》二十五卷、《御製逍遥遊》十一卷、《御製佛賦》二卷、《御製詮源歌》一卷。事迹見《宋史》卷四至卷五《太宗本紀》。

宋仁宗（一〇一〇—一〇六三）

即趙禎，真宗第六子，母李宸妃。章獻皇后養爲己子。初名受益。祥符七年封慶國公，八年封壽春郡王。天禧元年兼中書令，明年進封昇王，册爲

皇太子。乾興元年二月即帝位，時年十三，太后稱制。明道二年太后崩，始親政。康定初，宋夏戰起，任韓琦、范仲淹以拒之，遂有三川口、好水川、定川砦之戰，後以歲賜銀、絹、茶等與西夏議和。契丹乘機逾盟，索取關南地，乃增歲幣，任富弼以和之。慶曆三年八月任范仲淹、富弼革弊圖新，實行「慶曆新政」。然因權貴沮之，旋罷。在位恭儉仁恕，然冗官、冗兵、冗費日增，漸成積貧積弱之勢。嘉祐八年二月卒，年五十四。在位四十二年，年號九：天聖、明道、景祐、寶元、康定、慶曆、皇祐、至和、嘉祐。仁宗喜好文辭，凡慶典佳節、新進士及第均有詩文頒賜。嘗作《賞花釣魚》詩，雍容典雅，頗具太平氣象(《瀛奎律髓匯評》卷五)。逝世後，英宗詔令編次其詩文爲《御制集》一百卷，歐陽修奉詔爲作序(歐陽修《仁宗御集序》)。今已佚。事迹見《宋史》卷九至卷一二《仁宗本紀》。

宋祁 (九九八—一〇六一)

字子京，安州安陸(今湖北安陸)人，後遷開封雍丘(今河南杞縣)，宋庠弟。天聖二年與兄同時舉進士，禮部奏祁第一。章獻太后不欲以弟先兄，乃擢庠第一，置祁第十，時稱大小宋。釋褐復州軍事推官。以孫奭舉薦，改大理寺丞、國子監直講。召試，授直史館，再遷太常博士、同知禮儀院。預修《廣樂記》成，遷工部員外郎、同修起居注、權三司度支判官。徙判鹽鐵勾院，爲天章閣待制，判國子監，同修禮書。出知壽、陳二州。還，爲知制誥、權同判吏部流内銓，爲翰林學士、知審官院，兼侍讀學士。慶曆五年，進龍圖閣學士、史館修撰。累遷右諫議大夫，充群牧使。八年，復爲翰林學士。坐草制不送中書，出知許州，復召爲侍讀學士。皇祐三年，出知亳州。歷知成德軍、定州。嘉祐元年，知成都府。召還，除三司使，以其兄爲執政，改龍圖閣學士、知鄭州。修《新唐書》成，進尚書左丞，遷工部尚書，入判尚書都省，拜翰林學士承旨，復爲群牧使。六年卒，年六十四，謚景文。宋祁爲文，反對鈔襲古人，謂「文章必自名一家，然後可以傳不朽，若體規畫圓，準方作矩，終爲人之臣僕」（《宋景文筆記》卷上）。早年受知劉筠，頗受西崑派影響，喜以學問爲詩，清王士禛云：「宋景文近體，無一字無來歷，而對仗精確，非讀萬卷者不能。」（《石洲詩話》卷三）亦能詞，其《玉樓春》詞有「紅杏枝頭春意鬧」句，時人推崇爲「紅杏枝頭春意鬧尚書」。後人多以宋祁文奇險艱澀，但也有不少平順暢達，博奥典雅之文。現存賦四卷，多數爲律賦，省試所作《良玉不琢賦》，當時號爲擅場。其著述除《新唐書》列傳一百五十卷外，還有《宋景文集》一百五十卷（《郡齋讀書志》卷一九），已佚，四庫館臣自《永樂大典》輯出其佚詩文，重編爲《宋景文集》六十二卷；清人孫星華重輯《宋景文集拾遺》二十二卷，而重收誤收甚多。另有《宋景文雜説》一卷，《宋景文筆記》三卷，近人趙萬里輯有《宋景文公長短句》一卷。事迹見范鎮《宋景文公祁神道碑》（《名臣碑傳琬琰集》上集卷七），《宋史》卷二八四《宋庠傳》附傳。

宋孝宗（一一二七—一一九四）

即趙眘，字元永，太祖七世孫，秀王趙偁子，生於秀州。初名伯琮。高宗無子，紹興二年選育於宫中。十二年，封普安郡王。三十年，立爲皇子，更名瑋，進封建王。三十二年五月，立爲皇太子，改今名。六月，受内禪，即帝位。建元隆興、乾道、淳熙，在位二十七年。即位之初，鋭志恢復。隆興元年宋軍符離之敗後，復媾和。雖不忘恢復，終無成效。淳熙十六年，傳位於其子趙惇，尊爲至尊壽皇聖帝。紹熙五年卒，年六十八。謚曰哲文神武成孝皇帝，廟號孝宗。喜文事，《鶴林玉露》甲編卷二稱「孝宗最重大蘇之文」，親撰序贊，與集同刊，稱「人傳元祐之學，家有眉山之書」。《宋史》卷三八載，寧宗朝時建華文閣，以藏《孝宗御集》。今其集已佚，詩文散見於宋人文集、方志、筆記。事迹見《宋史》卷三三至三五《孝宗本紀》。

宋庠（九九六—一〇六六）

字公序，初名郊，字伯庠，安州安陸（今湖北安陸）人，後徙開封雍丘（今河南杞縣）。仁宗天聖二年，舉進士第一。擢大理評事、同判襄州。召試學士院，遷太子中允、直史館，爲三司户部判官。遷太常丞、判户部勾院、同修起居注，遷左正言。同知禮部貢舉。知制誥，兼史館修撰，知審刑院。改權判吏部流内銓，遷尚書刑部員外郎，除翰林學士。出知揚州，進給事中、徙鄆州。慶曆五年，召爲參知政事，拜右諫議大夫。八年，除樞密使。皇祐元年，拜兵部侍郎、同中書門下平章事。三年，出知河南府，徙許州、河陽，再遷兵部尚書。嘉祐三年，封莒國公。五年，出判鄭州，徙相州。以疾召還。英宗即位，移鎮武寧軍，改封鄭國公，出判亳州。請老，以司空致仕。治平三年卒，年七十一，謚元憲。庠好學，讀書至老不倦，與弟祁以文學名擅天下，時稱「二宋」。其文多館閣代言之作，其詩學李商隱，風格近西崑體。著有《國語補音》三卷、《紀年通譜》十二卷、《掖垣叢志》三卷、《尊號録》一卷、《宋元憲集》四十四卷、《緹巾集》十二卷、《操縵集》六卷、《連珠》一卷，多佚。今僅存《國語補音》。四庫館臣自《永樂大典》輯出其佚詩文，編爲《宋元憲集》三十六卷。事迹見王珪《宋元憲公神道碑銘》（《華陽集》卷四八）、《宋史》卷二八四本傳。

宋徽宗（一〇八二—一一三五）

即趙佶，神宗第十一子，哲宗弟。封遂寧郡王。紹聖三年封端王。五年，加司空，改昭德、彰信軍節度。元符三年正月哲宗崩，無嗣，遂即位。初欲調和新舊黨争，不成，旋以紹述神宗爲國策。信用蔡京等，變亂法度，籍元祐黨人姓名，鐫爲石碑，又禁毁蘇軾、秦觀、黄庭堅等文集。崇奉道教，自稱教主道君皇帝。窮奢極侈，困竭民力，興花石綱之役，建艮嶽，群小競進。君臣逸豫，不理國政。約金攻遼，宣和七年，金軍南侵，禪位太子趙桓，自稱太上皇。靖康二年，爲金軍拘脅北去，囚禁於五國城。紹興五年卒，年五十四。在位二十六年，先後改元建中靖國、崇寧、大觀、政和、重和、宣和。趙佶多才藝，擅書法，精通音律，其「瘦金體」書自成一家，又工花鳥畫。詩詞創作以北宋滅亡爲界，在帝位時所作詩詞，多以宮廷生活爲題材，華麗富艷；被俘後風格一變，往往抒發國家淪亡、故宮難歸之痛，悲愴沉鬱，盪氣迴腸，世人每以李後主亡國之詞相比。趙佶的詩文在南宋紹興時由朝廷編輯爲集一百卷，宋高宗爲作序（《徽廟御集序》），又有《宣和御製詩》一卷（《讀書附志》卷下），《徽宗御製崇觀宸奎集》一卷、《宮詞》一卷（《宋史·藝文志七》），多已散佚。今存《御解道德真經》、《茶論》、《聖濟經》、《宣和論畫雜評》、《御注西昇經》、《宣和御製宮詞》、《宋徽宗詞》等。事迹見《宋史》卷一九至卷二二《徽宗本紀》。

邵　雍（一〇一一—一〇七七）

字堯夫，範陽（今河北涿縣）人，隨父徙共城（今河南輝縣）。讀書蘇門山百源上，學者稱百源先生。少爲學堅苦刻厲。周遊南北，從李之才受《河圖》、《洛書》及象數之學，探賾索隱，多所自得，著書十餘萬言行於世。皇祐初，定居洛陽，西京留守王拱辰爲買天津橋西舊地，建屋三十間。雍自耕以供衣食，名其居曰安樂窩，自號安樂先生。仁宗嘉祐中，詔求天下遺逸，授將作監主簿。復舉逸士，補潁州團練推官，稱疾不赴，隱居洛陽幾三十年。時富弼、司馬光、吕公著退居洛中，與之交遊。熙寧十年卒，年六十七。元祐中，賜謚康節。邵雍爲宋代理學象數體系開創者，也是理學詩派創始人。其詩作在南宋被稱爲「邵康節體」（嚴羽《滄浪詩話·詩體》）。他主張作詩不必苦吟，隨口成章，故在治學之餘積有大量詩篇。以通俗明暢爲特色，語言務求淺近，一些詩篇如同白話。著有著《皇極經世》、《觀物内外篇》、《漁樵對問》及詩集《伊川擊壤集》等。事迹見程顥《邵康節先生墓誌銘》（《明道集》卷四）、范祖禹《康節先生傳》、《宋史》卷四二七本傳。另有無名氏編《邵康節先生年譜》一卷，附於《康節外集》。

八畫

幸元龍（一一六九—一二三二）

字震父，號松垣，筠州高安（今屬江西）人。慶元五年進士，調湘陰簿。居家十餘年，嘉定七年，出爲京山縣丞。九年，調隨州州學教授。十五年，知當陽縣。十七年，通判郢州。寶慶二年，兩次上書，並致書宰相史彌遠，爲真德秀、魏了翁等鳴不平。史黨劾其越位言事，勒令致仕，時年五十八。紹定四年，再上書，請戮史彌遠以謝天下。次年卒，年六十四。元龍爲人正直，指陳時政，忠義激發（吳潛《乞裒萬頃幸元龍遺澤表》）。所上書疏，往往極論時勢，力主收復。著有《松垣文集》，已佚，後人輯有《重編古筠洪城幸清節公松垣文集》十一卷，據《四庫全書總目》卷一七四考證，謂爲僞託。然檢其文所涉諸多事實、制度、人物等，均於史可徵，未見作僞之迹。事迹見《宋史翼》卷二二。

范成大（一一二六—一一九三）

字致能，又作至能，平江府吳縣（今屬江蘇蘇州）人。少時遍讀經史，能文詞。以父喪，無科舉意，取唐人「只在此山中」之語，自號此山居士。登紹興二十四年進士第，調徽州司户參軍。三十二年，入監行在太平惠民和劑局。隆興元年，陞檢討官，又兼敕令所。二年，除樞密院編修官，秘書省正字。乾道元年，陞校書郎，遷著作佐郎。二年，除吏部員外郎，以言罷。四年，起知處州。五年，召爲禮部員外郎，兼崇政殿説書，擢起居舍人兼侍講。六年，遷起居郎，假資政殿大學士使金，往返途中寫成七十二首紀行詩和《攬轡録》，以不辱使命除中書舍人。九年，知静江府，兼廣西經略安撫使。淳熙元年，除四川制置使兼知成都府，夔峽山路。四年，召權禮部尚書。五年正月兼直學士院，四月參知政事，方兩月即奉祠。六年，起知明州兼沿海制置使。七年，改知建康府兼行宫留守，陛辭，孝宗爲書「石湖」二大字。九年，因病奉祠，歸居石湖。紹熙三年，起知太平州，旋歸營范村。四年卒，年六十八。追封崇國公，謚文穆。成大一生仕途通達，尤以使金不屈和任官有政績爲人所稱。有文名，楊萬里《石湖先生大資參政范公文集序》稱其以文學受知孝宗，「訓誥具西漢之爾雅，賦篇有杜牧之刻深，騷詞得楚人之幽婉，序山水則柳子厚，傳任俠則太史遷」。尤以詩著名，與尤袤、陸游、楊萬里並稱「中興四大詩人」。其詩關注國事民生，多表現於寫景、敘事、詠史、懷古等各種題材之中。使金組詩七十二絶句即爲其傑出代表，感事傷懷，富於愛國激情。晚年退隱石湖，所作《四時田園雜興》詩六十首，對田園景物、鄉村風俗，以及農民困苦生活的描述，猶如風俗畫卷，成就最高，被譽爲「田園詩人」。其詩源自張籍、王建和晚唐體，也受江西詩派影響，故風格多樣，楊萬里稱其「清新嫵麗，奄有鮑、謝；奔逸儁偉，窮追太白」；《四庫全書總目》亦謂「自官新安掾以後，骨力乃以漸而遒，蓋追溯蘇、黄遺法，而約以婉峭，自爲一家」（卷一六〇）。亦工詞，詞風多清逸婉峭，其中關心國事之作亦稍顯雍容，與辛詞之激越豪放殊異，正如陳廷焯《白雨齋詞話》所云：「石湖詞音節最婉轉，讀稼軒詞後讀石湖詞，令人心平氣和。」各體文章俱佳，黄震《黄氏日鈔》卷六七稱其「喜佛老，善文章，踪迹天下，審知四方風俗」，奏對「簡樸無華」、「上梁文、致語多雄」、「聖節疏亦多好句」、「跋語多簡峭可愛」。其文以《三高祠記》最負盛名，深受樓鑰、周必大等賞識。著有《驂鸞録》（存）、《吴船録》（存）、《吴郡志》（存）、《范村菊譜》（存）、《范村梅譜》（存）、《攬轡録》（殘）、《桂海虞衡志》（殘）、《成都古今丙記》（佚）、《石湖集》（殘）等。《石湖集》一百三十六卷，今僅存詩集三十四卷。事迹見周必大《范公成大神道碑》(《文忠集》卷六一)、《宋史》卷三八六本傳。今人孔凡禮編有《范成大年譜》。

范仲淹（九八九—一〇五二）

字希文，吳縣(今屬江蘇蘇州)人。生二歲而孤，母更適長山朱氏，從其姓，名説。大中祥符八年進士，爲廣德軍司理參軍。天禧元年，權集慶軍節度推官，始還姓更名。次年，譙郡從事。天聖六年，晏殊薦其文學，以大理寺丞爲秘閣校理。七年，以言事忤章獻太后，出通判河中府。九年，遷太常博士，移通判陳州。明道二年，召爲右司諫，途中上論時弊十事疏。率臺官諫阻廢郭皇后，景祐元年貶知睦州，徙蘇州。二年，召還，判國子監。益論時政闕失，執政大臣忌之，命知開封府。三年，獻《百官圖》譏刺吕夷簡以官賞私人，落職，知饒州。四年，徙潤州。寶元元年，移知越州。康定元年，復天章閣待制，知永興軍，除陝西經略安撫副使，兼知延州。慶曆元年，討元昊，元昊求和，復書拒之，坐奪一官，降知耀州，改慶州。二年，遷環慶路經略安撫使，改陝西安撫經略招討使。三年，除樞密副使，改參知政事，推行新政，獻《十策》，主張薄任子之恩，嚴磨勘之法，爲權貴倖幸所忌，謗毁稍行。五年，以資政殿學士出知邠州兼陝西四路緣邊安撫使，徙知鄧州。八年，徙知荊南府。皇祐元年，知杭州。三年，知青州。四年，徙知潁州，五月至徐州而卒，年六十四，贈兵部尚書，謚文正。仲淹少有大節，慨然有志於天下，貫通經術，明達政體。其論文主張以經世致用爲本，當抑末揚本，「去鄭復雅」，反對五代以來文風。詩詞文俱佳，旨意深切，爲人稱誦。著有《范仲淹集》二十卷、《別集》四卷、《尺牘》二卷、《奏議》十五卷、《丹陽編》八卷（《宋史·藝文志七》），現存《范文正公政府奏議》二卷，《范文正公文集》二十卷，《范文正公詩餘》一卷。事迹見富弼《范文正公仲淹墓誌銘》、歐陽修《文正范公神道碑銘》、《宋史》卷三一四本傳。宋樓鑰編有《范文正公年譜》一卷、范之柔《補遺》一卷，清張伯行編有《范文正公年譜》一卷，今人申時方編有《范仲淹先生年譜新編》。

范祖禹（一〇四一—一〇九八）

字淳甫，一字夢得，成都華陽（今四川成都）人，范鎮從孫，百禄侄。幼孤，爲從叔祖范鎮撫育成人。嘉祐八年登進士甲科，知資州龍水縣。熙寧三年，司馬光辟同修《資治通鑑》，隨司馬光編撰《通鑑》十五年，實掌唐三百年叢目及長編之編纂。元豐七年，《通鑑》成，遷秘書省正字。哲宗即位，擢右正言，以岳父吕公著爲執政辭，改著作佐郎、修神宗實録檢討官，遷著作郎兼侍講。元祐四年，拜右諫議大夫，依前兼侍講，充實録院修撰，遷給事中，兼國史院修撰，爲禮部侍郎。七年，爲翰林學士，改翰林侍講學士。八年，又爲翰林學士兼侍講，知制誥，兼知國史院事。紹聖初，哲宗親政，復行新法，祖禹以元祐舊黨出知陝州。言者論其修實録詆誣，貶武安軍節度副使、昭州别駕，安置永州，徙賀州，再徙賓州、化州。元符元年卒，年五十八。祖禹久在經筵、史館，正言進諫，獻納尤多，蘇軾嘗稱爲講官第一，謂其「清德絶識，高文博學，非獨今世所無，古人亦罕有能兼者」（《與范元長》）。現存文集以制誥、章疏爲多，能洞見事機，計慮周詳，而又言辭剴切，簡捷明晰。與修《神宗實録》，著有《唐鑑》、《帝學》、《古文孝經説》（此三種今存）等多種，《唐鑑》尤爲著名，時稱「唐鑑公」。又有《范太史集》五十五卷。事迹見《東都事略》卷七七、《宋史》卷三三七本傳。

范　浚（一一〇二—一一五一）

字茂明，世稱香溪先生，婺州蘭谿（今浙江蘭谿）人。紹興初舉應賢良方正試，以秦檜當國辭不赴。講學授徒，學生至數百人。潛心學問，精研六經諸子史傳，所作詞賦辭高意古。嘗撰《策略》二十餘篇，皆經國之要務。紹興二十一年卒，年五十。浚爲學多本於經，尤得於《孟子》，貫穿精研，卓然有得。朱熹撰《孟子集注》，將其《心箴》全部收載，由是知名。范浚雖未曾入仕，但關切時事，其著述「辭博而峻整，深入理地，湛然自得，成一家之言」（《金華征獻略》卷四）。著有《香溪先生文集》二十二卷。事迹見朱熹《香溪小傳》、童品《范先生傳》（均附於《香溪集》卷首）、《宋史翼》卷二四。

范純仁（一〇二七—一一〇一）

字堯夫，蘇州（治今江蘇蘇州）人，仲淹次子。皇祐元年進士。父死乃出仕，知汝州襄城縣，簽書許州觀察判官事，知襄邑縣。治平元年，爲江東轉運判官，擢殿中侍御史，出通判安州，改蘄州，歷京西提點刑獄，京西、陝西轉運副使。召拜兵部員外郎、兼起居舍人、同知諫院，加直集賢院、同修起居注，改判國子監。因反對王安石變法，出知河中府，徙成都府路轉運使，左遷知利州、慶州，黜知信陽軍，移齊州。乞罷，提舉西京留司御史臺，再知河中。哲宗立，復知慶州，召除給事中，進吏部尚書、同知樞密院事。元祐三年，拜尚書右僕射兼中書侍郎。出知潁昌府、太原府，徙河南。八年，復拜右僕射。再出知潁昌府。忤章惇意，累貶永州安置。徽宗立，歸許養疾。建中靖國元年卒，年七十五，謚忠宣。純仁幼從父誨，與孫復、石介、胡旦、李覯等名士遊，爲人平易忠恕，嘗謂「但以責人之心責己，恕己之心恕人，不患不到聖賢地位」（宋趙善璙《自警編》卷一引）。所上奏疏，論事切直，婉轉暢達，無過激之辭。其《秋風吹汝水賦》，寓情於景，富有文彩。著有文集二十卷、《臺諫論事》五卷、《邊防奏議》二十卷（李之儀《行狀》）。文集於南宋嘉定間由沈圻刊印，遂爲定本，歷代遞有刊修，現存《范忠宣公集》二十卷。事迹見李之儀《范忠宣公行狀》（《范忠宣公集》附）、曾肇《范忠宣公墓誌銘》（《曲阜集》卷三）、《宋史》卷三一四本傳。

范　鎮（一〇〇八—一〇八九）

字景仁，其先長安（今陝西西安）人，後遷華陽（今四川成都）。寶元元年進士及第（《續資治通鑑長編》卷一二二），釋褐爲新安主簿。召試學士院，除館閣校勘，充編修《唐書》官。除直秘閣，爲開封府推官。擢起居舍人，知諫院，兼管勾國子監。改集賢殿修撰，判刑獄，同修起居注，除知制誥。遷翰林學士，充史館修撰，爲右諫議大夫。英宗即位，遷給事中，除翰林侍讀學士。神宗即位，遷禮部侍郎，復爲翰林學士，兼群牧使，勾當三班院。《仁宗實録》書成，遷户部侍郎，知通進銀臺司。王安石變更法令，范鎮屢上疏争之，不報，熙寧三年，即以户部尚書致仕。哲宗即位，遷光禄大夫，提舉嵩山崇福宫。數月，復告老，進銀青光禄大夫致仕。元祐三年閏十二月卒，年八十一，謚忠文。鎮爲學本於六經，文章多切時事。少時曾與宋庠、宋祁兄弟同作《長嘯却胡騎賦》，賦成，二宋大加稱嘆。後奉使契丹，遼國丞相稱之爲長嘯公（《曲洧舊聞》卷二）。喜爲詩，致仕後歸蜀，期年還京師，道中作詩二百五十餘篇。著有文集一百卷、《諫垣集》十卷、《内制集》三十卷、《外制集》十卷、《正書》三卷、《樂書》三卷、《國朝韻對》三卷、《國朝事始》一卷、《東齋記事》十卷、《刀筆》八卷（韓維《范公神道碑》），今僅存輯本《范蜀公集》、《東齋記事》。事迹見韓維《忠文范公神道碑》（《南陽集》卷三〇）、蘇軾《范景仁墓誌銘》（《東坡集》卷三九）、司馬光《范景仁傳》（《温國文正司馬公集》卷六七）、《宋史》卷三三七本傳。

林希（一〇三五—一一〇一）

字子中，號醒老（岳珂《寶真齋法書贊》卷一七），福州福清（今福建福清）人。嘉祐二年進士（《淳熙三山志》卷二六），調涇縣主簿。治平二年，編校昭文館書籍。熙寧三年，除館閣校勘、集賢校理。九年，爲同知太常禮院。元豐元年，充高麗國信副使，以不樂行，謫監杭州樓店務。四年，爲著作佐郎，五年，除承議郎。六年，爲禮部郎中，修國史。八年，除秘書少監。元祐元年除起居舍人，遷郎，除中書舍人，俄被論罷，出知蘇州。移知潤州，五年，除天章閣待制。六年，知杭州。七年，除禮部侍郎。八年，出知亳州。紹聖初，章惇復用爲中書舍人。時斥逐元祐大臣，制詞多由林希執筆，自司馬光、吕大防、蘇軾、蘇轍等數十人之制，皆希爲之，竭盡醜詆之辭。遷禮部、吏部尚書，翰林學士。紹聖四年，同知樞密院。元符元年罷，出知亳、杭、太原、揚、舒等州府。建中靖國元年卒，年六十七，謚文節。林希人品不可取，但學問淵博，擅長詩文。制誥詔令文辭典雅，似西漢詔令，嘗草蘇軾貶謫制詞，蘇軾讀之，稱其能作文章（《野老紀聞》）。著有文集十六卷（汪應辰《題林子中集》），《神宗實録》、《兩朝寶訓》、《野史》等，均佚。事迹見《東都事略》卷九七、《宋史》卷三四三本傳。

林希逸（一一九三—？）

字肅翁，號竹溪，又號鬳齋，福州福清（今屬福建）人。師從陳藻。嘉定末，客居壽陽，集林光朝、林亦之詩，名曰《吾宗詩法》。端平二年進士，授平海軍節度推官。嘉熙二年，編林亦之《網山集》並爲序。淳祐中，累遷國子録，六年，召爲秘書省正字，除校書郎。七年，兼莊文府教授，除樞密院編修官。八年，出知興化軍。次年，刻劉克莊文集。十年，移知饒州，刊《艾軒集》。景定二年，除廣東運判（《後村先生大全集》卷六五）。三年，召除司封郎官。四年正月，以司農少卿兼直舍人院，兼禮部郎官，兼崇政殿説書，除秘書少監，四月，除太常少卿。奉玉局祠。咸淳四年，擢秘書少監。五年，擢翰林權直，遷太常卿，除秘書監，終中書舍人。希逸以道學名世，文多應酬頌美之作，詩多「宗門語」（王士禛《居易録》），而劉克莊序其集，稱其文「鍛煉攻苦而音節諧邕，邊幅寬餘而經緯麗密」，其詩「槁乾中含華滋，蕭散中藏嚴密，窘狹中見紓餘」（《竹溪集序》），推許甚至。著有《易講》、《春秋傳》、《鬳齋前集》六十卷，已佚。今存《考工記解》、《老子口義》、《莊子口義》、《列子口義》、《竹溪鬳齋十一稿續集》三十卷。事迹見林希逸《網山集序》、林同《竹溪鬳齋十一稿續集序》、《南宋館閣續録》卷七、八、九。

孔雀賦……二八〇九

金天移文……六七七

問雲將辭……六七九

林敏功（生卒年不詳）

字子仁，號松坡，蘄州蘄春（今屬湖北）人。治《春秋》之學，年十六預鄉薦，下第而歸，杜門不出二十年。元符末，朝廷下詔徵辟，不起。政和中，賜號高隱處士。與弟敏修比鄰終老，世號「二林」。敏功好學博古，擅長詩文而不爲險怪奇靡，詩風受黃庭堅影響。吕本中作《江西詩社宗派圖》，林敏功列名其中。著有詩文一百卷，號《蒙山集》，又有《高隱集》七卷（《直齋書録解題》卷二〇，《宋史·藝文志七》作《林敏功集》十卷），今已佚。事迹見《宋詩紀事》卷三三、《江西詩社宗派圖録》。

梅花賦……二六八七

林景熙（一二四二—一三一〇）

字德陽，號霽山，温州平陽（今屬浙江）人。少工舉業，有聲場屋。咸淳七年太學上舍釋褐，授泉州教官，歷禮部架閣，轉從政郎。以國事漸非，棄官隱居白石巷。宋亡不仕，以詩書自娱，與會稽王英孫結盟。景炎三年，與英孫、唐珏等收拾宋陵遺骨，葬於蘭亭，植冬青樹爲識，作《冬青行》記其事。元至元中，曾還家教學，於馬鞍山下辟趙奥別業，以居生徒，開池種竹，放歌自遣。名所居曰石田，因以石田爲號。復因避寇出遊，與錢塘汪元量唱和。前後往來吳越間二十餘年，至大初，自杭歸鄉。三年，卒於家，年六十九。所作詩文，均以忠義見稱，「傳誦江湖，膾炙人口」（明吕洪《霽山文集序》）。方逢辰謂「其詩凄惋而悠以博，微以章，宛然六義之遺音」，「詩家門户，當放一頭」（《白石樵唱序》）。清賀裳稱：「嘗嘆詩法壞而宋衰，宋垂亡詩道反振，真咄咄怪事！讀林景熙詩，真令心眼一開。」鮑正言謂：「霽山先生以忠義之氣發爲詞章，聲情綿邈，音節悲凉，足以凄金石而泣鬼神。」（《霽山先生集跋》）著有文集《白石稿》十卷、詩集《白石樵唱》六卷，元章祖程爲注，已佚。今存文集有三種版本：明吕洪編《霽山先生文集》五卷，有明天順七年刊本；明馮彬刊《霽山先生白石樵唱》六卷、《文集》四卷，有嘉靖十年刊本；《霽山先生集》五卷、首一卷、拾遺一卷，有知不足齋叢書本。分卷各異，所收詩文略同。今人整理本有中華書局上海編輯所一九六〇年出版的校點本《霽山集》。事迹見元章祖程《題白石樵唱》、民國間《平陽縣志》卷三五。

林學蒙（生卒年不詳）

一名羽，字正卿，福州永福（今屬福建）人。與弟學履俱受業於朱熹，聚徒講學。僞學禁起，築室龍門庵下，講明性命之旨，不求仕進，鄉人皆師尊之。著有《梅塢集》。事迹見《閩中理學淵源考》卷一七、《宋元學案補遺》卷六九、道光《福建通志》卷四三。

易祓（一一五六—一二四〇）

字彥章，或作彥祥、彥偉，號山齋，潭州寧鄉（今屬湖南）人。淳熙十一年上舍釋褐，爲昭慶軍節度掌書記。慶元二年，召爲秘書省正字。四年，除校書郎，遷秘書郎。五年，除著作佐郎。六年，遷著作郎兼實録院檢討官，未幾出知江州。嘉泰四年，爲樞密院檢詳文字，擢國子司業。開禧元年，權中書舍人兼直學士院。二年，附和韓侂胄用兵，遷左司諫兼侍講，除禮部尚書，尋以諂事蘇師旦罷，提舉江州太平興國宫。三年，被論奪職，謫融州，移全州。嘉定十三年，復故官。嘉熙四年卒，年八十五。袚以能詞知名，刻畫纖細，旖旎纏綿（《蕙風詞話續編》卷一）。著有《禹貢疆理記》、《漢南北軍制》，已佚；今存《周易總義》二十卷、《周官總義》三十卷、《周官總義職方氏注》一卷。事迹見衛涇《論朝議大夫易袚乞賜鐫斥狀》、《禮部尚書易袚墓誌》（同治《寧鄉縣志》卷九）、《宋中興學士院題名録》、《南宋館閣續録》卷八、《楚紀》卷四三。

岳珂（一一八三—？）

字肅之，號亦齋，又號倦翁，相州湯陰（今屬河南）人。岳飛孫，岳霖子。紹熙三年甫十歲，隨父帥廣。嘉泰二年，以蔭監鎮江府户部大軍倉。開禧元年，試南宫不第，與劉過、辛棄疾相善。預北伐之役，途中所作詩，題曰《北征》。嘉定初，召對，歷司農寺主簿、光禄丞、太官令。嘉定十年，由大司農丞權知嘉興府。十二年，爲江南東路轉運判官。十四年，除軍器監丞、淮南東路總領（《景定建康志》卷二六），並多次攝知鎮江府。紹定六年，因《元夕》詩爲門人韓正倫告訐，罷官。嘉熙二年，起爲湖廣總領，奉祠。四年，復起爲淮南江浙荆湖八路制置茶鹽使，兼知太平州。淳祐元年，以言官劾其横斂罷職，居吳門。卒年六十餘。岳珂雖出身將門，而喜文事，其詩雖時傷淺露，少詩人一唱三嘆之致，而軒爽磊落，氣格亦有可觀（《四庫全書總目》卷一六四）。珂嘗居嘉興府治西北金佗坊，痛其祖爲秦檜所害，作《鄂國金佗稡編》二十八卷、《續編》三十卷上之。另著有《桯史》、《愧郯録》、《寶真齋法書贊》、《玉楮詩稿》、《棠湖詩稿》等。事迹見《宋史》卷三六五《岳飛傳》、《宋百家詩存》卷一二、《南宋文範作者考》下及所撰諸文題署。

金君卿（生卒年不詳）

字正叔，饒州浮梁（今江西景德鎮北）人。少穎悟好學，范仲淹守鄱陽，嘗延致門館。慶曆二年，進士及第（陸心源《金氏文集跋》、《光緒江西通志》卷四九）。皇祐二年，官秘書丞。五年，爲太常博士。至和中，上封事乞立太子，以爲此乃建國根本。熙寧四年，爲江西轉運判官。五年，提舉江西刑獄，權提舉常平。入爲尚書度支郎中，出爲廣東轉運使（金君卿《謝廣東運使表》）。君卿長於《易》，嘗撰《易説》、《易箋》，自謂可以「起諸儒之膏肓，清輔嗣之耳目」，今已佚。擅長爲詩，富臨稱其詩「言詞絢美，文格清新，有韓、柳之風」（《金氏文集序》），《四庫全書總目》卷一五三亦謂其「詩文皆清醇雅飭，猶有古風。《陳災事》、《貢舉》諸疏，剴切詳明，尤爲有裨世用」。元祐中，其弟子江明仲搜求君卿遺文，編爲《金氏文集》十五卷，富臨爲作序。原集已不存，乾隆間四庫館臣自《永樂大典》輯出，編爲二卷。事迹見富臨《金氏文集序》（《金氏文集》附録）、曾鞏《衛尉寺丞致仕金君墓誌銘》（《元豐類稿》卷四四）、《宋詩紀事補遺》卷一一。

大饗不入牲賦……一六四九

中爻辯是非賦……一七一八

惟善能舉類賦……一五二二

應天以實不以文賦……一四九二

金履祥（一二三二—一三〇三）

初名金祥，更名開祥，後改今名，字吉父，學者稱仁山先生，婺州（今浙江金華）人。師事同郡王柏，登何基之門，遂傳朱熹之學。德祐初，召爲迪功郎、史館編校，辭不就。宋亡，屏居金華山中，寄情嘯詠，以著述、訓迪後學爲事。嘗纂《通鑑前編》二十卷，多所發明。又著《大學章句疏義》二卷、《論語孟子集注考證》十七卷、《書表注》四卷，以傳授學者。晚年講學於麗澤書院。元成宗大德七年卒，賜謚文安。金履祥學有根柢，其文醇潔有法，「其詩乃仿佛《擊壤集》，不及朱子遠甚」（《四庫全書總目》卷一六五）。也有少量詩作，如《廣箕子操》，則以「辭旨悲慨，音節高古」見稱（吳師道跋、王士禎《居易録》卷一）。嘗選《濂洛風雅》一編，録談理之詩，「欲挽千古詩人歸此一轍，所謂華之學王，皆在形骸之外，去之愈遠。所作均不入格，固其所矣」（同上書）。自此道學詩與詩人詩判然兩途。著述今存甚多，除前所列舉外，還有《尚書表注》、《夏小正傳注》等。文集有《仁山文集》四卷、附録一卷。事迹見柳貫《仁山先生金公行狀》（《柳待制文集》卷二〇）、《元史》卷一八九本傳。明徐袍編有《宋仁山金先生年譜》。

和蘇金華歸去來辭以送之……七九五

廣箕子操……七九六

周文璞（生卒年不詳）

字晉仙，號方泉，又號野齋，又號山楹，鄆州陽穀（今屬山東）人。慶元間，爲溧陽丞，又爲内府守藏史。旋以事去官，卜居於吳縣鳳山，山有方泉，因以自號。能詩，與韓淲、姜夔、葛天民等人交遊。《四庫全書總目》卷一六二謂其「古體長篇微病頹唐，不出當時門徑」； 古體短章、近體小詩，「可肩隨於白石、澗泉諸集之間」。亦能賦，集中所存，尚有六篇，可見其才力。著有《方泉先生詩集》四卷。事迹見《貴耳集》卷上、《兩宋名賢小集》卷二六二、《圖繪寶鑑補遺》、嘉慶《溧陽縣志》卷九。

周必大（一一二六—一二〇四）

字子充，初字弘道，號省齋居士，晚號平園老叟，廬陵（今江西吉安）人。紹興二十一年進士，授徽州司户參軍。二十四年，差監行在太平和濟局門。二十七年，中博學宏詞科，充建康府府學教授。三十年，爲太學録。三十二年，除監察御史。孝宗即位，除起居郎，兼權中書舍人，又權給事中。乾道六年，除秘書少監，兼權直學士院。八年，兼權中書舍人。九年，除知建寧府，提舉江州太平興國宮。淳熙元年，除右文殿修撰。二年，除侍講，兼直學士院，擢兵部侍郎。三年，兼侍讀，除吏部侍郎、翰林學士。五年，除禮部尚書，兼翰林學士。七年，遷吏部尚書，兼翰林學士承旨，五月，除參知政事。九年九月，知樞密院事。十一年六月，除樞密使。十四年二月，拜右丞相。十六年正月，轉特進、左丞相。光宗即位，特授少保，封益國公，五月，除觀文殿大學士、判潭州。紹熙元年十月，除判隆興府。二年，判潭州。四年，改判隆興府。五年，除醴泉觀使。慶元元年，轉少傅致仕。嘉泰四年十月卒，年七十九，謚文忠。必大博學，嘗校正《文苑英華》及《六一居士集》。工文章，徐誼《平園續稿序》稱其「連篇累牘，姿態横出，千匯萬狀，不主故常」。《四庫全書·文忠集》提要云：「必大以文章受知孝宗，其制命温雅，文體昌博，爲南渡後臺閣之冠。考據亦極精審，巋然負一代重名。著作之富，自楊萬里、陸游以外，未有能及之者。」其詩喜次韻，喜用典，「詩格淡雅，由白傳（居易）而溯源浣花（杜甫）」（《宋詩鈔·益公省齋稿鈔序》）。亦能詞，丁丙謂「筆意華貴，迥殊艶褻之體」（《善本書室藏書志》卷四）。平生著述十餘種，開禧間由其子周綸仿《六一集》體例彙刻成《周文忠公大全集》二百卷、附録五卷、年譜一卷。事迹見樓鑰《周公神道碑》（《攻媿集》卷九四）、周綸《周益國文忠公年譜》、《宋史》卷三九一本傳。

周邦彦（一〇五六—一一二一）

字美成，晚號清真居士，杭州杭州錢塘（今浙江餘杭）人。少時疏雋少儉，不爲州里推重，而博涉百家之書。元豐元年，入京師。五年，爲太學生。七年，獻《汴都賦》，受神宗賞識，由外舍生陞爲太學正（《續資治通鑑長編》卷三四四）。五年不遷，在此期間，常留連於歌臺倡樓，所作大多爲歌妓之詞。元祐三年，自太學正出爲廬州州學教授。八年，知溧水縣。紹聖四年還京，爲國子監主簿。元符元年，召對崇政殿，重進《汴都賦》，除秘書省正字。建中靖國元年，遷校書郎。崇寧三年，遷考功員外郎。大觀元年，遷衛尉、宗正少卿，兼議禮局檢討。政和元年，遷衛尉卿，以直龍圖閣出知河中府。二年，徙隆德府。六年，改知明州。七年，還京爲秘書監。重和元年，出知真定府。宣和二年，改順昌府。次年，徙知處州，未到任，即奉詔提舉南京鴻慶宮。宣和三年，卒於赴任途中，年六十六。周邦彦是北宋中後期著名文學家，在詩、文、詞的創作方面都卓有成就。其詩受韓愈、李賀影響較大，在江西詩派詩風盛行之際，可謂獨辟蹊徑。散文創作也很可觀，樓鑰稱其文「經史百家之言，盤曲於筆下，若自己出」（《清真先生文集序》）。周邦彦的主要文學成就是詞，陳鬱《藏一話腴》稱「二百年來，以樂府獨步」。王灼《碧鷄漫志》卷二也稱贊他與賀鑄「卓然自立，不肯浪下筆」。其詞情境渾融、氣格渾厚，運用典故成語渾然無迹。著有《清真集》（今人羅忼烈有《清真集箋注》）、《清真雜著》、《操縵集》、《片玉詞》（存）、《汴都賦》（存）等。事迹見《東都事略》卷一一六、《宋史》卷四四四本傳、王國維《清真先生遺事》、薛瑞生《清真事迹新證》。

周行己（一〇六七—？）

字恭叔，永嘉（今屬浙江）人，學者稱爲浮沚先生。年十七，補太學諸生。師事程頤，傳其學，開永嘉學派。元祐六年進士（《直齋書録解題》卷一七）。崇寧中，爲太學博士、齊州教授。嘗知樂清縣。宣和初，入爲館職，官至秘書省正字（《温州府志》卷一〇）。後入東平王趙靚幕府，卒於鄆州（同上書）。行己早年志於學，又與曾鞏、黄庭堅、晁説之、秦觀等人有詩篇唱和，故詩文俱有法度，《四庫全書總目》卷一五五稱其文章「明白淳實，粹然爲儒者之言，固有由也」，又不立洛、蜀門户之見，詩文「嫻雅有法」，爲道學家中富於文彩者。著有《浮沚先生集》十六卷、《後集》三卷（《直齋書録解題》卷一七），原本已佚，四庫館臣自《永樂大典》輯出其詩文，重編爲八卷。事迹見本集《上宰相書》、《上祭酒書》、《伊洛淵源録》卷一四、《宋史翼》卷二三。

周孚（一一三五—一一七七）

字信道，號蠹齋，濟南（今屬山東）人，寓丹徒（今江蘇鎮江）。天資穎悟，七歲通《春秋左氏傳》。既長，於鄧氏書肆得閱天下書。乾道二年進士，十年後，始官真州教授。淳熙四年，卒於官，年四十三。與辛棄疾友善，辛嘗刊其文集，二人多唱和。詩意慷慨。陳珙序其文集，稱尤邃於楚騷、遷史、韓愈、杜甫之詩文及宋朝名世之作，出入貫穿，掇拾精華。爲詩初學後山，其後由陳而黄，黄而杜。屬思高遠，煉句精穩，少而工，壯而新，晚而平淡。《四庫全書總目》卷一五九亦稱其詩「詞旨清拔，無纖仄卑俗之病。文章不事雕繢，而波瀾意度，往往近於自然」。

長於敘事，簡潔而峻厲。著有《蠹齋鉛刀編》三十二卷。事迹略具陳珙《蠹齋鉛刀編序》（文集卷首附）、《京口耆舊傳》卷三、《至順鎮江志》卷一八、《宋史翼》卷二八。

周南（一一五九—一二一三）

字南仲，號山房，平江府（治今江蘇蘇州）人。黄度婿。從學葉適。紹熙元年進士，調池州教授。慶元初，黄度以忤韓侂胄罷官，南同罷，俱入僞學黨。開禧三年，以葉適薦召試館職，授秘書省正字，旋丁母憂。嘉定二年服除，再爲正字，以對策詆權要罷。嘉定六年卒於家，年五十五。周南詩文俱工，詩不多，而富有韻味，議論精到。文長於四六，以俊逸流麗見稱。制誥諸篇，尤稱雅制，所作《秦檜降爵易謚敕》，織組之工，膾炙人口，爲葉適、王應麟所激賞（《四庫全書總目》卷一六一）。所撰《劉先生傳》是宋代戲劇史十分珍貴的資料，生動反映了當時街頭演出的盛況。著有《周氏山房集》二十卷、《後集》二十卷（《直齋書録解題》卷一八），已佚，四庫館臣自《永樂大典》輯爲《山房集》八卷、《山房後稿》一卷。事迹見葉適《周君南仲墓誌銘》（《水心文集》卷二〇）、《宋史》卷三九三《黄度傳》。

周敦頤（一〇一七—一〇七三）

原名敦實，避英宗舊諱改今名，字茂叔，道州營道（今湖南道縣）人。少孤，養於外家。景祐中，以舅父鄭向蔭，奏補試將作監主簿，授洪州分寧縣主簿。爲南安軍司理參軍，移郴州桂陽令。改大理寺丞，知洪州南昌縣。改虞部員外郎，通判合、虔二州。熙寧元年，知郴州，爲廣南東路轉運判官。三年，提點本路刑獄。以疾乞知南康軍，分司南京。家於廬山蓮花峰下，門前有溪，名濂溪，學者又稱爲濂溪先生。六年卒，年五十七。南宋嘉定時賜謚元公。敦頤博學，精於《易》理，爲宋代理學創始人，程顥、程頤皆從之學。在宋代理學家中，他最早提出「文所以載道」説，開道學家重道輕文之先聲。詩文精粹深密，有「光風霽月」之態（黄庭堅《濂溪詩並序》）。所撰《拙賦》，雖寥寥數語，卻頗爲後人稱道。著有《太極圖説》、《易説》、《通書》、《元公周先生濂溪集》。事迹見潘興嗣《濂溪先生墓誌銘》、朱熹《濂溪先生行實》（《濂溪集》附）、《宋史》卷四二七本傳。宋度正，明周與爵、周沈珂，清吳大榕，近人許毓峰均編有《周敦頤年譜》。

周紫芝（一〇八二—一一五五）

字少隱，一作少藴，自號竹坡居士、静寄老翁，宣州宣城（今安徽宣州）人。家貧苦學，而兩赴禮部試不第。紹興十二年，年已六十一，始以廷對第三賜同學究出身，監禮兵部架閣（周紫芝《問題》詩自注）。歷樞密院編修官、右司員外郎。十七年，爲詳定一司敕令所删定官兼實録院檢討（周紫芝《實録院種木》詩）。二十一年，出知興國軍。秩滿，奉祠居廬山。紹興二十五年卒，年七十四。曾獻詩爲秦檜祝壽，頗爲後人所譏。嘗與張耒、李之儀、吕本中等人遊，受蘇門作家影響，在詩文評論及創作上均有較大成就。論詩推崇梅堯臣、蘇軾，主張作詩講究法度，先嚴格律然後及句法（方回《讀太倉稊米集跋》）。其《竹坡詩話》稱賞陶潛詩之平淡，而製作之妙即寓於平淡之中，反對詩文過爲追求奇險，主張造語藴藉，意境幽深清遠。他稱贊黄庭堅妙於點化前人語，主張要令事在語中而人不知。其詩既無江西詩派生硬之弊，又無江湖詩派末流之酸澀，「清新偉麗，自成一家」（唐文若《太倉稊米集序》）。其詞早年學習晏幾道，清麗婉曲（沈雄《古今詞話·詞評》上卷），晚年刊除穠麗，以凝煉求工，自爲一格（《四庫全書總目》卷一九八、《蒿庵論詞》）。其文也較同時代人更富文彩，雜記文大都情景交融，婉轉多姿；序跋往往以三言兩語，概括其詩文特徵。著有《太倉稊米集》七十卷，取黄庭堅「文章直是太倉一稊米耳」之語名集；又有《竹坡詞》三卷、《竹坡詩話》一卷。事迹見《百拙翁墓誌銘》（《太倉稊米集》卷七〇）、《宋史翼》卷二七。

周麟之（一一一八—一一六四）

字茂振，海陵（今江蘇泰州）人。紹興十五年進士，調常州武進縣尉。十八年，復中博學宏詞科，授太學録兼秘書省校勘、敕令所删定官（《建炎以來繫年要録》卷一六〇），改秘書省正字。遷中書舍人，二十三年，出爲衢州通判，改徽州。召爲著作佐郎（同上書卷一七〇），試起居舍人。二十七年，試中書舍人兼實録院同修撰。二十八年，兼直學士院，拜兵部侍郎，試給事中。二十九年，爲翰林學士，兼修國史，兼侍讀，權刑部侍郎，充出使金國奉表哀謝使。三十年，權吏部尚書，繼除同知樞密院事（《宋宰輔編年録》卷一四）。明年，因上疏辭免再使金，責授秘書少監，分司南京，筠州居住。孝宗即位，許自便。隆興二年卒，年四十七。麟之擅長駢儷文章，又久在館閣掌誥命，故其集中以内外制詞、表啓爲多，《四庫全書總目》卷一五九其謂「文章嫻雅，猶有北宋館閣之餘風，非南渡諸家日趨新巧者比，未可以專工儷偶輕也」。其詩多爲應製、酬唱之什，成就不大。著有《海陵集》二十三卷，另有外集一卷。事迹見周必大《海陵集序》（《周文忠公集》卷二〇）、《四朝名臣言行别録》卷三、《宋史翼》卷一三。

宗澤（一〇五九—一一二八）

字汝霖，婺州義烏（今屬浙江）人。元祐六年進士，因廷對極陳時弊，考官惡其直，抑置榜末，調大名館陶尉。歷知龍游、趙城、掖縣，通判登州。宣和初，管勾南京鴻慶宫。忤林靈素落職，起監鎮江酒税，通判巴州。靖康元年，知磁州。金兵南侵，除河北義兵都總管，屢敗金兵，擢河北兵馬副元帥。宋高宗開大元帥府，宗澤率兵勤王，連戰皆捷，進徽猷閣待制。建炎元年，知青州，尋改知開封府，爲京城留守，兼開封府尹。積極備戰，前後上二十餘疏請皇帝還京師，爲權臣所抑，憂憤成疾。二年病危，連呼「過河」三聲而卒，年七十。贈觀文殿學士、通議大夫，謚忠簡。宗澤爲北宋末抗金名將，於國家危亡之際盡忠報國，氣貫日月。文章篤實不華，樸素自然，其奏疏規畫時勢，洞察事機，詳明懇切（《四庫全書總目》卷一五六）。其詩清麗明快，像《華陰道中》有「馬渡急流行小崦，柳絲如織映人家」，「坡側杏花溪畔柳，分明摩詰輞川圖」之句，《升庵詩話》卷六謂「唐之名家，不過如此」。著有《忠簡公集》。事迹見王柏《宗忠簡公傳》（《魯齋集》卷一四）、《宋史》卷三六〇本傳。宋喬行簡、清劉質惠分别編有《宗忠簡公年譜》。

九畫

胡次焱（一二二九—一三〇六）

字濟鼎，號梅巖，晚號餘學，徽州婺源（今屬江西）人。少孤貧，魁江東漕，入上庠。咸淳四年進士，授湖口簿，以母老，改貴池尉。德祐元年，池州降元，微服逃歸，以《易》教授鄉里，從學者逾百人。或勸出仕，即賦《媒嫠問答》詩以見志。元大德十年卒，年七十八。著有《四書注》、《贅箋唐詩絶句》、《文公感興詩注》。其詩文本未編集，明嘉靖中族孫胡璉搜輯遺文，編爲《梅巖胡先生文集》十卷。潘滋《梅巖文集序》稱其文得益於《易》，潛心理學，守道不窮，「内則離經而辨志，外則感世而化俗」。事迹見本集附程以文《跋媒嫠問答詩後》（《梅巖文集》卷九）、洪焱祖《胡主簿次焱傳》（《新安文獻志》卷八七）。

胡寅（一〇九八—一一五六）

字明仲，又字仲剛、仲虎，學者稱致堂先生，建州崇安（今福建武夷山）人。本安國侄，過繼爲安國子。宣和三年進士。靖康初，召除秘書省校書郎，受學於祭酒楊時。遷司門員外郎。金軍立張邦昌爲帝，棄官歸。建炎三年，張浚薦爲駕部郎官，擢起居郎。以上書言事忤時相，主管江州太平觀。二年，應詔言事，起知永州。紹興四年，復召爲起居郎，遷中書舍人。出知嚴州，改永州，召除禮部侍郎、兼侍講兼直學士院。丁父憂，除徽猷閣直學士，提舉江州太平觀，致仕歸衡州。秦檜忌之，坐與李光通書謗訕朝政，落職，責居新州。秦檜死，復其官。二十六年卒，年五十九。胡寅志節豪邁，深諳二程理學，爲文根本義理，宋李耆卿《文章精義》謂其文「就事論理，理盡而辭止，而氣極不衰」。雖不必調弄文法，自然見有不可及處」。樓鑰《崇古文訣》卷三三稱其上高宗《萬言書》論朝廷移蹕之失，籌撥亂之策，以爲「貫穿百代之興亡，曉暢當今之時勢，氣完力壯，論正詞確，當爲中興以來奏疏第一」。其詩長於議論，較多地體現出宋詩重義理的特色。著述甚富，在貶居嶺南時著有《讀史管見》、《論語詳説》數十萬言，今存《讀史管見》三十卷。又著有《斐然集》三十卷。事迹見《宋史》卷四三五本傳。

胡宿（九九六—一〇六七）

字武平，常州晉陵（今江蘇常州）人。天聖二年進士，爲揚子尉，調合淝主簿。召試學士院，爲館閣校勘，與修《北史》。改集賢校理，通判宣州。三遷太常博士，判吏部南曹。知湖州，於任上大興學校，湖學爲東南之冠。爲三司鹽鐵判官，判度支勾院，知蘇州，爲兩浙路轉運使。召還，修起居注，以本官知制誥，兼勾當三班院。已而兼判吏部流內銓。拜翰林侍讀學士，遷翰林學士兼史館修撰，判館事。累遷尚書左司郎中，兼知通進銀臺司、審刑院、群牧使，判尚書禮部、都省，再知禮部貢舉。嘉祐六年，拜右諫議大夫、樞密副使（《宋宰輔編年録》卷五）。英宗即位，擢給事中。治平三年，以尚書吏部侍郎、觀文殿學士知杭州。四年，以太子少師致仕，命未至而已卒，年七十二，贈太子太傅，謚文恭。胡宿學問賅博，文章爲時所重。工四六文，誥命制辭，「典重贍麗，上法六朝」。其《正陽門賦》、《顔子不貳過賦》，爲時人稱賞（《賦話》卷一〇）。五七言律詩，「波瀾壯闊，聲律鏗訇」，具盛唐詩歌氣概（《四庫全書總目》卷一五二）。著有《胡宿集》七十卷、《制詞》四卷（《宋史·藝文志七》），久佚，四庫館臣自《永樂大典》輯出佚詩文，編爲《文恭集》五十卷、補遺一卷，後刪去其中青詞樂語十卷，定爲四十卷。事迹見歐陽修

《贈太子太傅胡公墓誌銘》(《歐陽文忠公集》卷三四)、《宋史》卷三一八本傳。

胡銓（一一〇二—一一八〇）

字邦衡，號澹庵，吉州廬陵(今江西吉安)人。建炎二年進士，授撫州軍事判官。金兵南下，募鄉丁助官軍捍禦，擢權吉州軍事判官。紹興五年，試賢良方正直言極諫科，除樞密院編修官。八年，宰相秦檜主和，銓上疏乞斬秦檜、孫近、王倫三人，聲振中外，貶監廣州鹽倉。次年，改簽書威武軍判官。十二年，除名編管新州。十八年，責吉陽軍。二十六年，秦檜卒，量移衡州。三十一年，許自便。孝宗即位，起知饒州。召對，除吏部郎中、秘書少監，兼侍講及國史院編修官，移國子祭酒。宰相湯思退主和議，罷張浚兵柄，與之力争，提舉宫觀。乾道初，起知漳州、徙泉州，留爲工部侍郎。復奉祠，淳熙六年，召歸經筵，以老疾力辭。明年，以資政殿學士致仕，卒，年七十九，謚忠簡。胡銓爲人慷慨激越，敢言人之所不敢言，詩文亦如其爲人，耿介有氣，楊萬里稱「其議論閎以挺，其序記古以則，其代言典而嚴，其書事約而悉」(《胡忠簡先生文集序》)。其詩滿懷耿耿正氣，謫置嶺海後，益加恢奇(楊萬里《胡忠簡先生文集序》)。其詞清婉而不傷於剛直(《善本書室藏書志》卷四〇)，樂觀而不淪於消沈悲哀。著有《澹庵集》、《易拾遺》、《書解》、《春秋集善》、《周官解》、《禮記解》、《奏議》、《詩話》等。事迹見楊萬里《胡公行狀》(《誠齋集》卷一一八)、周必大《胡忠簡公神道碑》(《周文忠公集》卷三〇)、《宋史》卷三七四本傳。

柳開（九四七—一〇〇〇）

字仲塗，自號東郊野夫，又號補亡先生，大名（今屬河北）人。唐末戰亂，文籍蕩然無存，有趙姓老儒生持韓愈文數十篇授柳開，讀之愛不能捨，以爲著文當以韓、柳爲宗尚，遂改名肩愈，字紹先。又仰慕唐王通經術，自以爲能開聖賢之途，乃更今名與字。著《野史》、《東郊野夫傳》、《補亡先生傳》，以表白其志向。當時有范杲亦喜好古學，愛柳開文章，誦於朝野，爲之延譽，世人並稱「柳范」。開寶六年，登進士第，授宋州司寇。九年，遷録事參軍。太宗討伐後晉，擢爲贊善大夫，知常州，移知潤州，拜監察御史。太平興國九年，知貝州，加殿中侍御史。雍熙二年，貶上蔡令。還闕，復侍御史，改崇義使、知寧邊軍。端拱元年，知全州。淳化元年，移知桂

州。明年，詔歸京師，爲黥徒所訴，入御史臺獄，貶滁州團練副使。召還，復崇儀使，知環州。至道元年，知曹州，移邢州。咸平元年，秩滿入覲，出知代州，移滄州，兼兵馬鈐轄。病卒於道，年五十四。宋初文章繼五代之習，崇尚偶儷，自柳開始爲古文，對改變宋初文風，功不可没。然開文大多「詞澀言苦」，令人難以卒讀。開不善詞賦，詩作甚少，其《塞上曲》詩有「碧眼胡兒三百騎，盡提金勒向雲看」句，描繪塞上風光，甚爲時人所稱，謂「可畫於屏障」（張師正《倦遊雜録》）。著《河東先生集》十五卷。事迹見張景《柳公行狀》、《宋史》卷四四〇本傳。

韋驤（一〇三三—一一〇五）

原名讓，字子駿，杭州錢塘（今浙江餘杭）人。年十七，以所著文謁王安石，安石見其《借箸賦》，稱賞不已。皇祐五年進士及第，調壽昌縣尉，以母憂未

赴。後爲興國軍司理參軍，知武義縣，歷知萍鄉、海門縣，通判滁、楚二州。遷尚書屯田員外郎，改朝奉郎，爲少府監主簿。元祐初，以大臣舉薦，爲利州路轉運判官，改福建路。召爲尚書主客郎中，出提點夔州路刑獄，知明州，提舉杭州洞霄宫。崇寧四年卒，年七十三。韋驤少時即以詩歌辭賦知名，文辭藻麗，《四庫全書總目》稱其詩歌「大抵不屑屑於規模唐人，而寄詠恬吟，頗有自然之趣」（卷一五三）。「雜文多安雅有法，而四六表啓爲尤工，精麗流逸」（《四庫全書總目》卷一五三），文集中表啓多達一半以上。其著述於生前即編爲《錢塘韋先生集》二十卷、《賦》二十卷（陳師錫《墓誌銘》）。賦集久已佚，文集於南宋時佚亡二卷，以十八卷流傳於世。現存清丁丙刊吴氏瓶花齋影寫宋乾道本、鮑廷博等校清鈔本、四庫全書本（存十四卷）等。事迹見陳師錫《韋公墓誌銘》（《錢塘集》附録）、《咸淳臨安志》卷六六。

种　放（九五五——一〇一五）

字明逸，自號雲溪醉叟，又號退士，洛陽（今屬河南）人。父卒，放纔七歲，能屬文，奉母隱終南山豹林谷，居三十年，以教授學生爲業。咸平中母卒，終制，以張齊賢薦，五年九月徵赴闕，授左司諫，直昭文館。六年春，放歸故山，詔遷起居舍人。景德初復來朝，次年，擢爲右諫議大夫。乞於嵩山養疾，許之。大中祥符元年，命判集賢院，從封泰山，拜給事中。明年，求歸山，詔許之，宴餞於龍圖閣。四年正月，隨真宗祭祀汾陰，拜工部侍郎。种放屢至闕下，俄復還山，有人詒書譏其出處之迹者。真宗嘗出其所上《時議》十三篇以示大臣，皆關涉朝廷政事。八年十一月，取前後章疏奏稿悉焚之，飲酒數行而卒，年六十一，詔贈工部尚書。放通經史，工詩文。著有《種放集》十卷、《江南小集》二卷（《宋史·藝文志七》），今已佚。事迹見《隆平集》卷一三、《東都事略》卷一一八、《宋史》卷四五七本傳。

端居賦 ………… 三〇四三

俞德鄰（一二三二—一二九三）

字宗大，號佩韋，又號太玉山人，温州永嘉（今屬浙江）人，徙家丹徒（今江蘇鎮江）。景定中魁鄉薦，咸淳九年浙江轉運司解試第一。宋亡不仕，元江浙行省累薦皆不就，遁迹以終。元至元三十年卒，年六十二。德鄰學問該博，著有《佩韋齋輯聞》四卷、《佩韋齋文集》十六卷。元熊禾《佩韋齋集序》（《佩韋齋文集》卷首）云：「《飲酒》諸篇，酷似陶；《遺懷》等作，大類子美」，「公之詩閒雅冲淡中，發揚蹈厲之意存焉。其文則論辨閎深，敘述詳核，忠厚懇惻之情藹如也。近律駢儷，亦皆典則精緻。」《四庫全書總目》卷一六五云：「德鄰詩恬淡夷猶，自然深遠，在宋末諸人之中特爲高雅；文亦簡潔有清氣，體格皆在方回《桐江集》上。」事迹見《至順鎮江志》卷一九、《宋季忠義録》卷一五。

斥窮賦 ………… 三一二二

荌茗賦 ………… 三〇七九

度正（一一六六—一二三五）

字周卿，號性善，又號樂活，合州銅梁（今重慶銅梁北）人。少從朱熹學，年二十四登紹熙元年進士，初官於遂寧，還益昌學官。嘉定三年，知華陽縣。五年，通判嘉定軍。九年，權知懷安，遷知重慶府。曹彦約爲侍從官，舉以自代。召爲國子監丞，上疏論李全必反，言辭激切。遷軍器少監，紹定四年，爲太常少卿。端平元年，權禮部侍郎兼侍讀，兼國史院編修官、實録院同修撰。遷禮部侍郎，致仕。二年卒（《宇溪集》附《紀年録》），年七十，贈通議大夫。著有《性善堂文集》，曹彦約爲序，稱其文操縱卷舒，得鉅儒心法。文章質實，大都原本經濟，不爲流連光景之語。奏疏指陳利弊，明析剴切。詩格近朱熹，詞意暢達（《四庫全書總目》卷一六二）。原集已佚，四庫館臣自《永樂大典》輯爲《性善堂稿》十五卷。事迹見度正《奉别唐寺丞丈》詩、《上任尚書伯起書》及《宋史》卷四二二本傳。

洪适（一一一七—一一八四）

字景伯，號盤洲，初名造，字温伯，一字景温，饒州鄱陽（今屬江西）人，皓長子。幼穎異，日誦書三千言。洪皓使金，其時方十三歲，率兄弟奉祖母、母親避亂歸饒州。以父出使恩，補修職郎，監南岳廟，調嚴州録事參軍、浙江提舉常平司幹辦公事。紹興十二年，與弟遵同中博學宏詞科，除敕令所删定官，改秘書省正字。以父忤秦檜責英州安置，出爲台州通判，繼免官往英州奉父。秦檜死，起知荆門軍，歷知徽州，提舉江東路常平茶鹽兼提點刑獄，總領淮東軍馬錢糧。隆興元年，遷司農少卿。二年，召爲太常少卿，兼權直學士院，又兼權禮部侍郎，除中書舍人。乾道元年，除翰林學士，簽書樞密院事，拜參知政事，是年十二月擢尚書右僕射、同中書門下平章事兼樞密使。二年，提舉江州太平興國宫，起知紹興府，爲浙東安撫使。復奉祠，淳熙十一年卒，年六十八，謚文惠。洪适好學深思，與其弟遵、邁均有文名，時稱「三洪」。文章工儷偶，制誥箋表，長於潤色，藻思綺句，層見叠出。其記、序、志、傳一類文章，猶有北宋古文法度，不同於南宋冗長之文（《四庫全書總目》卷一六〇）。亦能詩詞，以恬淡閒静爲主。詞以優遊、宴飲、贈酬、祝壽之作爲多。著述甚豐，有《隸釋》、《隸續》、《歙州硯譜》；又有《盤洲文集》八十卷（《直齋書録解題》卷一八）。另有外制十四卷，與弟遵、邁所撰同編爲《三洪制稿》（魏了翁《三洪制稿序》），今已佚。事迹見周必大《洪文惠公神道碑銘》（《文忠集》卷六七）、《宋史》卷三七三本傳。清人錢大昕編有《洪文惠公年譜》一卷。

洪咨夔（一一七六—一二三六）

字舜俞，號平齋，臨安府於潛（今浙江臨安西）人。父鉞，號谷隱，有詩名。嘉泰二年進士，授如皋主簿。尋試爲饒州教授。作《大治賦》，爲樓鑰所賞識。授南外宗學教授，以言去。復應博學宏詞科，崔與之辟置淮東幕府。與之帥成都，除籍田令、通判成都府，尋知龍州。出蜀時，得書數千卷，藏之蕭寺，父子考論諷誦，學益宏肆。嘉定十七年，召爲秘書郎。寶慶元年，遷金部員外郎。以言事忤史彌遠，罷。讀書故山，達七年。紹定六年，彌遠死，召爲禮部員外郎，即乞進君子退小人，拜監察御史，劾去樞密使薛極等，朝綱大振。端平元年，乞下詔求言，登進諸儒，除殿中侍御史，擢中書舍人，尋兼權吏部侍郎，與真德秀同知貢舉，俄兼直學士院。遷吏部侍郎兼給事中，乞爲濟王立後，擢給事中。三年，進刑部尚書，拜翰林學士、知制誥，卒年六十一，謚忠文。咨夔以論事讜直、制詞貼切著稱，其詩常有諷刺官吏、反映民生疾苦，描寫鄉村風情之作，爲江西詩派風格，也受楊萬里影響，時有新巧之比喻。存詞四十餘首，《四庫全書總目》云：「其詞淋漓激壯，多抑塞磊落之感，頗有似稼軒、龍洲者。」著有《春秋説》三十卷、《平齋文集》三十二卷及《平齋詞》。事迹見《宋史》卷四〇六本傳、《咸淳臨安志》卷六七。

姚　勉（一二一六—一二六二）

字述之，一字成一，號雪坡，瑞州新昌（今江西宜豐）人，寓居高安（今屬江西）。少穎悟，日誦數千言。寶祐元年進士第一，授平江節度判官，歸家一月，父死居喪。四年，除秘書省正字，以丁大全當政，不赴。開慶元年，除校書郎，尋兼太子舍人、沂靖惠王府教授。忤賈似道，罷歸。景定三年卒，年四十七。其人慷慨有大志，倜儻有義氣，憤世嫉邪，排姦指佞，磊落有奇節。方逢辰稱「其文如長江大河，一瀉千里」（《雪坡集序》），胡仲雲至以蘇軾、陳亮爲比（《雪坡舍人集》附祭文）。《四庫全書總目》卷一六四謂其受業於樂雷發，詩法頗有淵源，雖微涉粗豪，然落落有氣。文亦頗妍雅可觀，無宋末語録之俚語。所上封事奏札，指陳時政，侃侃不阿。亦能詞，多祝壽、送行之作，風格亦較粗豪，成就不及其詩文。著有《雪坡集》五十卷，今存。事迹見胡仲雲《祭雪坡姚公文》（《雪坡舍人集》附）、《宋歷科狀元録》卷八、《宋史翼》卷二九。

十畫

秦　檜（一〇九〇—一一五五）

字會之，江寧（今江蘇南京）人。政和五年進士，補密州教授。繼中詞學兼茂科，歷太學學正。靖康中，拜殿中侍御史，遷左司諫，除御史中丞，反對割地弭兵。隨二帝北遷，建炎四年逃歸，拜禮部尚書，改主和議。紹興元年二月除參知政事，八月拜右僕射，同中書門下平章事、兼知樞密院事。二年八月罷相。八年再拜右僕射，十一年加左僕射，十二年加太師。再專國政凡十八年，主持議和投降，結納死黨，斥逐異己，殺岳飛，竄張浚、趙鼎，屢興大獄，士大夫死於其手者甚多。二十五年卒，年六十六。贈申王，謚忠獻。寧宗時追奪王爵，改謚「謬醜」。《宋史》卷四七三有傳。

徽宗皇帝哀册文 ……………… 三三二五

秦　觀（一〇四九—一一〇〇）

字太虚，又字少游，號邗溝居士、淮海居士，揚州高郵（今屬江蘇）人。幼豪儁，喜讀兵書，文辭慷慨。熙寧十年，以《黄樓賦》贄見，蘇軾大爲稱賞，稱其有屈、宋之才，並向王安石舉薦。元豐元年、五年，曾兩次應進士試，皆不中。八年再試，進士及第，授定海主簿、蔡州教授。元祐三年，蘇軾、鮮于侁等舉薦應賢良方正科試，進策論，不第。五年，經范純仁薦，召爲太學博士，校正秘閣書籍。八年，遷秘書省正字，兼國史院編修官。紹聖初，入黨籍，出爲杭州通判。御史劉拯論劾其增損《實録》，於道途貶監處州鹽酒税。使者劾其敗壞場務，以不職罷，削秩徙郴州。四年，編管横州。元符元年，除名，徙雷州（《續資治通鑑長編》卷五〇二）。徽宗即位，復宣德郎，放還，行至藤州卒，年五十二（《宋史》作五十三）。秦觀爲「蘇門四學士」之一，詩、詞、文創作都有很大成就。秦觀論文强調社會功用，反對雕琢無用之文。秦觀的散文長於議論，文麗而思深。其詩「清新嫵麗，鮑、謝似之」（王安石《回蘇子瞻簡》），北宋中葉以後，詩壇往往「以文字爲詩，以議論爲詩，以才學爲詩」（《滄浪詩話·詩辨》），而觀詩感情深沉，意境幽深，形象鮮明，無此弊病。尤以詞知名，陳師道譽其爲「當代詞手」(《後山詩話》)，被視爲婉約正宗。南宋張炎云：「秦少游詞體制淡雅，氣骨不衰，清麗中不斷意脈，咀嚼無滓，久而知味。」(《詞源》卷下)著有《淮海居士文集》四十九卷，含前集四十卷、後集六卷、長短句三卷。事迹見《東都事略》卷一一六、《宋史》卷四四四本傳。清人秦瀛有《重編淮海先生年譜》一卷。

珞琭子

不知何許人，古之隱士也，自謂珞琭子，著《三命消息賦》，《四庫全書總目》攷證爲北宋人依托之作。

袁甫 (生卒年不詳)

字廣微，號蒙齋，鄞縣(今屬浙江寧波)人，燮子。從楊簡學。嘉定七年進士第一，授簽書建康軍節度判官。十年，召爲秘書省正字，遷校書郎。十二年九月，添差通判湖州。十四年，除秘書郎。十五年，除著作佐郎。十六年五月，出知徽州。丁父憂，起知衢州。紹定二年，移提舉江東常平。六年，以將作監兼國史院編修官、實録院檢討官，旋出爲江東提刑。理宗即位，知建寧府。端平元年，兼福建路轉運判官。八月，除秘書少監。二年三月，爲起居舍人。遷起居郎兼中書舍人，以論史嵩之罷。嘉熙元年，除中書舍人，權吏部侍郎。遷兵部侍郎，兼給事中。除吏部侍郎兼國子祭酒，權兵部尚書，兼吏部尚書，卒年六十七，謚正肅。甫承其家學，以興利除害爲事，所言皆可付諸實施。立朝忠鯁敢言，每遇朝廷大事，侃侃直陳，如論史嵩之輕議伐金，力斥史彌遠專政等奏疏，切中要害。其他詩文，也多明白曉暢，切近事理（《四庫全書總目》卷一六二）。著有《孝説》、《孟子解》、《後省封駁》、《信安志》、《江東荒政録》、《防拓録》、《樂事録》及文集，均佚。四庫館臣自《永樂大典》輯爲《蒙齋集》二十卷。又有《蒙齋中庸講義》四卷。事迹見《宋史》卷四〇五本傳，參《南宋館閣續録》卷八、九，《延祐四明志》卷五，弘治《徽州府志》卷四，《宋歷科狀元録》卷七。

袁燮（一一四四—一二二四）

字和叔，號絜齋，鄞縣（今屬浙江寧波）人，文子。乾道初，入太學，師陸九齡，與沈焕、楊簡、舒璘朝夕切磨。淳熙八年進士，調江陰尉，授沿海制屬。寧宗即位，召除太學正，旋以僞學黨禁罷。久之，得浙東帥幕，再爲福建常平屬官。嘉定元年，召爲宗正簿、樞密院編修官，權考功郎，遷奉常丞。二年，出知江州，提舉江西常平，權隆興府事。俄以都官郎召，遷司封郎官，兼國史編修、實録檢討官。明年，遷秘書少監兼國子司業，秋，進祭酒，冬，除秘書監，仍兼祭酒。九年，權禮部侍郎，進侍講，猶兼祭酒。十一年，除禮部侍郎兼侍讀。十二年，與史彌遠争和議，罷歸。十七年卒，年八十一，謚正獻。燮文根本至理，淳樸質直，不事雕繪，而真氣流溢，頗近自然（《四庫全書總目》卷一六〇）。奏議以誠動人，銘志敘事有史法。晚年好詩，嘗賦《進德堂》諸篇，趣味幽遠，托興遥深。博覽群籍，編有《先秦古書》、《兵略》、《皇朝要録》若干卷，與修《寧宗玉牒》、《經武要略》、《孝宗寶訓》等史書。今存《絜齋家塾書鈔》、《絜齋毛詩經筵講義》。又有《絜齋集》二十六卷、後集十三卷（《直齋書録解題》卷一八），紹定間其子袁甫初刻，明以後散佚。清人自《永樂大典》輯爲二十四卷。事迹見真德秀《袁公行狀》（《真文忠公集》卷四七）、楊簡《袁公墓誌銘》（《慈湖遺書補編》）、《宋史》卷四〇〇本傳。

華鎮（一〇五二—？）

字安仁，自號雲溪山客，會稽（今浙江紹興）人。年二十八中元豐二年進士第，調高郵尉。元豐末，上所業於朝，求試學院，不果。元祐初監温州永嘉鹽場。七年，爲道州司法參軍。元符二年，知海門。崇寧五年，知新安。政和初，知潭州，官終朝奉大夫。華鎮平生博覽群書，經史諸子及陰陽方技之書無所不及，至老不倦，書法精妙，尤工小篆。樓炤《雲溪居士集序》稱其「文精深典贍，而詩遒麗逸發，其它衆制爛然皆有體，則非涵養蓄蘊之厚，不能發之如此」。《四庫全書總目》卷一五五謂其學術宗尚王安石，「詩文則才氣豐蔚，詞條暢達，雖不足與歐、曾、蘇、黄比絜長短，而在元豐、元祐之際，亦褎然自成一家」。華鎮原有《會稽覽古》詩一百零三篇，傅崧卿謂其「詞格清麗，興寄深遠，足以垂觀來者」（《宋詩紀事》卷二七引）。著有《雲溪集》一百卷、《揚子法言訓解》十卷、《書説》三卷、《會稽覽古詩》一百三篇、長短句一卷、《會稽録》一卷，並附哀文一卷，共計一百一十七卷（華初成《雲溪居士集跋》）。原集於明代已佚，四庫館臣自《永樂大典》輯得佚詩文，編爲《雲溪集》三十卷。事迹見華初成《先公行狀》（《雲溪居士集》附）、《宋史翼》卷二六。

真德秀（一一七八—一二三五）

字景元，後更爲希元，號西山，建州浦城（今屬福建）人。幼嗜書，一意於學。弱冠再貢於鄉，慶元五年進士，授南劍州判官。繼中博學宏詞科，嘉定元年遷太學博士。歷遷校書郎、秘書郎、軍器少監，又遷起居舍人，兼太常少卿。以權臣擅政，力請外任，出爲江東轉運副使，歷知泉州、隆興府、潭州。理宗即位，召爲中書舍人，尋遷禮部侍郎、直學士院。在任屢進鯁言，爲權臣史彌遠所忌，罷職歸。後復用，歷知泉、福州。端平元年召爲户部尚書，改翰林學士、知制誥，拜參知政事。二年卒，年五十八，謚文忠。德秀以學術、政事、文章享盛名，其學力崇朱熹，號稱一時大儒。其文以義理爲主，務爲實用。所爲制詞，温潤閎整，論、序、記諸文，也以「平正」見稱。其詩多道學味，氣格較弱。詞僅存《蝶戀花》一首，雖非高作，亦發於情性（《白雨齋詞話》卷六）。著述甚多，有《西山甲集》、《對越集》、《翰林詞草》、《江東救荒録》、《清源雜誌》、《星沙雜誌》等；今存《三禮考》、《四書集編》、《政經》、《西山政訓》、《大學衍義》、《讀書記》、《心經》、《教子齋規》、《諭俗文》、《西山題跋》、《衛生歌》；輯有《昌黎文式》、《文章正宗》、《文章正宗續集》。清康熙中家祠刻爲《真西山全集》。文集有《西山文集》五十五卷。事迹見劉克莊《西山真文忠公行狀》（《後村先生大全集》卷一六八）、魏了翁《參知政事資政殿學士致仕真公神道碑》（《鶴山大全集》卷六九）、《宋史》卷四三七本傳。清真采編有《西山真文忠公年譜》。

連文鳳（一二四〇—？）

字百正，號應山，三山（今福建福州）人。咸淳間太學生，曾出仕。宋亡，漫遊江湖，常與宋遺民唱酬。至元二十三年，浦江吳渭、方鳳、謝翱等結月泉吟社，徵集詩篇，連文鳳投詩署名爲羅公福，當時以「粹然無疵，極整齊而不窘邊幅」被品爲第一。《四庫全書總目》卷一六五謂其詩「大抵清切流麗，自抒性靈，無宋末江湖諸人纖瑣粗獷之習」，「文格雅潔，亦不失前民矩矱」。著有《百正丙子稿》，已佚。四庫館臣自《永樂大典》輯爲《百正集》三卷。事迹見《元詩選》癸集甲、《宋詩紀事》卷八一、《南宋文範作者考》卷下。

夏侯嘉正（生卒年不詳）

字會之，江陵（今屬湖北）人。少有俊才，太平興國間舉進士，歷官至著作佐郎。出使巴陵，著《洞庭賦》，徐鉉極賞之，人多傳寫。端拱初，太宗知其文名，召試辭賦，擢右正言，直史館兼直秘閣。元夕觀燈，獻五言詩十韻，其末句云：「兩制誠堪羡，青雲侍玉輿。」太宗依韻和以賜之，有「狹劣終難舉，通才列上居」之句，議者以爲誡其好進。未幾，病卒，年三十七。《宋史》卷四四〇《文苑傳》二有傳。

夏竦（九八五—一○五一）

字子喬，江州德安（今江西德安）人。以父承皓死國事，年二十録爲潤州丹陽縣主簿。景德四年舉試賢良方正科，擢光禄寺丞、通判台州。召直集賢院，爲國史院編修官，判三司都磨勘司，累遷右正言。真宗幸亳州，爲東京留守推官。天禧初，知黄、鄧、襄州。仁宗即位，任知制誥，爲景靈宫判官、判集賢院。天聖四年，以左司郎中爲翰林學士、同勾當三班院兼侍讀學士、知審官院，兼龍圖閣學士、又兼譯經潤文官。天聖五年，拜右諫議大夫、樞密副使（《宋宰輔編年録》卷四），遷給事中。七年，參知政事。出知潁州，景祐元年，改青州，徙應天府兼南京留守。入爲三司使。出知永興軍。康定元年，知涇州，兼陝西四路經略安撫使，判鄜州、河中府。慶曆二年，徙蔡州，爲樞密使。出知亳州，判并州。七年，拜同中書門下平章事，判大名府，兼北京留守（《宋宰輔編年録》卷五）。再爲樞密使，封英國公，出判河南府。皇祐元年，加兼侍中。三年，以疾卒，年六十七，贈太師、中書令，賜謚文正，改謚文莊。竦爲人急於進取，喜用權術，世人目爲姦邪。然明敏好學，才智過人，爲郡有治績，善治軍旅，在文學上亦多有建樹。他論文以氣骨爲主，强調文章有經邦治國之用，應根於道，益於世，具有頌刺之義、規諷之旨。他既不滿浮淺鄙俚的五代文弊，又不滿當時西崑體「近俳優，如綉屏」的詩風。其詩絶大部分爲奉和應製詩，典雅富贍，但缺乏社會意義。他長於四六駢文，富麗典則，表章制誥典策被譽爲「四六集大成者」（《四六話》卷上）。其進策、奏議，反映社會弊端及其政治主張，有較高社會價值。詞作存世極少，其《喜遷鶯令》雖爲應製之作，也「富艷精工，誠爲絶唱」（《吴禮部詩話》）。著有《夏竦集》一百卷、《策論》十三卷（《宋史·藝文志七》），原本已佚，四庫館臣自《永樂大典》輯録出《文莊集》三十六卷。事迹見王珪《夏文莊公神道碑》(《華陽集》卷三五)、《宋史》卷二八三本傳。

柴元彪（生卒年不詳）

字炳中，號澤臞居士，衢州江山(今屬浙江)人。咸淳四年進士，嘗官觀察推官。宋亡，與兄望、隨亨、元亨隱居不仕，時稱柴氏四隱。其詩雖不及兄望，而幽憂悲感之意，往往托諸歌吟。其詞大都抒寫亡國之恨與羈旅之思，著有《襪綫稿》，已佚，明萬曆中裔孫復貞等輯入《柴氏四隱集》第二卷。近人周泳先輯有《襪綫詞》。事迹見《四庫全書總目》卷一八七、《宋詩紀事》卷七九、《宋元學案補遺别附》卷二、《宋史翼》卷三四。

擊壤歌……七九四

柴望（一二一二—一二八〇）

字仲山，號秋堂，又號歸田，衢州江山（今屬浙江）人。幼穎異，五歲能誦詩書。甫成童，博通經史，諸子百家無不研習。爲文聯珠貫玉，豪邁駿逸，流播江左。嘉熙間，爲太學上舍生。淳祐六年元旦日食，詔求直言，上《丙丁龜鑑》，忤時相，下臨安獄，後放歸田里，京師名公祖道湧金門外，賦詩爲別。端宗立，以布衣入直前殿。景炎二年，特旨授迪功郎，史館國史編校。宋亡，杜門謝客，感憤激烈，每見吟詠。與弟隨亨、元亨、元彪並稱「柴氏四隱」。元至元十七年卒，年六十九。元楊仲弘《宋國史柴望詩集原序》（《柴氏四隱集》卷首）云：「其詩秉於忠義，而攄於危迫。摛詞琢句，動諧音律。雄豪超越，如天馬之驟空；瀟灑清揚，如春花之映日。」其詩近晚唐體，而黍離之悲，亡國之痛，哀惋動人（《四庫全書總目》卷一六五）。詞亦蘊藉風流，多傷時之作。文效古法而出以己見，其《和歸去來辭》頗有視得喪榮辱如脱屣之慨。著有《道州臺衣集》、《詠史詩》、《西涼鼓吹》等，已佚。後人輯爲《秋堂集》二卷。事迹見《秋堂集》附里人蘇幼安所撰《柴秋堂墓誌銘》、《宋詩紀事》卷六五、《宋元學案別附》卷二。

和歸去來辭……七九七

時少章（生卒年不詳）

字天彝，號所性，婺州（今浙江金華）人，時瀾子。師事吕祖謙，博極群書，談經多出新意。由鄉貢入太學，年近六十，始中寶祐元年進士，初授麗水簿，以薦改婺州教授兼麗澤書院山長。未幾改南康軍教授兼白鹿書院山長，逾年，擢史館檢閲，罷歸。授保寧軍節度掌書記，卒。少章博極群書，尤精子史，詩文豐俊峭拔，自成一家。著有《易》、《詩》、《書》、《論語》、《孟子》大義六十餘卷，《所性稿》五十卷，

《日記》十卷。事迹見吳師道《時所性文鈔後題》、《敬鄉録》卷一一、《金華先民傳》卷二、《宋史翼》卷二五。

畢仲游（一〇四七—一一二一）

字公叔，畢士安曾孫。其先代郡（今山西大同）人，後徙鄭州管城（今河南鄭州）。初以父任補太廟齋郎。熙寧三年與兄仲衍同科進士及第，聲名籍甚，調壽州霍丘主簿。歷羅山令，知長水縣，辟環慶路轉運司屬官。哲宗即位，改衛尉寺丞，召試學士院，蘇軾異其文，擢爲第一，除集賢校理，權太常博士。出爲河北西路提點刑獄，開封府推官。丁內艱，服除，提點河東刑獄。召爲職方員外郎，權禮部郎中，復出爲秦鳳路提點刑獄，知耀州。坐爲蘇軾黨，謫知閬州。徽宗即位，遷利州路提點刑獄，歷知鄭、鄧二州，爲京東、淮南轉運副使。復入元祐黨籍，知海州，主管江寧府崇禧觀，降監嵩山中岳廟。後出黨籍，管勾西京崇福宮，復提舉南京鴻慶宮，致仕。宣和三年卒，年七十五。仲游學有根柢，又多與賢達交遊，蘇軾嘗舉薦他爲翰林學士，稱其「學貫經史，才通世務，文章精麗，論議有餘」（《舉畢仲游自代狀》）。陳恬謂其文章「風格同漢、魏。爲古文奇而法，敘事簡而悉。詩篇遒壯，箋表麗密，雖片言只字，皆有根蒂而切於事理，不爲浮夸詭誕與夫戲弄不莊之文」「議論引據古今，出入經傳百家，折衷歷代之沿襲，不爲嘗試之説，一概之論」（《西臺畢仲游墓誌銘》）。現存文章大多雄偉博辯，接近蘇軾文風。著有《西臺集》五十卷（《郡齋讀書志》卷一九），原集已佚，四庫館臣自《永樂大典》輯爲《西臺集》二十卷。事迹見陳恬《西臺畢仲游墓誌銘》（《永樂大典》卷二〇二〇五），《宋史》卷二八一《畢士安傳》附傳。

晁公遡（一一一七—？）

字子西，號嵩山居士，又號箕山先生，鉅野（今屬山東）人。晁冲之子、公武弟。靖康元年，金軍南侵，隨家人逃離汴京，東遊吳楚。次年，其父留佐東道，敗死於寧陵。紹興初，入蜀投靠姑丈。八年，登進士第。十年，任梁山尉。二十五年，爲夔州路轉運司幕屬。三十年，爲涪州軍事判官。隆興元年，知梁山，徙知眉州。乾道二年，陞任成都府路提刑。衰遲之年曾赴上都，再入江南。公遡出生於文章世家，積學淵深，爲文雄深雅健，巨麗俊傑。《四庫全書總目》卷一五八也稱其文「勁氣直達，頗有崟崎歷落之致」。其詩揮灑自如，清新流暢，時有警句，只是詩格稍卑，略遜於其先輩晁補之、冲之（王士禛《居易録》）。著有《抱經堂稿》，已佚；今存《嵩山集》五十四卷。事迹見師璿《嵩山集序》、《宋詩紀事》卷四八、《宋詩紀事小傳補正》卷三。

晁補之（一〇五三—一一一〇）

字无咎，濟州鉅野（今屬山東）人，端友子。年十七從其父至杭州，以所著《七述》謁蘇軾，蘇軾謂其文辭「博辯雋偉，絶人遠甚」，許其後必顯於世。元豐二年進士及第，授澶州司户參軍，轉北京國子監教授。元祐初，爲太學正，召試學士院，除秘書省正字，遷校書郎。五年，通判揚州，召還，爲著作佐郎，出知齊州。紹聖中，坐黨籍貶監信州酒稅。徽宗即位，召復著作佐郎，遷吏部員外郎、禮部郎中、國史院編修官。出知河中府，徙湖、密、果諸州。崇寧間，蔡京爲相，黨論復起，奉祠家居，慕陶淵明而修歸來園，自號歸來子。大觀四年，起知達州，改泗州，卒於任，年五十八。晁補之爲「蘇門四學士」之一，才氣飄逸，文學燦然，尤精於《楚詞》，其文章風格近於蘇軾，張耒稱其文「凌麗奇卓出於天才，非醞釀而成者，自韓愈已還，蓋不足道」（《晁无咎墓誌銘》）。《四庫全書總目》卷一五四亦謂其「古文波瀾壯闊，與蘇氏父子相馳驟。諸體詩俱風骨高寒，一往俊邁，並駕於張、秦之間，亦未知孰爲先後」。擅長樂府與古體詩，胡仔《苕溪漁隱叢話》前集卷五一云：「余觀《鷄肋集》，惟古樂府是其所長，辭格俊逸可喜。」晁補之詞主要繼承蘇軾詞的豪放風格，《四庫全書總目》卷一九八稱其詞「神姿高秀，與軾實可肩隨」。著有《鷄肋集》七十卷。又有《晁无咎詞》一卷行世（《直齋書録解題》卷二一），明代編爲《琴趣外編》六卷。事迹見張耒《晁无咎墓誌銘》（《柯山集》卷一二）、《宋史》卷四四四本傳。

晁説之（一〇五九—一一二九）

字以道，一字伯以，因仰慕司馬光爲人，又自號景迂生，濟州鉅野（今屬山東）人，端彦子。元豐五年進士。元祐初，官兗州司法參軍。紹聖間，爲蔡州、宿州教授。元符中，知武安縣，移知無極縣。坐元符應詔上書人黨籍，監嵩山中岳廟、陝州集津倉。宣和時，知成州。欽宗即位，以著作郎召，除秘書少監，兼太子諭德，除中書舍人兼太子詹事。復以議論不合落職，提舉西京嵩山崇福宫。高宗即位，召爲侍讀，復待制，提舉萬壽觀，再提舉杭州洞霄宫。建炎三年卒，年七十一。説之嘗從曾鞏學作文（《風月堂詩話》卷上），其論讀書次序，以歐陽修文集爲先，其次韓愈，再次司馬遷（《澗泉日記》卷上、中），故其文博極經術，文辭雅健。著有詩文、雜著、論述凡三十二種（晁子健《嵩山景迂生文集跋》），靖康之難時大多散失，其孫晁子健於高宗紹興間搜訪佚文，編爲《景迂生文集》十二卷，又於孝宗乾道時再加補輯，重編爲二十卷，遂成定本。現存《嵩山景迂生文集》二十卷（或稱《嵩山集》二十卷），有明謝氏小草齋鈔本（《四部叢刊》續編據以影印）、四庫全書本、清道光十二年刊本及清鈔善本。晁説之還著有《晁氏客語》一卷，收録熙寧、元豐時人物言論佚事，有補充史料之價值。事迹見晁子健《晁氏世譜節録》（《嵩山集》附録）。

晏殊（九九一—一〇五五）

字同叔，撫州臨川（今屬江西撫州）人。出身清貧，七歲知學問，善屬文，景德初，張知白安撫江西，以神童薦於朝，真宗命殊與進士千餘人並試於廷，殊神氣自若，援筆立成，賜同進士出身，擢秘書省正字，讀書於秘閣。明年，獻其所爲文，召試中書，遷太常寺奉禮郎，徙光禄寺丞，充集賢校理。再遷著作佐郎，同判太常禮院。天禧二年，仁宗封昇王，選爲王府記室參軍，遷左正言、直史館。知制誥，判集賢院。年三十即爲翰林學士，兼判太常寺、知禮儀院。仁宗即位，拜右諫議大夫兼侍讀學士，遷給事中，判吏部流内銓，侍講崇政殿。奉詔撰《天和殿御覽》、《真宗實録》，書成，進禮部侍郎，知審官院。天聖三年，拜樞密副使（《宋宰輔編年録》卷四），遷刑部侍郎。出知宣州，改南京留守。任上大興學校，又延請當時著名文人如王琪、張亢等爲幕客，賓主相得甚歡。六年，召還，爲御史中丞，改資政殿學士兼翰林侍讀學士。八年，知貢舉，擢歐陽修爲第一，張先、刁約、石介亦於同科及第，一時名士多出其門。明道元年，復樞密副使，拜參知政事，遷尚書左丞。二年，罷政，出知亳、陳二州。寶元元年，自陳州召還，復爲御史中丞、三司使。康定初，知樞密院事，擢樞密使。慶曆三年，拜同中書門下平章事，充集賢殿大學士兼樞密使。四年罷相，以工部尚書出知潁州，徙陳、許州、永興軍。至和元年卒，年六十五，贈司空兼侍中，謚元獻。晏殊知人好賢，喜獎拔後進。及爲相，范仲淹、韓琦、富弼皆用爲執政，歐陽修、余靖、蔡襄、孫沔爲諫官，均爲一時名臣。「爲文温純，尤長於詩，抒情寓物，辭多曠達」（晁公武《郡齋讀書志》卷一九）。推崇韓、柳之文，以爲文章當扶道垂教，非獨以屬詞比事爲工（《與富（弼）監丞書》）。現存詩多爲應製之作，頗有中晚唐詩風。其詞繼承花間詞派温庭筠、韋莊的風格，又深受南唐馮延巳的影響，所作不減馮延巳（劉攽《中山詩話》）。著有文集二百四十卷，又奉旨編修《上訓》及《真宗實録》，編類古今文章，爲《集選》二百卷（歐陽修《晏公神道碑銘》）。《宋史·藝文志七》著録有《晏殊集》二十八卷、《臨川集》三十卷、詩二卷、《二府集》十五卷、《二府別集》十二卷、《北海新編》六卷、《平臺集》一卷。均散佚，清康熙時胡亦堂輯《元獻遺文》一卷，後勞格又增補三卷。又有《珠玉詞》一卷存世。事迹見歐陽修《晏公神道碑銘》（《歐陽文忠公集》卷二二）、《宋史》卷三一一本傳。今人夏承燾編有《晏同叔年譜》、柏寒編有《二晏行年簡譜》。

晏　袤（生卒年不詳）

青州臨淄（今山東淄博東北）人。紹熙四年，爲南鄭令，嘗督修山河堰，並撰《山河堰賦》。

倪　朴（一作倪樸，生卒年不詳）

字文卿，婺州浦江（今屬浙江）人。居於石陵村，因號石陵。嘗應進士舉，有志功名，喜舞劍談兵，不爲無用之學。紹興末，聞朝廷欲北伐，草萬言書陳征討大計，精忠感激，爲鄭伯熊、陳亮所賞。無緣上獻，矢志不懈，復考山川險阻，成《輿地會元志》四十卷。又著《鑒轍録》五卷，指陳禦侮用策之失。好使氣，與人多不合，年四十七尚未娶。淳熙中，爲人所構，徙家筠州。以赦歸，寒窶終身。業古文三十年，有雜著六十篇，吳師道稱其「無愧古作者」（《敬鄉録》卷一）。所著今僅存《倪石陵書》一卷。事迹見本集附元吳萊《石陵先生倪氏雜著後序》、明宋濂《倪石陵傳》（《倪石陵書》卷首）、《金華賢達傳》卷八。

環堵賦……二九五六

徐仲謀（生卒年不詳）

其先通州静海人，父祐始居蘇州（治今江蘇蘇州）之胥門。慶曆中，官至廣東提刑、都官員外郎。四年，仲謀獻《秋霖賦》忤賈昌朝、陳執中。降知邵武軍，改建州。皇祐中，爲廣東提刑。治平初，遷職方郎中、知湖州，尋致仕，卒。事迹見《續資治通鑑長編》卷一五三、《宋朝事實類苑》卷七三、《吳興掌故集》卷五、同治《湖州府志》卷四七。

秋霖賦……八九八

徐晉卿（生卒年不詳）

金華（今屬浙江）人。皇祐元年進士（雍正《浙江通志》卷一二三）。官將仕郎，試秘書省校書郎（見《通志堂經解》本《春秋類對賦》題署）。酷好《春秋》，著有《春秋經傳類對賦》一卷，王士禎《居易録》卷一三云：「比事屬辭，頗自斐然，然無關經傳要義。大抵宋人著述，如《事類賦》、《蒙求》之類，皆類俳體，取便記誦云爾。」又，朱彝尊《曝書堂集》卷六五《衢州府西安縣重建學記》謂徐晉卿爲衢州西安（今浙江衢州）人，檢雍正《浙江通志》卷一六六載其傳云「字國梁，衢州開化人，仁宗朝召對，爲《義井記》，嘉其才，敕知洪州。尤精於韜略，後戰亡於廣南金城驛」，時代雖合，然似非著《春秋經傳類對賦》者。

春秋經傳類對賦……一七二九

徐集孫（生卒年不詳）

字義夫，建安（今福建建甌）人。理宗時，仕於臨安，後隱居，以竹所名室。好吟詩，所至輒有題詠，尤以西湖爲多。一詩脱稿，人争傳誦。著有《竹所吟稿》。事迹見《宋百家詩存》卷一九。

徐夢莘（一一二六—一二〇七）

字商老，臨江軍清江（今江西樟樹西南）人。紹興二十四年進士，授洪州新建尉，歷江陵府司户、南安軍教授，改知湘陰縣。尋主管廣西運司文字，擢知賓州。紹熙二年授判湖北路安撫司參議官，慶元初致仕。著有《三朝北盟會編》二百五十卷（存），寧宗嘉之，擢直秘閣。又有《集補》、《會録》、《讀書記志》、《集醫録》、《集仙録》等。事迹見樓鑰《直秘閣徐公墓誌銘》（《攻媿集》卷一〇八）、《宋史》卷四三八本傳。

徐鉉（九一七—九九二）

字鼎臣，祖籍會稽（今浙江紹興），徙居江都（今江蘇揚州）。初仕吳，太和四年，以父蔭釋褐，爲校書郎，直宣徽北院。仕南唐，昇元元年，試知制誥。保大元年，因譏評殷崇義草檄事貶爲泰州司户。三年，召爲祠部郎中，復知制誥。九年，爲兵部員外郎，仍知制誥。十一年，以奉詔行視捕賊擅殺被譖，流舒州。十五年，召爲太子右諭德。中興元年，再任知制誥，遷中書舍人。後主李煜嗣位，任禮部侍郎，仍通署中书省事。開寶二年，拜尚書左丞，爲工部侍郎，充翰林學士。八年，爲吏部尚書。隨後主入宋，太平興國元年，直學士院。三年，爲太子率更令，仍直學士院。八年，授右散騎常侍，判尚書都省。端拱元年，遷左散騎常侍，夏侯嘉正獻《洞庭賦》，鉉大爲稱賞。淳化二年，貶靜難軍行軍司馬，遷邠州。明年八月二十六日卒。徐鉉以文章學術著稱，其文書議論與韓熙載齊名，當世謂之「韓徐」；精通《説文》之學，曾奉詔校定《説文》(存)，篆書超越李陽冰，與其弟徐鍇並稱江南「二徐」。五代、宋初學者多宗之。著有《質論》數十篇、《稽神録》二十卷(今存爲六卷本)、文集三十卷(存)。陸游《南唐書》卷五、馬令《南唐書》卷一四、《宋史》卷四四一列有傳，今人李文澤撰有《徐鉉行年事迹考》。

徐僑 (一一六〇—一二三七)

字崇甫，號毅齋，義烏(今屬浙江)人。淳熙十四年進士，調上饒主簿。受業於朱熹，熹稱其明白剛直，以毅名其齋。歷紹興、南康司法，皆以憂去。開禧講和，上書極論不宜函首與敵。嘉定七年，由嚴州推官差主管刑工部架閣文字，除國子録。八年，召試館職，除秘書省正字。九年，除校書郎，出知和州。徙知安慶府。十一年，除提舉江南東路常平茶鹽事，上書極言時政，忤史彌遠，被劾罷。理宗即位，引年告老。紹定六年，除江東提刑，召爲秘書少監，改太常少卿，逾年始造朝。端平元年，兼國史院編修官、實録院檢討官。除兼侍講，尋兼權國子祭酒，除工部侍郎，與時宰不合，提舉太平興國宮以歸。嘉熙元年卒，年七十八，謚文清。著有《讀易記》三卷、《讀詩記詠》一卷、《雜説》一卷、《毅齋文集》十卷，已佚。今存《毅齋詩集別録》一卷。事迹見《宋史》卷四二二本傳、王褘《義烏宋先達小傳》。

徐奭（？—一〇三〇）

字武卿，建州甌寧（今福建建甌）人。大中祥符五年，以《鑄鼎象物賦》爲進士第一。天禧二年直集賢院，乾興中爲兩浙轉運使，治水患有功，詔褒美之。天聖中歷起居郎、知制誥、禮部郎中。八年，以翰林學士知開封府，九月暴卒。事迹見《宋會要輯稿》儀制一〇之一五、《續資治通鑑長編》卷一〇九、《宋歷科狀元録》卷二、《學士年表》下、《吴郡志》卷二七等。

徐積（一〇二八—一一〇三）

字仲車，楚州山陽（今江蘇淮安）人。少從胡瑗學。治平二年進士及第（《續資治通鑑長編》卷三五七）。中年患疾，耳聵不能出仕，居家授學三十年。元祐元年，就除揚州司户參軍、楚州教授，紹聖三年，特改和州防禦推官。徽宗即位，改宣德郎。崇寧二年四月，特除西京嵩山中岳廟，逾月而卒，年七十六。政和六年，賜謚節孝處士。徐積以孝行聞，蘇軾稱其爲「古之獨行也，於陵仲子不能過。然其詩文則怪而放，如玉川子，此一反也。耳聵甚，畫地爲字，乃始通語。終日面壁坐，不與人接，而四方事無不周知其詳，雖新且密，無不先知，此二反也」（《東坡志林》卷二）。後人對其詩文評價頗有差異。清人賀裳謂其詩磊落中有風度，雄快勁正，具有唐人風韻（《載酒園詩話》）。而王士禛却謂徐積之文「率拙而碎，殊不成章，詩尤多笑柄」（《跋徐節孝集》）。《四庫全書總目》稱其詩文「奇譎恣肆，不主故常」，「雅俗兼陳，利鈍互見」，「縱逸自如，不可繩以格律……而大致純正」（卷一五三），可謂善評。現存《節孝先生文集》三十卷、《語録》一卷。事迹見《節孝事實》（《節孝集》卷首附）、《東都事略》卷一一七、《宋史》卷四五九本傳。清人段朝端編有《宋徐節孝先生年譜》一卷。

高似孫（生卒年不詳）

字續古，號疏寮，慶元府鄞縣（今屬浙江寧波）人，一說餘姚（今屬浙江）人，文虎子。早有俊聲，詞章敏贍，博學強記，爲程大昌所賞識。淳熙十一年進士，調會稽主簿，吏道通明。樓鑰除給事中，舉以自代（樓鑰《除給事中舉高似孫自代狀》）。慶元五年，除校書郎。上韓侂胄生日詩九首，皆暗用「錫」字，寓九錫之意，爲清議不齒。六年，通判徽州，道過金陵，嘗有詩投留守吴琚（《四朝聞見録》乙集）。嘉泰三年，知信州，放罷。開禧元年，知嚴州，奉祠。嘉定元年，起知江陰軍。十六年，除秘書郎。十七年，爲著作佐郎。寶慶元年，出知處州。晚家於越，嘗爲嵊令史之安作《剡録》，爲地志之書，敘述有法，簡潔古雅（《四庫全書總目》卷六八）。卒，贈通議大夫。似孫博雅好古，陳振孫謂其讀書以隱僻爲博，作文以怪澀爲奇，人品雖卑，而詩猶可觀（《直齋書録解題》卷二〇）。劉克莊《後村詩話》續集卷四盛贊其詩，以爲「老筆如湘弦泗磬，多人間俚耳所未聞者，有石湖、放翁、誠齋之風」，並選其佳句，載於《詩話》。其《鶯啼序》詞，取屈原《東皇太一》之意而爲之，俞樾《徐誠庵荔園詞序》謂其「一唱三嘆，大放厥詞，實開元人北曲之權輿」。著述甚多，今存《疏寮集》一卷、《唐科名記》一卷、《剡録》十二卷、《史略》六卷、《子略》四卷、《蟹略》四卷、《硯箋》四卷、删定桑世昌《蘭亭考》、《唐樂曲譜》一卷、《緯略》十二卷、《選詩句圖》一卷、《文苑英華纂要》八十卷。事迹見《直齋書録解題》卷二〇、《南宋館閣續録》卷八、《宋史翼》卷二九。

高登（？—一一四八）

字彦先，學者稱東溪先生，漳州漳浦（今屬福建）人。宣和間，爲太學生。靖康初，金軍攻汴京，與陳東詣闕上書，乞斬蔡京、童貫六賊，從者數萬人。欽宗即位，擢吴敏、張邦昌爲相，又上書言其不可用，凡五上書，皆不報，退居鄉里。紹興二年廷對，力陳時政得失，無所顧避，有司惡其直，授富川主簿，兼賀州學事。八年，召赴都堂審察，又上萬言疏及《時議》六篇，秦檜惡其譏刺，授静江府古縣令。郡守胡舜陟欲爲秦檜父建祠，高登不從，遂誣以事入静江獄，會胡舜陟死而免。十四年，爲歸善縣令，因所出試題觸怒秦檜，編管容州。十八年卒，年五十餘。

後五十年，朱熹奏乞褒奬，贈承務郎。高登資禀忠義，議論慷慨，其上皇帝諸疏能切中時弊，其他雜論亦因小見大，説理透徹。其詩亦如其文，憂國思民之情溢於言辭。其詞亦皆感慨寓中，能使人聞風興起。編管容州時所作《行香子》有「沉疴惱客，罪罟縈人。嘆檻中猿，籠中鳥，轍中鱗」之句，况周頤謂「極寫流離困瘁狀態，足令數百年後讀者爲之酸鼻」（《蕙風詞話》卷一）。著有《東溪集》十二卷（《直齋書録解題》卷一八），原本缺佚，明嘉靖間林希元重編爲《東溪集》二卷。事迹見《宋史》卷三九九本傳。

郭祥正（一〇三五—一一一三）

字功父，自號醉吟先生、謝公山人、漳南浪士（郭祥正《浪士歌序》），太平州當塗（今安徽當塗）人。少有詩聲，梅堯臣以比李太白。皇祐間進士及第，爲德化尉。熙寧中，知武岡縣，簽書保信軍節度判官。上疏論天下政事專聽王安石處畫，有異議者盡當屏黜，王安石耻爲小臣所薦，極口陳其無行，祥正即辭官歸姑熟青山。後復出仕，元豐中，通判汀州。五年，攝守漳州。元祐三年，知端州（《金石續編》卷一六載《石室游詩序》）。復致仕，隱於青山，政和三年卒，年七十九。祥正才思敏捷，長於詩歌，在同時代作家中聲名甚著。梅堯臣嘗譽之爲李白後身（《贈功甫》），王安石亦稱賞其詩壯麗俊偉，豪邁精絶，固出於天才，非力學者所能逮（《與郭祥正太博書》）。文集中古體詩佔有大半，清人曹廷棟謂其古體詩「沈雄俊偉，如波濤萬叠，一湧而至，莫可控御，不特句調仿佛太白，其氣味竟自逼真」（《宋百家詩存》卷九《青山集》）。有些詩缺乏錘煉，堆砌辭藻，率然成篇，宋張舜民《詩評》嘗譏其詩如「大排筵席，二十四味，終日揖遜，求其適口者少矣」。《四庫全書總目》卷一五四謂其詩「好用仙佛語，或偶傷拉雜」。著有《青山集》三十卷。事迹見《宋史》卷四四四本傳。

唐士耻（生卒年不詳）

字子修，金華（今屬浙江）人，仲友猶子。以蔭補官，嘉定、淳祐年間，歷任吉州、臨江、建昌、萬安等州軍掾屬，餘不詳。著有《靈巖集》，已佚，四庫館臣據《永樂大典》輯爲十卷。集中制誥無除授姓名，表、檄、箴、銘、贊、頌各體亦多擬作，題目取自上古至南渡初年時事，多爲詞科之用而作。大抵見聞廣博，持論有據，不爲末流空談之學。事迹見《四庫全書總目》卷一六四《靈巖集》提要、續金華叢書本《靈巖集》跋、《宋詩紀事補遺》卷七三。

唐庚（一〇七一—一一二一）

字子西，眉州丹稜（今屬四川）人。少時學爲文，出語已驚人。年十八遊太學，紹聖初進士及第，爲利州司法參軍。元符三年，爲閬中令。崇寧二年，任綿州録事參軍。五年，爲鳳州教授。大觀四年，爲宗子博士，以張商英舉薦，提舉京畿常平。張商英罷相，唐庚坐貶惠州五年。政和五年，復官。宣和元年，歸京師，僦居於景德寺。二年，提舉上清太平宫，得請歸蜀，道卒於鳳翔，年五十一。唐庚善詩文，其詩學蘇軾，其遭際也與蘇軾相似，故人有「小東坡」之稱。其作詩近於苦吟，與蘇軾放筆快意不同，往往反復修改數次然後成篇，故其詩工於屬對，巧於用事，清奇俊麗，且多新意，不襲前人語，自有其特色。劉克莊《後村詩話》前集卷二云：「唐子西諸文皆高，不獨詩也。其出稍晚，使及坡門，當不在秦、晁之下。」宋人李耆卿《文章精義》也稱其文「極莊重縝密，雖幅尺稍狹，無長江大河一瀉千里之勢，然最利初學」。著有《唐先生文集》。事迹見强行父《唐子西文録》、唐文若《書先集後》、《東都事略》卷一一六、《宋史》卷四四三本傳，今人馬德富撰有《唐庚年譜》。

家鉉翁（一二一三—一二九七？）

號則堂，眉山（今屬四川）人，大酉孫。以蔭補官，累官知常州，遷浙東提點刑獄。入爲大理少卿。以秘閣修撰充紹興府長史。咸淳八年，兼權知紹興府、浙東安撫提舉司事。九年，知鎮江府（《至順鎮江志》卷一五）。召爲樞密都承旨。知建寧府兼福建轉運副使。德祐元年，知臨安府、兩浙西路安撫使，遷户部侍郎兼樞密都承旨。二年，賜進士出身，拜端明殿學士、簽書樞密院事。元兵圍臨安，丞相吴堅、賈餘慶檄告天下守令以城降，鉉翁獨不署。旋充祈請使赴元，被留。宋亡，置瀛州十年，改館河間，以《春秋》教授弟子，爲諸生講宋興亡之故。至元二十一年完成《春秋集傳詳説》三十卷（存）。元成宗即位，放還，賜號處士，又數年卒。其學長於《春秋》，對鄉人蘇軾、張栻頗爲推崇，而其學問淵源，則出自陸九淵。其立言大旨，皆歸於敦厚風俗，隨事推闡，未嘗滉瀁恣肆。詞意真樸，文不掩質，異乎南宋末年纖詭繁碎之格（《四庫全書總目》卷一六五）。著有《則堂集》十六卷，已佚。四庫館臣據《永樂大典》輯爲《則堂集》六卷。事迹見《宋史》卷四二一本傳、嘉靖《建寧府志》卷五。

陸九淵（一一三九—一一九二）

字子静，號存齋，又號象山翁，學者稱象山先生，撫州金谿（今江西金溪）人。幼聰穎不凡，與兄九齡講論理學，號「二陸」。乾道八年進士，考官吕祖謙激賞其文。淳熙六年，爲建寧府崇安縣主簿。九年，除國子正。十年冬，遷敕令所删定官，輪對進五札，慨然有洗雪靖康國耻之志。十三年，除將作監丞，爲給事中王信劾罷，奉祠歸鄉，講學於貴溪象山精舍。光宗即位，除知荆門軍。紹熙三年十二月病逝，年五十四。嘉定十年，賜謚文安。九淵以理學著名，與朱熹並稱，二人曾於鵝湖會講，論議不合，遂成二派。其文以理趣取勝，語圓意活，博辯滔滔，其詩多道學語。著有《象山文集》二十八卷、《外集》四卷及《語録》四卷。事迹見楊簡《象山先生行狀》、

《宋史》卷四三四本傳。

陸　游　（一一二五—一二〇九）

字務觀，越州山陰（今浙江紹興）人，陸佃孫、宰子。始生兩歲，隨父避金軍南逃，歷盡喪亂之苦。紹興十三年，進士試落第。二十三年，參加鎖廳試爲第一。次年，參加禮部試，列秦檜孫秦塤之前，由此觸怒秦檜，被黜落。二十八年，以恩蔭爲福州寧德主簿，調福州決曹。三十年，擢敕令所删定官，遷大理司直兼宗正簿，罷歸山陰。孝宗繼位，調樞密院編修官，賜進士出身，兼編類聖政所檢討官。出爲鎮江府通判，力贊張浚北伐。後宋軍於符離潰師，張浚被擠去職，陸游亦改任隆興府通判。乾道二年，又以「交結臺諫，鼓唱是非，力説張浚用兵」罪名免職。五年，起爲夔州通判。八年三月，王炎宣撫川陝，辟爲權宣撫司幹辦公事兼檢法官。在此期間他身着戎裝，驅馳於漢中一帶，開始了「鐵馬秋風大散關」的戰鬥生涯。同年十月，王炎奉調回臨安，陸游改成都府路安撫司參議官。九年，權通判蜀州，攝知嘉州。淳熙元年春，復返蜀州任，攝知榮州。二年，范成大帥蜀，辟游爲成都府路安撫司參議官。三年，權知嘉州，未赴任，言者論其「不拘禮法，恃酒頹放」，遂自號放翁。五年，提舉福建、江西常平。以擅發義倉米賑災，給事中趙汝愚劾之，與祠，閒居六年。十二年，起知嚴州，除軍器少監。紹熙元年，遷禮部郎中兼實録院檢討官。嘉泰二年，權同修國史、實録院同修撰，兼秘書監。三年，書成，陞寶章閣待制，致仕。嘉定二年除夕卒，年八十五。陸游是宋代著名愛國詩人，他生活的時代正是江西詩派盛行之時，經歷了一個從學習江西詩派到擺脱江西詩派影響的創作歷程。在少年時代，他曾向曾幾學習作詩，對吕本中提倡的「活法」極爲贊賞，謂「我得茶山一轉語，文章切忌參死句」（《贈應季秀才》)。中年以後，對江西詩派詩論主張多有批評，對江西詩派末流過分講求雕章琢句弊病，表示不滿，認爲「琢雕自是文章病，奇險尤傷氣骨多」(《讀近人詩》)，甚至對「活法」也提出了質疑，「區區圓美非絶徑，彈丸之評方誤人」(《答鄭虞任檢法見贈》)。陸游的文學創作以詩歌成就最大，被譽爲南宋「中興四大家」之一，今存詩九千三百餘首，各體兼備，古體、近體、五言、七言，俱各擅長。清趙翼《甌北詩話》卷六謂「放翁以律詩見長，名章俊句，層見叠出，令人應接不暇。使事必切，屬對必工；無意不搜，而不落纖巧；無語不新，而不事涂澤，實古來詩家所未見也」，「其古體詩，才氣豪健，議論開闢，引用書卷，皆驅使出之，而非徒以數典爲能事。意在筆先，力透紙背，有麗語而無險語，有艷詞而無淫詞，看似華藻，實則雅潔，看似奔放，實則謹嚴」。也擅長詞，劉克莊《後村詩話》續集卷四稱其詞「激昂感慨者，稼軒不能過；飄逸高妙者，與陳簡齋、朱希真相頡頏；流麗綿密者，欲出晏叔原、賀方回之上」，呈現出多樣化的風格。《四庫全書總目》卷一九八稱「平心而論，游之本意，蓋欲驛騎於二家(蘇軾、秦觀)之間，故奄有其勝，而皆不能造其極」。陸游亦以文名於當時，陸子遹稱其文取則於韓愈、曾鞏，「禀賦宏大，造詣深遠，故落筆成文，則卓然自爲一家，人莫測其涯涘」(《刊渭南文集跋》)。著有《高宗聖政草》一卷、《南唐書》十五卷、《會稽志》二十卷、《老學庵筆記》十卷、《山陰詩話》一卷、《劍南詩稿》《續稿》八十七卷、《渭南集》五十卷、《放翁詞》一卷。事迹見《宋史》卷三九五本傳，清趙翼、錢大昕、葛萬里，今人于北山、朱東潤、夏承燾均編有《陸游年譜》。

陳仁子（生卒年不詳）

字同倩（一作同甫），號古迂，茶陵（今屬湖南）東山人。成淳十年漕試第一，授登士郎。宋亡不仕，營别墅於東山，市人呼爲「東山陳氏」。創東山書院，聚徒講學，刻印圖書。仁子博學好古，篤意文獻，著述頗豐。著有《牧萊脞語》十二卷、《二稿》八卷，編集刻行有《增補六臣注文選》六十卷、《文選補遺》四十卷、《新刻續補文選纂注》十二卷、《尹文子》二卷、《迂褚燕説》三十卷、《韻史》三百卷、《唐史卮言》三十卷等。其《南嶽賦》爲時人推許，而四庫館臣不以爲然，斥其所作猥濫，「又多以表啟駢詞語録俚字入之古文，如《與衡陽鄒府教書》，……不惟自韓、歐以來無此文格，卽『春風夜月』四字，尚可謂之有根據乎？殆好爲大言者耳」。然仁子抗節不仕，注重文獻之傳，所作雖染宋末文格卑弱之氣，然不至全無章法。館臣之言，不免偏頗。事迹見《四庫全書總目》卷一七四《牧萊脞語》提要、《大清一統志》卷二七七。

陳文蔚（一一五四—一二四七）

字才卿，自號克齋，信州上饒（今江西上饒）人。淳熙十一年與同里余大雅師事朱子，篤信謹守，傳其師説。舉進士不第，紹熙二年，至嘉興，遊吳江。慶元初，回上饒教授子弟（《乙卯三月廿五日拜朱先生書》）。三年，應朱熹之邀講學武夷精舍；其學以求誠爲本，以躬行爲事。端平初，講學龍山書院、袁州書院。二年，進所著《尚書類編》（已佚），詔補迪功郎。卒，年九十四。其文多論學之言，淳厚精確，語言質實，有朱子之遺風。其詩頗拙俚，多道學氣，不及朱熹遠甚（《四庫全書總目》卷一六二）。著有《克齋集》十七卷。事迹見本集《癸未老人生旦》、張時雨《陳克齋先生記述》（明刻本《克齋集》附）、嘉靖《廣信府志》卷一六、《考亭淵源録初考》卷四、《宋史翼》卷二五。

陳長方（一一〇八—一一四八）

字齊之，長樂（今屬福建）人。少時與其弟少方齊名，時號「二陳」。少孤，奉母客吳中，依外祖林旦。杜門勵學，家貧不能置書，假藉手抄數千卷。服膺二程之學，從師於王蘋。嘗讀《論語》，至孔子曰「參乎，吾道一以貫之」，曾子曰「唯」，以爲此一言盡六經之旨，因榜便坐曰「唯室」，學者稱唯室先生。紹興八年登進士第，調太平州蕪湖縣尉。後陞左從政郎，授江陰軍學教授，未行，以疾終，年四十一。長方刻意學問，博涉經史，其現存詩文多詠史、論史之作，雖有宋儒「論人喜核而務深」之失，而往往論理確切，論事持重，多感時有得之作。著有《唯室集》十四卷、《春秋私記》三十二篇、《尚書講義》五卷、《兩漢論》十卷、《步里談録》二卷、《辨道論》一卷。均已佚，今僅存《唯室集》四卷、《步里客談》二卷。事迹見胡百能《陳唯室先生行狀》（《唯室集》卷五附）。

陳　杰（生卒年不詳）

字壽夫，一作燾父，豐城（今屬江西）人。淳祐十年進士，授贛州簿。歷知江陵縣，累官工部郎中、江南西路提點刑獄兼制置司參謀，轉朝散大夫。召赴行在，未行。宋亡，隱居東湖。删定己詩爲《自堂存稿》。其詩原本忠義，音節悲壯。又與謝枋得友善，詩多滄桑之感，《四庫全書總目》卷一六五謂「其詩雖源出江西，而風姿峭蒨，頗參以石湖、劍南格調，視宋末江湖一派氣含蔬笋者戛然有殊，在黄茅白葦之中，不可不謂之翹楚」。《自堂存稿》本十三卷，已佚。四庫館臣據《永樂大典》輯爲四卷。事迹見嘉靖《豐乘》卷二、萬曆《新修南昌府志》卷一七、同治《豐城縣志》卷一六、胡思敬《自堂存稿跋》。

陳宗禮（一二〇三—一二七〇）

字立之，號千峰，建昌軍南豐（今屬江西）人。少從袁甫學，年四十二中淳祐四年進士（《隱居通議》卷九）。十二年，爲邵武軍判官（嘉靖《邵武府志》卷四）。入爲國子正，遷太學博士，除國子監丞兼沂靖惠王府教授。寶祐元年，除秘書郎。二年，遷著作佐郎，兼考功郎官，兼國史實録院校勘，兼景獻王府教授，陞著作郎，差知贛州（《南宋館閣續録》卷八）。遷尚左郎官兼右司，拜太常少卿。開慶元年，出爲廣東提刑，遷秘書監。景定初，以與吴潛唱和，責永州居住。四年，拜侍御史，爲淮西路轉運判官，遷刑部尚書，復以事罷。度宗即位，兼侍講。咸淳元年，爲殿中侍御史，遷禮部侍郎。三年，爲禮部尚書。四年，爲廣東經略安撫使兼知廣州。六年，簽書樞密院事，權參知政事，旋致仕，十二月卒（《宋史·度宗本紀》），諡文定。劉壎稱其素慕韋應物，爲詩多仿韋體，幾可亂真；文宗歐陽修、曾鞏，議論多佳（《隱居通議》卷九）。著有《寄懷斐稿》、《曲轅散木集》、《兩朝奏議》、《經筵講義》、《經史明辨》、《經史管見》、《人物論》等，已佚。事迹見《宋史》卷四二一本傳、《隱居通議》卷九。

陳宓（一一七一—一二三〇）

字師復，號復齋，莆田（今屬福建）人，俊卿子。少登朱熹之門，長從黄榦遊。以父蔭入仕，慶元三年，監泉州南安鹽税。歷主管南外、西外睦宗院。嘉定三年，知安溪縣（嘉靖《安溪縣志》卷三）。七年，入監進奏院，尋遷軍器監簿。九年，因指陳敝政，忤史彌遠，出知南康軍，造白鹿洞，與諸生討論。改知南劍州，仿白鹿洞規制，創延平書院。十七年，改知漳州。聞寧宗卒，請致仕。寶慶二年，起提點廣東刑獄，不就，主管崇禧觀。紹定三年卒，年六十。端平初，追贈直龍圖閣。陳宓稟性剛毅，持論剴切，詩文也多及時事。在朝時，寺丞丁焴使金，餞詩有「百年中國豈無人」之句。鄭性之序其文集，稱其文「和緩明白」，詩「雅正和平」，與朱熹一脈相承。著有《論語注義問答》、《春秋三傳鈔》、《讀通鑑綱目》、《唐史贅疣》等，已佚。今存《復齋先生龍圖陳公文集》二十三卷。事迹見《宋史》卷四〇八本傳、嘉靖《延平府志》卷九。

陳炳（生卒年不詳）

字德先，義烏（今屬浙江）人。乾道二年進士，調太平縣主簿。與喻良能、喻良弼、何恪並稱義烏四君子。著有《易解注》五卷、《巖堂雜稿》二十卷，均佚。炳才華卓犖，好古文，務爲奇語。陳亮《題喻季直文編》（《陳亮集》卷一六）稱其文「清深勁麗，要不可少」。其遺文收入《敬鄉録》卷一〇。事迹見《敬鄉録》卷一〇、《金華先民傳》卷七。

陳洙（一〇一三—一〇六一）

字師道，一作思道（嘉靖《建陽縣志》卷一〇），建州建陽（今福建建陽）人。慶曆二年進士。爲壽、亳、杭三州節度推官。改河北真、定二府書記。以丁度薦，充國子監直講，改著作佐郎，加秘書丞。嘉祐中，轉太常博士，遷屯田員外郎，爲殿中侍御史。五年，直秘閣（《續資治通鑑長編》卷四四二）。六年上疏乞早建儲嗣，疏上飲藥而卒，年四十九。洙精於《春秋》之學，與孫復齊名，有詩文四百餘篇。著有《春秋索隱論》五卷、《御史奏議》二卷，又有《陳殿院集》十五卷，吕南公爲作序（《灌園集》卷八），均已佚。事迹見陳襄《殿中侍御史陳君墓誌銘》（《古靈集》卷二〇）。

陳耆卿（一一八〇—一二三六）

字耆老，號篔窗，台州臨海（今屬浙江）人。八歲學屬文，十二歲入鄉校。年三十五登嘉定七年進士第。十一年，爲青田縣主簿，以書見葉適，適許爲晁、張之流。十三年，爲慶元府學教授。歷舒州教授。寶慶二年，召試館職，除正字，遷校書郎。紹定元年，除秘書郎。三年，遷著作佐郎。六年，除著作郎。端平元年，兼國史院編修官、實録院檢討官，除將作少監。爲沂王府教授，官至國子司業。端平三年卒。耆卿師事葉適，遠參洙泗，近探伊洛，涉獵多而培植厚，故其文縱横馳驟，一歸於法度，奇而不怪，巧而不浮，爲世所宗。吴子良稱其文「探周、程之旨趣，貫歐、曾之脈絡」，與吕祖謙、葉適一脈相承，因此「統緒正而氣脈厚」，「巋然爲世宗」（《篔窗續集序》）；尤稱賞其四六，以爲「理趣深而光焰長，以文人之華藻，立儒者之典刑，合歐、蘇、王爲一家者也」（《荆溪林下偶談》卷二）。所存詩詞不多，詩風淡雅，詞皆詠物之作。著有《論孟紀蒙》，已佚。編有《嘉定赤城志》四十卷，今存。又有《篔窗集》初集三十卷、續集三十八卷，原集已佚，四庫館臣自《永樂大典》輯編爲《篔窗集》十卷。事迹見《篔窗集》卷首所載陳耆卿自序，葉適《篔窗集序》，吴子良《續集序》，《南宋館閣續録》卷八、九，《宋史翼》卷二九。

祭王存道總幹文……………………六四七

陳造（一一三三—一二〇三）

字唐卿，高郵（今江蘇高郵）人。淳熙二年進士，調太平州繁昌尉。改平江府教授，撰《芹宫講古》，闡明經義，人稱「淮南夫子」。知明州定海縣，通判房州，攝郡事，皆有治績。秩滿，爲浙西路安撫司參議官，改淮南西路參議官。自以沉淪州縣，無補於世，置之江湖乃宜，遂自號江湖長翁。嘉泰三年卒，年七十一。以詞賦聞名藝苑，范成大見其詩文，謂「使遇歐、蘇，盛名當不在少游下」。尤袤、羅點得其騷詞、雜著，愛之手不釋卷。陸游爲其文集序，稱能居今篤古，一洗纖巧摘裂爲文、卑陋俚俗爲詩之病。《四庫全書總目》卷一六一謂其「文則恢奇排奡，要亦陳亮、劉過之流。其他札子諸篇，多剴切敷陳，當於事理。記序各體，鍾字煉詞，稍傷真氣，而皆謹嚴有法，不失規程」。著有《江湖長翁文集》四十卷，近人趙萬里又輯有《江湖長翁詞》一卷。事迹見鄭興裔《薦舉陳造狀》、元申屠駉《宋故淮南夫子陳公墓誌銘》(《江湖長翁集》卷首)、《宋史翼》卷二九。

陳　著（一二一四—一二九七）

字子微，一字謙之，號本堂，鄞(今浙江寧波)人，寄籍奉化。寶祐四年進士，初監饒州商税，調光州教授。景定元年，爲白鷺洲書院山長。吴潛薦於朝，以不登賈似道門，授安福令。歷監三石橋酒庫、蕪湖茶官。四年，除著作郎，上疏乞罷公田，忤賈似道，出知嘉興縣。咸淳三年，知嵊縣。七年，通判揚州，尋改臨安府簽判，轉運判官，擢太學博士。十年，以監察御史知台州。除秘書監，不就。宋亡，隱居四明山中，自號嵩溪遺耄。元大德元年卒，年八十四。能詩詞文，時人評價甚高，吳益稱其「筆可扛鼎，氣欲凌雲」(《本堂集》卷六三《謝吳益啓》附)。蔣巖稱其「挾其耿介之氣，發於雄深之文。巋然獨立，皓首不變」(《本堂集跋》)。實爲過譽之辭，正如《四庫全書總目》卷一六四所評，「詩多沿《擊壤集》派，文亦頗雜語録之體，不及周、樓、陸、楊之淹雅。又獎借二氏往往過當，尤不及朱子之純粹」。著有《歷代紀統》，已佚。今存《本堂文集》九十四卷。事迹見《寶祐四年登科録》、《宋史翼》卷二五、清樊景瑞《宋太傅陳本堂先生傳》，清孫鏗鳴編有《本堂先生年譜》二卷。

陳章(一一六〇—一二三二)

字子雲，台州天台(今浙江天台)人。淳熙八年進士及第。嘉定七年，以朝奉郎任行在雜買務雜賣場提轄官。出通判温州，移知常州，以朝議大夫知信州。官終朝請郎、知建昌軍。紹定五年卒，年七十三。事迹見《永樂大典》卷三一五六《提舉崇禧觀知郡陳公墓誌銘》。

陳淳（一一五九—一二二三）

字安卿，號北溪，漳州龍溪（今福建漳州）人。淳熙十六年鄉貢進士。爲朱熹晚年高弟，淳追思師訓，無書不讀，義理貫通，洞見條緒。著有《北溪字說》，是疏釋朱熹《四書集注》的重要參考書；《嚴陵講義》以天理爲中心，論述道統傳衍；《似道之辨》、《似學之辨》，宣揚朱學，力辟陸九淵心學及科舉之學。嘉定十年（本傳作九年），以特試寓中都，四方學子登門求教者甚衆。嚴州守鄭之悌迎講於郡庠，淳以《道學體統》四篇發明正學，以《似道》《似學》二辯排斥異端。既歸泉南，士人求學益衆。十五年，以恩循修職郎。十六年，以特奏恩授迪功郎、泉州安溪主簿，未赴而卒，年六十五。淳雖不爲世用，而名動天下，憂時論事，感慨動人。詩文多質樸真摯，無所修飾，而不以文彩稱。著有《北溪大全集》五十卷。事迹見陳宓《陳公墓誌銘》（《北溪大全集》附）、《宋史》卷四三〇本傳、《閩中理學淵源考》卷二八。

陳深（一二六〇—一三四四）

字子微，號清全，別號寧極，平江（今江蘇蘇州）人。習科舉業，宋亡，篤志古學，閉門著書。元文宗天曆間，奎章閣大臣以能書薦，潛匿不出。其詩從容閒雅，不失古風。長短句多壽詞。著有《讀春秋編》十二卷、《寧極齋稿》一卷。事迹見陳植《先人壙志》（《吳下冢墓遺文》卷二）、正德《姑蘇志》卷五五。

陳棣（生卒年不詳）

字鄂父，青田（今屬浙江）人，陳汝錫子。以父蔭爲廣德軍掾。後官至潭州通判。喜爲詩，平易近情，意象清新。但「邊幅稍狹，比興稍淺」，實開江湖詩派之先聲（《四庫全書總目》卷一五九）。著有《蒙隱集》，原集已佚，四庫館臣自《永樂大典》輯爲二卷。事迹見《萬姓統譜》卷一八、《宋詩紀事補遺》卷五八。

傷春詞…………………………三九〇

陳傅良（一一三七—一二〇三）

字君舉，號止齋，温州瑞安（今浙江瑞安）人。爲人英邁不群，强學篤志，其爲文出人意表，自成一家，人争傳誦，從遊者常數百人。以永嘉鄭伯熊、薛季宣爲師，及入太學，又與張栻、吕祖謙相友善。乾道八年進士。教授泰州，改太學録，通判福州，爲言

官論罷。後五年，起知桂陽軍。光宗禪位，遷提舉湖南常平茶鹽、轉運判官，轉浙西提點刑獄，除吏部員外郎。紹熙三年，遷秘書少監，嘉王府贊讀，除起居舍人。四年，兼權中書舍人。光宗不朝重華宫，諷諫不聽，自免而歸。寧宗即位，召爲中書舍人，爲御史論罷，提舉興國宫。慶元二年，又以論削秩罷祠。嘉泰二年始復官，知泉州，辭。三年卒，年六十七，謚文節。傅良爲永嘉學派巨擘，其學以通知成敗、諳練掌故爲長，自三代秦漢以下，精研經史，貫穿百氏，一事一物，必稽於實。其文簡潔平和而曲折有法，多切於實用，而密栗堅峭，自然高雅，雄偉而不放，精深而不晦，馳騁而不迫，錯綜而備務，體究人情，無南宋末流冗沓腐濫之氣（《四庫全書總目》卷一五九）。其詩風格蒼勁，但成就遠不如文。一生著述甚富，有《讀書譜》二卷、《春秋後傳》十二卷、《左氏章指》三十卷、《周禮進説》三卷、《進讀藝祖皇帝實録》一卷、《詩訓義》、《歷代兵制》、《皇朝大事

記》、《皇朝百官公卿拜罷譜》、《皇朝財賦兵防秩官志稿》等，多已亡佚。今存《春秋後傳》、《歷代兵制》、《止齋論祖》、《止齋文集》等。事迹見樓鑰《陳公神道碑》(《攻媿集》卷九五)、葉適《寶謨閣待制中書舍人陳公墓誌銘》(《水心集》卷一六)、《宋史》卷四三四本傳。

陳舜俞（一〇二六——一〇七六）

字令舉，湖州烏程(今浙江湖州)人。嘗居秀州白牛村，自號白牛居士。少學於胡瑗，年二十一登慶曆六年進士第，授簽書壽州判官公事(《至元嘉禾志》卷一三)。嘉祐四年，復舉制科第一，授著作佐郎，簽書忠正軍節度判官公事(《續資治通鑑長編》卷一九〇)。熙寧三年，知山陰縣。以不奉行青苗法，責監南康軍鹽酒税。八年卒。舜俞又嘗從師歐陽修，與司馬光、蘇軾等爲友，博學强記，宗尚古文，蔣之奇稱「大者則以經世務，極時變；小者猶足以詠情性，暢幽鬱」(《都官集序》)。其奏疏指明利弊，無所顧忌，於時務深切著明(《四庫全書總目》卷一五三)。現存詩多爲貶謫後所作，往往氣格疏散，而能自抒胸臆(同上書)。其詩文由女婿周開祖編爲《都官集》三十卷(蔣之奇《都官集序》)，南宋慶元間由曾孫陳杞刻於明州郡齋。又有《治説》十卷、《應制策論》一卷(《宋史·藝文志七》)，其中《應制策論》已收入現存《都官集》。文集在明代即已佚亡，四庫館臣自《永樂大典》輯出其詩文，編爲《都官集》十四卷。事迹見《宋史》卷三三一《張問傳》附傳。

陳普（一二四四—一三一五）

字尚德，號懼齋，福州寧德（今屬福建）人。所居有石堂山，學者稱石堂先生。入鄉塾，赴浙東從韓翼甫遊。入元，三辟爲本省教授，不起。開門授徒，四方及門者數百人。建州劉純父聘主雲莊書院。熊禾留講鰲峰，尋講學於饒、廣二州，於德興初庵書院尤久。晚在莆中十有八年，造就益衆，韓信同、楊琬、余載、黄裳皆出其門。元延祐二年卒，年七十二。普以理學知名，明程世鵬稱其「得深養厚，粹乎温如，的然程朱之正脈」（《石堂先生遺集跋》）。清陸心源則謂「其文多語録體，詩皆擊壤派，説經、説理亦淺腐膚庸」（《陳石堂集跋》）。其著述甚富，有《字義》、《四書句解鈐鍵》、《學庸旨要》、《孟子纂圖》、《周易解》、《尚書補微》、《四書六經講義》、《渾天儀論》、《天象賦》、《詠史詩斷》，凡數百卷。今傳本有《石堂先生遺集》二十二卷。事迹見《石堂先生傳》（文集附録）、《閩中理學淵源考》卷四〇、《宋季忠義録》卷一二。

陳淵（？—一一四五）

字知默，初名漸，字幾叟，世稱默堂先生，南劍州沙縣（今福建沙縣）人，瓘姪孫。早年從二程學，後師事楊時，時以女妻之，遂爲楊門首座。屢舉進士不第，後以特奏名補官，靖康、建炎間，爲吉州永豐縣主簿，攝永新縣令。紹興二年充樞密院計議官，旋罷。五年以廖剛、胡寅等薦充樞密院編修官，次年乞監潭州南岳廟。李綱爲江南西路制置大使，辟爲制置司機宜文字。召對，賜進士出身，除秘書丞、監察御史，遷右正言。試秘書少監兼崇政殿説書，改宗正少卿。十年四月以論鄭億年，忤秦檜，爲言官所劾，罷，主管台州崇道觀。十五年卒。陳淵立朝剛明果毅，發爲文章，「其詞質而達，其意坦而遠，其氣暢而幽」（楊萬里《默堂先生文集序》），「明白剴切，足以見其氣節」（《四庫全書總目》卷一五八）。其詩「不甚雕琢，然時露真趣，異乎宋儒之以詩談理者」（同上書），不類理學家之詩。著有《默堂集》二十二卷。事迹見《宋史》卷三七六本傳。

陳與義（一〇九〇—一一三八）

字去非，號簡齋，又號無住道人，洛陽（今屬河南）人。政和三年，登太學上舍甲科，授開德府教授，除辟雍録。後居母喪，寓居汝州，知州葛勝仲向宋徽宗推薦陳之《墨梅》詩，爲徽宗稱賞。宣和四年，擢太學博士、著作佐郎，遷符寶郎。宣和末，王黼被貶黜，陳與義亦坐貶監陳留酒税。遭靖康之亂，奔徙於河南、湖湘、兩廣等地。紹興元年，召赴臨安，爲起居郎，遷中書舍人，掌内外制，拜禮部侍郎。出知湖州，召爲給事中，除翰林學士、知制誥。七年，擢參知政事。次年五月，以疾請辭官，復知湖州，提舉臨安府洞霄宮，是年冬病逝，年四十九。陳與義爲南北宋之際的重要詩人，與江西詩派呂本中交好，而吕本中撰《江西詩社宗派圖》，未將其列入詩派，後來方回持江西詩派「一祖三宗」之説，將他列爲「三宗」之一（《瀛奎律髓匯評》卷二六陳與義《清明》詩評）。其詩歌以杜甫爲師，與江西詩派風格相近，但又有所拓展創新，具有獨特風格，故嚴羽《滄浪詩話·詩體》列「陳簡齋體」，稱「亦江西之派而小異」。其詩以靖康戰亂爲界，前期詩風明快清麗，多表現自己的生活情趣。金軍南侵，他經歷了與杜甫「安史之亂」相似的遭遇，詩風一變而爲沉鬱，劉克莊《後村詩話》前集卷二謂「建炎以後，避地湖嶠，行路萬里，詩益奇壯」，「造次不忘憂愛，以簡潔掃繁縟，以雄渾代尖巧，第其品格，故當在諸家之上」。格律益工，錘煉益精，張嵲稱其「體物寓興，清邃紆徐，高舉横厲，上下陶、謝、韋、柳之間」（《陳公資政墓誌銘》），這是陳詩風格的一大特色。亦擅長詞，黄昇《中興以來絶妙詞選》卷一以爲其「詞雖不多，語意超絶，識者謂其可摩坡仙之壘」。其詞大多作於南渡之後，往往寄寓家國興亡、身世飄零之感。著有《簡齋集》（存）、《無住詞》（存）、《陳簡齋内外制》（佚）。事迹見張嵲《陳公資政墓誌銘》（《紫微集》卷三五）、《宋史》卷四四五本傳。宋胡穉編有《簡齋先生年譜》一卷，今人白敦仁也編有《陳與義年譜》。

陳靖（九四八—一〇二五）

字道卿，興化軍莆田（今福建莆田）人。好學，通古今。契丹犯邊，靖上五策，曰明賞罰，撫士衆，持重示弱，待利而舉，帥府許自辟士而將帥得專制境外。太宗異之。改將作監丞。改秘書丞、直史館，遷太常博士、刑部員外郎。太宗務興農事，詔有司議均田法，靖議爲太宗所賞，謂吕端曰：「朕欲復井田，顧未能也，靖此策合朕意。」真宗朝，歷度支判官，淮南、江南、京西、京東轉運使，知泉、蘇、越等州，累遷太常少卿，進太僕卿、集賢院學士。與丁謂善，謂貶，坐以秘書監致仕，天聖二年卒。靖平生多所建畫，而於農事尤詳。嘗取淳化、咸平以來所陳表章，目曰《勸農奏議》上之。然其説多泥古，不可行。《宋史·藝文志七》載有《陳靖集》十卷，已佚。事迹見《宋史》卷四二六本傳。

陳　翥（生卒年不詳）

字子翔，號咸聱子，又號銅陵逸民，池州銅陵（今屬安徽）人，仁宗時布衣。閉户著書，雖家人，非時不見，時稱「閉門先生」。好植桐竹，又號桐竹君。著有《桐譜》一卷（《宋史·藝文志四》，存）。事見《明一統志》卷一六。

陳　襄（一〇一七—一〇八〇）

字述古，又稱古靈先生，福州侯官（今福建福州）人。少孤力學，遊於鄉校，與陳烈、周希孟、鄭穆爲友。是時學者沉溺於雕琢之文，四人相與倡道知天盡性之説，時人稱爲「四先生」。慶曆二年進士，調建州浦城主簿，攝縣令。移台州仙居縣令。皇祐三年，知孟州河陽縣，徙知彭州蒙陽縣。嘉祐二年，以富弼舉薦，召試，充秘閣校理。三年，判尚書祠部，編定昭文館書籍。六年，出知常州，浚湖興學。治平元年，爲開封府推官。三年，入爲三司鹽鐵判官。神宗即位，奉使契丹，使還知明州。熙寧初，召修起居注，尋知諫院、管勾國子監，兼侍御史知雜事，判吏部流内銓。四年，除知制誥兼直學士院。數上疏論新法不便，乞補外，知陳、杭二州。八年，召還，知通進銀臺司兼門下封駁事，提舉進奏院。除右司郎中、樞密直學士、判太常寺兼禮儀事。九年，兼侍讀、知審官東院。元豐二年，兼判尚書省。三年卒，年六十四。李綱稱其文「温厚深純，根於義理」，「詩篇平淡如韋應物，其文詞高古如韓退之，其論事明白激切如陸贄，其性理之學庶幾子思、孟軻」（《古靈陳述古文集序》）。著有《郊廟奉祀禮文》三十卷（已佚）、《古靈先生文集》二十五卷。事迹見葉祖洽《陳先生行狀》、孫覺《陳先生墓誌銘》（《古靈先生文集》附録）、《宋史》卷三二一本傳。宋人陳曄編有《古靈先生年譜》。

陳藻（一一五一—一二二五）

字元潔，號樂軒，福州福清（今福建福清）人。師林光朝高弟林亦之，復傳門人林希逸，共倡伊、洛之學於東南。家貧，移居福清横塘，閉門授徒，不足自給，浮遊東南，崎嶇嶺表，歸買田數畝，又爲人奪去。屢舉進士不第，布衣終身。後林亦之四十年卒，年七十五。景定四年，贈迪功郎，謚文遠（《宋史》卷四五《理宗本紀》）。其詩粗率真樸，自抒性情，所謂「群誚鄙俚，自謂奇崛」（林希逸《樂軒詩筌序》）。其文講究鍾煉字句，不主宏放，闡學明理，不求希世苟合（劉克莊《樂軒集序》），師法林光朝《艾軒集》，雖「蹊逕太僻，不免寒瘦之譏，然在南宋諸家中，實亦自成一派」(《四庫全書總目》卷一五九)。著有《樂軒集》八卷。事迹見劉克莊《樂軒集序》、《閩中理學淵源考》卷八、《宋元學案》卷四七、乾隆《福州府志》卷五九。

陳瓘 (一〇五七—一一二四)

字瑩中，號了翁，又號了齋、了堂，南劍州沙縣(今福建沙縣)人。元豐二年進士，調湖州掌書記。七年，知濠州定遠縣。元祐間，簽書越州判官，通判明州。紹聖初，遷太學博士，徙校書郎。四年，出通判滄州，知衛州。徽宗即位，召爲右正言，遷左司諫，極論蔡卞、章惇、安惇、邢恕之罪，彈劾蔡京，罷監揚州糧料院，出知無爲軍。建中靖國元年，遷右司員外郎兼權給事中，與宰相曾布議事不合，出知泰州。崇寧中，入元祐黨籍，除名竄袁州，移廉、郴二州。政和元年，安置通州。曾著《尊堯集》，謂紹聖史官依王安石《日録》所修《神宗史》變亂是非，不可傳信。書上，貶徙台州。五年後始得自便。宣和六年，卒於楚州，年六十八(本傳言「卒年六十五」，誤，此從陳宣子所編《年譜》)。靖康初，追贈諫議大夫，謚忠肅。陳瓘爲人剛直，疏論蔡京、蔡卞之罪不遺餘力，屢遭貶謫而不回，於政和、宣和間極爲士林所推尊。李綱稱其文「辯論毅然而不屈」，「辭意高潔，筆力遒健」(《了翁祭陳奉議文跋尾》)。張元幹也稱其奏議文章「先見之明肇於欲萌，逆料其弊甚於中的」，「百世之下，凜然英氣，義形於色，如砥柱之屹頹波，如泰華之插穹昊，如萬折必東之水，如百煉不變之金」(《題跋了堂先生文集》)。所存詩詞不多。詩風較清逸，詞風真切明快，多直露，少蘊藉，缺乏渾成的意境。著作有《了齋集》四十卷、《諫垣集》三卷，均佚；今存《四明尊堯集》十卷、《了齋易説》一卷、

《了齋詞》一卷。事迹見《東都事略》卷一〇〇、《宋史》卷三四五本傳。元陳宣子編有《陳了翁年譜》，明陳載興編有《陳忠肅公年譜》。

陳巖肖（生卒年不詳）

字子象，婺州東陽（今浙江東陽）人。以其父德固於靖康中守城死難恩蔭入仕，紹興中爲建康府司法參軍。八年，試博學宏詞合格，賜同進士出身。後爲秀州州學教授。二十五年，擢諸王宫大小學教授。俄兼工部郎官，除祠部員外郎，兼中書門下省檢正。二十六年秦檜死後，爲臺官論罷。孝宗初，爲禮部員外郎。乾道元年，除祕書少監。二年，權工部侍郎，尋除兵部侍郎兼侍講。三年，出知台州。淳熙中奉祠，復起知台州。十一年，與宫觀。喜論詩，著有《庚溪詩話》二卷，成書於淳熙、紹熙年間，歷述唐宋詩家，各爲評騭。於宋詩重歐、蘇及黄庭堅，而對江西詩派末流頗爲不滿，爲宋代論詩之重要著作。事迹散見《建炎以來繫年要録》卷一二〇、一六九、一七〇，《宋會要輯稿》選舉三四之一九，《南宋館閣録》卷七，《盤洲文集》卷二一，《宋史全文》卷二四下、二六下、二七上，《敬鄉録》卷三。

孫因（生卒年不詳）

慈溪（今屬浙江）人，夢觀兄。嘉定八年，自句章徙餘姚。嘉定十七年，采會稽遺事作《越問》，以補王十朋《會稽風俗賦》之不足。寶慶二年進士，仕至朝請大夫。晚年隱居四明山。事迹見《寶慶會稽續志》卷八《越問序》、《寶祐四明志》卷一〇、《宋元學案補遺》卷六四。

孫　堪（生卒年不詳）

字仲任，眉州眉山（今屬四川）人，於孫抃爲兄弟行。真宗時嘗以布衣上《封禪書》。天禧三年進士及第，除隴州防禦推官。天聖四年官於漢陽。仕至國子監直講。事見《新刊國朝二百家名賢文粹》卷首《二百家名賢世次》。

孫應時（一一五四—一二〇六）

字季和，號燭湖居士，又號竹隱，餘姚（今屬浙江）人。八歲能文，師事陸九淵。早入太學，登淳熙二年進士第，調台州黄巖尉，有惠政，常平使者朱熹重之。繼爲泰州海陵丞，丁父憂，服除，知嚴州遂安縣。紹熙三年，丘崈帥蜀，辟入制幕，知吳曦之將叛，人服其先見。慶元中，知常熟縣，爲郡守捃摭貶秩。開禧二年，起判邵武軍，未赴任而卒，年五十三。應時學問深醇，自遊太學已爲士友所推，登科以後，聲譽藹然。與兄應求、應符皆以文學知名當世。著有《燭湖集》十二卷，已佚。四庫館臣自《永樂大典》輯出，編爲二十卷，附編其父介及其兄應求、應符詩，並録應時父子志傳行狀、子祖開補官省札諸篇爲上下二卷。事迹見楊簡《燭湖先生壙志》、張淏《孫應時傳》、沈煥《承奉郎孫君行狀》（《燭湖集》附）。

十一畫

黄公度（一一〇九—一一五六）

字師憲，號知稼翁，興化軍莆田（今屬福建）人。紹興八年進士第一，授簽書平海軍節度判官。秩滿，除秘書省正字。以與趙鼎過從款密，秦檜黨人誣其欲著私史誹謗時政，罷職奉祠。十九年，通判肇慶府。秦檜死，召對，除尚書考功員外郎。二十六年八月卒，年四十八。公度工文學，其詩文平易而無俗韻，在南宋之初雖未能高自標置，也不失爲一家之作（《四庫全書總目》卷一五八）。其詞多爲贈別、懷人之作，往往曲折傳情，寄意幽微，詞風恬静軒爽，後人對其詞評價甚高，陳廷焯稱其「氣格高遠，語意渾厚，直合東坡、碧山爲一手」，卓乎不可企及（《白雨齋詞話》卷八）。著有《知稼翁集》十一卷、《知稼翁詞》一卷。事迹見林大鼐《宋尚書員外郎黄公墓誌銘》、龔茂良《宋左朝散郎尚書考功員外郎黄公行狀》（《蒲陽知稼翁文集》附）。

黄庭堅 （一〇四五—一一〇五）

字魯直，號山谷道人，晚號涪翁，洪州分寧（今江西修水）人，黄庶次子。年十七，隨舅氏李公擇學於淮南，以孫覺爲師。治平四年進士及第，調汝州葉縣尉。熙寧五年，除北京國子監教授。元豐元年，寄書蘇軾並附所作《古風》二首，蘇軾稱賞之，聲名始盛。三年，知吉州太和縣，遷著作佐郎。四年，除集賢校理。七年，移監德州德平鎮。哲宗即位，以秘書省校書郎召。元祐元年，除神宗實録檢討官。四年，爲集賢校理。六年，實録成，擢起居舍人。八年，除秘書丞，兼國史編修官。紹聖初，哲宗親政，出知宣州，改鄂州。章惇、蔡卞與其黨劾所編實録多誣枉。二年，貶涪州別駕，黔州安置。元符元年，移戎州。徽宗即位，起知太平州，至州九日而罷，提舉玉隆觀。與宰執趙挺之有隙，湖北轉運判官承趙挺之風旨，指斥所作《荆南承天院記》爲幸災謗國，崇寧二年除名，羈管宜州。四年，卒於貶所，年六十一。庭堅與張耒、晁補之、秦觀同爲「蘇門四學士」。他主張文章詩歌應當「有爲而後作」（《王定國文集序》），但不贊同蘇軾那些嬉笑怒駡，敢於譏刺社會的文章，認爲詩歌「非強諫諍於庭，怨憤詬於道，怒鄰罵座之爲也」(《書王知載〈朐山雜詠〉後》)。他倡道詩學杜甫、文學韓愈，強調詩人應當博學，認爲「老杜作詩，退之作文，無一字無來處，蓋後人讀書少，故謂韓、杜自作此語耳」，同時又提倡融匯古人成句入詩，「雖取古人之陳言入於翰墨，如靈丹一粒，點鐵成金」(《答洪駒父書》)。他認爲「詩意無窮，而人之才有限，以有限之才追無窮之意，雖淵明、少陵不得工也」，因此他提出「不易其意而造其語，謂之換骨法」，「窺入其意而形容之，謂之奪胎法」(《冷齋夜話》卷一)，這一「脱胎换骨」法後來即成爲江西詩派的創作綱領。黄庭堅長於辭賦，如《悼往賦》、《休亭賦》、《蘇李畫枯木道士賦》、《墨竹賦》，均學《楚辭》而得其妙(《文章精義》)。在宋代即有人將黄庭堅詞與秦觀並稱，有「秦七黄九」之譽(《後山詩話》)，但是黄詞的成就實不如秦。黄庭堅工書法，兼擅行、草，遒勁清瘦，縱横奇倔，而又不失軌度，爲北宋書法四大家之一。著有《豫章黄先生文集》、《外集》、《别集》、《遺文》、《山谷老人刀筆》、《山谷琴趣外篇》等。事跡見黄㽦《山谷年譜》、《宋史》卷四四四本傳。

黃彥平（？—一一三九）

一名次山，字季岑，豐城（今屬江西）人，庭堅之侄。宣和元年試國學第一，以庭堅名在黨籍，降爲第四。歷信陽州學教授、池州司理參軍，召爲太學録。靖康初，爲太學博士，坐與李綱厚善，謫監虢州銅場。建炎二年，擢尚書員外郎，撫御京東西路，知筠州。紹興初，兼權禮部郎官，以言事出提點荆湖南路刑獄，奉祠。自豐城徙居撫州，肆力於學，凡九年，起知邵州，卒。彥平頗有詩文名，謝鍔《三餘集序》謂其文由王安石之簡而造韓愈之理，詩溯黃庭堅之流而指杜甫之源，無所不及而合於古；湯思謙《刊三餘集跋》亦謂其詩文「根據理要，而意味悠然以長，文非韓愈，詩非杜甫，有所不道」。著有《三餘集》十卷（《宋史・藝文志七》），原本已佚，四庫館臣自《永樂大典》輯出其詩文，重編爲四卷。事迹見元危素《黄次山傳》(《危太素集》卷八)、《宋史翼》卷二七。

黄補（生卒年不詳）

字彦博，又字秀全，號吾軒，興化軍莆田(今屬福建)人。嘗隨父赴任惠州，師陳鵬飛。後以其學教授於鄉，及門者數百人。時林光朝教於城南，補教於城東，幾與齊名。登乾道八年特奏名，授高州文學，調肇慶府高要縣尉。著有《九經解》、《論語人物誌》。事迹見《莆陽文獻傳》卷二九、《宋元學案》卷四、道光《福建通志》卷一八八。

黄榦（一一五二—一二二一）

字季直，又字直卿，號勉齋，福州閩縣(今福建福州)人。早年受業朱熹，熹稱其志堅思苦，以女妻之。慶元元年，授迪功郎、監台州户部贍軍酒庫，隨朱熹返閩，教授諸生。熹編《禮書》，獨以《喪》、《祭》二編屬榦。熹病危，出所著書授榦，謂吾道之托在此。嘉泰二年，調監嘉興府崇德縣石門酒庫。開禧二年，爲荆湖北路安撫司激賞酒庫兼準備差遣。三年，知臨川縣。嘉定四年，移知劍浦。五年，改知臨江軍新淦縣。六年，通判安豐軍。七年，添差通判建康府，除權發遣漢陽軍、提舉義勇民兵。八年，奉祠，主管武夷山冲佑觀。九年，除權發遣安慶府事，兼制置司參議官，所至多善政。十一年七月，除大理寺丞，論罷，奉祠歸鄉，弟子日盛，巴蜀、江、湖之士多從之學。嘉定十四年卒，年七十。理宗端平中謚文肅。其詩清新淡雅，文多質直，不事雕飾，雖筆力未爲挺拔，而氣體醇實，不失爲儒者之言(《四庫全書總目》卷一六一)。其《與辛稼軒書》言朝無可倚之人，野無可用之士，「語文章者多虚浮，談道德者多拘滯」，可謂深中時弊，非朱學末流空談性命者可比。著有《書説》十卷、《六經講義》三十卷、《禮語意原》一卷，均已佚。今存《勉齋先生黄文肅公集》四十卷、附録一卷。事迹見《勉齋先生行實》（《勉齋集》附）、《宋史》卷四三〇本傳。宋鄭元肅編有《勉齋先生黄文肅公年譜》。

梅堯臣（一〇〇二—一〇六〇）

字聖俞，宣州宣城（今屬安徽）人。宣城古名宛陵，故又稱宛陵先生。早以詩名，而屢試不第，天聖末，以叔父梅詢蔭補河南主簿。錢惟演留守西京，引之酬唱，又與歐陽修、尹洙等人爲詩友。景祐元年，知建德縣，徙知襄城縣。康定二年，改監湖州鹽税。慶曆五年，爲許昌簽書判官。八年，應晏殊辟爲鎮安軍節度判官。皇祐三年，召試學士院，賜同進士出身，改太常博士。四年，監永濟倉。至和三年，以趙概、歐陽修等薦，補國子監直講。奏進所撰《唐載記》二十六卷，詔命預修《唐書》。嘉祐二年，歐陽修知貢舉，梅堯臣爲參詳官，是科蘇軾兄弟及第。五年，遷尚書都官員外郎。是年四月卒，年五十九。堯臣早年曾受西崑詩派影響，其後積極參與詩文革新，劉克莊云：「本朝詩惟宛陵爲開山祖師。宛陵出，然後桑濮之淫哇稍息，風雅之氣脈復續，其功不在歐（陽修）、尹（洙）下。」（《後村詩話》前集卷二）他一反西崑體詩風，而以質樸平淡的語句抒懷言志，反映社會現實。梅堯臣現存賦二十篇，有一半以上都堪稱文賦，其特點是篇幅短小，抒情色彩濃，句式靈活，但没有一篇可與歐陽修的《秋聲賦》媲美，因此論宋代文賦者常舉歐而不舉梅。其散文風格與詩相類，亦古淡平正。著有《唐載記》二十六卷、《毛詩小傳》二十卷、注《孫子》十三篇、《宛陵集》四十卷。事迹見歐陽修《梅聖俞墓誌銘》（《歐陽文忠公集》卷三三）、《宋史》卷四四三本傳。

曹彥約（一一五七—一二二八）

字簡甫，號昌谷，南康軍都昌（今屬江西）人。天資邁爽，嘗從朱熹講學。淳熙八年進士，歷廣德軍建平尉、桂陽軍録事參軍，辟司法參軍，知樂平縣，主管江西安撫司機宜文字。開禧二年，主管京湖宣撫司機宜文字，以守御功，進知漢陽。嘉定初，提舉湖北常平，權知鄂州兼湖廣總領。二年，改提點刑獄，遷湖南路轉運判官。三年，除知潭州、荆湖南路安撫。五年，召爲吏部郎，以事罷。七年，主管武夷山冲佑觀。八年，爲利州路轉運判官兼知利州。十年，差知隆興府兼江南西路安撫。十二年，遷大理少卿，權户部侍郎，以寶謨閣待制知成都，改知福州，辭，提舉亳州明道宫。十四年，提舉常德府桃源萬壽宫、嵩山崇福宫。理宗即位，任兵部侍郎兼同修國史、實録院同修撰。寶慶元年，除禮部侍郎。二年，兼侍讀。三年，除兵部尚書，辭，求去，知常德府，提舉嵩山崇福宫。紹定元年卒，年七十二。其文敷陳祖訓，規箴時政，論事利害，確鑿有識。詩詞韻語雖嫌質樸，但能詞達理明（《四庫全書總目》卷一六一）。著有《輿地綱目》十五卷、《昌谷類稿》六十卷，已佚；今存《經幄管見》七卷。四庫館臣據《永樂大典》輯有《昌谷集》二十二卷。事迹見魏了翁《曹公墓誌銘》（《鶴山大全集》卷八七）、《宋史》卷四一〇本傳。

曹組（生卒年不詳）

字元寵，潁昌（今河南許昌）人，曹緯弟、曹勛父。以諸生爲右班官，六次應試均不第，著《鐵硯篇》以自勵。政和年間，以滑稽諧謔詞聞名於都下。宣和三年進士及第，召試中書，换武階，歷任閤門宣贊舍人，給事殿中，爲睿思殿應製，官防禦副使。宣和末年卒。組擅長詩詞，曾奉詔作《艮岳百詠》詩及《艮嶽賦應製》。現存詩中頗多清麗之句，爲人稱道。王灼稱曹組嘗作《紅窗迥》及雜曲數百解，「聞者絶倒」，時人目爲「滑稽無賴之魁」（《碧鷄漫志》卷二）。今所存詞約三十餘首，主要見於曾慥《樂府雅詞》，往往以俗語入詞，語言活潑，頗具特色。著有《箕潁集》二十卷(《直齋書録解題》卷一七),今已佚。近人趙萬裏有輯本《箕潁詞》一卷。事迹見《直齋書録解題》卷一七、《宋史》卷三七九《曹勛傳》、《宋詩紀事》卷四〇。

曹勛(一〇九六—一一七四)

字公顯,號松隱,陽翟(今河南禹縣)人。以父曹組恩補承信郎。宣和五年特命赴進士廷試,賜甲科。靖康初,爲閤門宣贊舍人,勾當龍德宫,除武義大夫。從徽宗北遷,奉命自燕山逃歸,建炎元年,至南京,以御衣所書進獻,建議募死士航海入金,奉徽宗由海道歸國。執政大臣不以爲然,出於外,九年不得還。紹興十一年,奉命出使金國,金許還梓宫及太后。十三年,兼樞密副都承旨,奉祠。二十五年,起知閤門事兼幹辦皇城司。二十九年,再爲稱謝使出使金。孝宗朝加太尉,提舉皇城司、開府儀同三司,請祠居天台山。淳熙元年卒,年七十九。贈少保,謚忠靖。曹勛嘗數次出使金國,目睹中原百姓所受戰亂之苦,故發爲詩文,多可考見時事,忠正慨慷,有古烈士之氣(樓鑰《曹忠靖公松隱集序》、《四庫全書總目》卷一五六)。致仕後隱居天台山,過着賦閒生活,作山居詩數百篇,吟詠情性,陶寫風景,雍容閒適,恬静清新(曹耜《松隱集後序》)。也能詞,内容多爲應製、祝壽、唱酬之作,詞筆華贍綺麗,頗有其父曹組詞風(《四庫全書總目》卷一五六)。著有《松隱集》四十卷、《北狩見聞録》一卷,今存。事迹見《宋史》卷三七九本傳、《宋百家詩存》卷一四。

崔仁冀（生卒年不詳）

字子遷，杭州錢塘（今浙江餘杭）人。少篤學有文采，事吴越王錢俶爲通儒院學士，拜丞相。太平興國三年俶與仁冀決策納土於宋，太宗授仁冀淮南節度使，累擢衛尉卿、判大理寺、知撫州，卒。事迹見《咸淳臨安志》卷六五，《十國春秋》卷八七有傳。

崔公度（？—一〇九七）

字伯易，自號曲轅先生（《孫公談圃》），高郵（今屬江蘇）人。口吃不能劇談，劉沆舉薦茂材異等，辭疾不試。以父任補三班差使。治平二年授和州防禦推官，充國子監直講，以母疾辭。王安石當國，獻《熙寧稽古一法百利論》，召對，進光禄丞，知陽武縣。熙寧六年，充館閣校勘。九年，爲檢正中書禮房公事。元豐初，爲集賢校理，知太常禮院，除禮部郎中。元祐六年，充徐王府侍講，閏八月，出知潤州。八年，加直龍圖閣，改知宣、通州。紹聖四年七月，管勾崇禧觀，尋致仕。八月卒（《續資治通鑑長編》卷四八九）。歐陽修贊其《感山賦》爲「司馬子長之流」（元陶宗儀《説郛》卷十五下）。著有《曲轅集》四十卷（嘉靖《惟揚志》卷二二），已佚。事迹見《宋史》卷三五三本傳。

崔敦禮（？—一一八一）

字仲由，通州靜海（今江蘇南通）人，與弟敦詩同登紹興三十年進士，父邦哲以累舉奏名，父子三人同日解褐，鄉人以爲榮。以愛溧陽山水，買田卜居。歷江寧尉、平江府教授、江東安撫司幹辦公事。史浩薦其「學問該通，辭藻華贍」（《陛辭薦薛叔似等札子》）。仕至諸王宮大小學教授。淳熙八年卒。著有《崔宮教集》二十卷（《内閣藏書目録》卷三），已佚，四庫館臣自《永樂大典》輯爲十二卷。又有《芻言》三卷，上卷言政，中卷言行，下卷言學，造文規摹揚雄、王通，無語録鄙俚之習，「於人情物態，抉摘隱微，多中窾要」（《四庫全書總目》卷一一七）。所爲詩格律平正，詞氣暢達，周規折矩，頗具典型（同上書卷一五九）。詞風頗近蘇軾。事迹見《景定建康志》卷四九、《宋史翼》卷二八、《南宋文範作者考》上。

崔鶠（一〇五八—一一二六）

字德符，號婆娑，原籍雍丘（今河南杞縣），其父徙家潁州，遂爲陽翟（今河南禹縣）人。元祐末進士（《墨莊漫録》卷三），調鳳州司户參軍、筠州推官。徽宗初，爲相州教授，以上書入邪等，免官。政和中，爲績溪令。宣和中監西京洛南稻田務（《墨莊漫録》卷三）。六年，通判寧化軍，召爲殿中侍御史。欽宗即位，授右正言。靖康元年，以龍圖閣直學士主管嵩山崇福宫，命下而卒，年六十九。崔鶠好爲詩文，晁公武《郡齋讀書志》卷一九謂其詩清婉敷腴，有唐人風度。劉克莊《後村詩話》前集卷二謂其詩「幽麗高遠，了不蹈襲，用功最深」。著有《婆娑集》三十卷，已佚。事迹見《東都事略》卷一〇五、《宋史》卷三五六本傳。

許安世（一〇四一—一〇八四）

字少張，襄邑（今河南睢縣）人。治平四年進士第一，調鄆州觀察推官。熙寧五年，召爲集賢校理，檢正中書吏房公事（《續資治通鑑長編》卷二三一）。八年，出簽書濠州判官廳公事（《宋會要輯稿》職官六五之四二）。元豐三年，爲梓州路轉運判官（同上書職官六六之一三)。七年，卒於黄州，年四十四。工詩文，歐陽修、王珪器重之。事迹見陸佃《許侯墓誌銘》(《陶山集》卷一四)、《宋歷科狀元録》卷四。

公生明賦……………………一八六八

許翰 (？—一一三三)

字崧老，襄邑(今河南睢縣)人。元祐三年進士。宣和七年，召爲給事中，爲書抵時相，論中書舍人孫傅不當黜，落職，提舉江州太平觀。靖康初，復以給事中召，除翰林學士，改御史中丞。擢中大夫、同知樞密院。以病求去，出知亳州。高宗即位，李綱舉薦，拜尚書右丞兼權門下侍郎。以論李綱、宗澤不當罷職、陳東不當誅，忤執政黄潛善，求去，以資政殿大學士提舉洞霄宫，復落職。紹興元年，召復端明殿學士、提舉萬壽觀，辭不就。三年卒。許翰正直不阿，深通經術，發爲文章，勁氣凛然，具有本源(《四庫全書總目》卷一五五)。其《陳少陽哀詞》，汪應辰《題許右丞翰作陳少陽哀辭》稱其「指摘情僞，究極本末，詞繁而不殺」。著有《論語解》、《春秋傳》，今已佚；又著有《襄陵文集》二十四卷(《直齋書録解題》卷一八)，原本已佚，四庫館臣自《永樂大典》輯出其詩文，重編爲十二卷。事迹見《宋史》卷三六三本傳。

陳歐二修撰哀詞……………三六一

梁安世 (一一三六—？)

字次張，括蒼(今浙江麗水西)人。紹興二十四年進士。歷知衡山縣(毛晉《審齋詞跋》)。淳熙五年，假守韶州，刻劉安世《盡言集》十三卷。六年，爲廣南西路轉運判官，改提點刑獄，嘗與帥劉焞宴集彈丸巖，爲記其事(《桂故》卷五)。其詩文有聲當時，周必大《與韶州梁守安世書》稱其「義高辭古，深得歐、蘇二文忠遺意」。著有《遠堂集》，已佚。事迹見王柏《跋史君梁公帖》(《魯齋集》卷一二)、《桂故》卷五、《宋詩紀事》卷五一、《廣西金石略》卷五。

梁周翰（九二九—一〇〇九）

字元褒，鄭州管城（今河南鄭州）人。周廣順二年進士，任開封户曹參軍。宋初，爲秘書郎、直史館。乾德元年，上疏論武成王廟從祀七十二賢事，擢右拾遺，通判綿、眉二州。以杖刑致人死，奪官，起爲太子左贊善大夫。開寶三年，遷右拾遺，改左補闕，兼知大理正事，俄坐杖錦工過數，左遷司農寺丞。逾年，爲太子中允。太平興國中，知蘇州，以不理政務罷，分司西京，除楚州團練副使。雍熙中，召爲右補闕，使江淮提點茶鹽。宋白奏其有史才，命兼史館修撰。太宗御試進士，周翰爲考官，太宗稱其有文，遷起居舍人。淳化五年，與李宗諤分領左右史之職，兼起居郎。至道中，遷工部郎中。真宗即位，擢爲駕部郎中、知制誥，判史館、昭文館。咸平三年，爲翰林學士。明年，授給事中。大中祥符元年，遷工部侍郎。次年以疾卒，年八十一。自五代以來，文體卑弱，周翰雄文奥學，與高錫、柳開、范杲文尚淳古，名重一時，有「高梁柳范」之稱。宋初宫禁修五鳳樓，周翰獻《五鳳樓賦》，歷陳前代亡國之君荒淫於土木之工，明著諷喻之義，人多傳頌（《習學記言》卷四七）。南宋吕祖謙編《宋文鑑》，以《五鳳樓賦》冠於編首。著有《翰苑制草集》二十卷（《宋史·藝文志七》），另有文集五十卷及《續因話録》，均已佚。事迹見《宋史》卷四三九本傳。

梁泰來（一二三八—？）

字伯大，初名夢予，處州麗水（今屬浙江）人。咸淳十年進士，補迪功郎，差充台州寧海尉。會宋亡，隱居不仕。植菊於庭，以陶潛自況，平生奇崛之氣放之於平，故自號菊平子。著詩以見志，曰《菊平小稿》。事迹見元戴德琳《菊平子梁伯大傳》(乾隆《宣平縣志》卷一三)。

張九成 (一〇九二—一一五九)

字子韶，自號無垢居士，又號横浦居士，杭州鹽官(今浙江海寧西南)人。少遊京師，從楊時學。紹興二年爲進士第一，授鎮東軍簽判。與提刑强宗臣争賣鹽事不果，投檄歸居，從其學者甚衆。五年，趙鼎薦於朝，召爲著作佐郎。六年，除浙東提刑。八年，以常同薦，除宗正少卿，權禮部侍郎兼侍講，兼權刑部侍郎。因論和議忤秦檜，十年，謫知邵州。十三年，御史復言其矯僞欺俗，謗訕朝政，落職，謫居南安軍。秦檜死，起知温州。紹興二十九年卒，年六十八(《建炎以來繫年要録》卷一八二)。寶慶初，特贈太師，封崇國公，謚文忠。九成爲南宋理學大儒，精研義理之學，於諸經均有訓釋，又喜與僧徒交往，於禪學頗有造詣，故文章議論多入禪理，但文字明白曉暢，毫不晦澀，朱熹雖斥其爲「雜學」，但也贊其文章「沛然猶有氣，開口見心，索性説出，使人皆知」(《朱子語類》卷一三九)。其詩有宋詩好發議論的特點，多「禪悦空悟習氣」(吴之振《宋詩鈔·横浦詩鈔序》)，也有一些詩寫景抒懷，清新淡雅。九成研思經學，多有訓解，著有《尚書詳説》、《中庸説》(存)、《大學説》、《孝經解》、《論語解》、《孟子傳》(存)、《横浦日新録》(存)、《横浦心傳録》(存)、《重修神宗實録》、《横浦集》(存)等書。事迹見《横浦家傳》(《横浦文集》附)、《宋史》卷三七四本傳。

張元幹 (一〇九一—一一六一)

字仲宗，號蘆川居士，又號真隱山人，福州永福(今福建永泰)人。早年問道於陳瓘，從徐俯學作詩，政和二年，見蘇轍於潁川，與洪芻、洪炎、蘇庠、向子諲、吕本中等結爲詩友，以文章學問馳名於政、宣年間。政和中以太學上舍釋褐。宣和七年，爲陳留縣丞。靖康初，金兵攻汴京，李綱爲親征行營使，辟入其幕，後與綱同日被謫。汴京失陷，避難吴越。高宗即位，起爲將作監丞、撫諭使，隨高宗至明州。紹興元年，以右朝奉郎致仕，歸鄉里，年僅四十一。胡銓上書乞斬秦檜，責新州安置，張元幹作《賀新郎》詞送行。二十一年，坐賦詞事繫獄，削籍除名。三十一年卒，年七十一。張元幹博覽群書，尤喜好杜詩韓文，又與江西詩派中人來往，故其詩歌創作受江西詩派影響。他推崇黄庭堅「點化金丹手段」，注重「活法」。詩歌「文詞雅健，氣格豪邁，有唐人風」（蔡勘《蘆川歸來詞序》），清吴之振《宋詩鈔·蘆川歸來集抄序》亦謂其近體詩「清新而有法度，蔚然出塵，知淵源有自也」。以詞著稱，他在北宋滅亡前已有詞名，早年詞的内容多爲流連光景、離别相思，風格清麗嫵媚。北宋滅亡後，詞風一變，内容多以感慨國家興亡，抒發壯志難酬的憤懣爲主，風格也激越高昂，豪邁奔放，充滿勃鬱不平之氣。他曾經爲李綱、胡銓作有兩首《賀新郎》詞，在詞中表達了對中原板蕩的悲憤，對朝廷屈膝求和、苟且偷安的不滿。著有《蘆川歸來集》十五卷（曾噩《蘆川歸來集序》），久佚，四庫館臣自《永樂大典》重輯編定爲十卷、附録一卷。又有《蘆川詞》一卷（存）。事迹見《宋詩紀事》卷四五、《宋史翼》卷七，今人王兆鵬編有《張元幹年譜》。

張方平（一〇〇七—一〇九一）

字安道，號樂全居士，應天宋城（今河南商丘）人。少穎悟，景祐元年舉茂材異等，授校書郎，知崑山縣。蔣堂得其所著《芻蕘論》五十篇，奏獻之。寶元元年，應賢良方正科試，第爲優等，遷著作佐郎，通判睦州。歷直集賢院，遷太常丞，知諫院，修起居注，知制誥，遷右正言，兼史館修撰。權知開封府，拜諫議大夫，爲御史中丞，改三司使。加端明殿學士，判太常寺。坐事出知滁州，徙江寧府、杭州。丁母憂，服除，判吏部流内銓。出知滑州，移益州，深識三蘇父子，薦蘇洵於歐陽修，蘇軾兄弟終身事之。召還，爲三司使。遷尚書左丞，知南京，封清河郡公。英宗即位，歷知陳、徐二州。拜翰林學士承旨，遷刑部尚書。神宗即位，遷户部尚書。治平四年，擢參知政事（《宋宰輔編年録》卷七）。以父喪服闋，拜觀文殿學士，留守西京，知陳州，改南京。拜宣徽北院使，判青州。元豐二年，以太子少師致仕。元祐六年，復爲宣徽南院使。是年十二月卒，年八十五，贈司空，謚文定。方平爲人慷慨有氣節，博覽群書，文思敏捷，下筆數千言立就。工制誥，辭語典雅精巧。奏疏議論，分析事理，辯明原委，切中利弊。詩歌清新流麗，詠史之作尤佳。著有《樂全集》四十卷、《玉堂集》二十卷、《注仁宗樂書》一卷，今存《樂全集》。事迹見蘇軾《張文定公墓誌銘》（《東坡後集》卷一七）、《宋史》卷三一八本傳。

張耒（一〇五四—一一一四）

字文潛，號柯山，人稱宛丘先生，楚州淮陰（今屬江蘇淮安）人。幼穎悟能文，遊學陳州，蘇轍時爲陳州學官，器重之，遂得從蘇軾遊。熙寧六年進士及第，授臨淮主簿。元豐元年，爲壽安尉，遷咸平丞。哲宗繼位，入爲太學録。范純仁薦試館閣，遷秘書省正字、秘書丞、著作郎、史館檢討。八年，遷起居舍人。紹聖元年，出知潤州，入黨籍，徙宣州。

四年，謫監黄州酒税礬務。元符二年，徙復州。徽宗即位，起爲黄州通判，知兗州。建中靖國元年，召爲太常少卿，旋出知潁、汝二州。崇寧元年，復坐黨籍落職，管勾亳州明道宫。在潁州時聞蘇軾訃訊，爲蘇軾舉哀行服，言者劾之，復貶房州别駕，黄州安置。五年，得自便。大觀二年，居於陳州。政和四年卒，年六十一。張耒是北宋中晚期重要的文學家，爲蘇門四學士之一。其文論源於三蘇，在《答李推官書》中他明確申説學文在於明理，「如知文而不務理，求文之工，世未嘗有是也」。在文章風格上，他反對奇簡，提倡平易；反對曲晦，提倡詞達；反對雕琢文辭，力主順應天理之自然，直抒胸臆，「文章之於人，有滿心而發，肆口而成，不待思慮而工，不待雕琢而麗者，皆天理之自然，而情性之道也」（《賀方回樂府序》）。張耒的詩文正是其創作理論的具體體現，長短利弊皆本於此。其文風近似蘇轍，蘇軾稱其「汪洋沖淡，有一倡三歎之聲」（《答張文潛書》），張表臣也稱其文「雄深雅健，纖穠瑰麗，無所不有」（《張右史文集序》）。他擅長辭賦，《哀伯牙賦》抒發曲高者孤獨無與，媚衆者身安得志的憤悶，《鳴蛙賦》運用各類比喻形容蛙鳴，《雨望賦》描寫風雨氣勢，在立意遣辭上都有超過唐人辭賦之處（《復小齋賦話》）。詩歌創作成就卓著，汪藻稱其詩「體制敷腴，音節疏亮，則後之學公者，皆莫能彷彿」（《柯山張文潛集書後》）。張耒詞作不多，詞風柔情深婉，與秦觀詞相近。著有《宛丘集》七十卷。事迹見《東都事略》卷一一六、《宋史》卷四四四本傳。近人邵祖壽編有《張文潛先生年譜》一卷。

十一畫

張守（一〇八四—一一四五）

字全真，一字子固，自號東山居士，常州晉陵（今江蘇常州）人。崇寧元年進士，又中詞學兼茂科。除詳定九域圖志所編修官，改宣德郎，擢監察御史。建炎初，反對渡江南遷，宰臣不悦，被命撫諭京城。三年正月，還朝，除起居郎兼直學士院，遷御史中丞，改禮部侍郎，遷翰林學士、知制誥。是年九月，同簽書樞密院事。次年五月，除參知政事。御史沈與求劾其舉薦失當，奉宮祠。紹興二年，起知紹興府，改知福州、平江府。六年十二月，再除參知政事，兼權樞密院事。八年，以與趙鼎不合，出知婺州，改洪州，兼江南西路安撫使。十年，徙知紹興府。以忤秦檜，乞致仕歸。十四年，起知建康，至鎮數月，卒於任，年六十二，謚文靖。張守家貧好學，博聞強記，爲文有體，《四庫全書總目》卷一五六謂其文「具有體幹，而論列國家大事，是非利害，如指諸掌，卓有經世之才」。存詩不多，風格蒼老，使事精切。著有《毗陵集》五十卷、奏議二十五卷（《直齋書録解題》卷一八、二二），原集已佚，四庫館臣自《永樂大典》輯出其詩文，重編爲《毗陵集》十五卷、附録一卷。事迹見《宋史》卷三七五本傳。

張孝祥（一一三二—一一七〇）

字安國，號于湖居士，歷陽烏江（今安徽和縣）人。少穎悟，讀書過目不忘，下筆頃刻數千言。年十六，領鄉薦，再舉冠里選。紹興二十四年進士，高宗因其詞翰俱美，擢爲第一，退秦檜之孫塤爲第三，大忤秦檜。又上疏頌岳飛冤獄，授簽書鎮東軍節度判官。二十五年，召爲秘書省正字，遷校書郎。二十七年，遷秘書郎、著作郎，累遷起居舍人、權中書舍人，爲御史中丞汪徹劾罷。尋起知撫州。孝宗即位，知平江府。張浚北伐，薦除中書舍人，遷直學士院兼都督府參贊軍事，兼領建康留守。宋軍符離潰師，被劾落職。湯思退罷，起知靜江府兼廣南西路經略安撫使，復以言者罷。起知澤州，權荆湖南路提點刑獄，遷知荆南、荆湖北路安撫使，所歷皆有政績。乾道五年，因疾以顯謨閣直學士致仕。六年卒，年三十九。孝祥立朝，力主抗金，除積弊，裁冗官，明賞罰，求實才。所作詩文詞，都圍繞抗金主旨。其詞充滿愛國熱情，兼有沉雄與曠放俊逸之美，風格接近蘇、辛。代表作《六州歌頭》(長淮望斷)一闋，陳廷焯《白雨齋詞話》卷六稱其「筆飽墨酣，讀之令人起舞」。其詩文也頗受時人稱譽而廣爲流傳。韓元吉《張于湖詩集序》盛贊其詩，謂「其歡愉感慨莫不發於詩，好事者稱嘆，以爲殆不可及」。謝堯仁《張于湖先生集序》則盛贊其文，謂「如大海之起濤瀾，泰山之騰雲氣，倏散倏聚，倏明倏暗，雖千變萬化，未易詰其端而尋其所窮」。但其詩、文的整體成就不及其詞。工書法，尤長篆書、大字。所著《于湖居士文集》四十卷，《于湖先生長短句》五卷、拾遺一卷。事迹見王質《于湖集序》(《雪山集》卷五)、陸世良《宣城張氏信譜傳》(文集附録)、《宋史》卷三八九本傳。

張伯玉(生卒年不詳)

字公達，建安(今福建建甌)人。早年舉進士，又舉書判拔萃科。慶曆初，以秘書丞知并州太谷縣。

范仲淹舉薦應賢良方正科試，稱其「剛介有守，文藝甚高，善言皇王之治，博達古今之宜」(《舉張伯玉應制科狀》)。皇祐間，爲侍御史，以論宰相陳執中，出知太平州(《石林燕語》卷一)。時曾鞏爲司户參軍，嘗令鞏作《六經閣記》，數易其稿，均不可意，乃自撰稿立成，鞏大畏服。至和、嘉祐中，通判睦州，歷知福、越、睦諸州。伯玉博聞强記，文章豪邁，歌詩尤清脱(《墨客揮犀》卷四)。著有《蓬萊詩》二卷(《宋史·藝文志七》)，已佚。事迹見張伯玉《州宅詩序》(《會稽掇英總集》卷一)、《中吳紀聞》卷二、《邵氏聞見後録》卷一五、《鐵圍山叢談》卷三。

張昌言

宋高宗時人。嘗作《瓊花賦》，餘不詳。

張侃(生卒年不詳)

字直夫，號拙軒，祖籍大梁(今河南開封)，徙家邗城(今江蘇揚州)，紹興末，渡江居湖州(今屬浙江)，巖子。嘉定十四年，監常州奔牛鎮酒税，調上虞丞。寶慶二年，知句容縣。端平二年，爲鎮江簽判。晚年以退名齋，吳泳爲記。侃爲人蕭散，浮沉末僚，交遊如趙師秀、周文璞輩，皆吟詠自適，恬静不争之士，所作詩亦多清雋圓潤，時有閑淡之致，但未能開闢門户，自成一家(《四庫全書總目》卷一六四)。監酒税時所作《拺詞》，實爲詞論著述。著有《拙軒集》(或題《拙軒初稿》)，已佚。四庫館臣自《永樂大典》輯爲《張氏拙軒集》六卷。近人趙萬里又輯有《拙軒詞》。事迹見《句容王瑞圖並題記》(《金石萃編》卷一五二)、弘治《句容縣志》卷六、《四庫全書總目》卷一六四。

張　春

紹興時人，餘不詳。

張　栻（一一三三—一一八〇）

字敬夫，後因避諱改字欽夫，號南軒，漢州綿竹（今屬四川）人，徙居長沙（今屬湖南），張浚子。幼穎悟，長師胡宏，以聖賢自期。紹興三十一年，隨父至潭州，築城南書院以教學者。三十二年，孝宗鋭意北代，浚爲江淮東西路宣撫使，辟爲都督府書寫機宜文字，力主抗金，反對議和。隆興二年，湯思退用事，主和議，隨父罷職。乾道二年，應劉珙之邀主講嶽麓書院。五年，知嚴州。六年，召爲吏部員外郎，兼侍講，遷左司員外郎。明年，出知袁州。七年，歸居長沙，講學著述。淳熙元年，起知静江府，廣南西路經略安撫使。五年，除荆湖北路轉運副使，改知江陵府、荆湖北路安撫使。七年卒，年四十八，謚曰宣。淳祐初從祀孔子廟廷。張栻是湖湘學派的代表人物，與朱熹、吕祖謙被時人譽爲「東南三賢」。其主要成就在理學方面，以二程爲宗，明義利之辨，反復闡明去人欲，存天理。朱熹《答胡季隨書》稱其文章「最好是奏議文字及往還書中論時事處，確實痛切」。劉克莊《張尚書集序》稱「其詩冲淡和平，可薦之郊廟，非如孟郊、賈島鳴其窮愁而已」。著有《易説》、《論語解》、《孟子詳説》、《二程粹言》、《南岳倡酬集》、《漢丞相諸葛忠武侯傳》、《南軒先生文集》等，清道光年間合刻爲《南軒全集》。事迹見朱熹《右文殿修撰張公神道碑》、楊萬里《張左司傳》、《宋史》卷四二九本傳，胡宗楙編有《張宣公年譜》。

公安竹林祠迎神送神樂章……四六七

故安人常氏哀詞……四六七

後杞菊賦……二二九七

風雩亭詞……四六五

遂初堂賦……一九九一

謁陶唐帝廟詞……四六六

張處仁（生卒年不詳）

徽宗時信州（治今江西上饒）人。桂南升《跋三山二十賦》云：「張南陵，乃余先君友也，所作《三山二十賦》，其一余叔祖，士大夫間往往能誦之。」

三山二十賦……二九五三

張商英（一〇四三—一一二一）

字天覺，號無盡居士，蜀州新津（今屬四川）人，唐英弟。治平二年進士，調達州通川主簿，辟知南川縣，以檢正中書禮房擢監察御史裏行，責監荆南稅。更十年，得館閣校勘、檢正刑房，責監赤岸鹽稅。哲宗初，爲開封府推官，反對變更新法，出提點河東刑獄，連使河北、江西、淮南。哲宗親政，召爲右正言、左司諫，力攻元祐大臣。又以事責監江寧酒。起知洪州，入爲工部侍郎，遷中書舍人，出爲河北都轉運使，降知隨州。崇寧初，歷吏部、刑部侍郎、翰林學士。雅善蔡京，拜尚書右丞，轉左丞。復攻京，罷知亳州，入元祐黨籍，削籍知鄂州。大觀四年，除中書侍郎，拜尚書右僕射，變更蔡京之政。政和元年，爲臣僚所攻，罷知河南府，旋貶衡州安置，繼復還故官職。宣和三年十一月卒，年七十九。紹興中賜謚文忠。商英爲人雄辯敢言，然詭譎多變，又深於佛法教乘，喜與僧徒遊，時人戲稱爲「相公禪」。現存歌詩多偈頌，詩中也多用禪語，成就不高，只有一些山水遊歷詩，尚具詩歌韻味。著有《神正典》六卷、《三才定位圖》一卷，《無盡居士集》一百卷（《宋史·藝文志》），今已佚。《兩宋名賢小集》收其《友松閣遺稿》一卷。事迹見《張少保商英傳》（《名臣碑傳琬琰集》下卷一六）、《宋史》卷三五一本傳。

清涼山賦……………………一〇三一

寧魂辭……………………一五一

張貴謨（生卒年不詳）

字子智，遂昌（今屬浙江）人。乾道五年進士，淳熙二年爲吴縣簿，进所撰《聲韻補遺》一卷。權晉陵縣事，知江山縣。光宗時爲太常寺簿，出知常州，除吏部郎中。庆元二年爲樞密院檢詳諸房文字，使金賀正旦。四年，爲起居郎，轉朝散大夫，未幾奉祠歸里。嘉泰中直敷文閣、知静江府。以磨勘轉朝議大夫。著有《九經圖述》及《詩説》三十卷、《泮林講義》三卷、《臨汝圖志》十五卷等（《宋史·藝文志》）。事迹見《南宋館閣續録》卷九、《宋元學案》卷九七、雍正《浙江通志》卷一六二。

牛頭庵石棋子賦……………………一二三六三

張舜民（生卒年不詳）

字芸叟，自號浮休居士，又號矴齋（《瀛奎律髓匯評》卷二七），邠州（治今陝西彬縣）人。治平二年進士，爲襄樂令。元豐中，環慶帥高遵裕辟掌機宜文字。從高遵裕西征，途中作詩，御史劾其詩含諷刺，謫監邕州鹽米倉，改郴州酒税。時蘇軾謫居黄州，張赴貶所途中與蘇軾同遊武昌。元祐初，司馬光薦爲監察御史，累擢吏部侍郎。崇寧初，坐元祐黨，謫楚州團練副使，商州安置。後復集賢殿修撰。坐事出通判虢州，提點秦鳳路刑獄。召拜金部員外郎，進秘書少監，出使遼。爲陝西轉運使，歷知陝、潭、青三州。徽宗即位，擢右諫議大夫，到職僅七天，上章疏言事六十章，言多剴切。以龍圖閣待制知定州，改同州。入元祐黨籍，貶楚州團練副使，商州安置。後復集賢殿修撰，卒。舜民慷慨喜論事，善爲文，晁公武謂其「文豪重有理致，而最刻意於詩」(《郡齋讀書志》卷一九)，晚年不滿白居易所作新樂府，而自作《孤憤吟》五十篇以壓之(《滹南詩話》卷下)。其詩風格接近蘇軾，筆力豪健，幾可亂真(周紫芝《書浮休生畫墁集後》)。著有《畫墁集》一百卷、《奏議》十卷(《郡齋讀書志》卷一九)。文集在明代即已散佚。四庫館臣從《永樂大典》輯出佚詩文，編爲《畫墁集》八卷。又有筆記《畫墁録》一卷，《畫墁詞》一卷。事迹見《東都事略》卷九四、《宋史》卷三四七本傳。

張詠(九四六—一〇一五)

字復之，自號乖崖子，又號九河生，濮州鄄城(今山東鄄城北)人。少有大志，喜擊劍，尚氣節，重然諾。太平興國五年進士，授大理評事、知鄂州崇陽縣。六年，改將作監丞。雍熙初，遷著作佐郎。擢太子中允，通判麟州，徙相州，選知開封府浚儀縣。擢荆湖北路轉運使。淳化初，改太常博士。召還，授虞部郎中，未逾旬，擢樞密直學士、知通進銀臺司兼門下封駁事，勾當三班院。五年，知成都府事。至道二年，改兵部郎中。真宗即位，遷左諫議大夫。咸平初，召拜給事中，充户部使，改御史中丞。二年，與温仲舒同知貢舉，以工部侍郎出知杭州。五年，改知永興軍府，復以爲樞密直學士，知益州事。景德三年，召還，掌三班院，兼判登聞檢院。因瘍瘡生於腦，不能着冠巾，求知潁州，詔許昇州。大中祥符三年，秩滿，遷工部尚書，留再任，兼昇、宣等十州安撫使。以瘍疾甚，上章求分司西京，差知陳州。八年八月卒，年七十，贈左僕射，謚忠定。張詠剛直勁嚴，兼通術數，爲文崇尚氣節，不事雕琢，南宋人郭森卿評其文云：「大抵脱去翰墨畦逕，無屬辭綴文之迹，而磊磊落落，實大以肆」，「秉筆爲文，有三代風」(《乖崖先生文集序》)。雖曾參與西崑唱和，而與楊億、劉筠、錢惟演爲代表的西崑派風格不同，長篇有古樂府風氣，律詩得唐人體格。著有《乖崖先生文集》十二卷。事迹見韓琦《張公神道碑銘》(《安陽集》卷五〇)、《宋史》卷二九三本傳，今人張其凡撰有《張詠年譜》。

張　載（一〇二〇—一〇七七）

字子厚，先世大梁(今河南開封)人，占籍鳳翔郿縣(今陝西眉縣)橫渠鎮，學者稱橫渠先生。嘉祐二年進士，爲祁州司法參軍，調丹州雲巖縣令，遷著作佐郎、簽書渭州軍事判官公事。熙寧二年召對，除崇文院校書。次年移疾。十年春，復召還館，同知太常禮院。是年冬謁告西歸，行次臨潼，卒於館舍，年五十八。張載學古力行，嘗與二程切磋道學之要，相互影響，爲關學學派宗師。其學以《易》爲宗，以中庸爲體，以孔孟爲法，極力闡發儒學傳統，朱熹將其列爲理學創始人之一。張載的文章重義理而不注重文辭，詩亦有較濃的道學氣。著有《崇文集》十卷(《郡齋讀書志》卷一九)、《正蒙書》十卷、《經學理窟》一卷、《西銘集解》一卷(同上卷九)。文集久佚，明萬曆中沈自彰始輯其遺文編爲《張子全書》十五卷，含《東銘》、《西銘》、《正蒙》三卷、《經學理窟》五卷，《易説》三卷，《語録鈔》一卷，《文集鈔》一卷，《拾遺》一卷，《附録》一卷。事迹見呂大臨《橫渠先生行狀》(《張子全書》卷一五附)、《宋史》卷四二七本傳。清武澄編有《張子年譜》一卷。

張　嵲（一〇九六—一一四八）

字巨山，襄陽（今屬湖北）人。宣和三年上舍及第，調唐州方城縣尉，改房州司法參軍，辟利州路安撫司幹辦公事。紹興五年，召試，除秘書省正字。七年，遷校書郎兼史館校勘，再遷著作郎。坐何掄刊改《神宗實録》受牽連，出爲福建路轉運判官。九年，除司勳員外郎兼實録院檢討官。十年，擢中書舍人，陞實録院同修撰。罷去，復起知衢州，奉祠。十八年卒，年五十三。張嵲嘗因代秦檜奏稿爲後人所譏，然頗有詩名，曾從陳與義受學，故其詩格律頗似黄庭堅、陳與義，陸游稱其詩「汪洋閎肆，間出新意，愈奇而愈渾淳，一時學者宗焉」（《宋百家詩存》卷六引）。《四庫全書總目》卷一五六亦謂其古詩「語意高簡，意味深遠」，絶句「清和婉約」，氣體高朗，間有勝過與義之作。古文典雅沉實，猶有北宋諸家規度。著有《紫微集》三十卷（《宋史·藝文志七》），已佚，四庫館臣自《永樂大典》輯出其詩文，重編爲三十六卷。事迹見《宋史》卷四四五本傳。

中秋賦……三〇一三
弔鄭大夫公孫申文……三五六
梅花賦……二六九五
壽　賦……三一一一
憎雨賦……八九四
續囚山賦……一〇七一

張　榘（生卒年不詳）

字方叔，號芸窗，潤州（今江蘇鎮江）人。端平元年，爲建康府觀察推官（《景定建康志》卷二四）。淳祐五年，知句容縣。寶祐中，爲江東制置使司主管機宜文字、參議。與魏了翁、趙以夫友善，又與江湖詩人唱酬，許棐稱其「能書能畫又能詩，除却芸窗別數誰」。其詩集已佚，僅《江湖後集》收其詩五十五首。又長於詞，然多應酬之作。風格近於戴復古、劉克莊、劉過、宋自遜諸家。今存《芸窗詞稿》一卷。事迹見《景定建康志》卷二四、二五、二七，弘治《句容縣志》卷六。

張綱（一〇八三—一一六六）

字彦正，晚號華陽老人，潤州丹陽(今屬江蘇)人。大觀四年入太學，政和三年試内舍第一，次年賜上舍及第，徽宗以其三中首選，特除太學正。五年，遷太學博士，除校書郎。以論事忤蔡京，主管玉局觀。宣和三年，復爲秘書省校書郎，兼修《國朝會要》，校正御前文字，遷著作佐郎。五年，爲尚書屯田員外郎。建炎元年，出爲兩浙路提刑。紹興二年，改江東提刑。三年，以左司郎中召還，權監察御史，進起居舍人，改中書舍人。四年，兼詳定一司敕令，除給事中，提舉宫觀。時秦檜當政，張綱奉祠近二十年。二十三年，以徽猷閣待制致仕。秦檜死，召爲給事中。次年，爲吏部侍郎兼侍讀，權吏部尚書。二十七年，擢參知政事，以年老辭政事，除資政殿學士、知婺州，尋致仕。乾道二年卒，年八十四，謚章簡。張綱立朝有守，嘗書「以直行己，以正立朝，以静退高天下」爲座右銘。文思敏贍，周必大稱其文「實而不野，華而不浮」，「論思獻納，皆達於理而切於事」，詩歌格律有唐人風(《張彦正文集後序》)。著有《尚書解》三十卷、《六經辨疑》五卷、《確論》十卷、《聞見録》五卷、《瀛州唱和集》八卷，已佚。今存《華陽集》四十卷、《華陽長短句》一卷。事迹見所撰《乞宫觀第四狀》(《華陽集》卷一六)、洪箴《張公行狀》(《華陽集》卷四〇附録)、《宋史》卷三九〇本傳。

陽枋（一一八七—一二六七）

初名昌朝，字宗驥，易名枋，字正父，自號字溪居士，合州巴川(今四川銅梁東南)人。八歲能屬文，每賡和父詩。嘉泰二年，受業於朱熹門人度正。端平元年，冠鄉選。紹定元年，至涪陵蓮蕩從戞淵學。淳祐元年，以蜀亂免入對，賜同進士出身。官監昌州酒税，五年，攝大寧監司法參軍。八年，爲紹慶府學教授。十一年去官，就養於夔州。咸淳三年卒，年八十一，累官朝散大夫。爲文明白篤實，不涉玄虚。著《易説》、《圖象》、講義、詩詞等十二卷，已佚。四庫館臣據《永樂大典》輯爲《字溪集》十二卷。事迹見《字溪集》附陽炎卯《有宋朝散大夫字溪先生陽公行狀》、《字溪先生陽公紀年録》。

十二畫

彭汝礪（一〇四二—一〇九五）

字器資，饒州鄱陽（今屬江西）人。治平二年進士第一，授保信軍節度推官、武安軍節度掌書記。熙寧間，爲國子直講，改大理寺丞。九年，除太子中允、監察御史裏行。元豐初，以館閣校勘出爲江西轉運判官，改提點京西刑獄。元祐二年，擢起居舍人。三年，遷中書舍人。以論蔡確事落職，出知徐州。召還，權兵部侍郎，歷禮部、刑部侍郎。出使遼，權吏部尚書。紹聖元年，出知江州。二年卒，年五十四。汝礪立朝有節，王安石稱其「文章浩渺足波瀾，行義迢迢有歸處」（《贈彭汝勵》），《四庫全書總目》卷一五三亦稱其「詞命雅正，有古人風，而詩筆亦諧婉可諷」。但現存詩多爲唱酬和韻之作，無甚深意，其中又雜有禪語，價值並不太高。著有《易義》、《詩義》、詩文五十卷（《宋史》本傳，《藝文志七》著録有文集《鄱陽集》四十卷）。文集已佚，後人輯佚編爲《鄱陽先生文集》十二卷。事迹見曾肇《彭待制汝礪墓誌銘》（《名臣碑傳琬琰集》中卷三一）、《宋史》卷三四六本傳。

彭龜年（一一四二—一二〇六）

字子壽，號止堂，臨江軍清江（今江西樟樹西南）人。乾道五年進士，授宜春尉、安福丞。入爲太學博士，兼魏王府教授，歷國子監丞、司農寺丞、秘書郎兼嘉王府直講，累遷起居舍人、中書舍人，寧宗朝官至吏部侍郎兼侍讀。龜年從朱熹、張栻遊，學識正大，立朝骨鯁，屢上章乞逐韓侂胄。言既不行，求去，以焕章閣待制知江寧府、湖北安撫使。慶元二年，爲侂胄黨所陷，落職，追官勒停。嘉泰三年，起知贛州，以疾力辭，除集英殿修撰，提舉冲佑觀。開禧二年卒，年六十五，謚忠肅。龜年學識正大，議論簡直，敷陳明確，善惡是非，辨析甚嚴。慶元「僞學」之禁，士大夫多附和，唯龜年特立不變。著有《經解》、《祭儀》、《訓蒙》等，均已佚。有文集四十七卷，紹定三年其子彭鉉刻於湘西精舍，魏了翁爲序。今僅存輯本《止堂集》二十卷。事迹見樓鑰《忠肅彭公神道碑》（《攻媿集》卷九六）、《宋史》卷三九三本傳。

葉子彊（生卒年字號不詳）

龍泉（今屬浙江）人。紹興二十七年進士（雍正《浙江通志》卷一二五）。爲曾幾婿。淳熙五年，爲宣教郎、幹辦行在諸軍審計司（《渭南文集》卷三二《曾文清公墓誌銘》）。十年，爲崑山縣令，築問潮館（乾隆《江南通志》卷三一）。歷籍田令、軍器監臣。事迹見《宋會要輯稿》職官七二之四二、選舉二一之二。

葉清臣（一〇〇〇—一〇四九）

字道卿，蘇州長洲（今江蘇蘇州）人。幼好學，善屬文。天聖二年，舉進士，知貢舉劉筠奇其對策，擢爲第二，簽書蘇州觀察判官。爲光禄寺丞、集賢校理，通判太平州，知秀州。入判三司户部勾院，改鹽鐵判官。出知宣州。累遷太常丞、同修起居注，進直史館。寶元初，爲兩浙轉運副使。二年，以右正言知制誥，知審刑院，判國子監。康定元年，擢起居舍人、龍圖閣學士，權三司使公事。出知江寧府。慶曆三年，入爲翰林學士，爲宰相陳執中所排，出知澶州，徙知青州、永興軍（《續資治通鑑長編》卷一六〇）。八年，復入爲三司使。皇祐元年，出知河陽，卒年五十（同上書卷一六六），贈左諫議大夫。清臣識度奇拔，議論出人意表，其應試所上《五策》，李覯以爲達權利之變，爲「今日之急務」，「辭曲而贍，其意正而通，洋洋乎古人之風」（《上葉學士書》）。著有《春秋類纂》十卷、文集一百五十卷（《東都事略》本傳，《宋史》本傳作一百六十卷），今已佚。事迹見《東都事略》卷六四、《宋史》卷二九五本傳。

松江秋汎賦　……………………　一一九〇

葉適（一一五〇—一二二三）

字正則，號水心，温州永嘉（今屬浙江）人。早年意志慷慨，雅以經濟自負。淳熙五年進士第二，授平江節度推官，歷武昌軍節度判官，浙西提刑司幹辦公事，以薦召爲太學正，遷博士。進奏，除太常博士兼實録院檢討官。嘗薦陳傅良等三十四人，皆召用，時稱得人。光宗即位，由秘書郎出知蘄州，召爲尚書左選郎官。寧宗即位，遷國子司業，除太府卿，總領淮東軍馬錢糧。韓侂胄專政，趙汝愚貶衡陽，適亦被劾，主管冲佑觀。起爲湖南轉運判官，遷知泉州。召入對，除權兵部侍郎，以父憂去。開禧初，除權工部侍郎，改權吏部侍郎兼直學士院，以疾力辭兼職。北伐兵敗，除知建康府兼沿江制置使。兵退，兼江淮制置使，措置屯田，遂上堡塢之議。侂胄誅，以附和用兵奪職奉祠十三年。嘉定十六年卒，年七十四，謚文定。葉適是南宋中後期著名思想家，是「永嘉學派」鉅子。在哲學方面，他與「永康學派」的陳亮一起，提倡功利，反對空談性理，與朱熹、陸九淵形成尖鋭對立。在政治方面，對南宋政權弊政予以批判，要求限制貴族特權，以緩解財竭、兵弱、民困、勢衰的社會危機。對外則反對妥協投降，主張抗擊金人，收復失地。葉適在文學方面重視社會功用，主張爲文必須「關教事」，反對離開現實專事模擬。所作散文藻思英發，自成一家，尤長於政論文，「在南渡卓然爲一大宗」（《四庫全書總目》卷一六〇）。所作墓銘也備受推崇，「筆勢雄拔如太史公，嘆詠悠長如歐陽子」（真德秀《跋著作正字二劉公墓銘》）。葉適亦工詩，吴子良《荆溪林下偶談》認爲水心詩早已精嚴，晚尤高古，古調好爲七言八句，語不多而味甚長，其間與少陵争衡者非一，而義理尤過之。他「廣納後輩，頗加稱獎」（《荆溪林下偶談》卷四），對四靈詩風的形成有着直接的影響。著有《習學記言》五十卷、《水心先生文集》二十八卷、《拾遺》一卷、《别集》十六卷。事迹見《宋史》卷四三四本傳，清人孫衣言編有《葉水心年譜》。

葛立方（一〇九二？—一一六四）

字常之，號懶真子、歸愚老人，江陰（今屬江蘇）人，勝仲子。早年隨父宦遊，宣和中，以門蔭爲國子監書庫官。紹興八年，進士及第。十七年，除秘書省正字。十九年，轉校書郎。二十一年，除考功員外郎，兼權中書舍人，旋罷職，居湖州。二十五年，除吏部員外郎，守左司郎中。二十七年，權吏部侍郎，旋罷。二十九年，起知袁州，旋罷職，終老湖州。立方與其父俱以詩詞名家，其文務去陳言而不露斧鑿痕，自出機杼而不襲他人後，閎肆馳騁而不失程度，紆餘清麗而歸於雅正。其詩往往抒發對時事的感慨，用語自然平易。詞多詠物寫景、唱酬之作，較少涉及時事，詞風「平實鋪敘，少清新宛轉之思」（《四庫全書總目》卷一九八）。著作有《西疇筆耕》五十卷、《外判》五卷、《方輿别志》二十卷，俱佚。今存《韻語陽秋》二十卷、《歸愚集》殘本九卷、《歸愚詞》一卷。事迹見《韻語陽秋》自序及徐林序、《宋史》卷三三三《葛宫傳》附、《歸愚集》卷末繆荃孫撰《葛立方傳》，今人王兆鵬撰有《葛勝仲葛立方年譜》。

葛行（生卒年里不詳）

字謙白（《五百家播芳大全文粹·姓氏》）。或謂謙白爲葛立方字，然《五百家播芳大全文粹》卷三上載葛謙白撰《辭免樞密表》云「擢第於隆興之初載，入朝於淳熙之二年」，明與立方事迹不合。

葛長庚（一一九四—？）

字如晦，閩清（今屬福建）人。七歲能詩賦，十歲應童子科。嗜酒，善書畫。父亡母嫁，棄家遊海上，號海瓊子。至雷州，繼白氏後，改名白玉蟾，字白叟，又字以閲、衆甫，師事陳楠，長期在羅浮山、武夷山修道，號海南翁、瓊山道人、瓊琯、武夷散人、神霄散吏。嘉定中，詔赴闕，命館太乙宫，賜號紫清明道真人。卒年九十餘。全真教尊爲南五祖之一。《後村詩話》前集卷二謂其頗涉文墨，所至墻壁淋漓揮掃，能聳動人。長庚常出入名山勝景之地，以道術知名，故詩文多不受拘束。潘是仁稱「其詩真若肺腑有烟霞，喉舌有冰雪」（《宋元詩集存·白玉蟾詩集序》）。亦能詞，詞藝得力於東坡者，多借水光山色以寫出塵情趣，陳廷焯《白雨齋詞話》卷二稱其「意極纏綿，語極俊爽，可以步武稼軒，遠出竹山之右」；卷六又謂其「風流凄楚，一片熱腸，無方外習氣」。著有《蟾仙釋老》、《太上老君説常清静經注》、《金液還丹印證圖詩》、《海瓊問道集》、《海瓊白真人語録》等。詩文集有《海瓊集》、《武夷集》、《上清集》，今存明正統間朱權重編《海瓊玉蟾先生文集》六卷、續集二卷等多種版本。又有《玉蟾先生詩餘》一卷、續一卷。事迹見文集卷首彭耜《海瓊玉蟾先生事實》、《歷代真仙體道通鑑》卷四九。

葛勝仲（一〇七二—一一四四）

字魯卿，常州江陰（今屬江蘇）人，徙居丹陽（今屬江蘇）。紹聖四年進士，調杭州司理參軍。元符三年，試博學宏詞科，授河中府知録參軍。建中靖國初，除兖州教授。崇寧二年，入爲太學正。宋徽宗幸太學，獻賦數千言，爲四方文士之首。大觀元年，差提舉議歷所檢討官，兼宗正寺丞。三年，以議禮制不合，貶知歙州休寧縣。政和中，召爲禮部員外郎，權國子司業，遷太常少卿，續修《太常因革禮》。兼太子諭德，徙太府少卿，除國子祭酒。宣和元年，知汝州，改湖、鄧二州，以忤朱勔罷歸。建炎四年，起知湖州。紹興元年致仕，十四年卒，年七十三，謚文康。勝仲熟知掌故，盡讀佛藏，所作文字多闡明佛理。章倧稱其爲文汪洋雄健，而精深醇密，各類文章各自有體，悉極其妙，有不煩繩削而自合者（《行狀》），孫覿也謂其章表「瑰奇英特，獨步一時」（《文康葛公丹陽集序》）。詩歌清麗有章法，登臨宴賞，援筆立成（章倧《行狀》）。詞風格接近二晏而不及其工緻。勝仲詩文最早由葛立方編爲《文康葛公丹陽集》八十卷（《直齋書録解題》卷一八著録《丹陽集》四十二卷、《後集》四十二卷）。原集已佚，四庫館臣自《永樂大典》輯爲《丹陽集》二十四卷。另有《丹陽詞》一卷。其《考古通論》、續編《太常因革禮》已佚。事迹見周麟之《葛文康公神道碑》（《海陵集》卷二三）、《宋史》卷四四五本傳，今人王兆鵬撰有《葛勝仲葛立方年譜》。

葛澧（生卒年不詳）

丹陽（今屬江蘇）人。著有《聖宋錢塘賦》一卷、《經史摭徽》四卷、《酒譜》一卷（《宋史·藝文志四》）。

喻汝礪（？—一一四三）

字迪儒，仁壽（今屬四川）人。崇寧五年賜學究出身（《輿地紀勝》卷一五八），知閬中縣。靖康初，遷祠部員外郎。金人扶持張邦昌爲楚帝，趣百官入賀，喻汝礪捫其膝曰：「此豈易曲者耶！」掛冠歸隱邛山之陽，遂自號捫膝先生。建炎元年，爲四川撫諭官。紹興元年，知果州。五年，知普州。九年，提點夔州路刑獄公事，除駕部員外郎。十年，知遂寧府，遷潼川路轉運副使（《建炎以來繫年要録》卷一三七）。十一年，罷爲宫觀。十三年卒（同上書卷一四八）。汝礪有氣節，工詩文，劉光祖爲其集作序，稱其文「一字不肯苟於下筆，每篇率能馳騁上下，濤起阜湧，力有餘而氣不竭。辭既工，於理與事，又欲明白而深切」（《文獻通考》卷二三八引）。著有《捫膝稿》十四卷（《文獻通考》署作《捫膝先生文集》），今已佚。事迹見《桯史》卷一四、《宋史翼》卷八、《宋詩紀事》卷

三九。

喻良能（生卒年不詳）

字叔奇，號香山，義烏（今屬浙江）人。紹興二十七年進士，補廣德尉（王十朋《送喻叔奇尉廣德序》），通判紹興府，遷國子監主簿。以國子博士兼工部郎中，除太常寺丞。出知處州，後以朝請大夫致仕。良能以詩文有聲於時，與楊萬里、王十朋唱和甚多，其詩風格與楊萬里相似，不爲雕章繪句之詞，但詩格總體不如萬里博大（《四庫全書總目》卷一五九）。存世文章甚少，陳亮《題喻季直文編》稱其文「精深簡雅，讀之愈久而意若新」，周必大《與喻宫教良能札子》也謂其《古瓮賦》、《紆竹記》、《詩禮左氏説》等篇，皆「意深詞古，追迹前人」。著有《忠義傳》二十卷、《諸經講義》五卷、《家帚編》十五卷，均已佚。又有文集《香山集》三十四卷，已佚，四庫館臣自《永樂

大典》裒輯遺詩編爲十六卷。事迹見《金華先民傳》卷七、《敬鄉録》卷一〇。

程大昌（一一二三—一一九五）

字泰之，徽州休寧（今安徽休寧）人。紹興二十一年進士，任吳縣主簿。著《十論》獻於朝，宰相湯思退奇之，擢太平州學教授。二十七年，召爲太學正，遷秘書省正字。孝宗即位，進著作佐郎，兼恭王府贊讀、兵部郎官。隆興元年，兼慶王府直講。乾道二年，爲國子司業，兼權禮部侍郎。五年，直學士院，除浙東提點刑獄，爲江東轉運副使，徙江西。淳熙二年，召爲秘書少監，兼權中書舍人。三年，權刑部侍郎，陞侍講，兼國子祭酒。五年，權吏部尚書，兼同修國史。出知泉州，奉祠，起知建寧府、明州。紹熙五年，以龍圖閣學士致仕。慶元元年卒，年七十三，謚文簡。大昌博雅賅洽，長於經術，周必大《回富沙程尚書大昌啓》稱其「學該上古，文儷先秦」。其著述多爲辨章學術，考訂史實，校證典籍之作。其詞以慶壽之作爲多，題材狹窄，成就不大。著有文集、《易老通言》等，已佚。今存《易原》八卷、《禹貢論》五卷、《後論》一卷、《禹貢山川地理圖》二卷、《雍録》十卷、《考古編》十卷、《考古續編》十卷、《演繁露》十六卷、《續演繁露》六卷、《文簡公詞》一卷等。事迹見周必大《程公神道碑》（《文忠集》卷六三）、《宋史》卷四三三本傳。

程公許（一一八一—一二五一）

字季與，一字希潁，號滄洲，敘州宣化（今四川宜賓西北）人，一云眉山（今四川眉山）人。嘉定四年進士，爲華陽尉，調綿州教授，知崇寧縣，通判簡州、施州。端平初，授大理司直，遷太常博士。嘉熙元年，任秘書丞兼考功郎官。二年，爲蔣峴劾罷。三年，李宗勉入相，以著作佐郎召，兼權尚左郎官，兼直舍人院，遷著作郎，將作少監，兼國史編修、實録檢討。淳祐元年，遷秘書少監，兼直學士院，拜太常少卿，出知袁州。以杜範薦召爲宗正少卿，再遷起居舍人，提舉玉局觀。退居三年。四年，擢起居郎兼直學士院。五年，兼權中書舍人，權禮部侍郎，遷中書舍人，進禮部侍郎。七年，鄭清之再相，屏居湖州四年。十一年，差知婺州，未赴，召權刑部尚書，爲陳垓劾罷。卒年七十一，謚文簡。公許自幼習舉子業，喜吟詩作賦，文思一動，伸紙濡筆，飈激泉湧不能遏。立朝敢言，當代推其風節，初不以文采見長，然所作才氣磅礴，剴切詳明。王邁《滄州塵缶編序》稱其詩兼學陶、杜之體，其勢雄健，步驟迅捷，時乎綺麗，時乎蕭散，奇譎百態，不受羈束。著述甚富，有内外制、奏議、《奉常擬謚》、《掖垣繳奏》、《金華講義》、《進故事》，均佚。淳祐元年曾自編其詩文爲《滄洲塵缶編》，原集已佚，四庫館臣自《永樂大典》輯爲十四卷。事迹見《宋史》卷四一五本傳，參《南宋館閣續録》卷七、八。

程珌（一一六四—一二四二）

字懷古，自號洺水遺民，徽州休寧（今安徽休寧）人。以先世居洺州（今河北永年東南），因自號洺水遺民。少穎悟，卓犖有大志，十歲賦冰，有「莫言此物渾無用，曾向滹沱渡漢兵」之句。紹熙四年進士，趙汝愚見其文，稱爲「天下奇才」。授昌化主簿。嘉泰元年，調建康府教授。嘉定二年，知富陽縣。八年，除宗正寺主簿。九年，兼權右司郎官、秘書丞。十年，求補外，除江東運判。十二年，爲浙西提舉。十三年，復除秘書丞兼權右司郎官。十四年，除著作郎、軍器少監、國子司業、起居舍人。十五年，除尚書吏部侍郎，兼同修國史、實録院同修撰，兼權中書舍人，徙禮部侍郎、兼直學士院。十六年，知貢舉。理宗即位，兼侍讀，權刑部尚書。寶慶改元，試禮部尚書，明年再知貢舉，權吏部尚書，拜翰林學士、知制誥，兼修玉牒官。紹定改元，出知建寧府。二年，除福建路招捕使。四年，被讒去職奉祠。嘉熙元年，起知寧國府。三年，除知福州兼本路安撫。淳祐二年，以端明殿學士致仕，六月卒，年七十九。珌於書無所不讀，爲文自成機杼，遣詞雅健精深，根本義理，以「宗歐、蘇而長於文章」見稱（毛晉《洺水詞跋》）。立朝以經濟自任，所論備邊、蠲税諸疏，皆關國計民瘼，論説剴切，利病井然。於詩詞皆不甚擅長（《四庫全書總目》卷一六二），清馮煦《蒿庵論詞》云：「與辛幼安（棄疾）周旋而效其體者，若西樵（楊炎正）、洺水兩家，惜洺水味薄，西樵筆亦不健。」著有《洺水先生集》六十卷、《内制類稿》十卷、《外制類稿》二十卷，已佚。明嘉靖間程元昊搜刻爲二十六卷，今存。又存《洺水詞》一卷。事迹見吕午《宋端明殿學士程公行狀》、程若愚《程公墓誌》、《宋史》卷四二二本傳，今人黃寬重編有《程珌年譜》。

程俱（一〇七八—一一四四）

字致道，號北山，衢州開化（今屬浙江）人。紹聖四年，以外祖鄧潤甫恩蔭，補蘇州吴江縣主簿，監舒州太湖茶場，坐上書論事罷歸。大觀初，監常州市易務。政和元年，知泗州臨淮縣。七年，通判鎮江府，除編修國朝會要所檢閱文字。八年，兼道史檢討。宣和二年，除將作監丞，遷秘書省著作佐郎，賜上舍出身。三年，除禮部員外郎。丁母憂。七年，復禮部員外郎。建炎三年，爲著作佐郎，再遷禮部員外郎，除太常少卿，知秀州。金兵逼臨安，棄城退保華亭。紹興初，爲秘書少監，上《麟臺故事》五卷，除中書舍人兼侍講。二年，以棄秀州事論罷，提舉江州太平觀。四年，差知漳州，以病辭，改提舉台州崇道觀。五年，復集英殿修撰。十四年卒，年六十七。程俱志趣高遠，爲人剛介自信，寧失之隘而不附衆。葉夢得稱其文「精確深遠，議論皆本仁義，而經緯錯綜之際，則左丘明、班孟堅之用意」（《北山小集序》）。著有《北山小集》四十卷（存）、《韓文公歷官記》一卷（存）、《麟臺故事》五卷（存）、《班左誨蒙》三卷。事迹見程瑀《程公行狀》（《北山小集》附）、《宋史》卷四四五本傳。

程顥（一〇三二—一〇八五）

字伯淳，號明道先生，河南（今河南洛陽）人。嘉祐進士，調鄠縣、上元主簿，徙晉城令。熙寧二年，以吕公著薦，爲太子中允、監察御史裏行。神宗素知其名，數召見，以正心窒欲、求賢育材爲對。王安石執政，以言不合求去，提點京西刑獄，固辭，改簽書鎮寧軍判官。七年，監洛河竹木務。元豐元年，知扶溝縣。除判武學，爲李定所劾，罷歸故官，又責

監汝州酒税。八年，哲宗即位，召爲宗正寺丞，未行而卒，年五十四。程顥自幼博覽群書，出入六經，尤深研《易》學，早年嘗從周敦頤學，後在洛陽講學十餘年，與其弟程頤同爲北宋理學奠基人，開南宋理學程朱一派。程顥論文重義理而輕文辭，故爲文多質直少文彩，多經邦濟世之論。其詩大都含蓄蘊藉，集中雖有不少道學氣十足的作品，但也不乏清新靈動，情韻俱佳的詩作。著有《明道集》四卷、《遺文》一卷（《直齋書録解題》卷一七），後人曾將程顥、程頤二人著述合編爲《河南程氏文集》十二卷、《河南程氏遺書》二十五卷、《河南程氏外書》十二卷、《河南程氏經説》八卷、《河南程氏粹言》二卷。事迹見韓維《程伯純墓誌銘》（《名臣碑傳琬琰集》下卷二一）、《東都事略》卷一一四、《宋史》卷四二七本傳。明人趙滂、唐伯元分別編有《明道先生年譜》，清人池生春也編有《明道先生年譜》。

傅　共（生卒年不詳）

字洪甫，興化軍仙遊（今屬福建）人，移居建昌軍新城（今江西黎川），權子。政和七年鄉薦第一，登紹興二年進士第。初授潮陽縣令，調增城。進《南都賦》，又上排和議疏，權臣忌之，解歸。後起任東莞、廣州知録。事迹見雍正《福建通志》卷三四、乾隆《仙遊縣志》卷三九。

傅自得（生卒年不詳）

字幼安，建昌軍南城（今江西南城）人。善爲文，尤擅四六及古賦，著有《燕石稿》。又嘗編杜甫、王安石、蘇軾、黄庭堅詩爲一書，名曰《四詩類苑》。景定間猶在世，高壽卒。事迹見《隱居通議》卷四。

傅　察（一〇八九—一一二五）

字公晦，孟州濟源（今河南濟源）人，堯俞從孫。生而穎秀，勤力問學。大觀二年年十八，登進士第。添差青州司法參軍，移永年、淄川二縣丞。召對，除兵部員外郎，遷吏部。宣和七年，借宗正少卿，接伴金國賀正旦使。十一月，行至薊州玉田縣韓城鎮，會金軍陷燕山，不屈而死，年三十七，贈徽猷閣待制，乾道中賜謚忠肅。傅察學有淵源，周必大《忠肅集序》稱「其文務體要，辭約而理盡」，「詩尤温純該貫，間次韻，愈多而愈工」。今存詩文大多爲酬贈之什，駢驪之作，缺乏實際内容。著有《忠肅集》三卷。事迹見晁公休《傅公行狀》（《忠肅集》附録）、《宋史》卷四四六本傳。

送傅倅……三三〇

傅霖（生卒字號里貫不詳）

北宋人，官律學博士，撰《刑統賦》二卷，並自爲注。事迹見《四庫全書總目》卷一〇一。

刑統賦……一五五三

焦炳炎（生卒年不詳）

字濟甫，宣州太平（今安徽太平東）人，寓嘉興。淳祐元年進士第三。二年六月，爲奉議郎祕書丞兼權樞密院檢詳諸房文字（王與之《周禮訂義》卷首）。爲諫官，居言路，論奏皆切中時病，言事無所避。時宰主括田之議，遠近騷動，遂痛述其害，反復面奏。尋除太常少卿，命下，遂具疏辭免。疏上即去國，或人遺以詩曰：「事至諫官言不得，身爲宰相有何營。」又自賡故人詩篇，亦有「跡雖無地著，心實有天知。一禽從不獲，不敢範馳驅」之句。後除淮東湖憲漕，悉不就。改吉州太守，仍除太常少卿，不得已就職。後以起居郎、右文殿脩撰致仕卒。炳炎慷慨有大志，立朝清節，挺挺一時。事迹見《南宋館閣續録》卷七、八，《至元嘉禾志》卷一三，《宋史翼》卷一六。

黄山賦……一〇八八

舒邦佐（一一三七—一二一四）

字輔國，後更字平叔，隆興府靖安（今江西靖安）人。自幼穎悟不群，以辭賦絢麗見稱，蜚聲文場。淳熙八年進士，初授鄂州蒲圻簿，改潭州善化簿，用薦遷衡州録事參軍。紹熙五年，得疾奉祠，買舟西歸。以文史自娱，仿范仲淹設立義莊，以贍鄉里。嘉泰二年，以通直郎致仕。嘉定七年卒，年七十八。邦佐自稱「喜屬對偶」，復從劉宰、孫從之、吳鎰請益，「得劉之説，而知以意勝；得孫之説，而知以嚴勝；得吳之説，而知以奇勝」（《雙峰猥稿自序》）。其文以四六爲主，煉意鑄辭，根本義理。著有《雙峰猥稿》九卷。事迹見本集附李大异《舒邦佐墓誌銘》。

舒岳祥（一二一九—一二九八）

又作嶽祥，字景薛，更字舜侯，號閬風，台州寧海（今屬浙江）人。習理學，作《原性》諸文，能會朱、陸深微之論。弱冠，識陳耆卿，獲從吳子良遊，以文名滿天下。寶祐四年進士，攝知定海縣，爲霅州掌書記，金陵總餉陳蒙以黄州分司大軍倉辟入總幕，沿海制置使鮑度以五鄉酒官辟入閫幕。德祐初，曾淵子承謝堂意辟爲户部酒所準備差遣，不就。歸鄉不仕，教授田里，築亭館臺榭，植竹樹花果，曲折爲徑如篆文，命曰篆畦，時與賓友吟詠其間。元大德二年卒，年八十。其文平實正大，早年所作，吳子良《舒閬風文集序》以賈誼、終軍、李賀、邢居實爲比，稱其「氣豪骨老」。中年所作，明潔清峻，麗密深雄。晚年詩益精妙，文益宏肆，不假雕飾，晶彩焕發（劉莊孫《舒閬風先生行狀》）。著有《蓀墅稿》四十卷、《史述》十八卷、《漢砭》四卷、《補史》一卷、《家録》三卷，作於宋亡以前；《避地稿》、《篆畦稿》、《蝶軒稿》、《梧竹里稿》、《三史纂言》、《談叢》、《叢續》、《叢殘》、《叢傳》、《叢肆》、《昔游録》、《深衣圖説》，共二百二十卷，作於宋亡以後，均已佚。今存《閬風集》十二卷，爲清四庫館臣自《永樂大典》輯出。事迹見門人劉莊孫《舒閬風先生行狀》（《嘉業堂叢書》本《閬風集》附），近人干人俊編有《舒閬風年譜》。

舒亶（一〇四一—一一〇三）

字信道，號嬾堂，慈谿（今浙江慈谿）人。治平二年進士，試禮部第一。調臨海縣尉。熙寧中，爲審官院主簿，遷奉禮郎。八年，召爲權監察御史裏行，加集賢校理。元豐二年，與李定論奏蘇軾作歌詩譏切時事，並上其詩三卷，釀成「烏臺詩案」。三年，擢同修起居注，改知諫院。四年，權侍御史知雜事，爲知制誥，兼判國子監。五年，拜給事中，權直學士院，爲御史中丞。六年，以奏事詐僞，追兩秩，勒停（《續資治通鑑長編》卷三一三、三二六、三三五）。廢斥十餘年，紹聖元年，始復通直郎，管勾洞霄宮。崇寧初，起知南康軍，改知荆南府，進龍圖閣待制。二年卒，年六十三。舒亶善屬文，尤工詩詞，以其人品卑下，故多不傳。其詞風與秦觀相近，王灼《碧鷄漫志》稱其「思致妍密」。著有文集一百卷（《宋史·藝文志七》），久佚。民國時張壽鏞輯有《舒懶堂詩文存》三卷、補遺一卷，劉毓盤有《輯校舒學士詞》一卷。事迹見《東都事略》卷九八、《宋史》卷三二九本傳。

舜琴歌南風賦 …………………… 一四八〇

欽宗朱皇后（生卒年不詳）

開封祥符（今屬河南）人。父伯材，武康軍節度使。政和六年，徽宗臨軒備禮册爲皇太子妃。宣和七年欽宗即位，立爲皇后，追封伯材爲恩平郡王。靖康二年與徽、欽二宗被擄北去，不知所終。寧宗慶元三年上尊號，謚曰仁懷皇后。能詩善畫，每畫識以印文曰「朱氏道人」。《東都事略》卷一四、《宋史》卷二四三有傳。

歌 …………………… 三八九

鄒浩（一〇六〇—一一一一）

字志完，號道鄉先生，常州晉陵（今江蘇常州）人。元豐五年進士，授吴縣簿。七年，調揚州教授。元祐四年，改除潁昌府學教授。元祐七年，蘇頌薦爲太常博士，八年，爲御史來之邵論罷，出爲襄州州學教授。元符元年，召對，除右正言。二年，上章劾章惇慢上不忠之罪，並言不當立賢妃劉氏爲后，除名勒停，羈管新州。徽宗即位，召還，復右正言，遷左司諫。建中靖國元年，改起居舍人，進中書舍人，同修神宗朝國史。崇寧元年，官兵部侍郎，出知江寧府，改知越州。蔡京用事，再謫衡州别駕，永州安置。明年，除名勒停，昭州居住。四年，移漢陽軍居住。五年，放歸常州。大觀四年，復直龍圖閣。政和元年以疾卒，年五十二。紹興間，賜謚曰忠。鄒浩受學於程頤，又篤信禪學，嘗自言「儒釋本不異，昧者自親疏」（《偶書》），故其詩文多禪偈語。爲諫官時所上奏疏，往往色正辭嚴，深中時弊，李綱《道鄉鄒公文集序》謂其文「高明閎遠，温厚深醇，追古作者，有黼黻之文，有金石之聲，有菽粟布帛之用」，清人王士禛《帶經堂詩話》卷六稱「古今仰之如泰山北斗」。擅長爲詩，王士禛《跋道鄉文集》謂其古體詩似白居易，格律詩深穩，與葉夢得工力相似。鄒浩的著述由其子鄒柄、鄒栩編爲《道鄉集》四十卷。事迹見陳瓘《鄒公墓誌》（《道鄉集》附録）、《宋史》卷三四五本傳。元謝應芳編有《道鄉先生年譜》一卷，清李兆洛也編有《道鄉年譜》一卷。

鄒　旉（生卒年不詳）

邵武軍（今福建邵武）人。淳熙中，官迪功郎、道州州學教授。事迹見其《跋周濂溪先生手帖》、朱熹《書徽州婺源縣中庸集解板本後》（《晦庵集》卷八二）。

曾　丰（一一四二—？）

字幼度，號撙齋，樂安（今屬江西）人。乾道五年進士。淳熙七年，爲贛縣丞。九年，知會昌縣。十二年，爲廣東漕屬。十六年，知義寧縣。慶元元年，知浦城縣。嘉泰初，罷歸。開禧間，知德慶府。豐以詩文名，其文根柢深邃，多言之有物，如《六經論》等，發諸儒所未發。虞集《曾撙齋緣督集序》稱其氣剛義嚴，辭直理勝，有得於《易》之奇、《詩》之葩。其詩學楊萬里，不乏新奇。然多喜用金石全句，難免牽强不工（《懷古録》卷中）。著有《緣督集》四十卷。事迹見元虞集《道園學古録》卷四三《曾撙齋緣督集序》、《四庫全書總目》卷一六〇、《宋史翼》卷二八。

曾協（一一一九—一一七三）

字同季，建昌軍南豐（今屬江西）人，徙家湖州之德清。曾肇孫、曾纁子。紹興中舉進士不第，以恩蔭入官，初爲長興丞，徙嵊縣，繼爲鎮江、臨安府通判。乾道七年，知吉州，歷知撫、永二州（《宋會要輯稿》職官六一之五五）。九年卒，官至正奉大夫。協讀書廣博，爲文操筆立成，詩詞文各體俱工。傅伯壽《雲莊集序》謂其古體詩興寄淵深，詞旨超邁，仿傚《文選》詩體爲之；近體詩則務造平淡，間出清新，精詣妥帖。傅伯壽又謂其文章雅飭有法，繁約適中，鋪陳用典，句意新而無斧鑿之痕。詞風清曠豪放，格調近似蘇、辛。現存文集多收表、啓，屬對用典均有章法。《賓對賦》爲文集中長篇，語辭偉麗，而以安享太平爲渾穆之王風，以恢復中原爲戰爭之霸術，故《四庫全書總目》卷一五八譏其「詩大其詞，以文偏安之陋，曲學阿世，持論殊乖」。著有《雲莊集》二十卷(傅伯壽《雲莊集序》),原集已佚,四庫館臣據《永樂大典》重輯爲五卷。事迹見傅伯壽《雲莊集序》(《雲莊集》卷首)、《四庫全書總目》卷一五八《雲莊集》提要、《宋詩紀事小傳補正》卷三。

植菊賦……二三〇〇

賓對賦……一七八一

曾原一 (生卒年不詳)

字子實,號蒼山,贛州寧都(今屬江西)人。興宗孫。師從楊長孺,三貢於鄉。紹定三年,避亂鍾陵,與戴復古等結爲江湖吟社。又與其叔益之傾貲産募壯丁禦寇。四年,領鄉薦。四試禮部不第,以薦授朝奉郎知南昌縣。吳澄謂其學識爲江右諸詩人之冠,《詩評》一篇,爲其鄉人黎文明所輯,歷評諸家詩,的切周悉,可與朱熹《會鞏仲至書》媲美。嘗編《唐絶句》(《隱居通議》卷六)。著有《選詩衍義》、《蒼山詩集》,已佚。事迹見吳澄《吳文正集》卷二一《蒼山曾氏詩評序》、嘉靖《贛州府志》卷一〇。

金精山賦……一〇八九

曾鞏 (一〇一九—一〇八三)

字子固,致堯孫,建昌軍南豐縣(今江西南豐)人,世稱南豐先生。自幼能文,始冠遊太學,歐陽修見其文而器之,並與王安石成爲文學密友。嘉祐二年進士及第,爲太平州司法參軍。歲餘,召爲館閣校勘,集賢校理,兼判官告院,爲英宗實録院檢討官。熙寧二年,出通判越州,徙知齊、襄、洪三州。進直龍圖閣,知福州,兼福建路兵馬鈐轄。改知明州,徙亳州。元豐三年,徙知滄州,過闕召見,留勾當三班院。四年,爲史館修撰、管勾編修院、判太常寺。五年四月,擢中書舍人,九月,遭母喪,罷職。六年四月,卒於江寧府,年六十五。宋理宗追謚文定。曾鞏是歐陽修領道的北宋古文革新的積極參與者,論文重道而以辭章爲次,其文自然純樸,不甚講究文彩，而以議論見長，立論警策，結構嚴謹，條理分明，能曲折盡意，舒緩紆徐，有從容不迫之態，縱橫開合之勢。在中國古代文學史上享有很高的聲譽，自宋至清都尊崇有加，尤其是清代桐城派作家更將其作爲文章典範。鞏亦能詩，其詩風與文風相近，古樸典雅，清新自然，多使用賦的表現手法，少用比興手法（元劉壎《隱居通議》卷七），具有宋詩好議論的特點。著有《元豐類稿》五十卷（存）、《續元豐類稿》四十卷、《外集》十卷，另有史學著作《隆平集》（存）。事迹見曾肇《子固先生行狀》（《曲阜集》卷三）、韓維《曾公神道碑》（《南陽集》卷二九）、《宋史》卷三一九本傳。清人楊希閔編有《曾文定公年譜》。

馮檝（？—一一五二）

字濟川，號不動居士，蓬溪（今屬四川）人。政和八年進士，宣和中爲蜀州教授。建炎初，爲秘書省正字，遷司勳員外郎，出知巴州。紹興初，遷利州路提點刑獄，爲樞密院計議官，歷右司、工部員外郎，除宗正少卿。八年，因言者論其諂事張浚，以直秘閣出知劍州，復落職，以左朝奉大夫主管洪州玉龍觀。行至鎮江，召對稱旨，復故官。九年，權禮部侍郎，兼侍講，遷給事中。後出知邛州，復知瀘州，爲瀘南沿邊安撫使，加敷文閣直學士。紹興二十二年卒，年七十餘（李彌遜《跋濟川侍郎贈平老詩後》）。著有《時議録》、《諫議録》、《臨安録》、《西方禮》、《彌陀懺》等。事迹見《五燈會元》卷二〇《給事馮楫居士》、雍正《四川通志》卷九。

游九言（一一四二—一二〇六）

字誠之，初名九思，號默齋，建陽（今屬福建）人。十歲，爲文詆秦檜。及長，鋭志當世，師從張栻。以祖蔭入仕，舉江西漕司進士第一，歷古田尉、江州録事參軍、沿海制司幹官。淳熙十五年，監文思院上界。張栻帥廣西，辟置幕下。慶元間，起爲江東撫幹。撰《明道書院記》，痛譏黨禁，聞者壯焉。知全椒縣，以不便親養辭。開禧元年，爲淮西安撫司機宜文字，尋知光化軍，薛叔似辟充荆鄂宣撫參謀官，未行。二年卒，年六十五。端平中特贈直龍圖閣，謚文靖。其詩格不甚高，而時有晚唐遺韻。著有《默齋文稿》，侄勉之刊行，劉光祖、魏了翁爲序，原本已佚。今存《默齋遺稿》二卷，又有《默齋詞》一卷。事迹見《閩中理學淵源考》卷二、《宋元學案補遺》卷七一、《宋史翼》卷二五。

過楊忠襄墓哀辭……六二六

義靈廟迎享送神曲……六二九

禱雨辭……六三三

富偉（生卒年不詳）

字季度，青田（今浙江青田）人，居泉谷。嘉定十年登進士第，官文林郎、安慶府學教授，卒年七十七。事迹見雍正《浙江通志》卷一二七、《南田山志》卷一四。

松竹梅賦……二七一四

賀鑄（一〇五二—一一二五）

字方回，自號慶湖遺老、鑒湖遺老，衛州（今河南汲縣）人，孝惠皇后族孫。自稱唐賀知章之後。年少讀書，博學强記，任俠尚武，喜談世事，可否不少假借。娶宗室女，隸籍武選，歷監軍器庫門、臨城酒税。元豐初，官滏陽都作院。五年，領徐州寶豐監。元祐七年，李清臣、蘇軾舉薦，監鄂州寶泉監，奏換文職爲承事郎。建中靖國元年，通判泗州，移太平州，管勾亳州明道宮。大觀三年，以承議郎致仕，退居蘇州。復起，管勾杭州洞霄宮。宣和初，再致仕。七年，卒於常州，年七十四。賀鑄詩、詞、文皆善，詞的成就尤高。其詞剛柔相濟，風格多樣，張耒謂其「盛麗如遊金、張之堂，而妖冶如攬嬙、施之袪，幽潔如屈、宋，悲壯如蘇、李」（《賀方回樂府序》），而以深婉清麗之作爲多。其《青玉案》詞描寫離愁別恨，有「試問閑愁都幾許，一川煙草，滿城飛絮，梅子黄時雨」之句，連用三個比喻，形象新穎生動，「興中有比，意味更長」（《鶴林玉露》乙編卷一），由此被人稱爲「賀梅子」。他曾自稱從七歲開始寫詩，至元祐時已積至五六千首，後來編定成集亦有四百七十二篇（程俱《鑒湖遺老詩序》）。他自述作詩之法云：「平淡不涉於流俗，奇古不鄰於怪僻，題詠不窘於物義，敘事不病於聲律。比興深者通物理，用事工者如己出。格見於成篇，渾然不可鐫；氣出於言外，浩然不可屈」（《詩人玉屑》卷五引《王直方詩話》），其詩歌創作大致遵循着這一原則。《四庫全書總目》卷一五五謂其「詩亦工緻修潔，時有逸氣，格雖不高，而無宋人悍獷之習」。著有《慶湖遺老集》二十卷，已佚，現存《慶湖遺老集》九卷、《拾遺》一卷、《東山詞》一卷。事迹見程俱《宋故朝奉郎賀公墓誌銘》（《慶湖遺老詩集》附録）、《宋史》卷四四三本傳。

廣四愁寄李諶 ……………… 二〇七

十三畫

蒲宗孟（一〇二八—一〇九三）

字傳正，閬州新井（今四川南部縣西南）人。皇祐五年第進士（《郡齋讀書志》卷一九），調夔州觀察推官。熙寧元年，改著作佐郎，召試學士院，授館閣校勘、檢正中書户房兼修條例，進集賢校理。七年，奉命察訪荆湖兩路，奏罷辰、沅役錢及湖南丁賦，助呂惠卿制訂手實法。九年，同修起居注、直舍人院、知制誥。神宗稱其史才，命同修仁、英兩朝國史。元豐二年，爲翰林學士，兼侍讀。五年，拜尚書左丞。元次年罷知汝州。加資政殿學士，歷知亳、杭、鄆三州及河中府。元祐四年，御史劾其爲政慘酷，奪職黜知虢州（《續資治通鑑長編》卷四二七）。後復職知河中、永興、大名。元祐八年卒，年六十六，謚恭敏。元袁桷謂其「文學政事，熙寧、元豐時號爲名流」（《書蒲左丞帖》）。著有文集五十卷、奏議二十卷、《省曹寺監事目格子》四十七卷、《八路敕》一卷（《宋史·藝文志》），又嘗集六朝以來賦詠錢塘詩三千餘首，編爲三十卷（《乾道臨安志》卷三），均已佚。事迹見《東都事略》卷八三、《宋史》卷三二八本傳。

蒲壽宬（生卒年不詳）

號心泉，泉州（今屬福建）人。其先西域人，以互市歸宋。咸淳初，爲右領衛將軍，與劉克莊多有交往。八年前後，知梅州，爲官儉約。晚年，著黃冠，居泉之法石山。益、廣二王至泉，壽宬指使其弟壽庚閉城不納，而納款於元，得居甲第。能詩，嘗以「詩百三十、古賦三」求跋於劉克莊，劉稱其詩「皆冥搜苦思，變現光怪，脱換騷雅」。古賦在詩之下，皆用《楚辭》體。《四庫全書總目》卷一六六稱「其詩頗有冲淡閑遠之致，在宋、元之際猶屬雅音」。其詞多爲《漁父詞》，風致亦與詩同。著有《蒲心泉詩》，已佚。四庫館臣自《永樂大典》輯出《心泉學詩稿》六卷。事迹見劉克莊《跋蒲領衛詩》（《後村先生大全集》卷一一一）、《八閩通志》卷八六、日人桑原隲藏《蒲壽庚考》、余嘉錫《四庫提要辨證》卷二三。

楊大雅（九六四—一〇三二）

原名侃，避真宗諱改，字子正，杭州錢塘（今浙江餘杭）人。錢俶歸朝，挈族寓宋州。端拱二年進士乙科及第，爲新息主簿，改鄢陵。知新昌縣，徙知潯州，監在京商税。咸平三年，交趾獻犀牛，進奏《犀牛賦》，召試，遷太常博士。又奏所爲文二十萬言，擢直集賢院。出知袁、筠二州，提點開封府界諸縣。入爲三司鹽鐵判官，知越州，提點淮南刑獄。坐考試國子監生失實，貶監陳州酒税。逾年，知常州，判户部勾院。天聖四年，遷集賢修撰，知應天府。還朝，同糾察在京刑獄，以兵部郎中知制誥。拜右諫議大夫、集賢院學士，知亳州。明道二年四月卒，年六十九。大雅好學，雖飲食仍讀書不輟，喜著述。著有《原治》十七篇、《大隱集》三十卷、《西垣集》五卷、《職林》二十卷、《兩漢博聞》十二卷、《家譜》一卷，均已佚。事迹見歐陽修《諫議大夫楊公墓誌銘》（《歐陽文忠公集》卷六一）、《宋史》卷三〇〇本傳。

皇畿賦……………………一三二八

楊天惠（生卒年不詳）

字祐父，自號回光居士，梓潼（今屬四川）人，徙居郫縣（今屬四川）。幼警敏，嘗取韓愈、歐陽修文集縱觀，作歌行十數篇，老師宿儒相傳驚嘆。登元豐進士第，以儒學稱。攝邛州學官，元符二年，補彰明縣令。元符末，應詔上書，入崇寧黨籍。著有《三國人物論》三卷、文集六十卷。事迹見所作《彰明遺事》以及《宋會要輯稿》職官六八之三、《宋史・藝文志七》、費著《楊氏族譜》（《全蜀藝文志》卷五四）。

憫相如賦……………………二五四五

楊冠卿（一一三八—？）

字夢錫，江陵（今屬湖北）人。曾舉進士，知廣州，以事罷職，僑寓臨安。與范成大、陸游、張孝祥、姜夔等交遊。嘉泰三年，陸游撰《楊夢錫集句杜詩序》，時冠卿年六十六。才華清雋，以詩文有聲當時。其《霧隱賦則序》以爲「詞賦之作，從古難工」。其四六文流麗渾雅。小詞清秀婉雅，有五代北宋婉約詞之餘韻；長調豪放，可見其襟抱。著有《客亭類稿》，四庫館臣據《永樂大典》補爲十四卷，附書啓一卷。事迹見所撰《紀夢》（《客亭類稿》卷七）、《四庫全書總目》卷一六〇。

楊　時（一〇五三——一一三五）

字中立，世稱龜山先生，南劍州將樂（今屬福建）人。熙寧九年進士，初調官不赴，師事程顥、程頤近十年，閉門爲學，世有「程門立雪」的佳話。年四十後始出仕，爲徐州司法參軍，徙虔州，歷知瀏陽、餘杭、蕭山縣，張舜民薦爲荆州教授，後提舉宫觀。宣和中，召爲秘書郎，遷著作郎，除邇英殿説書。靖康元年，拜右諫議大夫兼侍講，兼國子祭酒。力排和議，與執政不和，乞致仕，提舉嵩山崇福宫。高宗即位，除工部侍郎兼侍讀，提舉杭州洞霄宫，致仕，紹興五年卒，年八十三，謚文靖。楊時爲閩中理學之祖，爲諫官敢言，不避權勢，在靖康危難時屢上疏言事。一生多以著書講學爲事，東南學者推尊爲「程氏正宗」。其詩具有宋代理學家好發議論之通弊，清代紀昀謂其詩「板實乏韻，宋儒詩格多如斯，究非風雅的派」（《瀛奎律髓匯評》卷四二《寄長沙簿孫明遠》引）。著有《三經義辨》、《論語解》、《經説》，已佚；今存《語録》、《二程粹言》及《龜山集》四十二卷。事迹見胡安國《楊文靖公墓誌銘》、《宋史》卷四二八本傳，宋黄去疾編有《龜山先生文靖楊公年譜》，清沈涵編有《楊龜山先生年譜》一卷。

楊萬里（一一二七—一二〇六）

字廷秀，吉州吉水（今屬江西）人。紹興二十四年進士，授贛州司户參軍，調零陵丞。時張浚謫居永州，勉萬里以正心誠意之學，乃以「誠齋」自名書室，世稱誠齋先生。知奉新縣。乾道六年，進《千慮策》三十道，以宰相陳俊卿、虞允文薦召爲國子博士。七年，張栻謫袁州，抗疏挽留，爲公論所稱。遷太常博士，尋陞丞，兼吏部侍右郎官，轉將作少監。淳熙元年，出知漳州，改常州。六年，提舉廣東常平茶鹽，除廣東提點刑獄。九年，丁母憂。十一年，召爲尚左郎官。十二年，以地震應詔上書，擢爲太子侍讀。十三年，遷樞密院檢詳官，薦朱熹、袁樞等於宰相王淮。守右司郎中，遷左司郎中。十四年，遷秘書少監。高宗卒，以争張浚配享廟祀，孝宗不悦，出知筠州。光宗即位，召爲秘書監。紹熙元年，借焕章閣學士爲接伴金國賀正旦使，兼實録院檢討官。出爲江東轉運副使，權總領淮西、江東軍馬錢糧。因議鐵錢忤時相，改知贛州，未赴，奉祠歸鄉。寧宗朝屢召不起，韓侂胄專權，囑其作《南園記》，堅拒不從。閒居達十五年，開禧二年卒於家，年八十。謚文節。萬里以詩名，與尤袤、范成大、陸游並稱「中興四大詩人」，當時被奉爲詩壇宗主。姜特立《謝楊誠齋惠長句》云：「今日詩壇誰是主，誠齋詩律正施行。」其詩數量極富，在宋代僅次於陸游，除去所焚少作千餘篇外，自三十六歲始至八十歲逝世，共編成《江湖集》、《荆溪集》、《西歸集》、《南海集》、《朝天集》、《江西道院集》、《朝天續集》、《江東集》、《退休集》等九部詩集，「一官定一集，流傳殆千卷」（樓鑰《送楊廷秀秘監赴江東漕》），達四千餘篇。而且「每集必一變」（方回《瀛奎律髓》卷一），「始學江西諸君子，既又學後山五字律，既又學半山老人七字絶句，晚乃學絶句於唐人」，努力擺脱宗派束縛，將創作思維由書卷投向大自然，山水風月、花艸樹木、春色秋光、雨雪雷電乃至鳥獸蟲魚等，無不盡力網羅，刻畫入微，所謂「萬象畢來，獻予詩材」，「涣然未覺作詩之難也」（楊萬里《荆溪集序》）。晚年所作，涣然自得，用生動活潑、幽默詼諧的語言加以表現，從而形成一種取材自然、新鮮活潑、涉筆成趣的新詩體，嚴羽《滄浪詩話·詩體》稱之爲「誠齋體」，對後世影響極大。賦與四六亦頗知名，如《浯溪賦》、《陶舟賦》、《雲巢賦》等，以意新文奇見許於周必大、岳珂、劉壎等人。詞作不多，其特點亦大致與詩相似，善於描摹自然動態，耐人尋味。著有《易傳》二十卷、《誠齋集》一百三十三卷。事迹見《宋史》卷四三三本傳，清鄒樹榮編《楊文節公年譜》。

楊傑（生卒年不詳）

字次公，號無爲子，無爲軍（今屬安徽）人。少有名於時。嘉祐四年進士及第。熙寧五年，爲禮院檢詳文字。元豐中，官太常者六七任，一時禮樂之事皆預討論，多用其議。元祐初，爲禮部員外郎，出知潤州，三年，提點兩浙路刑獄。六年，爲徐王府侍講。卒，年七十。楊傑曾與歐陽修、王安石、蘇軾等遊，學有根柢，又喜談佛理、老莊之學，達於權變，旁通妙解（王之道《無爲集序》）。《四庫全書總目》卷一五三稱「其詩雖興象未深，而亦頗有規格」。又稱其率易者近白居易，奇崛者近盧仝，而「大致則仍元祐體也」。著有《無爲集》十五卷、《別集》十卷（《直齋書録解題》卷一七）。《別集》專爲禪、老之文。又有《樂記》五卷，均佚。今存《無爲集》十五卷。事迹見《東都事略》卷一一五、《宋史》卷四四三本傳。

楊億（九七四—一〇二〇）

字大年，建州浦城（今屬福建）人。幼穎悟，七歲能屬文。雍熙元年，年方十一歲，召試闕下，試詩賦五篇，下筆立成，太宗嘉賞，授秘書省正字。淳化中詣京師獻文，改太常寺奉禮郎。又獻《二京賦》，命試翰林院，賜進士及第，遷光禄寺丞。明年，直集賢院。至道二年，遷著作佐郎。真宗爲開封府尹，書詞多由楊億草定。真宗即位，超拜左正言。預修《太宗實録》，全書八十卷，億獨草五十六卷。書成，出知處州。召還，拜左司諫、知制誥。景德初，知通進銀臺司兼門下封駁事。俄判史館，與王欽若同總領《册府元龜》編纂事。三年，召爲翰林學士，同修國史。大中祥符初，加兵部員外郎、户部郎中。五年，往陽翟視母疾，不待報而行，爲臺憲所劾，責授太常少卿，分司西京，作《君可思賦》以抒憤懣。七年，起知汝州。代還，知禮儀院，判秘閣、太常寺。天禧二年，拜工部侍郎。四年，復爲翰林學士，受詔注釋御集，兼史館修撰、判館事，權景靈宮副使。是年十二月卒，年四十七。楊億博覽强記，長於典章制度，詩歌宗尚李商隱，深沉含蓄，典雅華美，在宋初詩壇有很高聲望，歐陽修稱其「雄文博學，筆力有餘，故無施而不可」（《六一詩話》）。其後錢惟演、劉筠等起而仿傚，遞相唱和，由是西崑詩風盛行，一掃晚唐、五代「蕪鄙之氣」，宋初詩風爲之一變（田況《儒林公議》）。楊億的著述也很豐富，《直齋書録解題》卷一七著録有《括蒼》、《武夷》、《潁陰》、《韓城》、《退居》、《汝陽》、《蓬山》、《冠鼇》、《辭榮》等集及《内外制》、《刀筆》，凡一百九十四卷，《宋史·藝文志七》又著録有《虢略遺編》七卷。現存著述有《楊文公談苑》一卷，《武夷新集》二十卷，編有《西崑酬唱集》二卷。事迹見《隆平集》卷一三、《宋史》卷三〇五本傳。

楊簡（一一四一—一二二六）

字敬仲，慈谿（今屬浙江）人。乾道五年進士，授富陽主簿，會陸九淵道過富陽，言語相契，事以師禮。淳熙中，爲紹興府司理參軍，以朱熹薦除浙西撫幹，宰饒之樂平。紹熙五年，召爲國子博士。因上書辯趙汝愚去國事，主管台州崇道觀。嘉泰四年，權發遣全州，未及對，論罷，主管建昌軍仙都觀。嘉定元年，除秘書郎，遷著作佐郎，兼權兵部郎官。二年，除著作郎，遷將作少監。三年，兼國史院編修官、兼實録院檢討官。求去，得知温州。五年，除駕部員外郎，改除工部員外郎。六年，除軍器監兼工部郎官，遷將作監。七年，以兩院進御集實録，轉朝散大夫。告老丐祠凡十餘章，主管成都府玉局觀。家居十四載，築室慈湖，與四方學子講學其間，學者稱慈湖先生。寶慶二年卒，年八十六。簡以道學知名，其文根柢儒學，温潤爾雅，不規時好，作俗下語（陳洪謨《慈湖先生遺書序》）。其詩不乏道學氣，語多平淺，頗仿邵雍《擊壤》之體（傅增湘《明嘉靖本慈湖先生遺書跋》）。平生多所著述，今存有《楊氏易傳》、《五誥解》、《慈湖詩傳》、《慈湖春秋傳》、《先聖大訓》、《石魚偶記》等。又有《慈湖遺書》十八卷、《續集》二卷。事迹見錢時《慈湖先生行狀》（《慈湖遺書》卷一八）、《宋史》本傳。清人馮可鏞等編有《慈湖先生年譜》。

虞允文（一一一〇—一一七四）

字彬甫，隆州（今四川仁壽）人。初以父任入官，監成都府榷茶司賣引所，又監雅州名山茶場、榷都大提舉茶馬司幹辦公事。紹興二十四年始登進士第，通判彭州，權知黎州、渠州。入朝，歷官祕書丞、禮部郎官、中書舍人、直學士院。紹興三十一年，奉命犒軍採石，時金主完顏亮率大軍南侵，而宋軍主將未至，允文收合散衆，勉勵將士殊死戰，遂獲采石瓜洲之捷。次年，充川陝宣諭使。隆興中，歷知夔州、太平州，除兵部尚書、湖北京西宣撫使，改制置使，知平江府，累官端明殿學士、同簽書樞密院事。乾道初，拜參知政事兼知樞密院事，以資政殿大學士出任四川宣撫使。乾道五年，拜右僕射、同中書門下平章事兼樞密使。八年，授特進、左丞相兼樞密使。同年授少保、武安軍節度使、四川宣撫使，封雍國公。淳熙元年六月卒，年六十五，贈少師，又贈太傅，謚忠肅。允文慷慨有大志，出入將相垂二十年，孜孜忠勤，每以知人薦士爲己任，所薦多爲一時名臣。有《虞雍公奏議》二百二十有七篇，劉光祖序稱「中興以來，前有張魏公，後有虞雍公，爲國家任其勞、當其危者也」（《文獻通考》卷二四七）。爲文立成，不待雕琢而工。嘗注《唐書》、《五代史》，著有《經筵春秋講義》三卷、《內外志》十五卷及詩文十卷等，已佚。事迹見楊萬里《宋故左丞相節度使雍國公贈太師謚忠肅虞公神道碑》（《誠齋集》卷一二〇）、《宋史》卷三八三本傳。

十四畫

趙汝騰（？—一二六一）

字茂實，號庸齋，晚年又號紫霞翁，太宗八世孫，居福州（今屬福建）。少時隨父宦遊湖湘。寶慶二年進士，歷禮、兵部架閣，遷籍田令。嘉熙元年，召試館職，授秘書省正字。二年，除校書郎，遷秘書郎。累遷玉牒所檢討官。淳祐元年，出知温州。三年，爲江東提刑。四年，知婺州。五年，召爲起居舍人兼權中書舍人，陞起居郎，遷吏部侍郎兼侍講。九年，權工部尚書，兼權中書舍人，爲左司諫陳垓論罷歸里。十二年，召爲禮部尚書，兼給事中，兼直學士院，拜翰林學士兼知制誥，兼侍讀。寶祐元年，出知建寧府，移知紹興府、浙東安撫使。召兼翰林學士承旨，知泉州、知南外宗正事，復兼侍讀，兼翰林學士承旨。景定二年卒。汝騰守正不阿，論斥嚴切，其集中奏議，如《内引》二劄，反覆詳明，深中時弊。其學遠師朱熹，以道學享盛名，門生至謂其「仲尼復出」（劉克莊《顧貢士文英詩傳演説柳氏國語辨非後敘》）。周密《癸辛雜識》謂其薦徐霖爲著作郎，縱其狂，遞相汲引，有大宗師、小宗師之比，「是則宋季士大夫崇尚道學，矯激沽名之流弊」（《四庫全書總目》卷一六四）。著有《紫霞洲集》、《蓬萊集》、《庸齋瑣闥集》、《庸齋表箋》（《内閣藏書目録》卷三、五、九），均已佚。四庫館臣自《永樂大典》輯爲《庸齋集》六卷。事迹見本集詩文及《宋史》卷四二四本傳。

趙宗道（生卒年字號不詳）

鄂州江夏（今湖北武漢）人。景定初，知湖州軍州事。

吟飛樓賦……………………二〇四三

趙孟堅（一一九九—一二九五）

字子固，號彝齋居士，宋宗室，趙孟頫從兄，寓海鹽（今屬浙江）。嘗從吳子良學。寶慶二年進士，初仕葛溪。紹定五年，調海鹽尉。嘉熙初，爲安吉州掾。四年，入浙西轉運使幕，又入建康幕。淳祐四年，知諸暨縣。六年，以風聞斥歸。又知豐城縣，以事罷歸。景定初，客居杭州，與周密、錢應孫等交遊，買舟悠遊於湖上。後爲提轄左帑，除知嚴州，命下而卒。善書畫，時人比之米芾。能作墨花、人物，山水尤奇。工詩文，大都清遠絶俗，類其爲人。著有《梅譜》、《書法論》，已佚。四庫館臣自《永樂大典》輯其集爲《彝齋文編》四卷。事迹見《齊東野語》卷一九、《宋史翼》卷二九、《四庫全書總目》卷一六四。

石菖蒲賦……………………二五八一

吐綬雞賦……………………二七八一

陸宣公祠騷辭……………………七四〇

景陸堂宣公泉銘……………………七四一

趙鼎臣（一〇七〇—？）

字承之，少時種竹於居所之南，自號竹隱畸士，又號葦溪翁，衛城（今河南淇縣）人。元祐六年進士。紹聖二年，以真定户曹參軍應宏詞科試中第。宣和元年，爲度支員外郎。三年，以右文殿修撰知鄧州，後召爲太府卿。鼎臣與王安石、蘇軾等人交好，多相唱和，故詩文具有門徑。蘇軾稱賞其「辭源江海浩奔忙，句法風騷森出入」之句，以爲「極爲雄偉」（《苕溪漁隱叢話》前集卷五二引）。劉克莊謂其詩「才氣飄逸，記問精博，警句巧對，殆天造地設」，推挹甚高。雜論文章，隨事而發，擊濁揚清，《四庫全書總目》稱其文章「刻意研練，古雅可觀，亦非儉陋者所能望其項背」（《四庫全書總目》卷一五五）。著有《竹隱畸士集》一百二十卷（《直齋書録解題》卷一七），後由其孫趙綱立刊於復州，僅四十卷，亦佚。四庫館臣自《永樂大典》輯其詩文，編爲二十卷。事迹見《四庫全書總目》卷一五五《竹隱畸士集》提要、《宋詩紀事》卷三二。今人姜亮夫撰有《趙鼎臣疑年考》。

寄傲齋賦……二一〇七

堯山賦……一〇五二

鄴都賦……一二八五

學古堂賦……一九八三

趙善括（生卒年不詳）

字无咎，號應齋居士，太宗七世孫，隆興（今江西南昌）人。孝宗朝登進士第。乾道四年，知常熟縣。七年，以賑濟有功，通判平江府（《至正重修琴川志》卷三），徙潤州。淳熙六年，知鄂州。十年，差知廉州。十六年，差知常州，被論兇暴，主管建寧府武夷山冲佑觀（《宋會要輯稿》職官七二之五五）。善括能詩文，與洪邁、章甫、辛棄疾多有詩詞唱和，楊萬里《應齋雜著序》稱其詩「感物而發，觸興而作，使古今百家，萬象景物，皆不能役於我」；其文「大抵平淡夷易，不爲追琢，不立崖險，要歸於適用」。《四庫全書總目》卷一六〇亦謂其奏議「簡潔切當，得論事之要」，而無「宋人奏議多浮文妨要，動至萬言，往往晦蝕其本意」之弊。事迹見楊萬里《誠齋集》卷八三《應齋雜著序》、《至正重修琴川志》卷三、《四庫全書總目》卷一六〇、《宋詩紀事補遺》卷九二。

謝龍王文……五〇七

趙湘（九五九—九九三）

字叔靈，南陽（今河南鄧縣）人，家於衢州，遂爲西安（今浙江衢州）人，趙抃之祖。家世爲儒，七歲橫經，十五學屬文。太平興國八年，應舉不利。淳化三年再試，進士及第，授廬江尉（趙湘《釋奠紀》）。次年卒，年僅三十五歲（宋祁《南陽集序》）。趙湘詩文頗爲時人稱賞，宋祁稱其詩「清整有法度，渾焉所得，不琢而美，無丹雘而彩」，文章亦「恢動沈蔚，不減於詩」。《四庫全書總目》卷一五二亦稱其詩「大抵運意清新，而風骨不失蒼秀，雖源出姚合，實與雕鏤瑣碎、務趨僻澀者迥殊」，古文「亦掃除俳偶，有李翱、皇甫湜、孫樵之遺，非五季諸家所可及」。著有《南陽集》十二卷（《宋史·藝文志七》），原本已佚，四庫館臣自《永樂大典》等書輯出，編爲六卷。事迹略見本集《釋奠紀》、《瀛奎律髓匯評》卷四七《贈水墨巒上人》詩注、《宋詩紀事》卷五、《宋元學案補遺》卷一一等。

趙奭之（生卒年不詳）

宋宗室，廣陵郡王房四世孫，贈左大中大夫。嘗宦遊巴楚，歷三峽之險，而抵永安故區。事見其《北客賦》序、《宋史》卷二三八《宗室世系表》二四。

慕容彥逢（一〇六七—一一一七）

字叔遇，宜興（今屬江蘇）人。少時鋭志於學，登元祐三年進士第，調銅陵、金華主簿，改瀛州防禦推官，知鄂州崇陽縣。應宏詞科試中第，遷淮南節度推官、趙州州學教授。元符元年，爲國子監簿，遷太學博士。崇寧初，除秘書省校書郎，擢監察御史兼權殿中侍御史。任左正言，遷左司諫。徽宗即位，除起居舍人，擢中書舍人，預編修哲宗御集。大觀元年，權翰林學士，數月後除兵部侍郎，改吏部侍郎，兼侍讀。求補外，出知汝州。政和元年，以吏部侍郎召，兼侍講。次年，擢刑部尚書。六年，知貢舉。七年卒，年五十一，謚文友。慕容彥逢博通經史諸子百家之書，又久司文翰，蔣瑎稱其文章「渾雄深博，發爲詞章，雅麗簡古，無世俗氣」，《四庫全書總目》卷一五五亦稱其「文章雅麗，制詞典重温厚，尤爲得體」； 但其文章内容多爲逢迎旨意、文飾太平之作，故又謂「檢核所作，希睹讜言，惟多以獻媚貢諛，熒惑主聽」。現存詩多爲奉和、次韻之作，文也多爲制詔、表啓、墓誌銘等，儘管文字華麗，但内容空乏，格調不高，僅有《投獻書》、《論文書》略有己意。著有文集二十卷、外制二十卷、内制十卷、奏議五卷、講解五卷，後經兵火，散失殆盡。淳熙間其孫慕容綸重編爲《擒文堂集》三十卷，今亦佚。四庫館臣自《永樂大典》輯其詩文，編爲十五卷。事迹見蔣瑎《慕容彦逢墓誌銘》(《擒文堂集》附録)、《宋史翼》卷二七。

蔣之奇（一〇三一—一一〇四）

字穎叔，常州宜興（今江蘇宜興）人，蔣堂侄。仁宗嘉祐二年進士，官太常博士。治平間，應賢良方正科試，擢監察御史。神宗立，轉殿中侍御史。以劾歐陽修不實，貶監道州酒税，改監宣州税。王安石新法行，爲福建轉運判官，遷淮東轉運副使，歷江西、河北、陝西、淮南轉運副使。擢江淮荆浙發運副使。元豐六年，陞發運使。元祐初，知潭州，改知廣州。徙河北都轉運使、知瀛州。入爲户部侍郎，復出知熙州。紹聖中，召爲中書舍人，改知開封府，拜翰林學士兼侍讀。元符末，責守汝州，徙慶州。徽宗即位，復翰林學士，拜同知樞密院事，繼知院事。崇寧元年，出知杭州。三年卒，年七十四。之奇歷典州郡，有政聲，在廣州建十賢堂，自爲《十賢贊》。能詩，風格清麗，寫景詠物，均清朗可誦。又與僧人爲方外友，究心於禪宗，撰有《華嚴經解》三十篇。

著有《荆溪前集》、《後集》八十九卷，《別集》九卷，《北扉集》九卷，《西樞集》四卷，《巵言集》五卷，《芻言》五十篇（《宋史·藝文志七》），均已佚。《兩宋名賢小集》輯其詩爲《三徑集》一卷，明天啓間蔣堂二十世孫蔣鐄輯堂遺文爲《春卿遺稿》，附收之奇詩一篇、文二篇，光緒間盛宣懷補輯爲《蔣之翰之奇遺稿》，仍附於常州先哲遺書《春卿遺稿》後，然僅含文七篇。民國初繆荃孫又輯有鈔本《蔣穎叔集》一卷。事迹見《東都事略》卷九七、《宋史》卷三四三本傳。

蔣　堂（九八〇—一〇五四）

字希魯，常州宜興（今屬江蘇）人。大中祥符五年進士及第，爲楚州團練推官。歲滿，吏部引對，真宗覽其所試判詞，稱善，特改大理寺丞、知臨川縣。歷通判眉、許、吉、楚四州，改太常博士，知泗州。明道初，召爲監察御史，再遷侍御史，判三司度支勾院。景祐初，出爲江南東路轉運使，徙淮南，兼江淮發運事。以按舉失職降知越州，徙蘇州。入判刑部，徙三司户部勾院，歷户部、度支、鹽鐵副使，安撫梓夔路。康定元年，擢天章閣待制、江淮制置發運使。改知洪州、應天府，兼南京留守司。慶曆元年，知杭州。三年，知益州。徙河中府，再知杭、蘇二州。皇祐五年，以禮部侍郎致仕，六年三月卒，年七十五，贈吏部侍郎。蔣堂爲人清修純飭，遇事毅然不屈，好學工文辭，尤喜作詩，詩多清而有格（《青瑣高議》前集卷五）。又擅長尺牘，思致簡詣，長箋短語，時人得之以爲名筆。著有《吳門集》二十卷（《宋史》本傳），久佚。明天啓元年，其裔孫蔣鐄收其遺文編爲《春卿遺稿》一卷、《春卿遺稿續編》一卷。事迹見胡宿《蔣公神道碑》（《文恭集》卷三九）、《宋史》卷二九八本傳。

蔡渤

理宗時人，與顔頤仲（一一八八—一二六二）同時。事見《永樂大典》卷五三四五。雍正《廣東通志》卷三一載，蔡渤，潮州人，淳祐七年登進士第。或即此人。

蔡發（一〇八九—一一五二）

字神與，晚號牧堂老人。建州建陽（今福建建陽）人，元定父。博達古今，尤精天文、勘輿。隱居不仕。紹興二十二年卒，年六十四。《閩中理學淵源考》卷二六稱其「博達古今，深究治道，清修苦節，世人賢之。……有志當世而復秉執剛毅，不能與世俗相俯仰，因去遊四方，見聞益廣。邃於《易》象、天文、地理三式之説無所不通，而皆能訂其得失」。著有《地理發微》、《天文星象》、《牧堂公集》等。事迹見《晦庵先生朱文公文集》卷八三《跋蔡神與絶筆》、詹體仁《蔡牧堂公墓表》（《牧堂公集》附録）、《閩南道學源流》卷八、《宋元學案》卷六二、《閩中理學淵源考》卷二五。

蔡戡（一一四一—？）

字定夫，仙遊（今屬福建仙遊）人，居武進（今屬江蘇），蔡襄四世孫。以蔭補溧陽尉。乾道二年進士及第，歷江州觀察推官。七年，召試館職，授秘書省正字。八年，徙知江陰軍。淳熙初，知隨州，轉京西轉運判官。五年，改廣東轉運判官。十年，充淮西總領使，措置屯田，孝宗御筆褒獎之。十一年，除湖廣總領，召爲司農卿。光宗初政，進奏謹始八事。紹熙元年，知明州，以言者論罷。五年，遷知臨安府。寧宗即位，遷户部侍郎。慶元二年，知隆興府。嘉泰元年，知静江府，兼廣西經略安撫使。開禧初，請老，以寶謨閣學士致仕。戡爲人侃直忠亮，所奏多經世有用之言。其文謹嚴得體，豐約中度，詩圓美清遒，渾然不見刻雕之迹。其論邊事，則以嚴守自備爲主。著有《静江府圖志》十卷、《定齋集》四十卷，均佚。後者四庫館臣輯自《永樂大典》，編爲二十卷。事迹見《咸淳毗陵志》卷一七、《宋史翼》卷一四。

蔡　確（一〇三七—一〇九三）

字持正，泉州晉江（今福建泉州）人，後徙居陳州。嘉祐四年進士，任邠州司理參軍。韓絳宣撫陝西，見其所制樂語，以爲有才，薦於開封尹韓維，辟管幹右厢公事，以不肯庭參解職。熙寧中，王安石薦爲三班主簿，又爲監察御史裏行，遷御史知雜事。擢知制誥、知諫院兼判司農事。元豐初，爲御史中丞。二年，爲參知政事（《宋宰輔編年録》卷八）。五年，拜尚書右僕射兼中書侍郎。蔡確奪人之位遞陞次相，獨攬大權，又累興羅織之獄，爲時議所非。元祐元年，罷政，出知陳州，徙安、鄧二州。在安州遊車蓋亭，賦詩十首，爲吳處厚誣爲譏訕，謫英州別駕，新州安置。八年，卒於貶所，年五十七。紹聖二年，追贈太師，謚忠懷。徽宗時追封清源郡王。蔡確爲人有智數，善詩文，謫居新州時，有《悼侍兒》絶句云：「鸚鵡言猶在，琵琶事已非。傷心瘴江水，同渡不同歸。」言事警切，時人以爲唐人絶句不能過（《徐氏筆精》卷四）。又著《送將歸賦》，語句凄愴哀惋，後吕祖謙編入《皇朝文鑑》。事迹見《蔡確傳》（《名臣碑傳琬琰集》下卷一八）、《宋史》卷四七一《奸臣傳》。

蔡襄（一〇一二—一〇六七）

字君謨，興化軍仙遊（今屬福建）人。天聖八年進士，爲漳州軍事判官、西京留守推官。改著作佐郎、館閣校勘。慶曆三年，知諫院，兼修起居注。范仲淹以言事罷職，尹洙、余靖、歐陽修論救之，相繼被貶，蔡襄爲作《四賢一不肖》詩，盛傳於朝野。四年，以右正言直史館，出知福州，改福建路轉運使。判三司鹽鐵勾院，復修起居注。皇祐四年，遷起居舍人、知制誥，兼判吏部流内銓。至和元年，遷龍圖閣直學士、知開封府。三年，出知泉州，徙福州，復知泉州。嘉祐五年，召爲翰林學士，權三司使。英宗即位，拜三司使。居二歲，以母老求外任，拜端明殿學士、知杭州。治平四年卒，年五十六。孝宗乾道中，賜謚忠惠。蔡襄擅長詩文，其詩初學西崑體，後與歐陽修、梅堯臣風格相近。又工書畫，書法爲宋代名家。著有《蔡忠惠文集》三十六卷。事迹見歐陽修《蔡公墓誌銘》（《歐陽文忠公集》卷三五）、《宋史》卷三二〇本傳，今人劉琳編有《蔡襄年譜》。

廖行之（一一三七—一一八九）

字天民，號省齋，衡州（治今湖南衡陽）人。少穎異，鋭於學，沉酣經史，旁引曲取，備爲浩博。淳熙十一年進士，調岳州馬陵尉。到官數月，太夫人病，乞歸養親。告滿，授潭州寧鄉主簿，未赴任。郡守劉清之欲補圖志，行之爲規創凡例，網羅遺佚，上下千載，糾剔妄謬，參核異同。淳熙十六年，書成而卒，年五十三。行之於書無所不通，而尤深於義理。於文無所不工，而尤長於詠吟。其文屏除藻繪，備求質樸，詞意篤實，切近事理，四六表啓尤爲流麗。子廖謙輯其遺著爲《省齋文集》十卷，已佚。四庫館臣自《永樂大典》輯爲《省齋集》十卷。又有《省齋詩餘》一卷。事迹見本集附録田奇《宋故寧鄉主簿廖公行狀》、《宋故寧鄉主簿廖公修職墓誌銘》。

田縣尉悲風詞……五二二

巖桂賦……二六三四

廖剛（一〇七一——一一四三）

字用中，號高峰先生（謝如圭《高峰先生文集序》），學者稱古溪先生，南劍州順昌（今屬福建）人。少從陳瓘、楊時學，登崇寧五年進士第。歷縣主簿、州判官、録事參軍、教授。宣和元年自漳州司録召爲國子録，擢監察御史。論奏無所避忌，出知興化軍。靖康初，召爲右正言，未赴。紹興元年，除福建路提點刑獄，召爲吏部員外郎，遷起居舍人，權吏部侍郎兼侍講。四年，除給事中，權户部侍郎。五年，遷刑部侍郎。六年，出知漳州。八年，拜御史中丞。以論事爲秦檜所惡，改工部尚書，提舉亳州明道宫。十三年卒，年七十三。廖剛爲文通於事務，謝如圭謂其文醇正，「自方寸中流出，非務誇多而鬥靡，非務逞奇而尚怪，盎然得中和之氣，無所施而不可」（《高峰先生文集序》）。其文集多奏札表啓，指陳時弊，較爲切當。詩詞也清新淡雅。著有《高峰先生文集》十七卷。事迹見張栻《工部尚書廖公墓誌》（《南軒文集》卷三八）、《宋史》卷三七四本傳。

代祭蔡元度文……二七五

代祭蔡宜人文……二七五

祭黄可宗文……二七四

祭黄思賢文……二七三

祭楊龍學文……二七三

鄭少微（生卒年不詳）

字明舉，成都（今屬四川）人。少孤力學，與楊天惠、李新齊名，時人號爲「三儁」。元祐三年進士及第。宣和間，上書論時政，坐廢。寓居成都金繩院十五年，志益堅，學益古，文益工。後徙居臨邛，自號木雁居士。官至朝請郎。著有《唐史發揮》十二卷、策六卷及《木雁居士集》。事迹見《宋史》卷二〇三、二〇八、四四三，《萬姓統譜》卷一〇七，《蜀中廣記》卷四二、九八。

鄭君老（一二五二—？）

字邦壽，福州長溪（今福建霞浦）人，年十七登咸淳四年進士第，乞歸養親，連丁內外艱，未起而宋亡。元初廷臣交薦於朝，不起。學益篤，守益固，鄉里後進多宗師之。及卒，學者私謚靖節先生。著有《五經解疑》、《梅壑集》。事迹見《萬姓統譜》卷一〇七。

鄭思肖（一二四一—一三一八）

原名不詳，宋亡後，改名思肖，以示思念趙宋。字憶翁，號所南，以示不忘故國。福州連江（今屬福建）人，寓居吳縣（今江蘇蘇州）。鄭起子。宋末太學生，嘗應博學鴻詞試。侍父來吳，寓條坊巷。元兵南下，曾扣閽獻策，不報。一生不娶，念念不忘君國之意，每形於詩文中。遇歲時伏臘，輒野哭南向拜。聞北方語，必掩耳亟走。坐卧不北向，扁其室爲「本穴世界」，以「本」字之「十」置「穴」中，即「大宋」。善畫墨蘭，宋亡後，畫蘭不畫土，以示土地爲人奪去。惡趙孟頫受元聘，與之絶交。錢財多賙人之急，不事家產，遊心佛道，自稱三外野人。居無定所，遍遊吳下名山禪宮，多寓萬壽、報國二寺。元延祐五年卒，年七十八。臨終，囑友人書牌位曰「大宋不忠不孝鄭思肖」。嘗著《大無工十空經》一卷，「空」字去「工」而加「十」，即「宋」字，寓意「大宋經」。又著《釋氏施食心法》一卷、《太極祭煉》一卷等。其論詩主靈氣説，所謂「天地之靈氣爲人，人之靈氣爲心，心之靈氣爲文，文之靈氣爲詩」（《一百二十圖詩集自序》）。論文從其父説，以爲「文者，三綱五常之所寄」，反對「惟務言語爲工」、「墜於綺靡卑弱」的宋末文風。所作詩文多抒發眷懷故國之氣節，明陳弘緒《鄭所南心史序》以爲「視皋羽諸詩文，孤峭相似，而感憤壯烈殆欲過之」。梁啓超《重印鄭所南心史序》亦云：「讀古人詩文辭多矣，未嘗有振盪余心若此書之甚者。」著有《所南先生文集》一卷、《所南翁一百二十圖詩集》一卷、《錦錢餘笑》一卷、《心史》七卷。今人整理本有上海古籍出版社一九九一年出版的陳福康點校本《鄭思肖集》。事迹見盧熊《鄭所南小傳》、正德《姑蘇志》卷五五。

鄭起（一一九九—一二六二）

初名震，後改今名，字叔起，號菊山，連江（今屬福建）人，思肖父。早年科舉失利，潛心於性理之學。嘉定十三年，離閩，出遊臨安。嘉熙四年，主於潛縣學。淳祐四年，伏闕論史嵩之，得旨免解。六年，至江陵。七年，鄭清之再相，登門斥其端平出師誤國之罪，被執下獄，後爲京尹所縱。十二年，主諸暨縣學、蕭山縣學。寶祐二年，相繼出任吳門尹和靖書院堂長、泰州胡安定書院山長、平江府三高堂長，開講於無錫縣學。晚年，歸隱故園，潛心著述。景定三年，《易注》將脱稿而病卒，年六十四。著有講義、《讀書愚見》、《太極無極説》、《修攘事鑒》、《南北要覽》、《深衣書》、《鄉飲酒書》等，已佚。詩集名《倦遊稿》，元大德中仇遠摭其四十首，名曰《清雋集》，冠於鄭思肖《一百二十圖詩》之首。今存《三山鄭菊山先生清雋集》。事迹見鄭思肖《先君菊山翁家傳》(《心史・雜文》)、柴志道《三山鄭菊山先生清雋集序》。

鄭剛中（一〇八八—一一五四）

字亨仲，一字漢章，號北山，又號觀如，婺州金華(今屬浙江)人。紹興二年進士甲科及第，授温州軍事判官。累官爲監察御史，遷殿中侍御史。由秦檜薦，移宗正卿。九年，除秘書少監(《南宋館閣録》卷七)。金人歸所侵疆土，任爲樞密行府參謀，宣諭川陝，及還，除禮部侍郎。十一年，擢樞密都承旨，爲川陝宣諭使。十二年，爲川陝宣撫副使、兼營田使。治蜀有方，秦檜怒其在蜀專擅，奏罷之，提舉江州太平興國宮、桂陽軍居住。再貶爲濠州團練副使，復州安置，又徙封州。二十四年卒，年六十七。剛中爲政幹練有方略，後遭貶斥而亡，人多惋惜。所作詩文亦爲人稱賞，方回《讀鄭北山集跋》謂其「文簡古，詩峭健，責居封州詩尤佳」。現存文章多爲奏疏，清人嚴正評價極高：「披卷朗吟，其經濟緒餘，溢於詞表，凛凛見浩然正氣。」(《康熙刻北山文集序》)詩歌清麗雋健，而無宋人粗獷之習(《瀛奎律髓匯評》卷一三紀昀評)。著有《北山文集》三十卷、《周易窺餘》十五卷、《經史專音》五卷、《塌碎編》、《烏有編》、《左氏九六編》及《西征道里記》一卷等。事迹見何耕《資政殿學士鄭公墓誌銘》(《北山集》附録)、《宋史》卷三七〇本傳、《敬鄉録》卷四。

鄭清之（一一七六—一二五一）

字德源，初名燮，字文叔，別號安晚，鄞縣（今屬浙江寧波）人。少從樓昉學，能文，樓鑰極稱賞之。嘉泰二年，入太學。嘉定十年，登進士第，調峽州教授。十四年，差湖廣總領所準備差遣，除國子監書庫官。十六年，除國子録。因參預史彌遠謀立理宗，遷宗學博士、宗正寺丞，除起居郎，兼樞密院編修官。寶慶元年，改兼兵部郎，兼國史院編修官、實録院檢討官。二年，權工部侍郎，暫權給事中。紹定元年，遷翰林學士、知制誥兼侍讀，簽書樞密院事。三年，進參知政事。四年，兼同知樞密院事。六年，拜右丞相兼樞密使。端平二年，進左丞相。三年，以天變求去，提舉洞霄宮。嘉熙三年，封申國公。四年，於里第築小圃，名「安晚」，理宗親書其匾，與朋友嘯詠其中凡九年。淳祐四年，拜少保，兼侍讀，進封衛國公。五年，進封越國公。七年，復拜右丞相，兼樞密使。九年，遷左丞相，兼樞密使。十年，奏進《十龜元吉箴》。十一年，致仕，卒，年七十六。追封魏郡王，賜謚忠定。清之以政事文學兩全，頗得稱賞（林希逸《安晚先生丞相鄭公文集序》）。其詩多直抒性情，風格與白居易爲近。著有《安晚堂集》六十卷，今殘存七卷。事迹見劉克莊《丞相忠定鄭公行狀》（《後村先生大全集》卷一七〇）、《宋史》卷四一四本傳。

鄭獬（一〇二二—一〇七二）

字毅夫，安州安陸（今湖北安陸北）人。皇祐五年，應進士試（《續資治通鑑長編》卷一七四），考官劉敞謂其文頗似唐皇甫湜，擢爲第一，通判陳州。入直集賢院，爲度支判官，修起居注，知制誥。治平中，出知荆南，還判三班院。熙寧元年，拜翰林學士，權知開封府。二年，出知杭州，徙青州。引病乞閑，提舉鴻慶宫。五年卒，年五十一。獬氣節豪邁，特立敢言。其詩關切民艱，多含諷喻之旨。崇尚韓、柳古文，所著文章有豪氣，議論精確，濟於世用。亦能賦，其《圜邱象天賦》，語極渾括肅穆，獲廷試第一，同試進士稱之爲「好狀元」（王得臣《麈史》）。獬著有《鄖溪集》五十卷（《郡齋讀書志》卷一九），久佚，清乾隆間四庫館臣自《永樂大典》、《宋文鑑》、《兩宋名賢小集》中輯其詩文，編爲《鄖溪集》三十卷。事迹見秦熺《鄖溪集序》（《鄖溪集》卷首）、《宋史》卷三二一本傳。

熊慶胄（生卒年不詳）

字夢渭，號竹谷，建陽（今屬福建）人。少受業於蔡淵，後遊蔡元定之門，並師真德秀、劉爚。以《禮記》決科，精於《禮》學。壯歲棄科舉，潛心問學，不求聞知。著有《春秋約説》、《中興三朝通略》、《大學中庸緒言》、《易經集傳》、《採詩小紀》、《史學提綱》、《敬思齋稿》、《直方齋稿》、《三禮通議》等。事見《閩中理學淵源考》卷三二、《宋元學案補遺》卷八一。

鄧牧（一二四七—一三〇六）

字牧心，自號三教外人，人稱文行先生，杭州錢塘（今浙江餘杭）人。年十餘歲，讀《莊》、《列》，悟文法。及壯，澹薄名利，遍遊名山。元元貞二年，王修竹延至山陰陶山書院。大德三年，入餘杭洞霄，四方名勝多求其文。住山沈介石爲營白鹿山房，扁曰空屋，與里人葉林爲至交。十年卒，年六十。著有《洞霄圖志》、《大滌洞天記》等傳世。精於古文，生前嘗自編詩文六十餘篇爲《伯牙琴》，滔滔清辨而不失修潔，非晚宋諸人所及（《四庫全書總目》卷一六五）。《伯牙琴》一卷、補遺一卷，有清鈔本、知不足齋叢書本、一九五九年中華書局標點本、一九八一年修訂重印本。事迹見《伯牙琴》卷首《鄧文行先生傳》。

翟汝文（一〇七六—一一四一）

字公巽，潤州丹陽（今屬江蘇）人。元符三年進士及第，以親老十年不出仕。服闋期滿，除議禮局編修官。徽宗召對，拜秘書郎。大觀元年，除著作郎，遷左史。詔試詞苑，除顯謨閣待制、知襄州，未行，改知齊、唐二州。以謝表有怨語，罷郡奉祠。起知陳州。政和三年，除中書舍人，遷給事中，召爲吏部侍郎，出守宣州，知廬州，移密州。欽宗即位，召直翰苑，知越州，兼浙東安撫使。紹興初，復翰林學士承旨兼侍讀，尋除參知政事。秦檜論其專擅，罷爲散官。十一年卒，年六十六，私謚忠惠。汝文好古淹博，擅長書法，書體遒麗勁逸，有六朝書法風致。爲文長於制誥表啓，尤善用典，在北宋末與汪藻、孫覿齊名。陳振孫謂其「制誥古雅，氣格渾厚，近世罕及」（《直齋書録解題》卷一八）；《四庫全書總目》卷一五六亦謂其文「大都根柢深厚，措詞雄健，所謂無一字無來處者，庶幾足以當之，非南宋表啓塗飾剽掇之比」。著有《翟忠惠集》三十卷（《直齋書録解題》卷一八），至明時原本已佚。四庫館臣據《永樂大典》重輯爲十卷。事迹見孫繁《翟氏公巽埋銘》（《忠惠集》附録）、《京口耆舊傳》卷四、《宋史》卷三七二本傳。

十五畫

樓异（？—一一二三）

字試可，明州奉化（今屬浙江）人，樓鑰祖父。元豐八年進士（《寶慶四明志》卷一〇），紹聖元年任汾州靈石縣令，調汾州司理參軍，徙永興軍幕府。元符初，知登封縣（樓鑰《跋先大父嵩岳圖》），覽嵩山之勢，作《三十六峰賦》，又作《嵩山二十四詠》詩，頗有氣勢。歷大宗正丞、度支員外郎，知泗州。復召爲吏部員外郎，直秘閣，出知秀州。政和七年，除知隨州，入辭，改明州。宣和三年，移知平江府（洪武《蘇州府志》卷一九）。五年卒。累贈太師、齊國公（樓鑰《攻媿集》卷七六《跋先大父嵩岳圖》）。事迹見《宋史》卷三五四本傳、乾隆《河南府志》卷一〇三。

樓鑰（一一三七—一二一三）

字大防，舊字啓伯，自號攻媿主人。明州鄞縣（今屬浙江寧波）人。隆興元年，賜同進士出身。二年，調温州教授，秩滿，充詳定一司敕令所删定官，兼玉牒所檢討官。乾道五年，以書狀官隨舅汪大猷使金。通判台州，召除宗正寺主簿。淳熙八年，遷太府寺丞，尋除宗正丞。丁憂，起知温州。光宗即位，除考功郎中，遷國子司業，除太府少卿，遷起居郎。紹熙五年，以中書舍人兼實録院同修撰。草内禪詔書，辭婉而切，朝野傳誦。寧宗即位，獨當内外制，明白正大，得代言體。遷給事中，權吏部尚書，兼侍讀。慶元元年，忤韓侂胄，出知婺州，提舉太平興國宫。食禄七任，不爲權臣所用，於東樓聚書萬卷，手自校讎（《延祐四明志》卷五）。開禧三年，起爲翰林學士，遷吏部尚書。嘉定元年，簽書樞密院事，兼太子賓客，進同知樞密院事。二年，參知政事。六年，罷，提舉萬壽觀，致仕，卒年七十七，謚宣獻。樓鑰立朝直言敢諫，論奏以「援據該洽、義理條達」著稱。博通群書，識古文奇字，精通音律，爲學多究實用，博綜古今，多可傳信。作文以意爲主，不事雕鎸，自然工緻。著述今存《書樂正誤》、《宋汪文定公行實》、《范文正公年譜》、《攻媿集》。事迹見袁燮《資政殿大學士贈少師樓公行狀》（《絜齋集》卷一一）、《宋史》卷三九五本傳。

歐陽修（一〇〇七—一〇七二）

字永叔，號醉翁，晚號六一居士，廬陵（今江西吉安）人。幼年喪父，叔父歐陽曄任隨州推官，母鄭氏攜歐陽修往依之。十歲時，得見韓愈文集六卷，讀而愛之。天聖六年，攜文謁翰林學士胥偃於漢陽，偃大奇之，後以女妻之。天聖八年第進士，任西京留守推官。景祐初召試學士院，充館閣校勘。以范仲淹謫降事致書責諫官高若訥，貶峽州夷陵令，移光化軍乾德令。康定初召還復職，慶曆間歷知諫院，同修起居注，知制誥，出爲河北都轉運使。以支持慶曆新政，貶知滁州，徙揚州、潁州。至和初召爲翰林學士，修《唐書》。累擢至樞密副使、參知政事。治平末，出知亳州。神宗立，徙知青州。議青苗法與王安石異，再徙蔡州。熙寧四年致仕歸潁，明年卒於汝陰，年六十六，謚文忠。歐陽修是北宋詩文革新的領袖，對古文理論有較全面的闡述。他强調文以「道」爲主，認爲「道勝者，文不難而自至」(《答吴充秀才書》)；但也不忽視「文」的作用，謂「言以載事，而文以飾言，事信言文，乃能表見於後世」(《代人上王樞密求先集序書》)。他指摘時文「皆穿蠹經傳，移此儷彼，以爲浮薄」(《與荆南樂秀才書》)，但也並非一概反對駢儷，認爲「偶儷之文苟合於理，未必爲非，故不是此而非彼」(《論尹師魯墓誌》)。嘉祐二年知貢舉，對務爲險怪之語的應試者一律罷黜，而造語平淡、議論中理的蘇軾兄弟皆預奏名。其文學創作，成就卓著，諸體皆佳，蘇軾《六一居士集敘》説：「歐陽子論大道似韓愈，論事似陸贄，記事似司馬遷，詩賦似李白。」對其推崇備至。其詩歌成就不如散文，但也有轉變一代詩風之功。劉克莊稱：「國初詩人如潘閬、魏野，規規晚唐格調，寸步不敢走作。楊(億)、劉(筠)則又專爲崑體，……蘇(舜欽)、梅(堯臣)二子稍變以平淡豪俊，而和之者尚寡。至六一、坡公，巍然爲大家數，學者宗焉。」(《江西詩派序》)其《六一詩話》，是我國文學史上的第一部詩話，以隨筆的形式評論詩歌，開創了中國古代詩論的一種新形式。擅長作詞，其詞基本上沿襲《花間集》的風格，但有一些語言清新，極富情韻的詞作，已與《花間集》的濃艷詞風迥異。歐陽修在經學、史學、金石學方面也有顯著成就。著述甚豐，與宋祁合著《唐書》，自撰紀十卷、志五十卷、表十五卷。又著《五代史》七十四卷、《易童子問》三卷、《詩本義》十四卷、《居士集》五十卷、《歸榮集》一卷、《外制集》三卷、《内制集》八卷、《奏議》十一卷、《四六集》七卷、《集古録跋尾》十卷、《雜著》十九卷（韓琦《歐陽公墓誌銘》）。至南宋初年，合刻爲《六一居士全集》一百五十卷、《六一居士别集》二十卷（《通志·藝文略八》）。又有《六一詞》三卷。事迹見韓琦《歐陽公墓誌銘》（《安陽集》卷五〇）、蘇轍《歐陽文忠公神道碑》（《欒城後集》卷二三）、《宋史》卷三一九本傳。宋胡柯、清楊希閔分别編有《歐陽文忠公年譜》。

黎廷瑞（一二五〇—一三〇八）

字祥仲，鄱陽（今屬江西）人。生而穎拔，日誦數千言即了大義。少長，從吳中守、吳中行學，深契旨要，由是爲文一歸於理。咸淳七年進士及第。知舉方逢辰見其文貫穿出入，沈鬱典據，意必老於場屋者。及謁謝，方知年僅二十二，授迪功郎、肇慶府司法參軍。未赴任而宋已亡，幽居山中十年，以文墨自娛，種梅藝菊，雅意丘壑。元世祖至元二十三年，始出攝本郡教事，凡五載。改創採芹宮、愛蓮亭，葺尊經閣，種竹閣下，紀之以詩。晚取居易俟命之義，更號俟庵。武宗至大元年卒。著有《芳洲集》三卷。事迹見本集卷首小傳。

衛宗武（？—一二八九）

字淇父，自號九山，華亭（今上海松江）人。淳祐間，歷官尚書郎、出知常州，罷歸。閒居三十餘年，以詩文自娛。入元不仕，眷懷故國，匿迹窮居，不求聞達。元至元二十六年卒，年逾八十。所著《秋聲集》，皆退居後所作，原本已佚。四庫館臣自《永樂大典》輯爲六卷，稱其「詩文根柢差薄，骨格亦未堅致，蓋末造風會之所趨」，而集中所載，大都氣韻冲淡，有蕭然自得之趣（《四庫全書總目》卷一六五）。事迹見《秋聲集》卷首張之翰序、《重修毘陵志》卷八。

衛涇（一一五五—一二二六）

字清叔，初號拙齋居士，改號西園居士，自號後樂居士，華亭（今上海）人，後徙崑山（今屬江蘇）。少有節操，從李去智學。淳熙十一年，舉進士第一，特與添差鎮東軍簽判。十四年，除秘書省正字。十五年，除校書郎。十六年，遷著作佐郎。紹熙元年，遷著作郎兼司封郎官。二年，出爲淮東、浙東兩路提舉。慶元初，召爲吏部員外郎兼實録院檢討官。二年，遷右司員外郎。三年，爲左司員外郎，遷起居舍人，假工部尚書使金，還，除知慶元府兼沿海制置使，以言者論罷。十年不調，辟西園，取范仲淹格言名其堂曰後樂。開禧元年，得旨入朝。明年，除中書舍人兼直學士院，論北伐非計，不聽。三年，自吏部尚書除御史中丞，拜參知政事。嘉定初，兼太子賓客，欲去史彌遠，史諷御史劾罷之，出知漳州。五年，知潭州。八年，知隆興府。九年，知揚州。十七年，除資政殿學士、金紫光禄大夫致仕。寶慶二年卒，謚文節。涇以文學知名，其《應詔論北伐札子》，力詆韓侂冑開釁之非，詞意切直；劾易祓、朱質、林行可狀，詆斥姦佞，切中要害。其文章議論，有益當世，而和平温雅，具有典型（《四庫全書總目》卷一六一）。著有《後樂集》七十卷，已佚。四庫館臣自《永樂大典》輯爲二十卷。事迹見《四朝聞見録》甲集、《宋史翼》卷一五，宋衛湜編有《衛文節公年譜》。

衛博（生卒年字號不詳）

歷城（今山東濟南）人。早年曾參戎幕。紹興三十二年，爲左朝奉郎（《宋會要輯稿》兵一九之六）。乾道三年，主管禮兵部架閣文字（同上書職官六〇之三四）。四年，爲樞密院編修官，旋致仕。工爲文，尤長於四六文，文集中現存表啓、序記、書信多爲代人之作，「工穩流麗，有汪藻、孫覿之餘風，非應酬牽率者可比」（《四庫全書總目》卷一五九）。詩亦意象鮮明，清新條暢。著有《定庵類稿》十二卷（《宋史·藝文志八》），原集已佚。四庫館臣自《永樂大典》輯出，重編爲四卷。事迹見《宋中興百官題名記》、《四庫全書總目》卷一五九、雍正《浙江通志》卷一二五。《南宋文範作者考》卷下。

滕元發（一〇二〇—一〇九〇）

初名甫，字元發，以避高魯王諱，改字爲名，更字達道，東陽（今屬浙江）人。少從胡瑗學，皇祐五年進士，授大理評事、通判湖州。召試學士院，充集賢校理，判吏部南曹，除開封府推官，同修起居注，判户部勾院。神宗即位，除右正言，知制誥，知諫院，知開封府。拜御史中丞，除翰林學士。與王安石不合，出知鄆州，移定、青二州，留守應天府，知齊、鄧二州。坐妻族犯法，落職，知池州，徙安州。元豐七年，復貶知筠州，改湖州。哲宗登極，徙知蘇、揚二州。元祐元年，除龍圖閣直學士，再知鄆州。二年，以存撫流民有方，賜詔書奨諭（《續資治通鑑長編》卷四〇二），移知瀛州，易成德軍。四年，知太原府（同上書卷四二四）。五年，以龍圖閣學士知揚州，改青州，未至而卒，年七十一，賜謚章敏。元發性豪儁慷慨，不拘小節，論事無文飾。長於詩文，蘇軾稱其文「英發妙麗，每出一篇，學者爭誦之」。著有文集二十卷，又有《南征録》二十卷（《宋史·藝文志二》），已佚，今僅存《孫威敏征南録》一卷。事迹見蘇軾代張方平作《故龍圖閣學士滕公墓誌銘》（《蘇文忠公集》卷一五）、《宋史》卷三三二本傳。

滕岑（一一三七—一二二四）

字元秀，號龍嶺老樵，嚴州建德（今屬浙江）人。紹興二十九年領鄉薦，屢試不第。紹熙元年特奏名，爲徽州歙縣尉，調温州平陽縣丞，監南岳廟。嘉定十七年卒，年八十八。平生苦吟，紹興中與陳塤相唱和，其佳處自謂高視大曆十才子。所作詩凡三千首，多警句。宋濂序睦州詩派，岑列名其中。著有《無所可用集》三十卷。事迹見方回《滕元秀詩集序》（《桐江集》卷一）、《宋詩紀事》卷五八。

劉一止（一〇七八—一一六一）

字行簡，號太簡居士（劉一止《湖州德清縣慈相院新鐘》），又號苕溪先生（《澗泉日記》卷中），湖州歸安（今浙江吳興）人。宣和三年進士及第，監秀州都酒務，爲越州教授。以參知政事李邴舉薦，建炎中，爲詳定一司敕令所刪定官。紹興初，試館職，除秘書省校書郎。遷監察御史，起居郎，以言事罷，主管台州崇道觀。三年，召爲祠部員外郎、知袁州，改浙東路提點刑獄。復召爲秘書少監，擢中書舍人兼侍講，遷給事中。以秦檜所忌，復落職，提舉江州太平觀。久之，除秘閣修撰。十五年，復奪修撰之職。二十三年，以敷文閣學士致仕。三十年十二月卒，年八十三。一止博學能文，其文章「推本經術，出入韓、柳，不效世俗纖巧刻琢，雖演迤宏博而關鍵嚴備」（《行狀》）。擅長制誥，文句麗而不俳。詩歌「寓意高遠，自成一家」，呂本中、陳與義、葉夢得皆極稱賞之（《四庫全書總目》卷一五六）。又工詞，《喜遷鶯》一詞真切道出破曉早行情景，時人稱爲「劉曉行」（《直齋書録解題》卷二一）。著有《非有齋類稿》五十卷（《直齋書録解題》卷一八），又有《苕溪集》五十五卷（《宋史·藝文志七》）（今存）。事迹見韓元吉《敷文閣直學士左朝奉郎致仕劉公行狀》（《南澗甲乙稿》卷二二)、《宋史》卷三七八本傳。

劉才邵（一〇八六—一一五八）

字美中，號檆溪居士，吉州廬陵（今江西吉安）人。大觀二年上舍釋褐，爲贛、汝二州教授，提舉湖北學事管幹文字。宣和二年，中宏詞科，遷司農寺丞。靖康元年，任校書郎。高宗即位，以親老居閑十年。廖剛舉薦，召對，遷秘書丞，歷駕部員外郎、徙吏部，典侍右選事。紹興十一年，遷軍器監丞。十四年，遷起居舍人，擢中書舍人兼權直學士院。出知漳州。二十五年，召拜工部侍郎兼直學士院，權吏部尚書。二十八年卒，年七十三。才邵氣和貌恭，雍容遜避，於秦檜當國之際，能保持名節。擅長詩文，《四庫全書總目》卷一五六亦謂其詩「源出蘇氏，故才氣頗爲縱横」。現存文章以制誥、奏疏、書啓爲多，周必大稱其「制誥有體，議論有源，銘志能敘事，偈頌多達理」（《檆溪集序》）；《四庫全書總目》亦謂其「雜文亦多馴雅，而制誥諸作，尤有體裁。其他所紀朝廷典故，與《宋史》往往異同」，足資訂訛。著有《檆溪集》二十二卷，已佚。四庫館臣自《永樂大典》輯其詩文，重編爲十二卷。事迹見《宋史》卷四二二本傳。

劉子翬（一一〇一—一一四八）

字彦冲，號屏山，亦號病翁，韐子，子羽弟。崇安（今福建武夷山）人。未冠遊太學，以父蔭補承務郎，入真定幕府。建炎三年，通判興化軍，秩滿以最聞。以疾不堪吏事，乞閑，主管武夷山冲佑觀，居屏山潭溪，獨居一室，終日危坐，意有所得則書之，或詠歌自適，講學不倦。與胡憲、劉勉之交遊，相互切磋學問，朱熹嘗從其學。紹興十七年十二月初八日卒，年四十七。臨終，嘗命朱熹與黄銖記其平日省躬自勵之言，手自更定，名爲《遺訓》。理宗朝，追謚文靖。子翬天資卓異，讀書廣博，筆力甚高，詩文俱工。如《聖傳論》十篇、《維民論》三篇及論時事札子十八篇，都能針對時事而作，《四庫全書總目》卷一五七稱其「辨析明快，曲折盡意，無南宋人語録之習；論事之文，洞悉時勢，亦無迂闊之見」，爲「明體達用之作，非坐談三代、惟騖虛名者比」。與江西派詩人吕本中、韓駒、曾幾等相往還，故其詩歌受江西詩派影響，古風高秀，不襲陳調；近體蒼勁卓煉，頗雜禪宗語意。著有《屏山集》二十卷。事迹見朱熹《屏山先生劉公墓表》（《晦庵先生朱文公文集》卷九〇）、《宋史》卷四三四本傳。

劉克莊（一一八七—一二六九）

字潛夫，號後村居士，興化軍莆田（今屬福建）人。父彌正，寧宗朝吏部侍郎。克莊本名灼，嘉定二年以蔭補將仕郎，改今名，調靖安主簿，袁燮延爲幕府教官。俄丁父憂，服除，注福州右理曹，改差真州録事參軍。嘉定十七年，改宣教郎知建陽縣，歷潮、吉州通判。端平中，除樞密院編修官、兼權侍右郎官。立朝正直敢言，爲人所忌，出主玉局觀。尋知漳州，改袁州，復爲言者劾罷。李宗勉當國，擢江西提舉，改廣東，陞轉運使。淳祐元年，爲言者所劾，罷主崇禧觀。四年，起爲江東提舉。六年，召除太府少卿。面對言事，頗切時政，理宗嘉之，即賜同進士出身，除秘書少監，尋兼崇政殿説書。是年末，兼中書舍人，力沮史嵩之除職致仕之命。事雖施行，仍爲御史論劾，以秘閣修撰出爲福建提刑。淳祐十年，除秘書監。次年入京，兼太常少卿、直學士院，兼崇政殿説書、史館同修撰。同年十月，除起居舍人。復爲言者論劾，罷提舉明道宫。景定元年，除秘書監、起居郎，兼權中書舍人，復除兵部侍郎兼中書舍人，兼直學士院。三年，除權工部尚書，兼侍讀。同年八月，以寶章閣學士知建寧府。五年秋，以焕章閣學士致仕。咸淳五年正月卒，年八十三，謚文定。克莊文名久盛，兼擅詩、詞、文，詩論也頗具影響，被目爲當時文壇宗主、「中興一大家數」（葉適《題劉潛夫南岳集稿》、林希逸《後村居士集序》）。尤以詩歌影響爲大，與陸游、楊萬里並稱「渡江三大家」（陸文圭《苕石先生效顰集跋》）。有四千五百餘首詩傳世，憂時傷世之作，慷慨悲壯，筆鋒沉雄犀利，豪邁奔放，也有不少應酬叠和之作及語録式、頌偈式的詩篇，失之粗野，淺露。詩中大量使事用典，晚年尤喜以文爲詩，形同押韻散文。其詩初受西崑諸子及永嘉四靈影響，後來轉學姚合、賈島等晚唐詩人，又特别推崇楊萬里與陸游，最後力圖在江西派與晚唐體之間自辟蹊徑，正如方回所稱：「劉潛夫始亦染指四靈，後宗放翁，卒自名家。」（《跋胡直内詩》）其詞與劉過、劉辰翁齊名，號稱「三劉」，馮煦甚至認爲「與放翁、稼軒猶鼎三足」（《宋六十一家詞選例言》）。刻意學辛棄疾，喜用事典，帶有散文化、議論化傾向，有「直致近俗，效稼軒而不及」之譏（《古今詞話·詞評》上卷引張炎語、《詞品》卷五）。其文以表、制、誥、啓見稱，「典麗清新、腴贍簡古」，人以小東坡目之（劉希仁《後村先生大全集序》）。《四庫全書總目》稱其「文體雅潔，較勝其詩，題跋諸篇，尤爲獨擅」。克莊所著詩、文、詞等，本以前、後、續、新四集行世，凡二百卷。其幼子季高合而刊之，分門别類，各類大抵以時代先後爲序，頗具章法。惜全集刻本不傳，今可見者唯鈔本數種。其詩文亦有散佚，故今本唯一百九十六卷。《後村長短句》五卷，《後村詩話》十四卷，亦單刻行世。事迹見宋林希逸《後村先生劉公行狀》（《後村先生大全集》卷一九四）、洪天錫《後村先生墓誌銘》（同上書卷一九四），今人程章燦編《劉克莊年譜》。

劉辰翁（一二三二—一二九七）

字會孟，號須溪，吉州廬陵（今江西吉安）人。幼年喪父，家貧力學。景定元年，至臨安，補太學生。三年廷試對策，雖忤賈似道，而理宗嘉之，置丙第。後因親老請爲贛州濂溪書院山長。五年，應江萬里邀入福建轉運司幕，未幾，隨江入福建安撫司幕。咸淳元年，爲臨安府教授。四年，入江東轉運司幕。五年，爲中書省架閣，丁母憂去。德祐元年，丞相陳宜中薦居史館，又授太學博士，均未赴任。旋入文天祥江西幕府，參預抗元。宋亡，托方外以歸，隱居著述，以終其身。元大德元年卒，年六十六。辰翁早從王泰來學詩，尤以善評詩著稱，吳澄《大西山白雲集序》謂其「於諸家詩融液貫徹，評論造極」，歐陽玄《羅舜美詩序》也稱「會孟點校諸家甚精，而自作多奇崛，衆翕然宗之，於是詩又一變」。今存所點評詩文集，有《王摩詰詩集》、《孟浩然集》、《韋蘇州集》、《批點選注杜工部詩》、《箋注評點李長吉歌詩》、《蘇東坡詩集》、《簡齋詩集》、《須溪精選陸放翁詩集》、《放翁詩選後集》等，此外還有《班馬異同》、

《越絶書》、《老子道德經》、《莊子南華真經》、《列子冲虚真經》、《世説新語》、《陰符經》、《大戴禮記》、《荀子》等多種，還曾編選《湖山類稿》、《水雲集》、《亡宋舊宫人詩》等。明人曾彙刊爲《劉須溪批評九種》，可見其影響。所評多以文學論工拙，不全爲科舉應試而作。其文在當時影響頗大，時人每以鄉先輩歐陽修爲比，魯聞禮《劉將孫養吾齋集序》稱其與歐陽守道「相繼以雄文大筆擬於歐（陽修）盡常、蘇（軾）盡變，由是海内之推言文章者，必以廬陵爲宗」。《四庫全書總目》卷一六五謂其詩文「專以奇怪磊落爲宗，務在艱澀其詞，甚或至於不可句讀，尤不免軼於繩墨之外。特其蹊徑本自蒙莊，故惝恍迷離，亦間有意趣，不盡墮牛鬼蛇神。且其於宗邦淪覆之後，睠懷麥秀，寄託遥深，忠愛之忱，往往形諸筆墨，其志亦多有可取者」。其詞多涉時事，寄託遥深，爲辛棄疾一派之後繼者，況周頤《蕙風詞話》卷二云：「須溪詞風格遒上似稼軒，情辭跌宕似遺山。有時意筆俱化，純任天倪，意態略似坡公。往往獨到之處，能以中鋒達意，以中聲赴節。」所作詩文，由其子將孫編爲《須溪先生集》一百卷，已佚。四庫館臣輯爲《須溪集》十卷。事迹見《南宋書》卷六三、《宋史翼》卷三五，今人劉宗彬撰有《劉辰翁年譜》。

劉攽（一〇二三—一〇八九）

字貢父，號公非，臨江新喻（今江西新余）人。嘉祐六年進士，仕州縣二十年，始爲國子監直講。熙寧中判尚書考功，同知太常禮院。考試開封舉人，與同院考官王介争詈，出爲泰州通判，知曹州。爲開封府判官，復出爲京東轉運使，徙知兖、亳二州。吴居厚代京東轉運使，推行王安石新法，追究劉攽職事廢弛之責，黜監衡州鹽倉。哲宗初，起知襄州，入爲秘書少監，以疾求去，加直龍圖閣，知蔡州。召拜中書舍人。元祐四年卒（《續資治通鑑長編》卷四二三），年六十七。劉攽性詼諧，博聞强記，通六經典籍，尤長於史學，司馬光聘其同修《資治通鑑》，專任秦、漢史的修撰。文章詞藝典雅，擅用故實，其《與青州歐陽尚書》，向友人傾述不平，引「柳下惠仕魯三黜，令尹子文仕楚三去」爲喻，並以自己「到京七年，三蒙臺論，小人何幸，乃與下惠、子文等」自慰，無悲憤過激之辭。其詩大多氣勢恢宏，詠史詩借古喻今，頗有佳篇。著述甚豐，有《五代春秋》、《内傳國語》、《經史新義》、《東漢刊誤》、《詩語録》、《芍藥譜》、《漢官儀》，凡百卷（《東都事略》卷七六）。又有《彭城集》六十卷（《直齋書録解題》卷一七），明代佚亡，四庫館臣自《永樂大典》輯其詩文，編爲四十卷。事迹見《宋史》卷三一九本傳，今人顔中其撰有《劉攽年譜》。

劉　弇（一〇四八—一一〇二）

字偉明，吉州安福（今屬江西）人。元豐二年登進士第，除通州海門縣主簿。歷臨潁縣令、洪州教授、興化軍録事參軍。紹聖二年，知嘉州峨眉縣。三年，中宏詞科，擢太學博士。元符中，進《南郊大禮賦》，除秘書省正字。徽宗即位，改承議郎，爲禮部參詳官。進著作佐郎，充實録院檢討官。崇寧元年卒，年五十五。劉弇博極群書，爲文章祖述韓、柳，規摹歐陽修（周必大《龍雲集序》）。「其文不名一格，大都氣體宏整，詞致敷腴」，「剷削瑕纇，卓詭不凡」。其詩歌雖氣格稍弱，但亦「峭拔不俗，異於庸音之足曲」（《四庫全書總目》卷一五五）。能詞，其《清平樂》（東風依舊）懷念已故愛妾，寫得情意綿長，傷感至深（《詞綜偶評·宋詞》）。著有《龍雲集》三十二卷。事迹見李彥弼《劉偉明先生墓誌銘》（《龍雲集》附録）、《宋史》卷四四四本傳。

元符南郊大禮賦……………… 一六六二

仁人之言其利博賦……………… 一四三一

德至者色澤洽賦……………… 一八七一

劉涇（生卒年不詳）

字巨濟，一字濟震，號前溪，簡州陽安（今四川簡陽）人，孝孫子。熙寧六年進士及第。七年，王安石舉薦其才，召見，除經義所檢討（《續資治通鑑長編》卷二五三）。元祐初，爲太學博士，罷知咸陽縣（同上書卷三六四），爲常州教授，歷通判莫州、成都府。除國子監丞，知處、虢、真、坊四州。元符末上書，召對，除職方郎中。卒，年五十八。劉涇好進取，多爲人排斥，屢躓不伸。善書畫，與米芾爲書畫友，作林石槎竹，筆墨狂逸，體制拔俗（《畫繼》卷三）。爲文章務用奇語，有文名於時。嘗注杜甫詩，又注《老子》二卷（《蜀中廣記》卷九四），有《前溪集》五卷（《郡齋讀書志》卷一九，《宋史》本傳作「有文集五十卷」），已佚。事迹見《東都事略》卷一一〇、《宋史》卷四四三本傳、《蜀中廣記》卷一〇八。

灩澦堆賦……………………… 一一〇五

劉宰（一一六六—一二三九）

字平國，號漫堂，金壇（今屬江蘇）人。紹熙元年進士，調江寧尉，歷真州司法，授泰興令。韓侂胄方謀用兵，宰言其輕啓兵端，爲國深害，果如其言。爲浙東倉司幹官，尋告歸，監南岳廟，退居雲茅山之漫塘。嘉定間，屢召不就。理宗朝，累召爲籍田令、通判建康府，皆不就，以直秘閣主管仙都觀致仕。端平元年，復以太常丞召，一時譽望收召略盡，唯劉宰與崔與之不至。隱居三十年，平生無所嗜，唯於書無所不讀。嘉熙三年卒，年七十四。其學一以程、朱爲歸，所與遊者亦多朱熹門人。詩文淳古恬淡，質樸自然，不事雕飾而明快暢達，《漫塘》一賦，尤爲著名（《四庫全書總目》卷一六二）。時人稱其「學術本乎伊洛，文藝勝於漢、唐」（趙葵《漫塘劉先生文集序》）。著有《京口耆舊傳》九卷，《漫塘文集》三十六卷。事迹見《宋史》卷四〇一本傳。

劉跂（一〇五三—？）

字斯立，東光（今屬河北）人，劉摯子、王聾婿。元豐二年進士，爲亳州教授。元祐初，移曹州教授，爲彭澤、管城、蕲水縣令。紹聖間，其父入黨籍，隨父徙於新州貶所。崇寧元年，入元符黨籍。劉摯死於貶所，劉跂請歸葬，又伏闕訴文及甫之誣，爲父雪冤。後累官朝奉郎。晚年築學易堂，時人又稱學易先生。劉跂長於爲文，《四庫全書總目》卷一五五稱其「所作古文，類簡勁有法度」。詩歌風格頗似陳師道，雖有時略顯生拗，然而大都落落無凡語。著有《學易集》二十卷（《直齋書録解題》卷一七），原集已佚。四庫館臣自《永樂大典》輯爲八卷。事迹見《宋史》卷三四〇《劉摯傳》、《宋史新編》卷一一四、《宋元學案》卷二。

劉過（一一五四—一二〇六）

字改之，自號龍洲道人，吉州太和（今江西泰和）人。客崑山，依妻家而居。爲人尚氣節，喜飲酒，以功業自許。博學經、史、百氏之書，好言古今治亂之略，論兵尤善陳利害。淳熙間與劉仙倫齊名，有廬陵二劉之稱。曾多次上書宰臣，陳恢復方略，請用兵，謂中原可一戰而取，不被采用。紹熙五年扣閽上書，請光宗過宫，言極剴切，備受稱許。慶元五年，遊東陽，往來山谷間，賦詩最多，集爲《東陽遊戲》（許從道《東陽遊戲序》）。屢試不第，漂泊江淮，以詩詞客食四方，與陸游、陳亮、辛棄疾等交遊。陸游《贈劉改之秀才》稱其「胸中九淵蛟龍蟠，筆底六月冰雹寒」，惜其「李廣不生楚漢間，封侯萬户宜其難」。又有詩詞上韓侂胄，爲韓所喜。開禧元年，至京口，與岳珂相識，與章升之、黄機、王邁等遊處，廣題郡中名勝，尤以《多景樓》一詩知名（《桯史》卷二）。二年，卒於崑山，年五十三（陳謌《題劉龍洲易蓮峰二公墓》）。劉過以詩詞久負盛名，其詞縱情抒寫「平生豪氣」，多慷慨激昂，或感愴時事而言詞激切，或爲收復中原而大聲疾呼，氣勢豪壯，跌宕淋漓。其長調大抵以辛棄疾爲法，與劉克莊同稱爲繼辛而起的豪放派作家，雖偶有粗率之筆，然雄健可喜，不乏感人的愛國篇章。劉熙載稱其「狂逸之中，自饒俊致，雖沉著不及稼軒，足以自成一家」（《藝概》卷四）。其小令則俊逸纖秀，宛轉含蓄。其詩多悲壯感慨，意氣豪邁，清新而壯。其文工辭藻而尚體要，四六雅馴而工，散文雄深而清。著有《龍洲集》十四卷，《龍洲詞》一卷。事迹見呂大中《宋詩人劉君墓碑》（《吴下家墓遺文》續集卷一）、《咸淳玉峰續志》、殷奎《復劉改之先生墓事狀》、楊維楨《宋龍洲先生劉公墓表》（《吴都文粹續編》卷四四），今人劉宗彬撰有《劉過年譜》。

劉望之（？—一一五九）

字夷叔，號觀堂，瀘州（今屬四川）人，一云成都人（《建炎以來繫年要録》卷一七六）。紹興十二年進士。二十七年，由達州教授召除國子正。二十八年，爲秘書省正字。二十九年卒（同上書卷一八二）。現存詩多爲蜀中所作，議論高古，清新條暢。著有《觀堂集》，已佚。事迹見《鄮峰真隱集》卷三一、《桯史》卷五、《南宋館閣録》卷八。

劉敞（一〇一九—一〇六八）

字原父，號公是，臨江軍新喻（今江西新余）人。慶曆六年進士，以大理評事通判蔡州，召試學士院，遷太子中允、直集賢院，判登聞鼓院、吏部南曹。權判三司開拆司，同修起居注。至和元年，召試，遷右正言、知制誥。三年，出知揚州，遷起居舍人，徙知鄆州，兼京東西路安撫使。召還，糾察在京刑獄。知嘉祐四年貢舉。乞外任，拜翰林侍讀學士，充永興軍路安撫使兼知永興軍。八年召還，判三班院、太常寺。出知汝州。治平三年召還，以疾不能朝，改集賢院學士、判南京御史臺。熙寧元年卒，年五十。劉敞學問淵博，通六經百氏、古今傳記、天文地理、卜醫數術、浮圖老莊之説，尤長於《春秋》學。爲文敏捷，嘗一日草追封皇子、公主九人制詔，一揮數千言，文辭典雅，各得其體。其文議論宏博而氣平文緩；作賦不少，嘗「取嘗所爲律賦編之」爲《雜律賦》；詩歌也不乏佳作；解經不泥古，多獨特之見，吳曾《能改齋漫録》卷二引國史云：「慶曆以前學者尚文辭，多守章句注疏之學。至劉原父爲《七經小傳》始異諸儒之説，王荆公修經義，蓋本於原父。」著有《春秋傳》十五卷、《春秋權衡》十七卷、《春秋説例》二卷、《春秋文權》二卷、《春秋意林》五卷、《弟子記》五卷、《七經小傳》五卷（劉攽《劉公行狀》），另有《公是先生集》七十五卷（劉攽《公是先生集序》），已佚，四庫館臣自《永樂大典》輯其詩文，重編爲《公是集》五十四卷。事迹見劉攽《劉公行狀》（《彭城集》卷三五）、歐陽修《劉公墓誌銘》（《歐陽文忠公集》卷三五）、《宋史》卷三一九本傳，今人張尚英撰有《劉敞年譜》。

劉筠（九七一—一〇三一）

字子儀，大名（今屬河北）人。咸平元年進士，爲館陶縣尉。後楊億試選人校太清樓書，擢筠爲第一，以大理評事爲秘閣校理。真宗出征澶淵，命爲大名府觀察判官。預修圖經及《册府元龜》，頗爲精敏。真宗祀汾陰，命筠撰《土訓》，又屢上賦頌。進左正言，直史館，修起居注。大中祥符七年，遷左司諫、知制誥（《續資治通鑑長編》卷八三），加史館修撰。出知鄧州，徙陳州。還，糾察在京刑獄，知貢舉，遷兵部員外郎，進翰林學士。以諫議大夫出知廬州。仁宗即位，遷給事中，復召爲翰林學士，拜御史中丞。知天聖二年貢舉，進禮部侍郎、樞密直學士，知潁州。召還，復知貢舉，進翰林學士承旨兼龍圖閣直學士、同修國史，判尚書都省。再知廬州。天聖九年卒，年六十一（《續資治通鑑長編》卷一〇六），謚文恭。筠學問宏博，文章工對偶，辭尚緻密；詩宗唐代李商隱，爲西崑派三大領袖之一，與楊億齊名，時人並稱「楊劉」。著有《中山刀筆集》三卷、《册府應言集》十卷、《榮遇集》十二卷、《表奏》六卷、《淝川集》四卷（《直齋書録解題》卷一七、《宋史·藝文志》），大多已佚。今存《肥川小集》一卷，又《西崑酬唱集》中亦收其詩七十二首。事迹見《宋史》卷三〇五本傳。今人鄭再時編《西崑唱和詩人年譜》含劉筠年譜。

劉翰（生卒年不詳）

字武子，自號小山，長沙（今屬湖南）人。紹興間遊於張孝祥、范成大之門，詩聲日著。久客臨安，無所成就，作《秋風思歸歌》以自寓，怨而不怒，得騷人遺旨。慶元中，吳琚留守金陵，劉翰與「一時之彥」儲用、項安世、周師稷、王輝、王明清等從其遊，在江湖詩壇上頗有詩譽。著有《小山集》。王士禛謂其詩步武四靈，成就不高，但也偶有佳作。事迹見《宋百家詩存》卷一〇。

劉學箕（生卒年不詳）

字習之，自號種春子，又號方是閒居士，建寧府崇安（今福建武夷山）人。子翬孫，玭子。青紫滿家，應得一官，而廉静退托，志在四方，足迹半九州，遊襄漢，經蜀都，寄湖浙，歷覽名山大川，取友於天下。嘉泰四年返鄉里，年未五十，移家於南山之下，引泉植竹，造亭立館，取其最宏敞者，扁曰方是閑堂。日與賓客飲，飲醉吟詩，詩成更飲，常至達旦。自六經諸子、史傳百家之書、天文地理經緯之學、古今文集、醫藥方技，莫不研究。其人天資秀發，發而爲詩，愈久愈工，所作歌行，放笑縱横，時露奇崛。詞風近辛棄疾，其《賀新郎》云：「國耻家仇何年報，痛傷神，遥望關山月。」悲壯激烈，忠孝之氣，奕奕紙上（《四庫全書總目》卷一六二）。劉淮極稱其「筆力豪放，詩摩香山之壘，詞拍稼軒之肩」。著有《方是閒居士小稿》二卷。事迹見劉淮《方是閒居士小稿序》及本集其他序跋，嘉靖《建寧府志》卷一八有傳。

木犀賦……二七二九
舟行三章……六二一
倚松賦……二六二五
紫芝頌……六二二
畫壁賦……二三五七
瘞鶴銘……六二三

劉黻（一二一七—一二七六）

字聲伯，一字升伯，號蒙川，又號質翁，温州樂清（今屬浙江）人。早年讀書雁蕩山僧寺，淳祐十年，入太學，時年三十四，伏闕上書論丁大全，送南安軍安置。取濂、洛諸子之書，輯成《濂洛論語》十卷。及丁大全貶，始還太學。又以程公許、黄之純罷職，復率諸生上書。景定三年進士，以對策忤賈似道，授昭慶軍節度掌書記。咸淳二年，召爲秘書省正字。三年，遷校書郎，拜監察御史。四年，丁父憂。六年，起爲沿海制置使、知慶元府事。八年，召拜刑部侍郎。九年，試吏部尚書，兼工部尚書，兼中書舍人，兼修玉牒，兼侍讀。德祐初，隨二王入廣。二年，拜參知政事，行至羅浮病卒。著有《蒙川集》，已散佚，殘稿由其弟應奎編爲《蒙川先生遺稿》十卷。《四庫全書總目》卷一六四謂其詩「淳古淡泊，雖限於風會，格律未純，而人品既高，神思自別，下視方回諸人，如鳳凰之翔千仞矣」。事迹見《宋史》卷四〇五本傳，參《宋史》卷四七《瀛國公紀》，《南宋館閣續録》卷八、九。

明堂賦……一九三〇
梅花賦……二七〇四

劉彝（一〇一七—一〇八六）

字執中，福州閩縣（今福建福州）人。幼從胡瑗學，慶曆六年進士，爲邵武都尉，調高郵主簿，移朐山縣令。熙寧初，爲制置三司條例司官屬，以言新法不便罷。除都水丞，爲兩浙轉運判官，知虔州。七年，加直史館，知桂州。交趾攻陷欽、廉、邕三州，坐貶均州團練副使，隨州安置。九年，復除名爲民，編隸涪州，徙襄州。元祐初，以都水丞召還，病卒於道，年七十。著有《洪範解》六卷、《七經中義》一百七十卷、《贛州正俗方》二卷、《明善集》三十卷、《居陽集》三十卷等，均不存。事迹見《東都事略》卷八六、《宋史》卷三三四本傳。

諸葛興（生卒年不詳）

字仁叟，山陰（今浙江紹興）人，行敏姪。以文行稱於鄉，嘗作《會稽九頌》。嘉定元年進士，歷江州彭澤丞，改奉化縣丞。著有《梅軒集》十二卷、《先賢施仁濟世録》一卷，已佚。事迹見《寶慶會稽續志》卷六、乾隆《紹興府志》卷三一、五四。

潘祖仁（一〇四六—一一三六）

字亨父，自號竹隱老人，婺州金華（今屬浙江）人。好學能文，退隱不仕。善於教子，其子良佐、良貴等皆有名於時。紹興六年卒，年九十一，特贈朝奉大夫。事迹見《敬鄉録》卷二、《金華先民傳》卷一〇、《紫微集》卷二〇。

樂史（九三〇—一〇〇七）

字子正，撫州宜黄（今屬江西）人。初仕南唐爲秘書郎。入宋，爲平原主簿。太平興國五年賜進士及第。上書言事，擢著作佐郎、知陵州。獻《金明池賦》，召爲三館編修。雍熙三年，獻所著《貢舉事》二十卷、《登科記》三十卷、《題解》二十卷、《唐登科文選》五十卷、《孝弟録》二十卷、《續卓異記》三卷，太宗嘉其勤，遷著作郎、直史館。轉太常博士、知舒州，遷水部員外郎。淳化四年，出使兩浙，加都官、知黄州。又獻《廣孝傳》五十卷、《總仙記》一百四十一卷，詔秘閣鈔寫進呈。咸平初，獻《廣孝新書》五十卷、《上清文苑》四十卷。二年，知商州，解職分司西京。卜居洛陽，優遊山水。景德四年卒，年七十八。樂史好著述，然博而寡要，論者常惜其詭誕。著述甚富，除上述著作外，還有《仙洞集》一百卷、雜編六百九十餘卷。現存《太平寰宇記》二百卷、《楊太真外傳》二卷、《緑珠傳》一卷。事迹見《宋史》卷三〇六《樂黄目傳》附傳。

樂雷發（生卒年不詳）

字聲遠，號雪磯，舂陵（今湖南寧遠縣西北）人。累舉不第，寶祐元年，以門人姚勉登第，上疏相讓，召試，廷對萬餘言，條答疏暢，深切時弊，賜特科第一，授館職。又以元兵渡江，作《烏烏歌》、《車攻賦》以諷當路。四年，以病告歸，居雪磯，因以自號。五年，友人朱嗣賢等爲刊詩集五卷，自爲序。其詩頗有反映國事、關心民瘼之作，屬後期江湖詩派中的佼佼者。清人曹庭棟稱其「雄深老健，突兀自放，南渡後詩家罕此標格。」《四庫全書總目》卷一六四稱其人品頗高，詩「風骨頗遒，調亦瀏亮，實無猥雜粗俚之弊，視江湖一派迥殊。」如《寄姚雪篷》、《寄許介之》、《送丁少卿》、《讀繫年録》諸篇，尚有杜牧、許渾遺意」。著有《雪磯叢稿》五卷。事迹見《雪磯叢稿》自序及樂宣跋、《宋百家詩存》卷一八、《楚紀》卷四一、《宋元學案補遺别附》卷二、《宋詩紀事》卷六七、《南宋文範作者考》卷下、光緒《寧遠縣志》卷七之三。

佳人兩章寄許東溪……七六五
烏烏歌……七六三
寄雪篷姚使君……七六四
遊紫霞巖賦……一一五六

十六畫

薛季宣（一一三四—一一七三）

字士龍（一作士隆），號艮齋，温州永嘉（今浙江温州）人，徽言子。早年隨伯父薛弼宦遊四方，喜從父老問岳飛、韓世忠兵間事。年十七，妻父荆南帥孫汝翼辟爲書寫機宜文字，師從程頤弟子袁溉。紹興二十三年，入四川制置使蕭振幕。次年，歸鄉。二十六年，至毗陵探望孫汝翼。三十年，以蔭知鄂州武昌，嚴保伍以防金兵。隆興元年，赴調武林，得婺州司理參軍，待次居鄉。乾道四年，赴任，以薦召對，改知平江府常熟縣，待次居毗陵。七年，以薦召赴臨安，除大理寺主簿，持節使淮西，安置流民。次年，回臨安復命，遷大理正。以直言缺失，僅七日而出知湖州。九年，改知常州，未上卒，年四十。爲學重事功，晚與朱熹、吕祖謙交往商榷，强調「步步着實」，注重研究田賦、兵制、水利等，開永嘉學派先聲。《四庫全書總目》卷一六〇稱其學問淹雅，持論明晰，考古詳核，立説精確，卓然自成一家。「於詩則頗工七言，極踔厲縱横之致」。平生著書甚多，著有《古文周易》、《古詩説》、《書古文訓》、《春秋經解》、《春秋指要》、《論語直解》、《小學》諸書，多不傳。今存《浪語集》三十五卷。事迹見本集卷三五附録吕祖謙《薛常州墓誌銘》、陳傅良《右奉議郎新權發遣常州借紫薛公行狀》、《宋史》卷四三四本傳。清薛鍾斗編有《薛常州年譜》，今人楊世文有《薛季宣年譜》。

箕子操……四七二
適薄歌……四七二
鴈蕩山賦……一〇五八
劉復之哀詞……四七六
操舜操……四七〇
磨李固碑文……四九五
襄陵操……四七一
懷騷賦……二五三六
霹靂引……四七一
靈芝賦……一七〇八

薛紱（生卒年不詳）

字仲章，嘉州龍游（今四川樂山）人，一作夾江（今屬四川）人。幼穎悟，日誦萬言，舉淳熙十一年進士，爲成都教授、四川宣撫司幕官。廷對，極言韓侂胄之姦，坐劾去。嘉定四年，除秘書郎，旋罷，知永康軍。知黎州，築玉淵書院以講學，學者稱符谿先生。嘗與魏了翁講明易學，著《易則》十卷。事迹見魏了翁《哭薛秘書紱文》（《鶴山集》卷九一），《宋會要輯稿》選舉二一之一二、職官七五之一，《宋史》卷一五九，《南宋館閣續録》卷八，《宋元學案》卷七二。

灧澦堆賦……一一〇五

蕭廷芝（生卒年不詳）

一作蕭廷之，本名挺之，字元瑞，一字天來，號了真子，福州（治今福建福州）人。從彭耜遊，耜授以金丹秘要。著有《金丹大成集》五卷（存）。事迹見道藏《修真十書·金丹大成集》。

金液還丹賦……二四三三

錢公輔（一〇二一—一〇七二）

字君倚，常州武進（今屬江蘇常州）人，治子。少從胡瑗學，聞名於吳中。皇祐元年，中進士甲科，通判越州。爲集賢校理，同判吏部南曹。歷開封府推官、户部判官，知明州，同修起居注。嘉祐八年，進知制誥（鄭獬《薦錢公輔狀》）。英宗即位，奏陳《治平十議》，又作《帝問》一篇上之。王疇爲翰林學士擢樞密副使，公輔拒不草制，謫滁州團練使。踰年，起知廣德軍。神宗立，拜天章閣待制、知鄧州，復知制誥，知諫院。與王安石政見不合，罷諫職，出知江寧府。明年，徙揚州，改提舉崇福觀。熙寧五年卒（《續資治通鑑長編》卷二二三），年五十二。公輔擅長爲文，風格與歐陽修相近。事迹見《宋史》卷三二一本傳。

錢仲鼎（生卒年不詳）

一作重鼎，字德鈞，通州（今江蘇南通）人，徙居蘇州（今屬江蘇）。宋末領鄉薦。入元，客翰林陸行直家近十年。後卜居松江之南，泖湖之東陸家傍，趙孟頫爲作水村圖，一時歌詠者甚衆。卒年九十餘，事迹見其所撰《水村隱居記》（《趙氏鐵珊瑚網》卷一二）、明正德《姑蘇志》卷五七。

錢惟演（九六二—一〇三四）

字希聖，杭州臨安（今浙江臨安）人，吳越王俶子。歸宋，爲右屯衛將軍。召試學士院，真宗稱賞，改太僕少卿。獻《咸平聖政録》，命直秘閣，預修《册府元龜》，與楊億分别爲撰序。除司封郎中、知制誥，遷給事中，知審官院。大中祥符八年，爲翰林學士，遷工部侍郎。坐貢舉失實，降給事中。復工部侍郎，擢樞密副使，累遷工部尚書。仁宗即位，拜樞密使。初，錢惟演附丁謂逐寇準，後又擠丁謂以自解，宰相馮拯惡其爲人，乃罷職知河陽。逾年，請入朝，加同中書門下平章事，判許州。天聖七年，改武勝軍節度使。明年，改泰寧軍節度使，判河南。景祐元年卒，年七十三，贈侍中，初謚思，慶曆間，其家人訴於朝，改謚文僖。惟演爲吴越王後代，故屢借聯姻，阿附皇族以固其地位。然生長於豪貴之家而喜獎拔人才，留守西京時，通判謝絳、掌書記尹洙、留守推官歐陽修、主簿梅堯臣，齊集於幕府，皆北宋詩文革新代表人物，人才濟濟，少有其比。惟演又博學能文，擅長詩詞，爲西崑派三大領袖之一。詩文清麗典雅，詞亦旖旎婉轉，情意真切，著有《典懿集》三十卷、《樞廷》、《擁旄》前、後集、《伊川集》、《漢上集》、《金坡遺事録》、《飛白書敘録》、《逢辰録》、《奉藩書事》等（《隆平集》卷一二），多已失傳。現存《家王故事》、《玉堂逢辰録》、《金坡遺事》。《西崑酬唱集》中存其詩四十七首。事迹見《宋史》卷三一七本傳。今人鄭再時編《西崑唱和詩人年譜》、曾棗莊編《西崑酬唱集詩人年譜簡編》含錢惟演年譜，日本池澤滋子有《錢惟演年譜》。

春雪賦……九〇九

錢勰（一〇三四—一〇九七）

字穆父，杭州錢塘（今浙江餘杭）人，錢惟演從孫、彦遠之子。以蔭授將作監主簿。皇祐三年，監陳州糧料院。熙寧三年，中秘閣選，廷對已入等，以王安石罷其科，遂未入選。知尉氏縣，授流内銓主簿。權鹽鐵判官，歷提點京西、河北、京東刑獄。元祐初，遷給事中，以龍圖閣待制知開封府。三年，知越州；五年，徙瀛州；七年，徙青州。召拜工部、户部侍郎，進尚書，加龍圖閣直學士，復知開封。罷知池州。紹聖四年卒，年六十四，謚文肅。錢勰生性豪邁，擅長議論，所爲文章得西漢體，雄深雅健，制誥文辭典麗，詩作清新遒勁，長於用韻，與蘇軾多有詩歌唱和。著有文集一百卷，已佚。事迹見李綱《錢公墓誌銘》（《梁溪集》卷一六七）、《宋史》卷三一七《錢惟演傳》附傳。

釣臺賦……二四五三

諶　祐（一二一三—一二九八）

一作諶祜，字自求，號桂舟，別號服耕子，南豐（今屬江西）人。以詩文名世，與劉壎同號「南豐之彥」，布衣終身。元大德二年卒，年八十六。劉壎《隱居通議》卷八稱其記序最佳，論詩入妙品，「筆力高峻，有史漢文氣」。古體樂府俱善，尤精律體，「自出機軸，掃空凡馬」。著有《三傳朝宗》、《史漢韻紀》、《古書合轍》、《桂舟雜著》、《自知集》、《桂舟歌詠》，均已佚。事迹見《隱居通議》卷八、正德《建昌府志》卷一六、《宋詩紀事補遺》卷六四。

落　月……………………八〇一

閻　苑（生卒年不詳）

字東叟，號風騷閑客，魏陵人。嘗奉使武都。學詩四十餘年，吟詠不輟，政和七年輯爲《風騷閑客詩録》。宣和二年十月嘗撰《北客賦》，自署「魏陵閻苑述」。

述賢亭賦……………………二四九六

十七畫

戴　埴（生卒年不詳）

字仲培，鄞縣（今屬浙江寧波）人。嘉熙二年進士，宋末曾任轉運使。究心郡國利病，考論楮券源流、鹽法、義役得失，以及經史疑義、名物典故，著爲《鼠璞》一卷，持論精審。能詩，感愴悲凄，振刷弊政之心，溢於言表。《江湖後集》卷九録其詩五首，文、賦各一首。張壽鏞輯有《戴仲培先生詩文》一卷。事迹見《江湖後集》卷九、張壽鏞《戴仲培先生詩文序》、余嘉錫《四庫提要辨證》卷一五《鼠璞》。

羣仙賦……………………二四〇八

諭鶴文……………………七五八

韓元吉（一一一八—一一八七）

字无咎，號南澗，開封雍丘（今河南杞縣）人，南渡後居上饒（今江西上饒）。韓維玄孫。少時師事尹焞，以蔭爲處州龍泉縣主簿，調南劍州主簿。紹興二十八年，知建安縣。三十一年，除司農寺主簿。獻書張浚言不可輕舉，張浚不納，後果有宋師符離之敗。隆興二年，移守鄱陽。乾道元年，召爲考功員外郎。三年，除江東轉運判官。四年，召爲大理寺少卿，權中書舍人。八年，權吏部侍郎，還權禮部尚書，爲賀金國生辰使。淳熙元年，出知婺州，移建寧府，入爲吏部尚書。五年，再出知婺州，奉祠。爵至潁川郡公。晚年隱居上饒，與其婿吕祖謙講學於竹林精舍，時與葉夢得、陸游、范成大、張孝祥、辛棄疾相唱和。淳熙十四年卒，年七十。元吉學有淵源，詞章典麗，議論明徹，黄昇稱其「文獻、政事、文章爲一代冠冕」（《中興絶妙詞選》）。《四庫全書總目》卷一六〇亦謂「統觀全集，詩體文格，均有歐、蘇之遺，不在南宋諸人下」。其詩學蘇軾，賦物抒懷，均有高妙工整之處，爲人稱賞（《瀛奎律髓匯評》卷一七、二〇、二四諸家評語）。詞往往自述其志趣，與辛棄疾、陸游詞風相近。著有《南澗甲乙稿》七十卷、詞集《焦尾集》一卷（《直齋書録解題》卷一八、二一），又著有《愚戇録》十卷（《宋史·藝文志七》），原集均已佚。四庫館臣自《永樂大典》輯其詩文詞，重編爲《南澗甲乙稿》二十二卷。《四庫全書》所收《桐陰舊話》一卷，皆家世舊聞。《彊村叢書》還收有《南澗詩餘》一卷。事迹見《宋史翼》卷一四。

韓淲（一一五九—一二二四）

字仲止，號澗泉，祖籍雍丘（今河南杞縣），南渡後寓居上饒（今屬江西），元吉子。以父蔭入仕，任主簿（《章泉稿》卷四《寄韓仲止主簿》），爲平江府屬官，又嘗官貴池。慶元六年，藥局官滿，還家。嘉泰元年秋，入吳。未幾，辭官歸隱上饒，家居二十年。嘉定十七年卒（《石屏詩集》卷四《哭澗泉韓仲止》）。淲淵源家學，人品學問具有根柢。有詩名，與趙蕃並稱「二泉」，存詩二千四百餘首，極爲戴復古、方回所稱道。戴復古《哭澗泉韓仲止》詩云：「雅志不同俗，休官二十年。隱居溪上宅，清酌澗中泉。慷慨商時事，淒涼絶筆篇。三篇遺稿在，當並史書傳。」其著作存《澗泉集》二十卷、《澗泉日記》三卷，原集皆佚，爲四庫館臣自《永樂大典》輯出。事迹見《四庫全書總目》卷一二一《澗泉日記》提要。

元默書來作溪翁亭成且索詩因寄四章……五六四

韓補（生卒年不詳）

字復善，號思軒，信州玉山（今屬江西）人，祥弟。嘉定十六年進士。歷知安吉州武康縣（《吳興備志》卷七），淳祐中知徽州，作書院，請祠朱熹，得賜額紫陽。除户部郎官、淮西總領。淳祐八年，除將作監（《景定建康志》卷二六）。遣使南邦，還對稱旨。後以奏疏切直忤時宰，出知太平州。宗程朱之學，與其兄祥並稱二韓，理宗御書「翕和堂」以榮之。事迹見雍正《江西通志》卷八五。

紫陽山賦……一〇七五

魏了翁（一一七八—一二三七）

字華父，號鶴山，邛州蒲江（今屬四川）人。自幼穎悟，日誦千餘言，過目不忘，鄉里稱爲神童。年十五，著《韓愈論》，抑揚頓挫，有作者風。慶元五年進士，授簽書劍南西川節度判官廳公事。嘉泰二年，召爲國子正。三年，改武學博士。開禧元年，召試學士院，以阻開邊忤韓侂胄，改秘書省正字。二年，出知嘉定府。丁父憂，築室白鶴山下，開門授徒，蜀人盡知義理之學。嘉定初，知漢州，繼知眉州。四年，擢潼川路提點刑獄。八年，兼提舉常平等事，遷轉運判官。十年，知瀘州，繼知潼川府。十五年，召爲兵部郎中，改司封郎中兼國史院編修官。十六年，遷太常少卿兼侍立修注官。十七年，遷秘書監、起居舍人。理宗立，遷起居郎。寶慶元年，御史劾其朋邪謗國，謫居靖州，士人不遠千裏負書從學。乃著《九經要義》百卷，訂定精密。紹定四年，復職，主管建寧府武夷山冲佑觀。五年，起爲潼川路安撫使，再知瀘州。端平元年，召權禮部尚書兼直學士院，兼同修國史、侍讀，俄兼吏部尚書。還朝六月，前後二十餘奏，皆當時急務。爲忌者排擠，以同簽書樞密院事督視江淮京湖軍馬。尋以簽書樞密院事召回，改湖南安撫使、知潭州，復力辭，詔提舉臨安府洞霄宫。未幾，改知紹興府、浙東安撫使。嘉熙元年，改知福州、福建安撫使，卒年六十。了翁在當時號稱「真儒」，以學術、文章、政事得享盛名（許應龍《魏了翁知紹興府制》），與真德秀並稱「真魏」。立朝直言敢諫，無所忌避。出任地方官，常親詣學宫，親爲講撰，爲士論所服。其學篤志純，根柢深厚，造詣精粹。其詩文淳正有法，紆徐宕折，出於自然。此時理學盛行，士子志道忘藝，以爲性外無學。了翁無理學家空疏迂腐之病，而有歐蘇豪贍雅健之文（吴淵《鶴山集序》、《四庫全書總目》卷一六二）。其詩根柢六經，刊落浮華，不染江湖遊士叫囂狂誕之風。有詞三卷，多壽詞，不作艷語（《詞品》卷五）。著述甚多，合編爲《重校鶴山先生大全文集》一百一十卷，有宋開慶刊本（缺十八卷）、四部叢刊影印校補宋刻本等。事迹見《宋史》卷四三七本傳、清繆荃孫編

《魏文靖公年譜》。

外舅楊提刑熹哀詞 …………… 六四六

儲國秀（生卒年不詳）

字材父，台州寧海（今屬浙江）人。端平二年進士，歷知江陰軍事，乞侍養歸。從學數百人，稱曰理所先生。事見雍正《浙江通志》卷一三八、《宋元學案補遺別附》卷二。

寧海縣賦 …………… 一三八三

鮮于侁（一〇一九—一〇八七）

字子駿，閬州（治今四川閬中）人。景祐五年進士，調京兆府櫟陽縣主簿，江陵府右司理參軍。慶曆中，移黟縣、婺源、伊闕三縣令，通判綿州。遷都官員外郎，通判保安軍，簽書永興軍判官廳公事。神宗初立，上疏言事，范鎮舉薦，除利州路轉運判官，擢本路轉運副使，移京東西路轉運副使、轉運使。元豐二年，知揚州。烏臺詩案起，送別蘇軾，不避嫌累，降朝散大夫，管勾西京留司御史臺。哲宗立，起爲京東轉運使。召判太常，出知陳州。元祐二年，卒於官，年六十九。侁通經術，擅長屬文，論著多有新意。熙寧初上疏言事，神宗喜愛之，以爲不減王陶。爲詩平淡淵粹，尤長於《楚辭》（《郡齋讀書志》卷一九）。著有騷體詩《九頌》，蘇軾稱其氣格高古，與屈原、宋玉爲友於千載之上（《書鮮于子駿楚詞後》）。著有文集二十卷、《詩傳》二十卷、《周易聖斷》七卷、《典説》一卷、《治世讜言》七卷、《諫垣奏稿》二卷、《刀筆集》三卷（范鎮《鮮于侁墓誌銘》），均已佚。事迹見范鎮《鮮于諫議侁墓誌銘》（《名臣碑傳琬琰集》中卷二四）、秦觀《鮮于子駿行狀》（《淮海集》卷三六）、《宋史》卷三四四本傳。

九誦 …………… 四一

超然臺賦 …………… 二〇八七

謝禹（生卒年不詳）

字君澤，信州弋陽（今屬江西）人，枋得季弟。景定末爲太學立禮齋生。能詩文，其《題湖上》詩云：「杜鵑呼我我歸休，陸有輕車水有舟。笑殺西湖湖上客，醉生夢死戀杭州。」時賈似道居西湖，疑此詩譏己，陰使人害之。君澤覺，急投身呂師夔，獲免。德祐初在九江，九江失守後自署「立禮生宋仁」，從事反元活動，被繫獄，不屈而死。事迹見李養吾《讀疊山北行詩跋》、李源道《文節先生謝公神通碑》（俱見《疊山集》附録）、《齊東野語》卷一七、《隱居通議》卷一一。

謝逸（一〇六八—一一一三）

字無逸，學者尊稱爲溪堂先生，臨川（今江西撫州）人。少孤，操履峻潔，師事呂希哲，博學工文辭，善詩文，再舉進士不第，遂絶意仕進，以布衣終其身。政和三年卒於家。謝逸工詩詞，呂本中列爲江西詩派中人，稱其才學「富贍」，並將他與從弟謝薖比作南朝詩人「二謝」（謝靈運、謝惠連）（呂本中《題竹友集》）。《四庫全書總目》卷一五五云：「今觀其詩，雖稍近寒瘦，然風格儁拔，時露清新，上方黄、陳則不足，下比江湖詩派則渢渢乎雅音矣。」他曾經作詠蝴蝶詩三百首，狀物生動，造語俊逸，時人稱之，戲呼爲「謝蝴蝶」。謝逸詞在北宋也自成家數，專工小令，擅長寫閨情、風景，大體沿晏殊、張先諸家詞人創作路子，而出語清淡，意境玲瓏，雖不重辭藻雕飾，而仍輕倩可人。王灼《碧鷄漫志》卷二謂其「字字求工，不敢輒下一語」。清人馮煦《蒿庵論詞》稱其詞「温雅有致，蘊藉甚深」。著有《溪堂集》二十卷，已佚。四庫館臣自《永樂大典》輯出其詩文，編爲《溪堂集》十卷。事迹見明弘治《撫州府志》卷二一、《宋史翼》卷二六。

謝薖（一〇七四—一一一六）

字幼槃，號竹友居士，臨川（今屬江西撫州）人，謝逸從弟，工詩文，時稱「二謝」。曾舉進士不第，遂終生不仕。政和六年卒（呂本中《謝幼槃文集跋》），年四十三（弘治《撫州府志》卷二一）。長於詩文，與饒節、洪芻、李彭、王直方、汪革等人酬唱。其詩內容多寫其隱居情趣，風格清逸流動，生新奇崛，呂本中列入江西詩派，稱「無逸詩似康樂，幼槃詩似元暉」（《題竹友集》）。清王士禛《謝幼槃文集又跋》也贊其古體詩頗工，近體詩多佳句，清逸可喜，甚有風致，「非蘇、黃門庭中人不能道」。又擅長作詞，存詞雖不多，但「語意清麗，頗有鍛煉之工」（《善本書室藏書志》卷四〇）。著有《竹友集》十卷、《竹友詞》一卷。事迹見其集各序跋、《江西詩派宗社圖録》、《宋史翼》卷二六、《宋詩紀事》卷三三。

謝翱（一二四九—一二九五）

字皋羽，自號晞髮子，長溪（今福建霞浦）人，徙浦城（今屬福建）。咸淳間試進士不第，慨然倡道古文。德祐二年，率鄉兵數百人投文天祥於延平，任諮議參軍。景炎二年，以文天祥被俘，潛逃至浙東，寄居山陰王修竹家。三年，元浮屠總統楊璉真伽盡發宋帝后陵墓，翱與唐珏、林景熙等密收遺骨，葬於蘭亭附近，作《冬青引別玉潛》一詩紀其事。後往來於永嘉、括蒼、鄞、越、婺、睦州等地，與方鳳、吳思齊、鄧牧等結詩社。元貞元年，卒於杭州，年四十七。南宋之末，文體卑弱，翱所爲詩文桀驁有奇氣，卓有風人之旨。著有《金華遊録》一卷，《楚辭芳草譜》一卷，《晞髮集》六卷、附録一卷。事迹見本集附録方鳳《謝君皋羽行狀》、任士林《謝翱傳》，清徐沁編有《謝皋羽年譜》。

應孟明（生卒年不詳）

字仲實，婺州永康（今浙江永康）人。隆興元年舉進士。調臨安府教授，繼爲浙東安撫司幹官、樂平縣丞。薦爲詳定一司敕令所删定官，拜大理寺丞。尋除江東提點刑獄，淳熙十六年爲直秘閣、知靜江府兼廣西經略安撫（《宋史全文》卷二七下）。光宗即位，遷浙西提點刑獄，尋召爲吏部員外郎，改左司，遷右司，再遷中書門下省檢正諸房公事。寧宗即位，拜太府卿兼吏部侍郎，慶元初權吏部侍郎，卒。《宋史》卷四二二有傳。

十九畫

蘇易簡（九五九—九九六）

字太簡，梓州銅山（今四川中江東南）人，或作綿州鹽泉人（《永樂大典》卷二四〇一引《潼川志》）。少敏悟好學，太平興國五年進士，授將作監丞，通判昇州，遷左贊善大夫。八年，以右拾遺知制誥。雍熙初，以郊祀恩進祠部員外郎。二年，同知貢舉。三年，充翰林學士。淳化二年，同知京朝官考課，遷中書舍人，充翰林學士承旨。撰《續翰林志》進呈，太宗賜詩褒獎。知審官院，改知審刑院，掌吏部銓選，遷給事中。四年，擢參知政事（《宰輔編年録》卷二）。

明年，以禮部侍郎出知鄧州，移陳州。至道二年十二月卒，年三十九，贈禮部尚書。易簡好學，才思敏贍，由知制誥爲翰林學士，時年尚未三十。屬文初不達體要，及掌誥命，能自刻勵爲學。「倉卒應製之作，精穩乃爾」(《聽秋聲館詞話》卷四)。曾預修《文苑英華》，著有《蘇易簡表章》十卷(《通志·藝文略八》)、文集二十卷(《宋史》本傳)，今已佚。現存《文房四譜》四卷、《續翰林志》二卷、《文選雙字類要》三卷。事迹見《東都事略》卷三五、《宋史》卷二六六本傳。

蘇過(一〇七二—一一二三)

字叔黨，眉州眉山(今屬四川)人，軾少子。元祐五年，以詩賦解兩浙路，禮部試下第。七年，以父蔭任右承務郎。後蘇軾貶官惠州、儋州，蘇過皆侍行，飲食服用，皆由其料理。初至海上，撰文曰《志隱》，蘇軾覽之，謂可安於島夷矣。蘇軾赦歸道卒，蘇過遂家於潁昌，營湖陰地數畝，稱小斜川，遂自號斜川居士。政和二年，出監太原税。六年，知偃城縣，與葉夢得多有唱和。宣和五年，權通判中山府，暴疾而卒，年五十二。蘇過多才藝，善書畫，長於詩文，詩文風格多類蘇軾，明文徵明謂「斜川詩語字畫，妙有家法，昔人謂能亂真乃翁」(《跋東坡五帖叔黨一帖》)，故人有「小東坡」之稱。早年所作《思子臺賦》、《颶風賦》，金王若虚稱「步驟馳騁，抑揚反覆，可謂奇作」(《文辨》)，盛傳於世。詩亦「步驟氣格，殊有父風」(《苕溪漁隱叢話》前集卷四一)。詞清麗飄逸，與蘇軾之婉約詞相近。著有《斜川集》二十卷(晁説之《蘇叔黨墓誌銘》)，原本已佚。四庫館臣自《永樂大典》輯出，重編爲《斜川集》六卷。事迹見晁説之《蘇叔黨墓誌銘》(《永樂大典》卷二四〇一)、《宋史》卷三三八《蘇軾傳》附傳。

蘇軾（一〇三七—一一〇一）

字子瞻，號東坡居士，眉州眉山（今四川眉山）人。蘇洵次子。嘉祐二年登進士乙科，受歐陽修賞識。任鳳翔府判官，入直史館。熙寧間王安石變法，軾因政見分歧，通判杭州，徙知密州、徐州、湖州。元豐二年烏臺詩案後，謫爲黃州團練副使。元祐初返京，累遷中書舍人、翰林學士、知制誥。旋拜龍圖閣學士，出知杭州、潁州、揚州、定州，其間曾被召還朝任禮部尚書等職。爲元祐黨争所累，紹聖初謫於惠州，再徙儋州。徽宗立，遇赦北還。建中靖國元年卒於常州。高宗即位，追謚文忠。蘇軾的思想頗複雜，雖深受佛老思想影響，但其主流，仍是儒家思想，畢生具有儒家輔君治國、經世致用的政治理想。蘇軾的許多詩文、筆記、書信、序跋中，包含着豐富深刻的文藝思想，構成了完整的文藝思想體系。蘇軾現存詩二千七百餘首，其「詩本似李、杜，晚喜陶淵明，追和之者幾遍」（蘇轍《亡兄端明子瞻墓誌銘》），喜以文爲詩，以議論爲詩，筆力雄健，縱横馳騁，議論英發，見解獨到，耐人尋味。蘇軾擅長詞，是宋代豪放詞的開派人物，又發展了婉約詞，擴大了婉約詞的題材，提高了婉約詞的格調。劉熙載謂「東坡詞頗似老杜詩，以其無意不可入，無事不可言」（《藝概·詞曲概》）。蘇軾的散文今存四千餘篇，往往信筆書意，自然圓暢，揮灑自如，有意而言，意盡言止，毫無斧鑿之痕；思路開闊，文如泉湧，千變萬化，姿態横生，没有固定的格式；氣勢磅礴，雄健奔放，縱横恣肆，一瀉千里；狀景摹物，無不畢肖，觀察縝密，文筆細膩。蘇軾是書法名家，爲宋代四大書法家「蘇（軾）、黄（庭堅）、米（芾）、蔡（一説蔡襄，一説蔡京）」之一。繪畫與文同齊名，是湖州畫派代表。他的學術著作有《蘇氏易傳》、《書傳》、《論語説》等，以人情説與當時正在形成的興天理、滅人欲的理學相對立，在北宋理學之外另樹一幟。蘇軾的文學成就在宋代以及後世都産生了巨大影響，其詩詞文皆成爲歷代學習的典範。他的散文，與歐陽修一起並稱「歐蘇」；他的詩歌，與黄庭堅一起並稱「蘇黄」；他的詞，與辛棄疾一起並稱「蘇辛」。蘇軾著述甚夥，其主要著作存世者有《易傳》、《書傳》及《東坡集》四十卷、《後集》二十卷、《奏議》十五卷、《内制》十卷、《外制》三卷、《和陶詩》四卷及《東坡樂府》。事迹見蘇轍《亡兄端明子瞻墓誌銘》（《欒城後集》卷二二），《宋史》卷三三八本傳，宋王宗稷、施宿等分别編的《東坡先生年譜》及《東坡紀年録》，清查慎行編的《東坡先生年表》，王文誥的《蘇文忠公詩編注集成總案》以及今人孔凡禮編的《蘇軾年譜》。

蘇頌（一〇二〇—一一〇一）

字子容，泉州同安（今屬福建廈門）人，徙居丹陽（今屬江蘇），蘇紳子。慶曆二年進士，授宿州觀察推官，徙知江寧縣，調南京留守推官。皇祐五年召試，除館閣校勘，歷集賢校理、同知太常禮院，編定集賢院書籍。出知潁州，遷度支判官，爲淮南轉運使。召修起居注，擢知制誥、知通進銀臺司、知審刑院。出知婺州，徙亳州。召歸，勾當三班院，出知應天府。復知銀臺司，再出知杭州。元豐初，權知開封府，降知濠州，坐事罷。起知滄州，召判尚書吏部。元祐初。授刑部尚書，遷吏部，兼侍讀，改翰林學士承旨。五年三月，拜尚書左丞。七年，拜右僕射兼中書侍郎。八年三月，罷爲觀文殿大學士、集禧觀使，出知揚州。紹聖四年，以太子少師致仕。建中靖國元年五月卒，年八十二。贈司空、魏國公。蘇頌博學洽聞，於書無所不讀，自圖緯陰陽、五行星曆、訓詁文字，下至百家方技之書，無不探其源。自然科學方面的成就尤爲顯著，幾可與同時的沈括媲美。嘗奉詔校訂多種醫典，撰成《嘉祐補注神農本草》、《本草圖經》，具有極高的醫學價值。研製成水運儀象臺，可用以觀測天象、推演天體運行規律，並撰有《新儀象法要》一書。英國著名科技史學者李約瑟稱他爲「中國古代和中世紀最偉大的博物學家和科學家」（《中國科學技術史》）。在文學上也很有成就。文學主張與歐陽修等人相同，反對唐末五代靡弱文風，對王禹偁詩文極爲推崇，以爲其文「力振斯文，根源於六經，枝派於百氏，斥浮僞，去陳言，作而述之，一變於道」（《小畜外集序》）；詩「平易而淳深有古風」（《丞相魏公譚訓》卷三）。蘇頌的文章大多爲制詔、奏議之類的應用文字，該貫故實，雅馴得體（曾肇《贈司空蘇公墓誌銘》）。詩多唱酬應製之作，記録了他的仕宦生涯，風格清新自然。著述甚豐，除已提及者外，還曾校《風俗通義》，編《華戎魯衛信録》二百五十卷，著《蘇魏公文集》七十二卷。事迹見曾肇《贈司空蘇公墓誌銘》（《曲阜集》卷三）、《宋史》卷三四〇本傳。今人顏中其編有《蘇頌年表》。

蘇轍（一〇三九—一一一二）

字子由，一字同叔，晚號潁濱遺老，眉州眉山（今四川眉山）人，洵子，軾弟。自幼深静好學，博覽群書，抱負宏遠，以治國安邦爲己任。嘉祐二年，與兄軾同榜進士及第，一時名動京師。嘉祐六年，兄弟二人同舉制科，在御試制科策中極言朝政得失。除商州軍事推官，未赴任。英宗治平二年出任大名府推官。神宗熙寧二年爲制置三司條例司檢詳文字。三年出爲陳州教授，六年改齊州掌書記，九年簽書南京判官。元豐二年受兄烏臺詩案連累，貶監筠州鹽酒税。七年移績溪令。八年神宗病逝，被召還朝，擢右司諫。元祐元年擢起居郎、中書舍人。

其後相繼任户部侍郎、翰林學士、吏部尚書、御史中丞、尚書右丞、大中大夫守門下侍郎。紹聖元年哲宗親政後，落職知汝州，貶居筠州、雷州、循州。哲宗崩，徽宗立，遇赦北歸，閒居潁昌。政和二年卒，年七十四。後追復端明殿學士，謚文定。蘇轍是宋代著名文學家，與其父蘇洵、兄蘇軾合稱「三蘇」。蘇轍論文以復古爲革新，反對窮妍極態、浮巧侈麗的時文，主張「文律還應似兩京」（《送家安國赴成都教授三絶》），這一主張正是後來「文必秦漢」之先聲。其文學成就主要在散文創作，明人茅坤云：「蘇文定公之文，其譏削之思或不如父，雄傑之氣或不如兄，然而冲和淡泊，遒逸疏宕，……西漢以來别調也。」（《蘇文定公文鈔引》）擅長作賦，以《黄樓賦》和《墨竹賦》爲代表，前篇學班固《兩都賦》，鋪陳排比，注重雕飾，與其冲雅淡泊的一貫文風迥然有異；後篇文辭優美，體物精工，意韻盎然。蘇轍詩亦類其文，不事馳騁，筆意老練，於平穩中時見渾凝，自然樸實，閑淡高雅。蘇轍在北宋文壇具有很大影響，後世文人對他更是推崇有加，將其列入唐宋八大家，把他的散文作爲學習的典範。蘇轍一生著述豐富，著有《詩集傳》、《春秋集解》、《古史》、《龍川略志》、《龍川别志》、《老子解》、《欒城集》，皆傳世。事迹見蘇轍《潁濱遺老傳》（《欒城後集》卷一二、一三）、《蘇轍傳》（《名臣碑傳琬琰集》下卷一一）、《宋史》卷三三九本傳。宋人孫汝聽編有《蘇潁濱年表》，今人孔凡禮編有《蘇轍年譜》。

蘇籀（一〇九一—？）

字仲滋，眉州眉山（今屬四川）人。轍孫，遲長子，過繼於蘇适爲後。年十四，曾侍蘇轍於潁昌，首尾九年，未嘗離左右（蘇詡《雙溪集後跋》）。後以祖蔭爲陝州儀曹掾。宣和間，爲迪功郎（蘇遲《蘇仲南墓誌銘》）。紹興三年，爲大宗正丞（《建炎以來繫年要録》卷六八）。十四年，爲將作監丞（同上書卷一五一）。十九年，出爲台州添差通判（《嘉定赤城志》卷一〇）。官終朝請大夫。孝宗時卒，年七十餘。蘇籀出自文學世家，領受祖輩薰陶，故其詩文「雄快疏暢，以詞華而論，終爲尚有典型」（《四庫全書總目》卷一五七）。有不少感慨時世之作，但也有《上秦宰相書》極言和金之利，歸美秦檜，不免有迎合干進之心；而《面對論和戰札子》又論「天下雖平，忘戰則危」，力主攻劉豫以圖金，前後不一，因而被人譏爲「自相矛盾，蓋皆揣摩時好以進説，小人反覆」（《四庫全書總目》卷一五七、伍崇曜《刊雙溪集跋》）。著有《雙溪集》十五卷、《欒城公遺言》一卷。事迹見《敬鄉録》卷七、《四庫全書總目》卷一五七、《宋史翼》卷四、《宋元學案補遺》卷九九。

嚴羽（一一九二？—一二四五？）

舊字丹丘，改字儀卿，自號滄浪逋客，邵武（今屬福建）人。與同宗嚴仁、嚴參齊名，江湖詩友目爲「三嚴」。又與嚴肅、嚴参等八人，均有詩名，號「九嚴」。與李賈、戴復古相善，每相激賞。不事科舉，終身不仕，壯年後浪遊江西、吳越、江漢、瀟湘、四川等地，後復歸鄉隱居，吟吟著述。以論詩知名，自謂「論詩精子」。其《滄浪詩話》分《詩辨》、《詩體》、《詩法》、《詩評》、《考證》五章，自稱「斷千百年公案，誠驚世絶俗之談，至當歸一之論。其間説江西詩病，真取心肝劊子手」（《答出繼叔臨安吳景仙書》）。他以禪喻詩，强調「妙悟」、「別材」、「別趣」，提出了比較系統的詩歌理論，頗受後人重視，被譽爲古今論詩第一（《詩源辯體》卷三五）。而自作詩則遜於理論貢獻，其詩規摹盛唐，師法李、杜，關心國事，而多數作品則流連山光水色，風格幽淡，「專宗王、孟」（陳衍《宋詩精華録》卷四）。故《四庫全書總目》卷一六三謂其「止能摹王、孟之餘響，不能追李、杜之巨觀」。著有《滄浪詩話》、《滄浪詩集》。事迹見黄公紹《滄浪吟卷序》，朱霞《嚴羽傳》（《滄浪詩話校釋》附），《南宋文範作者考》卷下。

羅公升（生卒年不詳）

字時翁，號滄洲，永豐（今屬江西）人。大父開禮從文天祥勤王，兵敗被執，絶食而死。公升少有才略，在宋末以軍功授本縣尉。宋亡，傾資北遊燕、趙，結宗室趙孟桀等圖恢復，知勢不可爲，歸鄉隱居。經錢塘江，作《弔胥濤賦》以寓意，語多感憤。能詩，幼識劉辰翁，及長，贄詩謁見，辰翁稱其「大篇汗漫，小語條達」。《四庫全書總目》則以爲集中詩文多與其生平不合，「至於《燕城俗吏》諸作，詞氣鄙俚，如出二手，殆其子孫所爲，以裝點其忠義者。蓋竄亂失眞，其爲果出公升與否，殊在影響之間」（卷一七四）。著有《無名集》、《還山稿》、《抗塵集》、《癡業集》、《北行卷》等，後人合爲《宋貞士羅滄洲先生集》五卷，有清初鈔本、金氏文瑞樓抄本。事迹見劉辰翁《宋貞士羅滄洲先生集序》、顧嗣立《羅滄洲先生集跋》、雍正《江西通志》卷七六。

弔胥濤賦……………………一一七七

羅椅（一二〇四—一二七六）

字子遠，號澗谷，廬陵（今江西吉安）人。以詞賦知名，捐金結客，馳名江湖。後盡棄舊習，徒步百里，請益於雙峰饒魯。年四十三登寶祐四年進士第，初教授江陵，改長沙教授。景定間，知信豐縣，入爲提轄榷院，久不遷，每有遷除，則爲賈似道沮抑報罷。又見似道專權，遂爲書極詆之。度宗崩，少主立，似道復專權，遂棄官去。道中見山川城邑，悲吟行歌，至於痛哭。文天祥起兵勤王，開府南劍州，又以家資助軍。德祐二年卒。羅椅以理學自命，而以文章知名。謝枋得謂其詩宗江西詩派，繼趙蕃、韓淲，爲宋末盟主（《蕭冰崖先生詩卷跋》）。詞以「婉麗」見稱（張德瀛《詞征》卷五）。嘗編選陸游詩爲《澗谷精選陸放翁詩集》十卷，著有《澗上委稿》，已佚，後人輯爲《澗谷遺集》。事迹見所撰《祭長子二十郎文》，《寶祐四年登科録》卷二，《癸辛雜識》續集卷上，元羅洪先《族祖榷院府君傳》（《澗谷遺集》附）。

明堂賦……………………一一九二九

渾天儀賦……………………一二二〇二

羅　頌　（？—一一九一）

字端規，號涓庵，徽州歙縣（今屬安徽）人，汝楫子，願兄。紹興二十二年以父蔭補承務郎，注臨安府餘杭縣浣坎鎮，改監潭州南岳廟、鎮江府排岸。差湖北帥司主管機宜文字，行在檢點贍軍酒庫所幹辦公事。通判鎮江府，擢知郢州。紹熙二年卒。性嗜書，不阿附。所爲詩文，藏稿數十，筆力高古，奇詭跌宕，人謂有西漢風。劉克莊謂其《鸚鵡洲賦》「有《祭田横墓文》之意」。著有《涓庵集》，已佚，其遺文收入粤雅堂叢書本《鄂州小集》後。事迹見羅願《罗郢州墓誌》（《新安文獻志》卷八四）、《瀛奎律髓》卷一六羅願《春社禮成借用寺簿釋奠詩韻》注。

羅　願　（一一三六—一一八四）

字端良，號存齋，徽州歙縣（今屬安徽）人，汝楫子，頌弟。甫七歲，已能爲賦。稍長，落筆萬言。既冠，數月不妄下一語。紹興二十五年，以蔭補承務郎，監新城縣税。連丁内外艱，服除，監景德鎮税。乾道元年，監南岳廟。二年進士及第，知鄱陽縣。八年，通判贛州，攝州事。秩滿，差知南劍州。淳熙六年，召對，主張富强民力，不爲浮文，孝宗謂議論可採。改知鄂州，與通判劉清之相與建學勸農甚力。十一年卒，年四十九。願爲文「高古，上逼《史》、《漢》」（《瀛奎律髓》卷一六），被推爲南渡後第一，尤以《陶令祠堂記》、《淳安社壇記》、《爾雅翼後序》等作膾炙人口（樓鑰《題從子深所書羅端良文三篇》）。著有《爾雅翼》、《新安志》、《羅鄂州小集》，均存。事迹見元曹涇《鄂州太守存齋羅公願傳》（《羅鄂州小集》附録）、《宋史》卷三八〇本傳。

譚積（生卒年不詳）

徽宗朝内侍。宣和二年爲兩浙制置使討方臘，四年以常德軍節度使爲太尉，五年爲河北、河東、燕山府路宣撫使，旋加檢校少傅。六年落太尉。建炎改元，詔與蔡京、童貫等永不收敘。事迹見《宋史》卷二二《徽宗紀》四、卷二三《欽宗紀》。

二十畫

釋元照（一〇四八—一一一六）

字湛然，號安忍子，俗姓唐，錢塘（今浙江餘杭）人。少時出家居祥符東藏寺，以通《法華經》得度，後從神悟大師處謙研習天台教觀，博究群宗。元豐中，歷住持杭州昭慶、靈芝崇福寺，歷三十年。政和六年九月卒，年六十九。賜謚大智律師。著述頗豐，除佛教經疏外，還著有《道具賦》一卷、《芝園集》二卷、《芝園遺編》三卷、《補續芝園集》一卷（《續藏經目録》卷下之上）。事迹見《咸淳臨安志》卷七〇《元照》、《新續高僧傳四集》卷二七《宋錢塘靈芝寺沙門釋元照傳》。

釋文珦（一二一〇—？）

字叔向，自號潛山老叟，於潛（今浙江臨安西南）人。早歲出家於杭州，歷遊浙、閩、淮甸，復歸於杭，有「題詠詩三百，經行路四千」之詩。後被讒入獄，久之得免，遂遁迹不出。終年八十餘。好吟詠，嘗與諸師秀、周密、周璞、仇遠等人唱和。有詩集，已佚。四庫館臣自《永樂大典》輯有《潛山集》十二卷。集中獨吟之作居多，倡和之作較少，《過似道葛嶺舊居》、《紀事》等詩痛斥賈似道，所與唱和者又皆一時高人文士，足證非江湖干謁之流。其詩多山林閒適之作，比興未深，而即事諷諭，義存勸戒，持論率能中理。《哀集詩稿》詩云：「吾學本經論，由之契無爲。書生習未忘，有時或吟詩。興到即有言，長短信所施。盡忘工與拙，往往不修詞。惟覺意頗真，亦復無邪思。」可見其宗旨品格。事迹見集中《閑中多暇追敘舊遊成一百十韻》詩、《四庫全書總目》卷一六四、《宋詩紀事補遺》卷九六。

放鶴操 …… 七五八

爲清渭濱作雪深室歌 …… 七五七

釋延壽（九〇四—九七五）

字冲玄，餘杭（今屬浙江杭州）王氏子。年二十八，爲華亭鎮將，禮龍山寺萬翠巖參禪師爲師。尋往天台謁韶國禪師，一見而深器之。吳越王錢俶請開山靈隱新寺，明年遷永明寺，賜號智覺禪師，衆盈二千。延壽在永明寺十五年，度弟子一千七百人。著《宗鏡録》一百卷，詩偈賦詠凡千萬言，播於海外，高麗國王與敘弟子之禮。開寶八年十二月寂滅，年七十二。事迹見《五燈會元》卷一〇、《佛祖通紀》卷二六、《佛祖通載》卷二六、《釋氏稽古略》卷三。

金剛證驗賦 …… 二三七四

法華靈瑞賦 …… 二三七一

神棲安養賦 …… 二三七〇

華嚴感通賦 …… 二三七三

觀音應現賦 …… 二三七五

釋仲皎（生卒年不詳）

字如晦，居剡縣（今浙江嵊州）之明心寺。參竟禪學，尤精篇章，所交皆文士，嘗與汝陰王銍相酬答。事迹見《宋詩紀事》卷九三。

釋居簡（一一六四—一二四六）

字敬叟，俗姓王（一云姓龍），潼川（今四川三臺）人。幼喜佛書，依邑之廣福院圖澄得度，參别峰涂毒於徑山。往育王參佛照光，出入其門十五年。走江西，訪諸祖遺迹。嘉泰間，初住臺之般若，遷報恩光孝寺。後居杭之飛來峰北磵，起霅之鐵佛、西佘，常之顯慶、碧雲，蘇之慧日，湖之道場。嘉熙中，奉詔住净慈光孝寺。淳祐六年卒，年八十三，僧臘六十二。爲佛照德光禪師法嗣。居簡工詩文，與士大夫多交遊。葉適贈詩曰：「簡公詩語特驚人，六反掀騰不動身。説與東家小兒女，涂青染緑示禁春。」（《蜀中廣記》卷八九）《四庫全書總目》卷一六四云：「張誠子（自明）序稱：「讀其文與宗密未知伯仲，誦其詩合參寥、覺範爲一人，不能當也。」……居簡此集，不摭拾宗門語録，而格意清拔，自無蔬筍氣。位置於二人之間，亦未遽爲蜂腰矣。」著有《語録》一卷、《北磵詩集》九卷、《北磵文集》十卷，今存。事迹見《補續高僧傳》卷二四、《新續高僧傳》四集卷三。

釋重顯（九八〇—一〇五二）

俗姓李，字隱之，遂州（治今四川遂寧）人。幼出家，受具足戒。遊方至隨州，參雲門宗大師光祚，從學五年，盡得其道。至池州景德寺，爲首座，爲僧衆講《般若論》。後爲蘇州洞庭山翠峰寺住持。繼住持明州雪竇山資聖寺三十一年，賜號明覺大師，世稱雪竇和尚。皇祐四年六月卒，年七十三。重顯工翰墨，嘗舉古代佛門公案一百則，以韻文頌其宗旨，即著名的《雪竇頌古》，對禪宗影響甚大，雲門宗風由此大盛，號爲「雲門中興」。重顯作詩多涉禪宗，然胸懷脱灑，韻度高邁，意之所到，天然拔俗。著述甚多，有《洞庭語録》、《雪竇開堂録》、《瀑泉集》、《祖英集》、《頌祖集》、《拈古集》、《雪竇後録》（吕夏卿《明覺大師塔銘》），凡七集。現存有《明覺禪師語録》六卷、《頌古集》一卷、《拈古》一卷、《碧巖録》十卷、《祖英集》二卷、《瀑泉集》一卷。事迹見《大正藏》卷四七吕夏卿《明覺大師塔銘》、《補續高僧傳》卷七《釋重顯傳》。

釋惠洪（一〇七一—一一二八）

原名德洪，字覺範，俗姓彭，或云俗姓喻（《郡齋讀書志》卷一九），筠州（今屬江西）人。十四歲時父母雙亡，依三峰静禪師爲童子。年十九試經於東京仁王寺，得度，後被誣度牒爲僞，責令還俗。宰相張商英特奏，再得度。郭天錫奏賜寶覺圓明禪師，遂往來於張、郭之門。政和元年張、郭得罪，惠洪也刺配崖州。赦還，又被誣爲張懷素黨人入獄。建炎二年病死。惠洪爲宋代著名詩僧，與蘇軾、黄庭堅、謝逸等往還，其詩清俊健偉，詞意灑脱，葉夢得稱其「傳黄魯直法，亦有可喜」（《避暑録話》卷下）。清吴喬論其古體詩「不徒清氣逼人，用筆高老處，真是如記如畫」（《載酒園詩話》）。又擅長作小詞，「情思婉約似少游」（《許彦周詩話》），王灼亦稱其「佳處如其詩」（《碧鷄漫志》卷二）。因詩詞中時有綺麗之作，當時譏爲「浪子和尚」（《能改齋漫録》卷一一）。著有《筠溪集》十卷（《郡齋讀書志》卷一九）、《甘露集》九卷（《通志·藝文略八》）、《物外集》二卷（《宋史·藝文志七》）、《石門文字禪》三十卷（《直齋書録解題》卷一七）。今僅存詩文集《石門文字禪》三十卷，有明萬曆二十五年刻本、武林往哲遺著後編本。又著有《冷齋夜話》十卷，多論詩或記詩本事，亦是研究文學史之重要資料。又著有《天厨禁臠》三卷（《直齋書録解題》卷二二），以唐宋詩句標舉詩格，是宋代論詩之重要著述，但也有偏激之處，故《四庫全書總目》卷一九七批評他「强立名目，旁生枝節」。又有筆記《林間録》十四卷（《直齋書録解題》卷一二），今存二卷、《後集》一卷。事迹見《五燈會元》卷一七《清涼慧洪禪師》、

《宋詩紀事》卷九二。

釋智圓 （九七六—一〇二二）

俗姓徐，字無外，自號中庸子，或稱潛夫，錢塘（今浙江餘杭）人。八歲，受戒於杭州龍興寺。二十一歲，從奉先寺清源法師學天台教觀，孜孜研討經論，撰著講訓，爲天台宗山外派義學名僧。大中祥符末，居西湖孤山瑪瑙禪院，世稱孤山法師，與隱士林逋相往還。乾興元年卒，年四十七。崇寧三年，賜謚法惠大師。智圓除佛學典籍外，喜讀儒家經典，學古文以通其道，吟詩以賦其情性，詩文富有文彩。其論文重道輕文，以爲古文非澀其文句，難其句讀而已，當宗古道以立言。平生著述甚富，有《閒居編》五十一卷（《宋史·藝文志四》，《增訂四庫簡明目録標注》署作《中庸子集》五十一卷）。事迹見自撰《中庸子傳》、吳遵路《閒居編序》、《釋氏稽古略》卷四、《佛祖歷代通載》卷一八。

釋道潛 （一〇四三—？）

本名曇潛，號參寥子，俗姓何，杭州於潛（今屬浙江臨安）人。幼試《法華》經得度爲僧，能文章，尤喜爲詩，與蘇軾、秦觀爲方外友。蘇軾謫居齊安，道潛不遠千里相訪，留住期年。紹聖間，蘇軾貶南海，道潛亦因詩獲譴，責令還俗。建中靖國初，曾肇在翰苑，辨其非辜，詔復爲僧，賜號妙總大師。崇寧末年，歸老於潛山。道潛爲著名詩僧，尤長於絶句，蘇軾甚稱重之，謂「其詩句清絶，可與林逋相上下，而通了大義，見之令人肅然」（《與文與可》），又謂其詩酷似唐詩人儲光羲（《風月堂詩話》卷下）。著有《參寥集》。事迹見蘇過《斜川集》卷五《送參寥道人南歸序》、《咸淳臨安志》卷七〇、《補續高僧傳》卷二三。

釋道璨（一二一三—一二七一）

字無文，俗姓陶，豫章（今江西南昌）人。弱冠，入白鹿洞書院，師事晦静湯先生。以應舉不利，遂出家。從育王堪得法，曾侍徑山無準禪師。遊方十七年，涉足閩浙。嘉熙三年，遊東山。淳祐八年，自西湖至四明，復歸徑山。寶祐二年，住饒州薦福寺，後移住廬山開元寺五年，還住薦福。爲退庵空禪師法嗣。嘗與日本僧人有交往，又與張即之、方逢辰等交遊。咸淳七年卒，年五十九。九年，其徒惟康輯其遺稿爲二十卷，李之極爲序，稱其文「刻厲警特」。後張師孔遊廬山，録其詩二百首以歸，序稱其詩宗江西派，「識議超卓，不襲故常」。曹庭棟稱其「格調清迥，真入陳、黄之室。厠之江湖派中，亦可獨當一面」（《宋百家詩存》卷二〇《柳塘外集》）。《四庫全書總目》卷一六五謂「其詩邊幅頗狹，未能脱蔬笋之氣，而短章絶句，能善用其短者，亦時有清致。如《題水墨草蟲》、《陳了翁祠》、《和恕齋》、《濂溪書院》諸作，未嘗不楚楚可觀」。著有《柳塘外集》四卷，今存。事迹見李之極《無文印序》、《續燈正統》卷一二、《宋詩紀事補遺》卷九六。

釋寶曇（一一二九—一一九七）

字少雲，俗姓許，嘉州龍游（今四川樂山）人。幼學五經，習章句。後因多病，出家投本郡德山院僧甘爲師，從經論老師遊。越五歲，復依成都昭覺徹庵、白水六庵。出蜀，從大慧於育王、徑山，又從東林卍庵、蔣山應庵，後住四明仗錫山。歸蜀葬親，又住無爲寺。再住四明，史浩深敬之，爲築橘洲，因自號橘洲老人。慶元三年四月卒，年六十九。工文詞，初慕蘇軾，後敬黄庭堅，有聲叢林，釋曇觀稱其詩文高妙簡古，有前輩風。著有《大光明藏》三卷（存）、《橘洲文集》十卷（存）等。事迹見自撰《龕銘》、《叢林盛事》卷下、《寶慶四明志》卷九。

龔　相（生卒年不詳）

字聖任，號復齋，歷陽（今安徽和縣）人，原孫，頤正父。曾爲烏江、歸安等縣令；又爲華亭令，喜其風景之美，因家焉。著有《復齋閑記》四卷。事迹見《直齋書録解題》卷一一、陳長方《唯室集》卷二《送龔聖任序》、《宋元學案補遺》卷九八。

附録四　篇目筆畫索引

按篇名首字筆畫順序排列，首爲篇名，次列作者，末爲頁碼。

一畫

二畫

三畫

四畫

五畫

六畫

七畫

八　畫

九畫

十畫

十一畫

十二畫

十三畫

十四畫

十五畫

十六畫

十七畫

十八畫

十九畫

二十畫

二十一畫

二十二畫

二十三畫以上